SUSANNE POPP

Die Teehändlerin

Die Ronnefeldt-Saga

FISCHER Taschenbuch

Aus Verantwortung für die Umwelt hat sich der S. Fischer Verlag
zu einer nachhaltigen Buchproduktion verpflichtet. Der bewusste Umgang mit
unseren Ressourcen, der Schutz unseres Klimas und der Natur gehören zu unseren
obersten Unternehmenszielen.

Gemeinsam mit unseren Partnern und Lieferanten setzen wir uns
für eine klimaneutrale Buchproduktion ein, die den Erwerb von Klimazertifikaten
zur Kompensation des CO_2-Ausstoßes einschließt.

Weitere Informationen finden Sie unter: www.klimaneutralerverlag.de

4. Auflage: November 2021

Originalausgabe
Erschienen bei FISCHER Taschenbuch
Frankfurt am Main, September 2021

© 2021 Susanne Popp
Dieses Werk wurde vermittelt durch
die Literaturagentur Hille & Schmidt, Berlin

Für diese Ausgabe:
© 2021 S. Fischer Verlag GmbH, Hedderichstr. 114,
D-60596 Frankfurt am Main

Redaktion: Silke Reutler

Satz: Fotosatz Amann, Memmingen
Druck und Bindung: GGP Media GmbH, Pößneck
Printed in Germany
ISBN 978-3-596-70603-7

Für meine Eltern

Figurenverzeichnis

Familienmitglieder

FRIEDERIKE RONNEFELDT, *1807, Ehefrau des Kaufmanns Tobias Ronnefeldt

TOBIAS RONNEFELDT, *1794, Besitzer eines Import- und Ladengeschäfts für Tee und ostindische Manufakturwaren in der Neuen Kräme in Frankfurt

ELISE, *1832, CARLCHEN, *1833, WILHELM, *1835, MINCHEN, *1836 und FRIEDRICH (FRITZ), *1838 – Kinder von Tobias und Friederike

NICOLAUS RONNEFELDT, *1790, Bruder von Tobias, Möbelschreiner, Werkstatt und Wohnung in der Fahrgasse

CHRISTOPH KLUGE, *1763, Kaufmann und Senator der Freien Stadt Frankfurt, WILHELMINE KLUGE, *1780, die Eltern von Friederike, wohnhaft Schnurgasse

KÄTHCHEN KLUGE, *1803, und MINA KLUGE, *1815, die unverheirateten Schwestern von Friederike, wohnen bei ihren Eltern in der Schnurgasse

Weitere Personen in alphabetischer Reihenfolge

SOPHIE AUMÜLLER, *1823, Dienstmädchen, stammt aus Oberrad, wohnt bei Familie Ronnefeldt **

PAUL BIRKHOLZ, *1807, Doktor der Medizin und Musiker, wohnhaft Gerbermühle, später Fahrgasse **

FENG, genaues Geburtsjahr unbekannt, Führer von Tobias in China **

KARL GÜTZLAFF, *1803, Missionar, Führer von Tobias in China

CLOTILDE KOCH-GONTARD, *1813, Ehefrau des Weinhändlers Robert Koch, Mutter von drei Kindern, wohnhaft Haus zur Goldenen Kette am Roßmarkt

AMBROSIUS KÖRNER, *1805, ältester Sohn des Dürener Gutsbesitzers Hieronymus Körner, Gast bei Meyers in Bonn, wohnhaft auf dem Gut seines Vaters **

JULIUS MERTENS, *1794, ehemaliger Schulkamerad von Tobias mit undurchsichtiger Vergangenheit, wohnt zunächst im Holländischen Hof, später an der Schönen Aussicht **

CAROLINE MEYER, *1804, Freundin von Käthchen Kluge, verheiratet mit Theodor Meyer, Theologiedozent, Bonn **

AMALIE STEIN, *1800, Besitzerin einer Buchdruckerwerkstatt, Freundin von Nicolaus Ronnefeldt, Werkstatt und Wohnung in Offenbach **

WILHELM WEINSCHENK, *1801, Prokurist in Tobias' Firma, wohnhaft Ankergasse (heutige Karmelitergasse) **

MARIANNE VON WILLEMER, *1783, ehemalige Schauspielerin und Muse von Goethe, verheiratet mit dem Bankier Johann Jakob von Willemer, *1760, wohnhaft Gerbermühle

Fiktive Personen sind mit ** gekennzeichnet

TEIL I
Frühjahr 1838

Dieser Ozean ist so entsetzlich groß

Frankfurt, 16. April 1838

Friederike stand vor ihrem Laden in der Neuen Kräme und betrachtete die Schaufensterauslage. Auf einem blauen Seidenstoff waren einige hübsche Lackdosen, auf denen chinesische Schriftzeichen zu sehen waren, zu einer Pyramide aufgestapelt. Daneben standen eine zierliche Teekanne, zwei Löwenfiguren aus Porzellan sowie einige Schälchen und Bastkörbe mit den unterschiedlichsten Teesorten. Es gab Behältnisse mit krümeligem schwarzem Pulver und andere mit wesentlich größeren gerollten Teeblättern, denen man noch deutlich ihren pflanzlichen Ursprung ansah. Auf Papierschildchen waren die dazugehörigen Namen zu lesen: *Boui-Tee*, *Camphu-Tee*, *Hansan-Tee*, *Tee von dreifachem Geschmack* und in Klammern darunter die chinesischen Bezeichnungen: *Muni-tscha*, *Congfou-tscha*, *Phi-tscha* und *Sanout-tscha*. Ein kolorierter Stich zeigte eine Pflanze. *Chinesischer Tee in der Blüte*, lautete die Beschriftung. Die ehemals schwarze Tinte war nun allerdings braun und verblichen. Ein großer geöffneter Fächer diente als weiterer Blickfang. Die ihn zierende hübsche Malerei, eine chinesische Landschaft mit Felsen und Pflanzen, in der zwei Männer saßen und Tee tranken, hatte ebenfalls unter dem Tageslicht gelitten. Die gesamte Auslage wirkte blass und verstaubt.

Ganz so, als wäre sie eine neugierige Passantin und nicht die Ehefrau des Ladeninhabers, spähte Friederike nun durch die Schaufensterscheibe, auf der halbkreisförmig in goldenen Buchstaben der Schriftzug *Johann Tobias Ronnefeldt – Ostindische Tee- und Manu-*

fakturwaren geschrieben stand, hinein in den Laden. In den letzten Jahren hatte Tobias nichts mehr unternommen, um mit der Zeit zu gehen. Die Ausstattung war schlicht, die Theke schmucklos, ohne jede Zier. Auffällig waren nur die hübschen Porzellantässchen und Dosen mit Lackmalereien, die in der darin eingelassenen Vitrine standen. Hinter der Theke ragten raumhohe offene Schränke auf, in denen große braune Gläser mit weißen Etiketten standen. Tobias kaufte sie bei einer Glasbläserei in Böhmen, die dafür garantierte, dass der darin aufbewahrte Inhalt seinen vollen Geschmack behielt. Ob dies so war oder nicht, die Gläser waren jedenfalls teuer und schwer.

Im unteren Teil des Schranks, etwa bis zur Höhe des oberen Rands der Theke, befanden sich reihenweise kleinere und größere Schubladen mit abgenutzten Metallgriffen. Darin wurden, neben Zigarren und Tabak, ein paar Zigarrenspitzen, Holz- und Porzellanpfeifen, Sanduhren, Korkenzieher und ein gutes Dutzend silberne Zuckerzangen aufbewahrt – kurzum allerlei Kleinkram, der aus den unterschiedlichsten Gründen im Sortiment gelandet war und über den niemand so recht einen Überblick hatte. Vier Schränke mit kassettierten Türen, die zu beiden Seiten der Theke standen, boten Platz für die zum Teil sehr exklusiven Seiden-, Kaschmir-, Leinen-, Woll- und Batiststoffe. Es gab Foulards und Schals, seidene Taschentücher und karierte Halstücher, die über England aus Ostindien importiert wurden, oder direkt aus England kamen.

Friederike musste an die Parisreise denken, die sie und Tobias vor vier Jahren gemacht hatten. Paris! Wie außergewöhnlich war ihr die französische Hauptstadt erschienen. Insbesondere hatten sie die breiten Boulevards beeindruckt mit ihren gravitätischen Bäumen, den herrschaftlichen Stadtpalästen und – vor allem – den eleganten Läden. Einer vornehmer als der andere! Kein Vergleich mit der Innenstadt von Frankfurt, wo sich die alten Fachwerkhäuser schief und krumm aneinanderschmiegten und die Geschäfte oftmals eng und dunkel waren. Sie hatte ihre geliebte Geburtsstadt mit den ungepflasterten Gassen und den buckligen Plätzen danach mit anderen Augen gesehen. Ein paar Tage nach ihrer Rückkehr aus Paris war sie auf den Turm des Bartholomäus-Doms gestiegen und hatte ihren Blick über die schiefergrauen Frankfurter Dächer wandern lassen, in Richtung Westen, wo der Römer lag mit dem aus rohen Giebelhäusern zusammengeschmiedeten Rathaus, und in Richtung Osten, wo man die Judengasse sehen konnte, eine schwarze Gräte zwischen weißen Häusern.

Aber es war ungerecht, Frankfurt mit Paris zu vergleichen. Ihre Heimat besaß vielleicht nicht die Eleganz der französischen Hauptstadt, doch sie hatte immerhin eine Vergangenheit als Krönungsstadt. Und sie war ebenfalls sehr lebendig, nicht nur während der beiden Messen im Frühjahr und im Herbst. Im Hafen, wo die schwerbeladenen Lastkähne ankamen, oder im Posthof des Roten Hauses, wo im Stundentakt die Kutschen aus allen Himmelsrichtungen eintrafen, konnte man das ganze Jahr über den Duft der weiten Welt riechen. Unten am Mainufer an der Schönen Aussicht und im angrenzenden Fischerfeldviertel waren nach der Jahrhundertwende wunderschöne neue Bürgervillen entstanden. Direkt dahinter lag die alte Brücke mit den beiden Mühlen und Sachsenhausen am anderen Ufer. Sie hatte das silberne Band des Mains gesehen, in dem das Kielwasser der Schiffe im Licht der tiefstehenden Sonne golden funkelte, hatte bis nach Offenbach geblickt und sogar bis Hanau hinüber und auf der gegenüberliegenden Seite bis nach Mainz. Sie hatte erkennen können, wo mittelalterliche Festungsmauern breiten Alleen und Parks gewichen waren, und sie hatte einen dichten Gürtel von Bäumen und auf den ansteigenden Hängen ein paar Weinberge, braune Äcker und schließlich die blaugrauen Hügel des Taunus gesehen.

Friederike stand immer noch vor dem Schaufenster, den Kopf voller Bilder und Erinnerungen, während sich die Neue Kräme mit Menschen füllte. Die Mittagspause war vorüber, und das nervöse Bimmeln der Türglocke des benachbarten Tabakladens holte sie in die Gegenwart zurück. Sie hörte die Stimmen der Mägde, die vor dem Laden der Witwe Adler standen und tratschten, einen Losverkäufer der Stadtlotterie, der lautstark mit dem immer näher rückenden Annahmeschluss drohte, das Rattern von Kutschenrädern und das Poltern eines mit Leder beladenen zweirädrigen Handkarrens. Die braun, schwarz und grün gefärbten Häute waren vermutlich für das Geschäft von Herrn Funk in der Schnurgasse gedacht, ein Nachbar ihrer Eltern, der wunderschöne Taschen und exklusives Schuhwerk fertigte. Der Gehilfe von Herrn Amstutz, der im Laden schräg gegenüber Daunenfedern, Rosshaar und andere Füllmaterialien verkaufte, trat mit einem riesigen, in braunes Packpapier gewickelten Paket im Arm aus der Tür und wäre beinahe über einen kleinen Hund gestürzt, der mit fliegenden Ohren um die Ecke geschossen kam. Ein Strang Würstchen, den der Frechdachs vermutlich bei den Fleischschirnen auf dem Markt stibitzt hatte, baumelte ihm aus dem Maul. Dann sah Friederike Frau Storch mit ihren typischen Trippelschritten und ihrer heute besonders spitzen Nase die Straße entlangkommen. Wenn sie sich jetzt nichts einfallen ließe, würde die frommeifrige Pfarrersfrau sie in eines ihrer nervtötenden Gespräche über ihren Mildtätigkeitsverein verwickeln. Rasch beugte sie sich über Minchens Kinderwagen und hoffte, dass die kurzsichtige Wohltäterin sie nicht erkannte.

Minchen war just im richtigen Moment aufgewacht und gluckste und strahlte ihr entgegen. Mit ihren beinahe anderthalb Jahren passte die Kleine gerade noch so in den Wagen, der, wie sie vorhin festgestellt hatte, bedenklich quietschte und knarrte. Erstaunlich war das nicht, denn er hatte schon viel aushalten müssen. Minchen war nach ihrer Ältesten, der sechsjährigen Elise, dem fünfjährigen Carlchen und dem dreijährigen Wilhelm nun schon das vierte Kind, das Friederike darin übers holprige Frankfurter Pflaster schob. Sie brauchte den Wagen noch, sie musste unbedingt ihren Schwager Nicolaus bitten, nach der Federung zu sehen, bevor sie brach. Friederike hob Minchen heraus und sah in diesem Moment die Gattin des preußischen Gesandten aus der anderen Richtung näher kommen. Sie steuerte unverkennbar direkt auf sie und die Ladentür zu.

»Guten Tag, Frau Doktor«, begrüßte Friederike die elegant, wenn auch unordentlich gekleidete Dame.

»Frau Ronnefeldt. Sehe ich Sie auch mal wieder, wie schön«, sagte Frau von Mahlsdorf. Ihr *Ich* klang wie *Ick*. Sie war eine Bürgerliche und versuchte gar nicht erst, das zu verbergen. Ungehemmt sprach sie den Dialekt, den sie von zu Hause mitgebracht hatte. Sie war durch die Heirat mit Herrn von Mahlsdorf, einem studierten Juristen – wie überhaupt die meisten Gesandten Adlige und Juristen waren –, an das Von gekommen. Man sah Frau von Mahlsdorf oft beim Einkaufen, obwohl sie wahrscheinlich zwei oder drei Dienstmädchen und ganz gewiss eine Köchin hatte. Eingebildet war sie jedenfalls nicht und auch nicht eitel. Heute beispielsweise hing ihr Kragen schief, und von ihrem etwas unförmigen grünen Hut hatte sich eine Stoffblume gelöst und baumelte an einem einzelnen Fädchen herunter.

»Die süße Kleine, was für ein Herzelchen. Gesund und munter und der Frau Mama wie aus dem Gesicht geschnitten.« Frau von Mahlsdorf tätschelte Minchen den nackten Arm und drückte dann schwungvoll die Ladentür auf.

Dingdong.

Die neue glänzende Türglocke, ein Geschenk ihres Schwagers, mit dem er sie zu Ostern überrascht hatte, läutete in einem runden, satten Ton. Friederike registrierte es zufrieden. Der Klang gefiel ihr wesentlich besser als das hektische Gebimmel drüben im Tabakgeschäft. Aus dem hinteren Teil des Ladens kam mit langen Schritten der Lehrling Peter Krebs herbeigeeilt, der bei ihrem Anblick vom Hals aufwärts rot anlief, so dass sein Kopf über dem weißen Kragen leuchtete wie eine Tomate. Das passierte ihm ständig, dabei war er schon achtzehn und bereits seit zwei Jahren bei ihnen angestellt. Friederike hatte noch nicht herausfinden können, ob es an ihr lag oder ob er womöglich auf alle Frauen so reagierte? Tobias hatte keine Idee dazu. Im Gegenteil. Er hatte diese merkwürdige Eigenheit seines Lehrlings nicht einmal bemerkt, bis sie ihn darauf aufmerksam gemacht hatte. Glücklicherweise waren seine Neigung, feuerrot zu werden, und das etwas unbeholfene Auftreten, das auf seine Körpergröße zurückzuführen war – der Lehrling maß mehr als sechs Fuß und überragte, dürre wie er war, die meisten um sich herum um eine Kopflänge –, die einzigen Mängel des jungen Herrn Krebs. Als Lehrling machte er sich ausgezeichnet. Er war pünktlich, verrechnete sich nie, hatte ein hervorragendes Gedächtnis für Namen und Gesichter und vergaß auch nicht, sich nach dem Wohlergehen der Kundschaft zu erkundigen. Vor allem jedoch hatte er ein ausgezeichnetes Gespür für Tee. Friederike konnte ihn guten Gewissens mit Frau von Mahlsdorf alleine lassen.

Sie verabschiedete sich und ging mit dem genügsam vor sich hin brabbelnden Minchen auf der Hüfte in den hinteren Raum des Ladens, wo sich das Kontor befand. Die Fenster des langen, schmalen Raums gingen auf den Innenhof hinaus und lagen direkt hinter der Außentreppe, weswegen es hier auch bei Tag immer ein bisschen dämmrig war. Tobias war allein. Er stand mit dem Rücken zu ihr, hatte einen großen Papierbogen auf dem Tisch vor sich liegen und schrieb etwas in sein Notizbuch. Sie kannte dieses Buch, in dem er ständig blätterte und in das er ständig etwas notierte. Ihr Mann war offensichtlich nicht mit seiner Buchhaltung oder der Korrespondenz beschäftigt, er war in seine Reisevorbereitungen vertieft. Und wie immer gab dieser Anblick Friederike einen Stich.

»Tobias?«, sagte sie zu seinem Rücken, denn er hatte ihr Kommen trotz des vernehmlichen Klackerns ihrer Absätze auf dem Steinfußboden nicht bemerkt. Er drehte sich zu ihr herum und lächelte sie zerstreut an. Er trug seinen braunen Arbeitsrock. Die weiße Halsbinde saß locker und er hatte etwas Tinte auf der Stirn, da er die Angewohnheit hatte, sich, ohne die Schreibfeder abzulegen, an der Schläfe zu kratzen.

Er sieht gut aus, dachte Friederike wie so oft. Sie wusste von ihren Freundinnen, dass es keineswegs der Regel entsprach, wenn ihr dies nach beinahe sieben Ehejahren überhaupt noch auffiel. Allerdings hatten auch die wenigsten von ihnen, anders als sie, aus Liebe geheiratet. Sie betrachtete sein schmales Gesicht mit der hohen klugen Stirn und dem ausgeprägten Grübchen über der Oberlippe. Als er von einer Reise einmal mit einem Schnauzer zurückgekehrt war, hatte Friederike ihn gebeten, den Bart wieder abzunehmen, so sehr hatte sie sein Grübchen vermisst.

»Friederike! Was für eine Überraschung.« Tobias gab ihr einen Kuss auf die Wange, nahm ihr Minchen ab, die sofort die kleinen Arme nach ihm ausgestreckt hatte, und liebkoste sie.

Friederike betrachtete den großen Papierbogen, der die gesamte Tischplatte bedeckte und bei dem es sich um einen feingezeichneten, kolorierten Kupferstich handelte. Es war eine Weltkarte. So etwas hatte sie zuvor noch nie gesehen.

»So detailliert! Die muss ja ein Vermögen wert sein«, sagte sie.

»Erstaunlich, nicht wahr? Das ist eine Mercatorkarte, wie sie auch für die Navigation verwendet wird. Ein Vereinskollege hat sie mir geliehen.«

»Aber du wirst doch hoffentlich nicht selbst navigieren müssen«, erwiderte Friederike bemüht scherzhaft, obwohl ihr ganz und gar nicht nach Scherzen zumute war.

»Natürlich nicht. Trotzdem ist es immer gut, vorbereitet zu sein, nicht wahr? Ich habe mir unsere Route noch einmal angesehen. Wir werden an der Westküste Brasiliens vorbeisegeln, siehst du, hier.« Er fuhr die Route mit dem Zeigefinger nach.

»Aber China liegt doch im Osten. Ist das nicht ein Umweg?«

»Nein, oder doch, oder sagen wir, es ist viel komplizierter. Die Strömungen und die Winde sind günstiger auf diesem Weg. Außerdem werden in Brasilien Nahrungsmittel und Wasser aufgenommen. Zuvor geht es über Lissabon und die Kapverden. Siehst du, hier. Auf dem Rückweg werden wir näher an der Küste Afrikas vorbeisegeln.« Tobias Zeigefinger strich über das Meer.

»Frankfurt muss wohl ungefähr hier sein?« Friederike wies auf einen Punkt mitten in Europa, das sich im Vergleich zu den anderen Kontinenten winzig ausnahm.

»Genau. Und das ist China.«

»Ich hätte Angst. Dieser Ozean ist so entsetzlich groß.«

»Aber Liebes. Das haben wir doch tausendfach besprochen.«

»Ich *habe* schreckliche Angst. Um dich.« Friederike nahm das Kind wieder an sich und barg ihre Nase in dem weichen Haarschopf. »Wenn ich das hier sehe«, sie deutete in Richtung Karte, »nur noch mehr.«

»Ich komme heil zurück, das habe ich dir doch versprochen. So, und jetzt lass uns von etwas anderem reden.« Er fing an, die Karte zusammenzurollen, und sprach dabei über die Schulter hinweg weiter: »Mir fällt nämlich ein, wir sind nächste Woche Mittwoch bei den Senftlebens zum Tee eingeladen.«

»Wir? Du meinst, ich soll mitkommen?«

»Aber ja. Es ist keine Herrenrunde. Herr von Senftleben betonte ausdrücklich *mit Damen*.«

»Am Mittwoch wollte ich ja eigentlich endlich mal wieder zum Lesezirkel gehen.«

»Ach stimmt, das hatte ich ganz vergessen. Verzeih. Nun habe ich schon für uns beide zugesagt.«

»Aber sagtest du nicht erst neulich, dass du Herrn von Senftleben nicht sonderlich magst?«

»Sagte ich das? Nun, so arg ist es nicht. Eigentlich ist er sogar sehr nett und im Übrigen äußerst interessiert an meiner Reise. Die Weltkarte gehört ihm«, erwiderte Tobias, schob die Karte in ihre Metallhülse und legte sie beiseite. »Nun schau nicht so, mein Liebes.« Er machte einen Schritt auf sie zu und umfasste ihre Taille. Minchen in ihrer Mitte gluckste, erfreut darüber, beide Eltern so dicht bei sich zu haben. »Bitte, tu mir den Gefallen und komm mit.«

Friederike nickte. »Natürlich. Wenn es wirklich so wichtig für dich ist.«

»Das ist es. Du verstehst schon.«

Friederike verstand. Herr von Senftleben, dessen Gesellschaft Tobias üblicherweise mied, hatte gewiss versprochen, einen größeren Betrag für die Reise zu spenden. Tobias allein brachte höchstens ein Drittel der Reisekosten auf, er war auf seine Gönner und Geldgeber angewiesen. Im Gegenzug würde er mit dem Sammeln von Schmetterlingen und exotischen Pflanzen und mit anschließenden Vorträgen den Ruhm der Senckenbergischen naturforschenden Gesellschaft mehren. Die wenigsten ihrer Mitglieder waren schließlich so abenteuerlustig wie ihr Mann. Sie hörten lieber andere über ferne Länder reden, als dass sie selbst verreisten. Doch, auch wenn sie Tobias keinen Wunsch abschlagen mochte, glücklich war sie nicht über seine Pläne, weder über jene, die in der nahen Zukunft lagen, noch über die anderen, die seine Reise betrafen. Sie blickte in sein lächelndes Gesicht, befeuchtete ihren Daumen mit ein wenig Spucke und wischte ihm die Tinte von der Stirn. Dann wandte sie sich von ihm ab, trat zum Fenster und sah hinaus. »Ist Herr Weinschenk gar nicht da?«, fragte sie, als könnte der sich im Hof versteckt halten.

Wilhelm Weinschenk arbeitete seit einem halben Jahr als Prokurist bei Tobias. Sein Lohn stellte einen erheblichen Posten bei ihren monatlichen Ausgaben dar. Seitdem Tobias jeden Kreuzer für seine Chinareise auf die Seite legte, war es finanziell eng geworden im Hause Ronnefeldt. Doch Herr Weinschenk war unentbehrlich. Während der Zeit von Tobias' Abwesenheit, also für die nächsten ein oder sogar anderthalb Jahre, würde er das Geschäft führen.

»Er musste nach Mainz, ein paar Dinge erledigen. Er wird morgen zurück sein.«

»Schön«, sagte Friederike. Während ihr Mann ein großes Journal hervorholte und auf dem Pult aufschlug, blieb sie, das friedlich am Daumen nuckelnde Baby auf dem Arm, unschlüssig ans Fensterbrett gelehnt stehen. Sie hatte über etwas Wichtiges mit Tobias reden wollen, doch wegen der unerwarteten Einladung hatte sie den richtigen Moment irgendwie verpasst. Es fiel ihr schwer, darüber zu sprechen. Sie wünschte sich so sehr, dass Tobias seine Pläne aufgeben würde, sobald sie ihm von ihrer nun schon beinahe zur Gewissheit gewordenen Ahnung erzählte, und hatte Angst, dass es nicht so sein könnte.

»Geht es dir eigentlich besser?«, unterbrach Tobias ihre Gedanken. »Du sagtest doch heute früh, dir sei nicht ganz wohl.«

»Doktor Gravius war bei mir.«

»Du hast den Arzt gerufen? Dann ist es etwas Ernstes!«

»Nein, ich bin nicht krank, das heißt ...«

In diesem Moment kam Peter Krebs mit großen Schritten und rotem Kopf ins Kontor, um einen Quittungsblock zu holen und Tobias eine Frage zu stellen. Die beiden Männer sprachen eine Weile miteinander. Friederike sah zu, wie ein paar Sonnenstrahlen, die den Weg durch eine Lücke zwischen den Giebeldächern in den Hof gefunden hatten, sich bis zum Fensterbrett und langsam ins Zimmer vorarbeiteten.

»Entschuldige«, sagte Tobias, als sie endlich wieder allein waren. »Du bist wirklich blass. Was hat Doktor Gravius gesagt?«

»Er hat gesagt, dass ich ...«, begann Friederike, unterbrach sich jedoch wieder. Sie brachte es nicht über die Lippen. »Nein, nicht jetzt. Wir wollen lieber heute Abend in Ruhe darüber reden.«

»Aber nein. Ich sehe doch, dass dich etwas beschäftigt. Was ist es denn, Liebes? Sag es mir doch einfach jetzt.« Er trat zu ihr.

Friederike sah in die liebevollen braunen Augen ihres Mannes und wusste, dass sie der Aussprache nicht mehr würde ausweichen können. Plötzlich war das Kind auf ihrem Arm doppelt so schwer und das Mieder zu eng geschnürt.

Und dann fasste sie sich endlich ein Herz.

Sie sind wohl nicht von hier

Mainz, ebenfalls am 16. April 1838

Julius schlug den Kragen seines Gehrocks hoch. Obwohl tagsüber die Sonne geschienen hatte und es schon recht warm gewesen war, wurde es abends immer noch empfindlich kalt. Bedauernd dachte er an Marseille zurück. Dort begann der Sommer wesentlich früher. Doch diese schöne Zeit war erst einmal vorbei, seine Ersparnisse waren beinahe aufgebraucht. Es würde nur noch wenige Wochen dauern, bis er endgültig pleite war. Er musste dringend eine neue Möglichkeit finden, seinen Lebensunterhalt zu verdienen.

Er lief am Dom vorbei in Richtung Leichhof und bog auf der Suche nach einem Wirtshaus, in dem er ein oder auch zwei Gläser Wein trinken konnte, in die Augustinergasse ein. Der Gasthof in der Nähe des Holzturms, in dem er für die Nacht untergekommen war, hatte ihn enttäuscht. Der Eintopf war fade gewesen, und das Brot hatte schimmlig geschmeckt. Dunkel und verrußt, wie die Gaststube war, hatte er zudem nicht einmal sehen können, was er aß. Also wollte er den Abend wenigstens mit einem ordentlichen Riesling beschließen.

Vor einer Wirtsstube mit dem Namen *Le Coq au Vin* blieb er stehen. Er war seit zwanzig Jahren nicht mehr in Mainz gewesen und nicht wenig überrascht, wie viel sich aus der Franzosenzeit gehalten hatte. Das Französische hatte die Sprache und die Gewohnheiten durchdrungen, und man hatte es offenbar nicht eilig, es wieder loszuwerden. Ihm sollte es recht sein. Nach den langen Jahren, die er in Frankreich verbracht hatte, fühlte er sich ohnehin als halber Franzose. Die Entscheidung, nach Deutschland zurückzukehren, war ihm nicht leichtgefallen. Trotzdem war seine Erleichterung groß gewesen, als er vor nicht einmal achtundvierzig Stunden die Grenze ohne Probleme überquert hatte. Und wie die Dinge standen, würde er wohl bis auf weiteres hierbleiben.

Zwei Gestalten näherten sich, die mit gedämpften Stimmen miteinander sprachen. Der Silhouette ihrer Kopfbedeckungen nach zu schließen, waren es Polizisten. Julius hatte keine Lust, ihnen zu begegnen, öffnete die Tür zur Wirtsstube und trat ein. Schwüle Wärme, Pfeifenqualm und der Lärm vieler Menschen schlugen ihm entgegen. Laternen und Kerzen an den Wänden und auf den Tischen verbreiteten ein schummriges Licht. Julius' Augen brauchten einen Moment, bis sie sich an die schwache Beleuchtung gewöhnt hatten. Nach der Leere, die draußen geherrscht hatte, erschien ihm das Lokal übervoll. Bestimmt ein Drittel der Anwesenden waren Soldaten, aber auch ein paar wenige Frauen befanden sich unter den Gästen, und ein rotwangiges hübsches Schankmädchen bahnte sich soeben den Weg zu einem der Tische. Die Stimmung war ausgelassen, einen freien Sitzplatz sah er nicht. Er bestellte beim Wirt einen Schoppen, blieb am Schanktisch stehen und ließ seinen Blick durch den Raum wandern.

Ein Mann fiel ihm auf, der zwar inmitten einer lärmenden Gruppe saß, jedoch nicht dazuzugehören schien. Er war ein wenig jünger als er selbst, vielleicht Mitte oder Ende dreißig, hatte rötliche kurze Locken, einen Backenbart und eine Weste mit Uhrkette, was auf einen Sekretär oder Kaufmann schließen ließ. Seinen Rock hatte er über die Stuhllehne gehängt. Der Mann bemerkte seinen Blick und nickte ihm freundlich zu, und als einige Minuten später der Platz neben ihm frei wurde, setzte Julius sich zu ihm.

»Gestatten, Julius Mertens mein Name«, stellte er sich vor und hob sein Glas zur Begrüßung.

»Wilhelm Weinschenk«, sagte der Mann und hob ebenfalls sein Glas. »Ich hab Sie reinkommen sehen. Sie sind wohl nicht von hier?«

»Wie man's nimmt. Aus der Gegend, aber ich war lange im Ausland.«

Weinschenk rieb sich das Kinn und studierte das Aussehen seines Gegenübers, als betrachtete er ein wissenschaftliches Exponat. »Mal sehen. Natürlich, ich hab's. Sie kommen aus Wiesbaden!«

»Knapp daneben. Frankfurt.«

»Ha! Hab ich doch gleich gewusst, dass Sie kein Mainzer sind!«

»Und was ist mit Ihnen?«

»Ja, hört man das denn nicht?«, erwiderte Weinschenk. »Ich bin auch Frankfurter.«

»Ein Landsmann also, sehr erfreut. Beamter?«, tippte Julius.

»Kaufmann. Prokurist, um genau zu sein. Und Sie? In welchem Ausland waren Sie denn?«

»Frankreich. Reims, Paris, Marseille – in der Reihenfolge.«

»Bei den Franzosen also? Enchanté! Und was haben Sie dort gemacht?«

»So dies und das. Die meiste Zeit war ich im Champagnerhandel tätig.«

Weinschenk wiegte anerkennend seinen Kopf. »Champagner? Das ist was Reelles. Hier in Mainz gibt's auch einen, der sich seit einigen Jahren in dem Fach versucht. Christian von Lauterer heißt er.«

Julius nickte. »Ja, ich habe von ihm gehört.«

»Sind Sie seinetwegen hier?«

Julius schüttelte lächelnd den Kopf. »Nein, keineswegs.«

»Ihr Glück. Es läuft nämlich nicht so gut, wie man sich erzählt«, ließ Weinschenk ihn wissen. »Aber die Leute erzählen ja auch viel, wenn der Tag lang ist. Und was haben Sie vor? Wollen Sie weiter Champagner verkaufen?«

»Nein, eher nicht. Damit habe ich abgeschlossen. Ich bin auf der Suche nach einer neuen Herausforderung.«

»Herausforderungen sind gut!« Weinschenk leerte sein Glas, stand auf und winkte dem Schankmädchen. Er war sehr klein, stellte Julius fest, reichte ihm vermutlich kaum über die Schulter.

»Wie war noch gleich Ihr Name?«, fragte Weinschenk, nachdem er sich endlich bemerkbar gemacht und wieder hingesetzt hatte.

»Mertens.«

»Ich hab für Sie einen mitbestellt. Geht selbstverständlich auf meine Rechnung, Herr Mertens.«

»Da danke ich schön! Welche ist denn Ihre Herausforderung, Herr Weinschenk?«

»Ich mache in Tee.«

»Tee?« Julius war verblüfft.

Weinschenk nickte. »Dem Tee gehört die Zukunft!«, sagte er wichtig. »Er ist leicht zu transportieren und einfach zuzubereiten. Warten Sie noch zehn Jahre, dann redet kein Mensch mehr von Kaffee.«

Julius musterte ihn skeptisch. »Das glauben Sie wirklich?«

»Waren Sie mal in England? In London trinkt jeder Tee. Absolut jeder. Vom einfachen Arbeiter bis zur Queen.« Er spitzte beim Wort *Queen* übertrieben die Lippen.

»Schon. Aber die Geschmäcker sind doch überall ganz verschieden. In England trinkt ja auch jedermann Champagner. Hier hingegen …« Julius zuckte mit den Schultern und zeigte mit einer ausladenden Handbewegung auf die lärmenden Gäste im Schankraum. »Wie Sie sehen, sind die Leute mehr als zufrieden mit dem, was sie haben. Also, auf Ihr Wohl, Herr Weinschenk. Was führt Sie denn hierher? Geschäfte?«

»Welchen Grund gäbe es sonst? Normalerweise ziehe ich Wiesbaden bei weitem vor. Dort ist man weniger rustikal.«

»Sie führen also Ihren eigenen Teehandel?«

»Noch nicht.« Weinschenk kicherte. Er schien leicht betrunken zu sein. »Aber mein Chef geht demnächst auf große Fahrt.«

»Und Sie hoffen, dass er nicht mehr zurückkommt?«

»Das habe ich so nicht gesagt«, widersprach Weinschenk, sah aber leicht verunsichert aus.

»Aber gemeint?«

»O nein. Sie haben mich falsch verstanden.« Weinschenk schüttelte vehement den Kopf und blickte in sein Glas. »Ich trinke sonst nicht, müssen Sie wissen.«

»Nein, natürlich nicht. Wohin reist er denn?«

»Wer?«

»Na, Ihr Chef.«

»Ach ja. Nach China.«

»Oh!« Julius nickte anerkennend. »Das ist tatsächlich eine große Fahrt. Er scheint ja ein rechter Abenteurer zu sein.«

Weinschenk zuckte mit den Schultern. »Wer's mag! Ich rede ihm da bestimmt nicht rein.« Er beugte sich so weit zu Julius herüber, dass er mit der Wange seine Schulter berührte. »Er hätte mich sonst nämlich nicht eingestellt. Er braucht mich«, sagte er dicht an seinem Ohr. Dann griff er nach Julius' Arm und rieb anerkennend am Stoff seiner Jacke. »Champagner lohnt sich, wie ich sehe. Ist dieser Anzug französisch? Stoff und Schnitt sind wirklich exquisit.« Er brauchte einen Moment, bis er das letzte Wort über die Lippen gebracht hatte.

Julius zog erstaunt die Augenbrauen hoch. Aus diesem Weinschenk wurde er nicht schlau. Er redete zwar eine Menge Blödsinn, hatte jedoch offenbar einen guten Geschmack. Rock, Weste, Hose und Mantel hätten ihn nämlich tatsächlich ein Vermögen gekostet – wenn er sie hätte bezahlen müssen. Doch an die Umstände, unter denen er an diese Kleidungsstücke gekommen war, wollte er jetzt nicht denken. Er nahm einen großen Schluck aus seinem Glas, bestellte noch einen weiteren Riesling für seinen neuen Freund und ein Wasser für sich selbst und fuhr fort, Willi Weinschenk Fragen zu stellen, ohne dabei allzu viel von sich selbst preiszugeben. Aber er konnte seine Überraschung nicht verbergen, als er den Namen des unbekannten Abenteurers und Teehändlers erfuhr, der Weinschenks Chef war.

»Ronnefeldt. Johann Tobias Ronnefeldt.« Weinschenk strengte sich an, die einzelnen Silben korrekt auszusprechen. »Kennen Sie ihn etwa?«

»Hat er einen Bruder, der Nicolaus heißt und Schreiner ist?«

Weinschenk nickte. »Korrekt.«

»Dann kenne ich ihn tatsächlich. Tobias Ronnefeldt ist ein alter Schulkamerad von mir. Na, so was! Wer hätte das gedacht? Ich hatte keine Ahnung, dass er mit Tee handelt. Von fernen Ländern geträumt hat er allerdings schon immer.«

»So spricht der Herr, der sein halbes Leben in Frankreich zugebracht hat.«

»Ich bitte Sie. Im Vergleich zu China liegt Frankreich doch um die Ecke. Ich beneide ihn!«

»Wirklich?« Weinschenk sah Julius erstaunt an. »Wegen seiner Reiserei? Aber warum sollte jemand Frankfurt verlassen wollen? Zumal, wenn er ein so hübsches Weib daheim hat«, fügte er mit einem wehmütigen Lächeln hinzu.

»Soso, hat er sich gut verheiratet, der alte Schwerenöter?«

»Von Schwerenöter weiß ich nichts. Aber gut verheiratet hat er sich. Eine hübsche Madame, die Kleine, und einige Jahre jünger als er. Man sieht ihr nicht an, dass sie schon vier Kinder geboren hat. Würde mir auch gefallen.« Weinschenk sah mit glasigem Blick vor sich hin.

»Sie sind in Ihre Chefin verliebt? Mein lieber Herr Weinschenk, das wird ja immer schöner«, sagte Julius lachend.

»Wenn Sie sie kennenlernen, werden Sie mich verstehen!« Der Prokurist kam ins Schwärmen. »Dieses Haar, diese Figur, diese Haltung. Und erst das hübsche Gesichtchen! Sie sieht keinen Tag älter aus als achtzehn, ganz wie ein vollkommen unschuldiges, junges Ding. Und doch ist sie eine richtige Frau. Und erst dieses Lächeln! Die Vorstellung, dass so ein Wesen mir nach einem langen Arbeitstag eine Tasse Tee einschenkt … Wenn ich es Ihnen sage!«

Julius hielt sich die Seite vor Lachen. »Daher kommt also Ihr Interesse für Tee! Mein lieber Willi. Ich darf Sie doch so nennen? Sie sind mir vielleicht einer!«

»Wenn ich es Ihnen sage«, wiederholte Weinschenk ein wenig lallend und stimmte in das Lachen ein. »Wenn Sie sie erst kennengelernt haben, reden wir weiter, Mertens. Sie gehen doch gewiss nach Frankfurt? Hier werden Sie kaum bleiben wollen.«

Julius hatte sich wieder beruhigt. »Wie gesagt, ich weiß noch nicht, wo es mich hintreibt. Doch Frankfurt wäre gewiss eine Option. Ist man immer noch so restriktiv mit dem Bürgerrecht?«

»Ihr Vater war Bürger?«, fragte Weinschenk.

Julius nickte.

»Dann sollte es nicht allzu schwer werden. Wenn Sie ein Fremder wären, müssten Sie ein Vermögen von fünftausend Gulden nachweisen, hinzu kämen noch über tausend für die Einbürgerung an sich. Aber als Bürgerssohn brauchen Sie, soweit mir bekannt ist, nur einen ordentlichen Beruf. Eine Gebühr müssen Sie freilich schon zahlen. Die Höhe ist mir nicht gegenwärtig, aber das ist für Sie doch sicher ein Leichtes, wenn ich Sie so anschaue. Aha, *das* ist also *Ihr* Geschmack?«, fügte er hinzu, als er bemerkte, wie Julius das Schankmädchen musterte.

»Welchem Mann gefällt das nicht«, bestätigte Julius und studierte in aller Ruhe die drallen Rundungen, die sich unter dem Rock des Mädchens abzeichneten. »Trotzdem sollten Sie aus einem einzelnen

Blick keine falschen Schlüsse ziehen, mein lieber Willi. Erzählen Sie mir doch mehr vom Tee.«

»Besser nicht. Am Ende machen Sie mir noch Konkurrenz.« Weinschenk erhob den Zeigefinger.

»Das trauen Sie mir zu? Sie vergessen, dass ich in Sachen Tee völlig ahnungslos bin.«

»Aber ich habe so eine Ahnung, dass Sie es faustdick hinter den Ohren haben.«

Julius musterte den Prokuristen von der Seite, der sich nun umsah, als wollte er sich vergewissern, dass ihnen auch niemand zuhörte, bevor er sich wieder zu ihm herüberlehnte.

»Außerdem habe ich etwas viel Besseres als Tee.« Weinschenk deutete vorsichtig nach unten auf die lederne Mappe, die zu seinen Füßen stand und die er wie seinen Augapfel zu hüten schien. Julius hatte schon bemerkt, dass er sich ständig vergewisserte, dass sie noch da war, und hatte vermutet, dass sich Geld darin befand.

»Ach, wirklich?«, sagte Julius betont abschätzig. Mehr an Ermutigung war nicht notwendig, Weinschenk besaß das übersteigerte Geltungsbedürfnis, das kleingewachsenen Männern oftmals eigen war. Wenn er wirklich ein Geheimnis hütete, würde er damit herausrücken.

»Sie mögen Frauen?«, fragte Weinschenk verschwörerisch. Julius konnte die Spucketröpfchen an seiner Ohrmuschel fühlen und rückte ein wenig ab.

»O nein, mein lieber Wilhelm. Das ist nicht meine Art. War es noch nie.« Er zog eine Münze hervor und legte sie auf den Tisch.

»Meine auch nicht!«, versicherte Weinschenk.

»Nichts für ungut. Ich verabschiede mich.«

»Aber Sie wissen doch gar nicht, was ich meine.«

»Ach nein?« Julius schüttelte den Kopf. »Ich für meinen Teil verführe Frauen lieber, als dass ich sie bezahle.«

»Das glaube ich Ihnen. Doch das hier werden Sie trotzdem sehen wollen. So etwas haben Sie garantiert noch nie zu Gesicht bekommen!«

Eine Dringlichkeit lag nun in Weinschenks Stimme, die Julius gegen seinen Willen neugierig machte. »Nun gut. Wenn Sie mir etwas zeigen wollen – nur zu!«

»Nein, nicht hier!«

»Dann begleiten Sie mich doch einfach auf meinem Weg in die *Krone*«, sagte Julius und stand auf.

Weinschenk erhob sich ebenfalls und sah ihn mit Hochachtung an. »Sie sind in der *Krone* abgestiegen?«

Julius lächelte zufrieden. Er hatte einfach den Namen des größten Hotels genannt, an dem er vorbeigekommen war. In die Spelunke, in die er sich eingemietet hatte, würde er jedenfalls nicht zurückkehren. Er hatte vernünftig sein wollen, doch wenn er es sich recht überlegte, passte das nicht zu ihm. Die ganze Stadt passte nicht zu ihm – und ausgerechnet dieser Herr Weinschenk hatte ihm die Augen geöffnet. In Wiesbaden gab es die Spielbank! Die würde sein nächstes Ziel sein.

Zwei Stunden später lag Julius unter einem frischgefüllten Federbett auf einer bequemen Matratze und blickte in die Dunkelheit. Die alten Balken knackten wohlig, während die Glut des kleinen Ofens die Luft angenehm temperierte. Eine einzige Nacht kostete hier so viel wie zwei Wochen in der Unterkunft, aus der er seine Sachen hatte holen lassen. Er musste sich halt mit dem Geldverdienen ein wenig beeilen.

Doch Wiesbaden und die Spielbank konnten warten. Er hatte inzwischen eine viel bessere Idee, wie er zu Geld kommen würde.

Wilhelm Weinschenk! Der hatte ja keine Ahnung, auf was für eine Goldmine er gestoßen war. Julius lachte leise und drehte sich auf die Seite. Dieser kleine Mann dachte nur an sein eigenes schmieriges Vergnügen. Trug einen wahren Schatz in einer Aktentasche mit sich herum und gab ihn dann auch noch einem Mann preis, den er gerade erst kennengelernt hatte. Wie überaus leichtsinnig von ihm!

Das hatte er ihm auch gesagt. »Nie wieder werde ich das tun!«, hatte er Weinschenk schwören lassen und ihm dann versichert, dass er sie beide reich machen würde mit seiner Idee. Er, Julius Mertens, wusste nämlich ganz genau, wie man so etwas anstellte.

Wir haben alle unsere Geheimnisse

Frankfurt, 23. April 1838

Nur noch wenige Wochen bis zu Tobias' Abreise. Friederike saß am Fenster des Wohnzimmers, neben sich einen Korb mit Kleidungsstücken, die sie ausbessern musste. Die zum Teil winzigen Löcher in der in die Jahre gekommenen Weißwäsche störten Tobias zwar nicht, doch es reichte, dass sie darum wusste. Keinesfalls würde Friederike ihren Mann mit Löchern in der Kleidung fortlassen. Ihr gegenüber saß ihre Schwester Käthchen mit einem Stickrahmen in der Hand. Das Motiv, an dem sie arbeitete, zeigte ein Rosenbouquet inmitten eines Kranzes aus Blättern und Blüten. Das Bouquet war schon beinahe fertig, und Friederike konnte wie immer nur darüber staunen, wie naturgetreu die Blumen wirkten. Ihre Schwester entwarf ihre Stickmuster selbst und hatte sich in Frankfurt einen so guten Namen gemacht, dass sie sich mit dem Verkauf von Zierkissen und anderen Handarbeiten ein Zubrot verdienen konnte, was ihr wenigstens eine kleine finanzielle Unabhängigkeit von den Eltern verschaffte.

Friederike nahm das nächste Stück zur Hand, ein überlanges leinenes Unterhemd, und griff nach ihrem Stopfei. In der Frühe war sie mit Rückenschmerzen aufgewacht. Deshalb war sie froh, dass sie sitzen konnte und Käthchen ihr mit den Kindern half, denn ein Kindermädchen hatten sie nicht. Nicht nur Tobias, sondern auch sie selbst hatte bisher die Mehrkosten dafür gescheut. Und im Moment war alles friedlich. Nicht nur das, es herrschte sogar eine behagliche Ruhe. Der dreijährige Wilhelm lag auf dem Teppich und spielte mit ein paar Holzklötzen. Carlchen saß am Tisch, den Kopf tief über eine Schiefertafel gebeugt, und malte, und Elise hockte auf einem Schemel zu Füßen ihrer Tante und versuchte sich im Stricken. Minchen war in ihrer Wiege eingeschlafen. In der Stube waren nur das Quietschen des Griffels und das Ticken der Wanduhr zu hören, und aus der Küche, wo Sophie das Abendessen vorbereitete, drang ab und zu Topfgeklapper herüber. Anders als in vielen anderen Häusern der Frankfurter Altstadt, war die Küche bei ihnen nämlich im ersten Stock untergebracht und nicht im Erdgeschoss, was allerdings auch bedeutete, dass ständig Eimer mit Wasser die Treppe hinaufgeschleppt werden mussten. Doch es war müßig, darüber nachzudenken, ob das nun praktisch war oder nicht, denn sie hatten sich diese Aufteilung der Räume ohnehin nicht selbst ausgesucht. Bereits die Vorbesitzer des Hauses hatten auf dieser Etage den modernen gemauerten Herd einbauen lassen und so im Erdgeschoss hinter dem Laden und dem Kontor zusätzlichen Lagerraum geschaffen, auf den sie nicht verzichten konnten.

Friederike ließ ihre Näharbeit sinken und nahm einen Schluck vom Jasmintee, der auf dem Fensterbrett stand. Tobias hatte die Mischung aus Grüntee und Jasmin erst seit kurzem im Sortiment, und für Friederike war das Getränk eine wohltuende Entdeckung. Sie liebte den feinen Duft, der an einen nächtlichen Sommergarten erinnerte. Alles hätte so schön sein können, müsste sie sich nicht mit Sorgen über die Zukunft herumplagen.

Sie lehnte sich in ihrem Stuhl zurück und betrachtete nachdenklich ihren Sekretär mit der hübschen Maserung. Er war das Meisterstück ihres Schwagers. Der obere abschließbare Aufsatz ruhte auf zwei Elementen mit je drei Schubfächern, ein weiteres Schubfach befand sich unter der mit Rindsleder bezogenen Tischplatte, auf der ihr Schreibzeug bereitlag. Es hätte sie getröstet zu wissen, dass sie Tobias wenigstens Briefe schreiben könnte. Aber nicht einmal das würde bei dieser großen Entfernung möglich sein. Immerhin hatte Tobias versprochen, ihr zu schreiben, damit sie wenigstens erfuhr – wenn auch mit einer Verspätung von mehreren Monaten – ob er gut in China angekommen war.

Friederike ließ ihren Blick weiter durch den Raum wandern, der zu dieser Stunde am frühen Nachmittag von hellem Licht durchflutet war. Neben dem Sekretär stand auf sechs Beinen ein gepolstertes Sofa mit gerader Lehne und rotem Bezug, dann kam der Kachelofen, davor ein bequemer Lehnstuhl und auf der anderen Seite der Tür – an der den drei Fenstern gegenüberliegenden Wand – das Klavier, auf dem Friederike gelegentlich und Carlchen immer häufiger musizierten. In Ermangelung eigener Porträts blickten Friederikes und Tobias' Großeltern aus ihren Bilderrahmen links und rechts der Uhr auf die Wohnstube herab. Dabei hätte Friederike nur zu gerne ein Bild von Tobias besessen, gerade jetzt, wo er im Begriff war, sich auf diese lange, ungewisse Reise zu begeben.

»Soll ich dir nicht doch beim Flicken helfen?«, unterbrach Käthchens Stimme ihre Gedanken. Ihre Schwester legte den Stickrahmen zur Seite und beugte sich hinunter zu Elise, um ihr zu zeigen, wie sie die Nadeln richtig halten musste.

»Lass nur, das schaff ich schon. Du tust doch sowieso schon so viel für uns«, erwiderte Friederike, während sie die Augen zusammenkniff, um einen neuen Faden einzufädeln.

»Willst du dir nicht vielleicht doch noch eine Hilfe leisten? Jetzt, wo Tobias sich zu seiner großen Reise aufmacht und dich alleine mit den Kindern zurücklässt. Was meint er denn überhaupt dazu, dass ihr nur eine Hilfe habt und nicht einmal eine Magd?«, fragte Käthchen.

Friederike seufzte und dachte wieder ans Wasserschleppen. Manchmal hatte sie schon ein schlechtes Gewissen, dass ihr einziges Dienstmädchen, Sophie, alles alleine stemmen musste. Ihre Kinder waren noch zu klein, um eine Hilfe zu sein, und sie selbst tat zwar, was sie konnte, doch die Wassereimer sollten wirklich nicht ihre Aufgabe sein.

»Nichts sagt er dazu. Aber ich habe ihn auch nicht um mehr Personal gebeten. Sicher, wenn ich darauf bestehen würde ...« Sie seufzte und zuckte die Achseln. »Wir sparen nun einmal jeden Kreuzer für diese Sache, und ich habe das Gefühl, auch meinen Beitrag leisten zu müssen.«

Käthchen sah sie skeptisch an. »Diese Sache«, wiederholte sie kopfschüttelnd. »Wie du das einfach so dahinsagst! Dein Mann reist immerhin nach China! Also, mich wundert es, dass du das so leichtnimmst. Und im Übrigen ist dein Beitrag, meiner Meinung nach, schon groß genug.« Nachdem sie sich vergewissert hatte, dass Elise mit ihren Stricknadeln zurechtkam, widmete sie sich wieder ihrer Stickarbeit.

»Weißt du, wenn Tobias fort ist, wird der Haushalt ja auch kleiner. Und außerdem ist Sophie wirklich fleißig«, sagte Friederike, die das unangenehme Gefühl hatte, sich verteidigen zu müssen. Für eine Weile arbeiteten sie schweigend weiter. Friederike war angespannt. Käthchens Worte hatten ihr ihre Situation wieder allzu deutlich vor Augen geführt. Natürlich nahm sie das alles gar nicht so leicht, wie Käthchen es ausdrückte. Nur dass sie ihre Ängste nicht gerne offen eingestehen wollte, damit auch ja nicht die Vermutung aufkäme, dass sie nicht voll und ganz hinter Tobias' Plänen stand. Kurz überlegte sie, ob sie Käthchen von ihrer vagen Hoffnung erzählen sollte, dass Tobias es sich doch noch einmal anders überlegen könnte. Obwohl – so recht glaubte sie ohnehin nicht daran. Ihr Gespräch, das sie vor fünf Tagen im Kontor geführt hatten, war nicht ganz so verlaufen, wie sie es sich gewünscht hatte. Natürlich wollte sie nichts von ihm fordern oder verlangen. Ihr Mann musste selbst darauf kommen, aber darauf deutete bisher noch nichts hin. Außer, dass er sehr schweigsam und in sich gekehrt wirkte, seitdem ...

»Es gibt da eine Sache, über die ich mit dir reden wollte«, sagte Käthchen nun.

»Was ist es denn?«

»Ich habe eine Einladung von einer Freundin bekommen.«

»Eine Einladung? Von wem?«, fragte Friederike überrascht. Käthchen verbrachte so viel Zeit mit den Eltern oder bei ihr und den Kindern in der Neuen Kräme, dass sie manchmal das Gefühl hatte, ihre Schwester hätte überhaupt keine Freunde.

»Ich weiß nicht, ob du dich an sie erinnerst, aber wir korrespondieren seit einiger Zeit wieder häufiger miteinander. Früher hieß sie Caroline von Wollhagen«, sagte Käthchen.

»Natürlich, die kleine Gräfin.« Friederike ließ ihre Handarbeit sinken. »Ich erinnere mich gut. Ich fand sie wunderhübsch mit ihren weißen luftigen Gewändern. Als ich zwölf war, habe ich sie unendlich bewundert und dich sehr um sie beneidet.«

»Und ich war unendlich traurig, als sie fortging. Ich bin fast krank geworden vor Kummer. Jedenfalls hat sie sich in einen Theologen verliebt und ihn gegen den Willen ihrer Eltern geheiratet. Stell dir vor, sie heißt jetzt Caroline Meyer.«

»Eine Liebesheirat? Das wiederum hätte ich ihr nicht zugetraut.« Friederike schmunzelte. Es tat ihr gut, von ihren eigenen Sorgen abgelenkt zu werden.

Liebevoll betrachtete sie ihre Schwester, die unermüdlich weiter stickte. Käthchen war vier Jahre älter als sie selbst, also vierunddreißig, und es schien, als setzte sie alles daran, nicht aufzufallen mit ihrer schlichten Kleidung und der Haube, die sie tagein, tagaus trug. Dabei war sie sehr hübsch; als junges Mädchen war sie sogar eine regelrechte Schönheit gewesen. Sie hatte etliche Verehrer gehabt, doch sie hatte alle abgewiesen und sich aufopfernd um ihre beiden jüngeren Geschwister gekümmert, um Friederike, vor allem jedoch um die zwölf Jahre jüngere Wilhelmine, die als Kind oft monatelang krank gewesen war. Im Grunde hatte Käthchen die jüngste Schwester erzogen und auch unterrichtet, da die Kleine oft zu schwach gewesen war, um in die Schule zu gehen. Es hatte Mina nicht geschadet. Sie war zu einer selbstbewussten jungen Frau herangewachsen. Aber auch sie war immer noch ledig. Friederike war von den dreien die Einzige, die geheiratet hatte.

Käthchen und sie sahen einander ähnlich, besaßen dieselbe lange, schmale Nase, ein Grübchen am Kinn, dunkelbraune Augen und dieselbe glatte, weiße Stirn mit den klargeschwungenen Brauen und dem hohen Haaransatz. Und gerade heute schimmerten die Wangen ihrer Schwester mädchenhaft rosig und ließen sie besonders apart aussehen.

»Frau Meyer – was für ein Name, wenn man zuvor *von Wollhagen* geheißen hat.« Friederike musste lachen. »Also, Frau Meyer hat dich eingeladen? Wo wohnt sie denn?«

»In Bonn.«

»In Bonn!« Friederike war nun doch etwas beunruhigt. Das wäre allerdings eine weite Reise. In diesem Fall würde ihre Schwester vermutlich wochenlang wegbleiben. »Und wann willst du fahren?«

Endlich ließ Käthchen ihre Hände ruhen und sah sie an. »Ich habe noch nicht zugesagt. Ich wollte zuerst dich fragen.«

»Du musst mich doch nicht um Erlaubnis bitten.«

»Muss ich nicht? Aber wie willst du denn klarkommen? Tobias wird schon bald nicht mehr da sein.«

»Lass das mal meine Sorge sein. Ich verbiete dir, darüber auch nur eine Sekunde lang nachzudenken«, sagte Friederike mit gespielter Strenge. »Überleg dir lieber, wie du es anstellen willst. Du kannst eine solch weite Reise ja nicht alleine antreten.«

»Oh nein, da hast du natürlich recht. Aber ich hätte da schon eine Möglichkeit. Kürzlich habe ich Frau Bethmann zwei Kissen gebracht, die sie bei mir bestellt hatte, und ich weiß nicht mehr, wie wir darauf kamen, aber sie sagte mir, dass ihre Gesellschafterin wegen einer Hochzeit Ende des Monats nach Bonn reist. Ich könnte sie begleiten.«

»Ach, das ist ja eine wunderbare Gelegenheit«, sagte Friederike. Glücklicherweise klang es aufrichtig, und Käthchen lächelte sie dankbar an.

Rasch griff Friederike wieder nach ihrer Stopfarbeit, damit ihre Miene sie nicht aus Versehen verriet. Sie hatte nämlich in Wahrheit ein flaues Gefühl im Magen. Käthchen wollte nach Bonn und hatte offenbar schon alles organisiert. Ihre Schwester war eine so beständige Größe in ihrem Leben, dass sie beinahe eifersüchtig auf die ferne Freundin war. Oder war es gar Neid? Weil sie hierbleiben musste mit den Kindern, während andere auf Reisen gingen, Tobias und nun sogar Käthchen …

»Ich habe auch schon mit Mina gesprochen. Sie hat mir versprochen, sich ganz viel Zeit für euch zu nehmen, falls ich mich wirklich dazu entschließen sollte«, sagte Käthchen nun in heiterem Ton. »Es würde ihr gut passen, weil die Armenschule ohnehin gerade Ferien macht und sie einige Wochen lang keinen Unterricht geben kann. Sie beziehen ein neues Gebäude – im alten ist der Wurm drin.«

»Natürlich fährst du«, unterbrach Friederike sie, bevor ihre Schwester weiter über die marode Bausubstanz der Armenschule reden konnte, »und Tante Mina ist uns jederzeit willkommen. Oder, was meinst du, Elise?« Friederikes Stimme klang wesentlich fröhlicher, als ihr zumute war.

»Muss ich dann nicht mehr stricken?« Elise warf hoffnungsvoll das Nadelspiel hin.

»Ein Mädchen muss hundert Strümpfe stricken, bevor es ans Heiraten denken kann«, sagte Käthchen.

»Pah. Dann heirate ich eben nicht. Du bist ja auch nicht verheiratet, Tante Käthe«, sagte Elise und verschränkte die Arme. »Wie lange noch, bis ich endlich in die Schule darf?«

Friederike seufzte. Sie war stolz auf ihre klugen Kinder. Manchmal konnte es allerdings auch anstrengend sein. »Vier Monate.«

»Wie viele Wochen sind das?«

»Ein Monat hat vier Wochen, mein Schatz«, sagte Friederike. »Das sind also viermal vier Wochen. Du kannst selbst nachzählen.«

Elise zog die kleine Nase kraus und nahm ihre Finger zu Hilfe. Als diese nicht ausreichten, nahm sie ihre eigene Schiefertafel, die auch auf dem Tisch lag, und malte für jede Woche einen Strich auf. Nach ein paar Minuten hatte sie es heraus. »Sechzehn«, verkündete sie stolz.

Käthchen schüttelte den Kopf. »Dieses Kind. Wo soll das noch hinführen?«

»Tu doch nicht so. Du warst doch selbst eine gute Schülerin«, erinnerte Friederike sie.

»Eben, darum sage ich es ja.« Lächelnd hielt Käthchen ihrer Nichte das Strickzeug hin. »Eine Reihe schaffst du noch.«

Missmutig nahm Elise die Nadeln wieder in die Hand. »Warum muss Carlchen eigentlich nicht stricken lernen?«

Carlchen, der, den Kopf in die Hand gestützt, gelangweilt die Schiefertafel betrachtete, wurde angesichts der Unverfrorenheit seiner Schwester lebhaft. »Knaben stricken nicht. Das tun nur Frauenzimmer.«

»Und wo steht das geschrieben?«, fragte Elise.

»Das weiß doch jeder«, sagte Carlchen und wirkte dabei sehr altklug und so komisch, dass Friederike lachen musste. Mit seinem dunkelblonden, leicht gewellten Haarschopf sah er aus wie ein kleiner Engel. Und er trug seinen Matrosenanzug mit ganz neuem

Stolz, seitdem er wusste, dass sein Vater auf einem Segelschiff – einem echten Dreimaster! – nach China segeln würde.

Friederike wandte sich wieder Käthchen zu und legte ihr die Hand auf den Arm. »Also, du fährst, abgemacht? Und lass dir auch ja nicht von Mutter und Vater etwas anderes einreden. Wissen sie eigentlich schon davon?«

»Nein, noch nicht«, gab Käthchen zu. »Das habe ich mir bis zum Schluss aufgehoben. Wenn Caroline freilich immer noch eine von Wollhagen wäre, dann wäre Mutter begeistert.«

»Aber sagtest du nicht, sie habe einen Theologen geheiratet? Damit kannst du bei Vater ganz sicher punkten. Ein Pastorenhaushalt, das gefällt ihm bestimmt.«

»Theodor Meyer ist Privatdozent, kein Pastor. Und er schreibt zu allem Unglück auch noch für die Zeitung.«

»Na ja, das musst du Papa ja nicht unbedingt auf die Nase binden«, sagte Friederike. »Wir haben schließlich alle unsere Geheimnisse.«

Das verändert natürlich alles

Frankfurt, 26. April 1838

Tobias war abends auf dem Weg ins Senckenbergianum am Eschenheimer Turm. Beide Hände in den Taschen seines Gehrocks vergraben, den Blick auf den Boden gerichtet, bog er von der Zeil kommend in die Eschenheimer Gasse ein und stieß beinahe mit einem Wachsoldaten zusammen. Breitbeinig, das Gewehr quer vor der Brust, versperrte er ihm den Weg.

»Wechseln Sie die Straßenseite«, befahl er.

»Wie bitte?«

»Wechseln Sie die Straßenseite«, wiederholte der Soldat. Er trug eine preußische Uniform.

Tobias rührte sich nicht vom Fleck. »Warum sollte ich? Diese Seite gefällt mir«, sagte er und stützte sich auf seinen Spazierstock.

»Wollen Sie Ärger machen?« Der Soldat hörte sich nicht bedrohlich an, sondern besorgt. Er war kaum zwanzig Jahre alt und hatte vermutlich mehr Angst vor seinem Vorgesetzten als vor sonst irgendetwas. Tobias blickte dem jungen Mann über die Schulter. Nicht weit hinter ihm stand eine vierspännige Equipage vor der Einfahrt des Palais der von Thurn und Taxis. Anscheinend war das Tor verschlossen, so dass sie nicht hineinfahren konnte.

»Hoher Besuch?«, fragte Tobias im Plauderton.

»Das darf ich Ihnen nicht sagen«, sagte der Soldat. Er hatte Flaum am Kinn, bemerkte Tobias amüsiert. In dem Moment setzte sich die Kutsche in Bewegung. Jemand hatte das Tor geöffnet. Kurz darauf war der Weg wieder frei.

»Na also«, sagte Tobias mit einem Lächeln, nickte dem jungen Soldaten zu und ließ seinen Stock mit einem eleganten Schwung durch die Luft kreisen. »Schönen Abend noch.«

Ohne abzuwarten, dass der Soldat zur Seite trat, ging Tobias um ihn herum und passierte ungehindert das auch Bundespalais genannte Gebäude. Seit über zwanzig Jahren diente der ehemalige Fürstenhof jetzt schon als Versammlungsort für den Bundestag des Deutschen Bundes. Zuvor hatte der Großherzog von Frankfurt, Karl Theodor von Dalberg, darin gewohnt. Und im vergangenen Jahrhundert war in dem Gebäudekomplex die Reichspost untergebracht gewesen, die sich inzwischen in der Zeil hinter dem Roten Haus befand. Die Fassade war schlicht. Einzig das symbolträchtige Ensemble über dem Portal, bestehend aus einem Adelsschild, das von einem Löwen bedrängt wurde, und einer wehrhaften Athene mit einem Medusenhaupt in den Händen, ließ etwas von der prächtigen Ausstattung der Räume erahnen. Tobias spazierte am Tor vorbei, während es geräuschvoll von innen verriegelt wurde. Laute Stimmen mischten sich in das Geklapper der Pferdehufe.

Ein solcher Aufruhr um diese Uhrzeit war ungewöhnlich. Die Räume des Palais waren hell erleuchtet, und normalerweise war es außerhalb der Sitzungszeiten nicht so streng bewacht, doch heute patrouillierten etliche Soldaten. Ein geheimes Treffen womöglich? Tobias grübelte nicht lange darüber nach. Anders als sein Bruder Nicolaus, der ein glühender Demokrat und Verteidiger der Pressefreiheit war, hatte er kein großes Interesse an der Bundespolitik. Ihm fehlte schlicht die Zeit dafür. Abgesehen davon, war er der Meinung, dass ohnehin jeder irrte, der zu wissen glaubte, was hinter diesen Mauern vor sich ging.

Im Vorraum der öffentlichen naturkundlichen Sammlung empfing Tobias sonores Stimmengewirr. Er war erleichtert. Der Vortrag hatte noch nicht begonnen. Etwa achtzig geladene Gäste, die Hälfte davon Mitglieder der Senckenbergischen Gesellschaft für Naturforschung, die andere Hälfte Gönner und Freunde des Vereins, warteten aufgrund des Platzmangels eng gedrängt darauf, dass sich die hohe doppelflügelige Tür zum Ausstellungsraum öffnete. Die Herren – Damen waren nicht zugelassen – trugen ihre besten Anzüge und dazu gestärkte Vatermörder. Tobias, der keine Zeit mehr gefunden hatte, sich umzuziehen, sah prüfend an sich herunter, entdeckte einen Fleck auf dem Revers und versuchte gerade, ihn mit dem Daumennagel zu entfernen, als sein Bruder Nicolaus sich aus der Menge löste und auf ihn zutrat.

»Ich dachte schon, du kommst nicht mehr. Wo warst du so lange?«

»Tut mir leid. Ich bin aufgehalten worden«, sagte Tobias und zog seinen Bruder zu sich heran. Verdeckt durch Nicolaus' breiten Rücken, rieb er weiter an dem Fleck herum.

»Verstehe, Reisevorbereitungen.« Nicolaus klopfte ihm kameradschaftlich auf die Schulter. »Wann geht's eigentlich genau los?«

»In vier Wochen.«

»Das ist nicht mehr lange hin! Was macht deine Friederike? Wie nimmt sie es auf?«

Von dieser Frage überrumpelt, gab Tobias vor, mit dem Reinigen seines Revers vollauf beschäftigt zu sein, und antwortete nicht sofort. Hatte Nicolaus mit Friederike gesprochen? Wusste er etwas? Sein Bruder war einer seiner engsten Vertrauten und auch jemand, mit dem sich Friederike sehr gut verstand. Hatte sie sich ihm mit ihren Sorgen anvertraut? Doch als er Nicolaus schließlich ins Gesicht blickte, sah dieser ihn offen und arglos an.

»Gut«, sagte Tobias und bemühte sich um ein Lächeln. »Es geht ihr gut. Ein wenig angespannt ist sie, wo der Abreisetermin näher rückt. Du kannst es dir denken.«

Nicolaus nickte. »Ja, es muss schwer für sie sein. Uns allen wird es schwerfallen, auf dich zu verzichten.«

Tobias stieß seinem Bruder den Ellenbogen in die Seite. »Mach dich nur lustig über mich.«

»Nein, ganz im Ernst. Willst du es dir nicht noch einmal anders überlegen?«

»Warum sollte ich?«

»Weil dir bedeutende Dinge entgehen werden. Darum.«

»Was entgeht mir denn?«, sagte Tobias ungeduldig. »Jetzt mach es nicht so spannend.«

Sein Bruder griff seinen Arm und zog ihn näher zu sich heran. »Hast du noch nichts davon gehört? Es brodelt, mein lieber Tobias, es brodelt ganz gewaltig. Wir planen anlässlich der Einrichtung der Mozartstiftung ein nationales Sängerfest. Der Vorstand vom Liederkranz hat schon zugesagt. Es wird im Juli stattfinden!«

»Im Juli, aha. Du sagst das so, als wäre es etwas Besonderes.«

»1830? Julirevolution? Klingelt es da bei dir?«

»Da klingelt eine ganze Menge. Trotzdem wird euer Sängerfest ganz gewiss nichts an meinen Plänen ändern. Wie kommst du nur darauf?«

Nicolaus schüttelte den Kopf und ließ Tobias' Arm wieder los. »Wir sind eben doch sehr verschieden, Bruderherz.«

»Das ist wahr. Dich würde nicht einmal ein Weltwunder aus Frankfurt fortlocken.«

Nicolaus, vier Jahre älter als Tobias, war tatsächlich alles andere als ein Reisender oder Forscher. Er war auch kein Mitglied der Senckenbergischen Gesellschaft, jedoch dank seiner handwerklichen Fähigkeiten ein beliebter und gerngesehener Gast. Die repräsentative Ausstattung der Museumsräume war hauptsächlich seinem Geschick als Schreiner zuzuschreiben, und auch an der Vorbereitung des heutigen Abends hatte er seinen Anteil gehabt.

»Übrigens, ich wollte dich warnen«, sagte Nicolaus jetzt.

»Wieso? Was ist los?«

»Dein Schwiegervater ist hier.«

»Der alte Kluge? Was führt den denn hierher?« Tobias war sehr überrascht. Normalerweise lehnte der Senator Einladungen, die mit der naturkundlichen Gesellschaft verknüpft waren, immer ab. Er verbrachte seine spärliche Freizeit lieber in den eigenen vier Wänden, oder, je älter er wurde, umso häufiger in der Kirche.

»So verwunderlich ist das nun auch wieder nicht. Die neue Ausstellung soll doch auch Fremde und Reisende nach Frankfurt locken – und soweit ich weiß, ist dein Schwiegervater in der entsprechenden Kommission.«

»Natürlich, du hast recht.« Tobias machte gar nicht erst den Versuch, seine Erleichterung zu verbergen. »Ich dachte schon, er wäre meinetwegen hier.«

»Dann lag ich also richtig. Mit eurem Verhältnis steht es nach wie vor nicht zum Besten«, stellte sein Bruder fest.

»Ich gehe ihm einfach so gut wie möglich aus dem Weg. Wie sieht's aus, hast du unseren weltberühmten Helden schon gesehen?« Damit spielte Tobias auf Eduard Rüppell an, dem sie die heutige Veranstaltung zu verdanken hatten. Neben einem Vortrag des Forschungsreisenden stand die feierliche Enthüllung seiner Kamelparden auf dem Programm. Das Paar, ein männliches und ein weibliches Tier, war schon vor sechs Wochen in Frankfurt angekommen. Doch man hatte gewartet, bis Rüppell selbst aus Afrika zurückgekehrt war, um es der Öffentlichkeit zu präsentieren.

»Rüppell steht da drüben mit Direktor Cretzschmar und dem Stadtarzt Varrentrapp ...«

»... und mit meinem Schwiegervater«, ergänzte Tobias leise. Senator Christoph Kluge hatte ihn entdeckt, nickte ihm zu und hob grüßend die Hand. Tobias grüßte mit einem Kopfnicken zurück und ließ dann seinen Blick über die Menge schweifen. »Wo ist Hey? Ich kann ihn nirgends entdecken.«

»Der Präparator? Hat sich in seinen Schmollwinkel zurückgezogen«, erwiderte Nicolaus kichernd.

Michael Hey war mit Rüppell auf Forschungsreise gewesen, doch dann waren die beiden Männer, zur Überraschung aller, getrennt zurückgekehrt und seither nicht gemeinsam in der Öffentlichkeit gesehen worden. Von der einstigen Freundschaft, sollte es jemals eine gegeben haben, war offenbar nicht viel übrig geblieben. Jeder wusste davon. Sämtliche Zeitungen hatten darüber berichtet.

»Du amüsierst dich, aber ich kann Hey gut verstehen«, sagte Tobias. »Rüppell würde mich mit seiner überheblichen Art auch rasend machen.«

»Du bist doch nur eifersüchtig, weil er Geld hat und du nicht.«

»Hm«, machte Tobias. Der Einwand seines Bruders war nicht ganz von der Hand zu weisen. Rüppells Vater war ein wohlhabender Bankier gewesen, und sein Sohn hatte mit siebzehn Jahren sein Vermögen geerbt und kurz darauf beschlossen, alles in die Forschung zu stecken. Auch Tobias und Nicolaus hatten ihren Vater früh verloren. Geerbt hatten sie jedoch so gut wie nichts. Während Tobias also versuchte, genügend Kreuzer zusammenzukratzen, um seine Reisepläne zu verwirklichen, konnte Rüppell Ausrüstungsgegenstände, Assistenten oder eine Schiffspassage aus der Portokasse bezahlen. Doch weit schlimmer als das, war Rüppells arrogante Art, die Tobias in Kombination mit seinem Status als Halbgott unerträglich fand. Eduard Rüppell war nämlich reich *und* kompetent. Sein Wissen über astronomische Navigation hatte es ihm erlaubt, auf dem afrikanischen Kontinent Reisen zu unternehmen, die niemand anderes gewagt hätte. Unzählige Exponate aus Fauna, Flora und dem Reich der Mineralien hatte er von unterwegs nach Frankfurt geschickt. Die Hälfte aller Exponate gingen auf ihn zurück, und das Ansehen der Senckenbergischen Gesellschaft war dank Rüppell in den letzten Jahren enorm gestiegen.

»Du liegst vollkommen falsch, Nicolaus. Ich bin nicht eifersüchtig, weil er reich ist, sondern weil er blendend aussieht«, gab Tobias leise zurück.

Die Brüder blickten wieder zu der Gruppe von Männern hinüber, die sich um Rüppell geschart hatte und förmlich an seinen Lippen zu hängen schien. Eduard Rüppell war etwa im gleichen Alter wie Tobias, also Anfang vierzig, wirkte jedoch so athletisch und dynamisch wie ein zehn Jahre jüngerer Mann. Seine hohe breite Stirn wurde von unverschämt dichtem blondem Haar umrahmt und die Ebenmäßigkeit seiner Gesichtszüge durch die etwas zu lang geratene, kantige Nase noch unterstrichen.

»Sogar seine Zähne sind weiß und lückenlos«, sagte Nicolaus grimmig, der kürzlich einen Eckzahn verloren hatte.

Tobias stieß ihm mit dem Ellenbogen in die Seite. »Siehst du? Du bist auch eifersüchtig«, sagte er lachend. »Komm, wir mischen uns unters Volk. Da drüben steht der junge Doktor Hoffmann mit Hermann von Meyer zusammen. Ich will ihnen guten Abend sagen.«

Doch dazu kam er nicht mehr, weil in eben diesem Moment die Türen zur Ausstellung geöffnet wurden. Tobias ließ sich Zeit und trat als einer der letzten in den Saal. Die Kamelparden standen von einem schwarzen Vorgang verdeckt dem Eingang gegenüber. Die Vorrichtung dafür hatte sein Bruder gebaut. Nicolaus gehörte somit zu den wenigen, die die neuen Exponate schon gesehen hatten.

»Giraffa camelopardalis. Der Kamelparder«, begann Eduard Rüppell seinen Vortrag. Nachdem er zwanzig Minuten lang darüber gesprochen hatte, wie ihm erstmals die Idee gekommen war, einen Kamelparder nach Frankfurt zu bringen, und vor allem, wie es ihm gelungen war, diesen kühnen Plan in die Tat umzusetzen – er sparte dabei, wie es seine Art war, nicht mit Eigenlob –, wurden die Exponate enthüllt.

Ein Raunen ging durchs Publikum, und gegen seinen Willen war auch Tobias beeindruckt. Das Auffälligste war natürlich die Größe der Tiere. Majestätisch ragten die langen Hälse über dem wohlgeformten Rumpf empor, der erst auf Höhe von Rüppells Kopf begann. Dass sich die Tiere auf ihren dünnen knochigen Beinen überhaupt halten konnten, erschien verwunderlich. Sie wirkten mit ihren unverhältnismäßigen Proportionen geradezu absurd. Auf mindestens sechzehn Fuß schätzte Tobias die Höhe des männlichen Kamelparden, was Rüppell sogleich in seinem Vortrag bestätigte. Vierzehn Fuß maß das Weibchen. Während ein Gehilfe auf eine Leiter stieg und mit Hilfe eines Zollstocks die Maße anzeigte, vertiefte Tobias sich in die Betrachtung der facettenartigen Fellzeichnung. So etwas hatte er zuvor noch nie gesehen. Oder doch? Gab es nicht einen Schmetterling, der ein ähnliches Muster auf seinen Flügeln aufwies? Rüppell hatte offenbar wenig Interesse am Fell. Er verbrachte eine halbe Stunde damit, die Besonderheiten der zapfenartigen Hörner zu beschreiben, die sich offenbar erheblich von den Hörnern anderer Tiere unterschieden. Tobias hörte kaum noch zu. Er dachte darüber nach, warum die Natur so mannigfaltige Farben, Formen und Muster hervorbrachte, die außer dem rein dekorativen keinen anderen ersichtlichen Zweck zu haben schienen.

Etwa eine Stunde später stand man rauchend und fachsimpelnd beisammen. Da sich nun nicht mehr alle Besucher im Vorraum drängen mussten und die Stühle von den Saaldienern fortgeräumt worden waren, gab es nun deutlich mehr Platz. Tobias unterhielt sich mit einigen seiner Kollegen und begann, sich zum ersten Mal an diesem Abend wohlzufühlen.

Doch dieser Zustand währte nur kurz, denn sein Schwiegervater trat auf ihn zu und nahm ihn beiseite. »Die sind ein bisschen größer als deine Insekten, was?« Er wies in Richtung der Kamelparden.

»In der Tat«, erwiderte Tobias freundlich, fest entschlossen, sich nicht provozieren zu lassen.

»Trotzdem Humbug. Ist doch keine Arche hier«, knurrte der Senator und nahm einen Zug aus seiner Pfeife. Er war schon deutlich über siebzig, und sein schlohweißes Haar stand ein wenig wirr von seinem Kopf ab, was seinem würdevollen Auftreten aber keinen Abbruch tat. Er hatte eine große Nase, ausgeprägte Falten entlang seiner Wangen, geschwollene Tränensäcke unter den Augen und ein glattrasiertes, kantiges Kinn. Dies alles zusammen mit den ausgeprägten Geheimratsecken ließen ihn, den Kaufmann, ein wenig wie einen Gelehrten aussehen, obwohl er darauf nicht den geringsten Wert legte. Akademiker waren ihm, wie er gerne betonte, suspekt, dabei hatte er ständig mit ihnen zu tun und zählte einige von ihnen zu seinen langjährigen Freunden. Ein Widerspruch, der ihn nicht im Geringsten zu stören schien.

Tobias versuchte, den Spruch mit der Arche einfach zu überhören, und wartete ab, worauf sein Schwiegervater eigentlich hinauswollte. Irgendetwas führte der Alte doch im Schilde.

»Theodor Mühlens ist kürzlich gestorben«, sagte Senator Kluge nun.

Diese Wendung überraschte Tobias dann doch. »Ja, ich habe davon gelesen. Der Schlag hat ihn getroffen. Du kanntest ihn?«

Der Alte nickte. »Allerdings. Ein guter Mann. Gott sei seiner armen Seele gnädig. Es ist bedauerlich, dass er so früh gehen musste. Wie auch immer. Wie du vielleicht auch weißt, war er Mitglied der Bürgerrepräsentation. Und da ist jetzt ein Platz frei geworden.« Senator Kluge musterte seinen Schwiegersohn bedeutungsvoll durch den Qualm seiner Pfeife hindurch.

Tobias schwante Schlimmes. Die einundsechzigköpfige Ständige Bürgerrepräsentation war eine wichtige Institution in der Freien Stadt Frankfurt. Ihr oblag die Kontrolle sämtlicher Finanzangelegenheiten, und über ein kompliziertes Wahlmännersystem war sie an der Auswahl der Senatsmitglieder beteiligt. »Warum erzählst du mir das?«

»Wäre das nicht etwas für dich? Ich könnte dich vorschlagen. Ich könnte dich hineinbringen, wenn du verstehst, was ich meine. Von Günderode hat sogar schon durchblicken lassen, dass er sich für dich einsetzen würde. Ein Posten auf Lebenszeit. Und ein Posten mit Einfluss! Du könntest mitreden und – wer weiß – eines Tages selbst Senator werden.«

Tobias versuchte, sich seine Verunsicherung nicht anmerken zu lassen. Von Günderode war der oberste Direktor, normalerweise hätte er sich darüber freuen müssen. Aber was bezweckte sein Schwiegervater jetzt zu diesem Zeitpunkt damit? Er wusste doch, dass er in wenigen Wochen nach China aufbrechen wollte. Dann fiel ihm noch etwas ein:

»Ist Familienangehörigen von Senatoren nicht der Zugang verwehrt?«, fragte er.

»Ich bin alt geworden, mein Junge.« Sein Schwiegervater nannte ihn sonst nie *mein Junge*. »Falls du dich dafür interessierst, werde ich mich aus dem Senat zurückziehen.«

Tobias fing an zu schwitzen. Er fand es plötzlich ungeheuer warm zwischen all den Menschen. »Es ist eine große Ehre, dass du mich vorschlagen willst. Ich weiß das zu schätzen, wirklich. Aber wäre denn die Bürgerrepräsentation bereit, diesen Posten – also, das heißt, könnte sie denn so lange warten?«

»Warten? Worauf denn warten, mein Junge?«

»Du weißt doch, dass ich für eine längere Zeit nicht in Frankfurt sein werde.«

»Ach, das meinst du.« Der Senator sog an seiner Pfeife. »Ich nahm an, dass du in Anbetracht solcher Karriereaussichten deine Prioritäten überdenken würdest.«

»Unmöglich«, entfuhr es Tobias wider Willen heftig. »Ich plane diese Reise seit zwei Jahren. Die Gesellschaft zählt auf mich. Sie unterstützt mich logistisch und finanziell. Ich kann doch jetzt nicht einfach zu Hause bleiben und die Füße hochlegen.«

»Von Füße hochlegen hat ja auch keiner was gesagt. Aber bist du sicher, dass deine Kollegen bereit sind, ihr Geld für ein paar Schmetterlinge auszugeben, wenn sie so etwas haben können?« Der Senator wies auf die Kamelparden.

»Die wissenschaftliche Bedeutung eines Forschungsgegenstands bemisst sich nicht nach Fuß und Zoll«, erwiderte Tobias mit eisiger Miene. »Abgesehen davon mache ich diese Reise nicht nur für die Senckenbergianer. Ich verknüpfe selbstverständlich auch kaufmännische Absichten damit. Diese Reise wird mir neue Erkenntnisse bringen.«

»Erkenntnisse? Worüber?«

Tobias spürte, wie ihn die überhebliche, ruhige Art seines Schwiegervaters langsam auf die Palme brachte. Nur die Hautsäcke unter den Augen des Senators vibrierten leicht, wenn er an seiner Pfeife sog.

»Erkenntnisse über den Tee natürlich. Wie er wächst, wie er hergestellt wird und unter welchen Bedingungen. Alles Dinge, die man nur vor Ort erfahren kann. Selbstverständlich werde ich neue Handelsbeziehungen knüpfen und Einkaufsquellen erschließen.«

»Selbstverständlich.« Der Senator nickte und zuckte gleichzeitig mit den Schultern. »Dann eben nicht. Friederike wird enttäuscht sein.«

»Friederike? Was hat meine Frau damit zu tun?«

»Das fragst du noch?« Der Senator schüttelte seinen schönen Kopf. »Du erstaunst mich wirklich, mein Sohn. Aber Friederike war ja schon immer ehrgeiziger, als du es verdienst. Um dich aufzuklären, meine Tochter würde es begrüßen, wenn ihr Mann eine bedeutendere Position in der Stadt einnehmen würde. Wenn er eine Stimme hätte, die gehört würde.«

Tobias bekam einen trockenen Mund. »War das etwa ihre Idee? Mich für diesen Posten ins Spiel zu bringen?«

»Sie hat einmal so etwas erwähnt. Ein oder zwei Jahre muss das her sein. Ich muss zugeben, dass ich nicht unbedingt selbst darauf gekommen wäre.«

»Ich verstehe«, sagte Tobias tonlos und schluckte. »Also gut. Ich muss dich enttäuschen. Ich muss euch beide enttäuschen. China ist nicht verhandelbar.«

Tobias hielt es nach diesem Gespräch nicht mehr lange auf der Veranstaltung. Er ließ sich Hut, Stock und Gehrock geben und brach auf. Ein leichter Nieselregen hatte eingesetzt. Mit hochgeschlagenem Kragen eilte er durch die vom trüben Gaslicht schwach beleuchtete Dunkelheit und sah nichts außer seinen Schuhspitzen.

»Tobias, he, Tobias. Bleib stehen! Bleib doch endlich stehen!«

Er erkannte die Stimme seines Bruders und verlangsamte seinen Schritt. Eigentlich hatte er keine Lust auf Begleitung. Andererseits würde er bei diesem Tempo in zehn Minuten zu Hause sein – und dort wartete Friederike auf ihn. Die Aussicht darauf, ihr unter die Augen zu treten, war gleichfalls wenig verlockend.

»Tobias! Na endlich, Gott sei Dank.« Nicolaus hatte ihn eingeholt und blieb atemlos vornübergebeugt stehen, die Hände auf die Knie gestützt. »Puh«, stieß er hervor. »Ich bin das nicht mehr gewohnt. Ein alter Mann. Ein alter Mann«, keuchte er.

Tobias schüttelte den Kopf. »Was rennst du auch so?«

»Was läufst du auch weg?«, gab Nicolaus zurück und richtete sich auf. »Weißt du noch, früher? Da habe ich dich mühelos abgehängt.«

Tobias musste lachen. »Natürlich weiß ich das noch. Auf den Mainwiesen. Was habe ich mich über dich geärgert.«

»Und ich mich über dich. Weil ich auf dich aufpassen sollte.«

»*Du* solltest auf *mich* aufpassen? Du machst wohl Witze. Wer hat denn den meisten Unfug angestellt?«

»Stundenlang mit einem Schmetterlingsnetz durch die Gegend zu laufen, ist eben nicht jedermanns Sache. Das war mir zu langweilig.«

»Und mir eben nicht«, sagte Tobias, die Arme durchgedrückt, die Fäuste in den Manteltaschen vergraben. Langsam schlenderten sie nebeneinanderher und passierten schweigend die Hauptwache, wo ein paar Soldaten des Linienbataillons gerade dabei waren, den Wachwechsel zu vollziehen. Die knappen, zackigen Befehle hallten auf dem großen, leeren Platz wider.

»Was war denn los?«, nahm Nicolaus das Gespräch wieder auf, als sie in die Straße zur Katharinenpforte einbogen, um dann in die engeren Straßen und Gassen der Altstadt einzutauchen. »Warum bist du so plötzlich aufgebrochen? Hat der Alte dich geärgert?«

Tobias hob beide Schultern und ließ sie mit einem Seufzen fallen. Ihm war klar, dass er seinem Bruder nichts vormachen konnte. Und vielleicht wollte er das auch gar nicht.

»Weißt du, Nicolaus«, sagte er. »Seit Monaten freue ich mich auf diese Reise. Seit Monaten mache ich nichts anderes, als zu lesen, zu planen und vorzubereiten. Ich spare Kreuzer um Kreuzer, sehe zu, dass das Geschäft ohne mich läuft, schlage mich mit Weinschenk herum …«

»Willi Weinschenk«, sagte Nicolaus amüsiert und betonte dabei besonders das W zu Beginn beider Namen. »Mit ein bisschen Glück wächst er an dieser Aufgabe noch ein Stück.« Er wollte sich gar nicht mehr einkriegen über seinen gereimten Witz.

»Mach du nur deine Späße. Natürlich ist er nicht meine erste Wahl. Aber er verlangt nicht zu viel Geld, und er macht seine Sache ganz ordentlich. Er ist ein wirklich passabler Kaufmann«, sagte

Tobias. Er merkte, dass er versuchte, nicht nur seinen Bruder, sondern vor allem sich selbst zu überzeugen.

»Schon gut, schon gut«, lenkte sein Bruder ein. »Und? Was ist jetzt anders?«

»Alles. Alles ist anders. Ich kann mich nicht mehr freuen. Ich habe plötzlich ...«, er blieb stehen und überlegte, wie er ausdrücken sollte, was er fühlte. »Ich habe Bedenken, Nicolaus. Und dann kommst du auch noch mit deinem Sängerfest daher.«

»Mensch, Tobias.« Nicolaus legte seine große Hand auf Tobias' Schulter. »Du denkst doch nicht wirklich, ich würde annehmen, dass du deswegen deine Reise absagst? Da kennst du mich aber schlecht. Ein bisschen ärgern wollte ich dich, das ist alles. Selbst wenn da wohl so einiges unter der Oberfläche brodelt. Doktor Hoffmann sagte vorhin sogar etwas von Revolution. Wenn du mich fragst, hat er ein bisschen zu viel von der aufrührerischen Pariser Luft geatmet. Andererseits ...«

»Mein Schwiegervater will, dass ich mich in die Bürgerrepräsentation wählen lassen«, fiel Tobias seinem Bruder ins Wort. »Er sagt, er würde dafür sorgen, dass ich den Posten von Mühlens übernehmen kann.«

»Oha.« Nicolaus und schnalzte anerkennend mit der Zunge. »Das ist allerdings was. Und ich dachte immer, dein Schwiegervater könnte dich nicht leiden.«

»Kann er auch nicht. Ihm geht es um Friederike. Womöglich steckt sie sogar dahinter. Aber ich kann doch jetzt nicht nachgeben. Wie stünde ich dann da?«

»Nachgeben? Wem? Deiner Frau? Wovon redest du überhaupt?«

Tobias trat nach einem Stein, der ihm im Weg lag. »Friederike ist sehr wahrscheinlich schwanger. Sie sagt, sie sei sich zu fünfundneunzig Prozent sicher.«

»Was sagst du da?« Nicolaus blieb stehen. Sie waren vor der

Liebfrauenkirche angekommen. Trutzig ragten die Mauervorsprünge des Kirchenschiffs neben ihnen auf.

»Sie ist schwanger. Sie hat es mir vor ein paar Tagen gesagt, und ich kann seitdem an nichts anderes mehr denken. Nach vier Schwangerschaften kennt sie die Anzeichen wohl gut genug. Wie könnte sie da noch danebenliegen.«

»Aber, ich dachte ...«

Tobias nickte. »Das dachte ich auch. Wir alle dachten das. Doktor Gravius eingeschlossen. Auch wenn er sich so früh noch nicht festlegen wollte, so hat er doch ihren Verdacht fürs Erste bestätigt.«

Sein Bruder schwieg betroffen, und Tobias spürte sein Unglück wieder mit voller Wucht. Die letzte Geburt, die auf eine leichte und unbeschwerliche Schwangerschaft gefolgt war, hätte Friederike fast nicht überlebt. Nur durch ein Wunder waren sie und die kleine Wilhelmine dem Tod noch einmal von der Schippe gesprungen. Sie könne keine Kinder mehr bekommen, hatte es seitdem geheißen, und Tobias war nicht einmal unglücklich darüber gewesen. Seine Frau so leiden zu sehen, hatte ihm das Herz zerrissen und die Gefahr, sie zu verlieren, fast um den Verstand gebracht. So sehr er Kinder auch liebte, dieses Risiko einzugehen, stand nicht dafür.

»Ich verstehe. Das verändert natürlich alles«, sagte Nicolaus.

»Verdammt«, brauste Tobias auf. »Was soll das? Ich hatte auf deinen Zuspruch gehofft. Jetzt fall mir nicht in den Rücken.«

»Na, na, na, kleiner Bruder«, sagte Nicolaus besänftigend. »Ich wollte nur sagen, dass ich deine Sorgen nun besser verstehen kann.« Er schwieg eine Weile. »Das hat sie aber tapfer für sich behalten, deine Kleine«, fügte er dann hinzu.

»Ja, sie ist tapfer«, sagte Tobias, doch es klang beinahe wütend. »Sie ist so verdammt verständnisvoll und tapfer, und sie verlangt nichts von mir – und dennoch ...«

»Was?«

»Dieser Blick, Nicolaus. Wie sie so dastand und mich angesehen hat! Sie hat Angst um mich, das weiß ich. Aber damit kann ich leben. Damit hätten wir beide leben können. Doch diese Schwangerschaft ändert alles. Jetzt habe ich Angst um *sie*. Was, wenn ich zurückkomme und sie ... und sie ...« Er verstummte und legte sich die Hand auf die Augen. Den Satz zu beenden, erschien ihm unmöglich.

Sein Bruder holte tief Luft. »Ob du hier bist oder in China, Tobias. Du kannst es nicht ändern. Unser aller Leben liegt in Gottes Hand.« Die Glocke der Kirchturmuhr schlug zehn, wie um seine Worte zu unterstreichen. Dann war es wieder still. »Wenn du meine Meinung wissen willst ...«, fuhr er fort.

»Das will ich. Sag mir, was ich tun soll!«, rief Tobias gequält aus, als Nicolaus nicht sofort weitersprach.

»Du musst tun, was du tun musst, Bruder«, sagte Nicolaus langsam. »Seit der Zeit, wo du mit dem Schmetterlingsnetz durch die Mainwiesen gehüpft bist, wusste ich, dass du anders bist. Anders als ich. Und ich habe mir geschworen, auf dich aufzupassen. Wenn du meine Meinung wissen willst: Gib nicht auf. Diese Reise ist dein Traum, also fahr los! Ich kümmere mich um deine Frau.«

Überwältigt von Nicolaus' Worten holte Tobias tief Luft, zog seinen Bruder an sich und umarmte ihn. Dann sah er ihm in die Augen. »Tust du das? Versprichst du es mir?«

»Alles, was in meiner Macht steht. Und die Senckenbergianer zählen auf dich. Ich weiß zwar nicht, warum, aber ...«

Tobias ließ ihn nicht ausreden. »Hör auf, hör bloß auf!«, rief er. »Ich lasse nicht zu, dass du weiter deine Witze machst. Ich weiß, du meinst es nicht so.« Fast wollten ihm vor Rührung die Tränen kommen. Ihm war gar nicht bewusst gewesen, wie sehr ihm am Segen seines Bruders gelegen war, doch nun, da er diesen Zuspruch bekommen hatte, kam es ihm vor, als könnte er endlich wieder frei atmen.

Setzen Sie sich doch zu uns

Frankfurt, 2. Mai 1838

Es war der Mittwoch der Senftleben'schen Teegesellschaft, und Tobias hatte für sechs Uhr eine Kutsche bestellt. Friederike wunderte sich über diese Extraausgabe, zumal es bis zum Großen Hirschgraben zu Fuß höchstens zehn Minuten waren. Doch da der Tag kühl und regnerisch gewesen war, sie eines ihrer besten Kleider trug – aus dunkelblauer Seide mit glockenförmigem Saum und einem Dekolleté, das den Ansatz ihres Schlüsselbeins sehen ließ – und sie sich eine Stunde lang von Sophie mit einem heißen Eisen Locken hatte drehen lassen, protestierte sie nicht.

Für Tobias stand viel auf dem Spiel, vielleicht mehr, als er sich eingestehen wollte, und so war er den ganzen Tag über auffällig nervös gewesen. Doch als Friederike jetzt die Treppe hinunterkam, sah er ihr freudig entgegen. »Du siehst bezaubernd aus«, sagte er und küsste sie auf die Wange.

Friederike lächelte. Das Kompliment tat ihr gut, denn sie blickte dem Abend in diesem Kreis, in dem sie üblicherweise nicht verkehrten, ebenfalls ein wenig nervös entgegen. Mit Anfang zwanzig, zu der Zeit, als sie Tobias kennenlernte, war sie noch häufig in Begleitung ihrer Eltern und ihrer Schwestern zu Gesellschaften gegangen. Doch seit ihrer Heirat und vor allem, seitdem sie vier Kinder hatte, ging sie nur noch selten aus. Die Eltern waren alt geworden, ihre Schwestern hatten sich mehr und mehr zurückgezogen, und Tobias, der beruflich oder wegen seiner Vereinstätigkeiten ohnehin viel unterwegs war, bevorzugte ruhige Abende zu Hause. Während

Friederike handarbeitete oder Klavier spielte, widmete er sich dem Studium seiner diversen Bücher oder seiner Schmetterlingssammlung. Ihr häufigster Gast bei Tisch war Nicolaus – und Friederike hatte das Gefühl, ein bisschen aus der Übung zu sein.

»Das Kleid ist hoffentlich nicht zu elegant, oder? Für eine Einladung zum Tee, meine ich.«

»Genau richtig«, antwortete Tobias.

Die Droschke wartete bereits, und er half Friederike beim Einsteigen.

»Wer wird denn heute Abend erwartet? Werden Leute da sein, die wir kennen?«, fragte sie, als sie von der Kräme in die Sandgasse einbogen. Ihre Erfahrungen mit den alteingesessenen Adelsfamilien waren durchwachsen. Manche bildeten sich sehr viel auf ihre Abstammung ein, dabei waren sie am Ende auch nur Kaufleute wie sie selbst. Familie von Senftleben jedenfalls hatte ihren Reichtum einst mit einem Woll- und Leinenhandel *en gros* erworben. Andreas von Senftleben hatte nach einem Abstecher ins Bankhaus Gebrüder Bethmann, wo er beinahe zehn Jahre lang gearbeitet hatte, das Geschäft des Vaters allerdings nicht weitergeführt, sondern sich mit einer eigenen Bank selbständig gemacht.

»Doktor Rüppell wahrscheinlich und vielleicht Herr Hey«, sagte Tobias, und die Anspannung kehrte in sein Gesicht zurück. »Doktor Sömmerring hat sich ebenfalls angekündigt. Er ist ein häufiger Gast, denn er ist mit Herrn von Senftleben verschwägert.«

Das klang ja nun doch eher nach einer Männerrunde, ganz abgesehen davon, dass Tobias Rüppell nicht ausstehen konnte, dachte Friederike, sagte jedoch: »Wie schön, ich mag Doktor Sömmerring. Er ist ein sehr freundlicher älterer Herr. Und gut in seinem Fach. Wusstest du, dass er Papa vor zwei Jahren den Star gestochen hat?«

»Nein, das wusste ich nicht«, sagte Tobias, doch Friederike kam es vor, als hätte er ihr gar nicht richtig zugehört. Er schien mit seinen Gedanken ganz woanders zu sein. »Frau von Senftleben war sehr erfreut zu hören, wie gut du Klavier spielen kannst. Gut möglich, dass du gebeten wirst, etwas auf dem Flügel vorzutragen.«

»Was? O nein. Wie kommt es, dass sie davon weiß?«

Tobias zuckte die Achseln, lächelte sie verlegen an und fuhr sich mit der Hand durchs Haar. »Ich muss es irgendwann erwähnt haben, und Senftleben hat es sich gemerkt.«

»Und warum sagst du mir das erst jetzt?«

»Ich dachte nicht, dass es dich beunruhigt, mein Schatz. Du sitzt doch ohnehin in jeder freien Minute am Klavier.«

Nur, dass sie kaum freie Minuten hatte, wollte Friederike entgegnen, doch sie kam nicht mehr dazu, weil die Kutsche in diesem Moment bei einer der neuen cremefarbenen Stadtvillen hielt, die neben einigen, zum Teil über zweihundert Jahre alten Bauten den Großen Hirschgraben säumten. Vor der repräsentativen dreistöckigen Front mit ihren sieben Fensterachsen, wartete ein Diener mit altmodischer Zopffrisur in einer goldverzierten Livree. Er musterte abschätzig ihre Droschke, bevor er sich bequemte, gemessenen Schrittes die wenigen Stufen herunterzusteigen und den Verschlag für sie zu öffnen. Was für ein eingebildeter Kerl, das fing ja gut an, dachte Friederike, während sie ihren Rock raffte und über eine Pfütze stieg. Tobias reichte ihr den Arm, und sie beschloss, sich weder vom Prunk, noch vom Benehmen in diesem Haus einschüchtern zu lassen. Von einem weiteren Bediensteten wurden Tobias und Friederike über eine breite Treppe in den ersten Stock und dort in einen weitläufigen lichtdurchfluteten Salon geführt, in dem sich verschiedene Sitzgruppen mit Sesseln, Sofas und kleinen Tischen befanden. Auf einem großen, runden Tisch in der Mitte des Raums thronte eine zischende Teemaschine. An den Wänden, die mit einer hellgrauen, schimmernden Seidentapete bespannt waren, hingen Ölgemälde, Kupferstiche und Aquarelle. Die Kerzen der zwei großen Kronleuchter an der Decke brannten nicht, doch die geschliffenen Kristalle funkelten hell in der Abendsonne, die schließlich durch die Wolken gebrochen war und deren Strahlen jetzt durch die hohen Fenster fielen. Alles wirkte vornehm, ohne zu prunkvoll oder überladen zu sein, und Friederike fühlte sich in dieser Umgebung sofort wohl.

Einladungen zum Tee galten als zwanglos. Das war wahrscheinlich auch einer der Gründe, warum sie so beliebt geworden waren und es längst von der Insel auf den Kontinent geschafft hatten. Doch die angebliche Ungezwungenheit hatte so ihre Tücken. Auch wenn von den Gästen nicht erwartet wurde, zu einer festen Uhrzeit einzutreffen, so wäre ein vorzeitiges Erscheinen wiederum ausgesprochen unhöflich gewesen. Tobias hatte große Sorge deswegen gehabt, und nun waren sie, wie Friederike beunruhigt feststellte, vermutlich als Letzte angekommen.

Eine ältere Dame erhob sich von einem der Tischchen und kam ihnen mit ausgebreiteten Armen und schräggelegtem Kopf entgegen. Frau von Senftleben, schloss Friederike. Die Dame des Hauses war sehr klein, trug ein orientalisch angehauchtes, wallendes Gewand, das bei jedem Schritt raschelte, und schwere goldene Ohrringe, die ihre Ohrläppchen unschön nach unten zogen. »Mein lieber Herr Ronnefeldt. Das also ist Ihre werte Gattin? Liebe Frau Ronnefeldt – oder darf ich Katharina sagen?«

Friederike machte einen Knicks. »Guten Abend und vielen Dank für die Einladung, Frau von Senftleben. Ich heiße Friederike. Bitte nennen Sie mich Friederike.«

»Anna«, entgegnete Frau von Senftleben so laut, dass Friederike zusammenzuckte. »Dann nennen Sie mich Anna.« Ihre Gastgeberin drehte sich schwungvoll um und klatschte in die Hände. Sofort wandten sich ihr alle Blicke zu. »Ihr Lieben. Wir sind nahezu vollzählig. Die Speisen werden in Kürze aufgetragen – Kleinigkeiten, lauter Kleinigkeiten. Und ich möchte Sie alle bitten, sich nur recht zwanglos zu bedienen. Wir sind ganz *entre nous*. Nicht wahr, mein liebes Kind?«, fuhr sie fort, nun wieder an Friederike gewandt, die immer noch neben ihr stand und das unangenehme Gefühl hatte, von jedem im Raum gemustert zu werden. »Wir werden Ihren Mann seinem Schicksal überlassen, er kennt ja die meisten der Herren hier. Kommen Sie, ich stelle Sie den Damen vor.«

Sie führte Friederike zu einem Sofa, auf dem zwei Frauen saßen, die Friederike vom Sehen bekannt vorkamen. Die eine war mittleren Alters, hatte ein hageres Gesicht, eine lange Nase und ein freundliches Lächeln, und die andere war eine ausnehmend hübsche junge Frau mit dunklem, kunstvoll frisiertem Haar und porzellanweißem Teint, die sie interessiert ansah. »Madame Koch und Madame Lutteroth«, sagte Frau von Senftleben. Die beiden Frauen nickten grüßend mit den Köpfen.

»Setzen Sie sich doch zu uns, liebe Frau Ronnefeldt«, sagte die jüngere und klopfte einladend auf den Platz neben sich, während sich Frau von Senftleben – Friederike konnte sich unmöglich vorstellen, sie bei ihrem Vornamen zu nennen – schon wieder schwungvoll entfernte, um sich lautstark einer anderen Aufgabe zu widmen. »Ich habe schon auf Sie gewartet. Ich wollte Sie unbedingt kennenlernen.«

Ein wenig überrascht und gleichzeitig erfreut über den herzlichen Empfang, ließ Friederike sich auf dem Sofa nieder. Der Name Koch war ihr natürlich ein Begriff. Die junge Frau musste Clotilde Koch-Gontard sein. Ihren Mann Robert Koch hatte Friederike bereits entdeckt. Er führte einen weithin bekannten Weinhandel und saß mit zwei weiteren Herren in einer der anderen Sitzgruppen. Friederike sah, wie Tobias auf Herrn von Senftleben zusteuerte, der mit Herrn Doktor Rüppell und einem melancholisch dreinblickenden Herrn mit schwarzem Haar und gestutztem Bart am Fenster stand. Soweit

Friederike das überblicken konnte, waren Frau Koch, Frau Lutteroth und sie die einzigen weiblichen Gäste.

»Wir waren schließlich früher einmal Nachbarn«, fuhr Clotilde Koch fort.

Das war ziemlich übertrieben, fand Friederike, doch sie widersprach nicht. Familie Gontard residierte im Haus zum Roten Löwen in der Sandgasse, und seit der Hochzeit wohnte das Ehepaar, wie jedermann wusste, im Koch'schen Anwesen am Rossmarkt.

»Und wir haben so viel gemeinsam. Unsere Kinder sind in etwa gleich alt. Wussten Sie das?« Clotilde Koch lachte über Friederikes verblüfftes Gesicht. »Ich sehe genau, was in Ihnen vorgeht. Sie fragen sich, woher ich das weiß, stimmt's? Nein, ich bin keine Hellseherin, auch wenn das sicherlich recht spaßig wäre. Kürzlich erst war ich bei einer Séance, und da – aber nein, lassen wir das. Das erzähle ich Ihnen ein anderes Mal. Also, ich bin mit Ihrer Schwester Wilhelmine befreundet, oder sagen wir, wir sind uns ein paar Mal begegnet, und ich finde sie ganz reizend. Aber schelten Sie sie bitte nicht dafür, dass sie so viel ausgeplaudert hat. Ich habe darauf gedrungen und ihr so viele Fragen gestellt. Wie sind Sie hergekommen? Hoffentlich nicht zu Fuß? Mein Mann wollte die Kutsche nehmen, aber ich habe darauf bestanden zu laufen, und nun sehen Sie sich das an.« Clotilde Koch hob den Saum ihres Kleides, an dem Schmutz zu sehen war. »Zu ärgerlich.«

Friederike hatte ihrem Redeschwall mit wachsendem Erstaunen zugehört. »Mit der Kutsche«, sagte sie, als sie merkte, dass Clotilde Koch nun doch beschlossen hatte, eine Pause zu machen. »Wir sind mit der Kutsche gekommen.«

»Verzeihen Sie«, Frau Koch lachte und legte Friederike eine Hand auf den Arm, »ich mache immer wieder denselben Fehler und lasse andere nicht zu Wort kommen. Es liegt aber nur daran, dass ich mich so sehr freue, Sie zu sehen.«

»Ich freue mich auch«, erwiderte Friederike und merkte, dass es wirklich so war. Es tat gut, neue Menschen kennenzulernen, und Clotilde Koch war ihr in ihrer ungezwungenen und direkten Art auf Anhieb sympathisch.

»Machen Sie sich nichts draus. Bei meiner Schwester muss man sich gehörig in die Bresche werfen, um zu Wort zu kommen«, mischte sich nun die andere Frau ein, die ihre Gastgeberin als Frau Lutteroth vorgestellte hatte. »Das ist vollkommen normal.«

»Ach, Sie sind Schwestern«, sagte Friederike überrascht und sah von einer zur anderen.

»Ja, ja, wir gleichen uns kein bisschen. Anders als unsere Männer.« Clotilde Koch kicherte. »Sehen Sie nur, da drüben auf dem Sofa sitzen sie. Herr Koch und Herr Lutteroth. Jeder hält die beiden für Brüder. Verkehrte Welt.«

»Oder für Vater und Sohn«, korrigierte Frau Lutteroth. »Mein Mann ist siebzehn Jahre älter als ich«, fügte sie in verschwörerischem Tonfall hinzu.

Friederike sah zu den Männern hinüber, die sich tatsächlich sehr ähnelten. Der ältere der beiden mochte etwa sechzig Jahre alt sein. Obschon nicht korpulent, hatte er ein ausgeprägtes Doppelkinn, da der lange Kopf unvermittelt in den Hals überging. Auch der Jüngere besaß den Ansatz dazu. Es hatte bei beiden jedoch durchaus etwas Würdevolles. Sie waren ins Gespräch mit einem wesentlich jüngeren Mann vertieft, beinahe noch ein Knabe, der sein dunkelblondes Haar glatt gescheitelt trug und dessen Gesicht hinter einer viel zu hohen Halsbinde zu verschwinden schien. Er saß ein wenig verkrampft da, die Hände zwischen die zusammengepressten Knie gesteckt.

»Und der junge Mann?«, fragte Friederike, die rasch Vertrauen zu den beiden Damen gefasst hatte.

»Das ist Theodor Reiffenstein, ein Architekturstudent am Städelschen Kunstinstitut«, erklärte Clotilde Koch. »Mein Mann hat ihn vor ein paar Wochen aufgegabelt, als er gerade dabei war, die Paulskirche zu zeichnen. Robert hat ihm über die Schulter geschaut und war so begeistert, dass er ihn gebeten hat, auch von unserem Haus ein Bild anzufertigen. Sein Vater ist Bierbrauer und betreibt ein Wirtshaus in der Graubengasse.«

»Das *Gasthaus zum Ochsen*?«, fragte Friederike überrascht. Im *Ochsen* verkehrten vornehmlich Arbeiter und einfache Handwerker.

Clotilde Koch schien auch diesmal ihre Gedanken zu erraten. »Mein Mann ist sehr eigen. Er stellt Talent gerne über die Herkunft, und da er Herrn Reiffenstein nun einmal unter seine Fittiche genommen und beschlossen hat, ihn zu fördern, nimmt er ihn überall dorthin mit, wo er meint, dass es ihm von Nutzen sein könnte.« Sie zuckte die Achseln und beugte sich noch mehr zu Friederike herüber. »Ich bin mir da nicht so sicher, ob das so gut ist. Er ist erst achtzehn und sehr schüchtern. Aber Robert will Herrn von Senftleben vorschlagen, sich von ihm sein Gartenhaus zeichnen zu lassen. Immerhin, erst kürzlich hat ihm Baron von Rothschild ein Aquarell abgekauft. Es zeigt sein Elternhaus, Sie wissen schon, das in der Judengasse, in dem seine Mutter immer noch wohnt.«

»Gutle Rothschild«, warf Marianne Lutteroth ein. »Sie hat zwanzig Kinder, wussten Sie das?«

»Gewiss weiß sie das«, unterbrach Clotilde ihre Schwester und ihre Stimme klang leicht ungeduldig. »Entschuldige, Marianne, aber ich muss Frau Ronnefeldt unbedingt noch etwas anderes fragen. Sie sind mit Clara Wieck befreundet, habe ich gehört?«

»Clara? Oh, ja, das ist richtig.«

»Sie müssen mir unbedingt mehr von ihr erzählen. Ich habe so viel über ihre Erfolge in Wien gelesen und wünschte, sie kennengelernt zu haben, als sie damals in Frankfurt war. Ich habe nachgerechnet, sie kann da doch höchstens fünfzehn Jahre alt gewesen sein.«

»Sie war vierzehn. Ein verschüchtertes kleines Ding, um ehrlich zu sein – aber nur, solange sie nicht am Klavier saß. Mina und ich, also meine Schwester Wilhelmine und ich, haben sie damals ein wenig unter unsere Fittiche genommen. Sie und ihr Vater kamen regelmäßig zum Mittagessen zu uns in die Neue Kräme. Sie haben nur zwei Häuser weiter gewohnt, aber die Wirtin dort kochte nicht besonders gut, und außerdem hatte sie kein Klavier zum Üben.«

Clotilde Koch hatte ihr aufmerksam zugehört. »Ihr Vater soll sehr streng sein, habe ich gehört. Er stellt hohe Ansprüche an das Mädchen.«

»Ja, das stimmt. Ich hatte sogar den Eindruck, Clara fürchtete sich ein wenig vor ihm. Jedenfalls – zwei- oder dreimal kam sie allein, weil ihr Vater verhindert war. Es war wunderbar. Wir haben zusammen musiziert.«

»Sie haben mit Clara Wieck musiziert?«, sagte Clotilde Koch mit Bewunderung in der Stimme.

Friederike nickte. Sie freute sich, dass Clotilde sich dafür interessierte, denn sie dachte gerne daran zurück. »Ich war frisch verheiratet und guter Hoffnung mit unserem ersten Kind. Tobias war nicht da, er war in London, und meine Schwester Mina hat bei uns gewohnt. Ich habe mit Clara vierhändige Stücke am Klavier gespielt. Das muss im Januar gewesen sein, denn kurz darauf, im Februar, ist sie im *Weidenbusch* aufgetreten.«

»Sie waren also auch dort? Ich weiß es noch wie gestern, wie herrlich«, rief Clotilde aus, »das Konzert habe ich mit meinen Eltern besucht. Ich erinnere mich auch deshalb so genau daran, weil ich mit meinem Mann damals schon bekannt war und ihn dort zufällig in der Pause getroffen habe.« Sie lächelte ein verschwörerisches Lächeln. »Doch diese Begegnung und das Herzklopfen, das sie mir verursachte, hat mich nicht so sehr abgelenkt, als dass ich nicht bemerkt hätte, wie außerordentlich gut sie spielen konnte – für ein so junges Mädchen. Ich war selbst erst neunzehn und hatte den Kopf voller Flausen und Ideen. Selbst eine Künstlerin zu werden war nur eine davon. Und nun sehen Sie mich an. Jetzt bin ich verheiratet, habe drei Kinder und einen großen Haushalt zu versorgen.« Sie lachte herzhaft. »Wissen Sie was? Ich lade Sie und Ihren Mann bald mal ein. Wir geben regelmäßig Gesellschaften. Allerdings muss ich Sie warnen. Zu uns kommen jede Menge langweilige Engländer, und nur hin und wieder ist vielleicht einer darunter, der nicht geistlos ist. Doch wenn Ihr Mann regelmäßig in England ist, ist ihm das ja nicht fremd, und wer weiß, vielleicht würde ihm die eine oder andere Bekanntschaft hilfreich sein.«

Friederike lächelte. Clotilde Kochs Art, kein Blatt vor den Mund zu nehmen, gefiel ihr immer besser. Allerdings war sie sich nicht sicher, ob die junge Frau ihren Worten auch Taten folgen lassen würde. Der Weinhandel Gogel-Koch & Co., dem ihr Mann vorstand, war ebenso berühmt und einträglich wie der Tuchhandel der Gontards. Man musste sich nur die stattlichen Häuser ansehen, in denen die Familien wohnten, um zu verstehen, dass sie in ganz anderen Vermögensverhältnissen lebten als sie selbst. Ihr Haus in der Neuen Kräme war zwar auch nicht gerade klein, aber es war wesentlich älter und verfügte nicht über solch repräsentative Gesellschaftsräume, wie es heutzutage üblich war.

»Das ist sehr freundlich von Ihnen, und wir würden sehr gerne kommen. Doch leider wird mein Mann schon sehr bald zu einer Reise nach China aufbrechen.«

»Sehr bald? Was heißt das?«

»In etwa vier Wochen.«

»Du meine Güte, Sie Ärmste. Robert ist auch viel unterwegs, aber er bleibt doch auf dem Kontinent oder reist allenfalls nach

England. Aber China? Da müssen Sie doch schreckliche Angst um ihn haben.«

Friederike fühlte sich ertappt. Sie schlug die Augen nieder.

»Sie haben Angst! Ich sehe es Ihnen an. Also, abgemacht, Sie kommen, und wenn es nicht anders geht, dann kommen Sie eben allein. Oder zusammen mit Ihrer Schwester. Sie müssen unbedingt von Ihrem Kummer abgelenkt werden.«

Sie wurde in ihrem Redeschwall unterbrochen, weil in diesem Augenblick die Tür aufging und eine Parade von Dienern und Dienstmädchen eine Reihe von Speisen hereintrug und sie unter der Aufsicht von Frau von Senftleben auf dem Tisch neben der Teemaschine aufbaute. Das zentrale Stück war eine große, mit rot eingefärbtem Zuckerguss überzogene und mit sorgfältig modellierten Marzipanfrüchten dekorierte Punschtorte, die auf einem edlen Präsentierteller mit vergoldetem Fuß thronte. Das Porzellan mit den weiteren Köstlichkeiten, den *Kleinigkeiten*, wie Frau von Senftleben noch mehrfach betonte, war nicht minder kostbar. Schließlich war der Tisch geradezu überladen mit Makronen, Biskuits, Brezeln, süßem und herzhaftem Blätterteiggebäck und gebuttertem Brot. Frisches Obst, das sich in einer Jardiniere türmte, rundete die Teetafel ab. Das Personal zog sich wieder zurück, da Frau von Senftleben es sich nicht nehmen lassen wollte, den Tee selbst auszuschenken.

Nachdem sie alle drei eine zierliche, mit Weinlaub dekorierte Teetasse vor sich auf dem Tischchen stehen hatten, nahm Clotilde Koch den Gesprächsfaden an einer anderen Stelle wieder auf, »Also, meine Charlotte ist vier, Emma drei und Christian zwei Jahre alt. Und Ihre Älteste ist schon sechs, nicht wahr?«

Friederike nickte, während sie, wie es ihre Gewohnheit war, die Farbe des Tees in der Tasse studierte und an ihm schnupperte. Es schien ein Bohea zu sein, jedoch so stark, dass er nicht rötlich, sondern beinahe schwarz war und ohne Milch und Zucker eigentlich nicht zu genießen, weswegen sie nun auch zu der bereitstehenden Zuckerdose griff. Diesen Tee hatte die Familie von Senftleben ganz gewiss nicht bei Tobias eingekauft. Andererseits musste in einer Teemaschine jeder Tee leiden, weil er gar nicht anders konnte, als viel zu stark zu werden, weswegen sie persönlich auch nichts von dieser Form der Zubereitung hielt.

»Meine Schwester hat Sie wirklich gut ins Bild gesetzt«, sagte Friederike, während sie nun auch etwas Milch in den Tee gab, die wirbelnde Wölkchen in der dunklen Flüssigkeit bildete. Ein Anblick, nach dem die Engländer, so wie Tobias berichtet hatte, geradezu süchtig waren. Tee ohne Milch zu trinken wäre auf der Insel undenkbar gewesen. »Meine Kinder sind sechs, vier und drei Jahre alt. Die Jüngste, Wilhelmine, wird im September zwei.«

Clotilde Koch klatschte in die Hände. »Wie reizend. Die Einladung zur Abendgesellschaft ist das eine – die ist nicht vergessen. Aber ich habe eine noch viel schönere Idee: Sie kommen mit den Kindern zu uns ins Gartenhaus. Sie kennen es bestimmt, es liegt an der alten Windmühle am Main. Meine Schwester Marianne hat fünf Töchter. Sie sind wie die Orgelpfeifen und lieben es, auf die Kleinen aufzupassen. Das wird ein Spaß! Sobald das Wetter ein bisschen stabiler ist, werde ich Ihnen eine Einladung zukommen lassen. Sie müssen zusagen! Versprechen Sie mir das?«

»Sehr gerne.« Friederike lächelte über so viel Überschwang. Dann bemerkte sie, wie der Augenarzt Doktor Sömmerring durch eine Seitentür in den Salon trat und sich zu der Gruppe am Fenster gesellte. »Verraten Sie mir bitte noch, wer der Herr da drüben ist, der mit meinem Mann, Herrn von Senftleben und Doktor Rüppell zusammensteht?«

»Der hübsche Grieche, der so griesgrämig guckt? Das ist Herr Hey, der Präparator. Er und Doktor Rüppell haben sich zerstritten auf ihrer Reise nach Abessinien, heißt es. Ich wundere mich, dass er überhaupt hier ist«, antwortete Marianne Lutteroth.

»Dafür sagt er aber auch nichts«, ergänzte Clotilde Koch trocken.

»Würden Sie mich bitte für einen Moment entschuldigen? Ich möchte gerne Herrn Sömmerring und die anderen Herren begrüßen.« Friederike erhob sich.

»Und ich habe einen Bärenhunger. Wir werden den *Kleinigkeiten* einen Besuch abstatten, nicht wahr, Marianne?«, sagte Clotilde Koch. Sie traf dabei erstaunlich genau den exaltierten Ton ihrer Gastgeberin.

Etwa eine Stunde später hatte sich die Gesellschaft mehrfach neu durchmischt. Friederike plauderte noch eine Weile mit den beiden Damen. Die zierliche Clotilde Koch hatte tatsächlich Appetit wie ein Bär und balancierte geschickt zahlreiche Gebäckstücke auf ihrem Teller, während andere Gäste mit dieser ungewohnten Übung deutlich größere Schwierigkeiten hatten. Mehr als ein Biskuit landete auf dem Boden. Friederike hatte sich vorsichtshalber nur ein kleines Stückchen Punschtorte genommen – es schmeckte zwar extrem süß, passte aber, wie sie zugeben musste, sehr gut zu dem viel zu starken Tee – und ließ sich dann mit ihrem Teller und ihrer Tasse neben Doktor Sömmerring in einer der Sitzgruppen nieder. Während sie sich seine Klagen darüber anhörte, wie schwierig es sei, eine gute Haushälterin zu finden, in den passenden Momenten zustimmend nickte und ihn angemessen bedauerte, lauschte sie gleichzeitig einem Gespräch, das eigentlich nicht für ihre Ohren bestimmt war. Tobias stand nur ein paar Schritte hinter ihr, konnte sie aber wegen der hohen Lehne des Sofas, in dem sie mit Sömmerring saß, nicht sehen. Sie wusste, dass Tobias sie schonen wollte, indem er bei ihr nicht zu viel über die Risiken seiner Reise verlauten ließ, doch den Herren Rüppell, Hey und von Senftleben gegenüber war er offener.

»Ich korrespondiere seit anderthalb Jahren mit einem Missionar namens Karl Gützlaff. Sie haben vielleicht schon von ihm gehört?«, sagte Tobias.

»Gützlaff? Selbstverständlich habe ich von ihm gehört. Er ist ein evangelischer Missionar, nicht wahr? Sehr umtriebig. Er hat sich, soweit ich weiß, als vorzüglicher Chinakenner einen Namen gemacht«, hörte sie Herrn von Senftleben antworten.

»Ich habe kürzlich erst seine *Geschichte Chinas* in Händen gehalten. Nur etwas für Spezialisten, wenn Sie mich fragen. Seitenlang werden chinesische Schriftzeichen zitiert«, war jetzt Eduard Rüppells Tenorstimme zu hören. »Wird Gützlaff Ihnen als Führer dienen?«

»So ist es vereinbart. Herr Gützlaff erwartet mich in Kanton. Wir werden gemeinsam entlang der Küste in südlicher Richtung fahren, und er bestimmt den Ort, an dem wir anlanden, sowie die Route für unseren Ausflug ins Landesinnere. Unser Ziel sind die Teeplantagen in den Bergen, wo der Bohea angebaut wird«, antwortete Tobias.

»Bohea? Klären sie uns auf, Ronnefeldt«, sagte von Senftleben.

Tobias lachte. »Das, was wir hier bei Ihnen heute Abend trinken, ist Bohea.«

»Ach, tatsächlich?«, sagte von Senftleben. »Nun ja, für die Einkäufe ist meine Frau zuständig. Oder die Köchin.«

Es klang ein wenig abfällig, fand Friederike und ärgerte sich insgeheim.

Doch Tobias war nun in seinem Element und ließ sich nicht beirren. »Ihre Frau hat eine gute Wahl getroffen, wenn auch keine überraschende, denn Bohea ist ein weit verbreiteter Schwarztee. Die Amerikaner importieren ihn in großen Mengen, ebenso die Holländer und die Engländer. Er ist unempfindlicher als andere Teesorten und darum so beliebt. Aus kaufmännischer Sicht eine gute Sache. Gute Grüntees sind nämlich selbst für unsereins gar nicht so einfach zu bekommen. Ich habe schon mehr als einmal verdorbenen Grüntee entsorgen müssen, da weiß man einen ordentlichen Schwarztee zu schätzen.«

»Und was macht man mit dem Tee, damit er haltbar wird?«

»Das gehört zu den Dingen, die ich gedenke, auf meiner Reise im Detail zu studieren. Er wird auf jeden Fall getrocknet oder sogar geröstet. Wenn Sie den Bohea, den Sie da in Ihrer Tasse haben, ohne Milch und Zucker probieren, werden Sie es merken. Er schmeckt regelrecht rauchig. Über die Einzelheiten des Vorgehens gibt es einige Berichte von Reisenden und auch Gerüchte, denen man nicht immer Glauben schenken darf. Eigene Erkundigungen sind daher durch nichts zu ersetzen, und es lohnt sich meiner Meinung nach unbedingt, den Tatsachen auf den Grund zu gehen. Es besteht sogar Grund zur Annahme, dass es möglich sein könnte, Tee in unseren heimischen Regionen anzubauen. Die Klimaverhältnisse dort sollen von den hiesigen gar nicht so verschieden sein. Es gibt auch in China gelegentlich Frost, und er scheint den Pflanzen nicht zu schaden. Es ist mein Ziel, das herauszufinden und natürlich entsprechende Samen und Pflanzen mitzubringen.«

»Frankfurter Tee? Die Idee gefällt mir«, sagte Herr von Senftleben in seinem tiefen, brummenden Bass.

»Taunus-Tee womöglich, denn er wächst eher in Höhenlagen. Hier unten am Main, könnte die Luft im Sommer zu träge sein. Doch wenn es gelingt, würde eine heimische Teeplantage auf einen Schlag mehrere Probleme zugleich lösen. Zum einen fallen die langen Transportwege weg, die dem Tee sehr schaden. Die Qualität könnte sich so erheblich verbessern. Zum anderen ließen sich natürlich die Kosten um ein Vielfaches reduzieren und die Gewinnspanne enorm erhöhen, was das Projekt auch aus kaufmännischer Sicht überaus interessant macht. Ganz zu schweigen natürlich von den wertvollen wissenschaftlichen Erkenntnissen.«

»Erkenntnisse, die der Senckenbergischen Gesellschaft sicher sehr zur Ehre gereichen. Das ist ja allerhand! Im Ernst, mein lieber Herr Ronnefeldt, ihr Vorhaben ist ja noch umfangreicher als vermutet. Das gefällt mir außerordentlich.«

»Natürlich muss man vorsichtig sein«, fuhr Tobias fort. »Die Chinesen wollen sich nämlich gar nicht gerne über die Schulter schauen lassen. Von Gützlaff habe ich erfahren, dass der Schmuggel von Teepflanzen, oder auch von Samen, hart bestraft wird.«

»Was heißt hart?«, mischte Rüppell sich nun ein.

»Nun«, Tobias räusperte sich. »Die Details möchte ich Ihnen hier ersparen. Gützlaff ist jedoch ohnehin der Meinung, dass sich mit Bestechung das Schlimmste verhindern lässt.«

»Harte Strafen? Das Schlimmste? Na, Sie machen es ja spannend, mein Lieber«, sagte von Senftleben. »Aber kommen Sie doch morgen früh zu mir in die Bank. Nach allem, was ich höre, ist es eine Unternehmung ganz nach meinem Geschmack, selbst wenn sie mit einigen Risiken verbunden sein sollte. Doch das sind wir ja nicht anders gewohnt, nicht wahr? Sicher kann Ihnen Herr Rüppell für Ihre Reise noch einige Hinweise geben.«

»Wohl kaum, verehrter Herr von Senftleben«, sagte Herr Rüppell. »Verzeihen Sie, wenn ich Ihnen widerspreche. Aber es ist doch etwas ganz anderes, ob man sich mit wilden Völkern und Tieren beschäftigt oder mit einer fremdartigen Zivilisation, deren Beamte man nicht versteht. Hier wie dort stößt man auf eine gewisse Form von Einfalt, doch sie ist sehr unterschiedlich ausgeformt, würde ich meinen.«

»Trotzdem lege ich großen Wert auf Ihre Expertise, Herr Doktor Rüppell«, sagte Tobias.

»Wir haben noch nichts darüber gehört, wie Sie überhaupt ins Land hineinkommen wollen? Soweit mir bekannt ist, ist Europäern der Zugang zu den chinesischen Provinzen verboten«, wandte Rüppell nun ein.

»Da haben Sie recht, und es ist nicht vollkommen ausgeschlossen, dass wir uns die Haare färben und uns als Chinesen verkleiden müssen, um nicht aufzufallen. Aber Herr Gützlaff kennt Schleichwege ins Landesinnere. Und er spricht die Landessprache, was eine wesentliche Voraussetzung ist, um dort voranzukommen.«

»Aber Sie beide sind hoffentlich nicht allein unterwegs?«

»Herr Gützlaff wird eine Gruppe von Männern für das Vorhaben zusammenstellen, bewaffnete Wachleute inklusive. Wie bereits angedeutet, ist das alles leider nicht ganz ungefährlich. Man muss mit Wegelagerern rechnen und in der Lage sein, sich zu verteidigen«, sagte Tobias.

»Apropos verteidigen. Was halten Sie davon, wenn wir unsere Konversation bei einer Partie Billard fortsetzen? Ach, da sitzt ja Herr Doktor Sömmerring. Verehrter Herr Doktor, warum schließen Sie sich uns nicht an?«

Senftlebens Stimme klang mit einem Mal sehr nah, und dann fand Friederike sich auf ihrem unabsichtlichen Lauschposten entdeckt, weil die Männer plötzlich vor das Sofa traten, auf dem sie mit dem Augenarzt saß. Tobias sah sie erschrocken an. Sie las in seinen Augen, dass er begriff, dass sie jedes seiner Worte mitgehört hatte. Die Details seines Ausflugs ins chinesische Bergland, wie er es stets genannt hatte, ganz so, als handelte es sich um eine Reise nach Ems, hatte er ihr nämlich bisher immer verschwiegen. Doch sie war weniger naiv, als er vielleicht glauben mochte. Natürlich verfolgte auch sie die Zeitungsnachrichten. Sie hatte geahnt, dass nicht nur die Schiffsreise, sondern auch der Landgang gefährlich sein würde. Doch jetzt war nicht der richtige Augenblick für eine Aussprache, zumal nun wiederum die Gastgeberin ihrem Ehemann in die Parade fuhr.

»Aber nein, mein Lieber, was hast du vor?«, rief Frau von Senftleben, die aus einer anderen Ecke des Salons herbeigeeilt war. Sie klatschte in die Hände, um die Aufmerksamkeit auf sich zu lenken. »Willst du etwa unsere Gäste entführen? Frau Koch hat versprochen, uns etwas vorzusingen. Das wollen sich die Herren doch wohl nicht entgehen lassen. Und Frau Ronnefeldt wird sie am Flügel begleiten. Würden Sie das für uns tun, Kind?«

Plötzlich waren alle Augen auf Friederike gerichtet, die gar nicht wusste, wie ihr geschah. Tobias sah sie mit hochgezogenen Augenbrauen an und nickte kaum merklich mit dem Kopf.

»Ich weiß nicht recht.« Friederike fühlte, wie ihr die Hitze ins Gesicht stieg. »Was sagt denn Frau Koch dazu?«

»Die ist begeistert.« Unvermutet tauchte Clotilde Koch hinter dem breiten Rücken von Herrn von Senftleben auf. »Ich denke, wir beide werden uns schnell einig, was wir vortragen möchten, nicht wahr, Frau Ronnefeldt?« Sie lächelte ihr gewinnend zu.

»Ein Lied von Clara Wieck«, sagte Friederike.

Erzählen Sie von sich

Gerbermühle, 10. Mai 1838

Paul zog leise die Tür zum Krankenzimmer hinter sich ins Schloss, blieb im Flur stehen und rieb sich die müden Augen. Er fragte sich, wie viel Zeit dem Kranken noch blieb. Seine Kurzatmigkeit war schlimmer geworden, und sein Bewusstsein schien mehr und mehr in eine andere Wirklichkeit hinüberzugleiten.

»Wie geht es ihm, Herr Doktor Birkholz?«

Überrascht wandte Paul sich um. Er hatte Marianne von Willemer nicht bemerkt. Sie stand, die Hände ineinandergefaltet, vor dem Fenster, an der Schmalseite des Hausflurs. Ihre schlanke Gestalt mit dem toupierten Haar und der von einer altmodischen Corsage betonten Taille nahm sich im Gegenlicht wie ein Schattenriss aus.

»Die Wärterin ist jetzt bei ihm«, sagte Paul ausweichend.

»Und wie geht es ihm?«

»Verzeihung, gnädige Frau. Ich bin nicht der Arzt Ihres Mannes.«

»Aber Sie sind doch Arzt.«

»Ja, natürlich. Doch ich möchte nicht ...«

»Seit anderthalb Jahren, seit mein Mann der Schlag getroffen hat, erzählt mir Doktor Fabricius, er würde schon wieder. Eine Zeitlang habe ich ihm geglaubt, denn erst traten ja wirklich leichte Verbesserungen ein. Doch inzwischen habe ich meine Zweifel. Also frage ich *Sie*, wie es ihm geht.«

Paul räusperte sich. »Nun, gnädige Frau. Wenn Sie wirklich auf meine bescheidene Expertise vertrauen möchten.«

»Ich möchte.«

»Es ist die Lunge. Bedingt durch das lange Liegen. Die Lähmung macht ihm das Husten schwer, und es sammelt sich Flüssigkeit an. Außerdem habe ich bemerkt, dass sein geistiger Zustand ...«

»Ja ... Und das bedeutet?«

Paul senkte den Blick.

»Wird er sterben? Sagen Sie mir die Wahrheit.«

Er zögerte, bevor er sie wieder ansah. »Ja, gnädige Frau. Ihr Mann wird sterben. Vermutlich noch in diesem Jahr.«

Eine kaum merkliche Veränderung ging in ihrem Gesicht vor. Paul hatte sich vor der Reaktion gefürchtet, doch Marianne von Willemer hatte sich vollkommen unter Kontrolle. »Und man kann nichts tun?«

Paul schüttelte langsam den Kopf. »Nein, gnädige Frau. Ich fürchte, die Medizin kann in diesem Fall nur versuchen, das Leiden zu lindern. Aufhalten kann sie es nicht.«

»Ich danke Ihnen für Ihre Offenheit«, sagte sie nach einer Pause, die Paul endlos vorkam, und trat auf ihn zu. Er nahm den schwachen Geruch nach Veilchen wahr, der stets von ihr ausging. Er hing in ihren Haaren und in ihrer Kleidung und rührte ihn aus einem Grund, den er nicht genauer benennen konnte. Man sah, dass sie einmal eine sehr schöne Frau gewesen war, und ihre Bewegungen waren immer noch anmutig wie die einer Tänzerin. Doch ihre Haut hatte gelitten. Je nach Lichteinfall sah sie sogar manchmal älter aus als die gut fünfzig Jahre, die sie zählen musste. Sein Patient war achtundsiebzig und der Altersunterschied zwischen den beiden betrug, nach allem, was er von der Oberrader Dorfbevölkerung erfahren hatte, über zwanzig Jahre.

»Er nennt Sie Brami. Wissen Sie, wer Brami ist?«

Paul schüttelte den Kopf. »Nein, das weiß ich nicht.«

»Würden Sie mir die Freude machen und mit mir zu Abend essen? Dann erzähle ich es Ihnen.«

Der junge Arzt wunderte sich über die Einladung. Seit neun Wochen bewohnte er nun schon eine Kammer in der Scheune der Gerbermühle, die sein Patient Johann Jacob von Willemer vor vielen Jahren, als er noch jung und gesund gewesen war, für sich und seine Familie gepachtet hatte. Marianne von Willemer hatte ihm das Angebot, hier zu wohnen zwar selbst gemacht, sich seitdem jedoch distanziert und unnahbar gegeben und kaum ein Wort mit ihm gewechselt. Paul hatte es nicht persönlich genommen. Im Gegenteil, er war ihr dankbar gewesen. Als Gegenleistung für die Pflege des Kranken, hauptsächlich in den Nachtstunden, erhielt er Kost und Logis. Dies verschaffte ihm zumindest vorübergehend eine gewisse Unabhängigkeit von seinem Gönner und Förderer Baron von Rothschild, der jahrelang sein Medizinstudium und seinen Unterhalt finanziert hatte. Der Vorteil der Nachtarbeit war, dass ihm tagsüber Zeit blieb, um gelegentlich als Dorfarzt in Oberrad tätig zu sein. Wenn auch die Dörfler, ein Volk von Obst- und Gemüsebauern, am liebsten in Naturalien bezahlten, war dies doch besser als nichts. Er musste und wollte endlich einen Weg finden, auf eigenen Beinen zu stehen.

»Ich danke Ihnen für die Einladung, Frau von Willemer. Aber sind Sie sich auch sicher, dass ... Ich meine, ist Ihnen bekannt, dass ich ...«

»Sie möchten wissen, ob mir bekannt ist, dass Sie ein Israelit sind, Herr Birkholz?«, unterbrach ihn Marianne von Willemer. Ein amüsierter Zug erschien um ihren Mund, der die Klugheit in ihren Augen zum Vorschein brachte und noch etwas anderes, womöglich einen Anflug ihres früheren lebhaften Wesens. »Diese Tatsache ist mir nicht entgangen. Mir ist durchaus bewusst, dass Sie als studierter Mediziner und promovierter Arzt für die Aufgabe der nächtlichen Pflege überqualifiziert sind. Ein christlicher junger Mann mit ihren Talenten und Fähigkeiten wäre wohl kaum bereit zu unserem kleinen Handel gewesen. Ihr Kollege, Doktor Hoffmann, der Sie mir empfohlen hat, erwähnte Ihren ...«, sie zögerte kurz, bevor sie weitersprach, »... Ihren *Makel* zwar nicht ausdrücklich, aber ich war durchaus in der Lage zu verstehen, was er meinte, als er von Ihrer misslichen Situation sprach. Zu Ihrer Kenntnis, ich habe nichts gegen Israeliten, mein lieber Herr Birkholz. Und ich lade Sie zum Abendessen ein.«

Nach dieser kleinen Ansprache fiel ihm kein Widerspruch mehr ein. Also speisten sie miteinander, und in diesen zwei Stunden erfuhr Paul viel Neues über die Familie, bei der er wohnte und arbeitete.

Frau von Willemer erzählte ihm von ihrer freundschaftlichen Verbindung zum Geheimrat Goethe. Der vor sechs Jahren Verstorbene war eine Berühmtheit in Frankfurt, mit der sich jede Familie gerne geschmückt hätte, doch Frau von Willemer schien tatsächlich Anlass dazu zu haben. Er habe hier in der Gerbermühle seinen sechsundsechzigsten Geburtstag gefeiert und in ihrem Gartenhäuschen oben auf dem Mühlenberg einen bedeutenden Teil seines Werks verfasst, erzählte sie. Dann stand sie auf, nahm einen Bilderrahmen von der Wand und reichte ihn ihm. »Sehen Sie selbst.«

Überrascht blickte Paul auf ein paar Verse, die mit *Ginkgo biloba* überschrieben waren. Darunter befanden sich zwei gepresste Ginkgoblätter. »Das kam damals mit der Post. Sie finden das Gedicht auch im *West-östlichen Diwan*. Goethe selbst haben wir leider nie wiedergesehen.«

»Das ist wunderschön«, sagte Paul, nachdem er das handbeschriebene Papier gebührend lange studiert hatte. Es fiel ihm schwer, seine Verlegenheit zu verbergen. Offenbar handelte es sich um ein verschlüsseltes Liebesgedicht. Da er nicht wusste, wohin mit dem kostbaren Rahmen, stand er auf und hängte ihn wieder an die Wand.

»Abraham war der einzige Sohn meines Mannes. Er nannte ihn

Brami«, hörte er Marianne von Willemer leise hinter sich sagen. »Er starb als junger Offizier bei einem Duell. Fünfundzwanzig Jahre ist das her.«

Paul wandte sich zu ihr um und sah sie betroffen an.

»Nein, ich bin nicht seine Mutter. Ich habe keine leiblichen Kinder. Aber verstehen Sie, Paul? Er hält Sie für seinen Sohn. Und ich habe auch bemerkt, dass Sie ihm nicht widersprochen haben. Sie sind sehr liebevoll zu ihm. Dafür danke ich Ihnen.«

»Das ist doch selbstverständlich, gnädige Frau«, sagte Paul leise und setzte sich wieder auf seinen Stuhl.

»Werden Sie bei ihm bleiben, bis …«, sie sprach den Satz nicht zu Ende.

Paul nickte. »Natürlich. Wenn Sie es wünschen.«

Marianne von Willemer blickte eine Weile stumm und regungslos auf den Teller vor sich, und Paul wollte schon fragen, ob alles in Ordnung sei, als sie plötzlich mit entschlossener Geste ihre Serviette beiseitelegte.

»Erzählen Sie mir von sich.«

»Von mir? Was möchten Sie denn wissen, Frau von Willemer?«

»Zum Beispiel, wie es um Ihre Zulassung bestellt ist. Ich meine, mich zu erinnern, dass Doktor Hoffmann so etwas erwähnt hätte. Ist es nicht so, dass Sie sich um die Zulassung als praktischer Arzt bemühen?«

»Ja, das stimmt«, sagte Paul. Er war irritiert über die plötzliche Wendung, die das Gespräch genommen hatte. »Ich habe einen Antrag beim Sanitätsamt gestellt, meine Dissertation und die akademischen Zeugnisse eingereicht, und nun geht die Sache vor den Medizinalrat. Sie werden mich prüfen und darüber entscheiden, ob ich mich in Frankfurt niederlassen darf.«

Marianne von Willemer lächelte ihm aufmunternd zu. »Die Frau des Großbauern Aumüller spricht in den höchsten Tönen von

Ihnen, Paul. Sie sagt, sie habe Ihnen ihr Leben zu verdanken. Und das ihres Säuglings.«

»Frau Aumüller. Ich erinnere mich, das Kind lag falsch herum. Ich konnte es drehen.«

»Was der Hebamme nicht gelungen war. Nun tun Sie nicht so bescheiden. Sie sind eine Berühmtheit in Oberrad.«

»Das wage ich nicht zu beurteilen.« Paul erwiderte vorsichtig das Lächeln. »Aber selbst, wenn ...«

»Ja? Reden Sie ruhig weiter.«

»Es wird mir nicht viel nutzen. Die Herren Stadtphysici werden kaum einen einzelnen Heilerfolg heranziehen, um über meine Zulassung zu entscheiden.«

»Ach, nein? Was sonst sollte von Bedeutung sein, außer der Frage, ob Sie ein guter Arzt sind?«

»Es gibt bereits vier jüdische Ärzte in Frankfurt. Sie könnten beispielsweise der Meinung sein, dass das ausreicht, um die jüdische Gemeinde zu versorgen. Das Konkurrenzdenken ist groß.«

»Sind denn auch jüdische Ärzte in diesem Medizinalrat?«

Paul musste beinahe lachen. »Juden in einem städtischen Rat? O nein. Es gibt kein einziges öffentliches Amt, das für Juden zugänglich wäre.«

»Ach. Ich muss Ihnen ja vollkommen naiv erscheinen, Paul, aber wir haben in den letzten Jahren sehr zurückgezogen gelebt. Vielleicht ein bisschen zu sehr. Klären Sie mich auf. Wovor fürchten sich die Herren Stadtphysici? In Frankfurt würden Sie doch sicher, anders als hier in Oberrad, hauptsächlich Familien aus der israelitischen Gemeinde betreuen.«

»Vermutlich ja. Auch wenn es Christen nicht verboten ist, sich von Juden behandeln zu lassen, haben doch die meisten ihre Vorbehalte und ziehen christliche Ärzte vor. Aber soweit ich weiß, haben sich schon zwei jüdische Ärzte taufen lassen, *nachdem* sie die

Zulassung bekommen haben. Und die machen nun der christlichen Ärzteschaft Konkurrenz.«

Marianne von Willemer dachte einen Moment lang nach. »Und was wäre, wenn ... Verzeihen Sie, Paul, falls ich mich irren sollte, aber ich habe Sie bisher nicht als sonderlich gläubigen Menschen kennengelernt. Sie tragen ja auch nicht diese ...«, sie deutete mit dem Zeigefinger auf ihre Wange.

»Schläfenlocken, meinen Sie? Nein.«

»Und Sie arbeiten am Samstag.«

»Das hat nichts zu sagen. Als Arzt ist mir das nach jüdischem Glauben gestattet.«

»Gut. Was ich sagen wollte: Wie wäre es, wenn Sie sich *vorher* taufen ließen? Jetzt gleich? Würde das nicht manches erleichtern?« Marianne von Willemer blickte ihm forsch ins Gesicht.

Paul gab keine Antwort. Das war schwierig zu erklären. Er hatte darüber nachgedacht. Viele seiner Glaubensgenossen arrangierten sich ganz gut mit der Situation. Sie traten den wenigen Vereinen bei, welche Juden aufnahmen, der Museumsgesellschaft etwa, und ignorierten die abfälligen Bemerkungen und Kommentare und die offenkundigen Diskriminierungen, die ihnen tagtäglich zuteilwurden. Bei alledem gaben sie die Hoffnung nicht auf, dass sich die Situation wieder ändern würde. Dass die sogenannte Judenstättigkeit abgeschafft und durch eine tatsächliche rechtliche Gleichstellung, wie sie bis 1815 schon einmal da gewesen war, ersetzt wurde. Paul selbst war, was das betraf, nicht sehr optimistisch. Trotzdem, klein beigeben kam für ihn erst recht nicht in Frage. Und was wäre eine Taufe anderes als das Eingeständnis, dass der christliche Glaube dem jüdischen überlegen war? Selbst wenn er nicht sehr gläubig war, das hatte Frau von Willemer schon richtig erkannt, so war er doch mit einer gewissen Sturheit ausgestattet. Und diese verbot es ihm, sich dem System auf diese Art und Weise unterzuordnen.

Nein. Er würde es machen wie die Rothschilds, die ihren Reichtum erworben hatten, *obwohl* sie Juden war. Auch ihnen blieb das bürgerliche Mitbestimmungsrecht versagt, aber einen Baron von Rothschild störte das wenig. Er kaufte sich einfach alles, was er begehrte, erwarb sich Ansehen mit Geld. Auch das Stipendium, das Paul zusammen mit einer Handvoll seiner Altersgenossen erhalten hatte, war Teil dieser Strategie. Das Ziel war es, mit Hilfe von Bildung der jüdischen Gemeinde zu Einfluss und Anerkennung zu verhelfen. Selbst wenn die Rothschilds die Treue zum Judentum nicht ausdrücklich verlangten, würde er sich selbst nicht mehr in die Augen schauen können, wenn er ihm nun den Rücken kehrte.

»Wenn Sie erlauben, darüber möchte ich lieber nicht sprechen.«

»Natürlich. Verzeihen Sie, ich bin zu weit gegangen«, sagte sie und seufzte. »Wäre mein Mann hier, hätte er mir schon längst Einhalt geboten. Doch wie Sie ja wissen, muss ich ohne ihn auskommen – und das geht nicht immer gut.«

»Es ist nicht der Rede wert. Ich bedanke mich sehr für diesen Abend und das gute Essen«, erwiderte Paul und erhob sich. »Und nun entschuldigen Sie mich bitte. Ich muss nach unserem Patienten sehen.«

Muss ich mir Sorgen um ihn machen?

Frankfurt, 11. Mai 1838

»So früh im Jahr? Aber sind die denn überhaupt schon reif?« Friederikes Mutter Wilhelmine – die Namenspatronin von Mina und Minchen – beäugte misstrauisch das Körbchen voller Erdbeeren, das Friederike ihr soeben geschenkt hatte.

Friederike hatte es gut gemeint. Natürlich hätten sie die süßen und selbstverständlich vollkommen reifen Früchte auch sehr gut selbst aufessen können. Und als sie nun in die skeptische Miene ihrer Mutter blickte, ärgerte sie sich darüber, dass sie es nicht getan hatten. »Wenn sie nicht reif wären, hätte ich sie dir sicher nicht gebracht. Die kommen vom Aumüller-Hof aus Oberrad. Sie haben ein Glashaus, darum gedeihen die Erdbeeren dort schon ab April«, erklärte Friederike und konnte nur hoffen, dass ihre Stimme sich geduldig anhörte. »Probier doch einfach mal eine, die sind wirklich gut.«

»Wenn sie so gut sind, wie du sagst, will ich sie lieber für Sonntag zum Dessert aufheben«, antwortete ihre Mutter und schob das Körbchen von sich weg.

»Bis dahin werden sie verdorben sein«, wandte Friederike ein, »heute ist doch erst Freitag.«

»Die Köchin soll ein Kompott daraus kochen«, beschloss ihre Mutter und hob die Glocke vom Tisch, um nach dem Mädchen zu läuten.

Dafür sind sie doch viel zu schade, wollte Friederike einwenden, besann sich aber eines Besseren. Es hatte keinen Sinn, mit ihrer

Mutter deswegen zu streiten. Betrübt sah sie zu, wie das Dienstmädchen die süßen Früchte mitnahm.

»Aumüller, Oberrad – kommt da nicht dein Dienstmädchen her? Wie heißt sie noch gleich?«, fragte ihre Mutter.

»Sophie.«

»Sophie, natürlich. Aus irgendeinem Grund kann ich mir den Namen nicht merken. Ein Glashaus haben die, soso, ganz schön exklusiv.«

»Es ist eben ein großer Hof.«

»Ich frage mich ja immer, wie du mit nur einem Mädchen hinkommst. Soll Papa deswegen mal mit Tobias reden?«

Jetzt fing ihre Mutter auch noch davon an, dachte Friederike. Warum musste sich ihre Familie bloß immer in alles einmischen? Von Käthchen ließ sie sich das ja noch eher gefallen, doch bei ihrer Mutter hörte es sich einfach zu sehr nach Standpauke an. »Nein, um Gottes willen«, widersprach sie. »Solche Dinge regele ich lieber selbst. Ich muss dich wirklich bitten, nichts deswegen zu sagen, weder zu Papa noch zu meinem Mann. Versprichst du mir das?«

»Schon gut, schon gut. Aber warum wehrst du dich denn so dagegen?«

Da hatte ihre Mutter allerdings recht, denn eigentlich wusste Friederike das selbst nicht so genau. Seitdem Tobias bei Herrn von Senftleben in der Bank gewesen war, schienen auch die Geldprobleme endlich gelöst zu sein. Senftleben hatte großzügig in Tobias' Reise investiert. Sie hatte ihrem Mann seine Erleichterung deutlich angemerkt.

»Ich komme eben mit meiner Sophie gut zurecht – und die Kinder lieben sie. Bis jetzt hatte ich nie das Gefühl, dass es mir zu viel wäre«, antwortete sie.

»Ich empfehle dir ja auch nicht, sie zu entlassen – obwohl, wenn du mich fragst, nimmt sie sich oftmals ein bisschen zu viel heraus.

Wie auch immer, ich empfehle dir jedenfalls unbedingt, dir noch eine Magd anzuschaffen. Schon allein diese Wasserschlepperei bei euch«, sagte ihre Mutter kopfschüttelnd.

Friederike bezweifelte mittlerweile, dass ihre Mutter vorhin wirklich Sophies Namen vergessen hatte, denn Wilhelmine Kluge war nun bei einem ihrer Lieblingsthemen angelangt – Litaneien über Dienstboten. Wenn sie nicht ihre eigenen ins Visier nahm, dann eben die der anderen. Friederike mochte ihr Dienstmädchen und musste sich jetzt beinahe auf die Zunge beißen, um ihrer Mutter nicht allzu unhöflich zu widersprechen. Sophie war fünfzehn Jahre alt und stammte aus eben jener kinderreichen Bauernfamilie in Oberrad, wo sie auch die Erdbeeren herhatten. Sie war jetzt seit einem halben Jahr bei ihnen, und wie Friederike es sah, hatten sie großes Glück mit ihr gehabt. Sie war sehr geschickt mit allen Dingen, die den Haushalt betrafen, immer gut gelaunt und konnte sogar lesen, schreiben und rechnen. Friederike wusste, dass manche es gar nicht gerne sahen, wenn die Dienstboten zu klug waren. Aber sie empfand es als angenehm.

»Wo steckt eigentlich Papa?«, fragte sie, um endlich das Thema zu wechseln. Außerdem hoffte sie wirklich, dass er käme, um sie zu erlösen.

»Er hat sich hingelegt, aber er ist sicher gleich da, denn wir trinken um drei Uhr unseren Kaffee, wie du weißt. Du bleibst doch so lange? Kind, jetzt steh doch nicht so ungemütlich mitten im Raum herum.«

»Ja, ich bleibe gerne«, sagte Friederike betont freundlich, die nicht mitten im Raum, aber doch ans Fensterbrett gelehnt dastand. Sie zog ihr Umschlagtuch von den Schultern, legte es über eine Stuhllehne und ließ sich neben ihrer Mutter auf dem Sofa nieder.

»Seit wann schläft denn Papa mitten am Tag?«

»Dein Vater ist fünfundsiebzig. Was denkst du denn?«, antwortete ihre Mutter spitz, die selbst siebzehn Jahre jünger als ihr Mann war.

Es war nie wirklich einfach mit Mama, aber heute konnte Friederike ihr offenbar überhaupt nichts recht machen. Sie schloss kurz die Augen und atmete einmal tief durch.

»Trotzdem ist es etwas Neues, das musst du doch zugeben. Muss ich mir Sorgen um ihn machen?«

»Um wen willst du dir Sorgen machen? Doch nicht etwa um mich?«, ertönte da in ihrem Rücken die tiefe Stimme ihres Vaters. Erleichtert und erfreut drehte Friederike sich zu ihm um.

»Papa, ich habe dich gar nicht kommen hören.« Sie stand auf, um ihm einen Kuss auf die faltige Wange zu geben. Schon fünfundsiebzig, dachte sie, als sie ihn betrachtete. Ihr Vater war ein richtiger Methusalem. Doch weil er alles in allem noch sehr rüstig war, fiel es ihr normalerweise leicht, das zu ignorieren.

»Wie geht es deinem Mann? Ich habe ihn neulich Abend gesehen, beim Vortrag von diesem eingebildeten Rüppell«, sagte ihr Vater, während er es sich in seinem Lieblingssessel bequem machte.

»Ja, er hat mir davon erzählt«, sagte Friederike schmunzelnd. Zumindest teilten ihr Vater und ihr Mann offenbar ihre Abneigung gegen den großen Frankfurter Forscher, auch wenn sie sich sonst eher selten einig waren.

»Und hat Tobias auch das Angebot erwähnt, das ich ihm gemacht habe?«

»Welches Angebot?« Friederike hob fragend die Schultern und schüttelte den Kopf. Ihr Magen begann zu flattern. Was hatte Tobias ihr denn jetzt schon wieder verschwiegen? Über die Unterhaltung, die sie bei den Senftlebens unbeabsichtigt mit angehört hatte, hatte sie mit ihm auch immer noch nicht sprechen können. Es war offensichtlich, dass er ihr auswich und das Thema um jeden Preis meiden wollte.

»Na, das Angebot, Mühlens' Platz in der ständigen Bürgerrepräsentation zu übernehmen. Der ist doch letzten Monat ganz plötzlich gestorben. Hattest du dir nicht immer einen solchen Posten für deinen Mann gewünscht?«

»Ja, schon«, gab Friederike zögernd zu.

»Die Gelegenheit ist günstig, die kommt womöglich so schnell nicht wieder. Das habe ich deinem Mann auch gesagt.«

»Nur der Zeitpunkt ist wohl eher ungünstig. Du weißt doch, dass Tobias gerade seine Reise plant.« Friederike sah ihren Vater misstrauisch an. Ihr schwante nichts Gutes. »Hast du Tobias etwa gesagt, dass *ich* das will?«, fragte sie alarmiert.

»Kann schon sein, dass ich so etwas erwähnt habe. Ich dachte, es sei in deinem Sinne.«

»Nein, das ist es ganz sicher nicht«, stellte Friederike richtig, und ihre Stimme zitterte nun beinahe vor unterdrückter Empörung. »Jedenfalls nicht so. Was soll Tobias denn jetzt von mir denken? Er wird glauben, dass ich ihm seine Reise nicht gönne.«

»Tust du das denn?«, fragte ihr Vater und legte damit den Finger in die Wunde. Sie spürte, dass ihr Magen heftiger flatterte. Wenn ihre Eltern auch noch erfuhren, dass sie glaubte, schwanger zu sein – und Tobias sogar davon wusste – würden sie gewiss einen regelrechten Aufstand machen.

»Selbstverständlich gönne ich es meinem Mann, sich endlich den Traum zu erfüllen, den er seit seiner Jugend träumt. Das hat er sich nämlich redlich und durch harte Arbeit verdient«, sagte sie und merkte, als sie diesen Gedanken aussprach, dass sie es tatsächlich so empfand. Sie wollte wirklich von ganzem Herzen, dass Tobias in dieser Reise seine Erfüllung fand und glücklich wurde. Das Einzige, was sie sich zudem noch gewünscht hätte, war, dass die Erfüllung seines Traums ihr eigenes Leben weniger stark beeinträchtigte.

Friederike blieb nicht zum Kaffee bei ihren Eltern, sondern schob vor, etwas vergessen zu haben, das dringend erledigt werden müsse, und machte sich sofort auf den Heimweg. Der Tag hatte kühl begonnen, doch nun war es erstaunlich warm geworden. Sobald sie vor der Tür stand, fühlte sie sich besser, obwohl sich die Schnurgasse nicht gerade durch frische Luft und Sauberkeit hervortat. Die wenigsten Straßen der Altstadt taten das. Immer wieder kam es vor, dass Abfälle einfach auf die Straße geworfen wurden und dort liegen blieben, ganz zu schweigen vom Pferdemist. Auch Nachttöpfe wurde gerne einfach aus dem Fenster auf die Straße entleert, und man konnte froh sein, wenn nur Urin darin war. Schlechte Gerüche gehörten somit leider zu den unangenehmen Begleiterscheinungen des Stadtlebens, zumindest des Altstadtlebens, und waren ein Grund dafür, warum viele der etwas wohlhabenderen Bürger, so wie auch ihre Eltern, es vorzogen, den Sommer in ihren einfacheren Landhäusern vor den Toren der Stadt zu verbringen. Selbst wenn sie weniger komfortabel waren, glichen die freie Natur und die blühenden Gärten das mehr als aus. Auch Friederike hatte die Sommer ihrer Kindheit und Jugend im Grünen verbracht.

Sie ließ sich Zeit mit dem Nachhauseweg, schlenderte langsam die Gasse entlang, grüßte nach links und nach rechts und dachte nochmals über die Worte ihrer Mutter nach. Wenn sie den Ärger darüber, dass sie sich in ihren Haushalt einmischte, einmal außen vor ließ, musste sie zugeben, dass sie nicht ganz falschlag mit ihrer Kritik – und Käthchen hatte ihr das ja auch schon gesagt. Ihr Haus war groß und schon allein dadurch gar nicht so einfach in Ordnung zu halten.

Sie musste daran denken, wie sie es zum ersten Mal gesehen hatte. Tobias gehörte es schon, bevor sie geheiratet hatten, und er hatte es ihr voller Stolz vorgeführt. Für sie war es keine Liebe auf den ersten Blick gewesen – und eigentlich wäre sie auch ganz gerne aus der Altstadt weggezogen. Dabei war die Lage des Hauses ausgezeichnet, direkt an der Verbindung vom Römerberg zum Liebfrauenberg und somit sehr zentral. Auch war es für sein Alter von über einhundert Jahren in einem guten Zustand. Doch es war eben, wie die meisten Altstadthäuser, relativ dunkel. Abgesehen von Wohn- und Esszimmer, die durch eine Tür miteinander verbunden waren und zusammen fünf große Fenster zur Straße hin hatten, zeigten die Fenster der übrigen Räume – Küche mit Vorratskammer, Hauswirtschaftsraum und Herrenzimmer, in dem Tobias seine naturkundlichen Sammlungen aufbewahrte – alle in Richtung Hof. Eine Etage höher lagen die Schlafzimmer und nun auch die Kinderzimmer. Auch eine kleine, durch einen Flur abgetrennte Zweizimmerwohnung gab es dort, die jedoch leer stand, und die sie nur gelegentlich, etwa zu Messezeiten, untervermieteten. Im Dachgeschoss befanden sich, neben einem geräumigen Boden, Räume für Dienstboten – von denen Sophie einen bewohnte.

Was es nicht gab, war ein Treppenhaus. Die Eingangstür auf der Neuen Kräme führte nur in den Laden und von dort ins Kontor und ins Lager. Um in die Wohnung zu gelangen, musste man die Treppe im Innenhof benutzen. Im Sommer war das angenehm. Die überdachte Treppe war breit und führte auf eine hübsche Balustrade, die vor der Wohnung entlanglief und an heißen Tagen einen angenehm schattigen Sitzplatz bot. Im Winter jedoch war es eine Qual. Man musste höllisch aufpassen, weil die Stufen leicht vereisten.

Friederike war nun in die Neue Kräme eingebogen und bemerkte zufrieden, dass es hier sauberer war als in der Schnurgasse. Zu dieser Uhrzeit lag die Straße sogar vollständig in der Sonne, und das war alles andere als selbstverständlich. In der Nähe des Doms standen die Häuser so dicht beieinander, dass man mancherorts den Himmel überhaupt nicht zu sehen bekam.

Als sie noch etwa hundertfünfzig Fuß von zu Hause entfernt war, sah sie Tobias aus dem Laden kommen – und hinter ihm trat gleich darauf ein zweiter Herr aus der Tür. Ein Mann in dunkelblauem Gehrock, mit weißer Halsbinde und einem Flanierstock mit blitzendem Silbergriff unter dem Arm. Sie kannte diesen Mann, der jetzt dabei war, seinen Hut zurechtzurücken. Unwillkürlich blieb sie stehen und hielt nach dem nächsten Hauseingang Ausschau, um darin zu verschwinden. Einen Atemzug lang hatte sie die Hoffnung, der Begegnung entgehen zu können. Aber es war zu spät, Tobias hatte sie schon entdeckt.

»Friederike, Liebling, zu dir wollten wir gerade«, rief er ihr gut gelaunt entgegen. »Sieh nur, mein alter Schulfreund ist zu Besuch gekommen. Fünfzehn Jahren ist es her, dass wir uns zuletzt gesehen haben!« Bei diesen Worten legte er dem anderen die Hand auf die Schulter.

Friederike stand immer noch wie erstarrt. »Julius Mertens«, kam es ihr von den Lippen. Sie sagte es, ohne es zu wollen.

»Ihr kennt euch? Julius hat es gar nicht erwähnt.«

»Wie sollte ich auch? Du hast mir ja nicht verraten, welche charmante Dame du geehelicht hast. Die schönste von ganz Frankfurt«, sagte Julius Mertens mit einer Verbeugung.

Friederike erwiderte nichts. Stumm sah sie Mertens an und neigte kaum merklich den Kopf.

»Aber bitte helfen Sie mir. Bei welcher Gelegenheit hatten wir noch gleich das Vergnügen?«, sagte Mertens.

Was sollte das? Wollte er den Ahnungslosen spielen? In Friederike stieg Wut auf. Wie ein harter, kalter Stein drückte sie auf ihren Magen.

»Herr Mertens war mein Hauslehrer«, sagte sie mit beherrschter Stimme zu Tobias gewandt. »In Französisch.«

Julius Mertens legte den Kopf schief, als müsste er mächtig in seinem Gedächtnis kramen. »Richtig. Wie konnte ich das nur vergessen? Sie waren wie alt? Siebzehn?«

»Sechzehn«, korrigierte Friederike.

»Ich bin jedenfalls sehr erfreut, Sie wiederzusehen, gnädige Frau.« Julius Mertens verbeugte sich erneut und zog formvollendet den Hut.

Sie sah ihm offen ins Gesicht. Erinnerungen strömten auf sie ein; sie hatte sie lange verdrängt und beinahe vergessen. Sie war überrascht, wie gut er aussah. Sanft, freundlich und ein wenig fragend ruhte sein Blick auf ihr. Seine geschwungenen Nasenflügel bebten sacht. Er war nervös, erkannte sie. Seine Ruhe war nur gespielt.

»Ausgesprochen erfreut«, wiederholte er.

Einen Moment lang glaubte sie, er wolle noch etwas hinzufügen. Doch er beließ es dabei.

»Julius hat die ganzen letzten Jahre in Frankreich verbracht. Stell dir vor. Im Champagnerhandel!«, mischte Tobias sich ein.

Tobias redete immer weiter. Friederike hörte nicht zu. Auch Julius Mertens schien dem Wortschwall seines Freundes kein Gehör zu schenken.

Schließlich merkte auch Tobias, dass etwas nicht stimmte. »Was ist dir, Liebes? Du sagst ja gar nichts. Ist dir nicht wohl? Du musst wissen, ich habe Julius zum Abendessen eingeladen.«

Zum Abendessen? Friederike erbebte innerlich. Doch dann straffte sie die Schultern und atmete tief durch. Ganz ruhig, sagte sie zu sich selbst. Dieser feine Herr macht dir keine Angst. Es ist fünfzehn Jahre her. Ich bin ein anderer Mensch.

»Alles gut, Liebster«, sagte sie zu Tobias gewandt, und ihre Stimme verriet erfreulicherweise nichts. »Selbstverständlich ist Herr Mertens jederzeit willkommen. Ich werde Sophie Bescheid sagen. Sie soll den Linseneintopf für morgen aufheben, und es gibt stattdessen Eier mit Frankfurter Grüner Soße. Das ist es doch, worauf sich Heimkehrer am meisten freuen, nicht wahr? Oder haben Sie einen anderen Wunsch, Herr Mertens?«

»Grüne Soße ...«, sagte Julius Mertens mit einer weiteren Verbeugung, ohne die Augen von ihr zu wenden, »... ist ganz ausgezeichnet. Hauptsache, es macht nicht zu viele Umstände.«

»Nein, gar nicht. Das ist doch das Geringste, was wir für einen so guten alten Freund tun können. Nicht wahr, Liebling?«

Friederike hängte sich am Arm ihres Mannes ein und lächelte Julius Mertens freundlich an.

Was für eine alberne Idee

Mainuferweg nach Oberrad, 13. Mai 1838

»Was ist? Kannst du nicht, oder willst du nicht?«, rief Nicolaus Tobias zu und ließ einen weiteren Kieselstein übers Wasser hüpfen.

Die Brüder standen am Ufer des Mains, doch während Nicolaus einen Stein nach dem anderen springen ließ, sah Tobias nur mit den Händen in den Taschen nachdenklich nach Frankfurt hinüber. Über grauen Schieferdächern ragten das Kirchenschiff und dahinter, dick und mächtig, der Turm des Doms auf. Die Bögen der alten steinernen Brücke, die sich über den Main hinüber nach Sachsenhausen schwangen, wirkten dagegen nahezu klein und zierlich. Alles war still und friedlich. Man hörte nur das Zwitschern der Vögel und die Stimmen von ein paar Flößern, die einander etwas zuriefen.

»Entschuldige. Ich bin eben nicht in der Stimmung für solche Kindereien.« Tobias trat lustlos gegen einen Stein, der übers Ufer stolperte und ins Wasser plumpste. »Wir sollten weitergehen, die anderen haben schon einen ordentlichen Vorsprung.«

»Die holen wir mit Leichtigkeit wieder ein«, sagte Nicolaus.

Die ganze Familie war vor einer Stunde zu einem gemeinsamen Sonntagsspaziergang nach Oberrad aufgebrochen, Mina und Friederike mit allen vier Kindern und ihren alten Eltern. Insbesondere Tobias' Schwiegervater war jedoch nicht mehr sonderlich schnell zu Fuß, wenn er auch gerne das Gegenteil vorgab. Seine Schwägerin Käthchen war nicht dabei. Sie besuchte eine Freundin in Bonn, hatte Friederike ihm erklärt.

Tobias hatte den Verdacht, dass sein Bruder sich absichtlich hatte zurückfallen lassen, und befürchtete schon, von ihm eine Art Standpauke gehalten zu bekommen, auf die er nicht die geringste Lust hatte. Jetzt trat Nicolaus an ihn heran und klopfte ihm begütigend auf die Schulter. »Warum bist du dann so missgelaunt? Finanziell geht es doch gut für dich aus, nicht wahr? Von Senftleben hat all deine Hoffnungen erfüllt.«

»Ich bin gar nicht missgelaunt, sondern einfach nur mit meinen Gedanken woanders. Ich sollte zu Hause sein und Vorbereitungen treffen, statt hier zu promenieren. Ich bin nur Friederike und den Kindern zuliebe mitgekommen. Also komm, lass uns aufschließen.«

Beide gingen ein wenig schneller. Der Weg folgte dem wellenförmigen Lauf des Mains und führte an den Bleichwiesen und den Hütten der Waschfrauen vorbei, doch an diesem Sonntag waren hauptsächlich Spaziergänger unterwegs. Kein Wunder, es war ein herrlicher Frühsommertag. Die Bäume zeigten ein maifrisches Hellgrün und der Duft von Flieder und Holunder erfüllte die Luft.

Nicolaus breitete die Arme aus und holte tief und genüsslich Luft. »Ist es nicht herrlich? Ganz ehrlich, es fällt mir schwer zu begreifen, dass du das alles hinter dir lassen willst.«

»Ich verreise ständig, falls dir das entgangen sein sollte. Es ist das Los eines Kaufmanns. Aber reden wir nicht länger über mich. Lass hören, wie steht es mit eurer Mozartstiftung?«

»Ganz famos, mein Lieber. Ganz famos. Ich bedaure immer noch, damals nicht in Hambach gewesen zu sein. Doch letztes Jahr in Mainz bei der Einweihung des Gutenbergdenkmals war ich dabei, und ich sage dir, was die Mainzer können, das können die Frankfurter besser. Wir werden ein Fest veranstalten, welches die Herzen bewegt.«

»Die Herzen, aber doch hoffentlich nicht die Massen!«, sagte Tobias stirnrunzelnd. »Nicht, dass ich aus China zurückkomme und dich als verurteilten Aufrührer hinter Gittern vorfinde oder, schlimmer noch, am Galgen?«

»Wo denkst du hin? Es sind angesehene Bürger im Festkomitee. Herr Schnyder von Wartenberg höchstselbst hat den Vorsitz inne.«

»Und worum geht es nun? Mal abgesehen von der Mozartstiftung. Die ist ja wohl nur der vordergründige Anlass. Um die Pressefreiheit?«

»Zugegeben, viele im Komitee sind Mitglieder im Presseverein, doch beileibe nicht alle. Und von denen, welche für die Pressefreiheit votieren, sind längst nicht alle radikale Demokraten.«

»Nein? Aber was denn sonst? Was nützt eine freie Presse ohne freies staatliches Leben? Dann ist sie nichts weiter als ein Messer, mit dem der Eigner sich selbst verwundet.«

»Hört, hört!« Nicolaus klopfte Tobias anerkennend auf den Rücken. »Mein kleiner Bruder geht doch noch in die Politik. Ich habe es ja immer gewusst.«

»In die Stadtpolitik, gut. Das will ich ja gar nicht ausschließen. Lass mir nur die Ruhe mit der Nationalversammlung. Aber ich glaube trotzdem, du verstehst mich falsch. Ich halte das ganze Vorgehen für verkehrt. Meiner Meinung nach kann ein vernünftiger Monarch mehr bewirken als ein Haufen Chaoten, die eben nur besonders laut schreien.«

»Wir schreien nicht, wir singen«, belehrte Nicolaus ihn, und seinem Tonfall war anzumerken, dass er bei diesem Thema nicht zum Scherzen aufgelegt war. »Und wenn ich sage, wir bewegen die Herzen, dann meine ich genau das. Wir lehnen Gewalt in jeglicher Form ab. Und doch bin ich der Meinung, dass wir uns nicht mehr länger jede Ungerechtigkeit gefallen lassen dürfen.«

»Was sagen denn deine Zunftbrüder dazu?«

»Sie verstehen immer mehr, dass wir das Feld der Politik nicht den Juristen und Kaufleuten allein überlassen dürfen. Natürlich sind sie in Wortfechtereien weniger geübt. Es liegt ihnen nicht. Sie schärfen lieber ihre Werkzeuge als ihre Zungen. Doch ich bin der Überzeugung, dass dieser Weg auch von den Handwerkern gegangen werden muss. Die Vernichtung aller Ordnung in den Gewerben, die völlige Entzügelung der Konkurrenz, das muss aufgehalten werden.«

»In diese Bresche willst du also springen? Ausgerechnet du als Schreiner? Befürchtest du etwa, dass man nun Möbel aus England oder auch nur aus Bayern nach Frankfurt bringen wird, um sie hier zu verkaufen? Das ist doch albern, Nicolaus. Dein Gewerbe gehört ganz sicher nicht zu den gefährdeten. Im Gegenteil. Stell dir vor, die Zahl der Geschäfte nähme weiter zu, ebenso wie die Anzahl wohlhabender Bürger – all diese Läden, Wohnungen und Häuser müssen doch ausgestattet werden. Davon kannst du nur profitieren«, sagte Tobias. Obwohl er nur mäßig interessiert daran war, die Diskussion mit seinem Bruder zu vertiefen, verspürte er eine unbestimmte Lust zu streiten.

»Du hast ja keine Ahnung, Tobias! Die Zünfte sind in Gefahr. Regelmäßig versucht der Senat, den Zunftzwang durch die wohlwollende Vergabe von Konzessionen zu umgehen. Wir müssen den Anfängen wehren. Wenn wir nicht höllisch aufpassen, werden wir schneller übervorteilt, als wir gucken können.«

»Mit anderen Worten, du stellst dich gegen die Errichtung von Fabriken. Das ist doch müßig, Nicolaus. Der Fortschritt lässt sich nicht aufhalten. Wenn erst die Eisenbahn gebaut ist und die Handelswege sich weiter verkürzen, treten wir in noch direktere Konkurrenz mit anderen Großstädten, vergiss das nicht. Ich weiß, wovon ich rede. Die Produkte der englischen Manufakturen machen ost- und westindische Importe schon jetzt weniger attraktiv als noch vor zehn Jahren. Und die Spinnereien und Webereien werden auch hierher zu uns kommen, das steht bereits fest. Doch soll ich darüber jammern? Nein! Ich muss eben andere Wege finden. Aber du als Schreiner bist doch da fein raus. Es gibt keine Maschinen, die Möbel bauen könnten.«

»Es geht nicht darum zu jammern«, entgegnete Nicolaus. Er war nun ernsthaft verärgert. »Und es geht auch nicht darum, Fabriken grundsätzlich zu verteufeln. Wenn wir keine Fabriken auf Frankfurter Gebiet zulassen, werden sie in Bockenheim oder Offenbach gebaut, das ist mir schon klar. Wenn du nur einmal einen unserer Abende im Gewerbeverein besucht hättest, wüsstest du genau, wie aufgeschlossen wir dem Fortschritt gegenüber sind. Doch er muss von der Erfahrung geleitet werden, Schritt für Schritt. Und ganz abgesehen davon: Was hinter verschlossenen Türen in der Eschenheimer Gasse passiert, darauf haben wir nicht den geringsten Einfluss. Unser Freund Bibel-Meyer wiederum ist viel zu beschäftigt mit seinem Harfenspiel und seinen Dramen, als dass er etwas bewirken würde.«

Tobias hätte beinahe gelacht, so sehr echauffierte sein Bruder sich. Nicolaus spielte auf den Frankfurter Gesandten bei der Bundesversammlung an. Johann Friedrich von Meyer war ein intelligenter Mann, der jedoch tatsächlich allem ein wenig entrückt zu sein schien.

Sein Bruder war jetzt richtig in Fahrt: »Die Macht ist ungleich verteilt, auch unter euch Kaufleuten, siehst du das nicht ein? Ein von Senftleben ist doch nur deshalb so erfolgreich mit seiner Bank, weil er den Fürstenhäusern ihr teures Auskommen finanziert. Das Gleiche gilt für Bethmann oder Rothschild. Findest du das etwa gerecht? Du musst dir doch nur anschauen, wer alles in der Bundesversammlung sitzt! Diese privilegierte Lohndienerschaft, die sich um den Bundestag herumdrückt, all die Beamten kleiner Staaten, die nur auf ihre Pension warten, und die alten weißhaarigen Gesandtschaftssekretäre. Sie haben ihre Schäfchen im Trockenen und nicht das geringste Interesse an Veränderung oder Fortschritt. Sie verwalten das Bestehende und bestimmen dabei über unser aller Wohl und Wehe.«

»Und du meinst wirklich, man lässt euch mit diesem Sängerfest einfach so machen?«

»Nicht *einfach so*, nein. Wir wissen genau, was wir tun. Es geht um die Musik und um Mozart, und das ist beinahe so gut, als ginge es um Goethe.«

»Das ist doch Augenwischerei.«

»Und was du machst, ist wohl besser? Du lässt dich aushalten. Lässt dich von Senftleben und anderen dafür bezahlen, um deine eigenen ehrgeizigen Ziele verfolgen zu können.«

»Jetzt fang du auch noch an! Diese Reise ist eine sinnvolle Unternehmung und somit eine sinnvolle Investition. Meine Ziele mögen wissenschaftlicher Natur sein, doch wenn ein kaufmännisch interessantes Vorhaben damit verknüpft ist, umso besser. Senftleben – und im Übrigen alle meine Geldgeber – handelt aus Überzeugung und nicht aus Mitleid.«

Nicolaus reagierte nur auf den ersten Teil seiner Antwort, und er sprach plötzlich ganz ruhig: »*Jetzt fang du auch noch an*«, wiederholte er. »Was heißt das? Macht dir Friederike etwa Vorwürfe?«

»Nein. Ja. Verdammt, nein«, sagte Tobias.

Sie waren erneut stehen geblieben. Nicolaus hatte die Arme in die Seiten gestemmt und musterte Tobias, der einen Stein vom Wegrand aufgehoben hatte und ihn in der Hand wog. Dann schleuderte er ihn im hohen Bogen ins Wasser.

»Jedenfalls nicht so, wie du meinst. Es ist nur – ach, sie hat neulich abends mitgehört, als ich über meine Reise nach China gesprochen habe. Über den geplanten Vorstoß ins Landesinnere mit diesem Missionar, Gützlaff.«

»Wusste ich's doch. Ich hab schon bemerkt, dass zwischen euch der Haussegen schief hängt. Bedeutet das, deine Frau will dich nicht gehen lassen?«

»O nein, das nicht. Sie würde sich niemals in meine Reisepläne einmischen. Sie übt nicht einmal offene Kritik. Aber ich fürchte trotzdem, dass ich sie verärgert habe. Denn natürlich habe ich ihr nicht alles erzählt. Wozu auch? Welchen Sinn hätte es gemacht, sie zu beunruhigen?«

»Also plagt dich dein schlechtes Gewissen«, fasste Nicolaus zusammen.

»Du weißt, dass ich mir vor allem Sorgen um Friederike mache.«

»Dein kleines Mädchen ist gar kein so kleines Mädchen mehr. Du solltest sie nicht unterschätzen. Sie kann mit der Wahrheit sicher besser umgehen als mit der Ungewissheit. Warum entschuldigst du dich nicht einfach bei ihr?«

»Das sagt der Mann, der bis heute unverheiratet geblieben ist.«

»Was hat das damit zu tun?«

Tobias wusste sofort, dass er zu weit gegangen war. Nicolaus' Liebesleben ging ihn tatsächlich nichts an. Er wusste, dass sein Bruder regelmäßig eine Frau traf, die Witwe eines Buchdruckers aus Offenbach. Doch er sprach nicht gerne darüber.

»Entschuldige, du hast ja recht«, lenkte Tobias ein. »Wahrscheinlich sollte ich das tun. Mich entschuldigen, meine ich.«

Die Brüder liefen eine Weile schweigend nebeneinanderher. Dann wechselte Nicolaus das Thema. »Julius Mertens hat dich aufgesucht?«

»Woher weißt du das?«, fragte Tobias, doch Nicolaus gab keine Antwort, sondern zuckte nur unbestimmt die Achseln. Tobias bohrte nicht weiter nach. Sein Bruder hatte die merkwürdigsten Kontakte und kannte die ungewöhnlichsten Leute. Irgendjemand konnte sie miteinander gesehen und seinem Bruder davon erzählt haben.

»Stimmt. Er ist zurück in Frankfurt«, sagte Tobias.

»Und was wollte er?«

»Nichts Besonderes. Guten Tag sagen. Ich habe mich gefreut, ihn zu sehen. Und ich habe ihm etwas Geld geliehen, weil seines aus Frankreich noch nicht eingetroffen ist.«

»Du hast was?« Nicolaus blieb abrupt stehen und sah Tobias bestürzt an.

»Ich habe ihm Geld geliehen. Keine große Sache. Komm schon, willst du etwa von den alten Geschichten anfangen?«, sagte Tobias unwillig.

»Was weißt du denn über die alten Geschichten? Du warst ja gar nicht da, als Mertens damals so plötzlich aus Frankfurt verschwunden ist.«

»Aber Mertens hat mir alles erklärt.«

»Was hat er gesagt?«

»Dass damals ein Onkel von ihm erkrankt sei, in Würzburg, glaube ich, und er habe schnellstmöglich zu ihm gemusst. Nach einigen Wochen ist der Onkel dann gestorben. Mertens hat ein Haus geerbt und es verkauft. Das alles hat mehrere Monate in Anspruch genommen. Und es gab keinen Grund für ihn, nach Frankfurt zurückzukehren. Seine Eltern waren tot, und sonst hatte er keine Familie hier. Mit dem Erlös aus dem Hausverkauf ging er nach Italien und von dort nach Frankreich, wo er im Übrigen viel Geld gemacht hat. Das ist die ganze Geschichte. Jetzt schau nicht so. Du kannst meine Schwiegereltern fragen, sie bekamen damals, als er fortging, einen Brief von ihm mit genau diesem Inhalt.«

»Hm«, machte Nicolaus erneut und musterte Tobias mit gerunzelter Stirn. »Und du glaubst ihm das?«

»Warum sollte ich nicht?«

»Ich traue diesem Mertens nicht. Es gibt da eine Sache, die ich dir nie erzählt habe. Also damals, als wir noch Schüler waren ...«

»Tobias! Nicolaus! Kommt schnell.« An der Wegbiegung war Minas Gestalt aufgetaucht. Tobias' Schwägerin hielt den kleinen Wilhelm an der linken Hand und winkte ihnen mit der rechten zu: »Vater hat sich den Fuß verdreht. Nun kommt schon her.«

»Das hat gerade noch gefehlt«, stöhnte Tobias, doch er winkte zurück und rief: »Wir kommen.«

Beide Männer fielen in einen leichten Trab.

*

Friederike kniete neben ihrem Vater, der mit schmerzverzerrtem Gesicht auf einem Findling am Wegrand saß. Sie fühlte sich hilflos. Sie waren miteinander im Gespräch gewesen, als ihr Vater plötzlich vor Schmerz aufgeschrien hatte, mit dem linken Bein weggeknickt und zu Boden gestürzt war. Vorher hatte es ein lautes Geräusch gegeben, fast so wie der Knall einer Peitsche.

»Mein Fuß«, ächzte er. Er sah abwechselnd rot und käsig weiß aus.

»Kannst du ihn noch bewegen?«, fragte sie.

Ihr Vater schüttelte den Kopf. »Ich kann ihn nicht einmal anheben, schon gar nicht auftreten.« Er war sonst alles andere als wehleidig.

Nur mit Mühe hatte Friederike ihn zusammen mit Mina zu dem Stein geschafft, damit er wenigstens nicht mehr mitten auf dem Weg im Staub lag. Dann musste Mina sich um ihre Mutter kümmern, die kurz nachdem ihr Mann wie ein gefällter Baumstamm zu Boden ging, selbst einen Schwächeanfall erlitt. Wenigstens war sie ins Gras gefallen. Ihre Schwester kühlte ihrer Mutter mit einem feuchten Taschentuch die Stirn, bis sie die Augen wieder aufschlug, doch als Friederike dasselbe bei ihrem Vater versuchte, schlug dieser ungehalten ihre Hand weg.

Erleichtert sah sie Tobias und Nicolaus hinter der Wegbiegung auftauchen. Dann erreichten die beiden Männer die kleine Gruppe.

»Gott sei Dank, Tobias. Papa ist gestürzt und kann nicht mehr laufen.« Friederike stand auf, behindert von Carlchen, der an ihr hing und sie nicht mehr loslassen wollte.

Elise saß ein paar Schritte weiter bewegungslos auf einem Baumstumpf. Ihre Augen blickten groß und dunkel aus ihrem blassen Gesicht, und sie wirkte abwesend, doch Friederike wusste, dass sie die Szene aufmerksam beobachtete und sich jede Einzelheit einprägen würde.

»Könnt ihr ihn vielleicht tragen? Du und Nicolaus?«

»Tragen? Wohin denn? Zurück nach Frankfurt?«, sagte Tobias gereizt.

»Was für eine alberne Idee, Friederike«, mischte sich ihr Vater ein. Er zog vorsichtig am Schnürsenkel seines Schuhs, hielt aber sofort wieder inne. Der Fuß schmerzte anscheinend so sehr, dass er nicht wagte, ihn zu berühren. »Wie stellst du dir das denn vor?«

Tobias kratzte sich am Kinn und schüttelte den Kopf. »Selbst zu zweit bekommen wir dich keine dreißig Fuß weit getragen. Du bist zu schwer. Oder kannst du leicht auftreten?«

»Nein! Das sagte ich bereits«, fuhr der Senator ihn an.

»Woher soll ich das denn wissen?«, erwiderte Tobias nicht weniger missgelaunt.

»Wenn du bei deiner Frau geblieben wärst, wüsstest du das«, gab ihr Vater zurück.

»Was soll das denn heißen?«

»Genug jetzt, ihr zwei«, ging Friederike dazwischen. Auch ihre Nerven waren zum Zerreißen gespannt. Vor wenigen Minuten noch hatte sie Tobias gegenüber ihrem Vater in Schutz genommen. Sie hatte seine Chinareise verteidigt und alles im besten Licht dargestellt – und das, obwohl sie keinesfalls der Überzeugung war, dass er überhaupt fahren sollte. Und nun bekamen sich die beiden trotzdem noch in die Haare. Immerhin hörten sie ihr jetzt zu.

»Bitte bleib du bei den Jungs, Tobias. Nicolaus soll sich um Papa kümmern. Und ich und Elise holen Hilfe.«

»Wo willst du hin?«, fragten ihr Vater, Nicolaus und Tobias im Chor.

Friederike wies den Weg in Richtung Main aufwärts. »Zur Gerbermühle sind es höchstens fünf oder zehn Minuten von hier aus. Ich werde Frau von Willemer bitten, uns ihre Kutsche zu leihen. Komm mit, Elise. Wir gehen.«

Elise stand folgsam auf und ergriff ihre ausgestreckte Hand, und bevor jemand Einspruch erheben konnte, hatten Friederike und Elise ihnen den Rücken gekehrt und gingen davon. Es tat gut, auszuschreiten. Nachdem sie eine Weile schweigend gegangen waren, fühlte sich Friederike etwas besser.

»Was hat Opa denn?«, fragte Elise mit leisem Stimmchen.

»Etwas mit seinem Fuß. Wir werden sehen. Bestimmt kommt er bald wieder in Ordnung«, antwortete Friederike, dabei war sie sich dessen gar nicht so sicher. Dieser Knall hatte sich alarmierend angehört. Gerade so, als sei etwas gerissen. »Wir bringen ihn mit einer Kutsche heim, laufen kann er nun nicht mehr«, fuhr Friederike im Plauderton fort, mit dem sie sowohl Elise als auch sich selbst beruhigen wollte.

Nach einigen Minuten tauchten unter hohen Birken und Platanen die roten Ziegeldächer der Gerbermühle auf. Die Gebäude lagen hinter einer weißen Mauer, die das gesamte Grundstück umgab, davor erstreckte sich eine große Wiese, und links daneben sah man hinaus auf den Main, der an dieser Stelle eine kleine Biegung machte. Es war ein idyllischer Ort, wie man ihn sich nicht schöner hätte denken können, doch das Tor in der Mauer war verschlossen, ebenso wie die meisten der Fensterläden.

»Da spielt jemand Geige«, sagte Elise, als sie näher kamen, und Friederike, die schon befürchtet hatte, dass niemand zu Hause wäre, stellte erleichtert fest, dass ihre Tochter recht hatte. Die melodiösen Töne einer Violine wurden vom Wind zu ihnen herübergetragen und schienen zusammen mit den Sonnenstrahlen die Blätter der Bäume zum Flirren und Tanzen zu bringen.

Schließlich standen sie vor dem massiven weiß gestrichenen Holztor, das keinerlei Einblicke in den Hof gewährte. Nur die Geigenklänge drangen unvermindert zu ihnen hinaus und verstummten auch nicht, als Friederike den bronzenen Türklopfer betätigte. Sie warteten, doch niemand kam, um zu öffnen.

Elise entdeckte eine Glocke, die seitlich am Tor angebracht war. »Schau mal, Mama«, sagte sie und wies darauf.

Friederike betätigte den Zug. Das Scheppern und Dröhnen war nicht zu überhören. Kurz darauf wurde ein Riegel am Tor von innen zurückgezogen. Ein alter Mann, wahrscheinlich ein Knecht oder Hausdiener, öffnete und streckte den Kopf heraus.

»Sie wünschen?« Es klang einsilbig, jedoch nicht unhöflich.

»Ist Frau von Willemer zu sprechen?«

»Vielleicht. Ich muss fragen. Worum geht es?«

»Mein Vater hatte einen Unfall, nicht weit von hier auf dem Weg«, sagte Friederike und erklärte ihr Anliegen.

»Hm«, machte der Mann und verschwand, ließ jedoch das Tor offen stehen.

Nach kurzem Zögern schob Friederike es ein Stück weiter auf, um hineinzusehen. Sie hatte so viel über die Gerbermühle gehört, war aber noch nie hier gewesen. Seitdem der alte Herr von Willemer so krank geworden war, hatte sich seine Frau vollkommen aus dem gesellschaftlichen Leben zurückgezogen. Dabei war sie eine stadtbekannte Persönlichkeit, eine schillernde Figur, ohne die lange Jahre kein gesellschaftliches Ereignis in Frankfurt denkbar gewesen wäre. Mit ihrem Ruf hatte es dabei nicht immer zum Besten gestanden, weswegen man jeden ihrer Schritte nur noch genüsslicher kommentierte. Marianne von Willemer stammte ursprünglich nämlich aus ärmlichen Verhältnissen. Sie war mit ihrer alleinstehenden Mutter nach Frankfurt gekommen, hatte als junges Mädchen auf der Bühne des Stadttheaters debütiert und mit ihrer Schönheit und ihrem Talent das Herz des Publikums und auch des Herrn von Willemer erobert. Mit ihrer Karriere war es damit vorbei. Er nahm sie als Adoptivtochter bei sich auf und ließ sie gemeinsam mit seinen leiblichen Kindern erziehen. Viele Jahre später heiratete er sie allerdings überstürzt – angeblich, weil auch Geheimrat Goethe Gefallen an der jungen Frau gefunden hatte.

Der Geheimrat war auch nach der Hochzeit noch regelmäßig bei dem Ehepaar zu Gast, was natürlich jede Menge Raum für Spekulationen und Gerüchte ließ. Das alles war mittlerweile über zwanzig Jahre her. Goethe lebte schon seit sechs Jahren nicht mehr, und Jakob von Willemer musste mindestens achtzig sein.

Friederike hörte Schritte auf dem Kies, das Tor wurde aufgezogen, und dann stand, zu ihrer Überraschung, Marianne von Willemer persönlich vor ihr. Ihr einstmals schwarzes Haar war grau geworden, doch sie sah immer noch elegant und außergewöhnlich gut aus. Die wimpernlosen Lider, welche die großen Augen nur unzureichend zu bedecken schienen, und der blassrosa Mund gaben ihrem Gesicht etwas eigentümlich Fesselndes. Die Geige war nun noch deutlicher zu hören.

Friederike erkannte ein Concerto von Mozart, bezaubernd und von leichter Hand gespielt. Die Töne drangen aus einem geöffneten Fenster, das sich oben in einer über und über mit blühenden roten Rosen berankten Hauswand befand.

»Es gab einen Unfall?«, sagte Frau von Willemer statt einer Begrüßung.

»Ja, so ist es.« Friederike stellte sich vor und erzählte noch einmal die ganze Geschichte.

»Ich verstehe«, sagte Frau von Willemer, als Friederike geendet hatte. »Frau Ronnefeldt, richtig? Dann gehört Ihnen der Laden in der Neuen Kräme?«

»Er gehört meinem Mann, Tobias Ronnefeldt.«

Frau von Willemer nickte. Diese Auskunft schien ihr als Nachweis ihrer Seriosität zu genügen. »Selbstverständlich können Sie meine Kutsche haben. Georg wird Sie fahren.« Damit war wohl der alte Mann gemeint. »Es wird jedoch einen Moment brauchen, die Pferde einzuspannen. Magst du so lange ein Glas Zitronenlimonade haben, mein Kind? Wie heißt du denn?«

»Elise«, sagte Elise.

Marianne von Willemer gab dem Diener mit leiser Stimme einige Anweisungen und führte Friederike und Elise zu einer Bank unter den duftenden Rosen.

Während sie dort warteten, lauschten sie dem Spiel der Violine. Die Töne klangen sauber und rein über ihre Köpfe hinweg. Keinerlei Effekthascherei war darin zu hören, zu der sich geübte Musiker sonst gerne hinreißen ließen. Im Gegenteil, in diesem Spiel lagen so viel Leichtigkeit und Gefühl, dass Friederike trotz ihrer Anspannung ins Träumen geriet. Schon lange nicht mehr hatte eine Melodie sie so sehr berührt.

Schließlich endete das Geigenspiel. Eine andächtige Pause entstand, in der niemand etwas sagte und Friederike den Schwingungen nachfühlte, die die Musik in ihr ausgelöst hatte. Elises kleine Hand stahl sich in ihre. Sie drückte sie und sah zu ihrer Tochter hinunter, die sie glückselig anstrahlte. Dann blickte sie zu ihrer Gastgeberin, die sich inzwischen zu ihnen gesetzt hatte. »Das war herrlich, nicht wahr?«, sagte Frau von Willemer mit einem Lächeln.

»O ja. Ich bin noch ganz überwältigt. Die Musik scheint wie für diesen Ort komponiert«, erwiderte Friederike. »Wer hat da gespielt?«

»Das war Herr Doktor Birkholz. Ah, da kommt er ja.«

Ein Mann mit schwarzem Haar, das ein kleines bisschen zu lang war, um als Frisur zu gelten, erschien in der Tür. Er mochte zwischen fünfundzwanzig und dreißig Jahre alt sein und war sehr schmal und sehr blass, was ihm einen Ausdruck von Vornehmheit verlieh. Er sah in etwa so aus, wie man sich einen italienischen Adligen vorstellte. Nur, dass ein Adliger sicher nicht so einfach gekleidet gewesen wäre, dachte Friederike, als sie den fadenscheinigen Rock betrachtete. Er trug ihn offen, ebenso wie den Kragen seines Hemdes. Sie stellte sich vor, dass er gerade erst hineingeschlüpft war, womöglich, weil er ihre Stimmen gehört hatte. Vielleicht hatte er nur im Hemd gespielt, um durch nichts eingeengt zu werden.

Friederike grüßte den unbekannten Musiker mit einem Kopfnicken und bedankte sich für sein Spiel, während Elise verlegen den Kopf an ihre Schulter legte und stumm zu dem jungen Mann aufsah. »Willst du nicht auch etwas sagen?«, sagte sie leise zu ihrer Tochter. »Dir hat es doch auch gefallen.«

»Danke sehr. Die Musik war sehr schön«, sagte Elise schüchtern.

»Gern geschehen, junge Dame«, erwiderte der Musiker lächelnd und deutete eine Verbeugung an. »Dabei wusste ich gar nichts von diesem reizenden Publikum hier draußen.«

Elises Verlegenheit steigerte sich bei seinen Worten noch, und sie drückte ihr Gesichtchen gegen Friederikes Arm.

»Sie müssen entschuldigen, meine Tochter ist ganz verzückt. Sie hat sich immer gewünscht, Geige spielen zu lernen.«

Friederike war ein wenig verwirrt und das nicht nur, weil ihr das charmante Auftreten des jungen Mannes so gut gefiel. Sie hatte geglaubt, er müsse ein professioneller Musiker sein, doch dass Frau von Willemer ihn als Doktor bezeichnet hatte, deutete auf einen

Akademiker hin. Ob er Jurist war? Oder Arzt? Aber Friederike hatte sich nicht einmal den Nachnamen gemerkt und wollte nicht nachfragen.

Und dann kehrte auch schon der alte Hausdiener zurück, um das Tor wieder zu öffnen. Gleichzeitig war das Geräusch von Pferdehufen und Rädern auf dem Kies zu hören. Eine zweispännige Kutsche wurde vorgefahren. Friederike hatte auch schon einen Gärtner bei der Arbeit bemerkt – ganz offensichtlich war der alte Diener nicht das einzige Personal im Hause von Willemer. Wie jedoch der Musiker ins Bild passte, war Friederike nicht ersichtlich. Ob er ein Verwandter war?

»Die Kutsche wäre so weit«, sagte Frau von Willemer. »Brauchen Sie Hilfe mit Ihrem verletzten Vater? Soll der Herr Doktor Sie vielleicht begleiten?«

»Nein danke, das wird nicht nötig sein. Mein Mann und mein Schwager sind ja da«, sagte Friederike.

Doch als die Kutsche durch das Tor fuhr und sie sich noch einmal umwandte, um Frau von Willemer zum Abschied zu winken, bedauerte sie es beinahe, das Angebot abgelehnt zu haben. Jetzt hatte sie die Gelegenheit verspielt, die Bekanntschaft des sympathischen Geigers zu machen. Vermutlich würde sie ihn nicht wiedersehen.

Um halb zehn am Affentor

Frankfurt, 15. Mai 1838

Julius hatte soeben sein Frühstück in der Gaststube des Hotels *Holländischer Hof* beendet, winkte jetzt dem Oberkellner und bat ihn um eine Zigarre. Noch über eine Stunde Zeit bis zu seiner Verabredung. Er war nervös, was ihn ärgerte. Er würde eine Zigarre rauchen und sich vor dem Treffen mit Weinschenk ein wenig die Beine vertreten. Die Gäste um ihn herum erhoben sich bereits. Es war ein herrlicher Frühlingstag, doch auch das warme und sonnige Wetter konnte seine Laune nicht heben. Er lebte nun schon zu lange auf Kredit, was ihm zunehmend Sorge bereitete. Zwar war es kein Problem gewesen, den Wirt von seiner Solvenz zu überzeugen, doch die Zahlung war nur aufgeschoben. In spätestens zwei Wochen würde man ihm die Rechnung präsentieren.

Julius wählte eine Zigarre aus dem Kasten, den der Oberkellner ihm hinhielt, und begann umständlich mit dem Ritual des Anzündens, was ihn ein wenig entspannte. Zum wiederholten Male ging er in Gedanken seine Optionen durch. Er besaß keinerlei Verwandtschaft in Frankfurt. Ein Bruder seiner Mutter lebte in Würzburg, mit dem hatte er es sich allerdings schon vor Jahren verscherzt. Der einzige andere Verwandte, der es zu etwas gebracht hatte, war nach Genua ausgewandert. Mit der Wiederbelebung seiner früheren Bekanntschaften war er, abgesehen von der zu Tobias Ronnefeldt, zurückhaltend gewesen. Das Naheliegendste würde sein, den alten Freund zu bitten, ihm noch einmal mit einem etwas größeren Darlehen auszuhelfen, und zwar möglichst bald, weil dessen Abreise kurz bevorstand. Tobias finanzielle Lage sah trotz seiner Reisepläne gar nicht einmal so schlecht aus, weil ein gewisser Herr von Senftleben überraschend tief in die Tasche gegriffen hatte. Es war wirklich ganz erstaunlich, was die Naturkundebegeisterten von Frankfurt bereit waren, für eine Reise springen zu lassen, deren Ausgang und Erfolg in den Sternen stand. Vielleicht sollte er selbst unter die Naturforscher gehen. Beim Gedanken daran lachte Julius laut auf. Nein. Er legte zu viel Wert auf Komfort. Die Vorstellung, wochenlang auf einem Segelschiff zu hausen und in fernen Ländern unbekannten Krankheiten und Gefahren ausgesetzt zu sein, wirkte alles andere als anziehend auf ihn.

So würde er es machen. Tobias würde ihm das Geld gewiss leihen. Aufgrund seiner Kleidung und seines Auftretens glaubte ohnehin jeder, dass er, Julius Mertens, es in Frankreich zu erheblichem Wohlstand gebracht hatte. Die Geschichte, die er auch dem Hotelbesitzer erzählt hatte, lautete, dass ein längst avisierter Geldtransfer unmäßig viel Zeit in Anspruch nahm – Papiere, die verloren gegangen waren und erneut beschafft werden mussten, behördliche Schwierigkeiten, Unfähigkeit gewisser Personen und so weiter und so weiter. Tobias glaubte ihm, und es sollte sein Schaden nicht sein. Er, Julius, verfolgte schließlich nur die besten Ansichten. Er würde ihm das Geld mit Zinsen zurückzahlen. Denn, wenn er ehrlich mit sich selber war, sehnte er sich nach ein wenig bürgerlicher Normalität. Diese Empfindung begleitete ihn schon eine ganze Weile, genau genommen, seitdem er vor beinahe vierzehn Tagen in Frankfurt angekommen war. Er verstand sich selbst kaum. Vermutlich hatte er nur einen kleinen Durchhänger. Oder es lag daran, dass ihn das Wiedersehen mit Friederike an andere Zeiten erinnerte?

Friederike Ronnefeldt, geborene Kluge. Was für eine schöne, aufrechte, intelligente Dame aus dem kleinen Mädchen von damals geworden war. Er hatte sie sofort wiedererkannt. Die Nase, die

Augen, die glatte weiße Stirn, der entzückende Hals. Ihre ganze Haltung, die Art, wie sie ihr Kinn hob, alles an ihr war überaus pikant und deliziös. Welch herrliche Stunden sie damals miteinander verlebt hatten. Es hatte als ein Spiel begonnen, hatte für ihn nichts weiter sein sollen, als eine erfrischende und kurzweilige Abwechslung. Sie war sehr schüchtern und zurückhaltend gewesen, und dieser Widerstand hatte ihn gereizt. Eben darum hatte er ihr nach allen Regeln der Kunst den Hof gemacht. Und dann hatte sie ihn mit den betörenden Antworten auf seine Briefe, in denen er seine poetische Ader erprobt hatte, so sehr überrascht, dass er sich in sie verliebt hatte. Es hatte ihm am Ende sogar wirklich leidgetan, sie enttäuschen zu müssen, und das ganz bestimmt nicht nur, weil sie so schön Klavier gespielt hatte. Er war nicht gerne fortgegangen, und unter anderen Umständen hätte er gewiss um ihre Hand angehalten. Genau wie er es ihr versprochen hatte. Das war die ganze Wahrheit. Er selbst könnte jetzt an Tobias' Stelle stehen, und er könnte Friederike immer noch lieben. O ja, es wäre ihm sogar ein Leichtes. Was ihn ein wenig beunruhigte, war allein die Frage, ob sie ihr Geheimnis auch bewahren würde. Wenn nicht, konnte es gut sein, dass sein Vorhaben, sich bei Tobias Geld zu leihen, vereitelt war. Andererseits hatte sie auch einiges zu verlieren, weswegen er einen Verrat für eher unwahrscheinlich hielt.

Julius drückte die zu einem Drittel gerauchte Zigarre im Aschenbecher aus, entfernte Asche und ein paar lose Tabakkrümel von ihrem Ende und steckte sie sich in die Brusttasche. Genug Trübsal geblasen. Draußen lockte die Sonne und überhaupt – gab es nicht auch erfreuliche Aussichten? Immerhin versprach das Geschäft, zu dem Wilhelm Weinschenk ihm verhelfen sollte, lukrativ zu werden. Er hatte mittlerweile mehr von der Ware gesehen, die Weinschenk in einem Versteck in seiner Wohnung lagerte. Die Augen waren ihm übergegangen, und er hatte sich beherrschen müssen, seine

Begeisterung nicht zu sehr zu zeigen. Wenn die Quelle wirklich so unerschöpflich war, wie Weinschenk behauptete, war damit ein Vermögen zu machen.

Von der Zigarre und den rosigen Zukunftsaussichten ein wenig erfrischt, trat Julius aus der Eingangstür des Hotels, die ihm der Portier aufhielt, auf die Stadtallee hinaus. Der Anblick, der sich ihm bot, war erhebend. Die in Reih und Glied gepflanzten Kastanien bildeten mit ihren blühenden Kronen ein durchgehendes Dach, unter dem es sich wunderbar lustwandeln ließ. Es war eine der schönsten Freiflächen in Frankfurt, und wer auch immer einst entschieden hatte, sie nicht zuzubauen, hatte gut daran getan. Vom Comödienhaus an der Nordseite bis zum Rossmarkt und von dort wiederum an der Hauptwache und dem Paradeplatz vorbei bis zur Zeil setzten sich dem Auge außer Bäumen und Brunnen keinerlei Hindernisse entgegen. Viele der anliegenden Häuser waren in den letzten Jahrzehnten unter der Aufsicht angesehener Architekten entstanden. Klassizistische Bauten, wie auch der *Holländische Hof*, der mit seiner klar gegliederten Fassade und dem flachen Dreiecksgiebel einen repräsentativen Eindruck machte. Je länger Julius in seiner Heimatstadt herumwanderte, die ihm nach den Jahren der Abwesenheit vertraut und fremd zugleich erschien, desto stärker wuchs in ihm der Wunsch zu bleiben. Die Altstadt fand er freilich kaum anziehender als damals. Es war ein Quartier, das man durchqueren musste, um an den Main zu gelangen, ins neue Fischerfeldviertel und zur Schönen Aussicht. Dort gefiel es ihm wiederum ausnehmend gut. Sobald wie möglich wollte er versuchen, eine Wohnung mit Blick auf den Main für sich zu finden. Der Anblick des Wassers und der vorüberziehenden Schiffe entspannte ihn.

Julius war am Brunnen auf dem Rossmarkt stehen geblieben und betrachtete die Skulptur von Herkules und Antäus. Sie zeigte, wie Herkules den Riesen vom Boden abhob, um ihn der Stärke, die er von seiner Mutter Erde bekam, zu berauben und ihn zu besiegen. Er kannte die Sage aus seiner Schulzeit. Er war überhaupt ein ausgezeichneter Schüler gewesen, dem seine Lehrer eine große Zukunft vorhergesagt hatten. Daher war es ihm auch leichtgefallen, die Empfehlung für eine Stelle als Hauslehrer zu bekommen. Auch damals war er knapp bei Kasse gewesen. Das Unglück seines Vaters, der sich mit einer Geldanlage verspekuliert hatte und dann sehr krank geworden war, hatte auch ihn mit hinabgezogen und ihm den Zugang zum eigentlich geplanten Studium verwehrt. Es war schwer gewesen, so plötzlich und völlig unverschuldet vor dem Nichts zu stehen.

Schon war er auf dem besten Weg, wieder ins Grübeln zu verfallen. Julius runzelte ärgerlich die Stirn, warf einen entschiedenen Blick auf seine Taschenuhr und machte sich auf den Weg in Richtung Main. Erst auf der Brücke nach Sachsenhausen blieb er wieder stehen. Die Aussicht war einnehmend. Den Main hinauf erblickte er links den breiten, sich bis zum Obermaintor erstreckenden, gepflasterten Quai. Unter den angrenzenden Gebäuden fiel besonders die neue Stadtbibliothek mit ihren herrschaftlichen Säulen ins Auge, in der er seit seiner Rückkehr schon so manche erfreuliche Stunde verbracht hatte. Rechts des Flusses sah man bis nach dem Flecken Oberrad hin eine Kette von auf- und niedersteigenden Gärten und Landhäusern. Den Main abwärts breitete sich in gedehntem Halbkreis die Stadt mit ihren Wassertoren und Uferstraßen aus und auf der gegenüberliegenden Seite folgten auf Sachsenhausen einige freundliche Landhäuser, neben welchen sich dicht am Ufer die niedrigen Hütten der Bleicher hinzogen. Die Wimpel zahlreicher Masten flatterten auf dem Fluss, und von den Uferstraßen hörte man die Rufe der Schubkärcher.

»Herr Mertens! Julius! So hören Sie doch. Ich bin hier.«

Julius wandte sich um. Diese Stimme kannte er. Richtig, aus der Richtung des Brickegickels kam Willi Weinschenk auf seinen kurzen

Beinen auf ihn zugeeilt. Er trug einen grünen Anzug mit gelber Weste und erinnerte mit seinen Ärmchen, die von seinem kompakten Körper abstanden und mit denen er beim Laufen herumruderte, an einen Kanarienvogel mit gestutzten Flügeln. Julius schüttelte unwillkürlich den Kopf bei dem Anblick, setzte dann sein freundlichstes Lächeln auf und ging ihm gemächlich entgegen.

»Mein lieber Weinschenk«, begrüßte er ihn. »Ich bin früh dran, Sie aber auch, wie ich sehe.«

»Ich habe da vorne auf Sie gewartet. Beim Hahn«, sagte Weinschenk. Er war außer Puste.

»Sie hätten nicht zu rennen brauchen. Dort waren wir verabredet, ich wäre noch hingekommen«, erwiderte Julius. »Und was ist mit unserem Kontaktmann?«

»Den treffen wir in einer halben Stunde. Um halb zehn am Affentor.«

Gut, dachte Julius. Die Dinge nahmen also wie geplant ihren Lauf. »Stammt Ihr Mann eigentlich auch aus Frankfurt?«, fragte er im Plauderton, während sie das Deutschordenshaus und die Kirche passierten und ins Gassengewirr von Sachsenhausen eintauchten.

»Vermutlich nicht, aber er hat mir seinen Wohnort nie verraten. Offenburg womöglich. Dem Akzent nach vermute ich, dass es sich um einen Engländer handelt«, erläuterte Weinschenk. »Er ist rothaarig und im Ganzen ein wenig mysteriös. Kommt meistens zu Pferd.« Sie bogen in die Rittergasse ein. Sachsenhausen war schon in Julius' Jugend für seine große Anzahl an Weinlokalen bekannt gewesen, und wie es schien, hatte sich daran nichts geändert. Vor jedem dritten Haus hing ein Fichtenkranz, der anzeigte, dass hier ausgeschenkt wurde. Architektonisch ging es kunterbunt zu. Zwei- und dreistöckige Häuser reihten sich aneinander, viele mit kuriosen Auskragungen, und eines sah aus, wie in der Mitte durchgeschnitten. Die Wege mit den offenen Abwasserrinnen waren in fragwürdigem Zustand. Ein paar Frauen hielten vor einem Brunnen Markt. Ein hübsches Blumenmädchen lächelte ihn schüchtern an, als er und Weinschenk vorübergingen. Vielleicht würde er ihm auf dem Rückweg etwas abkaufen, dachte Julius.

Hinter ihnen ertönte lautes Poltern. Dicht an die schmutzige Hauswand gedrückt, ließen sie einen mit Fässern beladenen Karren passieren, der von einem müden Gaul gezogen wurde. Als er vorüber war, sah Julius, dass die Ladefläche unzureichend gesichert war. Zwei Bolzen hatten sich gelöst, und der dritte konnte die Last nicht halten und war kurz davor zu bersten. Instinktiv blieb er an der Seite stehen und wollte Weinschenk warnen, der nichts bemerkt hatte und schon wieder mitten auf der Gasse ging. Der Weg war schmal, er hätte ihn sogar am Kragen packen und zu sich herziehen können – aber er zögerte eine Sekunde zu lang, und als der Bolzen tatsächlich mit einem lauten Krachen brach und das erste Fass, offenbar gut gefüllt, in Bewegung geriet, reagierte Julius immer noch nicht. Im nächsten Moment hatte das Fass Willi Weinschenk erfasst und umgerissen. Er stieß einen gellenden Schrei aus, der allerdings sofort abriss, als das zweite Fass über ihn hinwegrollte und dann das dritte, welches zerbarst, und schließlich auch noch das vierte. Endlich war es vorbei. Einen Augenblick lang herrschte tiefe Stille, in der man nur das Gurgeln des Apfelweins hörte, der, dem Geruch nach, in den Fässern gewesen war. Der alte Mann, der den Gaul am Zügel geführt hatte, kam mit entsetzter Miene hinter den Karren geeilt, und nun war auch Julius wieder in der Lage, sich zu bewegen. »Mein Gott, Weinschenk«, rief er und begann, die Fasstrümmer zur Seite zu räumen. »Weinschenk, so sagen Sie doch was«, rief er immer wieder, aber erst, als er sich zu ihm vorgearbeitet hatte und ihm links und rechts auf die Wangen schlug, öffnete der Verletzte die Augen und blinzelte ihn an. »Mertens«, sagte er mit erstickter Stimme und hielt für einen Moment mit der Linken seinen Unterarm fest. »Tut mir leid«, konnte er gerade noch flüstern, bevor er wieder bewusstlos wurde. Julius bettete vorsichtig den Kopf des Verletzten zur Seite. Er war erleichtert, dass der Mann noch lebte. Das war allerdings auch das einzig Positive, das man über seinen Zustand sagen konnte, denn es hatte ihn schlimm getroffen. Beide Beine und der rechte Arm sahen unnatürlich verbogen aus. Es würde bestimmt lange dauern und jede Menge ärztlichen Sachverstand benötigen, bis er sich davon wieder erholt hätte.

»Was stehen Sie rum und halten Maulaffen feil. Nun holen Sie schon Hilfe!«, rief Julius dem Lenker des Karrens zu und fuhr fort, Weinschenks Körper von den Trümmern zu befreien. Vom Lärm herbeigelockt, strömten die ersten Bewohner aus ihren Häusern, und zehn Minuten später waren so viele Menschen da, dass Julius das Gefühl hatte, nicht mehr gebraucht zu werden. Erschöpft ließ er sich von den Neugierigen an den Rand der Menge drängen. Ihm war übel. Seine Hände klebten vom Apfelwein und vom Blut. Glücklicherweise fand er an der nächsten Ecke einen Brunnen, um sich einigermaßen zu säubern. Zum Abschluss wusch er sich mit dem eiskalten Wasser das Gesicht, bevor er seinen Hut wieder aufsetzte. Seinen Flanierstock hatte er verloren. Julius warf einen Blick in Richtung der immer noch wogenden Menschenmenge und überlegte, ob er zurückgehen sollte, um ihn zu suchen, entschied sich jedoch dagegen. Er hatte schon sehr viel Zeit verloren. Am Ende war der Kontaktmann schon wieder fort, wenn er beim Affentor ankam – und dann würde ihm das Geschäft seines Lebens durch die Lappen gehen. Denn wer wusste schon, ob Weinschenk diesen Unfall überhaupt überlebte? Er schüttelte seine Benommenheit ab und setzte erst langsam, doch dann mit immer ausgreifenderen Schritten, seinen Weg in Richtung Affentor fort.

*

Tobias stand beim Steg an der Holzpforte, überwachte das Entladen seiner Lieferung und verfluchte sich selbst für seine Gutmütigkeit. Wo blieb nur dieser verdammte Weinschenk? Er hatte seinem Prokuristen einen halben Tag freigegeben, weil dieser unbedingt und unaufschiebbar seine kranke Schwester in Neu-Isenburg hatte besuchen wollen. Er hätte längst zurück sein müssen. Wo steckte der Kerl?

»He, sei vorsichtig«, rief er einem jungen Mann zu, der eine Kiste sehr unsanft absetzte.

»Warum sind die überhaupt so verflixt schwer?«, gab der Junge mürrisch zurück. »Ist doch nur Tee.«

»Da sind Bleiplatten drin«, rief Tobias und amüsierte sich kurz über das verdutzte Gesicht des Jungen. Bleiplatten und Ölpapier als Schutz gegen Feuchtigkeit waren üblich bei hochwertigen Tees. Doch trotz dieser Maßnahmen konnte man nie sicher sein, dass der Inhalt der Kisten die lange Reise von China über London bis nach Frankfurt unbeschadet überstand. Aber Tobias würde das erst im Kontor überprüfen und nicht hier im Freien zwischen den vielen Menschen, den streunenden Katzen und Hunden und den keckernden Möwen, die über den Schiffen kreisten. Wie immer hoffte er auch bei dieser Lieferung, keine unangenehmen Überraschungen zu erleben, denn Reklamationen waren kompliziert und langwierig. Allerdings lagen die Dinge diesmal anders. Er würde übermorgen in Richtung London aufbrechen und konnte dort selbst mit seinen Lieferanten reden. Daher wollte er die Ladung auch unbedingt heute noch komplett durchsehen. Allerdings lief ihm gerade jetzt die Zeit davon. Der Sonntag mit diesem verflixten Spaziergang, der so unglücklich geendet war, hatte ihn in seinen Vorhaben zurückgeworfen. Am Ende war der ganze Tag verloren gewesen, und auch die begonnene Auseinandersetzung mit Friederike, beziehungsweise seine geplante Entschuldigung, zu der er sich nach dem Gespräch mit Nicolaus durchgerungen hatte, war ins Hintertreffen geraten.

*

Friederike erfuhr noch vor ihrem Mann, was mit Weinschenk geschehen war, denn auf dem Markt war die Geschichte bereits in aller Munde. Sofort eilte sie zurück nach Hause, traf dort aber nur den Lehrling Peter Krebs an.

»Ihr Mann ist unten am Fahrtor«, erklärte er mit rotem Kopf.

»Sperr den Laden zu und lauf zu ihm. Weinschenk hatte einen Unfall«, sagte sie und machte auf dem Absatz kehrt.

»Und was sage ich, wenn er fragt, wohin Sie gegangen sind, Frau Ronnefeldt?«, rief der Lehrling ihr hinterher.

»Ich bin im Bürgerhospital. Weinschenk soll dorthin gebracht worden sein.«

Nur zehn Minuten brauchte sie für den Weg, doch als sie vor dem Portal des Hospitals stand, zögerte sie plötzlich. Der Gedanke hineinzugehen schreckte sie. Ins Hospital wurden normalerweise nur die Armen und Bedürftigen gebracht, jene, die sich keinen Hausarzt leisten konnten. Für viele war es die einzige Möglichkeit, überhaupt eine Behandlung zu bekommen. Doch jeder Vierte, so erzählte man sich, schaffte es nicht mehr lebend hier heraus. Während sie noch versuchte, sich vorzustellen, was sie erwartete, trat ein korrekt gekleideter Herr mit Schnauzbart vor die Tür, der eine Arzttasche in der Hand trug und einen Mantel über dem Arm.

»Sie wünschen, junge Frau?« Der Mann klemmte sein Monokel ins Auge und musterte sie.

Friederike nahm sich zusammen. Jetzt gab es kein Zurück mehr. »Guten Tag. Ich bin Frau Ronnefeldt. Ein Mitarbeiter meines

Mannes ist heute hier eingeliefert worden. Ein Herr Wilhelm Weinschenk.«

»Weinschenk. Verstehe.« Der Mann zog die Augenbrauen hoch, wodurch sein Monokel herunterfiel. »Frakturen von rechter Clavicula, Humerus und Ossa antebrachii, außerdem Os femoris und Tibia sowie eine Commotio cerebri«, zählte er auf.

»Oh«, sagte Friederike. »Kann ich ihn sehen?«

»Wissen Sie über die Verhältnisse des Herrn Bescheid?«

»Die Verhältnisse?«

»Wer kommt für die Behandlung auf? Ihr Mann?«, fragte der Mann ein wenig ungeduldig und klemmte sein Monokel wieder ein, wodurch sein rechtes Auge unnatürlich vergrößert wurde.

»Ich nehme es an, ja. Muss Herr Weinschenk denn hierbleiben?«

»Natürlich nicht, sofern er zu Hause versorgt werden kann, was allerdings nicht einfach sein dürfte. Ein interessanter Fall. Anschaulich.«

Anschaulich? Friederike schauderte. Jeder wusste, dass Patienten des Hospitals als Studienfall für die medizinische Ausbildung zur Verfügung zu stehen hatten.

»Kann ich ihn sehen?«, fragte sie noch einmal.

»Wenden Sie sich an die Wärterin. Guten Tag!«

»Verzeihung. Darf ich fragen, wer *Sie* sind?«, fragte Friederike, als der Mann sich anschickte, sie einfach stehen zu lassen.

»Professor Neef.«

»Danke, Herr Professor. Dürfte ich noch eine Frage stellen?«

»Fragen Sie, fragen Sie.«

»Wann wird Herr Weinschenk wieder arbeiten können?«

Der Professor räusperte sich und verstaute sein Monokel umständlich in der Brusttasche. »Lassen Sie es mich so ausdrücken: Ihr Mann sollte sich besser nach einem anderen Mitarbeiter umsehen.«

Die Wärterin, eine energisch aussehende Frau mit kantigem

Kinn, saß an der Pforte in der Eingangshalle. Ohne weitere Umstände oder Formalitäten wurde Friederike von ihr in einen großen Saal geführt, in dem gut zwei Dutzend Betten standen. Ab und zu hörte man ein Stöhnen oder Husten, und der Geruch von Urin, medizinischen Tinkturen und Männerschweiß lag in der Luft. Durch die großen Fenster drang viel Licht herein, was das Elend nicht besser machte. Weinschenks Bett war zum Glück mit Stellwänden von den anderen abgeschirmt.

»Fünf Minuten«, sagte die Wärterin und ließ sie allein.

Zögernd trat Friederike näher. Auch das Gespräch mit dem Professor hatte sie nicht auf diesen Anblick vorbereitet. Wilhelm Weinschenk war kaum wiederzuerkennen. Er trug einen blutigen Kopfverband, hatte Schürfwunden, ein blaues Auge, und sein rechter Arm sowie beide Beine steckten in grotesk unförmigen Verbänden.

»Wilhelm?«, sagte Friederike. »Willi? Hören Sie mich?«

Das Erste, was von Weinschenks Lippen kam, war ein langgezogenes Stöhnen. Eine Welle von Mitleid erfasste Friederike. »Ich bin es. Friederike Ronnefeldt.« Sie setzte sich auf die Bettkante und griff nach Weinschenks linker Hand, die unverletzt aussah, und drückte sie sanft.

Der Prokurist schlug die Augen auf. »Frau Ronnefeldt«, flüsterte er.

»Ja, ich bin es«, sagte Friederike, glücklich darüber, dass er sie erkannte. »Was ist geschehen, Willi? Was machen Sie nur für Sachen?«

»Ist Ihr Mann auch hier?«

»Nein. Er hat zu tun, Sie wissen doch …«, hilflos hielt sie inne. Tobias musste am Boden zerstört sein. Wegen Weinschenks Unfall stand alles auf der Kippe.

»Sagen Sie Ihrem Mann, es tut mir leid«, flüsterte Weinschenk.

»Ach, Willi. Wie konnte das nur geschehen«, sagte Friederike, als ihr Blick an Weinschenk vorbei auf einen Flanierstock mit Silbergriff fiel, der am Kopfende des Bettes an der Wand lehnte. Sie stand auf und betrachtete ihn genauer. Ein Flanierstock mit Löwenkopf, genau so einen hatte Mertens kürzlich dabeigehabt – und unterhalb des Griffs entdeckte sie eine Plakette mit den Initialen – *J. M.*

»Hatten Sie Besuch?«, fragte sie und fühlte sich mit einem Mal verändert. Plötzlich war nicht mehr Mitleid ihr vorherrschendes Empfinden. Stattdessen drückte der kalte Stein wieder auf ihren Magen. All die Erinnerungen, die das Wiedersehen mit Mertens in ihr ausgelöst hatten, waren plötzlich wieder da.

»Nein. Sie sind die Erste«, flüsterte Wilhelm.

Friederike versuchte, ihre Gedanken zu ordnen. Sie betrachtete immer noch den Stock. »Erinnern Sie sich eigentlich an Ihren Unfall, Herr Weinschenk?«

Weinschenk nickte. »Ich wollte meine Schwester besuchen.« Das Sprechen fiel ihm schwer. Friederike verstand ihn kaum.

»Waren Sie allein?«

Weinschenk nickte erneut.

Sie setzte sich wieder an seine linke, weniger lädierte Seite. »Wilhelm. Dieser Flanierstock, den ich hier bei Ihnen gefunden habe, gehört einem …«, sie zögerte, das Wort auszusprechen, »… einem *Freund*. Kennen Sie ihn? Er heißt Julius Mertens. War er vielleicht während des Unfalls bei Ihnen?«

Weinschenk machte eine schwache Bewegung, die ein Schulterzucken sein konnte. »Vielleicht kam er zufällig vorbei.«

Friederike zog die Augenbrauen zusammen. Das war natürlich möglich. Doch aus irgendeinem Grund glaubte sie nicht daran.

Als sie in die Neue Kräme zurückkam, war Tobias gerade damit beschäftigt, die ersten Kisten der Lieferung zu öffnen. Der grasig warme Duft nach grünem Tee erfüllte den ganzen Raum. Sie hatte befürchtet, ihren Mann verzweifelt vorzufinden, doch zu ihrer Überraschung wirkte er völlig gefasst.

»Da bist du ja, mein Liebes« sagte er, legte das Stemmeisen beiseite, kam ihr entgegen und umarmte sie. »Ich weiß Bescheid. Am Hafen reden sie über nichts anderes. Weinschenk muss es ja fürchterlich getroffen haben. Und du warst so tapfer, direkt zu ihm zu gehen. Wie geht es ihm? Ist es wirklich so übel?«

»Es ist sehr schlimm. Er hat Glück, wenn er es überhaupt übersteht.«

»Der Ärmste. Wir müssen darauf achten, dass er die beste Versorgung bekommt. So sehr ich meine Kollegen von der medizinischen Fakultät der Senckenbergischen Gesellschaft auch schätze, das Hospital ist auf Dauer nichts für ihn. Dort sollte er nicht bleiben.«

»Nein, du hast recht. Wir sollten ihn da herausholen«, sagte Friederike über den Verlauf des Gesprächs einigermaßen überrascht. »Aber was ist mit dir, Liebster? Was wirst du tun, jetzt wo Weinschenk ausfällt?« Plötzlich machte sich eine jähe Hoffnung in ihr breit. Ein Gedanke, den sie bisher nicht zugelassen hatte; unter diesen Umständen musste Tobias seine Reise einfach absagen. Er musste seine Meinung geändert haben. Endlich hatte er eingesehen, dass es das Beste war, bei ihr zu bleiben, und er freute sich wohl darauf, es ihr zu sagen. Er wusste, dass sie sich mittlerweile ihrer Schwangerschaft sicher war – wenn alles mit rechten Dingen zuginge, würde ihr fünftes Kind Ende des Jahres geboren werden. Dann, wenn Tobias eigentlich am anderen Ende der Welt wäre ...

Tobias sah sie mit funkelnden Augen an. Seine Miene war lebhaft, verriet aber immer noch nicht, was mit ihm los war. »Meine gute Laune muss dir vollkommen merkwürdig vorkommen. Aber in deiner Abwesenheit ist etwas geschehen – ich meine, natürlich habe ich größtes Mitgefühl für den armen Weinschenk, aber ...« Er unterbrach sich und strich sich verlegen durchs Haar, konnte dabei jedoch ein Lächeln nicht unterdrücken.

Friederikes Unruhe wuchs. »Etwas ist geschehen? Du sprichst in Rätseln. Was ist denn nur los?«

»Etwas Großartiges. Du rätst nicht, wer eben gerade bei mir war.«

Ihre Hoffnung, die ohnehin kaum Zeit gehabt hatte zu wachsen, zerbrach sofort. Sie brauchte nicht zu raten. Sie wusste, wer Tobias aufgesucht hatte.

»Julius Mertens«, sagte sie und ließ sich mit weichen Knien auf einen Stuhl sinken.

»Woher weißt du das nur?«, rief Tobias aus. Mit seiner Beherrschung war es vorbei. Er ließ seiner Begeisterung freien Lauf. »Stell dir vor, er verlangt keinen Gulden mehr als Weinschenk! Ich kann mein Glück kaum fassen. Einen Menschen wie Mertens zu gewinnen. Einen so klugen Kopf. Ich muss meine Abfahrt höchstens um zwei oder drei Tage verschieben. Das ist kein Problem. Ich schaffe es dennoch, rechtzeitig in London zu sein. Wir werden hart arbeiten. Ich werde Mertens alles ganz genau erklären. Er ist Kaufmann, das ist alles kein Neuland für ihn. Meinst du nicht auch, dass er im Grunde viel besser geeignet ist als der arme Willi?«

»Du hast Herrn Weinschenk ja sehr schnell abgeschrieben.«

»Aber Schatz, Liebes. Ich dachte, du magst ihn ohnehin nicht besonders?«

»Darum geht es nicht. Weinschenk ist zwar ... Na ja, er ist, wie er ist, und er ...« Friederike unterbrach sich. *Ich glaube, er ist in mich verliebt,* hatte sie sagen wollen, doch sie schluckte die Worte herunter. »Julius Mertens jedoch ...«

»Was ist los? Was hast du nur gegen ihn?«, rief Tobias lachend.

»Ich weiß nicht recht, ich traue ihm nicht. Er ist damals so überstürzt aus Frankfurt fort. Hast du seine Zeugnisse gesehen? Irgendwelche Referenzen?«

»Für so etwas haben wir keine Zeit. Seine Urkunden sind auf dem Weg hierher, aber bis sie angekommen sind, bin ich längst in London.«

»Wie praktisch.«

»Was ist dir nur, Liebes? So kenne ich dich ja gar nicht.«

»Überleg doch mal. Julius Mertens spaziert zufällig im perfekten Augenblick hier herein. Woher wusste er überhaupt von Weinschenks Unfall?«

»Das war nicht schwer. Die halbe Stadt spricht mittlerweile darüber.«

»Es könnte auch ganz anders gewesen sein. Tobias, hör mir zu: Weißt du, was ich neben Weinschenks Bett gefunden habe? – Den Flanierstock von Julius Mertens. Du weißt schon, der mit dem Löwenkopf.«

»Nein, das weiß ich nicht«, rief Tobias ungeduldig aus. »Ich merke mir doch nicht, wie sein Flanierstock aussieht.«

»Aber ich. Und ich frage mich, wie er an sein Bett geraten ist. Haben sich die beiden gekannt?«

»Nicht, dass ich wüsste. Worauf willst du hinaus, Liebes?«

»Es sieht so aus, als ob Mertens bei Weinschenks Unfall dabei gewesen wäre. Wie sollte der Stock sonst bei ihm gelandet sein?«

»Na und? Was willst du damit sagen?« Er sah sie groß an, dann fiel bei ihm der Groschen. »Was? Aber nein! Soll Mertens etwa die Fässer auf ihn geworfen haben? Du siehst ja Gespenster! Es war ein Unfall. Der Mann mit den Fässern wusste sogar, dass der Karren nicht ganz in Ordnung war. Er hat es zugegeben. Sie haben ihn mit auf die Wache genommen.«

Friederike musste zugeben, dass damit ihre Theorie ins Wanken geriet. Andererseits konnte sie ihrem Mann unmöglich gestehen, was sie wirklich gegen Mertens einnahm. Sollte sie ihm etwa sagen, dass er ein Schwerenöter war? Dann müsste sie auch zugeben, dass er es damals geschafft hatte, ihr den Kopf zu verdrehen, und dass sie sich auf sein Spiel eingelassen hatte. Es war ihr unendlich unangenehm, daran erinnert zu werden – und noch viel schlimmer, darüber zu sprechen. Nie hatte sie auch nur einer Menschenseele davon erzählt. Auch damals nicht, als Mertens Frankfurt so plötzlich verlassen hatte, ohne sich von ihr zu verabschieden. Vor Liebeskummer war sie krank geworden, so sehr, dass ihre Eltern um ihr Leben gefürchtet hatten. Trotzdem hatte sie ihr Geheimnis stets für sich behalten, und mit der Zeit war sie darüber hinweggekommen. Es hatte keine Rolle mehr für sie gespielt, und wenn sie jetzt davon anfing, würde das bei Tobias einen völlig falschen Eindruck erwecken. Er könnte am Ende glauben, ihr läge noch etwas an Mertens, und sie wollte ihn deshalb nicht in ihrer Nähe haben. Nein, vermutlich hatte die Sache mit dem Spazierstock wirklich nichts zu bedeuten. Jedenfalls war es kein Grund, Tobias deswegen zu beunruhigen.

TEIL II

Sommer 1838

Er ist ein guter Arzt

Londoner Hafen, 6. Juni 1838

Liebe Friederike,
wie mir Dein herzig trauriges Gesichtchen noch gegenwärtig ist, wie
Du da auf der Zeil stehst, die Kinder rechts und links an der Hand.
Dabei hast Du mich schon viele Male in die Kutsche steigen sehen.
Allein – diesmal liegen die Dinge anders, und das weiß ich wohl.
Es ist wahr geworden: Ich schreibe Dir von Bord der Janus, die eben
noch im Londoner Hafen vor Anker liegt und uns schon bald nach
China bringen wird. Viel Zeit bleibt nicht mehr, nur noch eine
Stunde, bis der Postillon von Bord geht. Ein spärliches Stündchen,
meiner lieben Frau ein Loblied zu singen. Denn das hast Du Dir
wahrlich verdient. Nicht ein Wort des Klagens oder Bittens kam über
Deine Lippen, und falls ich Dir nicht genug dafür gedankt habe, so
hole ich es hiermit nach. Behüte Dich wohl und unser Kindelein, das,
so Gott will, gesund das Licht der Welt erblicken wird, während ich
auf derselben umherreise. Ganz gewiss, wird es Sein Wille sein! Denn
auch das Forschen und Erforschen ist Gottes Wille. Es genügt nicht, die
Wunder der Natur zu bestaunen, man muss auch bereit sein, sie zu
durchdringen und in ihrem ganzen Wesen zu begreifen, wie Humboldt
oder Georg Forster es uns vorgelebt haben – oder auch unser verehrter
Eduard Rüppell. (Selbst wenn man seinen Charakter nicht mag, muss
man den wissenschaftlichen Wert seiner Arbeit dennoch anerkennen.)
Die Reise bis hierher war kein bisschen beschwerlich und ließ mir,
wie gewünscht und erhofft, trotz Verspätung ausreichend Raum für so
manche Geschäfte, wie Du aus dem Brief an Mertens ersehen kannst,

den ich im selben Umschlag versende. Lies ihn ruhig, falls es Dir guttut, wenn ich auch kaum glaube, dass das Handelskauderwelsch sonderlich erbaulich ist. Die Waren, die ich in London erworben habe, werden Dir jedenfalls Freude machen, darunter zehn Stück reich und acht halbreich bestickte Schals – in Weiß, Scharlach und Modefarben, keiner unter achtzig Pfund. Sie sollten in drei Wochen bei Euch sein. Ich bin sicher, Mertens macht das Beste daraus. Nun bin ich erst recht froh, dass er diese Rolle übernommen hat! Die Damen werden Schlange stehen – oder die Herren, um ihren Schönen, eine Freude zu machen. Und vielleicht kannst Du ja den jungen Krebs im Blick behalten. Er soll die Auslage vor Sonne schützen, falls einer der Schals darin ausgestellt werden sollte.

Ach, ich merke, wie sehr mein Herz noch an zwei Orten schlägt. Denke nur nicht, dass mich keine Zweifel plagen. Dass mir das Herz nicht schwer wäre. Der Gedanke, Dich und die Kinder zurücklassen zu müssen, raubt mir so manche Nacht den Schlaf. Ich tröste mich damit, dass Du wusstest, wen Du geheiratet hast. Und damit, dass mein Ruf und der unseres Geschäfts den Kassandrarufen Deines Vaters zum Trotze nicht leiden wird. Das Angebot, in die Bürgerrepräsentation einzutreten, wird nach meiner Rückkehr erneuert werden, darauf hat Mappes mir sein Ehrenwort gegeben – und der weiß es von Günderode. Wenn alles mit rechten Dingen zugeht, werde ich in Frankfurt noch ein Wörtchen mitzureden haben! Dein Vater mag mich und meine Art so gar nicht begreifen, doch ich weiß, er meint es nur gut, und ich sehe es ihm nach. Ich hoffe, er ist wohlauf, trotz seines lädierten Fußes.

Ich muss nun schließen und das Schreiben dem Boten übergeben, der es an Land bringen wird. Zu meiner Unterbringung und allem Übrigen, den Reisegefährten and so on, schreibe ich Dir beim nächsten Mal – gewiss noch, bevor wir den Kontinent verlassen. Ein wenig musst Du Dich gedulden, die Reise durch den Kanal soll mehrere Tage in

Anspruch nehmen, und ich werde bis zur letzten Sekunde warten, um Dir möglichst ausführlich Bericht zu erstatten. Es umarmt Dich herzlichst und grüßt und küsst die Kinder, Dein treuer Freund Tobias.

Friederike faltete den Brief sorgfältig wieder zusammen. Ob sich Tobias mittlerweile schon auf dem offenen Meer befand? Ach, wie konnte man ein Schiff nur *Janus* nennen? Sie verband mit der Sage vom doppelgesichtigen Gott nichts Gutes. Viel zu viele Menschen verbargen ihr wahres Gesicht und versteckten sich hinter einer Maske. Diese Lektion hatte sie früh lernen müssen – und in diesen Tagen wurde sie häufig daran erinnert. Doch so sehr sie auch unter Tobias' Abwesenheit litt, war sie dennoch froh, keine Einwände gegen seine Reise erhoben zu haben. *Keine Worte des Klagens oder Bittens*, wie Tobias es in seinem Brief ausgedrückt hatte. Sie war stolz auf ihren Mann, stolz auf ihre Ehe und manchmal, in guten Momenten, sogar stolz auf sich selbst.

Sie dachte an den Tag, an dem sie Tobias zum ersten Mal begegnet war. Es war bei einem Vortrag der Museumsgesellschaft gewesen, einer der wenigen, zu dem auch Frauen zugelassen gewesen waren. Und aus irgendeinem Grund, an den sie sich nicht mehr erinnerte, hatte ihr Vater sie dorthin mitgenommen. Tobias war der Hauptredner gewesen. Er sprach über seine Reise in die Schweiz und nach Italien, schilderte, wie er die Alpen überquert hatte, erzählte von schneebedeckten Gipfeln im August, von Geröllfeldern und Gletschern und von den atemberaubenden Ausblicken auf dunkelgrüne Wälder und cyanblaue Seen. Er erzählte von Höhen, in denen keine Bäume mehr wuchsen, von blühenden Wiesen, seltenen Orchideen, Insekten und Schmetterlingen. Vor allem die Schmetterlinge hatten es ihm angetan. Sie waren seine große Leidenschaft.

Friederike, soeben zwanzig Jahre alt geworden, saß in der dritten Reihe neben ihrem Vater, sah still und konzentriert zu dem Redner empor, und je weiter der Abend voranschritt, desto faszinierter war sie von ihm. Solch einem Mann war sie bisher noch nie begegnet. Er war um die dreißig Jahre alt, schätzte sie – genau dreiunddreißig, wie sie später erfuhr –, und hatte nichts von der üblichen Frankfurter Behäbigkeit an sich. Er wirkte überaus lebendig, sprach ebenso leidenschaftlich wie eloquent, wählte seine Worte sorgfältig und mit Bedacht. Er war mitreißend, intelligent und witzig, immer wieder brachte er das Publikum zum Lachen. Und er sah blendend aus, besaß eine hohe Stirn, über die das kräftige braune Haar in einer Tolle herabfiel, und seine Augen, entweder grün oder braun, strahlten unter hohen geschwungenen Brauen hervor. Und falls jemals der Ausdruck *an jemandes Lippen hängen* zutreffend war, dann bei Friederike an jenem Abend. Sein Mund gefiel ihr außerordentlich, die Oberlippe war herzförmig und ein wenig vorspringend, beinahe, als verbärge sie einen leichten Überbiss, dabei waren seine Zähne vollkommen ebenmäßig und weiß. Es war eine Freude, ihn beim Sprechen zu beobachten, zu sehen, wie er mit diesem schönen Mund Laute formte.

Ein letztes Mal strich Friederike mit den Fingern über das Papier, auf dem Tobias' Handschrift ein feines, elegantes Geflecht bildete, und verstaute es in der Schublade ihres Sekretärs. Erst seit drei Wochen war Tobias fort, doch ihr kam es vor wie eine Ewigkeit. Häufig wachte sie nachts schweißgebadet auf und konnte nicht mehr einschlafen. Wenn sie doch einnickte, schreckte sie schon kurze Zeit später wieder hoch. Am Morgen war sie müde, unleidlich und verfiel dennoch in hektische Betriebsamkeit. Mittlerweile hatten auch die Kinder darunter zu leiden, und Friederike begann, sich um das Ungeborene Sorgen zu machen. Sie fragte Doktor Gravius um Rat, der eine atypische Hysterie diagnostizierte, gegen die er dreimal täglich – morgens, mittags und abends – Branntwein verordnete. Doch schon allein vom Geruch des Branntweins wurde ihr übel. Statt besser wurde ihr Zustand schlimmer, so dass sie Sophie bat, in der angrenzenden Kammer zu schlafen, damit Hilfe in der Nähe wäre, falls sie welche bräuchte.

Gleich in der zweiten Nacht, nachdem sie dieses Arrangement getroffen hatten, stand das Mädchen vor Friederikes Bett und rüttelte sie an der Schulter. »Frau Ronnefeldt? Geht es Ihnen nicht gut?«

Friederikes Glieder fühlten sich so schwer an, als zöge jemand daran, und in ihrem Kopf herrschte ein düsteres Durcheinander. »Du bist es, Sophie«, sagte sie erleichtert, als sie das Mädchen erkannte, und sie war froh, ihrem Albtraum entkommen zu sein.

»Sie haben im Schlaf so laut geredet, Frau Ronnefeldt, da hab ich Angst um Sie gekriegt.«

»Ich habe schlecht geträumt.«

»Soll ich Ihnen einen Tee machen?«

»Ja, etwas Warmes zu trinken, wäre schön.« Friederike schlug die Decke zurück. Sie wollte aufstehen, um sich zu erleichtern.

»Mein Gott, was ist das? Frau Ronnefeldt, Sie bluten ja«, rief Sophie. Und tatsächlich, dort, wo Friederike gelegen hatte, sah man einen dunklen Fleck auf dem Laken. Erschrocken starrten beide Frauen auf die unheilvolle Stelle.

Sophie hatte sich als Erste wieder gefangen. »Soll ich Doktor Gravius holen?«

Friederike schüttelte den Kopf. »Er ist nicht in der Stadt. Er sagte, er sei für zwei Wochen in Wiesbaden. Aber er hat eine Vertretung. Ich weiß nur nicht mehr ... Nein, mir fällt der Name nicht ein.« Von einem plötzlichen Schwindel erfasst, ließ sich Friederike zurück in die Kissen sinken.

»Ich kenne einen. Der hat meinen kleinen Bruder auf die Welt geholt«, sagte Sophie.

»Du willst nach Oberrad?«

»Nein, Frau Ronnefeldt. Heute ist der in Frankfurt. Ich habe ihn beim Einkaufen in der Stadt getroffen. Er wohnt unten am Fahrtor, nur ein paar Schritte von hier. Er ist ein guter Arzt.«

»Mein Baby«, flüsterte Friederike von einer plötzlichen, großen Furcht ergriffen. So wenig sie diese unverhoffte fünfte Schwangerschaft auch herbeigesehnt haben mochte, das Kind jetzt zu verlieren, war ein schrecklicher Gedanke.

Sophie hatte ein Glas Wasser geholt, stützte Friederikes Kopf und gab ihr zu trinken. »Ich kenn das, Frau Ronnefeldt. Meine Mama hat das auch gehabt. Sehen Sie, der Fleck auf dem Laken ist ja nur ganz klein. Muss also gar nichts Schlimmes sein. Und Sie wissen ja, acht Geschwister hab ich trotzdem.«

Die zupackende Art des Mädchens und seine tröstenden Worte taten Friederike wohl. »Danke, Sophie.«

»Mir wäre trotzdem lieber, wenn einer nach Ihnen guckt. Sie sind ja schon seit Tagen so blass um die Nase.«

Friederike nickte. »Schau aber zuerst nach, ob die Kinder schlafen. Und dann lauf.«

»Mach ich, Frau Ronnefeldt. Ich beeil mich, und Sie bleiben ganz still hier liegen. Der Doktor hilft Ihnen, Sie werden sehen.«

Sophie kam, wie versprochen, schon bald darauf zurück. Friederike war wieder eingeschlafen und schrak hoch, als sie die Stimme des Mädchens hörte. Sie öffnete die Augen und blinzelte ungläubig. Das war doch nicht möglich! Vor ihr stand der schöne Geigenspieler, den sie bei Frau von Willemer getroffen hatte. Er sah auch heute wieder sehr ernst aus, doch anders als an jenem Sonntag, fiel ihm sein schwarzes Haar nun ungebändigt in die Stirn und gab ihm einen leicht verwegenen Ausdruck.

»Sie sind Arzt?«, sagte Friederike und richtete sich ein wenig auf.

»Ganz recht. Paul Birkholz, Doktor der Medizin«, stellte der junge Mann sich vor. Er stand, beide Hände hinter dem Rücken, am Fußende ihres Bettes. Falls er überrascht war, sie hier anzutreffen, ließ er es sich zumindest nicht anmerken.

»Und ich dachte, ich dachte …« Sie war verwirrt und sprach den Satz nicht zu Ende.

Er räusperte sich. »Nur leider, das habe ich Sophie bereits gesagt, darf ich Sie nicht untersuchen.«

»Sie dürfen nicht?«, fragte Friederike.

»Aber wenn sie doch Hilfe braucht?«, sagte Sophie ungeduldig, während sie weitere Talglichter entzündete. »Frau Ronnefeldt hat so geschrien im Schlaf, dass ich einen Riesenschreck gekriegt hab.«

»Sophie erwähnte, dass Sie schwanger sind, Frau Ronnefeldt. Wann erwarten Sie die Niederkunft?«

»Ende des Jahres.«

»Gut.« Er schien verlegen zu sein. »Aber, wie gesagt. Ich habe keine Zulassung hier in Frankfurt. Ich bin nur mitgekommen, weil Sophie so darauf bestanden hat. Um es Ihnen selbst zu sagen.«

»Und was ist mit dem Blut?«, fragte Sophie empört.

»Wenn Sie bluten, könnte das natürlich etwas Ernstes sein. Sie sollten einen Arzt holen.«

»Ich dachte, Sie *sind* Arzt … Autsch.« Ein Schmerz fuhr Friederike in den Unterleib, und sie krümmte sich ein wenig zusammen.

»Sehen Sie«, sagte Sophie. »Jetzt tun Sie doch was.«

»Also gut, vielleicht kann ich es mir zumindest mal ansehen«, sagte er. »Darf ich?«

Friederike nickte, rückte ein wenig zur Seite, und Sophie kam mit dem Licht näher. Der Arzt betrachtete und befühlte den Fleck auf dem Laken. »Es ist Blut, aber nur wenig, und es ist schon trocken.

Verzeihung, Frau Ronnefeldt. Dürfte ich Sie bitten, Ihr Nachthemd hochzunehmen?«

»Es geht schon wieder«, sagte Friederike, weil der Krampf vorbei war und sie der Gedanke, von dieser Erscheinung untersucht zu werden, peinlich berührte.

»Aber *ich* mach mir Sorgen«, sagte Sophie. »Jetzt lassen Sie den Doktor doch draufgucken. Was, wenn dem Baby was passiert?«

Eine schreckliche Vorstellung. Friederike überwand ihre Verlegenheit. Von Doktor Gravius ließ sie sich ja auch untersuchen. Doch der hatte weißes Haar, ein knorriges Gesicht und einen Backenbart. Es war albern anzunehmen, dass alle Ärzte so aussehen mussten, dass sie nicht auch attraktiv und jung sein konnten.

Mit Sophies Hilfe zog sie ihr Nachthemd hoch, ließ aber die Decke, wo sie war.

Der junge Mann rieb sich die Hände, um sie anzuwärmen. »Entspannen Sie sich, Frau Ronnefeldt. Am besten legen Sie sich einfach zurück.«

Friederike gehorchte. Von Entspannung konnte allerdings keine Rede sein. So hatte Doktor Gravius sie noch nie untersucht. Zoll für Zoll tastete der junge Arzt unter der Bettdecke ihren Bauch ab. Drückte mal hier und mal da. Seine Hände waren warm und trocken und sie spürte, wie fachkundig er vorging. Dann war er fertig.

»Gute Nachrichten, Frau Ronnefeldt, ich glaube nicht, dass es etwas Schlimmes ist.«

»Und die Krämpfe?«

»Könnten durchaus vom Darm herrühren.«

Friederike dachte an den Spargel, den sie am Abend gegessen hatte. »Nein, wirklich?« Ein großes Gefühl der Erleichterung erfasste sie.

»Die kleine Blutung ist kaum der Rede wert. Trotzdem empfehle ich Ihnen, sich in den nächsten Tagen zu schonen. Sie sollten viel liegen und keine schweren Arbeiten verrichten.«

»Und was ist mit der Hysterie, die Doktor Gravius diagnostiziert hat?«

»Schwer zu sagen. Gibt es denn irgendetwas, was Sie belastet?«

Was für eine Frage, dachte Friederike. Mein Leben ist eine einzige Sorge. Doch über Julius Mertens konnte sie natürlich nicht sprechen.

»Mein Mann«, sagte sie.

»Was ist mit Ihrem Mann?«

»Der ist auf dem Weg nach China«, platzte Sophie heraus und biss sich gleich darauf auf die Lippen.

Friederike sah sie verdutzt an. Zurückhaltung gehörte wahrlich nicht zu den Stärken ihres Dienstmädchens. »Es ist so, wie Sophie sagt«, erläuterte sie. »Mein Mann ist auf einem Schiff irgendwo auf dem Meer.«

»Verstehe«, sagte der Doktor ernst.

Friederike betrachtete sein Gesicht, dessen weiße Haut einen wirklich irritierenden Kontrast zum vollkommen schwarzen Haar bildete. »In einem solchen Fall würde sich jeder Sorgen machen, Frau Ronnefeldt. Das ist ganz natürlich. Das bedeutet nicht, dass Sie krank sind. Im Gegenteil. In meinen Augen ist das eine vollkommen gesunde Reaktion.«

»Würden Sie mir trotzdem Branntwein verordnen?«

»Vertragen Sie ihn?«

»Ich hasse ihn. Mir wird übel davon«, sagte Friederike aus vollem Herzen.

»Dann lassen Sie es bleiben. Sie sollten nur Dinge tun, die Ihnen Freude machen und guttun.«

»Danke, Herr Doktor.« Friederike war ehrlich erleichtert. Ihr erschien diese Sichtweise vernünftig. Warum konnte Doktor Gravius nicht solch einfache Dinge sagen. »Ich danke Ihnen sehr, dass Sie gekommen sind. Was bin ich Ihnen schuldig?«

»Nichts. Wie gesagt, ich dürfte eigentlich gar nicht hier sein. Morgen früh um neun Uhr werde ich von den Herren Stadtphysici examiniert. Sie werden darüber entscheiden, ob ich mich niederlassen darf.«

»Um neun Uhr? Und ich dummes Ding bringe Sie um Ihren Schlaf.«

»Ich lag ohnehin wach, Frau Ronnefeldt. Jedenfalls möchte ich Sie bitten, über meine Untersuchung Stillschweigen zu bewahren. Man könnte sie mir zum Nachteil auslegen.«

»Wenn Sie es wünschen, bleibt das natürlich unser Geheimnis. Nicht wahr, Sophie?« Das Mädchen nickte heftig. »Aber ist es denn wirklich das Einzige, was ich für Sie tun kann, Herr Doktor – Verzeihen Sie, aber ich habe Ihren Namen vergessen.«

»Birkholz.«

»Birkholz?«, wiederholte Friederike. Das klang jüdisch. Dazu sein Aussehen, dieses schwarze Haar. Sie hatte geglaubt, er sei Italiener, aber das war offenbar falsch. Er musste Jude sein.

Paul Birkholz las in ihrem Gesicht wie in einem offenen Buch. »Richtig. Ein weiterer Grund, weswegen ich Sie bitten möchte, nicht zu erwähnen, dass Sie mich gerufen haben. Niemand sollte wissen, dass ich eine Christin behandelt habe ...«

»Nun gut«, sagte Friederike unentschlossen und etwas verwirrt. Sie hatte noch nie mit Juden zu tun gehabt. Die israelitische Gemeinde blieb für gewöhnlich unter sich. Aber sie konnte doch diesen freundlichen jungen Mann, der ein persönliches Risiko eingegangen war, um ihr zu helfen, nicht ohne ein Honorar verabschieden. »Darf ich Sie wenigstens zum Mittagessen einladen?«

Doktor Birkholz, der schon den Hut in der Hand hielt, schien ehrlich überrascht, doch Friederike fühlte sich trotz der nächtlichen

Stunde und der Krise, die sie durchlitten hatte, belebt wie schon lange nicht mehr. Die Diagnose Hysterie hatte schwer auf ihr gelastet, und sie fühlte sich, dank der Worte dieses jungen Mannes, davon befreit. Sie war entschlossen, ihn nun besser kennenzulernen und war nicht gewillt, ihn einfach so gehen zu lassen.

»Wenn ich Sie richtig verstanden habe, Herr Doktor Birkholz, kommen Sie geradewegs von der Universität. Sie dürfen nicht praktizieren, und selbst wenn Sie bei Frau von Willemer wohnen, haben Sie vermutlich kein Einkommen. Ist das richtig?«

Er nickte.

»Also wäre es doch dumm, eine Einladung zum Mittagessen auszuschlagen.« Als er immer noch zögerte, redete sie weiter: »Sophie kocht sehr gut, ich muss also nicht selbst am Herd stehen und mich den Anweisungen meines Arztes widersetzen. Zudem eine der Anweisungen besagt, Dinge zu tun, die mir Freude machen – und wenn Sie meine Einladung annehmen, machen Sie mir eine große Freude.«

Ihre kleine Ansprache brachte Paul Birkholz erst zum Lächeln und dann zum Lachen. Erstaunt nahm Friederike wahr, wie sich das Gesicht des Arztes dadurch veränderte. Der heilige Ernst in seiner Miene wich einem jungenhaften Schalk.

Du bist ein feiger Verräter

Frankfurt, 1. Juli 1838

Julius trat in den Saal des Hotels *Weidenbusch* und ließ seinen Blick über die Köpfe der Gäste wandern, die in heiteren Grüppchen an den Tischen saßen und dem ersten oder auch schon zweiten Glas Wein des Tages zusprachen. Der Saal war der größte seiner Art in ganz Frankfurt. Konzerte, Bälle, Versammlungen und Feierstunden fanden hier statt. Und selbst an einem ganz normalen Sonntag wie diesem, besaß der weite, luftige Saal mit den hohen zweiflügeligen Fenstern eine festliche Ausstrahlung. Die großen Tische waren für das sonntägliche Mittagessen eingedeckt. Weiße Leinentischdecken und sorgfältig gefaltete Servietten schmückten die Tafeln. Das Silberbesteck reflektierte ebenso wie der Feiertagsschmuck der Damen das einfallende Sonnenlicht. Man hielt etwas auf sich im *Weidenbusch*.

Julius sah sich nach seiner Verabredung um. Johann Böhmer, der Stadtbibliothekar, saß an einem Tisch an der linken Schmalseite des Saales unter dem Balkon. Er war dem ehemaligen Schulkameraden vor einigen Tagen zufällig am Mainufer über den Weg gelaufen, und obwohl er in den letzten fünfzehn Jahren nicht ein einziges Mal an ihn gedacht hatte, hatte er ihn sofort wiedererkannt. Der Bibliothekar erhob sich von seinem Platz und sah ihm entgegen, während Julius seinen leichten Überrock auszog, ihn zusammen mit dem neu angeschafften Flanierstock dem Kellner reichte, die Manschetten geradezog und sich einen Weg zwischen den Tischen hindurchbahnte. Böhmer hatte sich seit ihrer Jugend kaum verändert. Er war ebenso blass und unscheinbar wie damals, und der feine, scheue Gesichtsausdruck, der Julius stets an ein flüchtendes Reh hatte denken lassen, lag unverändert auf dem zarten glattrasierten Gesicht. Sie waren niemals wirklich gute Kameraden gewesen, sondern wegen ihrer überdurchschnittlichen Leistungen in Latein eher Konkurrenten. Doch Johann Böhmers elegante Übersetzungen hatten ihm stets Respekt abgenötigt, und da den ebenso begabten wie linkischen Mitschüler sonst niemand mochte, war Julius am ehesten das gewesen, was man als Freund hätte bezeichnen können. Es war zwar keine Beziehung, deren Wiederbelebung er herbeigesehnt hätte, aber Julius hatte entschieden, dass es wenig Sinn machte, wählerisch zu sein, wenn er in Frankfurt wieder unter Leute kommen wollte. Böhmer schien mit seinem Geschichtsverein *Monumenta Germania Historica*, dessen erster Sekretär er war, ein zwar langweiliges, jedoch ehrenwertes Unternehmen zu betreiben. Es könnte sogar nützlich sein, mit ihm in Verbindung gebracht zu werden. Angesichts der altdeutschen Tracht, die Böhmer heute trug, begann er jedoch schon wieder daran zu zweifeln.

»Wie schön, dass du es einrichten konntest«, sagte Johann mit seiner leisen, hohen Stimme und reichte ihm seine schlaffe, feuchte Hand, die Julius so sehr anwiderte, dass er anschließend die seinige unauffällig an seiner Hose trocken wischte.

»Aber selbstverständlich. Ich habe mich auf unser Essen gefreut. Ich bin gespannt wie ein Flitzebogen, mehr über deinen Verein zu erfahren«, sagte Julius in betont munterem Tonfall, der so gar nicht seiner wahren Gemütsverfassung entsprach, und ließ sich gegenüber von Johann nieder. In Wahrheit war er nämlich wenig beeindruckt. Die Quellensammlung zur mittelalterlichen Geschichte, an der Johann Böhmer arbeitete, schien dessen einziger oder zumindest wichtigster Lebensinhalt zu sein. Das Sammeln und Übersetzen historischer Urkunden aus dem Lateinischen ins Deutsche, denn darum ging es dabei, war mit absoluter Sicherheit ein ausgesprochen trockenes Geschäft, und Julius hatte ganz gewiss nicht vor, sich dafür einspannen zu lassen. Während Julius Interesse heuchelte, indem er ein paar gezielte Zwischenfragen stellte, die Johann Böhmer in ein nachhaltiges Monologisieren versetzten, ließ er seinen Blick durch den Raum wandern. Die Tische hatten sich gefüllt. Schon war kaum noch ein freier Platz zu sehen. Ein Mann mittleren Alters mit mürrischem Gesicht, der allein vor einem Glas Wein am Fenster saß und etwas in sein Notizbuch schrieb, erregte seine Aufmerksamkeit. Das Personal schien sehr um ihn bemüht, dabei war er zu jedermann gleichermaßen unfreundlich. Zu seinen Füßen lag ein großer weißer und – anders als sein Herr, der eher schmuddelig aussah – überaus gepflegter Königspudel.

»Das ist Arthur Schopenhauer«, unterbrach Böhmer seinen Vortrag und neigte sich zu ihm hinüber. »Er speist sonntags abwechselnd im *Schwan* und im *Weidenbusch*.«

Julius war überrascht. Böhmer war offenbar aufmerksamer, als er geglaubt hatte. »Ach, wirklich?«, sagte er heiter, warf einen letzten Blick auf den berühmten Mann, den eine beneidenswerte Aura von Unberührbarkeit umgab, und griff nach seinem Besteck, denn soeben hatte der Kellner ihnen ihr Essen gebracht; einen Schweinsbraten für Johann und eine Forelle blau mit Salzkartoffeln für ihn. »Dann kannst du mir sicher auch sagen, wer die Herren dort drüben sind, die so fröhlich dem Rheinwein zusprechen?« Julius wies mit der Gabel auf eine größere Gruppe von Männern, bei der es lebhaft zuging und von deren Tisch immer wieder Gelächter herüberschallte.

»Das ist der Liederkranz.« Böhmer machte plötzlich ein Gesicht, als hätte er in eine Zitrone gebissen.

Julius musterte ihn neugierig. »Die Herren sind wohl nicht deine Kragenweite?«

»Unverbesserliche. Liberale und Demokraten. Sie haben seit dem Wachensturm nichts dazugelernt.«

Julius' Interesse war geweckt. »Seit dem Wachensturm?«

Johann musterte ihn verwundert. »Der Wachensturm vor fünf Jahren. Sicher hat man auch in Frankreich darüber berichtet. Dort hat schließlich all das schädliche Gedankengut seinen Ursprung genommen.«

Julius wischte sich den Mund mit seiner Serviette ab und nahm einen Schluck Wein. »Selbstverständlich. Allerdings sind mir nicht alle Details gegenwärtig.«

»Eine Revolution wollte man anzetteln in Deutschland«, sagte Johann Böhmer mit Empörung in der Stimme. »Den Bundestag angreifen und die rechtmäßigen Fürsten gefangen nehmen. Was für ein irrsinniger Plan! Er war glücklicherweise zum Scheitern verurteilt. Als die Aufrührer die Konstabler Wache und die Hauptwache stürmten, um Waffen zu stehlen, wurde der Aufstand niedergeschlagen. Viele konnte fliehen, und von denen, die eingesperrt wurden, sind sechse abhandengekommen, als man sie von Frankfurt nach Mainz verlegen wollte. Eine peinliche Angelegenheit für unseren Bürgermeister! Die Brüder Bunsen sind nach Amerika ausgewandert. Nur Herr Jucho ist immer noch eingesperrt.« Der Stadtbibliothekar sah Julius mit einem Mal misstrauisch an. Offenbar war ihm jetzt erst der Gedanke gekommen, dass Julius einer anderen politischen Gesinnung anhängen könnte als er selbst. »Wie steht es mit dir? Hältst du es mit den Demokraten?«

»Ich? Aber nein«, rief Julius, ohne zu zögern. »Ich bin Historiker, wie du weißt, wenn nicht von Profession so doch aus Überzeugung. Und sind wir Historiker nicht alle geborene Monarchisten? Doch am liebsten halte ich mich einfach ganz heraus aus der Politik. Sie ist ein schmutziges Geschäft und verdirbt den Charakter.«

»Wie recht du hast.« Johann Böhmer nickte heftig.

»Erzähl weiter. Wie ist es denn nun ausgegangen mit dem Wachensturm. Gab es Verletzte?«

»Verletzte und sogar Tote, allerdings. Und aufseiten der Aufrührer gibt es welche, die noch auf ihre gerechte Strafe warten. Wie gesagt, Jucho sitzt in der Konstabler ein. Du erinnerst dich doch gewiss noch an ihn? Er war mit uns auf dem Gymnasium.«

Julius runzelte die Stirn. Undeutlich hatte er das Bild eines untersetzten Jungen mit stechendem Blick im Kopf. Ein Wichtigtuer und Großsprecher. »Der Sohn vom Notar Jucho? Hat er nicht Jura studiert?«

»Richtig, genau der. Er hatte seine eigene Kanzlei. Hat ihm auch nichts genützt.«

»Solch ein Verbrecher! Geschieht ihm recht!« Julius legte die Stirn in Falten und tat so, als müsste er sich anstrengen, um sich zu erinnern. »Ich kannte einen Menschen bei der Stadtwehr. Einen Oberstleutnant Rothenburger. Wie es ihm wohl ergangen ist?«

»Ein Major Rothenburger war während des Überfalls Kommandant der Hauptwache.«

»Ach, das ist er gewiss!«

»Nun, wenn er dein Freund war, tut es mir leid. Er lebt nicht mehr«, sagte der Stadtbibliothekar.

»Nein, was du nicht sagst. Wie furchtbar. Was ist passiert? Wurde er erschossen?«

»Er fiel bei der Verteidigung der Wache vom Pferd und starb später an seinen Verletzungen.«

»Wie betrüblich. Diese Nachricht hat es nun wirklich nicht bis nach Marseille geschafft«, sagte Julius, der aufpassen musste, seine freudige Erregung nicht zu sehr zu zeigen. Er kaute sorgfältig und nahm einen Schluck Wein, bevor er weitersprach. »Rothenburger war verheiratet. Er hatte eine reizende junge Frau. Ich traf die beiden damals ein paar Mal in Gesellschaft.«

»Rothenburgers Witwe hat nach der tragischen Geschichte die Stadt verlassen. Soweit ich gehört habe, ist sie zu Verwandten nach Hannover gezogen.«

»Was du nicht sagst«, wiederholte Julius und musste sich konzentrieren, um nicht vor Erleichterung loszuprusten. »Wie bedauerlich.« Seit seiner Rückkehr nach Frankfurt hatte er sich davor gefürchtet, dass Rothenburger plötzlich vor ihm stehen würde. Doch der einstige Widersacher, der ihn zum Duell gefordert hatte, war tot!

Julius konnte kaum an sich halten vor Erleichterung. So war es gerecht, fand er. Schließlich war zwischen ihm und der hübschen jungen Marthe, wie Frau Oberstleutnant Rothenburger mit Vornamen hieß, kaum etwas vorgefallen. Obwohl sie sich ihm förmlich an den Hals geworfen und angekündigt hatte, ihren Mann zu verlassen. Für ihn! Er hatte sich geschmeichelt gefühlt, doch das ging ihm dann doch zu weit. Er verbot ihr mit aller Autorität, die ihm zur Verfügung stand, ihre kleine Affäre zu gestehen, doch Oberstleutnant Rothenburger hatte irgendwie trotzdem davon erfahren – und die Schuld gab er natürlich nicht seiner Frau, sondern schob sie voll und ganz ihm in die Schuhe. Die ganze leidige Angelegenheit war zwar lange her, trotzdem hätte Rothenburger ihm mit seiner Eifersucht immer noch gefährlich werden können. Keine Frage, jetzt hatte er eine große Sorge weniger.

In vergnüglicher Stimmung beendete Julius sein Mahl, bestellte sich zum Dessert eine rote Grütze und eine Tasse Kaffee, und während er mit einem Ohr den Ausführungen des geschichtsversessenen Stadtbibliothekars lauschte, der sich über die Germanen und Merowinger ausließ, beobachtete er die Herren vom Liederkranz, die sich inzwischen in eine angeregte Diskussion vertieft hatten. Ein älterer Herr mit Backenbart und in ausgesprochen feinem Zwirn fiel ihm besonders auf. Er sprach nur wenig und zog dennoch jedes Mal, wenn er den Mund öffnete, alle Aufmerksamkeit auf sich.

»Wer ist das?«, unterbrach Julius ein wenig unhöflich den Redefluss seines Tischgenossen. »Der ältere Mann dort, der mit den Favoris?«

»Das weißt du nicht?«

»Verzeihung«, erwiderte Julius leicht verschnupft und zog die Zigarre aus der Westentasche, die er extra für den Genuss nach dem Essen eingesteckt hatte, »aber ich hatte sehr viel Arbeit. Außer dem Kontor habe ich in den letzten Wochen kaum etwas gesehen.« Das war zwar nur die halbe Wahrheit, doch immerhin war er tatsächlich sehr beschäftigt gewesen.

»Das ist Baron von Rothschild.«

»Der Bankier?«

»Genau der.«

»Aber er ist doch ein …«

»Israelit. Richtig. Ich sagte dir ja, die dort drüben kennen keine Grenzen.«

»Verstehe«, sagte Julius, winkte dem Kellner, bat um Feuer und entzündete seine Zigarre. Der Rauch, in den er sich hüllte, verbarg, was er wirklich dachte. Nämlich, dass er viel lieber dort drüben beim Liederkranz mit am Tisch sitzen würde, als mit dem langweiligen Johann Böhmer zu Mittag zu essen. Beinahe wollte sich aufs Neue schlechte Laune in ihm breitmachen, wie immer, wenn er daran erinnert wurde, dass das Leben so ungerecht mit ihm umgesprungen war. Wie bequem hätte er es haben können mit einem Studium, einflussreichen Freunden, einer angesehenen Stellung und vielleicht einer hübschen Frau und zwei oder drei Kindern. Wie gut ihm eine solche Karriere zu Gesicht gestanden hätte! Er war zwar kein großer Freund von Juden oder Demokraten, doch im Grunde waren sie ihm alles in allem egal. Er wünschte sich nichts weiter, als ein unbeschwertes Leben zu führen.

Julius musste husten, und als er den Blick wieder hob, sah er sich plötzlich Nicolaus Ronnefeldt gegenüber, der mit verschränkten Armen vor ihm stand und ihn mit zusammengezogenen Augenbrauen musterte. Der Schreiner hatte offenbar ebenfalls am Tisch des Liederkranzes gesessen, dessen Runde soeben im Begriff war, sich aufzulösen.

»Julius Mertens, wie er leibt und lebt«, sagte Ronnefeldt statt einer Begrüßung.

»Ich wünsche gleichfalls einen guten Tag. Nicolaus Ronnefeldt, nicht wahr? Lange nicht gesehen«, erwiderte Julius.

»Ganz schön raffiniert von dir, dich bei meinem kleinen Bruder einzuschleichen. Wenn ich doch nur davon gewusst hätte! Doch leider hat Tobias die Entscheidung, dich zum Prokuristen zu machen, getroffen, ohne mich zu fragen.«

Julius seufzte und entfernte einen Tabakkrümel von seinen Lippen. Er hatte doch tatsächlich in den vergangenen Tagen erfolgreich verdrängt, dass ihn mit Tobias' Bruder eine alte Feindschaft verband.

»Verzeihung, wo liegt noch gleich Ihr Problem?«, fragte er betont höflich.

Nicolaus Ronnefeldt stieß scharf die Luft aus. »Du bist ein feiger Verräter. Das ist *dein* Problem.«

Julius erinnerte sich jetzt wieder recht genau an das, worauf Ronnefeldt anspielte, zog es jedoch vor, so zu tun, als ließe ihn sein Gedächtnis im Stich. Er hob ratlos die Schultern, stieß einen perfekten Rauchkringel aus und sah zu seinem Tischgenossen hinüber, der blass geworden war und einen unsichtbaren Punkt auf der Tischplatte vor sich fixierte. Ronnefeldts breite Gestalt ragte immer noch drohend neben ihnen auf. Julius kniff ein Auge zu und sah zu ihm empor. »Was nun? Wollen Sie mich schlagen?«

»Du arroganter Mistkerl.«

»Ts, ts, ts.« Julius schüttelte den Kopf. »Warum so aufbrausend?

Was auch immer es ist, das Sie so erregt, es muss, lassen Sie mich nachrechnen, bestimmt zwanzig Jahre her sein. Also, wenn ich jetzt bitten dürfte«, Julius wedelte mit der Hand, als scheuchte er eine Fliege fort, »Sie versperren nämlich meinem Freund Böhmer und mir die Sicht.«

Darf ich Ihnen ein Geheimnis anvertrauen?

Frankfurt, 2. Juli 1838

Friederike stand in der Mainzer Gasse an der Ecke zur Ankergasse und sah zu den großen Gebäuden des ehemaligen Karmeliterklosters hinüber, in denen jetzt eine Kaserne untergebracht war. Im Moment waren keine Soldaten zu sehen, alles war ruhig. Sie empfand immer ein wenig Mitleid mit diesem ehemals geweihten Ort, der inzwischen so sehr vernachlässigt wurde. In ihrer Kindheit war hier das Zolllager gewesen, das jetzt in einem neuen Gebäude unten am Main untergebracht war, und sie hatte ein paar Mal die Gelegenheit gehabt, zusammen mit ihrem Vater das Innere der Kirche und des Klosters zu betreten. Sie hatte sich jedes Mal möglichst unsichtbar gemacht, damit er ihre Anwesenheit vergaß, und war dann allein durch den verwilderten Garten und den Kreuzgang gestromert. Sie fand den Ort bezaubernd und geheimnisvoll und konnte überhaupt nicht verstehen, warum man ihn einfach verkommen ließ. Vor allem, weil er selbst in diesem Zustand eine stärkere gottgefällige Ausstrahlung besaß als der Bartholomäus-Dom mit seinen nackten weißen Wänden. Besonders hatte es ihr ein Fresko im Kreuzgang angetan, welches die Beschneidung des Jesuskinds zeigte. Sie wurde nahezu magisch davon angezogen und hatte sich als kleines Mädchen jedes Detail ganz genau angesehen. Wie ein Rätsel war es ihr vorgekommen: drei bärtige Männer, die einen Säugling festhielten, und ein vierter Mann mit einer Brille vor den Augen und einer Schere in der Hand, die er an die Spitze des winzigen Glieds ansetzte. Anders als Juden wurden christliche Männer nicht beschnitten, das wusste sie. Doch was das bedeutete, verstand sie nicht. Im Grunde begriff sie es erst, als sie eine verheiratete Frau war, und selbst da blieb ihr noch das eine oder andere rätselhaft. Trotzdem oder gerade auch deswegen – nach ihrer Hochzeitsnacht war ihr das Bild wieder in den Sinn gekommen.

Sie hörte das rhythmische Geräusch von Stiefeln auf dem Kopfsteinpflaster. Ein Bataillon Soldaten näherte sich und marschierte um die Ecke. Sie trat einen Schritt zurück an die Hauswand und ließ sie passieren. Sie sah zu, wie die Soldaten in den Hof des Klosters einbogen. Dann ging sie weiter bis zum Haus mit dem verwitterten hölzernen Vordach und öffnete die Tür. Weinschenks Wirtin kam bei dem Geräusch aus der Küche auf den dunklen Flur vor dem schmalen Stiegenhaus und wischte sich die Hände an ihrer Schürze ab. »Ach, Frau Ronnefeldt, Sie sind's. Ich hab aber jetzt gar keine Zeit.«

»Macht nichts, Frau Schwarz. Ich komme schon zurecht. Wie geht es ihm denn?«

»Besser, aber na ja«, sagte Frau Schwarz. »Also, wenn Sie mich fragen ... Aber mich fragt ja keiner.«

»Ich habe gefragt«, sagte Friederike geduldig. Weinschenks Wirtin war zwar keine ganz einfache Person, aber alles in allem war der Prokurist hier trotzdem besser aufgehoben als im Hospital.

»Also, ich denke ja, der Doktor könnte ruhig öfter nach ihm sehen.«

»Wieso? Wie oft kommt er denn?«

»Höchstens zweimal pro Woche. Und dann der Verbandswechsel – also, Frau Ronnefeldt, so oft kann ich gar nicht waschen. Ständig hab ich einen Topf auf dem Herd. Allein die Extraausgaben für die Kohlen.«

Friederike seufzte. »Sie brauchen mehr Geld?«

»Wegen der Pflege von dem Herrn Weinschenk komm ich zu

nichts mehr. Er kann ja immer noch nicht aufstehen, noch nicht laufen, Sie wissen schon. Die Bettpfanne! Und sonst hab ich ja als Näherin noch dazuverdient. Aber ich komm ja zu nichts.«

Die Wirtin fuhr fort, ihr schweres Los zu beklagen, und Friederike zog sechzig Kreuzer aus ihrer Börse und reichte sie ihr. »Mehr hab ich nicht dabei, Frau Schwarz. Aber dafür bringe ich etwas zu essen mit, kalten Braten und Krautsalat und noch ein paar andere Sachen. Sie brauchen die nächsten beiden Tage nichts zu kochen.« Sie wies auf den gut gefüllten Korb, den sie auf dem Boden abgestellt hatte. Das Gesicht von Frau Schwarz hellte sich auf. »Und mit dem Arzt rede ich. Aber erst einmal schaue ich jetzt nach Herrn Weinschenk.«

»Ich bringe Ihnen gleich einen Kaffee rauf. Ich wollte dem Herrn Prokuristen ohnehin gerade einen machen«, rief ihr Frau Schwarz hinterher, als Friederike schon auf der Treppe war.

Herr Weinschenk bewohnte eine kleine Wohnung im ersten Stock, die aus zwei Zimmern und einer Kammer bestand. Sie war erstaunlich hell und freundlich, ein Eindruck, der sich noch verstärkte, wenn man aus dem finsteren Stiegenhaus kam, denn hinter dem Haus – und alle Fenster der Wohnung wiesen nicht in Richtung Ankergasse und Kloster, sondern in Richtung Osten – lag ein kleiner Obstgarten mit Apfel-, Kirsch- und Birnbäumen. Wirklich, viel besser als im Hospital, dachte Friederike jedes Mal, wenn sie eintrat.

Herr Weinschenk saß, ein Kissen im Rücken, in seinem Bett und blickte trübselig zum Fenster hinaus. Es stand offen, und man hörte eine Amsel singen. Auf dem Nachttischchen lag auf einem Holzbrett ein unberührter Apfel mit einem Messerchen, und die Zeitung lag aufgeschlagen auf der Bettdecke.

»Guten Tag, Frau Ronnefeldt! Willkommen in meiner bescheidenen Behausung. Und verzeihen Sie, wenn ich nicht aufstehe, um Sie zu begrüßen.«

Friederike lächelte. Sechs Wochen war der Unfall her, seit vier Wochen war er zu Hause, und sie besuchte ihn regelmäßig – und jedes Mal machte er denselben Witz. So wach und munter war er ihr allerdings bisher noch nie erschienen. »Herr Weinschenk. Ich freue mich, Sie so wohlauf zu sehen. Wie geht es Ihnen?«

Er zuckte die Achseln. »Ach, Frau Ronnefeldt, meine Stelzen wollen noch nicht«, sagte er und wies auf seine Beine, die unsichtbar unter der Bettdecke und der Zeitung lagen. »Die Brüche sind kompliziert, sagt der Doktor und dass es noch Monate dauern wird, bis ich wieder gehen kann.« Er war unverkennbar melancholischer Stimmung. »Aber wie geht es Ihnen? Ich meine, mit dem Geschäft und allem?«

Friederike hatte ihren Korb auf dem Tisch abgestellt, zog sich einen Stuhl heran und setzte sich.

»Es geht so«, sagte sie wahrheitsgemäß. »Das heißt, im Grunde weiß ich es ja gar nicht recht, mein lieber Weinschenk.« Sie seufzte tief. »Es wäre mir so viel lieber, wenn Sie da wären. Mit Ihnen könnte ich über alles sprechen.«

»Aber das können Sie doch, meine Liebe. Ich bin immer für Sie da. Ich laufe nicht weg. Was haben Sie denn für Sorgen? Wie macht sich mein Nachfolger, der Herr Mertens?« Eine kleine Sorgenfalte erschien zwischen seinen bekümmert dreinblickenden Augen. »Ich denke doch, er ist ein ordentlicher Kaufmann? Anständig und gewissenhaft?«

»Ordentlich, anständig, gewissenhaft«, wiederholte Friederike. Weinschenks Formulierung klang geradezu beschwörend. Sie hob die Schultern und ließ sie wieder sinken. »Ich hoffe es.«

»Ich auch«, sagte Weinschenk leise und doch mit Nachdruck, mehr für sich, aber Friederike hörte es trotzdem. Lauter fuhr er fort: »Ich meine, ich würde es mir nie verzeihen, wenn er ... Also was ich sagen will, falls er es nicht wäre und Unglück über Sie und Ihren

Mann brächte …« Er verstummte, als wäre er von seinen eigenen Ausführungen verwirrt.

»Unglück? Was meinen Sie denn damit, Herr Weinschenk?« Friederike hatte die Sache mit dem Spazierstock nicht vergessen, doch sie hatten nach jenem ersten Tag im Hospital nie mehr darüber gesprochen, und Weinschenk hatte auch nie zugegeben, dass er Julius Mertens kannte oder an dem Tag seines Unfalls gesehen hatte. Er war allerdings auch noch nie so gut beisammen gewesen wie heute. Da er starke Schmerzmittel genommen hatte und meistens ein wenig duselig gewesen war, hatten sie nie viele Worte gewechselt. »Was meinen Sie mit Unglück, Herr Weinschenk?«, wiederholte Friederike. Der Prokurist sah betreten auf die Zeitung, nahm sie, faltete sie umständlich zusammen und antwortete nicht. Friederike überlegte eine Weile, und dann formulierte sie ihre Frage neu: »Herr Weinschenk, wissen Sie etwas über Herrn Mertens, das ich wissen sollte?«

Der Prokurist lief plötzlich rot an, als würde er von einem unvermittelten Fieber gepackt. »Aber woher denn, Frau Ronnefeldt. Ich kenne den Mann doch gar nicht. Ich habe ihn doch nur … Ich meine, es ist doch so … Was ich sagen will, es ist eine Regel im Leben, nicht wahr? Wenn jemand kommt, den man nicht kennt, dann muss man besonders auf ihn achtgeben, nicht wahr? Wie er so ist, und was er so macht. Ich meine, in allem, was er so macht. Kaufmännisch. Und auch sonst.«

Friederike sah den kleinen Mann nachdenklich an, der sich mit einem Mal so echauffierte und dabei in Rätseln sprach. »Wovon reden Sie? Wollen Sie mich warnen, Herr Weinschenk?«

»Ach, Frau Ronnefeldt. Ich kann ja gar nichts tun«, sagte er betrübt. Eine rechte Antwort auf ihre Frage war das nicht, und dann klopfte es, und Frau Schwarz kam mit dem Kaffee ins Zimmer.

Zehn Minuten später stand Friederike wieder vor dem Haus auf der Ankergasse und schüttelte verwirrt den Kopf. Das Gespräch ging ihr nach, doch aus Wilhelm Weinschenk war nichts Vernünftiges mehr herauszubringen gewesen, und sie musste sich beeilen, wenn sie nicht zu spät zu ihrer Verabredung mit Clotilde Koch kommen wollte.

Die Musik spielte neuerdings wieder eine sehr wichtige Rolle in Friederikes Leben, worüber sie sehr froh war. Nicht nur, dass sie Paul Birkholz, den jungen jüdischen Arzt und Musiker, als Geigenlehrer für Elise engagiert hatte, sie hatte auch seit jener Teegesellschaft, die nun über acht Wochen zurücklag, zweimal mit Clotilde Koch musiziert. Frau Koch besaß eine wunderschöne Sopranstimme, und sie hatten einen sehr ähnlichen Musikgeschmack, weswegen es ihnen leichtfiel, Lieder zu finden, die sie beide mochten. Der Erfolg an jenem Abend war überwältigend gewesen – das musste Friederike zugeben. Sie dachte immer noch gerne daran zurück. Die Bewunderung der Gäste, die natürlich in erster Linie Clotilde Kochs Gesang galt, die aber dennoch sie und ihr Klavierspiel miteinbezog, und nicht zuletzt die Anerkennung und der Stolz von Tobias hatten ihr gutgetan. Ein Ergebnis dieses Erfolgs war allerdings auch gewesen, dass sie und Tobias nicht mehr über das gesprochen hatten, was sie an jenem Abend unbeabsichtigt mit angehört hatte. Jene gefahrvollen Aussichten, die Tobias den Herren gegenüber angedeutet hatte, waren unerwähnt geblieben. Und durch den Unfall ihres Vaters und das Unglück mit Herrn Weinschenk, die kurz danach aufeinanderfolgten, waren sie vor seiner Abreise überhaupt nicht mehr dazu gekommen, darüber zu sprechen. Und auch nicht über all die anderen Dinge, die Friederike beschäftigten.

Nicht zum ersten Mal fragte sie sich, ob es wohl besser gewesen wäre, wenn sie Tobias die Wahrheit gesagt hätte über das, was zwischen Julius Mertens und ihr damals vorgefallen war. Ob sie ihm hätte erzählen sollen, dass Mertens sie als Sechzehnjährige verführt und dann, ohne ein Wort des Abschieds oder der Erklärung, sitzengelassen hatte. Doch sie hätte ihm auch ihren eigenen Anteil an dieser ganzen Affäre eingestehen müssen. Hätte zugeben müssen, welch leichtes Spiel Julius Mertens mit ihr gehabt hatte. Hätte offenbaren müssen, dass sie wegen seiner Komplimente und seiner Liebesschwüre ihre Ehre aufs Spiel gesetzt hatte. Hätte beichten müssen, dass sie nicht nur Liebesbriefe von ihm erhalten, sondern ihm auch welche geschrieben hatte. So sehr verachtete sie sich heute dafür, dass sie nicht ohne ein Schaudern daran denken konnte. Die Frage, ob sie wirklich schuldig war oder nicht vor allem ein Opfer der Verführungskünste eines wesentlich älteren und erfahreneren Mannes, stellte sich dabei gar nicht einmal so sehr. Denn es war nun einmal passiert und war unverzeihlich und ließ sich vor allem nicht mehr ungeschehen machen. Wie hätte sie Tobias nach einem solchen Geständnis noch in die Augen sehen können? Was, wenn er nicht verstand, dass die heutige Friederike nichts, aber auch gar nichts mehr mit dem dummen Ding von damals zu tun hatte? Und dann war ja auch alles so schnell gegangen: Tobias' Entscheidung, Mertens einzustellen – es war eine Frage von Stunden gewesen. Sie hatte den Zeitpunkt, ihrem Mann die Wahrheit zu sagen, verpasst.

Und nun war er fort, und sie saß mit dem Geschäft und Julius Mertens alleine da. Sie konnte nicht recht einschätzen, ob es gut lief oder nicht. Auf jeden Fall hatte sie ihn im Verdacht, zu bequem zu sein. Schloss morgens nicht meistens Peter Krebs den Laden auf? Und sie war sich auch nicht sicher, ob er überhaupt den Wert ihrer Waren so recht einzuschätzen wusste. Er betonte bei jeder Gelegenheit, wie viel er von Champagner und der gehobenen französischen Lebensart verstand. Doch das ließ sich nicht einfach über denselben

Kamm scheren. Die chinesische Seide, die feinen Lackdosen und das zarte Porzellan hatten ihren ganz eigenen Charme. Dabei ging es nicht um aristokratische Frivolität, sondern um das bezaubernd Ungewöhnliche und die anmutige Exotik. Und was den Tee betraf, so hatte Friederike ohnehin ihre eigene Meinung, die sich in Teilen sogar von Tobias' Ansichten unterschied. Ihrer Auffassung nach hatte der Tee in Deutschland, oder zumindest bei ihnen in Frankfurt und in den weiter südlich gelegenen Gegenden, noch nicht die Bedeutung, die ihm eigentlich zustand. Je weiter man nach Norden kam, desto verbreiteter war auch das Teetrinken. In Holland, in Norddeutschland und in England wurde er täglich von jedermann getrunken. Wenn sie also auch in Frankfurt mehr Tee verkaufen wollten, mussten sie aus dem Teetrinken eine noch größere Mode machen. Die Chancen standen dabei gar nicht einmal so schlecht. Immerhin war Tee einfacher zuzubereiten als Kaffee. Er brauchte weder geröstet noch gemahlen zu werden, man musste ihn einfach nur mit heißem Wasser übergießen. Doch Tobias tat relativ wenig, um den Tee in den Vordergrund zu rücken. Nicht weil er ihn nicht schätzte, ganz im Gegenteil; er war der Meinung, der Tee verkaufe sich quasi von allein, was in einem gewissen Rahmen ja auch stimmte, denn wer in Frankfurt Tee trank, kam zu Ronnefeldt. Friederike wollte jedoch auch die Kaffeetrinker überzeugen. Und das war eine große Herausforderung.

Knapp zehn Minuten brauchte Friederike für den Weg bis zum Rossmarkt, und sie legte ihn so sehr ihn Gedanken versunken zurück, dass sie beinahe überrascht war, plötzlich vor dem Haus Zur Goldenen Kette zu stehen. Das Gebäude war in seinen Dimensionen wahrlich respekteinflößend, weit größer und prächtiger noch als das der Familie von Senftleben im Hirschgraben. Es lag an der Ecke direkt neben dem *Englischen Hof*, vor dem, wie meistens, einige Droschken auf ihren Einsatz warteten, besaß elf Fensterachsen zum Rossmarkt hin und fünf nach der Seite, sowie einen großen Innenhof mit Remisen und Pferdeställen, denn es war gleichzeitig das Geschäftshaus der traditionsreichen Weinhandlung Gogel-Koch & Co., der Robert Koch als Geschäftsführer vorstand. Die Familie bewohnte die Wohnung in der Beletage. Ein livrierter Diener führte Friederike ins Musikzimmer, wo Clotilde Koch bereits auf sie wartete.

»Liebe Freundin!« Clotilde blickte von den Notenblättern auf, mit denen sie am Flügel stand, und lächelte ihr entgegen. »Ich habe geübt. Das letzte Mal wäre mein Freund Mendelssohn nicht zufrieden gewesen mit mir, und er hat angekündigt, dieses Jahr noch nach Frankfurt zu kommen. Sehr wahrscheinlich im August. Ich wollte ihm zu Ehren eine Soirée geben. Ich darf doch dann mit Ihnen rechnen, hoffe ich? Ich singe so viel besser, wenn Sie mich begleiten.«

Friederike wehrte verlegen ab. »Aber nein, Ihr Ruf eilt Ihnen voraus, liebe Frau Koch. Mein Klavierspiel trägt so gut wie nichts dazu bei.«

»Das ist nicht wahr. Mit Ihnen erscheint alles so schwerelos. Ihre Begleitung verleiht meinem Gesang Flügel. Also, werden Sie kommen, wenn ich Sie darum bitte?«

»Selbstverständlich. Wenn ich kann, komme ich gerne.« Friederike wandte unwillkürlich ihren Blick nach unten. Man sah ihr die Schwangerschaft zwar noch nicht an – und ganz bestimmt würde sie sie so lange wie nur möglich verbergen –, aber ihre Freundschaft mit Clotilde Koch hatte sich so positiv entwickelt, dass es für sie kein Geheimnis mehr war.

»Natürlich. Ich Dumme habe wieder einmal nur an mich gedacht und völlig vergessen zu fragen, wie es Ihnen geht. Sie sind ein wenig blass um die Nase, wenn ich das sagen darf.«

»Mir ist auch tatsächlich nicht so wohl«, gab Friederike zu, die schon auf den Stufen nach oben von einer leichten Übelkeit befallen worden war. »Ich habe mich wohl zu sehr beeilt. Ich komme gerade von unserem Prokuristen, Herrn Weinschenk.«

»Wie geht es ihm denn?«

»Ein wenig besser, ist mein Eindruck. Trotzdem ist nicht klar, ob er jemals wieder wird laufen können, fürchte ich. Der Besuch war, nun ja, er war ein wenig bedrückend.«

»Das sehe ich«, sagte Clotilde Koch besorgt und nahm sie am Arm. »Sie sind ja ganz mitgenommen. Kommen Sie, wir lassen das Üben sein, setzen uns hin und plaudern ein bisschen.«

Sie nahmen auf einem eleganten Sofa Platz, das mit dem Rücken zu den Fenstern stand, die zum Rossmarkt hinauswiesen. Das Musikzimmer war ein freundliches, helles Eckzimmer und, wie alle Räume in der Beletage, gewiss vierzehn Fuß hoch. Es hatte Fenster nach zwei Seiten und bot bequem Platz für den Flügel, der an der gegenüberliegenden Wand stand, und ein Publikum von bis zu dreißig Personen. Die meisten Möbel, abgesehen von zwei Sofas und ein paar Sesseln, waren mobil. Die gepolsterten Stühle hatten Rollen an den Vorderbeinen, so dass man sie ganz leicht bewegen konnte, und falls die Gesellschaft noch größer war, ließ sich die Wand zum Salon wegschieben – eine raffinierte Konstruktion, die Clotilde Koch Friederike bei ihrem ersten Besuch vorgeführt hatte. So etwas hatte sie nie zuvor gesehen und war sehr fasziniert gewesen. Einhundert Personen konnten auf diese Weise bequem an einer Soirée teilnehmen, hatte Clotilde Koch ihr erklärt. Auch große Diners waren somit in diesem Haushalt überhaupt kein Problem.

»Wie steht es denn um Ihre Firma, jetzt wo Ihr Mann verreist ist?«, fragte Frau Koch. Friederike war von der Frage überrascht und antwortete nicht sofort. Es kam selten vor, dass sich Damen nach dem Gang der Geschäfte erkundigten, eigentlich nie, und sie überlegte, was sie sagen sollte.

Clotilde Koch schien zu begreifen, was in ihr vorging. »Ich sehe es Ihnen an der Nasenspitze an, dass Sie etwas bekümmert. Und es sind nicht die Kinder, die Familie oder Ärger mit der Dienerschaft – und auch nicht Ihre Gesundheit, habe ich recht?«

Friederike nickte zögernd. »Wie schon gesagt, Herr Weinschenk, den ich gerade besucht habe, liegt krank zu Bett, und darum hat mein Mann einen neuen Prokuristen engagiert, einen Herrn Mertens. Und der ...« Sie wusste nicht, wie sie ausdrücken sollte, was sie beschäftigte, und biss sich auf die Unterlippe.

»Sie sind mit der Entscheidung Ihres Mannes nicht einverstanden?«

»Ich möchte meinen Mann nicht kritisieren«, versicherte Friederike. »Herr Mertens hat ganz gewiss seine Qualitäten.«

»Aber Sie trauen ihm nicht«, schloss Clotilde Koch, und Friederike nickte und zog dann ein wenig verlegen die Schultern hoch. Es fiel ihr grundsätzlich schwer, schlecht über andere zu reden, und Julius Mertens bildete da keine Ausnahme. Doch Clotilde Koch sah sie so offen und mit so aufrichtigem Interesse an, dass sie zu sprechen fortfuhr.

»Es ist wahr. Ich traue ihm nicht. Ich bin mir nicht sicher, ob er die Geschäfte wirklich im Sinne meines Mannes weiterführt oder nicht doch seine eigenen Interessen verfolgt. Und Herr Weinschenk machte ein paar Andeutungen, die mich zusätzlich misstrauisch stimmen. Aber was weiß ich schon. Es ist nur ein Gefühl, und ich kann meinen Verdacht nicht belegen. Ich möchte auch nichts tun, was gegen den Willen meines Mannes wäre.«

»Selbst wenn es zu seinem Vorteil wäre?«

»Die Frage stellt sich nicht, denn mir sind so oder so die Hände gebunden.«

Frau Koch sah sie nachdenklich an. Eine kleine Pause entstand.

Dann nahm Clotilde Koch das Gespräch wieder auf: »Es ist leider eine Tatsache, dass Männer nicht zwangsläufig über ein besseres Urteilsvermögen verfügen, nur weil sie Männer sind. Im Gegenteil. Oft sind die Frauen nicht nur gebildeter, sondern dazu noch klüger als ihre Männer. Darf ich Ihnen ein Geheimnis anvertrauen, Frau Ronnefeldt? Aber ich muss Sie bitten, Stillschweigen darüber zu bewahren.«

Friederike sah Clotilde Koch überrascht an und bejahte ihre Frage, ging aber nicht davon aus, etwas ernsthaft Vertrauliches zu erfahren. Zu oft drehten sich die Geheimnisse von Frauen in Wahrheit um Nichtigkeiten. Doch sie hatte sich getäuscht.

»Ich will ganz offen zu Ihnen sein: Die Firma Gogel-Koch ist schwer verschuldet. Mein Mann kämpft seit Jahren darum, die Dinge in Ordnung zu bringen, und all das hier …«, Clotilde Koch machte eine Geste, welche den Raum mit seinem Interieur umfasste, »… ist im Grunde nur geborgt. Es gehört uns nicht. Es gehört der Bank. Ich weiß es, mein Mann weiß es. Und doch reden wir nicht darüber. Er glaubt, es überfordere mich. Er glaubt, ich käme mit der Wahrheit nicht zurecht und dass dieser Lebensstil das Einzige wäre, was mich bei ihm bleiben lässt. Er täuscht sich, doch da mir bewusst ist, wie viel ihm selbst daran liegt, den Schein aufrechtzuerhalten, widerspreche ich ihm nicht. Meine Mitgift ist längst dahin.« Sie machte eine flatternde Bewegung mit den Händen, als würde ein Vogel sich in die Lüfte erheben. »Robert trifft keine Schuld. Sein Vater hat schon das meiste von dem durchgebracht, was die Generationen zuvor, dank des Erfolgs der Rhein- und Moselweine in Holland, Dänemark, Norwegen, Schweden und Russland, angespart hatten. Die Gemäldesammlung des Ahnherrn Johann Gogel, der dieses Haus hier für seine Zwecke hatte umbauen lassen – sie wäre mittlerweile Hunderttausende wert! Aber sie wurde verkauft, sobald er unter der Erde lag. Und warum? Nur zugunsten eines schnell erzielten, kurzfristigen Profits.«

Friederike schüttelte betroffen den Kopf. »Ich hatte ja von alledem keine Ahnung.«

»Nein, woher sollten Sie das auch wissen«, sagte Frau Koch seufzend. »Aber ich liebe Robert nicht wegen seines vorgeblichen Reichtums, sondern um seiner selbst willen, auch wenn ich zugebe, dass ich mir manchmal ein wenig mehr geistige Beweglichkeit bei ihm wünschen würde. Nun gut, ich habe Verständnis. Wie soll er sich auch mit Schöngeistigem befassen, wenn die Geldsorgen so sehr drücken.«

»Aber wie konnte es so weit kommen?«, wagte Friederike zu fragen.

»Der Wein ist leider nicht mehr so beliebt wie ehedem. Robert arbeitet jedenfalls viel, wenn Sie mich fragen, sogar zu viel. Oft ist er monatelang fort, und darüber entfremden wir uns mehr und mehr. Wenn er hingegen zulassen würde, dass ich seine Sorgen teile, würden wir wieder enger zueinanderfinden, davon bin ich überzeugt. Oft schon habe ich mir gewünscht, mit ihm gemeinsam zu schalten und zu wirken. Stattdessen befasse ich mich mit Musik oder mit Literatur oder mildtätigen Projekten und suche mir Freunde, die mir die geistigen Anregungen geben, die mir mein Ehemann vorenthält. Er lässt mir alle Freiheiten, dabei würde ich mir einfach nur wünschen, dass er mich in seine Geschäfte und in seine Sorgen einbezieht.«

Sprachlos sah Friederike ihre Freundin an. Diese Enthüllungen kamen so überraschend, dass ihr die Worte fehlten.

»Liebe Frau Ronnefeldt, ich sehe Ihrem Gesicht an, wie erstaunt Sie sind, mich so reden zu hören. Ausgerechnet ich. Ja, glauben Sie, ich wüsste nicht, welchen Ruf ich in Frankfurt habe? Die einen nennen mich geistreich, die anderen oberflächlich, aber ein jeder, da sind sich alle einig, hält mich für verwöhnt. Sie doch gewiss auch. Und ich gebe zu, ich habe nicht immer so gedacht wie heute. Das leichte Leben hat für mich durchaus seinen Reiz. Doch nur, solange auch mein Verstand gefordert wird.«

»Ich gebe zu, das ist auch für mich immer eine Wohltat«, stimmt Friederike aus vollem Herzen zu, dabei hatte sie darüber zuvor noch nie nachgedacht. Doch es stimmte, dass sie vor allem dann richtig aufblühte, wenn sie sich mit Themen außerhalb ihres hausfraulichen Tätigkeitsbereichs befassen konnte – und das war zu Beginn ihrer Ehe wesentlich häufiger der Fall gewesen.

Frau Koch legt ihr kurz eine Hand auf den Arm, als sie zu sprechen fortfuhr: »Kennen Sie meine Kusine Cäcilie Gontard? Sicher haben Sie schon von ihr gehört. Tante Cilly, wie ich sie nenne, denn sie ist zwanzig Jahre älter als ich, war in meiner Kindheit ein Mysterium für mich. Ich habe nie verstanden, warum sie von Teilen der Familie, und dazu gehörten auch meine Eltern, gar nicht wohlgelitten war, denn ich liebte sie heiß und innig – ihren Humor, ihren Verstand und sogar die schwarzen Witwenkleider, die ich für eine modische Laune hielt. Und doch sprach man über sie hinter vorgehaltener Hand. Und wissen Sie, warum? Weil sie das Geschäft ihres Mannes übernommen hat, als er starb. Einen Seidenhandel. Sie war fünfundzwanzig Jahre alt und hatte zwei kleine Kinder, Amalie und Nelli. Beide sind etwa so alt wie ich, und ich habe oft mit ihnen gespielt. Was die Mutter tat, fand man jedenfalls unerhört. Mittlerweile haben sich jedoch alle damit abgefunden, wahrscheinlich auch deshalb, weil zum einen der Handel gut läuft und ordentliche Gewinne abwirft, und zum anderen, was vermutlich noch viel wichtiger ist, Tante Cilly nie viel Aufhebens darum gemacht hat. Um die Gemüter zu beruhigen, hat sie sich sogar angewöhnt, bei Familienzusammenkünften stets eine Handarbeit dabeizuhaben. Sie stickt oder strickt in der Öffentlichkeit, um von ihrer Tätigkeit als Geschäftsfrau abzulenken. Kann man sich etwas Absurderes vorstellen? Und doch ist es so – sie hat es mir selbst anvertraut. Was ich damit sagen will, liebe Frau Ronnefeldt: Mut zahlt sich aus – auch und gerade für uns Frauen! Das Haus ist vorzugsweise der weibliche Wirkungskreis und wird es auch immer bleiben. Aber sich geistig immer mehr zu vervollkommnen, ist die Aufgabe eines jeden Menschen. Es ist vollkommen natürlich. Ich würde sogar sagen, es ist eine heilige Forderung der Natur.«

Clotilde Koch, die immer eine vorzügliche Haltung hatte, saß nun noch aufrechter da und ihre Wangen glühten. Friederike fühlte, wie sie von der engagierten Rede ihrer neuen Freundin mitgerissen wurde – und Clotilde war noch nicht am Ende: »Und darum ermutige ich Sie«, fuhr sie fort, »auf das zu hören, was Ihnen Ihr Herz und Ihr Verstand eingeben. Lassen Sie sich nicht schon im Vorhinein entmutigen, nur weil die Erfolgschancen gering sind. Und lassen Sie nichts von dem unversucht, was Ihrem Manne und seinem Geschäft nützen könnte.«

Friederike war ein wenig benommen. Diese vornehme junge Dame – sechs Jahre jünger als sie selbst, um genau zu sein – sprach Dinge aus, die sie bisher nicht einmal zu denken gewagt hatte. Doch es entging ihr auch nicht, dass Clotilde Koch etwas von ihr verlangte, was sie selbst offenbar nicht in der Lage oder willens war zu tun, nämlich, sich einzumischen – und dazu noch ungefragt und unaufgefordert. Clotilde Koch klingelte nach dem Dienstmädchen und bat um Tee, was Friederike eine kurze Atempause zum Nachdenken verschaffte.

»Ihre Tante Cilly, ich meine, Frau Cäcilie Gontard, als sie damals das Geschäft übernahm, wie hat sie das gemacht? Hat sie eine kaufmännische Ausbildung gehabt?«, fragte Friederike, nachdem sich Clotilde Koch ihr wieder zugewandt hatte.

Frau Koch dachte kurz nach. »Nein, das sicher nicht. Sie hat die übliche Erziehung genossen in Sprachen, Zeichnen und Musizieren. Aber als Unternehmertochter war sie vermutlich mit gewissen Geschäfts- und Verhandlungspraktiken vertraut. Nicht, dass es bei mir so gewesen wäre. Ich habe so gut wie nichts von dem mitbekommen, was mein Vater tat. Und es hat mich unglücklicherweise auch nicht interessiert. Bei Ihnen war es womöglich anders? Ihr Vater hatte doch ebenfalls ein Handelsgeschäft, nicht wahr? In der Schnurgasse.«

Friederike staunte einmal mehr darüber, wie gut informiert Clotilde Koch war. »Das ist richtig, aber obwohl der Weg ins Kontor nicht weit war, eine Treppe, um genau zu sein, habe ich wenig über das Geschäft erfahren. Meine Mutter sah es nicht gern, wenn mein Vater bei Tisch oder beim Sonntagsspaziergang über das Geschäft sprach. Er hätte es vielleicht sogar getan, wenn sie ihn gelassen hätte. Einzig meinen Bruder Georg hat er unterrichtet, seitdem er neun oder zehn Jahre alt war. Doch der hat sich nicht sonderlich geschickt angestellt. Jedenfalls haben sie sich oft gestritten. Mit vierzehn Jahren hat mein Vater ihn dann nach Amsterdam zu einem Geschäftsfreund in die Ausbildung geschickt. Er ist jetzt siebenundzwanzig, und ich habe ihn seither nur zwei- oder dreimal wiedergesehen.«

»Ihren Bruder können Sie also nicht um Rat fragen«, sagte Clotilde Koch nachdenklich.

»Nein, das kann ich nicht. Wir haben nur wenig Kontakt. Woran denken Sie, Frau Koch? Worauf wollen Sie hinaus?«

»Dieser Herr Mertens, so heißt er doch, nicht wahr, er rechnet wohl nicht damit, dass Sie sich einmischen?«

»O nein, auf gar keinen Fall. Wie sollte er auch? Denn ich meide ihn und gehe ihm aus dem Weg, wo ich nur kann. Er ist mir unangenehm.«

»Dann ist er womöglich besonders unvorsichtig? Das wäre doch möglich. Da ihm von Ihnen scheinbar keine Gefahr droht. Vielleicht sollten Sie sich das zunutze machen. Ihn in Sicherheit wiegen und gleichzeitig ausspionieren.«

Offenbar zeichnete sich Friederikes Verblüffung über diesen Vorschlag überdeutlich auf ihrem Gesicht ab, denn Clotilde Koch lachte plötzlich. »Verzeihen Sie, Frau Ronnefeldt. So nach und nach lernen Sie meinen wahren Charakter kennen, fürchte ich. Mein Mann ist englischer Konsul, eine Aufgabe, die er von seinem Vater übernommen hat, und zumindest in diesem Feld stehe ich ihm bei, was bedeutet, dass die Diplomatie in all ihren Spielformen mein Metier ist. Spionage und, ja, nennen wir es beim Namen, Manipulation gehören mit dazu. Sie sind quasi die Kehrseite dieser Medaille, und ich habe entdeckt, dass ich ein gewisses Talent darin besitze. Aber ich will mich gar nicht zu sehr rühmen, denn ich habe den Verdacht, dass dies schon immer die Regierungsform der Frauen war. Unterschätzt zu werden, kann bisweilen von Vorteil sein.«

Friederike nickte langsam. Sie fixierte das hinter dem Flügel an der Wand hängende Gemälde, ohne es wirklich zu sehen. Je länger sie darüber nachdachte, desto konkreter formte sich in ihr ein Gedanke: Es bestand wirklich die Möglichkeit, dass Mertens sie hinterging. Was, wenn er in die eigene Tasche wirtschaftete und sich dann aus dem Staub machte? Er musste sich nicht einmal besonders beeilen. Tobias würde mindestens ein Jahr fortbleiben. In einem Jahr konnte eine Menge passieren.

»Unterschätzt zu werden kann ein Vorteil sein«, sagte sie dann. »Ich danke Ihnen, Frau Koch, dass Sie mich daran erinnert haben.«

Ein Fest für ganz Deutschland

Frankfurt, 5. Juli 1838

Nicolaus' Geduld war so gut wie erschöpft. Seit über einer Stunde diskutierte das Festkomitee nun schon über das Programm, das am Forsthaus anlässlich des Ersten Allgemeinen Deutschen Sängerfestes gesungen werden sollte, genauer gesagt über das, was auf dem Programmzettel zu stehen hatte, ohne zu einem abschließenden Ergebnis zu kommen. Es war zum Verrücktwerden. Er selbst hatte sich nur zu Beginn eingemischt und hielt sich nun seit geraumer Zeit zurück, um die Diskussion nicht noch zusätzlich anzuheizen. Es gab genug andere, die sich ereiferten.

Ein Grund, warum die Gemüter sich erhitzten, war das Motto, welches Wilhelm Speyer, der Initiator der Veranstaltung, ausgegeben hatte: »Ein Fest für ganz Deutschland« sollte es werden. Das war leicht gesagt, doch was unter einem *ganzen* Deutschland zu verstehen war, darüber war man sich nicht einig. Frankfurt galt den Gesandten der Bundesversammlung zwar seit jeher als liberales Nest, doch so heimelig sich das auch anhören mochte, es saßen nicht alle in ein und demselben Vogelbau. Im Gegenteil. Es gab eine Vielzahl von Nestern, und die machten einander Konkurrenz. Sie pickten wie die Küken aufeinander ein, als wollten sie herausfinden, wer den schärfsten Schnäbel hatte. Dabei waren sie doch allesamt flugunfähige Anfänger in Sachen Demokratie.

Immerhin hatte man für den ersten Teil des Programms Einigkeit erzielen können, was womöglich auch daran lag, dass von den vierundvierzig Mitgliedern des Komitees heute nur knapp dreißig anwesend waren. Das Programm, das am Sängerfest-Samstag in der Katharinenkirche zu Gehör gebracht werden sollte, hatte schnell allgemeine Zustimmung gefunden. Drei Orgelstücke von Bach, damit keiner der hauptamtlichen Organisten beleidigt wäre, ein Psalm von Klopstock sowie Choräle und Motetten, welche man den eingeladenen Männerchören bereits zum Einstudieren übersandt hatte, sowie zum Abschluss ein Oratorium für Männerstimmen mit dem Titel *Zeit und Ewigkeit*, das dem werten Herrn Schnyder von Wartensee offenbar einiges abverlangte, denn er hatte die Komposition immer noch nicht vollendet. Man konnte nur hoffen, dass sie noch rechtzeitig fertig würde, um einstudiert zu werden. Oder auch, dass sie *nicht* fertig würde. Nicolaus fürchtete nämlich, dass das Publikum von der getragenen monotonen Strenge, zu der Schnyder von Wartensee bei solchen Anlässen neigte, schnell überfordert sein würde.

Gegen halb zwölf war die Sitzung endlich vorbei, und Nicolaus machte sich zunächst zu Fuß auf den Weg nach Offenbach, mietete sich dann aber kurz entschlossen in Sachsenhausen ein Pferd. Eigentlich war er ja ein leidenschaftlicher Fußgänger, doch zu Fuß würde er an die zwei Stunden brauchen, und dafür war es schon zu spät, denn er wurde in Offenbach bei Frau Stein zum Mittagessen erwartet.

Er suchte sich eine hellbraune Stute mit heller Mähne aus und ließ sie, sobald er die letzten Häuser von Sachsenhausen hinter sich gelassen hatte, in einen gemütlichen Trab fallen. Als er den Weg entlang des Mains in Richtung Gerbermühle einschlug, dachte er an seinen Bruder. Der war jetzt irgendwo auf dem Meer. Wie es ihm wohl gerade ging? Ihm fiel das letzte Gespräch ein, das sie geführt hatten – auch da war es um das Sängerfest gegangen und um die Rolle, die er selbst dabei spielte. Er war nämlich tatsächlich einer der ganz wenigen Handwerker im Kreis der Demokraten. Außer ihm gab es eigentlich nur noch den Metzgermeister May, der im großen Stil schlachten und Würste herstellen ließ und daher eher schon den Kaufleuten zuzurechnen war. Sein eigener Fall, der Fall des Schreinermeisters Nicolaus Ronnefeldt, war jedoch ein wenig anders gelagert. Er verstand selbst manchmal kaum, wie er inmitten all dieser Liberalen gelandet war. Letztlich hatte er diesen Umstand seiner Tätigkeit als Schreiner zu verdanken. Er hatte Bibliotheken ausgestattet, in den Häusern von Freidenkern gearbeitet und sich als zuverlässiger Handwerker, mit dem es sich auf Augenhöhe diskutieren ließ, einen Ruf erworben. Und dann war eines zum anderen gekommen: Er war zu Leseabenden und zu Vereinsabenden eingeladen worden. Und mit der Zeit hatte sich nicht nur seine Lektüre, sondern auch sein Weltbild verändert.

Einen noch größeren Einfluss hatte allerdings jenes spezielle Frauenzimmer aus Offenbach auf ihn ausgeübt. Nicolaus spürte, wie sich seine Mundwinkel unwillkürlich hoben, als er an sie dachte, und drängte sein Pferd mit den Hacken dazu, noch ein wenig schneller zu gehen. Er hatte Amalie Stein, die Ehefrau eines Buchdruckermeisters, vor vier Jahren durch einen Zufall kennengelernt – und sich sofort zu ihr hingezogen gefühlt, so sehr wie noch nie zu einer Frau davor.

Damals hatte ihr Mann noch gelebt, war jedoch schon bettlägerig gewesen, und sie hatte ihn aufopferungsvoll gepflegt, während sie eigenständig, nur mit einem Gesellen und einem Gehilfen, die Druckerei weitergeführt hatte. Nicolaus hatte ihr bei ein paar Dingen geholfen. Ein Umbau war nötig gewesen, weil ihr Mann kurz vor seiner Erkrankung noch eine neue Druckerpresse bestellt hatte und für diese Platz in einem Anbau geschaffen werden musste.

Die Art, wie sie furchtlos für freie Rede und Meinungsfreiheit eintrat, hatte Nicolaus damals über alle Maßen verblüfft und schließlich wider Willen beeindruckt. Amalie Stein kritisierte zum Beispiel ungehemmt die *Ober-Post-Amts-Zeitung*, das wichtigste und meistgelesene Blatt Frankfurts, weil sie ihrer Meinung nach die entscheidenden politischen Fragen in Deutschland umging. Fürsten würden immer mit *Erlaucht* betitelt, ereiferte sie sich, bei Ministern würde das *Exzellenz* nie vergessen; alles strahle eine allzu gemütliche und bequeme Geisteshaltung aus, welche den Dunst der Restauration atmete.

Nachdem Nicolaus seine anfängliche Überraschung oder auch Abneigung überwunden hatte – es war für ihn nicht ganz einfach, eine Frau zu wertschätzen, die derart offen ihre Meinung äußerte –, begann er immer mehr selbst zu hinterfragen, was ihm da in Form einer angeblich objektiven Berichterstattung Tag für Tag vorgesetzt wurde. Und aus seiner wachsenden Verehrung für Amalie wurde zunehmend auch eine Verehrung der liberalen Positionen, und zwar in dem Maße, dass er mittlerweile sogar versteckt in einer Mauernische seiner Wohnung einige verbotene Schriften und Bücher aufbewahrte. Amalie war entsetzt gewesen, als sie davon erfuhr, und lag ihm seitdem ständig in den Ohren, er solle sich ein anderes Versteck dafür suchen; doch die Mühe hatte er sich bisher nicht gemacht. Kein Mensch würde darauf kommen, dass dort in der Wand ein loser Stein saß, die Mauer sah vollkommen massiv aus.

Genau genommen, hatte er auch schlicht keine Lust dazu, sich ein anderes Versteck zu suchen, obwohl es wahrscheinlich sinnvoll gewesen wäre. Aber diese Druckwerke so nahe bei sich zu haben, erinnerte ihn an Amalie, und er fand, das sei ein kleines Risiko wert. Doch das sagte er ihr natürlich nicht. Er hätte sich ja angehört wie ein Spinner, wenn er das eingestanden hätte. Er benahm sich ja ohnehin wie ein liebeskranker Trottel – zumindest in letzter Zeit, denn niemals wäre er auf die Idee gekommen, ihr den Hof zu machen, solange ihr Mann noch lebte. Und auch nicht in dem Jahr danach. Doch mittlerweile waren sie einander nähergekommen. Sehr nahe sogar ...

Oberrad lag bereits hinter ihm. Nicolaus warf einen Blick auf seine Taschenuhr und stellte fest, dass er genügend Zeit gutgemacht hatte. Wie gut er diesen Weg mittlerweile kannte! Glücklicherweise hatte er einen fähigen Gesellen, der die Werkstatt im Griff hatte, so dass er es sich leisten konnte, einmal pro Woche nach Offenbach zu gehen. Nicht nur, um Amalie zu besuchen – selbstverständlich nicht. Das hätte er vor sich selbst kaum rechtfertigen können. Er hatte im vorigen Jahr eine Stelle als Lehrer am Institut des Geometers Fink angenommen, das im Isenburger Schloss untergebracht war. Die »Schule für Handwerker« hatte es sich zur Aufgabe gemacht, jungen Burschen Rechnen und Zeichnen beizubringen und ein paar sonstige Wissenslücken zu füllen. Eine vorbildliche Sache, fand Nicolaus. So manchem jungen Kerl mit Talent und Geschick fehlte es nämlich an ein paar Grundlagen. Und wer in der Volksschule nicht aufgepasst hatte, etwa weil er hungrig war oder zu müde von der Arbeit, konnte diese Lücken an dieser Schule schließen. Nicolaus unterrichtete Möbelkonstruktion, Entwerfen und Zeichnen, was er sich mehr oder weniger selbst hatte beibringen müssen, weil sein Lehrherr es vorgezogen hatte, mit groben Skizzen zu arbeiten. Er war schon immer stolz auf seine präzisen Entwürfe gewesen, und es machte ihm Freude, sein Wissen weiterzugeben. Es gab zwar auch in Frankfurt eine Gewerbeschule, doch zum einen war der Unterricht dort weniger umfassend, und zum anderen hätte ihm die Tätigkeit dort nicht denselben willkommenen Anlass gegeben, Amalie regelmäßig zu besuchen.

Die Buchdruckerwitwe stand am Setzkasten, als Nicolaus eintraf und den Kopf zur Werkstatttür hereinstreckte. Die Werkstatt war eher klein und hatte in den letzten Jahren einiges an Konkurrenz bekommen. Doch da sich Amalie auf exklusive Geschäftspapierdrucke spezialisiert hatte und zudem einen jungen, begabten Kupferstecher beschäftigte, der in irrsinniger Geschwindigkeit Notenblätter vervielfältigen konnte, behauptete sie sich trotzdem recht ordentlich. Ihre politischen Flugblätter entstanden wohl heimlich in der Nacht – oder wann und wo auch immer. Nicolaus war noch nicht so recht dahintergekommen, und er wollte lieber nicht so genau nachfragen.

Sie blickte auf und hob kurz die Hand, um ihm zu zeigen, dass sie ihn gesehen hatte, dann arbeitete sie konzentriert und mit flinken Fingern weiter. Er sah ihr eine Weile zu, bevor er sich draußen vor der Werkstatt auf eine Bank in die Sonne setzte und die Füße von sich streckte.

»Verzeihung. Der Lehrling ist krank geworden, Sie wissen ja, wie das ist.«

Amalies Stimme schreckte Nicolaus aus einem süßen Traum, in dem sie die Hauptrolle spielte, aber es war noch viel angenehmer, sie nun leibhaftig vor sich stehen zu sehen. Er griff spontan nach ihrer Hand, drückte ihr einen zärtlichen Kuss auf den Handrücken, und sie lächelte zu ihm hinunter, spitzte die Lippen und antwortete mit einem Luftkuss.

Die Buchdruckerwitwe war nicht mehr ganz jung. Sie war Ende dreißig und nach objektiven Kriterien vermutlich keine ausgesprochene Schönheit. Doch ihm gefiel sie besser als jede andere. Sie hatte ein kräftiges Kinn, das gut zu ihrer zupackenden Art passte, und einen breiten Mund, mit dem sie herzerfrischend lachen konnte. Sie trug keine Haube über ihrem in lockeren Wellen hochgestecktem Haar. Ihr Haar war ihr ganzer Stolz, wusste Nicolaus, wenn sie es auch niemals zugegeben hätte, weil Eitelkeit, wie es ihre ausdrückliche Meinung war, den Frauen viel zu oft im Wege stand.

Und es schmeichelte ihm, dass er es schon mehr als einmal offen gesehen hatte ...

Kurze Zeit später saßen sie einander am Gartentisch gegenüber. Amalie hatte mit dem Essen auf ihn gewartet, und so waren sie beide sehr hungrig – und wie immer, wenn er in Offenbach war, schmeckte Nicolaus das kräftige Brot mit Butter, Käse und Schinken besonders gut. Dazu tranken sie ein aromatisches dunkles Bier, das Amalie wiederum aus einer unbekannten Quelle bezog – auch die war eines ihrer vielen Geheimnisse.

Da er wusste, wie sehr sie sich für alles Politische interessierte, berichtete er ihr von der Sitzung des Sängervereins, ließ dabei jedoch selbstverständlich die langweiligen Passagen aus: »Vieles drehte sich um die Frage, ob Arndt ein Konservativer sei, aber Guhr hat sich sehr für ihn eingesetzt. Er bezeichnete Arndt als einen Liberalen und als einen Erneuerer Preußens.«

»Der Theaterkapellmeister Guhr?«, fragte Frau Stein. »Das kann ich mir denken, dass ihm die Verse von Arndt gefallen. Er hat ja selbst etwas Melodramatisches an sich – und Arndts Verse entbehren ganz sicher nicht einer gewissen Dramatik.« Wie so oft war Nicolaus verblüfft, wie gut sich seine Freundin in solchen Dingen auskannte. »Ihre Vereinsbrüder werden doch wohl hoffentlich nicht das Lied von Blut und Eisen zu Gehör bringen wollen? Wegen dieses Lieds haben schon viele Studenten den Karzer von innen gesehen. *Der Gott, der Eisen wachsen ließ, der wollte keine Knechte, drum gab er Säbel, Schwert und Spieß dem Mann in seine Rechte; drum gab er ihm den kühnen Mut, den Zorn der freien Rede, dass er bestände bis aufs Blut, bis in den Tod die Fehde*«, zitierte sie auswendig. »Damit wäre das Sängerfest vorbei, bevor es überhaupt angefangen hat.«

»Hört, hört!« Nicolaus klopfte auf den Tisch, um seinen Beifall zu bekunden. »Und ja – zunächst war das tatsächlich der Plan.

Doch Wilhelm Speyer wetterte sehr gegen Arndt. Er sei ein überheblicher, arroganter Zeitgenosse.«

Frau Stein nickte. »Arndts Gefasel vom glücklichen Deutschen kann einem allerdings zuwider sein.«

»Am Ende gab es einen Kompromiss: Wir werden auf der Bühne am Forsthaus *Was ist des Deutschen Vaterland?* zu Gehör bringen. Das Gedicht ist zwar auch von Arndt, doch da wird nicht mit den Ketten gerasselt und mit den Säbeln geklirrt, dafür ist von Liebe, Treue und den Schönheiten der Natur die Rede. Wilhelm Speyer wird uns übrigens eine neue Melodie dafür schreiben. Man darf also gespannt sein.« Er prostete Amalie zu und nahm noch einen großen Schluck Bier.

Amalie betrachtete ihn lächelnd. »Ich würde ja zu gerne einmal bei einer solchen Versammlung Mäuschen spielen .«

»Da würden die Herren allerdings staunen. Ich frage mich, ob sie genauso offen reden würden, wenn ein Frauenzimmer zugegen wäre.«

»Und wie ist es mit Ihnen? Sind Sie nicht auch ein Außenseiter in diesem Kreis?«

»Schon wahr. Die anderen sind hauptsächlich Juristen, Mediziner, Lehrer, Theologen, Kauf- und Bankleute«, zählte Nicolaus auf. »Sogar unser Komponist Wilhelm Speyer ist in seinem ersten Beruf ein ganz profaner Börsenmakler. Er verdient dabei im Übrigen nicht schlecht.« Er sah wieder auf die Uhr. Langsam wurde er ein wenig ungeduldig und hatte das dringende Gefühl, endlich mit Amalie allein sein zu wollen, denn so gerne er auch einfach über sie hergefallen wäre, hier im Garten war die Gefahr groß, dass sie von jemandem überrascht wurden, und er wusste, wie viel ihr daran lag, dies zu vermeiden.

Dabei hätte er bei aller Rücksichtnahme eigentlich schon ganz gerne seine Besitzansprüche auf Amalie geltend gemacht. Vor allem wegen Clemens Heyer, der ebenfalls am Institut des Geometers unterrichtete. Er war auf Nicolaus alles andere als gut zu sprechen und versäumte keine Gelegenheit, ihm das Leben schwer zu machen. Egal, ob es darum ging, ihm den besten Raum oder irgendwelche Arbeitsmaterialien abspenstig zu machen – Nicolaus hatte ihn sogar im Verdacht, gelegentlich die Kreide zu stehlen –, Clemens Heyer trat ihm stets nur unfreundlich entgegen. Nicolaus vermutete, dass Heyer sein Verhältnis mit Amalie längst spitzgekriegt hatte, was seine Abneigung erklären würde, denn er war ein entfernter Cousin von Amalies verstorbenem Mann und hatte selbst ein Auge auf sie geworfen.

»Wie sieht es aus, meine liebe Frau Stein? Müssen Sie jetzt sofort zurück in die Druckerei oder haben Sie womöglich noch ein Stündchen von ihrer kostbaren Zeit übrig, bevor ich mich zum Schloss aufmache?«, sagte er nun mit weicher Stimme.

Er hörte sich an wie ein liebestoller Trottel, dachte Nicolaus wieder einmal, doch das war ihm jetzt egal. Es war Amalie, die darauf bestand, dass sie sich in der Öffentlichkeit – und sei es auch nur die Öffentlichkeit ihres Gartens – siezten, und Nicolaus fügte sich ihrem Wunsch. Selbstverständlich wollte auch er nicht, dass ihr Ruf in irgendeiner Weise litt. Er vertraute ihr voll und ganz und war sich vollkommen sicher, dass er der Einzige war, mit dem sie das Bett teilte. Eigentlich gefiel ihm das Versteckspiel sogar. Erhöhte es nicht irgendwie den Reiz? Und manchmal fühlte er sich dadurch auch wieder so viel jünger. Nicht, dass er jemals ein großer Schwerenöter gewesen wäre, aber natürlich hatte er sich, als er ein junger Mann gewesen war, seine Hörner abgestoßen, so wie jeder andere auch – und er war auch ein- oder zweimal verliebt gewesen.

Wenn auch in keine so sehr wie in Amalie.

»Ein Stündchen sollte wohl drin sein, Herr Ronnefeldt«, entgegnete Amalie zu seinem größten Entzücken. Und dann gingen sie miteinander ins Haus.

Von fremden Ländern und Menschen

Frankfurt, ebenfalls am 5. Juli 1838

Friederike saß am Klavier. Die Kinder waren versorgt, Minchen schlief in ihrem Bettchen im Schlafzimmer, Elise war in der Schule, Wilhelm bei ihrer Schwester und Carlchen mit Sophie auf dem Markt. Eigentlich hatte sie eine kostbare Stunde für sich, die sie zum Musizieren nutzen wollte, doch es fiel ihr schwer, sich zu konzentrieren. Sie stimmte die ersten Töne der *Träumerei* an. Die Noten, die aus einem Liedzyklus stammten, der mit *Kinderszenen* überschrieben war, hatte Clotilde Koch ihr kürzlich vorbeigebracht. Diese Noten waren ein richtiger Schatz, denn Clara Wieck hatte sie ursprünglich persönlich vom Komponisten Robert Schumann erhalten und mit seiner Erlaubnis für zwei oder drei ausgewählte Freunde kopiert. Über Mendelssohn, der sie wiederum an Frau Koch gesandt hatte, war schließlich auch Friederike in den Genuss ihrer Abschrift gekommen – und sie hatte die entzückenden kleinen Stücke, die so leicht in die Finger und ins Ohr gingen, sofort ins Herz geschlossen. Doch heute, so merkte sie, versetzte sie die Musik in eine allzu melancholische Stimmung. Während ihre Finger über die Tasten glitten, dachte sie an Tobias. Sie versuchte, sich vorzustellen, wie es ihm erging, jetzt in diesem Augenblick, irgendwo dort draußen auf dem Ozean. Sie hatte das Meer noch nie gesehen. Sie kannte es nur aus Erzählungen: eine Wasserfläche, die bis zum Horizont reicht. Wie war so etwas überhaupt möglich? Jedes Mal, wenn sie auf der Brücke über dem Main stand, versuchte sie, sich vorzustellen, dass all das Wasser unter ihren Füßen in den

Rhein floss und von dort ins Meer. Doch so sehr sie sich auch bemühte, es gelang ihr nicht.

Der letzte Ton verklang, und Friederike ließ die Hände sinken. Ihr Herz pochte plötzlich unangenehm schnell und heftig, dabei ging es ihr eigentlich gesundheitlich wieder sehr gut. Sie atmete ein paar Mal tief durch und wartete, bis der Anfall vorüber war. Dann stand sie auf, ging zu ihrem Sekretär, zog Tobias' letzten Brief aus der Schublade hervor und begann zu lesen.

Meine liebe Friederike!
Vierzehn Tage ist es her, dass ich Dir von London aus schrieb.
Nun liegen wir noch eine Nacht in Falmouth vor Anker und ich habe endlich Gelegenheit, Dir und den Kindern von unserer Fahrt durch den Kanal zu berichten. Ich teile meine Kabine mit einem Engländer, einem gewissen John Witten, der rotes Haar, vorspringende Zähne und so viele Sommersprossen hat, wie ich sie noch nie an einem Menschen gesehen habe. Er ist Botaniker und im Auftrag eines reichen englischen Lords unterwegs, für dessen Gewächshäuser er Samen und Teepflanzen mitbringen soll. Er hat gleichfalls eine Verabredung mit Gützlaff; wir werden also alles gemeinsam durchstehen und noch viel Freude aneinander haben.
Unsere Reise verlief bisher recht abwechslungsreich. Die Janus verließ London bei heiterem, schönstem Wetter und erreichte die Mündung der Themse mit einem guten frischen Winde; doch gegen Abend verlor er sich, und der Kapitän sah sich genötigt, den Anker fallen zu lassen. Am zweiten Tage ging zunächst alles gut, doch dann drehte sich gegen Mittag der Wind erneut, so dass wir kreuzen mussten. Wir umschifften Cap North Foreland mit seiner steil abfallenden weißen Küste, fuhren in den Kanal ein und ankerten gegen Abend vor der Stadt Deal neben anderen großen Ostindienfahrern und mehreren Kriegsschiffen. Der Kapitän nutzte die Zeit, um frisches Fleisch, mancherlei Grünes und

einige lebende Tiere als Proviant an Bord zu nehmen. Ungünstiger Wind hielt uns weiterhin zurück, und so blieb es für einige Tage, bis endlich das Unwetter nachließ. An Dungeness zogen wir vorbei, sahen die schönen Kreidefelsen von Beachy Head, erblickten am Mittag die Stadt Brighton und befanden uns abends endlich im Angesicht der Insel Wight bei unbewegtem, ruhigem Meer und schönstem Mondenschein. Am 18. Juni morgens verließen wir St Catherine's Point, und gegen Abend des nächsten Tages umsegelten wir den südlichsten Küstenzipfel Start Point; das hättest Du sehen sollen: hohe, zackige Felsenwände bilden ein imposantes Vorgebirge, auf dessen Höhe, wie an allen Küsten von Devonshire, sich eine schöne, grün bewachsene Fläche zeigt, durchzogen vom Gelb der Ilexblüten. Am Abend ankerten wir bei Pendennis Castle, unweit von Falmouth. Und das ist nun in diesem Moment, in dem ich Dir diese Zeilen schreibe, mein Ausblick: Aus der See schauen kleine Felseninseln hervor, an denen sich weiß schäumend die Wogen brechen; ein Gemälde, das durch die milde Beleuchtung der freundlich untergehenden Sonne noch reizender wird. Und ab morgen früh eilt unser Schiff nun endlich dem offenen Meer entgegen.

Meine Liebste, Du ahnst es schon oder liest es aus meinem munteren Tonfall heraus: Ich bin vollkommen wohlauf! Die Seekrankheit hatte mich nur an drei Tagen in ihrem Griff, und mittlerweile wandle ich in jeder Schieflage an Deck umher wie ein gestandener Seebär und lasse mir den Wind um die Nasenspitze wehen. Ich bitte Dich von Herzen: Sorge Dich nicht um mich! Ich selbst habe nicht die geringste Angst um mein Leben und bin voller Vorfreude auf die Überfahrt. Ein tüchtiges Schiff und ein noch tüchtigerer Kapitän werden mich sicher nach China bringen. Wahrscheinlich kann ich Dir von der Küste Brasiliens aus wieder einen Brief schicken, aber rechne bitte nicht allzu bald damit. Es können Monate vergehen, bis er bei Dir ankommt. Nun lebe wohl, mein Juwel, denn das bist Du für mich. Grüße mir Mertens, grüße Nicolaus, deine Eltern und deine Schwestern und küsse und herze die Kinder von mir. Es liebt Dich für immer, Dein treuer Freund Tobias.

Friederike seufzte. Es tröstete sie sehr, wie leidenschaftlich und begeistert Tobias von seiner Reise berichtete, und dass er offenbar einen Reisegefährten gefunden hatte. Aber die Tatsache, dass er Mertens in einem Atemzug mit ihrer Familie nannte, ließ ihr das Herz schwer werden.

Den Brief immer noch in der Hand, sah sie aus dem Fenster. Unten verließ gerade ein Mann den Laden, den sie nie zuvor gesehen hatte. Das kam in der letzten Zeit öfter vor, denn Julius Mertens schien eine neue Art von Kundschaft anzuziehen. Nur was diese Leute kauften, war ihr völlig schleierhaft. Tee war es jedenfalls nicht. Sie hatte Peter Krebs danach gefragt, und der hatte ihr erzählt, dass Mertens manche Kunden hinten im Kontor bediente und nicht an der Theke.

Friederike legte die Stirn an die kühle Scheibe. Sie hatte Kopfschmerzen vor lauter Grübelei. Natürlich war das Geschäft nicht ihre Aufgabe, doch sie konnte gar nicht verhindern, dass sie darüber nachdachte, und seit ihren Gesprächen neulich, erst mit Weinschenk und dann mit Clotilde Koch im Musikzimmer, tat sie beinahe nichts anderes mehr. Nein, sie konnte nicht einfach abwarten und das alles aussitzen. Sie musste sich Clotilde Kochs Rat zu Herzen nehmen und versuchen, mehr herauszubekommen. Nachdenklich faltete sie den Brief wieder zusammen und setzte sich ans Klavier – und während sie ein Stückchen anstimmte, das mit *Von fremden Ländern und Menschen* überschrieben war, und es mindestens ein Dutzend Mal wiederholte, gingen ihre Gedanken auf Wanderschaft, und sie fasste einen Plan.

Friederike wartete ab, bis am Abend Ruhe ins Haus eingekehrt war. Erst gegen Mitternacht trat sie mit einer Lampe in der Hand auf die Außentreppe. Vorsichtig und leise, als wollte sie in ihr eigenes Heim einbrechen, ging sie die Treppe hinunter, blieb kurz im Hof stehen, lauschte, öffnete dann die Tür zum Kontor und schloss wieder hinter sich ab. Dann ging sie nach vorne in den Laden. Das Licht einer einzelnen Laterne, die draußen auf der Straße stand, wurde von den Glasscheiben der Vitrinen, den Messinggriffen und dem silbernen Samowar, der auf der Theke thronte, zurückgeworfen und verlieh dem Raum einen fremdartigen Schimmer. Eine Diele knarrte unter ihren Füßen und ließ sie vor Schreck zusammenfahren. Friederike zwang sich, ruhig und langsam ein- und auszuatmen. Sie tat nichts Verbotenes, beruhigte sie sich. Allerdings hatte sie auch keine genaue Idee, wonach sie eigentlich suchte. Schließlich leuchtete sie mit ihrer Lampe in die Regale unter der Theke, wo Schreibzeug, Quittungen und andere Kleinigkeiten aufbewahrt wurden. Das Kassenbuch lag nicht dabei, es musste hinten im Kontor sein. Auch die Geldlade war leer. Das war nicht ungewöhnlich, denn die Einnahmen eines Tages wurden am Abend in eine abschließbare Geldkassette gelegt. Es gab zwei Schlüssel, einen hatte der Prokurist – also Mertens – den anderen normalerweise Tobias. Doch wo war der zweite Schlüssel? Tobias hatte ihr keinen Schlüssel gegeben. Ob er es im Trubel der letzten Tage vergessen hatte?

Friederike verließ den Laden und ging zurück ins Kontor, wo es, im Gegensatz zu den vorderen Räumen, stockfinster war, da durch die Fenster zum Hof kaum Licht hereindrang. Die Geldkassette war im Inneren eines schweren Schranks eingebaut und, wie erwartet, fest verschlossen. Daneben lag das Kassenbuch, doch ohne den Schlüssel konnte sie ohnehin nicht überprüfen, ob womöglich Geld fehlte. Andererseits wäre Mertens sicherlich nicht so dumm, Geld aus den Bareinnahmen abzuzweigen und dabei Spuren im

Kassenbuch zu hinterlassen. Ein solch plumpes Vorgehen war eher unwahrscheinlich. Er würde andere Wege finden, sich einen Vorteil zu verschaffen. Friederike stellte ihr Licht auf dem Stehpult ab. Was tat Mertens mit den Kunden hier hinten im Kontor? Ihr Blick fiel auf das Journal, das vor ihr auf dem Pult lag und mit *Verkaufsbuch* beschriftet war. Sie schlug die erste Seite auf und sah auf die Spalten, die sorgfältig mit Tobias' ordentlicher Handschrift gefüllt waren. Zwischendrin erkannte sie Weinschenks nach links geneigten Buchstaben, die an Fliegenbeinchen erinnerten, aber die letzten beiden Seiten sahen anders aus – und auch wenn sie darauf hätte gefasst sein müssen, war sie denkbar schlecht auf den Anblick vorbereitet. Sie kannte diese kräftige Schrift mit den ausgeprägten Ober- und Unterlängen nur zu gut. Julius Mertens hatte ihr einst viele Briefe geschrieben, intime, leidenschaftliche Briefe, die sie als junges Mädchen Zeile für Zeile immer und immer wieder gelesen, ja geradezu verschlungen hatte. Verärgert darüber, wie heftig sie auf den Anblick reagierte, zwang sie sich, die Bedeutung der Eintragungen zu erfassen. Alles war sorgfältig aufgeführt: Foulards, Seidenstoffe, Porzellan, Tee – alle Verkäufe. Dahinter standen die Preise. Sie fand ein weiteres Journal, das in dem Fach unter der schrägen Schreibfläche lag, es trug den Titel *Einkaufsbuch,* und es gab noch eines, das sich *Doppeltes Kontobuch* nannte. Sie fand Hinweise auf Bankkredite und Gläubiger, doch so sehr sie sich auch bemühte, blieben ihr die genauen Zusammenhänge verborgen. Natürlich konnte sie rechnen, sie war sogar sehr gut darin, und sie wusste auch, wie man ein Haushaltsbuch führte. Ihre Mutter hatte ihr schon als junges Mädchen beigebracht, wie man sein Haushaltsgeld so verwaltete, dass man niemals den Überblick verlor und sich nicht in unnötige Schulden stürzte. Doch dies hier war etwas ganz anderes. Jetzt rächte es sich, dass sie nie eine kaufmännische Ausbildung erhalten hatte. So etwas war für Frauen nicht vorgesehen – und bisher hatte auch nicht die Notwendigkeit bestanden, dass sie sich damit auseinandersetzte.

Ein Schnarren ertönte, das Schlagwerk der Wanduhr setzte sich in Gang und gleich darauf schlug die Glocke einmal. Friederike rieb sich die brennenden Augen. Sie war nun schon eine Stunde hier unten und kein bisschen schlauer als zuvor. Es war vernünftiger, ins Bett zu gehen. Es musste einen besseren Weg geben, Mertens auf die Schliche zu kommen.

Sie schlug die Bücher zu, legte sie dorthin zurück, wo sie sie gefunden hatte, und wollte eben das Kontor verlassen, als sie ein Geräusch hörte. Irgendjemand oder irgendetwas war draußen im Hof gegen einen der leeren Blumentöpfe gestoßen. Das Poltern und Rollen hallte noch nach. Vielleicht eine Katze, dachte Friederike, doch dann wurde ein Schlüssel ins Schloss zum Eingang gesteckt und herumgedreht. Friederike stand da wie erstarrt, aber im letzten Moment, kurz bevor die Tür geöffnet wurde, fasste sie sich, löschte rasch ihre Lampe, drückte sich neben einem Regal dicht an die Wand und spitzte gleichzeitig die Ohren.

Jemand trat in den Raum. Sie hörte, wie ein Schlüsselbund leise klirrend eingesteckt oder abgelegt wurde. Dann fiel die Tür ins Schloss. Für einen Moment war es ganz still, dann hörte sie ein Zischen und vernahm kurz darauf den Geruch von Schwefel. Sie sah einen Lichtkreis auf dem Boden, aber er reichte zum Glück nicht bis zu ihr. Ein weiteres Geräusch ertönte, ein leises Quietschen, das sie gut kannte. Jemand hatte den hinteren großen Wandschrank geöffnet, in dem die Seidenfoulards aufbewahrt wurden. Ihr Blick fiel auf den Schrank mit der Geldlade ganz in ihrer Nähe. Wenn der Dieb, falls es einer war, es auf das Geld abgesehen hatte, würde er sie entdecken. Friederike machte sich auf das Schlimmste gefasst, ihre Nasenflügel bebten, und ihr Brustkorb flatterte vor Anstrengung, still zu stehen, doch der Eindringling kam nicht näher, sondern machte sich, den Geräuschen nach, in aller Ruhe am Schrank zu schaffen. Seide raschelte, etwas wurde auf den Regalbrettern umhergeschoben – und dann roch sie plötzlich etwas. Unter dem Schwefeldunst schob sich der Hauch eines süßen, ehemals frischen, doch nun leicht dumpfen Dufts hindurch. Konnte sie sich irren? Nein, das war keine Täuschung. Sie hatte den feinen Geruchssinn einer Schwangeren, und diesen Geruch kannte Friederike nur zu gut.

Der Mann, der wie ein Dieb in ihrem Kontor herumschlich, war niemand anderes als Julius Mertens.

Heute habe ich etwas von Heine für Sie

Bonn, 8. Juli 1838

Käthchen saß im Garten der Familie Meyer und malte. Das Aquarellieren war ihre neue große Leidenschaft – oder, wenn sie ganz ehrlich mit sich war, ihre einzige große Leidenschaft. Natürlich stickte sie gern, doch das Entwerfen der Motive hatte ihr schon immer mehr Freude bereitet als die Ausführung. Die gebeugte Haltung über dem Stickrahmen, die eintönigen Handbewegungen, das ständige Einfädeln bei oftmals schlechtem Licht, empfand sie als unglaublich ermüdend. Und in ihrer Erinnerung war das Licht in Frankfurt immer schlecht, wahrscheinlich weil sie meistens drinnen arbeitete, und zwar in eben jenem Zimmer, das sie schon seit ihrer Kindheit bewohnte. Außerdem konnte sie gar nicht zählen, wie oft sie sich dabei schon in die Finger gestochen hatte. Zum Malen ging sie jedoch hinaus in den Garten. Ihre Marderhaarpinsel in verschiedenen Größen waren weich, und das Licht war hell und freundlich. Und überhaupt – ein Garten! Sie hatte ja gar nicht gewusst, wie sehr sie einen Garten vermisst hatte, in dem sie jederzeit und bei jedem Wetter spazieren gehen konnte. Man brauchte einfach nur vor die Tür zu treten. Um dieses private Stück Grün beneidete sie ihre Freundin Caroline am allermeisten.

Aber so war es nun einmal: Bonn war eine Kleinstadt. Frankfurt hatte im Vergleich zu der preußischen Kreisstadt etwa viermal so viele Einwohner, wie ihr der Hausherr Theodor Meyer erklärt hatte. Kein Wunder also, dass sie in ihrer Heimat so viel enger aufeinanderhockten. Doch das freistehende Haus mit dem großzügigen

Grundstück war auch das Einzige von Wert, was Meyer in die Ehe eingebracht hatte. Ihre Freundin Caroline hatte tatsächlich erheblich unter ihrem Stand geheiratet. Dabei bestand der größte Verlust nicht im Familiennamen beziehungsweise dem Titel, den sie aufgegeben hatte, sondern darin, dass Meyers Einkommen, das er als Privatdozent für evangelische Theologie an der Bonner Universität verdiente, einfach zu niedrig war, um eine fünfköpfige Familie zu ernähren. Käthchen hatte dabei den Verdacht, dass er sich überhaupt nicht bewusst war, welches Opfer seine Frau für ihn gebracht hatte. Er beschäftigte sich nicht gerne mit profanen Dingen und legte keinen Wert auf Luxus, wie er betonte. Sein Ehrgeiz lag in seinen Studien und im fortgesetzten Wissenserwerb.

Um Luxus ging es ja gar nicht, dachte Käthchen bei sich, während sie aus Gelb und einem Tupfer Blau ein helles Grün mischte, um dem Wiesenstück, das sie gerade malte, ein paar zusätzliche Kontraste zu geben. Doch es dauerte sie, wie sparsam ihre Freundin mit dem Haushaltsgeld umgehen musste, damit es überhaupt bis zum Monatsende reichte. Auch nur ein oder zwei Taler mehr im Monat hätten schon geholfen, zumal Meyer ständig Gäste mit nach Hause brachte. Er liebte es, eine lebhafte Tischgesellschaft um sich zu haben, junge gebildete Männer, die eine kostenlose Mahlzeit zu schätzen wussten und mit denen er disputieren konnte.

Doch trotz dieser Engpässe – immerhin gab es drei kleine Kinder zu versorgen, die nur allzu schnell aus ihren Kleidern herauswuchsen – war die Stimmung im Hause Meyer eher heiter. Käthchen hatte sich erst daran gewöhnen müssen, weil gleichzeitig auch so viel gestritten wurde. Es war für sie immer wieder aufs Neue eine Überraschung, wenn die Eheleute sich in einem Moment angifteten und im nächsten schon wieder miteinander lachten.

Sie hörte Schritte auf dem Kies, ein Räuspern, und dann sagte jemand: »Dürfte ich mich zu Ihnen gesellen, Fräulein Kluge?«

Käthchen erkannte die Stimme sofort und wusste, auch ohne aufzusehen, wer neben ihr stand: Ambrosius Körner, seit sechs Wochen – also beinahe so lange wie sie selbst – Hausgast der Meyers. Er bewohnte das Zimmer genau neben ihrem, was sie anfangs ziemlich irritiert hatte, vor allem weil es eine Verbindungstür zwischen den beiden Räumen gab, wenn sie auch mit einem Bücherbord zugestellt war. Aber natürlich hatte sie sich damit arrangiert, nachdem Caroline ihr erklärt hatte, dass es nicht anders ginge. Schließlich durfte sie kaum erwarten, dass die Meyers ihren anderen Gast im Dachgeschoss bei den beiden Dienstmädchen einquartierten.

Seitdem passierte es häufig, dass sie nachts im Bett lag und auf die Geräusche lauschte, die ihr Zimmernachbar machte. Beispielsweise pflegte er, regelmäßig mit einem speziellen Mittel zu gurgeln, das nach Minze und Kräutern duftete und das er in einem grünen Glasfläschchen aufbewahrte. Er hatte es ihr einmal gezeigt, den Korken geöffnet und sie daran riechen lassen. Der Geruch war ihr in die Nase gestiegen und hatte sich ihr fest eingeprägt, so dass sie ihn nun öfter an ihm wahrnahm – sofern sie sich nahe genug kamen. Sie konnte auch hören, wenn er im Zimmer umherging. Dann knarrten die Dielen, und wenn er zu einer bestimmten Stelle kam, wahrscheinlich war es der Platz vor dem Waschtisch, der an der Wand stand, die an ihr Zimmer grenzte, antwortete sogar eine Diele in ihrem eigenen Raum mit einem kleinen quietschenden Echo, und sie konnte nicht umhin abzuwarten und zu lauschen, bis es wieder so weit war.

Seine sonore Stimme, die er so sehr mit jenem Wunderwasser pflegte, hörte sie freilich noch viel lieber als seine unsichtbaren Schritte, und sie spürte ihre heißen Wangen und wusste, dass sie errötete, weshalb sie zögerte, allzu rasch zu ihm aufzusehen.

»Herr Körner, was für eine Überraschung«, sagte sie und schenkte ihm dann doch ein verlegenes Lächeln – dabei war sie in Wahrheit kein bisschen überrascht. Sie war vielmehr erleichtert. Wie stets hatte sie gebangt, ob Herr Körner ihre gemeinsame Mußestunde am Nachmittag, die ihnen beiden zur Gewohnheit geworden war, heute womöglich ausfallen lassen würde, weil sie sich dann sofort hätte fragen müssen, weshalb er nicht kam – und sie hasste solche Grübeleien, wo doch dieser Hausgast ihre Gedanken ohnehin schon beherrschte. Denn das tat er, wie sie sich schon vor einiger Zeit eingestanden hatte. Käthchen hatte sich Hals über Kopf in Ambrosius Körner verliebt. Nie zuvor hatte sie so etwas erlebt, nie zuvor hatte sie sich so gefühlt, und jeden Morgen, wenn sie in ihrem Zimmer erwachte, hinaus in den Garten blickte und sich auf den Tag freute, weil sie *ihn* wiedersehen würde, fragte sie sich, ob ihr das auch in Frankfurt hätte passieren können – oder ob es an der ungewohnten Umgebung lag, den vielen neuen Gesichtern, dem andauernd schönen Sommerwetter und ihren erfüllenden Malstunden.

Ein Wunder eigentlich, dass Caroline von ihrem Zustand noch nichts bemerkt hatte. Käthchen war sich bewusst, dass sie ihrer Brieffreundin unter anderen Umständen schon längst von ihren Gefühlen berichtet hätte. Doch hier in Bonn, wo sie jederzeit mit ihr darüber hätte reden können, tat sie sich schwer, ihr dieses Eingeständnis zu machen. Die Freundin war ja auch so sehr mit den Kindern, ihrem Mann und der Hauswirtschaft beschäftigt, dass sie viel weniger Zeit für sie erübrigen konnte, als eigentlich geplant gewesen war. Mit der Folge, dass die Hausgäste, von den Gastgebern unbemerkt, einander immer besser kennengelernt hatten.

»Bitte, setzen Sie sich doch«, sagte Käthchen und wies auf den Platz neben sich. Sie hatte ihre Malsachen auf dem Tischchen vor sich ausgebreitet und saß im Schatten auf einer Bank mit Blick auf das verwitterte hölzerne Gartenhäuschen und ein paar Blumenbeete, die in etwa dreißig Fuß Entfernung in der Sonne lagen. Mehrere Gartengeräte lehnten an der Wand des Schuppens, daneben stand eine Schubkarre. Die Wiese war schon länger nicht gemäht worden und von Wiesenblumen durchsetzt. Ein Pfad schlängelte sich durchs hohe Gras und verlor sich hinter den Beeten. In seiner wilden Ungepflegtheit, die wiederum Meyers fehlenden finanziellen Mitteln geschuldet war, bot der Garten einen romantischen Anblick. Käthchen hatte insbesondere den Schuppen und auch das Haus schon aus vielen verschiedenen Perspektiven gezeichnet und gemalt. Sehr bewundert und gelobt von Herrn Körner, der es auch heute wieder nicht versäumte, ihr Beifall zu zollen.

»Sie werden von Tag zu Tag besser, Fräulein Kluge«, sagte er, nachdem er ihr Werk ausgiebig studiert hatte. »Wie naturgetreu Sie die Holzmaserung hinbekommen haben, das ist wirklich ganz erstaunlich. Und das Blau vom Rittersporn steht in einem hübschen Kontrast dazu. Ich sehe, Sie haben ein wenig geschummelt und das Beet leicht versetzt – eine gute Idee. So wird der Gesamteindruck noch harmonischer.« Er rückte ein wenig näher, zeigte auf das Bild, um seine Worte zu unterstreichen, und berührte dabei wie versehentlich ihre Hand.

»Danke, Sie sind zu freundlich.« Käthchens Herz, das ohnehin schon zu stolpern begonnen hatte, klopfte nun noch schneller.

»Und was haben Sie mir heute mitgebracht? Lesen Sie mir aus einem Ihrer eigenen Aufsätze vor, Herr Körner?«, fragte sie rasch und deutete auf die handbeschriebenen Seiten in seiner Hand, um von sich selbst abzulenken. So gut es ihr auch tat, ein solches Maß an Aufmerksamkeit zu bekommen, war es ihr doch auch immer ein wenig peinlich.

»Nein. Heute habe ich etwas von Heinrich Heine für Sie.«

»Heinrich Heine. Aber ist der denn nicht ...«, sie senkte die Stimme, obwohl sie ohnehin nicht laut gesprochen hatte. »Sind seine Schriften denn nicht verboten?«

»Schon«, sagte Körner mit einem Lächeln.

Käthchen warf einen Blick auf das in großen Buchstaben beschriftete Titelblatt der Papiere, die er in der Hand hielt. Es war offenbar irgendeine theologische Schrift, was nicht weiter verwunderlich war, denn Ambrosius Körner war einer von Meyers Studenten. Mit Heinrich Heine hatte das, was er dort bei sich trug, jedenfalls nichts zu tun.

»Sie machen sich über mich lustig, Herr Körner.« Käthchen drohte spielerisch mit dem Zeigefinger und griff dann geschäftig nach einem Pinsel, um ihn im Wasserglas auszuwaschen.

»Keineswegs. Den Heine habe ich hier.« Herr Körner tippte sich an die Stirn.

»Auswendig?« Käthchen konnte das Entzücken in ihrer Stimme kaum verbergen. »Ganz ehrlich, ich kenne in Frankfurt nicht einen einzigen Herrn, der auch nur ein klitzekleines Stückchen Literatur auswendig hersagen könnte.«

Körner seufzte und betrachtete sie nachdenklich.

Käthchen bemerkte es. »Was schauen Sie denn so?«, sagte sie beinahe kokett. Und während sie sich weiter ihrem Pinsel widmete, konnte sie nicht umhin, sich seiner Blicke nur allzu bewusst zu sein.

Ambrosius Körner war etwa so alt wie sie selbst, und er hatte die blauesten Augen, die sie je gesehen hatte. Beinahe türkis. Seine Augen hatten die Farbe von Bergseen – auch wenn sie bisher noch nie einen in natura gesehen hatte. Er war dunkelblond, hatte dichtes, gewelltes Haar mit einem winzigen Anflug von Geheimratsecken und einen kleinen Schnurrbart, der weich und gepflegt aussah. Sie stellte sich gerne vor, dass er sich ebenso weich anfühlte wie ihre Pinsel. Seine dunklen Augenbrauen – deutlich dunkler als Haupthaar und Schnurrbart – gaben seinem Gesicht einen wachen, aufmerksamen Ausdruck. Das Kinn war ziemlich rund. Es war womöglich der einzige Makel an ihm, und man konnte sich auch nur dann daran stören, wenn man wirklich nach einem Fehler in seinem sonst nahezu perfekten Äußeren suchte.

»Ich sehe Sie an, Fräulein Kluge. Sie wissen doch, wie hübsch ich Sie finde«, sagte Ambrosius Körner leise. Käthchen liefen bei seinen Worten wohlige Schauer über den Rücken. Es stimmte, er hatte ihr schon früher Komplimente über ihr Äußeres gemacht. Über sich selbst sprach er hingegen nicht gern und alles, was sie über ihn wusste, hatte sie eher zufällig mitbekommen. Körner war Junggeselle. Ein wohlhabender Junggeselle, denn er war der Erbe eines großen Dürener Gutes. Seine Beschäftigung mit Theologie war somit im Grunde nur ein Hobby, denn in Wirklichkeit lag seine Zukunft festgeschrieben vor ihm: Er würde eines Tages die Ländereien seines Vaters übernehmen.

Obwohl das ja eigentlich hervorragende Aussichten für den jungen Mann waren, hatte Käthchen trotzdem rasch gelernt, das Thema zu meiden. Offenbar hatte Körner sein Elternhaus vor einigen Wochen im Streit verlassen – was auch der Grund dafür war, warum er nun bei Meyers wohnte. Was auch immer vorgefallen war, er war hier, um Gras darüber wachsen zu lassen. Immerhin zahlte er für seinen Aufenthalt und zwar so großzügig, dass Caroline ihn liebend gerne noch viel länger dabehalten wollte. Ihr, also Käthchens, Geld zu nehmen, hatte sie hingegen strikt abgelehnt.

Körner betrachtete sie immer noch von der Seite, und Käthchen war sich bewusst, dass sein linker Arm hinter ihr auf der Lehne der Bank ruhte. Es fehlte nicht viel, und er hätte ihre Schulter umfassen können. Ihr Pinsel war jetzt sauber, sie konnte nicht mehr vorgeben, ihn weiter zu reinigen. Sie ließ die Hände in ihren Schoß sinken und blieb dabei kerzengerade sitzen.

»Möchten Sie es hören?«

Käthchen war so verwirrt, dass sie nicht gleich verstand, was er meinte. »Was hören?«

»Das Gedicht von Heine, das ich für Sie auswendig gelernt habe.«

Jetzt stockte ihr beinahe der Atem. Er hatte es *für sie* auswendig gelernt?

»Ambrosius«, sagte sie, ihn zu ihrer eigenen Überraschung bei seinem Vornamen nennend, und sah ihm endlich und zum ersten Mal an diesem Tag offen in die blauen Augen. »Von Herzen gern. Wie lautet der Titel?«

»Das Gedicht hat keinen Titel.«

Ambrosius legte seine Unterlagen, die er immer noch in der Rechten gehalten hatte, neben sich auf die Bank, räusperte sich, befeuchtete sich mit der Zunge die Lippen und begann zu rezitieren:

Daß du mich liebst, das wußt' ich,
Ich hatt' es längst entdeckt;
Doch als du mir's gestanden
Hat es mich tief erschreckt.

Ich stieg wohl auf die Berge
Und jubelte und sang;
Ich ging an's Meer und weinte
Beym Sonnenuntergang.

Mein Herz ist wie die Sonne
So flammend anzusehn,
Und in ein Meer von Liebe
Versinkt es groß und schön.

Käthchens Atem ging nun stoßweise. War es etwa wirklich das, wonach es sich anhörte? War dies ein Liebesgedicht?

»Gefällt es Ihnen?«, fragte Körner. Seine Stimme zitterte plötzlich. »Oder habe ich Sie womöglich erschreckt?«

Plötzlich schien sein Mut ihn doch zu verlassen. Er gab seine bequeme Haltung auf und setzte sich gerade hin, ein wenig seitlich, so dass er ihr ins Gesicht sehen konnte. Käthchen schwieg immer noch, wagte ihn nur aus dem Augenwinkel heraus anzuschauen, und hielt den Atem an. Ambrosius schluckte hörbar, bevor er zu sprechen fortfuhr.

»Vielleicht war es ein Fehler. Vielleicht ist es zu gewagt. Aber es erschien mir leichter, mir die Worte eines großen Dichters zu leihen, um Ihnen zu sagen, was ich fühle.«

Käthchen fand nur mühsam ihre Sprache wieder. »Es ist in der Tat gewagt«, begann sie, stockte und machte eine Pause. Ihre Worte erschienen ihr plötzlich viel zu harsch – das war es doch gar nicht, was sie fühlte. »Aber es ist auch wunderschön«, fügte sie leise hinzu.

»Dann darf ich wirklich hoffen? Denn das ›Du‹ in diesen Versen, das bin in Wahrheit ich. Ich gestehe. Ich bekenne, Fräulein Käthchen, dass ich Sie liebe. Darf ich hoffen, dass es Ihnen genauso ergeht wie mir?«

»Sie dürfen«, gab Käthchen nach einer kleinen Bedenkzeit zu und war selbst verblüfft über ihre Worte. Er hatte seine Frage so formuliert, dass sie ihrerseits nicht auszusprechen brauchte, was sie empfand, was es ihr leichter machte. *Ich liebe Sie auch,* wollte sie ihm zurufen, während sie nun den Blick hob und ihm scheu in die Augen sah. Ambrosius erwiderte Käthchens Blick stumm – und dann neigte er sich ihr entgegen, und sie wich nicht zurück, immer näher kam er ihr, bis ihrer beider Lippen einander fanden.

Der größte Unterschied sind Sie

Frankfurt, 10. Juli 1838

Oha! Es geschahen noch Zeichen und Wunder! Julius zog seine Manschetten zurecht, strich sich über die Koteletten und sah Friederike Ronnefeldt hinterher, die mit erhobenem Haupt die Treppen zu ihrer Wohnung hinaufstieg. Sie hatte ihn soeben zum Mittagessen eingeladen. Herr Weinschenk habe einmal in der Woche bei ihnen gespeist, sie wolle an diese Tradition anknüpfen, hatte sie gesagt. Das war etwas Neues. Zuvor hatte sie ihn wochenlang links liegengelassen und mehr mit dem Lehrling gesprochen als mit ihm. Und hatte sie nicht irgendwie verändert ausgesehen? Ihr heller Schal lag locker um ihre Schultern und gab mehr als üblich von ihrem Halsansatz preis. Er hatte sogar einen Hauch ihres Dekolletés gesehen. Ein entzückender Anblick. Und trug sie nicht auch das Haar anders? Auf dem Hinterkopf zu einem Krönchen geflochten, die Schläfen dekoriert mit Kringellocken. Nein, er hätte schwören können, so hübsch hatte sie in den letzten drei Monaten nicht ausgesehen.

Zweieinhalb Stunden später, um Punkt zwölf Uhr, stieg er selbst die Stufen zur Ronnefeldt'schen Wohnung hinauf, wo der Tisch mit weißem Leinen gedeckt war und ihn köstlicher Bratenduft empfing. Sie waren nicht allein, natürlich nicht. Da waren die Kinder und das Hausmädchen, ein hübsches kleines Ding namens Sophie. Friederike überraschte ihn wirklich ganz außerordentlich. Sie war die perfekte Gastgeberin, machte freundlich Konversation, schenkte Wein und Wasser nach und bot ihm sogar nach dem Essen eine

Zigarre an. Die Kinder schickte sie zum Spielen in den Hof. Alles war so nett eingerichtet und so entspannt, dass Julius sich an ihre früheren Stelldicheins erinnert fühlte und begann, ihr Komplimente zu machen. Zunächst nur über die Einrichtung des Speisezimmers, den feingedeckten Tisch und das gute Essen. Doch als sie nicht recht darauf eingehen wollte, sondern im Gegenteil, immer zurückhaltender wurde, packte ihn der Ehrgeiz. »Sie sehen heute wunderhübsch aus«, sagte er, woraufhin sich ein Anflug von Röte über Friederike Ronnefeldts Gesicht, Hals und Dekolleté ausbreitete. Julius war von der Wirkung seiner Worte entzückt. »Verzeihung, aber Sie haben mich an jemanden erinnert«, sagte er mit einem Tremolo in der Stimme, das ihm selbst neu war, aber recht gut gefiel. Nun war er richtig in Fahrt. »Ich musste an ein Gemälde denken, das ich in Genua sah. Eine Maria, so schön, dass ich den Signore Custode bat, das Bild für mich vom Nagel zu nehmen. Es stellte eine Genueser Herzogin dar, wie er mir sagte. Doch für mich war sie eine Maria. Und diese Maria, ich schwöre es, diese Maria sah aus wie Sie, Friederike, eben in diesem Moment.«

»Nein!« Friederike sagte nur dies eine Wort, doch ihr Tonfall war so frostig und ihr Blick so fest, dass Julius innehielt.

»Verzeihung«, sagte er und spürte plötzlich eine neue, ungewohnte Empfindung, die er als Verlegenheit interpretierte. »Ich habe mich hinreißen lassen.«

Friederike lächelte kühl. »Das haben Sie allerdings. Ich habe Sie ganz gewiss nicht heraufgebeten, um mir Ihre Geschichten anzuhören.«

»Es war nicht meine Absicht, Ihnen ...«

»Genug davon!«

Julius verstummte.

»Ich habe Sie wegen etwas anderem kommen lassen.«

Kommen lassen? Julius vergaß für einen Moment, den Mund zu schließen. Sie hatte ihn nicht *eingeladen*, sondern *einbestellt?*

»Es geht ums Geschäft. Ich wollte Sie bitten, mir über ein paar Dinge Auskunft zu geben. Ich weiß, Sie mögen schöne Kleidung und unsere schwere chinesische Seide. Aber wie steht es um den Tee? Wäre es möglich, dass er unter Ihrer Aufsicht gelitten hat?«

»Dass der Tee unter meiner Aufsicht gelitten hat?«, wiederholte Julius und versuchte, seine Verwirrung über diese neuerliche Wendung des Gesprächs nicht zu sehr zu zeigen. Er sog heftig an der Zigarre. Er hatte sie gerade erst so richtig in Gang gebracht, und normalerweise liebte er diesen Moment. Doch nun wurde ihm der kostbare Augenblick zunichtegemacht. Was hatte dieser verdammte Lehrling ihr erzählt? Er schlug die Beine übereinander. »*Gelitten* ist ein viel zu starkes Wort, würde ich meinen.« Er probierte ein kleines Lachen, das jedoch leider in einem Hüsteln endete und daher die Wirkung verfehlte. »Vielmehr handelt es sich um ein altbekanntes, kaufmännisches Gesetz. Man nennt es Angebot und Nachfrage, und die Nachfrage, müssen Sie wissen, ist womöglich zurzeit ein wenig gedämpft. Das wäre nicht weiter ungewöhnlich. Es gibt da einen eindeutigen Zusammenhang mit der Witterung, und abgesehen davon, dass der Sommer womöglich nicht die allerbeste Zeit für Tee ist …«

»Das Gegenteil ist der Fall, Herr Mertens. Der Sommer ist die perfekte Zeit für Tee«, unterbrach ihn Friederike.

»Tatsächlich?«, sagte er und räusperte sich. »Wenn ich das noch zu Ende bringen dürfte, was ich nämlich dank meiner Erfahrungen aus dem Champagnergeschäft …«

Aber Friederike unterbrach ihn erneut: »Meine Erfahrungen, Herr Mertens, habe ich nicht mit Champagner gesammelt, sondern mit Tee. Unser Lager ist voll. Aus gutem Grund, denn mein Mann hat zu jeder Jahreszeit viel Tee verkauft.«

»Jedes Geschäft hat seine Eigenheiten, und ich könnte mir vorstellen, dass der Verlauf dieser Saison ...«

»Ich wüsste nicht, was an dieser Saison anders sein sollte als an der vorherigen. Der größte Unterschied sind Sie, Herr Mertens.« Sie lächelte kühl.

»Was? Nun ja, gewiss.«

»Wenn Sie also so freundlich wären, mir ein paar Zahlen zusammenzustellen. Ich würde mir sehr gerne selbst ein Bild machen.«

»Sie wollen sich ein Bild machen?« Julius war vom Verlauf dieses Gesprächs und ihrem Vorschlag so überrascht, dass ihm keine passende Entgegnung einfiel. Er hatte selbstverständlich nicht das geringste Interesse daran, dass sie ihm über die Schulter schaute. Aber wie sollte er ihr das so schnell klarmachen? »Die Vereinbarung, die ich mit Ihrem Mann getroffen habe ...«, begann er zu erklären, kam jedoch nicht weit.

»Mein Mann war sehr in Sorge um mich, aber es geht mir blendend. Und ich könnte mir vorstellen, dass ich Ihnen von Nutzen sein könnte.«

»Liebe Frau Ronnefeldt. Das kann ich Ihnen unmöglich zumuten. Wie gesagt, Ihr Mann würde mir das niemals verzeihen.«

»Machen Sie sich deswegen bitte keine Gedanken, Herr Mertens. Ach ja, und noch etwas, ich vermisse den zweiten Tresorschlüssel. Mein Mann muss ihn Ihnen gegeben haben, nehme ich an?«

»Äh, ach ja? Meinen Sie?« Julius fand es plötzlich ungeheuer schwül im Raum. Er begann zu schwitzen. Friederike Ronnefeldt antwortete nicht, sondern sah ihn nur abwartend an – und er klemmte die Zigarre zwischen die Zähne, zog seinen Schlüsselbund hervor und tat so, als würde er ihn genau inspizieren. »Tatsächlich, na so was. Das muss er wohl sein«, sagte er, öffnete den Ring, zog den Schlüssel ab und reichte ihn ihr.

»Ach, sehen Sie doch, jetzt ist es doch tatsächlich schon nach zwei.« Mit einem Blick auf die Uhr stand Friederike auf.

Julius erhob sich ebenfalls, ebenso erstaunt über den Verlauf des Gesprächs wie über das abrupte Ende. Dabei hätte genauso gut der Lehrling den Laden aufsperren können. Genau genommen war dies sogar die Regel, weil sich Julius ganz gerne eine etwas längere Mittagspause gönnte. Doch offenbar war heute alles anders als sonst.

Friederike lächelte freundlich, schob ihm den Aschenbecher hin, und Julius drückte mit stillem Ärger die kaum zu einem Viertel angerauchte Zigarre aus.

*

Nachdem Julius Mertens gegangen war, atmete Friederike tief durch und ließ sich wenig vornehm auf ihren Stuhl plumpsen. Sie fühlte sich, als wäre sie im Laufschritt einmal die Neue Kräme vom Main bis zum Liebfrauenberg hinauf- und wieder hinuntergerannt. Doch dann spürte sie, wie sich Erleichterung in ihr breitmachte und sogar eine Art von Heiterkeit. Wie Mertens sie angesehen hatte! Er war so überrascht gewesen, dass er sich beinahe an seiner Zigarre verschluckt hätte. Wie komisch er ausgesehen hatte mit seinen polierten Manschettenknöpfen und den albernen parfümierten Koteletten. Am Ende war es einfacher gewesen als gedacht – wenn auch nicht alles nach Plan verlaufen war. Mit seinen lästigen Komplimenten hatte er sie so sehr verärgert, dass sie es einfach nicht übers Herz gebracht hatte, die Naive zu spielen, so wie Clotilde Koch es vorgeschlagen hatte.

Friederike spürte ein leises Lachen in sich aufsteigen, als sie an Mertens' verdatterte Miene dachte. Wie hatte sie jemals in diesen Mann verliebt sein können? Das Gespräch war ihm sichtlich unangenehm gewesen. Was nun auch immer weiter geschehen würde, sie hatte ihm jedenfalls klargemacht, dass sie nicht mehr das kleine Mädchen war, das er um den Finger wickeln konnte. Sie fühlte sich unendlich erleichtert, wenn auch gewiss noch ein langer Weg vor ihr lag. Ein Anfang war gemacht, und früher oder später würde sie hoffentlich auch herausfinden, was vor sich ging.

In jener Nacht, vor nunmehr fünf Tagen, war ihr das nicht gelungen. Nachdem sie minutenlang in ihrer Ecke gestanden und in die Dunkelheit gelauscht hatte, bis der Eindringling, seine verräterische Duftspur hinterlassend, endlich wieder abgezogen war, hatte sie den Schrank mit den Foulards inspiziert, jedoch ohne etwas Auffälliges zu entdecken. Sie hätte Mertens mit ihrer Beobachtung konfrontieren und eine Erklärung von ihm fordern können. Doch er besaß ein großes Talent, wenn es darum ging, sich herauszureden. Er hätte sich irgendetwas einfallen lassen, eine fadenscheinige Begründung vorgebracht. Das konnte er immer noch versuchen, doch sie war auf der Hut.

Am Nachmittag desselben Tages, nachdem sich Friederike vom Mittagessen mit Julius Mertens erholt hatte, ging sie in den Laden hinunter und fand dort nur den Lehrling vor. Er war sehr nervös.

»Wo ist Herr Mertens?«

»Ausgegangen«, sagte Peter Krebs.

»Wohin?«

»Das hat er mir nicht gesagt und auch nicht, wann er zurückkommt. Es ist nur ...« Der Lehrling lief rot an.

»Es ist gut, Herr Krebs, sprechen Sie frei heraus. Was ist *nur*?«

»Ich müsste ein paar Botengänge machen.« Er wies auf einige Pakete, die auf der Theke lagen, sechs oder sieben waren es gewiss.

»Ist heute keiner der Laufburschen gekommen?«

»Nur einer, der Fritz Wenger, doch der war so schmutzig und hat so sehr gehustet, dass ich ihn fortgeschickt habe. Ich dachte, das macht keinen so guten Eindruck bei ...«

Friederike runzelte die Stirn. Herr Krebs entwickelte offenbar eine neue, schlechte Angewohnheit, nämlich seine Sätze unvollendet zu lassen. Doch sie verstand natürlich, was er meinte. »Das war eine gute Entscheidung. Wir sollten darüber nachdenken, einen festen Laufburschen zu bezahlen, meinen Sie nicht auch? Mein Mann hatte vor, diese Lücke zu füllen, seitdem der kleine Konrad fort ist. Er kam nur nicht mehr dazu.«

Peter Krebs nickte. »Ja, schon. Nur, dass der Herr Prokurist ...«

»Was ist mit dem Herrn Mertens?«, fragte Friederike so geduldig wie möglich.

»Er ist dagegen. Ich meine, dagegen, jemanden fest einzustellen.«

»Soso.« Friederike dachte einen Moment nach. »Das werden wir noch sehen. Und jetzt gehen Sie und liefern Sie die Waren aus. Ich werde so lange hierbleiben.«

»Ja, aber ...«, Peter Krebs' Gesichtsfarbe legte noch eine Rotnuance zu. »Kann ich denn ...? Ich meine, darf ich denn ...?«

»Natürlich dürfen Sie. In Abwesenheit meines Mannes habe ich hier das Sagen. Wenn Herr Mertens etwas dagegen hat, soll er sich an mich wenden. Aber es wird schon gut sein. Ich verspreche es Ihnen.«

Kurz darauf war sie allein. Sie wanderte im Laden umher, öffnete eine Vitrine, rückte ein paar Gegenstände zurecht und trat dann hinaus auf die Straße, um das Schaufenster von außen zu betrachten. Es war seit Tobias' Abreise nichts darin verändert worden. Plötzlich fiel ihr etwas ein. Sie hatte kürzlich in einem Gedichtbuch ein paar hübsche Verse entdeckt, die sich perfekt fürs Schaufenster eignen würden. Sie handelten von einem siegreichen grünen Ritter, der eine Analogie zum Tee darstellte, und würden gewiss Anregungen für Konversationen mit den Kunden bieten. Nachdem sie sich vergewissert hatte, dass in diesem Moment niemand den Laden ansteuerte, ging sie hinauf in ihre Wohnung, um das Buch zu holen. Zurück im Laden schlug sie es auf der Theke auf. *Der grüne Ritter* – so lautete auch der Titel des Gedichts, und es endete folgendermaßen:

> *Und wer seid Ihr?, ruft der Kaiser,*
> *Niemals sah ich solche Stehe!*
> *Kaiser, sprach der grüne Ritter,*
> *von Geburt bin ich Chinese!*
> *Ritter Tee bin ich geheißen,*
> *Schlag den stärksten Feind zu Erden,*
> *bin der Frauen süß Getränke,*
> *und bekämpfe Steinbeschwerden.*

Die Idee gefiel ihr. Sie würde die Verse auf ein Plakat schreiben. Und während sie sie noch einmal las und über den Tee nachdachte, kamen ihr noch weitere Ideen: Nicht nur die gesundheitlichen Aspekte des Tees, um die es in dem Gedicht ging, waren es wert, herausgestellt zu werden. Auch wie gut er einer sparsamen Hausfrau zupasskam, war viel zu wenig bekannt. Wenn man es recht besah, war Tee nämlich trotz des höheren Preises pro Gramm günstiger als Kaffee. Man brauchte viel weniger davon und konnte ihn mehrfach aufgießen. Je nach Tageszeit eigneten sich unterschiedliche Sorten; ein kräftiger schwarzer Tee war perfekt für den Start in den Tag, ein leichter grüner Tee hingegen eine gute Erfrischung am Abend.

Wir brauchen ein Tee-Brevier, dachte Friederike. Das Ronnefeldt'sche Tee-Brevier. Ein schön gestaltetes Titelbild erschien vor ihrem inneren Auge. Zusätzlich könnten sie Handzettel zu jeder einzelnen Sorte gestalten, ähnlich wie Flugblätter. Das würde den Käufern einen Überblick über das Sortiment verschaffen. Denn beinahe so wie beim Wein gab es Alltagstees, aber auch solche für besondere Gelegenheiten. Das war schließlich ein wichtiger Unterschied zum Kaffee, von dem weit weniger Varietäten zur Verfügung standen.

Friederike lehnte gedankenversunken mit dem aufgeschlagenen Gedichtbuch an der Theke, als plötzlich die Tür aufging und ein Mann hereinkam. Friederike kannte ihn nicht, und sie fand ihn ein wenig merkwürdig, konnte jedoch nicht sogleich sagen, woran das lag. Dann fiel ihr auf, dass er, trotz der sommerlichen Temperaturen, einen warmen Mantel aus grünem Lodenstoff trug. Seinen Hut hatte er tief in die Stirn gezogen, und er nahm ihn auch zur Begrüßung nicht ab.

»Wie kann ich Ihnen helfen?«, fragte Friederike und legte das Buch zur Seite.

»Grüß Gott. Arbeiten Sie hier?«

»Ganz recht, wie man sieht.«

»Ich bin auf der Suche nach Herrn Mertens.«

»Was möchten Sie von ihm? Ich bin Frau Ronnefeldt«, sagte Friederike, ihren Ärger über die unhöfliche Art des Mannes unterdrückend. Doch die Erwähnung ihres Namens beeindruckte den Fremden wenig.

»Herr Mertens ist nicht da?«

»Warum nennen Sie nicht einfach mir Ihre Wünsche?« Friederike gab sich alle Mühe, die freundliche Miene beizubehalten. Dieser Mensch war abstoßend. Er leckte sich mit der Zunge über die aufgesprungenen Lippen. Seine Augen konnte sie im Schatten der Hutkrempe nicht sehen.

»Nein, nicht nötig. Ich dachte nur, Herrn Mertens hier anzutreffen. Auf Wiedersehen.« Im nächsten Augenblick war er zur Tür hinaus. Friederike ging zum Fenster und sah, wie er in größter Eile in Richtung Römer davonschritt. Das war schnell gegangen. Was er wohl von Mertens gewollt hatte? Sie stand noch immer an der Ladentür, als kurz darauf der nächste Kunde das Geschäft betrat.

Es war der Apotheker Jost, ein ehemaliger Nachbar ihrer Eltern, der mittlerweile jedoch eine Villa mit Garten in der Friedberger Landstraße bewohnte. Er war sehr groß und dick und atmete hörbar schnaufend durch die Nase.

»Guten Tag, Frau Ronnefeldt«, sagte er, musterte die gestärkte Schürze, die sie sich zusammen mit dem Buch oben geholt und für die Tätigkeit im Laden umgebunden hatte. Rasch brachte sie die Theke zwischen sich und den Apotheker.

»Guten Tag, Herr Jost.«

»Wie geht es dem werten Herrn Gemahl? Ist er immer noch auf hoher See?«

Friederike war nicht überrascht. Herr Jost war nicht der Erste, der sie auf Tobias' Reise ansprach. Das war den wohlhabenden Frankfurter Sponsoren geschuldet, die in der Kirche, in den Vereinen oder im Gasthof wohlwollend darüber sprachen. In den Zeitungen las man nämlich immer häufiger über abenteuerliche Forschungs- und Entdeckungsreisen. Solche Berichte gehörten zu den beliebtesten und am häufigsten besprochenen Artikeln überhaupt. Und darum bewunderte man allgemein auch den Mut und die Tatkraft des Herrn Tobias Ronnefeldt.

»Gewiss. So eine Reise nach China dauert ihre Zeit. Also, was darf ich für Sie tun?«

»Sie?« Herr Jost runzelte die Stirn. »Vertreten Sie jetzt Ihren Mann?«

»Gelegentlich. Möchten Sie Tee, Herr Jost?«

»Ich traf kürzlich bei einer Gesellschaft Ihren Prokuristen, einen Herrn ... Herrn – na, wie war noch gleich sein Name?«

»Herr Mertens.«

»Richtig. Herr Mertens. Ein angenehmer Mensch.«

»Ich fürchte, Sie müssen heute mit mir vorliebnehmen, Herr Jost.«

»Also gut. Dann geben Sie mir doch fünfzig Gramm von dem Tee da.« Er wies wahllos auf eines der Gläser im Regal. »Ist Ihnen das denn auch nicht zu beschwerlich?«, fragte er, während sie mit den Gewichten hantierte, den Tee abwog und in ein Papiertütchen füllte.

»Wie meinen Sie das?«

»Sie haben doch immerhin vier Kinder, nicht wahr? Ein großer Haushalt fordert seinen Tribut. Meine Frau betont jedenfalls stets, wie aufwendig alles ist.«

»Danke, aber ich komme gut zurecht«, sagte Friederike, musste sich jedoch beherrschen, ihn nicht zurechtzuweisen. Was ging diesen Menschen das an? Nur weil sie ehemalige Nachbarn waren, durfte er sie doch nicht so von oben herab behandeln. Was er wohl sagen würde, wenn er wüsste, dass sie schwanger war?

»Überanstrengen Sie sich mal besser nicht.«

»Gewiss nicht, Herr Jost. Darf es sonst noch etwas sein?«

»Werden Sie jetzt regelmäßig hier im Laden stehen? Ich mag mir gar nicht vorstellen, dass Ihr Mann Ihnen das zumutet.«

»Lassen Sie das ruhig meine Sorge sein, Herr Jost.«

»Ich bitte Sie, ich meine es doch nur gut. Was macht das?«

»Fünfundzwanzig Kreuzer.«

Der Apotheker atmete scharf aus, zückte aber seine Geldbörse und zählte das Geld auf den Tisch. »Ganz schön teuer, meine Liebe. Also, wenn Sie meine Frau wären …«, fuhr er in vertraulichem Ton fort.

»Das bin ich aber nicht, Herr Jost«, unterbrach ihn Friederike. Sie stand so kerzengerade, als hätte sie einen Stock verschluckt. Sie fürchtete, wenn er noch ein Wort über sie, ihren Ehemann oder ihre Arbeit sagte, würde sie nicht mehr an sich halten können und ihn unhöflich anfahren.

Der Apotheker schnaufte wiederum vernehmlich aus. »Gut, gut«, machte er und brummelte noch etwas Unverständliches in sich hinein, während er den Tee in seine Jackentasche schob. »Dann grüßen Sie bitte Ihren Prokuristen schön, Frau Ronnefeldt.« Er ging zur Tür, wandte sich jedoch noch einmal um. »Er könnte doch gewiss hier übernehmen, dann müssten Sie nicht ...«

»Auf Wiedersehen, Herr Jost.« Nachdem der Apotheker fort war, schüttelte Friederike fassungslos an den Kopf. Sie hatte diesen Menschen schon als Kind nicht leiden mögen, doch heute hatte er mit seinem Benehmen den Vogel abgeschossen. Dann fiel ihr der andere Kerl wieder ein, der vorher dagewesen war und nichts gekauft hatte. Beide hatten sie nach Mertens gefragt. Was hatten sie mit ihm zu schaffen? Und wo blieb er überhaupt?

Sie ging nach hinten, um sich einen Plakatbogen, Farbe und Pinsel zu holen. Das Kontor war leer. Das Stehpult mit den aufgeschlagenen Journalen, der Kassenschrank, der Schreibtisch und hinten an der Wand der Schrank mit den Foulards, den sie nun schon dreimal ohne Erfolg durchsucht hatte, lagen verwaist da. Da sah sie plötzlich eine Gestalt draußen am Fenster vorbeigehen: Mertens. Er war zurückgekommen. Sie erwartete, dass er gleich ins Kontor käme, doch das tat er nicht. Wohin war er verschwunden? Friederike legte das Plakat und die Farben, die sie schon in der Hand hielt, zur Seite und trat auf den Hof. Die Tür zum Abort stand offen, hier war Mertens also auch nicht. Blieb nur noch das Lager, das hinter dem Kontor lag und bis ins Hinterhaus reichte. Tatsächlich, die Tür war nur angelehnt. Sie stieß sie einen Spalt auf und lugte hinein. Da war er. Der Prokurist schob gerade ein paar Kisten zurecht. Ein erstaunlicher Anblick; die körperlichen Arbeiten überließ er sonst Peter Krebs. Leise zog sie die Tür wieder zu und ging zurück ins Kontor. Ihr Misstrauen war mit Macht zurückgekehrt. Sie trat ans Stehpult und betrachtete nachdenklich die übereinandergestapelten Journale. Nein, so konnte es nicht weitergehen. Sie musste endlich anfangen, das gesamte Geschäft zu verstehen.

Es ist sicher besser, wenn ich jetzt gehe

Frankfurt, 12. Juli 1838

»Du hältst den Bogen falsch, Elise. Daumen und Mittelfinger müssen sich berühren. Siehst du, so.« Paul nahm Elise den Geigenbogen aus der Hand, um ihr die richtige Handhaltung zu zeigen. »Daumen und Mittelfinger bilden einen Ring. Und dein Ringfinger liegt hier auf der Platte und mit ihm steuerst du den Winkel des Bogens. Und alles ganz locker, sonst hältst du das keine fünf Minuten durch, ohne dass es schmerzt.«

»Aber das versuche ich ja die ganze Zeit. Es ist so schwer. Ich hab es mir viel einfacher vorgestellt.«

»Elise«, sagte Frau Ronnefeldt kopfschüttelnd, die am Fenster saß und an einer neuen Schürze nähte. »Du wirst doch nicht schon aufgeben wollen? Du hast es dir doch so sehr gewünscht, Geige spielen zu lernen, jetzt hast du die Chance. Dann könnt ihr zu zweit spielen, du auf der Geige und Carlchen auf dem Klavier. Und wenn Papa von seiner Reise zurückkommt, spielt ihr für ihn ein Duett.«

»Und wann kommt er endlich zurück?«, fragte Elise. »Er ist doch schon so lange weg.«

»Er ist seit zehn Wochen fort, das ist noch gar nicht so lang«, sagte Frau Ronnefeldt heiter. Paul sah zu ihr hinüber und bemerkte, wie ihre angestrengte Miene ihren Worten Lügen strafte. Die Leichtigkeit war nur gespielt. Sie litt unter der Trennung von ihrem Mann, und er würde noch für viele Monate fort sein. »Sieh es mal so, Elise«, fuhr Frau Ronnefeldt fort. »Jetzt hast du noch ganz viel Zeit, Geige spielen zu lernen. Was meinst du, wie überrascht Papa sein wird! Und das hat eben doch schon sehr schön geklungen. Nicht war, Herr Doktor Birkholz? Elise ist auf einem guten Weg.«

Sie sah von ihrer Handarbeit auf, und ihr Blick traf den seinen. Er hatte für einen Moment das Kind neben sich vollkommen vergessen, und nun fühlte er sich ertappt, weil er der Mutter so viel Aufmerksamkeit geschenkt hatte. »Auf einem sehr guten Weg.« Er ging vor Elise in die Knie, die das Kinn auf die Brust gedrückt hatte und trotzig die Lippen aufeinanderpresste. »Du hast Talent. Du hörst genau, wie die Töne klingen müssen. Und wenn du es jetzt noch schaffst, den Bogen lockerer zu halten, tut dir auch die Hand nicht mehr so weh.«

Elises Miene entspannte sich ein wenig bei dem Lob. Sie setzte die Violine wieder ans Kinn, und Paul nahm ihre Hand, positionierte jeden ihrer Finger einzeln auf dem Haltegriff des Bogens und zeigte ihr, wie sie ihn führen musste. Ein zu Beginn noch zittriger, doch dann sehr zarter und satter Ton erklang. Elise strahlte.

»Das war wunderschön«, sagte ihre Mutter. »Siehst du? Ich bin sicher, du bekommst es hin. Nicht wahr, Herr Doktor Birkholz? Sie bleiben uns doch hoffentlich als Lehrer noch ein bisschen erhalten.«

Paul, der immer noch neben Elise kniete, blickte zu Frau Ronnefeldt auf. Sie sah wirklich hübsch aus heute. Sie trug ein dunkelblaues kurzärmliges Kleid, und die Nachmittagssonne, die durchs geöffnete Fenster hereinschien, brachte ihr Haar zum Leuchten. Ein rosiger Schimmer lag auf ihren Wangen. Sie sollte mehr an die frische Luft gehen, dachte er. Sie mutet sich zu viel zu. »Gerne. Immer am Dienstag um diese Zeit – jedenfalls bis auf weiteres. Also das heißt, bis meine Zulassung durch ist. Danach muss man sehen.« Er stand auf und räusperte sich.

»Aber natürlich«, sagte Frau Ronnefeldt und ließ ihre Näharbeit sinken, »wie dumm und unhöflich von mir, mich nicht danach zu erkundigen. Wie sieht es aus mit Ihrer Zulassung? Haben Sie etwas Neues gehört?«

»Der Senat hat mich vertröstet. Sie werden bei einer der nächsten Sitzungen entscheiden.«

»Aber jetzt sind Sommerferien. Sind nicht sechs Wochen Sitzungspause?«

»Korrekt.« Paul versuchte, sich seinen Ärger nicht anmerken zu lassen. Er wollte Frau Ronnefeldt nicht mit seinen Sorgen belasten. Sie tat schon so viel für ihn und zahlte ihm die Geigenstunden für Elise, auf die sie sich gleich am ersten Tag nach seinem nächtlichen Besuch geeinigt hatten. Dabei war er schon mit den Mahlzeiten, zu denen sie ihn einlud und dem Brot und Obst, den Kuchenstücken und Eintöpfen, die sie ihm jedes Mal mitgab, gut bedient. Da er im Hause der von Willemers nach wie vor umsonst wohnen und zudem gelegentlich eine Kammer im Haus am Fahrtor nutzen durfte, litt er derzeit keine Not.

Die Wanduhr schlug halb vier.

»Darf ich?«, rief Elise. »Mellie wartet auf mich. Wir wollen zusammen im Garten spielen.«

Paul tauschte mit Frau Ronnefeldt ein Lächeln. Er war inzwischen oft genug zu Gast gewesen, um zu wissen, dass Elise und ihre Freundin Melanie ein nahezu unzertrennliches Paar waren.

»Also gut. Aber rechtzeitig zum Abendessen um sechs bist du wieder zu Hause.«

Elise wollte schon Luft holen, um zu protestieren, unterließ es aber, als sie den strengen Blick ihrer Mutter sah. Das Mädchen verstaute in aller Eile die Geige in ihrem Kasten, drückte ihrer Mama einen Kuss auf die Wange, und dann war Paul mit Frau Ronnefeldt allein. Für einen Moment machte sich verlegene Stille zwischen ihnen breit. »Die anderen drei sind bei meiner Schwester«, sagte Friederike, als wäre sie ihm eine Erklärung schuldig. »Hätten Sie noch einen Moment Zeit? Ich muss diese Schürze fertig nähen und hätte gerne noch ein wenig Gesellschaft. Bitte, setzen Sie sich doch.« Sie räumte Garn und Stoffreste vom Stuhl, der vor ihr stand, und legte alles in einen Korb. »Bitte, Herr Doktor Birkholz«, sagte sie noch einmal und wies auf den Stuhl, »tun Sie mir den Gefallen.«

Paul hatte sich eigentlich verabschieden wollen, doch da war etwas in ihrer Haltung und in ihrer Stimme, das ihn davon abhielt. Er setzte sich, sah ihr eine Weile beim Nähen zu und überlegte nervös, was er sagen könnte. Je länger das Schweigen andauerte, desto weniger fiel ihm dazu ein.

»Sie machen das wirklich gut«, durchbrach Frau Ronnefeldt schließlich das Schweigen. Sie hatte ein Schleifenband fertig angenäht und machte sich an das zweite. »Ich meine, Sie sind ein ausgezeichneter Lehrer.«

»Danke. Es ist sehr freundlich von Ihnen, mir diese Chance zu geben.«

»Ich bitte Sie, Herr Doktor Birkholz. Sie erweisen doch uns einen Gefallen«, sagte sie und schielte über ihre Nasenspitze hinweg, während sie einen neuen Faden durchs Nadelöhr zog.

»Und wie geht es Ihnen, Frau Ronnefeldt? Ich meine …« Paul unterbrach sich, weil ihm noch immer die Worte fehlten, und ärgerte sich über sich selbst. Was war er nur für ein schlechter Arzt. Und ein schlechter Gesellschafter obendrein!

Sie blickte auf und sah ihn ernst an. Friederike Ronnefeldt hatte Schatten unter den Augen, bemerkte er, die mit der Blässe ihrer Haut und dem rosa Schimmer ihrer Wangen allerliebst kontrastierten.

»Mir geht es so viel besser seit jener Nacht. Mit dem Kind ist alles in guter Ordnung. Ich weiß es jetzt. Das habe ich Ihnen zu verdanken, Herr Doktor Birkholz. Ich hatte den Glauben an mich selbst verloren. Sie haben ihn mir zurückgegeben.«

»Oh, das war doch – das war nichts. Ich meine ...«

»Nein, das war nicht *nichts*«, widersprach sie. »Im Gegenteil. Ich vertraue Ihnen mehr als Doktor Gravius. Was vielleicht nicht so schwer ist, da ich dem alten Griesgram noch nie sonderlich vertraut habe«, fügte sie nach einer kleinen Pause hinzu. »Was rede ich.« Sie lachte und legte sich die Hand vor den Mund. »Sie müssen mich für vollkommen unverschämt und verrückt halten.«

»Nein. Auf diese Idee käme ich niemals«, widersprach Paul sehr ernst, doch dann stimmte er in ihr Lachen mit ein, so ansteckend war es. »Wäre es sehr vermessen, wenn ich Sie bitte, Paul zu mir zu sagen? *Herr Doktor Birkholz* – das klingt so steif. Da komme ich mir so alt vor«, sagte er mit wilder Verlegenheit.

»Nur wenn Sie bereit sind, Friederike zu mir zu sagen. Und wenn Sie mir verraten, wie alt Sie sind.«

»Achtundzwanzig. Ist das zu jung?«

»Zu jung für was? Oder für wen?«, fragte Friederike und lachte schon wieder, diesmal über sein erschrockenes Gesicht. »Meinen Sie zu jung, um Arzt zu sein? Oder Freund?«

»Freund?« Paul fühlte, wie er rot anlief. Nein wirklich, diese Frau brachte ihn vollkommen aus dem Konzept. Er begann, vor lauter Schreck zu husten, und musste erst etwas Wasser trinken, bevor er antworten konnte. »Es wäre mir eine Ehre, mich als Ihr Freund betrachten zu dürfen.«

Friederike Ronnefeldt machte eine feierliche Miene. »Dann sei es so! Fühlen Sie sich geehrt. Ich kann einen Freund gut gebrauchen.« Ein plötzlicher Wandel ging mit ihr vor, als sie das sagte. Der Ausdruck von tiefer Sorge, den er zuvor schon bemerkt hatte, legte sich erneut auf ihr Gesicht und blieb auch noch, als sie wieder nach ihrer Näharbeit griff.

»Was ist los? Was ist mit Ihnen?«, fragte Paul, all seine Schüchternheit mit einem Male vergessend. So innig hatte er sich in ihr

Gesicht vertieft, dass es ihm schien, als würde er sie seit Jahren kennen. »Ich sehe doch, dass Sie etwas beschäftigt. Ist es wegen Ihres Gatten?«

»Tobias?« Sie nähte ohne Unterlass weiter. »Nein, das ist es nicht. Ich meine, natürlich mache ich mir Sorgen um ihn, aber nicht mehr als zuvor schon.«

»Was ist es dann?«, fragte Paul, als sie nicht weitersprach. Sie stieß die Nadel beinahe gewaltsam in den Stoff, zog den Faden lang, stach wieder hinein und zerrte so sehr am Faden, dass er riss.

»Verzeihung. Bitte entschuldigen Sie, ich bin zu aufdringlich«, sagte er und erhob sich, denn plötzlich hatte er das Gefühl, all ihre Signale missverstanden zu haben. »Ich wollte nicht vermessen erscheinen. Es steht mir auch gar nicht zu, Sie so zu bedrängen.« Er hatte das Bedürfnis, sich sofort zu verabschieden. Gerade heute erging es ihm besonders arg. Da war sein Herz, das schneller schlug, sobald er Friederike zu Gesicht bekam. Da waren die Studien und Analysen, die er anstellte, nur weil er einen Flecken ihrer Haut zu sehen bekam. Und da war dieses unruhige Verlangen, sie anzusehen, ihren Blick aufzufangen – nur um ihm gleich darauf zu entfliehen, so wie jetzt, wo er schon beinahe zur Tür hinaus war.

»Nein. Bitte bleiben Sie, Paul. Und bitte entschuldigen Sie mein Betragen. Ich habe tatsächlich etwas auf dem Herzen und weiß nicht, an wen ich mich damit wenden soll. Wir beide kennen uns zwar erst seit wenigen Wochen, doch ich halte Sie für einen zutiefst ehrenwerten Mann.«

Paul wehrte ihre Worte ab. »Es ist sicher besser, wenn ich jetzt gehe«, sagte er und hatte schon einen Fuß in der Tür.

»Aber Paul«, sagte Friederike, die nun auch aufgestanden war und ihn ernst ansah. »Es tut mir leid. Sie sind weder zu aufdringlich noch zu vermessen. Sie meinen es gut mit mir. Von der ersten Minute an, als wir uns begegnet sind, haben Sie es gut mit mir gemeint. Weil Sie ein guter Mensch sind. Der Fehler liegt auf meiner Seite. Ich habe nicht gleich die richtigen Worte gefunden. Bitte bleiben Sie.«

Er zögerte. Wenn er sich wirklich in Friederike Ronnefeldt verliebt hatte, worauf alle Zeichen hindeuteten, dann durfte niemand davon erfahren. Am wenigsten sie selbst. Doch wenn er jetzt vor ihr floh – war dann nicht sein Geheimnis schon halb gelüftet?

Friederike nahm es ihm ab, sich zu entscheiden. Sie schob sich zwischen ihn und die Tür und versperrte ihm so den Weg.

»Bitte. Setzen Sie sich wieder hin und hören Sie mir zu.«

Sie setzten sich einander gegenüber, und Friederike begann stockend und zögernd mit ihrem Bericht, doch dann brach alles aus ihr heraus – und je mehr sie preisgab, umso mehr kämpfte Paul mit sich. Er war froh, weil sie ihm ihr Vertrauen schenkte, und gleichzeitig litt er mit ihr wegen ihres Unglücks.

Sie misstraue dem Prokuristen, den ihr Mann eingestellt habe, erzählte sie ihm. Sie könne die genauen Ursachen für ihren Verdacht nicht offenlegen, doch sie hege gegen den Mann einen dringenden Argwohn – und die Gefahr, dass er dem Geschäft ihres Mannes schade, lasse ihr keine ruhige Minute mehr. Doch leider, so fuhr sie fort, fehlten ihr die Fähigkeiten und das Wissen, einen Betrug oder eine andere Missetat, so denn etwas derartiges geschehen sei oder noch geschehe, aufzudecken.

»Ich verstehe«, sagte Paul. Die Tatsache, dass sie sich ihm soeben offenbart hatte, sie ihn somit für würdig befand, ihr Geheimnis zu teilen, erschien ihm außerordentlich bedeutend.

»Meine Eltern kann ich unmöglich ins Vertrauen ziehen«, fuhr Friederike fort. »Mein Vater verbringt den Sommer in einem Kurhotel im Taunus, um seinen Fuß auszukurieren, worüber ich sogar ganz froh bin, denn ihm gefällt es gar nicht, wenn ich mich in geschäftliche Dinge einmische. Er ist der Meinung, das sei nichts für

Frauen und zudem, dass ich es gar nicht nötig haben sollte. Und dann der Wirbel, den meine Verdächtigungen gegen Mertens auslösen könnten, ohne dass ich einen Beleg in Händen halte – ach, ich darf gar nicht daran denken.«

»Aber was kann ich tun? Wie kann ich helfen?«

»Die Schwierigkeit ist, dass ich in kaufmännischen Dingen zu wenig bewandert bin. Ich habe mir natürlich auch schon die Kontorbücher angesehen, aber ich werde nicht schlau daraus. Es ist wie verhext, aber ich weiß einfach nicht, wie ich diese Zahlen lesen soll. So komme ich nicht weiter. Ich dachte, vielleicht kennen Sie ja jemanden, der mir behilflich sein könnte? Einen Kaufmann aus Ihrer Gemeinde. Was ich sagen will, der Vorteil wäre, dass Ihre Kreise und meine Kreise ...« Friederike unterbrach sich und senkte verlegen den Blick.

»... einander nicht berühren«, beendete Paul ihren Satz.

Sie nickte und sah ihn dankbar an. »Sie sagen es, genau das! Vielleicht kennen Sie ja jemanden, der mich unterrichten könnte? Ohne viel Staub aufzuwirbeln, verstehen Sie. Ich weiß, es ist viel verlangt. Aber mir ist niemand eingefallen, den ich sonst darum bitten könnte.« Während sie das sagte, legte sie kurz ihre Hand auf seine, zog sie jedoch gleich wieder zurück.

Paul zog sein Taschentuch hervor und tupfte sich damit die Stirn. Ihm war heiß geworden. Wenn es noch einen Beweis ihrer Freundschaft gebraucht hatte, hier war er. Ob er es allerdings emotional verkraften würde, ihr ein solch guter Freund zu sein, wie sie ihn brauchte, das war eine Frage, die er erst mit der Zeit würde beantworten können.

»Natürlich«, sagte er, als er sich ein wenig gefasst hatte. »Selbstverständlich helfe ich Ihnen, wenn ich kann. Und womöglich brauchen wir auch gar kein bisschen Staub aufzuwirbeln, wie Sie es genannt haben.«

»Kein bisschen Staub? Wie darf ich das verstehen?«

Paul steckte sein Taschentuch wieder ein. »Ich habe Ihnen bisher noch nichts davon erzählt. Sie kennen also noch nicht meine ganze Geschichte. Wie Sie sich denken können, ist ein Medizinstudium teuer. Nach drei Semestern ging mir das Geld aus, und ich musste aufgeben. Statt zur Universität zu gehen, habe ich bei einem Tuchhändler Ballen geschleppt, und als er merkte, dass ich eine recht ordentliche Auffassungsgabe besitze, hat er mich zum Gehilfen in der Buchhaltung gemacht – ohne meinen Lohn aufzubessern, versteht sich. Erst zwei Jahre später, als man mir ein Stipendium anbot, konnte ich mein Studium wieder aufnehmen und beenden.«

»Moment, Paul, langsam. Ich kann Ihnen ja kaum folgen. *Sie* haben als Kaufmann gearbeitet?«, sagte Friederike ungläubig.

»Kaufmannsgehilfe«, korrigierte Paul.

»Aber wie ist das möglich? Sie spielen Geige wie ein junger Gott, Sie sind ein begnadeter Lehrer, ein studierter Arzt, und jetzt erzählen Sie mir auch noch, dass Sie Ahnung in kaufmännischen Dingen haben?«

Paul nickte verlegen ob dieser Aufzählung seiner Fähigkeiten. »Ich bin nicht stolz darauf. Es war nicht gerade die beste Zeit meines Lebens, und natürlich ist aus mir auch kein Kaufmann geworden«, wehrte er ab. »Aber zumindest kenne ich die Grundzüge. Ich möchte keinesfalls wie ein Prahlhans erscheinen, aber vielleicht reicht mein Wissen ja aus.«

Friederikes Gesicht strahlte große Erleichterung aus. »Warenkonto, Kapitalkonto, Debet, Kredit, alle diese Begriffe sind Ihnen geläufig?«

»Ich denke schon. Sofern ich nicht allzu viel verlernt habe«, sagte Paul bescheiden. »Doch ich besitze zu dem Thema auch ein recht gescheites Lehrbuch.«

»Aber das ist ja großartig! Wann können wir anfangen?«

Ist er etwa verheiratet?

Bonn, 20. Juli 1838

Ein paar Tage waren seit jenem ersten Kuss im Garten vergangen, und Käthchen schwebte wie auf Wolken. Rein äußerlich hatte sich kaum etwas an ihrer täglichen Routine verändert. Nach dem Frühstück, das Käthchen und Caroline nur selten gemeinsam mit den beiden Männern einnahmen, da diese relativ früh zur Universität aufbrachen, half Käthchen ihrer Freundin bei der Hausarbeit. Sie übernahm vor allem die Näharbeiten. Danach ging sie zum Malen hinaus in die Natur. Mittlerweile hielt sie sich jedoch nur noch selten im Garten auf, da sie sämtliche Motive schon mehrfach gemalt hatte und auf der Suche nach neuen Herausforderungen war. Ein versteckter Pfad führte von einer kleinen Gartenpforte direkt hinunter zu einer Stelle, von wo aus man ein Stück des Rheins überblicken konnte. Hierher kam sie am liebsten. Caroline hatte ihr zwei mit Stoff bespannte Klapphocker gegeben. Auf dem einen konnte sie sitzen, den zweiten benutzte sie für ihre Malutensilien. In Ermangelung einer Staffelei verwendete sie einfach ein dünnes Holzbrett, das sie auf dem Schoß hielt. Und nie war sie glücklicher, als wenn sie sich völlig in ihrer Malerei verlieren konnte.

Zum Mittagessen kamen dann alle Hausbewohner wieder zusammen, und sie begegnete Ambrosius, was regelrechte Hitzewallungen in ihr auslöste, die sie tapfer zu verbergen suchte. Sie waren sich sehr rasch einig geworden, dass es vorerst ein Geheimnis bleiben sollte, was sie füreinander empfanden, da es nicht nur sie selbst, sondern vor allem auch ihre Gastgeber in allzu große Verlegenheit gestürzt hätte. Weder wollte Ambrosius es sich mit Meyer verderben, noch hatte Käthchen ein Interesse daran, bei ihrer Freundin Caroline mit ihrer mädchenhaften Verliebtheit einen falschen Eindruck zu hinterlassen. Frühestens am Ende ihres Aufenthalts, so der Plan, wollten sie sich offenbaren.

Und dann? Käthchen hatte davon nur vage Vorstellungen. Sie war sich vollkommen sicher, dass Ambrosius Körner es ernst mit ihr meinte, konnte jedoch auch nicht recht sagen, woher sie diese Gewissheit nahm, wo er sich doch mit Auskünften über das Leben, das er geführt hatte, bevor sie sich kennenlernten, so sehr bedeckt hielt. Ganz selten nur berichtete er ihr von der Arbeit auf dem großen Gut, auf dem er aufgewachsen war. Er war ein sehr guter Reiter und hatte auf dem Gestüt, das sein Vater neben der Landwirtschaft besaß, geholfen, die Pferde zu trainieren. Überhaupt hatte er offenbar in seiner Jugend die meiste Zeit draußen im Freien verbracht, was auch sein sportliches Aussehen erklärte. Mit der Zeit hatte er jedoch gemerkt, dass ihm etwas Entscheidendes in seinem Leben fehlte, und er hatte die Literatur und die Theologie für sich entdeckt. Er wollte am liebsten Schriftsteller werden oder Journalist – und in gewisser Weise war er das sogar bereits, denn er veröffentlichte gelegentlich unter Pseudonym in der hiesigen Tageszeitung. Doch natürlich würde er eines nicht allzu fernen Tages das Gut übernehmen, und dann würde ihm nur noch wenig Zeit für diese Leidenschaft bleiben.

Warum er sich wohl ausgerechnet in sie verliebt hatte? Käthchen verbrachte in ihren Malstunden viel Zeit damit, darüber nachzudenken. Es waren wohl die vielen Gespräche gewesen, die sie miteinander geführt hatten. Entweder war es um Geschichten aus der Bibel gegangen oder um Politik. Ambrosius Körner war nämlich ein gottesfürchtiger Demokrat, und zumindest, wenn es um Bibelwissen ging, konnte Käthchen, die ihrem Vater in Frankfurt täglich aus der Heiligen Schrift vorlas, ihrem neuen Freund das Wasser reichen.

Warum sie sich in ihn verliebt hatte, war hingegen wesentlich einfacher zu erraten. Er sah blendend aus, das war schon mal das eine. Und er machte ihr nicht nur artige Komplimente, sondern er nahm sie ernst. Es interessierte ihn, was sie zu sagen hatte. Und er bewunderte aufrichtig ihr Talent als Künstlerin. Wie es sich wohl anfühlte, einen Menschen, den man liebte, für immer um sich zu haben? Käthchen fragte sich das oft, denn sie hatte nun Tag für Tag das Vorbild der Meyers vor Augen. Die beiden stritten zwar häufig miteinander, vertrugen sich aber auch rasch wieder. Und es ging bei ihnen selten um Alltagsdinge, sondern viel häufiger um Themen, die auch in den Zeitungen verhandelt wurden.

Käthchen dachte an ihre Schwester Friederike. Wie war das eigentlich bei ihr und Tobias? Sie glaubte, dass auch die beiden viele tiefergehende Gespräche führten, wusste es aber gar nicht so recht zu sagen. Einmal mehr wurde ihr bewusst, wie verschlossen ihre Schwester im Grunde war. Sie gab nicht sonderlich viel von sich preis, ebenso wenig wie sie selbst, und sie nahm sich vor, das zu ändern, sobald sie wieder in Frankfurt wäre.

Käthchen war so glücklich und hatte sich so vertrauensvoll in Ambrosius Körners Arme begeben – wenn auch vor allem im übertragenen Sinne – dass dies die Höhe des Sturzes erklärt, den freien Fall, dem sie sich am Abend jenes Tages ausgesetzt sah.

Es war nach dem Abendessen, das sie in kleiner Runde, die nur aus Caroline, Herrn Meyer, Ambrosius und ihr bestand, eingenommen hatten. Es gab Wein zum Essen, was sonst eher selten vorkam, und Käthchen war der ungewohnte Alkohol so sehr zu Kopf gestiegen, dass sie unvorsichtig geworden war und ein wenig zu offensichtlich mit Ambrosius geschäkert hatte. Jedenfalls sprach ihre

Freundin sie darauf an, nachdem die Männer sich ins Herrenzimmer zum Rauchen zurückgezogen hatten und sie allein bei einer Tasse Kaffee im Speisezimmer zurückgeblieben waren.

Käthchen rührte gedankenverloren in ihrer Tasse und dachte gerade an Friederike, die sich sicherlich darüber gewundert hätte, dass bei Meyers sogar am Abend noch Kaffee getrunken wurde und zu keiner Tageszeit Tee – als Caroline sie ansprach.

»Was geht da eigentlich vor, zwischen dir und Herrn Körner? Das ist doch hoffentlich nichts Ernstes?«

Überrascht blickte Käthchen auf. Sie fühlte sich ertappt. Sofort wurde ihr bewusst, wie wenig Vorsicht sie heute Abend hatte walten lassen – doch im nächsten Moment war sie auch schon erleichtert, weil sie endlich Gelegenheit bekam, über das zu sprechen, was ihr Herz so sehr bewegte. Die Weise, in der Caroline ihre Frage formuliert hatte, ignorierte sie zunächst völlig.

»Oh, hat man es so deutlich gemerkt?«, sagte sie verlegen und spürte, wie ihr augenblicklich die Hitze in die Wangen stieg. »Nun ja, Herr Körner und ich, wir sind uns in den letzten Wochen womöglich ein wenig nähergekommen.«

»Ein wenig näher?«, hakte Caroline nach. Sie war eine kleine, zierliche Person mit rötlichblondem Haar und Sommersprossen auf der Nase, und obwohl sie im Grunde ständig überarbeitet war, sah sie auch an diesem Abend wieder wunderhübsch aus. Käthchen wusste kaum, wohin mit sich, und sah aus dem Fenster. Noch war es nicht ganz dunkel draußen. Der Abendhimmel hatte sich rosarot verfärbt – ebenso rosarot, wie es in ihr gerade aussah. Käthchen brauchte einen Moment, bis sie genügend Mut gesammelt hatte, dann richtete sie ihren Blick fest auf ihre Freundin.

»Es ist wahr. Ambrosius und ich, wir haben uns ineinander verliebt. Noch hat er mir keinen Antrag gemacht, aber ich bin sicher, dass ...«

»Nein, natürlich hat er das nicht«, unterbrach Caroline sie schroff.

»Wie bitte?« Überrascht runzelte Käthchen die Stirn. Sie hatte nicht unbedingt erwartet, dass Caroline ihre Begeisterung für Ambrosius Körner teilte, aber eine solch harsche Antwort hatte sie dennoch nicht vorhergesehen.

Ihrer Freundin schien die heftige Reaktion auch schon leidzutun, und sie bemühte sich nun um einen freundlicheren Tonfall. »Womöglich hat er dir nicht alles über sich erzählt?«

»Nun ja …« Käthchen stockte. Caroline hatte sofort den Finger in die Wunde gelegt, und es fiel ihr schwer zuzugeben, dass sie sich tatsächlich ein wenig mehr Offenheit von ihrem neuen Freund gewünscht hätte. Aber was deutete Caroline da an? Dann fiel es ihr ein, und sie schlug sich die Hand vor den Mund.

»Mein Gott. Ist er etwa verheiratet?«

»Nein, ist er nicht.« Caroline schüttelte den Kopf. Doch bevor sich in Käthchen ein Anflug von Erleichterung breitmachen konnte, fuhr sie fort: »Aber es ist nicht minder schlimm. Dann hat er es dir also wirklich nicht gesagt?«

»Nein. Um was geht es denn? Nun spann mich doch nicht so auf die Folter.«

»Ambrosius Körner ist ein Katholik«, sagte Caroline.

»Wie bitte?« Käthchen hatte das Gefühl, etwas drückte auf ihren Brustkorb und raubte ihr den Atem. »Unmöglich. Bist du sicher? Aber er studiert doch bei deinem Mann. Er studiert evangelische Theologie!«

»Das ist richtig. Aber offiziell ist er bei der katholischen Fakultät eingeschrieben. Du weißt doch vielleicht, dass hier in Bonn beides unterrichtet wird? Es mag sein, dass Herr Körner in seinem Herzen längst konvertiert ist – Theodor ist jedenfalls unbedingt dieser Meinung. Doch auf dem Papier und dem Taufschein nach ist er katholisch. Und das muss er auch bleiben, wenn er nicht sein gesamtes Hab und Gut verlieren will.«

»Sein Erbe«, sagte Käthchen tonlos. So viel wusste sie immerhin bereits. »Dann ist er aus diesem Grund von zu Hause fort? Ein Streit mit seinem Vater – wegen seiner Konfession?«

Caroline nickte. »Seinem Vater hat es nicht gefallen, dass er sich der Theologie zugewandt hat. Und dazu noch dem protestantischen Glauben. Seine Familie ist sehr fromm. Sie haben sogar eine Marienkapelle auf ihrem Grundstück.« Caroline beugte sich ein wenig vor und griff nach ihrer Hand, die neben der Kaffeetasse auf dem Tisch lag. »Es tut mir so leid«, sagte sie mitfühlend.

»Mein Gott.« Langsam sickerte die gesamte Tragweite dessen, was ihre Freundin ihr soeben offenbart hatte, in Käthchens Bewusstsein. Sie ballte die Fäuste und presste sie vor ihren Mund. Dann sah sie panisch Caroline an. »Ich muss sofort abreisen. Ich kann keinen Tag mehr länger hierbleiben.«

Hast du deinen Bruder gesehen?

Frankfurt, 28. Juli 1838

»Mama, die Sonne scheint!« Elise warf sich auf Friederikes Bett, die dadurch aus einem unruhigen Halbschlaf gerissen wurde. Sie fühlte die warme, weiche Kinderwange an der ihren und gleich darauf einen feuchten Kuss. Elises, von der Nacht unordentlich, in alle Richtungen abstehendes Haar kitzelte sie, so dass sie herzhaft niesen musste, und im nächsten Moment tappten weitere nackte Kinderfüße in ihr Zimmer. Kurz darauf tummelten sich alle vier Kinder in ihrem Bett.

»Attacke«, krähte der dreijährige Wilhelm. Den Schlachtruf hatte er sich bei seinem Bruder abgeschaut. »Selber Attacke«, rief Carl und begann, Wilhelm und Minchen, die als Letzte ins Bett gekrabbelt war, an den Füßen zu kitzeln. »Hihihi«, machten alle drei und kicherten haltlos, während sie miteinander balgten. Elise kroch währenddessen zu ihrer Mutter unter die Decke.

Sophie erschien mit verschlafenem Gesicht in der offenen Tür. »Tschuldigung. Die waren schneller als ich«, sagte sie und gähnte.

»Kein Problem«, sagte Friederike und gab Elise einen Kuss auf den Scheitel. »Ich kümmere mich um die Kinder.« Sie begann, Elise zu kitzeln, die nur darauf gewartet hatte.

»Stopp, Mama, stopp, stopp«, rief sie, als sie wieder Luft bekam. »Jetzt wir beide gegen die drei anderen.«

So ging das Spiel noch minutenlang weiter. Irgendwann lagen sie erschöpft vom Balgen und Lachen in einem wilden Haufen übereinander, Minchen auf Friederikes Beinen und Carl, Elise und

Wilhelm links und rechts von ihr. *Nur Tobias fehlt*, dachte Friederike.

»Wann kommt Papa zurück?«, fragte Carlchen, als hätte er ihre Gedanken gelesen.

»Papa zurück?«, echote Minchen nuschelnd mit dem Daumen im Mund.

»Vielleicht in zehn Monaten? Ungefähr«, sagte Friederike betont heiter.

»Ooch, das ist ja schon bald«, befand Carlchen.

»Quatsch, du Dummer. Das ist noch ganz lang«, belehrte ihn Elise.

»So oder so geht die Zeit sicher ganz schnell herum«, sagte Friederike und verteilte herzhafte Küsse auf jedes Körperteil, das sie erwischte. »Was für ein Glück, dass ich schon so große Kinder habe.«

Eine Stunde später saßen sie alle gemeinsam beim Frühstück. Es war ein ganz besonderer Tag, Samstag, der 28. Juli und der Beginn des dreitägigen Frankfurter Sängerfests. Wegen des kühlen und regnerischen Wetters in den vergangenen zwei Wochen war ihr Schwager Nicolaus zuletzt ziemlich schlecht gelaunt gewesen. Er hatte zu Recht befürchtet, dass sein Sängerfest, auf das er seit dem Frühjahr hingearbeitet hatte, buchstäblich ins Wasser fallen könnte. Aber nun war gerade noch rechtzeitig warmes, trockenes Wetter eingekehrt.

»Euer Onkel wird erleichtert sein, dass die Sonne so schön scheint«, sagte Friederike.

»Sehen wir ihn heute?«, fragte Carl eifrig, der seinen Onkel sehr verehrte und dem er viele seiner Spielsachen verdankte.

»Wahrscheinlich nicht, er wird sicher mit seinem Liederkranz unterwegs sein. Aber Tante Mina hat uns zu ihrer Freundin eingeladen, die unten am Metzgertor wohnt. Von dort aus können wir direkt auf den Main schauen.«

»Und Tante Käthchen?«, fragte Elise. Auch wenn sie von den Strickstunden nicht sonderlich begeistert war, war Käthchen doch ihre Lieblingstante.

»Ich weiß es nicht, Elise. Ich glaube, sie ist ein bisschen krank«, sagte Friederike. Ihre ältere Schwester war überraschend vor ein paar Tagen, viel früher als geplant, aus Bonn zurückgekommen. Irgendetwas musste dort vorgefallen sein, doch Mina, die ihr davon erzählt hatte, hatte noch nicht herausfinden können, was es war. Friederike wollte sich unbedingt ganz bald Zeit nehmen, um nach ihr zu sehen, doch jetzt waren erst einmal die Kinder dran. Vor allem Carlchen und Elise hatten dem Tag entgegengefiebert.

»Schauen wir doch mal nach dem Programm.« Friederike schlug die *Ober-Post-Amts-Zeitung* auf und las vor: »Um acht Uhr werden die Hanauer Sänger erwartet, um neun Uhr die Offenbacher, um elf Uhr die Aschaffenburger und um ein Uhr die Mainzer, Wormser und Kreuznacher.«

»Boah, so viele«, staunte Elise.

»Richtig. Alle Welt kommt nach Frankfurt«, bestätigte Friederike, die sich nur zu gerne von der Vorfreude anstecken ließ. Drei Festtage lagen vor ihnen und damit drei Tage, an denen sie Mertens nicht zu begegnen brauchte. Heute, am Samstag, fand die Begrüßung der Sänger statt, und auf allen Straßen und Plätzen, in den Gasthäusern und in der Kirche wurde geprobt und gefeiert. Morgen gab es ein feierliches Konzert in der Katharinenkirche, und für Montagnachmittag war ein Freiluftsingen aller Chöre am Oberforsthaus vorgesehen. Ein Spektakel und ein Rummel, wie sonst nur am Wäldchestag – und niemand wäre schließlich auf die Idee gekommen, am Wäldchestag seinen Laden zu öffnen.

Ein dumpfer Schlag ertönte und ließ die Fensterscheiben am Haus erzittern.

»Was war das?«, riefen Carlchen und Elise gleichzeitig.

Friederike warf einen Blick auf die Uhr. »Es ist Viertel nach acht. Ich nehme an, die Artillerie der Bürgerwehr feuert Kanonen zur Begrüßung ab.« Da folgte auch schon ein zweiter Donner.

»Was?«, rief Carlchen und stieß beim Aufspringen seinen Stuhl um. »Wir kommen zu spät!«

Zwanzig Minuten später drängten sie sich zusammen mit Hunderten Schaulustigen am Mainufer. Dort hatten bewimpelte Nachen und Schiffe festgemacht, deren Fähnchen im Wind flatterten. Friederike war mit Mina am Metzgertor verabredet. Deren Freundin wohnte dort in einem der Häuser im dritten Stock, es war gewiss ein wunderbarer Ort, um die Ankunft der Chorsänger auf dem Main zu erleben. Friederike hatte allerdings so früh noch nicht mit so vielen Menschen gerechnet, und sie brauchten viel länger für den Weg als gedacht.

Sie machten einen Bogen um ein paar Metzgergesellen, die ihre blutigen Schürzen nicht abgelegt hatten und die Messer offen am Gürtel trugen, und um einige Mainfischer mit ihren typischen roten Jacken. Sie standen an der Kaimauer und lachten und johlten, doch die Stimmung war gespannt und konnte jeden Moment kippen. Die sind ja am frühen Morgen schon betrunken, dachte Friederike. Offenbar hatte nicht jeder, der heute unterwegs war, nur Geselligkeit, Musik und Gesang im Sinn. Doch das war im Grunde nicht überraschend. Je näher das Sängerfest gerückt war, desto deutlicher war geworden, dass ein Hauch von Revolution in der Luft lag. Genau wie damals in den Wochen, die zum Wachensturm geführt hatten. Wie zur Abschreckung häuften sich daher wohl auch in den Zeitungen Berichte über Gerichtsprozesse gegen die sogenannten

Demagogen, die noch in den Gefängnissen saßen. Vor ein paar Wochen war zudem das Tragen der Trikolore verboten worden. Das Festkomitee, dem auch ihr Schwager Nicolaus angehörte, trug diesen Entwicklungen Rechnung und hatte die Devise ausgegeben, die Politik in ihrer expliziten Form außen vor zu lassen. Man wolle allerdings »durch die Bewegung der Massen den demokratischen Gemeinschaftssinn fördern«, so hatte Nicolaus es ausgedrückt.

Man musste sich nur das bunte Volk anschauen, das schon zu so früher Stunde auf den Beinen war, um zu erkennen, dass zumindest die Bewegung der Massen gelungen war. In den Fenstern der Häuser, die den Quai säumten, und sogar auf manchen Dächern waren jubelnde Menschen zu sehen. Liberale Tendenzen gab es in allen Bevölkerungsschichten, unter den Bürgerlichen ebenso wie bei den Gesellen, Arbeitern und sogar beim Gesinde. Gerade im feierfreudigen Frankfurt war ein Volksfest das ideale Mittel, um alle gleichermaßen zu erreichen.

Wilhelm, dem sie eingeschärft hatte, sich gut festzuhalten, hing an ihrem Rockzipfel, Minchen auf ihrem Arm wurde schwerer und schwerer, und Elise und Carl beschwerten sich, dass sie wegen der vielen Erwachsenen um sie herum nichts sehen konnten. Ein paar Blechbläser marschierten tutend und blasend an ihnen vorbei und wurden von der Menge mit viel Jubel willkommen geheißen. Wieder ertönte Kanonendonner, und Minchen auf ihrem Arm hielt sich die Ohren zu und begann zu weinen – und dann endlich entdeckte sie Mina, die ihr mit beiden Händen zuwinkte. Erleichtert bahnte sich Friederike mit den Kindern einen Weg durch die Menge, und sie bogen in einen Hauseingang ein, der seitlich in einer Gasse lag.

»Wo habt ihr euch denn herumgetrieben?«, sagte ihre Schwester.

»Frag nicht.« Friederike war ein wenig außer Atem. »Bin ich froh, dass wir das geschafft haben. Ist Käthchen auch da?«

»Nein, sie wollte nicht«, sagte Mina achselzuckend. »Sie wirkt völlig niedergeschlagen. Ehrlich gesagt, mache ich mir ein bisschen Sorgen um sie. Aber sie rückt nicht mit der Sprache heraus. Kannst du nicht mal mit ihr reden?«

»Natürlich, ich hatte nur leider noch keine Zeit.« Friederike kam eine Idee: »Vielleicht würde sie ja am Montag mit mir zum Oberforsthaus gehen?«

»Das würde ihr sicher guttun. Ich werde es ihr vorschlagen, sobald ich sie heute Abend sehe. Vielleicht erzählt sie dir ja, was sie so bedrückt. Und wenn du willst, passe ich so lange auf die Kinder auf. Ich bin heute und morgen schon verabredet, ich kann mir den Montag gut frei halten.« Sie wuschelte Carlchen, der neben ihr stand, durchs Haar.

Die Schwestern standen bereits im Treppenhaus, und von oben rief eine Frauenstimme herunter: »Das Schiff mit den Hanauern ist in Sicht, es landet gleich bei der Brücke. Kommt schnell nach oben, dann könnt ihr es sehen« –, doch als sie der Aufforderung Folge leisten wollte, merkte Friederike, dass Wilhelm verschwunden war.

»Elise, hast du deinen Bruder gesehen?«, fragte sie, trat wieder auf die Gasse hinaus und schaute sich nervös um.

Elise schüttelte den Kopf. »Nein. Eben war er doch noch da.«

»Können wir jetzt raufgehen?«, sagte Carlchen, den das Fehlen seines Bruders wenig interessierte.

Friederike warf einen Blick auf die vielen Menschen, die am Ende der Gasse vorbeiströmten, und fühlte einen Anflug von Panik in sich aufsteigen. »Nimm bitte die Kinder«, sagte sie zu Mina. »Ich gehe Wilhelm suchen.«

Aus der ruhigen Gasse wieder auf den trubeligen Mainkai hinauszutreten, war für Friederike ein regelrechter Schock. Ihr Sohn war in der Nähe nicht zu finden. Sie hastete zwischen den Menschen hindurch, rief seinen Namen, fragte immer wieder, ob nicht jemand einen kleinen Jungen gesehen habe, doch ohne Erfolg. Ein paar Mal glaubte sie, einen Blick auf Wilhelms Mütze oder einen Zipfel seiner Jacke zu erhaschen, doch jedes Mal war es falscher Alarm. Sie war den Tränen nahe, wie hatte sie nur so leichtsinnig sein können, sich alleine mit den Kindern auf ein solches Fest zu wagen?

Plötzlich entdeckte sie ihren Schwager Nicolaus, der mit einem Dutzend seiner Chorbrüder in Richtung Brücke unterwegs war. Sie musste rennen, um ihn einzuholen. »Hast du Wilhelm gesehen?«, sagte sie atemlos.

»Friederike«, rief Nicolaus gut gelaunt, ohne auf ihre Frage einzugehen oder seinen Schritt zu verlangsamen. »Wie schön, dich zu sehen. Wo hast du deine Schwestern gelassen? Und wo sind die Kinder?«

»Aber das sag ich ja gerade – Wilhelm ist mir verloren gegangen.«

»Wilhelm? Ach herrje! In dem Trubel?« Endlich blieb ihr Schwager stehen. »Vielleicht ist er nach Hause gelaufen?«

»Aber nein. Er ist doch noch viel zu klein. Selbst an einem normalen Tag, ohne die vielen Menschen, würde er den Weg nicht finden.« Friederikes Verzweiflung wurde immer größer. »Bitte, Nicolaus, kannst du mir nicht suchen helfen?«

»Das würde ich ja, aber …« Weiter vorne setzten die Bläser wieder ein. Er blickte in die Richtung, in der sein Chor mittlerweile verschwunden war.

»Schon gut«, versetzte Friederike zornig, »wenn dir deine Chorbrüder wichtiger sind. War ja auch nur eine Frage. Ich habe jedenfalls keine Zeit zu verlieren.« Wütend ließ sie ihn stehen und fuhr fort, sich, den Namen ihres Sohnes rufend, einen Weg durch die Menge zu bahnen, die sich allmählich ein wenig lichtete, weil die Menschen sich mittlerweile bei der Brücke sammelten. Die Musik einer Militärkapelle erklang, Friederike hörte das tiefe Brummen der Hörner und das Quäken der Trompeten.

Womöglich war Wilhelm ja den Musikern hinterhergelaufen,

dachte sie plötzlich. Es würde zu ihm passen, denn er war von allem fasziniert, was glänzte. Doch dann wurde Friederike von einem anderen Geschehnis abgelenkt. Am Fußweg, der unterhalb der Brücke entlangführte, hatte sich eine Menschentraube gebildet. Trotz der Musik hörte man von dort unten lautes Rufen und Schreien, das so alarmierend klang, dass Friederike sofort umkehrte und statt zur Brücke hinaufzugehen, zum Main hinunterlief. Eine Ahnung stieg in ihr auf, die ihr, noch bevor sie sie in Worte oder einen klaren Gedanken zu fassen vermochte, die Luft abschnürte – und ohne auf irgendjemanden Rücksicht zu nehmen, drängelte sie sich zwischen den Schaulustigen, denn um nichts anderes handelte es sich bei der Menge, die rasch immer größer wurde, nach vorne, bis sie direkt an der Kaimauer stand. Oben auf der Brücke hatte man das gerade erst begonnene Konzert wieder unterbrochen. Die Musiker und Sänger beugten ihre Köpfe über das Geländer, denn unten im Wasser fand ein Schauspiel statt, das dem Begrüßungskonzert eindeutig den Rang ablief: Ein Mann und ein Kind schwammen voll bekleidet im Main, doch da die Kaimauer an dieser Stelle weit über der Wasseroberfläche lag, war ihnen der Weg ans rettende Ufer verwehrt.

»Wilhelm, Wilhelm, oh, mein Gott«, rief Friederike entsetzt, als sie ihren kleinen Nestflüchter erkannte.

»Alles gut. Keine Sorge, Frau Ronnefeldt, ich hab ihn sicher«, rief der Mann ihr zu, der den Knaben schwimmend untergehakt hatte und ihn geschickt über Wasser hielt.

Und nun erkannte Friederike auch ihn: Es war Paul Birkholz. Wilhelm klammerte sich an Paul fest und war vor Schreck ganz starr. Jedenfalls wehrte er sich nicht.

Er kann nicht schwimmen, wollte Friederike schreien, doch im letzten Moment schluckte sie die Worte hinunter. »Gut machst du das, Wilhelm«, rief sie stattdessen. »Sehr gut. Bleib ganz ruhig, Hilfe ist unterwegs.«

Das stimmte glücklicherweise. Zwei Fischer ruderten mit ihrem Boot heran und waren schon eine Minute später bei den beiden angelangt. Sie warfen ein Netz ins Wasser, an dem Paul Halt fand. Zwei Paar helfende Hände streckten sich ihm und Wilhelm entgegen und gleich darauf war das Kind an Bord und kurz darauf auch Paul selbst. Ein Raunen der Erleichterung ging durch die Menge.

»Hurra!«, rief jemand, »Bravo, bravo!«, ein anderer, und alles jubelte, johlte und klatschte. Die Bläser spielten einen Tusch – und beinahe so, als wäre die Rettung ein unterhaltsamer Teil des Programms gewesen, setzten die Musik und der Chor wieder ein. Die Menge zerstreute sich rasch, die Menschen strebten nun hinauf zur Brücke. Friederike hingegen rannte mit zitternden Knien in die entgegengesetzte Richtung zur Anlegestelle, wo sie ihren Sohn und Paul Birkholz in Empfang nahm. Die beiden waren unterkühlt, aber ansonsten wohlauf.

»Ich bin geschwommen, Mama«, krähte Wilhelm bibbernd und mit blauen Lippen.

»Wilhelm, was machst du nur für Sachen!« Friederikes Gesicht war nass von den Tränen, die sie vor Erleichterung weinte. Sie nahm ihren jüngsten Sohn auf den Arm und drückte ihn zitternd an sich. »Vielen Dank, danke, danke, danke«, sagte sie an die beiden Fischer und den jungen Arzt gewandt, der triefend vor ihr stand. Die Fischer winkten ab. »Keine Rede von«, brummte der eine, und der andere war noch wortkarger. »Hm«, machte der und reichte ihr eine alte Decke. Sie stank nach Fisch, doch das war Friederike egal. Sie bedankte sich noch einmal und wickelte Wilhelm darin ein.

»Auf! Ihr zwei braucht was Trockenes zum Anziehen«, sagte Friederike resolut. Eben hatte sie nur hilflos zusehen können, jetzt tat es ihr gut, das Heft wieder in die Hand zu nehmen.

»Aber ich wollte doch die Sänger sehen«, protestierte Wilhelm vor Kälte zitternd.

»Da ist ja der Ausreißer«, sagte eine Stimme hinter ihnen.

Friederike drehte sich um. »Nicolaus, was machst du denn hier? Wirst du nicht woanders gebraucht?«, sagte sie schmallippig.

Doch plötzlich schien ihr Schwager es gar nicht mehr eilig zu haben. »Wie bist du denn nur ins Wasser geraten, kleiner Freund? Gut, dass dein Papa das nicht mitangesehen hat. Der würde dir die Ohren lang ziehen.«

»Das würde er nicht«, widersprach Friederike, doch Nicolaus hatte seine Aufmerksamkeit schon Paul zugewandt, der sich sichtlich bemühte, trotz seiner nassen Kleidung Haltung zu bewahren.

»Gut gemacht, junger Mann. Ich habe alles beobachtet. Wie ist denn Ihr Name, Herr …?«

»Das ist Paul Birkholz«, sagte Friederike an Pauls statt.

»Ach, ihr kennt euch?«

»Ja, und ich bin Herrn Birkholz zu großem Dank verpflichtet. Ich könnte es mir nie verzeihen, wenn er sich wegen seines mutigen Einsatzes eine Lungenentzündung holt«, sagte Friederike, die jetzt sehr ungeduldig war und sofort nach Hause wollte. Aber Nicolaus stand breit vor ihnen und machte ganz den Eindruck, als wollte er Konversation betreiben.

»Willst du mich nicht vorstellen?«

»Herr Birkholz, das ist mein Schwager, Nicolaus Ronnefeldt«, sagte Friederike ungeduldig und drückte den nassen Wilhelm noch ein wenig enger an sich. »So, wir müssen jetzt wirklich gehen. Du hattest es doch eben noch so eilig.«

»Sie sind neu in Frankfurt?«, fragte ihr Schwager ungerührt.

»Hier geboren und aufgewachsen, wenn Sie gestatten«, erwiderte Paul mit undurchdringlicher Miene, während seine Lippen bläulich anliefen. Sein Kiefer arbeitete, womöglich unterdrückte er ein Zittern. Falls Paul sich durch das Benehmen ihres Schwagers beleidigt fühlte, ließ er es sich nicht anmerken.

Weiter vorne auf der Brücke setzte der Chor ein: *Singe, wem Gesang gegeben, in dem deutschen Sängerwald, das ist Freude, das ist Leben, wenn's von allen Zweigen schallt.*

Nicolaus achtete gar nicht darauf. »Woher kennen Sie meine Schwägerin?«, setzte er seine Befragung fort.

»Herr Birkholz gibt den Kindern Musikunterricht«, sagte Friederike.

»Ach, Sie sind das.« Nikolaus verschränkte die Arme vor der Brust. »Carlchen hat mir von Ihnen erzählt, Musiklehrer und Medicus, nicht wahr? Was für eine interessante Mischung.«

Nicht an wenig stolze Namen ist die Liederkunst gebannt, ausgestreuet ist der Samen über alles deutsche Land, tönten die Männerstimmen herüber.

Friederike konnte nun nicht mehr an sich halten. »Nicolaus, jetzt ist wirklich genug. Wilhelm und Herr Birkholz holen sich den Tod, wenn sie nicht sofort etwas Trockenes zum Anziehen bekommen. Kommen Sie bitte mit, Herr Birkholz. Zu uns nach Hause ist es nicht weit«, sagte sie – und ließ ihren Schwager stehen.

Wenige Minuten später waren sie in ihrem Haus angekommen. Sophie war nicht da, aber in der Küche war vom Frühstück noch ein Rest Glut im Ofen, die Friederike zu einem Feuer entfachte, um Teewasser aufsetzen zu können. Wilhelm war schnell trocken gerubbelt und in frische Kleider gesteckt. Sein feuchtes Haar kringelte sich zu Löckchen und seine Wangen leuchteten rosig und frisch. Sein Abenteuer schien er bereits vergessen zu haben. Er hatte sich Carlchens Zinnsoldaten geholt, die dieser sonst stets wie seinen Augapfel hütete, und spielte versunken damit auf dem Küchentisch.

Paul kam in die Küche, in der Hand ein tropfendes Kleiderbündel. Während Friederike ihm die nassen Sachen abnahm, um sie zum Trocknen aufzuhängen, merkte sie, dass ihr Herz immer noch viel zu schnell schlug. Lag es an dem noch nicht vollständig überwundenen Schreck? Oder womöglich doch an der Anwesenheit von Paul? Jedenfalls war sie sich seiner Gegenwart nur zu gut bewusst. Das überstandene Drama hatte sie einander wieder ein Stückchen nähergebracht, dachte sie. Friederike wollte Wilhelms Retter nicht unhöflich anstarren und wagte ihm nur aus den Augenwinkeln, hin und wieder einen Blick zuzuwerfen. Doch das reichte, um zu bemerken, wie ausgezeichnet Paul der Anzug stand, den sie ihm gegeben hatte. Es war einer von Tobias' besten, den dieser nicht auf seine Reise hatte mitnehmen wollen, und er passte Paul wie angegossen. Tobias, ach, wenn er doch nur schon wieder heil und gesund zurück wäre! Sie hatte solche Angst um ihn und sehnte sich nach Trost.

Das Wasser kochte. Friederike war froh, wieder etwas zu tun zu haben. Sie wählte für Paul einen kräftigen Bohea aus und für sich selbst einen Lindenblütentee, der sie, wie sie hoffte, ein wenig beruhigen würde, und die vertrauten Handgriffe gaben ihr ein wenig Sicherheit zurück. Dann setzten sie sich zu Wilhelm an den Küchentisch. Wegen der langen Schlechtwetterperiode war es im restlichen Haus noch kühl, und das knisternde Feuer und der dampfenden Kessel auf dem Ofen verbreiteten eine angenehme Wärme und eine heimelige Stimmung. Friederike kam gar nicht auf den Gedanken, Paul ins Wohnzimmer zu bitten.

Die ganze Zeit über hatten sie geschwiegen, doch nun fand Friederike endlich ihre Sprache wieder: »Ich danke Ihnen. Ich danke Ihnen so sehr. Das war so mutig von Ihnen. Und mein Schwager –« Sie schüttelte den Kopf. »Da weiß ich gar nicht, was ich sagen soll. Sein Benehmen war absolut unmöglich. Ich weiß wirklich nicht, was in ihn gefahren ist. Ich werde ihn zur Rede stellen. Manchmal ist er einfach nur ein ungehobelter Klotz.«

»Grämen Sie sich nicht deswegen. Er ist mir sympathisch.«

»Wirklich? Sie mögen ihn?« Friederike konnte es kaum glauben.

»Ja. Ich bin sicher, er ist eine durch und durch ehrliche Haut. Er meint es nur gut mit Ihnen. Das kann ich ihm beim besten Willen nicht übel nehmen.«

Die Art, wie er das sagte, mit Mitgefühl, gar Zärtlichkeit in der Stimme, ließ Friederike verlegen die Augen niederschlagen. »Das stimmt zwar, doch mein Schwager hätte einen anderen Weg finden können, das zu zeigen. Jedenfalls haben Sie etwas gut bei mir – Paul.« Sie zögerte ein wenig, ihn beim Vornamen zu nennen, dabei hatte sie selbst ihm diese Freundschaft angetragen. Sie sah wieder auf und direkt in seine warmen, braunen Augen, die unverwandt auf ihr ruhten. Plötzlich hatte sie das Gefühl, sich in ihnen zu verlieren. Paul schien es ähnlich zu gehen wie ihr – und nach einigen Sekunden, die Friederike wie Minuten vorkamen, rissen sie ihre Blicke gleichzeitig voneinander los. Paul räusperte sich und trank einen Schluck Tee. Sie bemerkte seine schlanken feingliedrigen Finger und dachte an sein wunderschönes Geigenspiel, und dann dachte sie daran, wie er sie untersucht hatte in jener Nacht. Sein großer Ernst, seine Gewissenhaftigkeit, seine klugen Worte ... Er hatte sie beruhigen können. Anders als jetzt, nun schien er durch seine bloße Anwesenheit das Gegenteil zu bewirken.

Schluss jetzt. Sie musste sich dringend zusammenreißen, ermahnte sie sich selbst. »Wilhelm, mein Mann und ich, wir alle, die ganze Familie, sind Ihnen zu großem Dank verpflichtet«, sagte sie noch einmal, doch ihre Stimme klang stockend – und plötzlich hielten die Dämme nicht mehr. Die Angst um Wilhelm, den der Main beinahe verschlungen hätte, die Sorge um Tobias, die Ungewissheit wegen Mertens, Pauls mitfühlender Blick, in dem noch etwas anderes lag, etwas, vor dem sie sich fürchtete, das alles war einfach zu viel für sie. Friederike schluchzte auf und bedeckte ihr

Gesicht mit beiden Händen. »Ich bin schuld. Ich habe nicht aufgepasst. Wenn ich daran denke, was alles hätte passieren können! O mein Gott!«

»Mama?« Wilhelms ängstliches Stimmchen brachte sie ein wenig zur Vernunft. Ihm zuliebe musste sie Haltung bewahren. Sie wischte sich die Tränen fort, drückte Wilhelm an sich und verbarg ihr Gesicht in seinem Haar.

»Alles gut, mein Schatz. Das ist nur der Schreck«, sagte sie, doch sie schnappte noch einmal unwillkürlich nach Luft und schloss die Augen. Unter ihren Lidern quollen weiter Tränen hervor.

»Friederike, Sie haben einen Schock. Ruhig atmen, ganz ruhig«, hörte sie Paul neben sich sagen. »Einatmen und ausatmen. Ein und aus …« Er fuhr noch eine Weile damit fort, sagte immer wieder langsam »ein und aus«, und erstaunlicherweise half es ihr, seinen Anweisungen zu folgen. Ihr Atem ging langsamer. Wilhelm saß ganz still und hatte sein Köpfchen in ihren Schoß gelegt. Auch auf ihn wirkte die sanfte Stimme des Arztes beruhigend. Er war eingeschlafen. »Sie sollten sich beide hinlegen und ausruhen«, sagte Paul nach einer Weile.

Friederike schüttelte den Kopf. »Nicht möglich. Ich muss unbedingt zu Mina und ihr sagen, was geschehen ist. Sie macht sich sicher schon Sorgen um uns.« Sie zog ihr Taschentuch hervor, um sich die Nase zu putzen, und stützte dann den Kopf in beide Hände. Sie fühlte sich mit einem Mal völlig erschöpft.

»Das übernehme ich«, sagte Paul entschlossen. »Sie und Wilhelm bleiben hier. Erklären Sie mir doch einfach, wo ich Ihre Schwester finden kann. Ich schicke sie dann zu Ihnen. Sie sollten nicht zu lange allein sein.«

»Also gut«, sagte Friederike nach kurzem Überlegen und mit einem Blick auf den schlummernden Wilhelm in ihrem Schoß. Der Gedanke, unter all die Menschen zu müssen, war ihr in diesem

Moment tatsächlich unangenehm. »Wenn Sie das auch noch für uns tun wollen? Ach, ich bin Ihnen so sehr zu Dank verpflichtet.«

»Das ist nicht der Rede wert. Wirklich nicht. Und bei Gelegenheit bringe ich Ihnen dann den schönen Anzug zurück.«

»Aber nein. Bitte behalten Sie ihn! Was ist überhaupt mit Ihrem Hut? Haben Sie ihn verloren?«, sagte Friederike mit gedämpfter Stimme, um Wilhelm nicht zu wecken. Ihr praktischer Sinn gewann wieder die Oberhand, was wohltuend war, und ihr ging plötzlich auf, dass der Arzt womöglich seine besten oder sogar einzigen Kleider durch seinen beherzten Sprung in den Main ruiniert hatte.

»Das ist kein Problem«, wehrte Paul ab.

»Nein, bitte, nehmen Sie den Anzug. Ich bestehe darauf, und ich bin sicher, mein Mann würde das ganz genauso sehen. Sie dürfen keinesfalls einen Nachteil davon haben, dass sie Wilhelm so mutig gerettet haben. Behalten Sie die Kleider, das müssen Sie mir versprechen. Sonst bin ich Ihnen ernsthaft böse!«

Sie legte Wilhelm eine Hand auf die Schulter und schüttelte ihn ganz leicht. Er war fest eingeschlafen.

Paul lächelte und hob fragend sie Augenbrauen. »Soll ich?«

Sie verstand sofort, was er meinte. »Gerne«, flüsterte sie.

Geschickt zog Paul ihr den kleinen Wilhelm vom Schoß, trug ihn die Treppe hinauf ins Kinderzimmer und legte ihn ins Bett. Friederike deckte ihn zu, und dann standen sie zu zweit kurz in der Tür und betrachteten das schlafende Kind. Aus der Ferne hörte man Musik und Chorgesang.

»Werden Sie sich die Konzerte anhören?«, fragte Friederike, während sie die Treppe hinunter in den Hof gingen.

»Ich wollte am Montag zum Oberforsthaus. Ich bin ganz und gar vogelfrei. Frau von Willemer hat gesagt, ich solle mich vor Dienstag nicht mehr blickenlassen.«

»So hat sie sich ausgedrückt? Das klingt ja nicht sehr fein.«

»O nein, das war scherzhaft gemeint. Sie liebt Musik. Sie hat sogar selbst einmal einen Chor gegründet. Zu einer anderen Zeit hätte sie sich das Sängerfest um keinen Preis entgehen lassen. Ihr ging es wohl eher darum, mir einen Gefallen zu tun.«

»Das wiederum kann ich gut verstehen«, sagte Friederike und brachte Paul damit sichtlich in Verlegenheit.

»So war das nicht gemeint. Ich wollte nicht, ich meine, Sie sind zu freundlich«, brachte er heraus.

Friederike legte ihm kurz die Hand auf den Arm. »Ich bin sicher, Sie haben es verdient, Paul.«

»Dann sehen wir uns am Dienstag zur nächsten *Musik*stunde?«

Das war doppeldeutig gemeint. Zwar gab er Elise tatsächlich Geigenunterricht, aber er unterrichte Friederike auch in Buchhaltung. Zweimal war er bereits deswegen bei ihr gewesen und hatte ihr zudem sein Lehrbuch zur Verfügung gestellt, das sie zuunterst in ihrem Sekretär aufbewahrte.

»Ja, bis Dienstag.« Wieder blickte sie direkt in Pauls dunkelbraune, sanfte Augen, diesmal mit mehr Festigkeit als zuvor. Das schmale Gesicht ihres neuen Freundes war zwar wie immer sehr blass, wirkte aber dennoch kantig und männlich, was durch den Zylinder, den sie ihm als Ersatz für den verlorenen Hut gegeben hatte, noch betont wurde. Ein schöner Mann und ein guter Freund. Weiter nichts.

Seine Sehnsucht nach daheim

Irgendwo auf dem Atlantik, 28. Juli 1838

Tobias saß an Deck der *Janus* auf einem dicken aufgerollten Tau und versuchte, einen Brief an Friederike zu schreiben. Heute würden sie sicher ein gutes Stück vorankommen, hatte der Kapitän früh am Morgen zu ihm gesagt, denn ein günstiger Passatwind trieb die Janus mit hoher Geschwindigkeit in Richtung Wendekreis – und tatsächlich kam es ihm so vor, als mache das Schiff schneller Strecke als gewöhnlich. Einfach festzustellen war das nicht, da die endlose Wasserfläche den Augen keinerlei Anhaltspunkt bot. Doch er hörte, wie der Wind gierig in die Takelage griff, sah in den Gesichtern der Matrosen jene Mischung aus konzentrierter Anspannung und Zufriedenheit, die den guten Segeltagen eigen war – und staunte über die unzähligen spitzen, kleinen Wellen mit den weißen Schaumkronen, die unter dem Bug der *Janus* verschwanden.

Am Himmel war kaum eine Wolke zu sehen, weswegen Tobias sich einen Platz im Schatten der Segel gesucht hatte, den er je nach Bewegung des Schiffes allerdings immer mal wieder ändern musste. Es war trotz Schatten und Wind sehr heiß, und sein Hemd klebte ihm am Körper. Die Jacke hatte er längst ausgezogen, den Hut durch einen Strohhut ersetzt, den der erste Offizier ihm geschenkt hatte, nachdem er einen kritischen Blick auf seinen schwarzen Filzhut geworfen hatte.

Tobias legte den Briefbogen und seinen Graphitstift beiseite – er hatte erst eine halbe Seite gefüllt – und trat an die Reling. Er sehnte sich schon beinahe nach einem jener ergiebigen Regenschauer, die unvermittelt über das Schiff hereinbrechen konnten, nur kurz, nachdem man die ersten hochauftürmenden Wolken am Horizont gesichtet hatte. Zu Beginn hatte ihn dieses Naturphänomen noch in Erstaunen und wegen seiner Heftigkeit sogar beinahe ein bisschen in Angst versetzt. Innerhalb von wenigen Minuten konnte das Deck völlig überflutet sein, und man war gezwungen, in den stickigen Bauch des Schiffes hinabzusteigen, wo es wegen der schwülen Feuchtigkeit ebenfalls unerträglich war. Doch da das Regenwasser zum Auffüllen der Süßwasservorräte gebraucht wurde, und die Mienen der Seeleute nichts von ihrer Zuversicht verloren, hatte er gelernt, die Regengüsse als erfreuliche Abwechslung zu schätzen. Die richtigen Stürme kämen noch früh genug, hatte ihm der erste Offizier versichert. Spätestens in der Nähe des Äquators sei unbedingt mit ihnen zu rechnen.

Ein Schwarm fliegender Fische erhob sich aus dem Wasser und schickte sich an, die *Janus* gleich einem funkelnden Geschwader ein Stück zu begleiten. Tobias beobachtete fasziniert ihre quecksilbrigen Leiber und dachte an die Insel Madeira, die sie vor einigen Tagen passiert hatten. Er hatte es ein wenig bedauert, dass der Kapitän keinen Anlass gesehen hatte, Funchal, die Hauptstadt der Insel, zu besuchen. Nur vom Wasser aus hatte er einen Blick auf die Steilküste mit ihren tiefen Einschnitten werfen können, die gewiss den starken Regenfällen der Gegend geschuldet waren. Auf den Rücken jener Höhen, die nicht durch Wolken verschleiert gewesen waren, hatte man grüne Wiesenflächen gesehen, die ihn an die Alpen erinnerten. Das Klima – eben jene große Wärme, die selbst auf einem Schiff in voller Fahrt zu spüren war, und der viele Regen – wirkte sich positiv auf die Fruchtbarkeit der Insel aus, die mit ihrer Mannigfaltigkeit an Früchten – Orangen, Bananen, Zitronen und viele andere mehr – an die achtzigtausend Einwohner beherbergte und ernährte.

Ihm war wehmütig geworden ums Herz bei diesem Anblick, und seine Sehnsucht nach daheim war zu einem übergroßen Schmerz herangewachsen. Er hatte sich vorgestellt, wie es wäre, jetzt mit Friederike dort oben Hand in Hand auf einem der Felsen zu sitzen und aufs Meer hinauszuschauen. Sie könnten eine kleine Landwirtschaft haben, denn beinahe alles, was man zum Überleben brauchte, wuchs hier im eigenen Garten. Die Kinder bräuchten nie mehr Winterstiefel oder Jacken zu tragen und würden lernen, im Meer zu schwimmen und nach Fischen zu jagen.

Nur mit Mühe hatte er sich von diesen Phantasien losgerissen und versuchte seitdem, sein Heimweh für einen Brief in Worte zu fassen, die nicht allzu wehleidig klangen. Denn natürlich bedauerte er es nicht, aufgebrochen zu sein. Er fühlte sich einfach nur im Moment ein wenig einsam – und war erfüllt von Dankbarkeit, wenn er daran dachte, dass er in einigen Monaten nach Frankfurt und zu seiner Familie zurückkehren würde.

Tobias hörte ein Geräusch hinter sich, drehte sich um und sah John Witten übers Deck auf sich zuschwanken. Der Engländer, mit dem er sich gut angefreundet hatte, vertrug die Seefahrt deutlich schlechter als er und hatte nur wenige gute, dafür umso mehr üble Tage, an denen er kaum etwas bei sich behalten konnte und spuckend über der Reling hing. Auch mit der Sonne hatte er seine Probleme, so dass sich auf seinem Nasenrücken und an Stirn, Wangen, Armen und jeglichen entblößten Stellen ständig die Haut schälte. Doch heute schien er wohlauf zu sein, und er war offenbar fest entschlossen, etwas Abwechslung in den Tag zu bringen.

»Hier sind Sie, Ronnefeldt, ich habe Sie schon überall gesucht«, sagte er, als gäbe es auf diesem Schiff überhaupt irgendeine Möglichkeit, sich zu verstecken. »Schauen Sie mal, was ich mitgebracht habe.«

Mit diesen Worten präsentierte der Engländer Tobias zwei Angeln und einen Eimer. »Die hab ich vom Koch. Wir sollen uns unser Abendessen selbst beschaffen, meinte er.«

Gesagt, getan. Die nächsten Stunden verbrachten Tobias und John Witten mit Angeln – und da sie beide nur über wenig Erfahrung verfügten, mussten sie sich so manche spöttische Bemerkung der portugiesischen Seeleute anhören, die jedoch alles in allem eher gutmütig waren und ihnen, nachdem sie eine Weile zugesehen hatten, ein paar ihrer Tricks verrieten. Vor allem jedoch erfuhren sie, dass die Prachtexemplare, die sie schließlich überraschend erfolgreich aus dem Wasser zogen, Seehähne genannt wurden. Die großen Fische hatten auffällige Rücken- und Seitenflossen und waren mit Stacheln bewehrt, an denen man sich empfindlich verletzen konnte. Die Tätigkeit lenkte Tobias jedenfalls von seiner bedrückten Stimmung ab – und als mit dem Abend eine Flaute einkehrte und sie ein köstliches Fischmahl genossen hatten, beendete er endlich seinen Brief an Friederike im Schein einer Lampe, berichtete darin nur von schönen Dingen und Erlebnissen und zeichnete das Leben an Bord in den schönsten Farben.

Sein einziges Glück

Frankfurt, 30. Juli 1838, um die Mittagszeit

Die Frankfurter Festtagsstimmung wirkte ansteckend! Es war Montag und der dritte Tag des Frankfurter Sängerfestes. Julius stand am Fenster seiner Wohnung, und wenn er nicht gerade damit beschäftigt gewesen wäre, sich mit einer kleinen Bürste und Natron die Zähne zu reinigen, würde er wohl ein vergnügtes Liedchen gepfiffen haben. Mit schäumenden Lippen blickte auf die Menschenscharen am Kai hinunter. Der Main bot einen Anblick, als stünde ein Staatsbesuch bevor. Dampfboote und Segelschiffe jeder Größe und Couleur lagen mit Girlanden und Wimpeln geschmückt an den Ufern vor Anker. Eine Flottille von fünf majestätischen Schiffen wartete an der Landungsbrücke darauf, die Sänger überzusetzen. Die Verdecke waren in Orangerien verwandelt, die Maste in Blumensäulen, und die halbe Stadt hatte sich versammelt, um die große Überfahrt zu erleben. Dutzende Boote und Nachen warteten darauf, Passagiere übers Wasser zu setzen. Nur die roten, grünen und blauen Farbtupfer in der Menge, die sich bei genauerem Hinsehen als die Uniformen von Soldaten und der Stadtwehr herausstellten, störten das friedliche Bild ein wenig. Hier und da blitzte auch der blanke Säbel eines Gendarmen in der Sonne.

Julius runzelte die Stirn, nahm das bereitstehende Glas mit Wasser und spülte sich den Mund aus. Sein Lieferant hatte sich gemeldet und vorgeschlagen, sich heute im Wald am Rande des Sängerfestes mit ihm zu treffen. Das war ihm gar nicht so recht, denn er hatte nicht das geringste Interesse daran, mit ihm in der

Öffentlichkeit gesehen zu werden. Andererseits musste er die Gelegenheit nutzen, denn seitdem Friederike Ronnefeldt so viel Zeit im Laden verbrachte, war es immer schwieriger für ihn geworden, sich für ein oder zwei Stunden davonzumachen. Die unauffällige Lagerung der Ware war das andere Problem. Dort, wo sie jetzt war, konnte sie keinesfalls länger bleiben; er musste sich schnellstmöglich etwas anderes einfallen lassen. Im Grunde bereitete ihm die gesamte Logistik Kopfzerbrechen. Das größte Problem war aber Hebbo van der Heijden selbst. Sein Lieferant war keineswegs ein Mensch vornehmer Herkunft, so wie Willi Weinschenk ihn dargestellt hatte. Das hatte er schon bei ihrer allerersten Begegnung festgestellt. Sein Akzent war auch nicht englisch, sondern holländisch und die Kniebundhosen und altmodischen Röcke, die er trug, hatten ihre beste Zeit, genau wie der Träger selbst, schon seit zwanzig Jahren hinter sich. Julius hatte nicht allzu lange gebraucht, die Wahrheit zu erfahren. Schon bei ihrem zweiten Treffen hatte er aus van der Heijden die ganze Geschichte herausgekitzelt. Sein Herr, dem er dreißig Jahre lang gedient habe, sei gestorben, erzählte er ihm, und die Erben hätten ihn mit einem Fußtritt davongejagt, ohne zu ahnen, dass das Wertvollste, was ihr verstorbener Verwandter besessen hatte, sich längst in seinem Besitz befand. Die geheime Sammlung, die sein Herr aus Japan mitgebracht hatte – und die er nun nach und nach verkaufte.

Julius spuckte aus und spülte noch einmal nach. Dann zückte er den Spiegel und kontrollierte sein Gebiss, die frischgestutzten Koteletten und den Sitz seiner Frisur. Ihm gefiel, was er sah, und es half ihm dabei, sein leichtes Unbehagen abzuschütteln. Keine Frage, er war eine gepflegte Erscheinung und wirkte ganz und gar kein bisschen wie ein verdächtiges Subjekt. Die Gendarmen und die Stadtwehr, die dort unten patrouillierten, hatten es gewiss nicht auf Menschen wie ihn abgesehen. Die hielten nur nach demokratischen Wühlern Ausschau. Ihm war an solch revolutionären Umtrieben nichts gelegen. Im Gegenteil, je länger er darüber nachdachte – und vielleicht hatte auch die unschöne Begegnung mit Nicolaus Ronnefeldt damit zu tun –, desto mehr kam er zu der Überzeugung, dass Johann Böhmer recht hatte. Welcher Vorteil sollte darin liegen, dass man aus Frankfurt oder sogar aus ganz Deutschland eine Republik machte? Jetzt forderten sie vor allem die Rede- und Pressefreiheit, aber am Ende würde man womöglich Juden oder Bauern ein Mitspracherecht zugestehen müssen – zum Leidwesen der rechtmäßigen Bürgerschaft, die etwa die Hälfte aller Frankfurter ausmachte, so hatte es ihm der Stadtbibliothekar vorgerechnet.

Er selbst gehörte leider immer noch nicht dazu, denn er hatte bisher keinen Bürgereid ablegen können, was hauptsächlich an den zwanzig Gulden Aufnahmegebühr lag. So sehr er sich anstrengte, konnte er das Geld trotz seiner deutlich gestiegenen Einnahmen einfach nicht herbeisparen. Da war die Miete für seine neue Wohnung. Da waren Anzahlungen für zwei neue Anzüge, dreierlei Westen und zwei Paar Lederschuhe. Außerdem hatte er sich eine goldene Taschenuhr angeschafft, die vorzüglich nach Erbstück aussah und bei den richtigen Leuten ein anerkennendes Kopfnicken hervorrief. Weitere Kleinigkeiten wie ein Dutzend ordentlicher Schnupftücher, seidene Halsbinden und ein neuer Zylinder sowie natürlich ein paar Einrichtungsgegenstände, (irgendwie musste man ja wohnen!), schlugen ebenfalls zu Buche. Die Wäscherin und das Mädchen, das dreimal pro Woche bei ihm putzte, mussten auch entlohnt werden, ganz zu schweigen von den Mahlzeiten im *Weidenbusch* und in der *Krone*, weil man nur dort die richtigen Leute traf. Nein wirklich, all diese Dinge wurden gebraucht, nichts davon war überflüssig, sagte er sich, zog die Manschetten zurecht und rückte den Zylinder auf dem Kopf ein wenig schief. Er musste jetzt nur noch möglichst rasch sein Einkommen seinem Lebensstil anpassen. Wenn er endlich über die entsprechenden Barmittel verfügte, würde er sich an der neuen Eisenbahngesellschaft beteiligen, die zurzeit in aller Munde war. Er hatte die Herren Aktionäre im Gasthaus beim Mittagstisch beobachtet. Es war offensichtlich, dass sie zur besten Gesellschaft gehörten, und dort, in der besten Gesellschaft, lag seiner Meinung nach seine Zukunft.

*

Paul saß etwa zur selben Zeit jenseits des Untermaintors auf der Kaimauer, warf kleine Stücke trockenes Brot ins Wasser und sah zu, wie die Enten sich darum stritten. Er hatte dem Trubel in der Stadt und dem Festzug der Sänger, die mit ihren Bannern und symbolgeschmückten Fahnen durch ein Spalier jubelnder Menschen marschierten, zu entfliehen versucht. Doch auch hier, außerhalb der Stadtmauern, herrschte ein reger Verkehr. Es war zwei Uhr am Nachmittag, und zahlreiche Fischer warteten darauf, gegen ein Entgelt Schaulustige und Teilnehmende ans andere Ufer überzusetzen. Es war ein großes Durcheinander. Paul sah mehrere Familien mit Kindern und Kindermädchen, Gruppen kichernder Mägde, zwei Pfarrer sowie ein paar Gesellen und Lehrlinge und schließlich noch ein paar angetrunkene Studenten, die auf einem Handwagen ein Fass mitführten und ihn zu einem Glas Apfelwein einluden. Er lehnte dankend ab. Er verspürte nicht den leisesten Wunsch, sich irgendwem anzuschließen, und wunderte sich über sich selbst. Den Wäldchestag, das größte Frankfurter Volksfest, hatte er in seiner Jugend immer als ein phantastisches Spektakel empfunden, an dem sämtliche Regeln und Gesetze außer Kraft gesetzt waren und das er keinesfalls hätte missen wollen. Und dieses lange angekündigte und schwerbeworbene Sängerfest war schließlich noch größer, noch bunter und mit noch mehr Gästen von außerhalb, und zudem war das Wetter herrlich. Aber er dachte nur an die Begegnung mit Friederike zwei Tage zuvor. Wie anders würde die Welt aussehen, könnte er das Fest zusammen mit ihr und den Kindern besuchen! Doch das vorzuschlagen, hatte er natürlich nicht gewagt. Wie sollte er. Er war ein Nichts, ein Mann von unbedeutender Herkunft und dazu ein Jude, und wenn er auch nicht gänzlich frei war von Talent und Erziehung, so musste er sich seine gesellschaftliche Stellung doch erst noch erarbeiten. Friederike hingegen hatte alles. Sie besaß Familie und Freunde, einen allseits hochgeachteten Ehemann, der gerade den Ozean überquerte und als Held zurückkehren würde, und natürlich jenen Glauben, der in diesem Teil der Welt der richtige und angemessene war.

Paul verstreute die letzten Brotkrümel im Wasser und, während die Enten sich schnatternd darüber hermachten, dachte er daran, wie er mit Friederike und dem schlafenden Kind in der Küche gesessen hatte. Er spürte ein schmerzhaftes Ziehen oberhalb des Zwerchfells, hielt kurz die Luft an und blies sie dann langsam durch die halbgeschlossenen Lippen aus. Er war immer wieder aufs Neue fasziniert davon, wie stark der Körper auf Gedanken und Erinnerungen und überhaupt auf alle Regungen des Geistes und des Gemüts reagierte. An der Universität hatte man ihnen beigebracht, alles Fleischliche vom Geist zu trennen und den Körper als ein rein mechanisches Ding zu betrachten. Doch seine Erfahrung lehrte ihn etwas anderes. Er wusste genau, dass es Liebe war, die ihn schmerzte. Stunden hatte er schon damit verbracht zu ergründen, wann genau es angefangen hatte. Die Erforschung seines Innersten war überhaupt das Einzige, was ihn jedes Mal, sobald er ein wenig Zeit zur Verfügung hatte, beschäftigte – und wegen der Freistellung durch Frau von Willemer hatte er in den letzten Tagen viel mehr davon übrig als in den ganzen Jahren zuvor. Er rief sich Friederikes Bild ins

Gedächtnis, erinnerte die Art, wie sie den Kopf mit einer leichten Neigung zur Seite drehte, dachte an die erst kürzlich aufgeblühte Andeutung von Sommersprossen auf ihrem Nasenrücken, die ihr ein noch jugendlicheres Aussehen verlieh. Doch erst ein einziges Mal, nämlich vor zwei Tagen, hatte er diesen entrückten Blick an ihr bemerkt. Ihre Augen waren vom Weinen gerötet gewesen, was ihr ein rührend zerbrechliches Aussehen verlieh, und eine Sekunde lang hatte ein Ausdruck auf ihrem Gesicht gelegen, als wünschte sie sich fort aus der Stadt und an einen anderen Ort – etwa zusammen mit ihm? Doch nein, da endete es. Es lagen für ihn weder Glück noch Hoffnung darin, sich dies auszumalen. Sein einziges Glück bestand darin zu lieben und nicht darin, geliebt zu werden.

Genug davon. Paul sprang auf und schüttelte seine Beine aus, als könnte er damit auch seine Gedanken abschütteln. Er hatte beschlossen, nach der anderen Mainseite überzusetzen. Aber statt zum Oberforsthaus zu gehen, würde er, Frau von Willemers Befehl missachtend, zur Gerbermühle wandern, um seinen Dienst am Bett des alten Grafen wieder aufzunehmen und so die Ruhe zu finden, nach der er sich sehnte. Er sah sich nach der nächsten Mitfahrgelegenheit um. Die Studenten hatten sich ein Boot gekapert und hievten gerade ihr Fass inklusive Handwagen hinein. Daneben wartete ein Fischer mit seinem Nachen. Paul zahlte einen Kreuzer und stieg zusammen mit einem halben Dutzend weiterer Passagiere ein. Ein Mann im Anzug und mit einer großen ledernen Tasche unterm Arm eilte im letzten Moment herbei, kletterte ins Boot und begann einen Streit mit dem Fischer, weil er sich nicht hinsetzen, sondern stehen bleiben wollte. In Venedig halte man das auch so. »Mer sin abber in Frankfurt«, knurrte der Fischer, ohne seine Pfeife aus dem Mund zu nehmen. »Entwedder, Sie setze sisch jetzt hii uf ihrn Bobbes, odder sie steie widder aus.« Der Mann fügte sich widerwillig, breitete ein Schnupftuch auf der Bank aus, um den feinen Zwirn seiner Hose zu schonen, und kam gegenüber von Paul zu sitzen, der ihn verstohlen musterte und überlegte, woher er ihm bekannt vorkam. Dann fiel es ihm wieder ein. Diesen Mann mit den polierten Schuhen und der braunen Aktentasche, der ständig aus unerfindlichen Gründen an seinen Manschetten zog, hatte er schon einmal gesehen – und zwar durchs Schaufenster des Teeladens hindurch. Das war Julius Mertens, Friederikes Prokurist. Eben jener Mensch, dem sie ihr Geschäft hatte überlassen müssen. Paul betrachtete ihn so unauffällig wie möglich. Mertens war ein gutaussehender Mann, soweit er das beurteilen konnte. Sein Haar unter dem Zylinder, den er mehrfach nervös anhob und wieder aufsetzte, war blond, und er trug es sorgfältig gekämmt und in der Mitte gescheitelt. Die blauen Augen standen ein wenig zu dicht beieinander, waren aber abgesehen davon groß und ausdrucksvoll, wie überhaupt das ganze Gesicht ebenmäßige und ansprechende Züge aufwies. Weshalb Friederike ihm wohl misstraute? Paul fragte sich das natürlich nicht zum ersten Mal, und je näher das kleine Fährboot dem Niederrader Ufer kam, desto konkretere Formen nahm ein Plan in seinem Kopf an. Als sie schließlich anlegten, hatte er sich entschieden. Er würde nicht nach Oberrad wandern, sondern sich an die Fersen dieses Herrn heften.

Es tut mir ja so leid

Frankfurt, 30. Juli 1838, Nachmittag

Friederike hatte Käthchen tatsächlich dazu überreden können, sie zum Konzert am Oberforsthaus zu begleiten, obwohl sie nach dem, was am Samstag geschehen war, keine große Lust mehr darauf hatte. Die Kinder konnten ihr jedenfalls nicht als Ausrede dienen, um die kümmerte sich, wie versprochen, Mina. Allerdings hatte Friederike sich wieder einmal anhören müssen, dass sie nun wirklich endlich ein Kindermädchen brauchte – und diesmal würde sie dem Rat folgen, nahm sie sich vor. Das Erlebnis mit Wilhelm war ihr dann doch eine Lehre gewesen.

Die beiden Schwestern waren mit einer der letzten Personenfähren über den Main übergesetzt und wanderten nun im Strom der anderen Konzertbesucher gemächlich in Richtung Forsthaus. Es war eine Strecke von etwa von einer halben Stunde und ein beliebter Spazierweg der Frankfurter, der durch lichten Buchenwald und über sonnige Wiesen führte. Käthchen war sehr schweigsam, und so sehr Friederike sich auch bemühte, erfuhr sie über Bonn und ihre Freundin Caroline nur das Nötigste: Das Haus sei groß, der Garten schön, der Fluss ganz nah, die Kinder ungezogen und der Hausherr Theodor Meyer sehr beschäftigt gewesen. Damit ließ sich nicht gerade viel anfangen, dachte Friederike, während sie ihre Schwester von der Seite betrachtete, die den Blick stur auf den Boden vor ihren Füßen gerichtet hielt. Welche Erfahrungen Käthchen wohl in Bonn gemacht hatte, dass sie so dermaßen niedergeschlagen war? Mina lag bestimmt richtig mit ihrer Vermutung, dass Käthchen ihnen etwas verschwieg. Doch irgendwann gab Friederike auf. Sie beschloss, nicht weiter in sie zu dringen und einfach abzuwarten. Vielleicht würde Käthchen ja später zu reden anfangen.

Schon von weitem hörten sie das Durcheinander vieler Stimmen und dann das erste Lied. Sie waren sehr langsam gegangen und nun bei den Letzten, die eintrafen. Der Freiluft-Konzertsaal bot einen herrlichen Anblick. Die Stämme der Bäume waren durch üppige Blumengirlanden miteinander verbunden, und ihre Kronen bildeten ein dichtes grünes Dach. Darunter saß auf langen Bankreihen und Stühlen oder auf mitgebrachten Decken und Klapphockern das Publikum. Die große Tribüne für die Sänger grenzte ans Forsthaus. Es war ein heiteres Bild unter wolkenlos blauem Himmel.

Käthchen und Friederike zeigten ihre Billetts vor, fanden ohne Schwierigkeiten noch freie Plätze auf einer Bank und lauschten in den folgenden zwei Stunden dem Gesang der verschiedenen großen und kleinen Chöre und Solisten, die Volksweisen und Opernlieder zum Besten gaben. Es war ein gelungenes Konzert, Nicolaus würde zufrieden sein, und Friederike hatte es wider eigenes Erwarten genießen können, obwohl Käthchens Teilnahmslosigkeit irritierend war. Ihre Schwester schien nur aus Pflichtgefühl zu klatschen, und zwischendurch kam Friederike sogar der Verdacht, dass sie weinte. Beim letzten Lied, bei dem alle zum Mitsingen aufgefordert wurden, griff Friederike Käthchens Hand und drückte sie. »Geh aus, mein Herz und suche Freud in dieser lieben Sommerzeit an deines Gottes Gaben: Schau an der schönen Gärten Zier, und siehe, wie sie mir und dir sich ausgeschmücket haben«, erscholl es aus unzähligen Kehlen. Es war der Höhepunkt des Nachmittags und ein erhebender Moment – doch ihre Schwester sang nicht mit, und ihre Miene blieb starr.

Dann war es vorbei. Das Publikum hatte ausgiebig Beifall gespendet, die Sänger sich mehrfach verbeugt, und die Veranstaltung löste sich langsam auf. Die Sonne schien jetzt schräg durch die hohen Buchen, Eichen und Kastanien, welche die Lichtung säumten. Die Sänger sammelten sich auf und vor der Bühne, um sich gegenseitig zu beglückwünschen, und die Zuhörer wandten sich zum Gehen.

Friederike hielt nach Nicolaus Ausschau, sah ihn jedoch nirgends. Ihr Schwager war am frühen Morgen bei ihr gewesen, hatte ihr die Eintrittskarten geschenkt und sich bei der Gelegenheit auch noch einmal nach Paul Birkholz erkundigt. Am Ende brachte er sogar beinahe so etwas wie eine Entschuldigung für sein unhöfliches Betragen am Samstag vor, deren Wert allerdings dadurch geschmälert wurde, dass er Paul fortwährend Doktor Birkheim nannte. Sie hoffte nur, er würde es jetzt darauf beruhen lassen. Denn seinen Andeutungen hatte sie entnommen, dass er erraten hatte, dass Paul nicht nur Elise Geigenunterricht gab, sondern außerdem Friederike ärztlichen Beistand geleistet hatte. Und Doktor Gravius, das war ihr jetzt erst wieder bewusst geworden, weil sie ihn auf der Bühne gesehen hatte, war ebenfalls ein Mitglied im Liederkranz. Nicht auszudenken, wenn sich die beiden miteinander unterhielten und am Ende auf Doktor Paul Birkholz zu sprechen kämen. Das durfte auf gar keinen Fall passieren, und ihr wurde klar, dass sie unbedingt noch einmal mit Nicolaus reden musste.

»Kommst du? Ich wollte Nicolaus gerne noch gratulieren«, sagte sie betont fröhlich, obwohl sie die Antwort ihrer Schwester schon erahnte.

»Ach nein, muss das sein? Das kann ja ewig dauern.« Unglücklich blickte Käthchen auf die vielen Menschen, die aus der Richtung kamen, in die Friederike gehen wollte.

Friederike sah unschlüssig zwischen der Bühne, vor der sich eine Menschentraube gebildet hatte, und ihrer Schwester hin und her.

»Mir wäre es wirklich wichtig. Es dauert auch nicht lange, aber mir liegt sehr daran, denn heute früh, als Nicolaus mir die Eintrittskarten brachte, bin ich nicht sehr nett zu ihm gewesen.«

»Gut, dann geh«, gab Käthchen nach. »Ich bleibe hier, setze mich auf meinen Platz und warte, bis du zurückkommst.«

»Einverstanden«, sagte Friederike. Im Grunde war ihr das ganz recht so. Es war einfacher, wenn sie mit Nicolaus unter vier Augen sprechen konnte.

»Aber beeil dich, sonst verpassen wir noch das Boot«, ermahnte Käthchen sie.

»Keine Sorge. Es gibt genug Boote und genug Plätze für alle. Ich bin gleich wieder da.«

Friederike entdeckte ihren Schwager inmitten seiner Chorbrüder und winkte ihm zu.

»Friederike«, rief er, als er sie sah, und ging ihr entgegen. »Du bist also tatsächlich gekommen.«

»Ja, und ich bin froh darüber«, sagte Friederike lächelnd. Sie gab Nicolaus einen Kuss auf die Wange. »Es war wunderbar und herzergreifend, und ich hätte es niemals missen wollen. Danke nochmals für die Eintrittskarten. Ihr könnt wirklich stolz auf euch sein. Wie viele Besucher sind es gewesen? Weiß man es bereits?«

»Dreitausend Karten sind verkauft worden, hieß es vorhin aus dem Komitee.«

»Das ist ja phantastisch!«

»Allerdings, es ist ein sagenhafter Erfolg.«

»›Geh aus, mein Herz‹ – das Lied war mein persönlicher Höhepunkt. Allerdings fehlt mir der Anfang des Konzerts, wir kamen ein wenig zu spät.«

»Dann warst du noch nicht da, als die Mainzer Randale machen wollten?«

»Nein. Was war da los?«

»Ein Mainzer Studentenchor. Sie hatten Hörner und Trompeten dabei und verlangten allen Ernstes, auf der Bühne das Lied von der freien Republik zu singen.«

Friederike wusste sofort, was das bedeutete. Das Lied spielte direkt auf den Frankfurter Wachensturm vor fünf Jahren an, beziehungsweise auf dessen für die Behörden peinliches Nachspiel. Vergangenes Jahr hatte man nämlich versucht, sieben Gefangene, die wegen revolutionärer Umtriebe immer noch in Frankfurt einsaßen, nach Mainz zu verlegen. Und sechsen war bei dieser Gelegenheit die Flucht in die Freiheit geglückt. Das Spottlied, das daraufhin gedichtet worden war, war als eine reine Provokation gedacht.

»Und dann? Wie habt ihr reagiert?«

»Hauptmann Jungmichel und seine Männer haben die Situation geklärt – allerdings hätte es leicht zu einer Schlägerei kommen können.«

»Was du verhindert hast? Willst du das damit andeuten?«

Hauptmann Jungmichel war wegen seines Jähzorns stadtbekannt, aber aus irgendeinem undurchsichtigen Grund hatte Nicolaus ein gutes Verhältnis zu ihm.

Nicolaus zuckte die Achseln und lächelte beinahe verlegen. »Na ja, womöglich habe ich tatsächlich dazu beigetragen, die Wogen zu glätten.«

»Wenn also morgen ausschließlich Lobeshymnen über dieses Fest in der Zeitung stehen, hat man es vor allem dir zu verdanken«, sagte Friederike lächelnd.

»Jedenfalls ist es gerade noch einmal gut gegangen. Birkheim, dein bleicher Freund, ist übrigens auch hier. Hast du ihn gesehen? Der Arme war ganz allein und sah ziemlich düster drein.«

Paul war hier? Friederike hätte ihm gerne guten Tag gesagt, doch jetzt hatte sie eine andere Mission. »Mein bleicher Freund? Fängst du schon wieder an.« Sie schüttelte verärgert den Kopf. »Du hast doch nicht wirklich Mitleid mit ihm. Warum sagst du so etwas? Dass du auch immer so gemein sein musst.«

»Nun schau nicht so böse.« Nicolaus lachte wieder, umfasste ihre Hände mit seinen großen, warmen Pranken und drückte sie. »Wie ich heute früh schon gesagt habe, scheint er ja ganz nett zu sein, dein Doktor Birkheim.«

»Birk*holz*. Das hast du heute früh zwar *nicht* gesagt, aber ja, er ist sogar sehr nett. Und darum wollte ich dich auch noch mal sprechen. Ich muss dich dringend bitten, ihn nicht Doktor zu nennen.«

»Aber er ist doch Arzt?«

»Er hat noch keine Zulassung, die Sache liegt erst beim Senat. Und er ist Jude, was es noch schwieriger macht. Bitte, Nicolaus, ich weiß, Doktor Gravius ist bei dir im Liederkranz. Sag ihm nicht, dass wir uns kennen. Herr Birkholz könnte sonst großen Ärger bekommen.«

»Du aber auch, jetzt mal ganz unabhängig von deinem Doktorfreund.«

»Wieso das? Was meinst du damit?«

»Ich meine, dass dein Vater alles andere als erfreut sein wird, wenn er aus der Kur zurückkommt und merkt, dass du die Ladenjungfer gibst. Ganz zu schweigen von deinem Mann.«

Friederike spürte, wie ihr Herz schneller schlug. Ob vor Schreck oder vor Ärger, wusste sie selbst nicht so genau. Wahrscheinlich war es eine Mischung aus beidem.

»Dass sich auch jeder in meine Angelegenheiten mischen muss. Woher weißt du davon, hat dir Mina etwa davon erzählt?«

»Nein. Deine Schwester hat kein Sterbenswörtchen dazu gesagt. Ich habe den Apotheker getroffen. Jost.«

»Jost ist ein Idiot«, entfuhr es Friederike.

Nicolaus nickte. »Da gebe ich dir recht.«

»Und trotzdem hörst du auf ihn?«

»Es geht hier ja nicht um ihn oder mich«, sagte Nicolaus beschwichtigend. »Allerdings habe ich Tobias versprochen, auf dich aufzupassen, und er macht sich, genau wie ich, Sorgen um dich. Er sieht es ganz gewiss nicht gerne, dass du dich übernimmst. Meinst du denn, das ist das Richtige für dich?«

»Ich pass schon auf mich auf, keine Sorge. Es geht mir blendend.« Sie überlegte kurz, ob sie sich irgendwie herausreden sollte, etwa, indem sie sagte, dass es sich nur um eine Ausnahme gehandelt hatte, entschied sich aber dagegen. Warum sollte sie nicht ab und zu aushelfen? Abgesehen von dem Ärger mit Mertens, machte es ihr großen Spaß. »Die Arbeit im Haushalt und mit den Kindern ist körperlich anstrengender als die Arbeit im Laden. Ich hebe schon keine Kisten oder so etwas.«

Nicolaus kratzte sich am Kopf. »Aber man wird über dich reden. Die arme Frau Ronnefeldt. Steht es denn so arg um das Geschäft ihres Mannes, dass sie das nötig hat, und so weiter und so weiter. Ich höre die Frauenzimmer schon tratschen.«

Friederike schluckte. Ihrem Schwager war deutlich anzumerken, wie sehr er ihr Verhalten missbilligte. »Also darum geht es. Hab ich's doch gewusst. Mir scheint, es sind viel eher die Männer, die sich aufregen«, entgegnete sie.

»Jetzt schieb die Schuld nicht auf andere. Du allein bist diejenige, die daran etwas ändern kann. Sei also lieber froh, dass ich dir die Wahrheit sage. Apropos Wahrheit, da wäre noch etwas.« Nicolaus zögerte, bevor er weitersprach. Dann winkte er ab. »Ach nein, vergiss es.«

Aber Friederikes Neugierde war bereits geweckt. »Was ist los, Nicolaus? Wenn es etwas Wichtiges gibt, darfst du es mir nicht verschweigen.«

»Ich bin mir nicht sicher, ob es richtig ist, davon anzufangen.«

»Jetzt auf jeden Fall. Ich höre. Hast du mir noch einen Vorwurf zu machen?«, sagte Friederike und verschränkte die Arme vor der Brust.

»Nein. Ganz und gar nicht.« Nicolaus räusperte sich, offenbar war ihm das wirklich unangenehm. »Es geht um euren Prokuristen. Julius Mertens.«

»Mertens?«, sagte Friederike. Sie war mehr als überrascht, dass Nicolaus ausgerechnet auf den Mann zu sprechen kam, der ihre Gedanken ohnehin so sehr beherrschte. »Was ist mit ihm?«

»Ich bin mir nicht sicher. Ich kann mich auch irren. Aber weißt du, ich kenne ihn ja noch von früher ...«

Friederike nickte. »Dein Bruder auch. Nun sprich schon weiter.«

»Tobias und ich haben sehr unterschiedliche Erfahrungen mit ihm gemacht«, fuhr ihr Schwager zögernd fort. »Jedenfalls traue ich Mertens nicht. Wahrscheinlich ist gar nichts, doch du solltest vielleicht ein bisschen vorsichtig sein.«

»Aber genau das ist doch der Punkt, Nicolaus«, rief Friederike aus, so laut, dass sie die erstaunten Blicke der Umstehenden auf sich zog. Sie zog ihren Schwager mit sich, und gemeinsam gingen sie ein Stück, bis sie in den Schatten der Bäume eintauchten. Mit gedämpfter Stimme fuhr Friederike fort: »Ich traue Mertens auch nicht. Ich habe ihn sogar im Verdacht, etwas Unlauteres im Schilde zu führen.«

»So arg ist es?« Nicolaus sah sie bestürzt an. »Und ich hatte gehofft, es sei falscher Alarm.«

»Was weißt du über ihn?«

»Eigentlich nur wenig. Er war einer von Tobias' Klassenkameraden, wie du vermutlich weißt. Ich war ein paar Klassen über ihm. Tja, und dann hat er uns an den Rektor verraten. Es war nichts weiter als ein dummer Jungenstreich, der uns bessere Zensuren bescheren sollte.«

»Den *Rektor*? Seit wann warst du denn auf dem Gymnasium?«

»Zumindest habe ich es versucht. Weißt du, Friederike, eigentlich wollte ich nämlich gar nicht Schreiner werden.« Nicolaus wirkte plötzlich verlegen.

»Du wolltest nicht Schreiner werden?«, wiederholte Friederike erstaunt. »Aber dein Vater – du bist doch der Älteste. War denn nicht von vornherein klar, dass du die Werkstatt übernehmen würdest?«

»Mein Vater wollte das natürlich, aber ich – na ja, es gab eine Zeit, da habe ich davon geträumt zu studieren.« Das Geständnis war ihm sichtlich unangenehm.

»Du?«, fragte Friederike verblüfft und hätte beinahe gelacht. Das passte wirklich so überhaupt nicht zu ihrem Schwager. »Was wolltest du denn werden?«

»Jurist«, gab Nicolaus kleinlaut zu.

»Jurist?« Friederike konnte nicht verbergen, dass sie die Vorstellung amüsierte. Nicolaus in einem Gerichtssaal?

»Du findest das lustig«, sagte Nicolaus betrübt, »und mein Vater hat das damals genauso gesehen. Ich war kein sonderlich guter Schüler, das gebe ich gerne zu. Dieses verflixte Latein …« Er schüttelte den Kopf und seufzte. »Trotzdem dachte ich, ich könnte es schaffen. Aber als ich dann von der Schule geflogen bin, gab es keinen Weg mehr zurück.«

»Von der Schule geflogen? Wovon redest du nur, das höre ich alles zum ersten Mal.«

»Kaum jemand weiß davon, nicht einmal meine Eltern. Die nahmen an, ich sei einfach nur endlich zur Vernunft gekommen. Außerdem wurde Vater damals schwer krank, und sie hatten anderes im Sinn als ihren missratenen Sohn. Mir war die ganze Angelegenheit einfach nur unendlich peinlich. Ich habe dann jedenfalls sofort die Lehrstelle angetreten, die mein Vater mir besorgt hatte.«

»In Kreuznach«, erinnerte sich Friederike.

Nicolaus nickte. »Richtig. Ich bin so schnell wie möglich aus Frankfurt fort. Erst Monate später habe ich durch Zufall herausgefunden, dass Mertens hinter dem Verrat steckte. Ihm habe ich es zu verdanken, dass meine Schulkarriere so plötzlich zu Ende war.«

Ihm und sich selbst ja wohl auch, dachte Friederike bei sich, sprach es aber nicht aus. »Weiß Tobias davon?«

»Nein. Jedenfalls kennt er nicht die ganze Geschichte. Es muss hart für ihn gewesen sein, dass ich plötzlich nicht mehr da war. Er musste sich ja von jetzt auf gleich allein um Mutter und Vater kümmern – und ich konnte mich damit herausreden, dass ich Vaters Wunsch erfüllte.« Nicolaus zuckte die Achseln. »Na ja, um ehrlich zu sein, habe ich damals vor allem an mich selbst gedacht.«

Friederike nickte. Heute waren ihr Mann und ihr Schwager zwar beste Freunde, aber es war ihr nicht neu, dass es mit dem Verhältnis zwischen den Geschwistern nicht immer zum Besten gestanden hatte. Sie waren so verschieden, die beiden. Tobias' wissenschaftliches Interesse hatte sich schon in jungen Jahren gezeigt. Bereits mit neunzehn war er zu seinen ersten Studienreisen aufgebrochen, damals noch zu Fuß und mit der Botanisiertrommel. Und auch den Teehandel hatte er nicht aus Zufall gewählt, sondern wegen seines glühenden Interesses an fernen Ländern. Nicolaus hingegen war in den Straßen und Gassen Frankfurts daheim, und ihn zog es kaum je irgendwo anders hin. Beide hatten erst einmal erwachsen werden müssen, um zu lernen, einander zu respektieren. Doch dass Nicolaus einst so völlig anders geartete berufliche Ambitionen gehabt hatte, war ihr neu. Aber jetzt interessierte sie etwas ganz anderes:

»Und wegen dieser Sache, weil Mertens euch verraten hat, misstraust du ihm also?«

»Nicht nur deshalb. Du musst wissen, Jahre später verschwand er urplötzlich aus Frankfurt, war von einem auf den anderen Tag plötzlich weg, wie vom Erdboden verschluckt. Niemand hatte eine Ahnung, wo er abgeblieben war ...«

Friederike hörte seinen Ausführungen zu und konnte ihre Ungeduld kaum zähmen. Nicolaus konnte ja nicht ahnen, dass sie besser über das plötzliche Verschwinden von Julius Mertens Bescheid wusste, als ihr lieb war. Ein einziger Brief war damals noch von ihm eingetroffen, und der war nicht an sie, sondern an ihre Eltern gerichtet gewesen. Er enthielt eine fadenscheinige Geschichte von einem plötzlich erkrankten Onkel, der dringend seiner Hilfe bedurfte, sowie einen Hinweis darauf, wohin sie sein ausstehendes Lehrergehalt schicken sollten. Obwohl sie dumm, jung und naiv gewesen war, hatte sie ihm trotzdem nicht recht geglaubt, und mit den Monaten und Jahren immer besser verstanden, dass er sie ausgenutzt und an der Nase herumgeführt hatte.

»Und dann hieß es plötzlich, er sei vor einem Duell geflohen«, sagte Nicolaus jetzt.

»Ein Duell?« Friederike starrte ihren Schwager sprachlos an.

»Irgendwas wegen einer Frau.«

Friederike fühlte, wie ihr das Blut in die Wangen stieg. Wegen einer Frau, hatte Nicolaus gesagt, damit konnte er doch nicht sie meinen? »Wer denn? Wer war sie?«

»Die Ehefrau von irgendeinem Soldaten. Mit der soll er was gehabt haben. Gut möglich, dass Tobias auch davon nichts wusste. Er war damals, glaube ich, mal wieder irgendwo auf Reisen, Spanien, Griechenland, was weiß ich. Er war ja ständig unterwegs.«

»Ach so«, brachte Friederike heraus. Was für ein elender Kerl, dieser Julius Mertens. Das musste zur selben Zeit gewesen sein, zu der er auch ihr schöne Augen gemacht hatte.

»Jedenfalls dachte ich, er könnte so ein Typ sein. Ein Suitier. Nicht, dass er dir, na ja, du weißt schon, dass er dir nachstellt oder so.«

Das hat er schon getan, dachte Friederike, doch sie sprach es natürlich nicht laut aus. »Was das betrifft, mach dir mal keine Sorgen«, sagte sie leise und fuhr dann lauter fort: »Herr Mertens kommt mir nicht zu nahe, da kannst du gewiss sein. Aber glaubst du, er wäre auch imstande, etwas anderes zu tun?«

»Was meinst du damit?«

»Ich meine, wäre er in der Lage, ein Verbrechen zu begehen, zu stehlen oder zu betrügen?«

Nicolaus zuckte die Achseln. »Wenn ich das wüsste. Ach verdammt, Friederike. Es tut mir so leid. Ich hätte Tobias warnen müssen. Doch als ich erfahren habe, dass er ausgerechnet Julius Mertens eingestellt hat, war er schon auf dem Weg nach China.«

»Und mir hast du vorsichtshalber auch nichts gesagt.«

»Das hätte ich wohl besser tun sollen, das sehe ich jetzt ein. Worauf begründet sich denn dein Verdacht?«

»Ich habe zufällig mitbekommen, dass er nachts im Kontor herumschleicht. Ich glaube, er hat dort irgendwas versteckt, ich weiß aber nicht, was.«

»Etwas versteckt? Aber was sollte das sein?«

»Ich weiß es nicht. Keine Ahnung. Aber es kommen plötzlich Kunden in den Laden, die ich vorher noch nie gesehen habe. Jost gehört übrigens auch dazu.«

»Wirklich? Der Apotheker?«

»Eben der. Er hat vorher noch nie bei uns eingekauft. Ach, Nicolaus, ich bin froh, dass du es jetzt weißt. Das Ganze liegt mir schwer auf der Seele. Aber was soll ich tun? Es steht nicht im Entferntesten in meiner Macht, ihn zu entlassen.«

Nicolaus schüttelte bedächtig den Kopf. »Nein, das tut es leider nicht.«

*

Das Konzert war vorbei. Ambrosius, der während der Aufführung zwei Reihen hinter den beiden Frauen gesessen hatte, beobachtete, wie sie sich unterhielten und Käthe alleine zurückblieb, während ihre Schwester sich auf den Weg in Richtung Bühne machte. Käthe setzte sich wieder hin. Sie trug ein dunkelgraues Kleid mit passender Haube, das er noch nie an ihr gesehen hatte, aber nicht nur die Farbe ihrer Kleidung, sondern ihre ganze Haltung drückte Niedergeschlagenheit aus.

Ambrosius war am Tag zuvor in Frankfurt eingetroffen und vom Trubel, der wegen des Sängerfests in der Stadt herrschte, überrascht worden. Doch dann hatte er bemerkt, dass die fröhliche Stimmung, die so gar nicht seiner eigenen entsprach, sogar ein Vorteil für ihn war. Er wollte Aufsehen vermeiden, und ein neugieriger Fremder fiel bei der Vielzahl von Menschen natürlich weniger auf. Rasch hatte er den Teeladen gefunden, der Käthes Schwager gehörte. Und dann hatte er sich zu ihrem Elternhaus durchgefragt.

Doch als er vor dem Haus stand, das hoch und abweisend vor ihm aufragte, wusste er nicht mehr, wie er weiter vorgehen sollte. Nicht, dass es ihm grundsätzlich an Findigkeit gefehlt hätte. Auch heikle Situationen waren Ambrosius, der weder mit der katholischen Mehrheit noch mit der preußischen Oberschicht im Rheinland sympathisierte, sondern im Grunde zwischen allen Stühlen saß, nicht unbekannt. Sein größtes Vergehen, das glücklicherweise unentdeckt geblieben war, hatte bisher darin bestanden, einem Bonner Zeitungsredakteur bei der Flucht aus dem Gefängnis geholfen zu haben. Doch er war sich dabei nicht wie ein Verbrecher vorgekommen, da er sich immer auf der Seite des Rechts gesehen hatte. Das war diesmal anders, und dies lag daran, dass er sich mit seiner eigenen Charakterschwäche konfrontiert sah. Er hatte gegen seine eigenen Grundsätze gehandelt und wusste nun nicht, wie er dieses Verhalten vor sich selbst rechtfertigen sollte.

Die einzige Entschuldigung, die er vorzubringen hatte, war, dass Käthe Kluge ihm den Kopf verdreht hatte. Ausgerechnet diese bescheidene Person, die so wenig Aufhebens um sich selbst machte, hatte sein Herz im Sturm erobert. Ihre Klugheit und Belesenheit, ihre große Ernsthaftigkeit gepaart mit Humor – und nicht zuletzt ihr künstlerisches Talent hatten ihn beeindruckt, und er hatte begriffen, dass sich hinter ihrer beherrschten Zurückhaltung ein leidenschaftlicher Mensch verbarg, der nur darauf wartete, entdeckt zu werden.

Sie waren einander nähergekommen, und zwar bei mehr als nur einer Gelegenheit, und sie hatte ihre Zurückhaltung aufgegeben und sich ganz seiner zärtlichen Führung überlassen. Dabei war nichts zwischen ihnen passiert, dessen er oder auch sie sich hätte schämen müssen. Käthe Kluge war eine tugendhafte Frau, ganz so, wie er es von ihr erwartet hatte, und natürlich war es unverzeihlich, dass er sie über seine Religion im Unklaren gelassen hatte. Sie musste annehmen, dass er, ebenso wie sie selbst, protestantisch war, doch ihm war klar gewesen, dass in dem Moment, in dem er sich ihr offenbart hätte, alles vorbei gewesen wäre. Er war nicht bereit gewesen, die zarten Liebesbande, gerade erst im Entstehen begriffen, gleich wieder zu gefährden. Denn schließlich war er im Herzen längst ein Protestant, und er wäre auch schon längst konvertiert, wenn ihn nicht die Sturheit seines Vaters daran gehindert hätte.

Der hatte nämlich, nachdem er die ersten Anzeichen fehlgeleiteten Glaubens bei seinem Sohn entdeckt hatte, sein Testament dahingehend geändert, dass nur katholische Nachfahren Anspruch auf den Familienbesitz hätten. Ambrosius hatte keinen Bruder, aber eine Schwester, die bereits verheiratet war und drei kleine Söhne hatte. Sollte er konvertieren, würde sein Erbe auf sie übergehen – und da ihn mit seinem stockkonservativen Schwager seit dem ersten

Tag ihrer Bekanntschaft nichts als Abneigung verband, konnte er auch kaum auf ein Entgegenkommen aus dieser Richtung hoffen.

Sein Gerechtigkeitsempfinden verbot es ihm jedoch, einfach so klein beizugeben. Weder wollte er anstandslos auf sein Erbe verzichten, noch hatte er Lust, weiterhin dem bigotten katholischen Glauben anzugehören. Es war eine Zwickmühle, aus der er keinen Ausweg fand. Also war er, um den Konflikt erst einmal zu umgehen, bei seinem Freund und Mentor Meyer untergeschlüpft – wo er Käthe Kluge kennengelernt hatte.

Und nun war er ihr den ganzen Weg von Bonn nach Frankfurt hinterhergereist, und als er die beiden Schwestern zu ihrem Ausflug in den Stadtwald aufbrechen sah, hatte er nicht lange gezögert. Er war ihnen einfach hinterhergegangen. Endlich war seine Chance gekommen, unter vier Augen mit Käthe zu sprechen.

*

Käthchen blickte Friederike hinterher, die auf der Suche nach Nicolaus in der Menschenmenge verschwand, und war im Grunde ganz froh darüber, für einen Moment allein zu sein. Sie gab zurzeit einfach keine gute Gesellschafterin ab. Sie hatte sich so sehr in ihren Kummer vergraben, dass sie nicht einmal hätte sagen können, welche Lieder sie heute Nachmittag gehört und ob sie sie gemocht hatte.

Stattdessen hing sie ihren Erinnerungen an Bonn nach. Wieder und wieder spielte sie die Szenen zwischen sich und Ambrosius Körner im Geiste durch. Die Blicke, Gesten und Worte, die sie getauscht hatten. Wenn sie die Augen schloss, konnte sie noch immer seine Lippen auf den ihren fühlen, konnte spüren, wie sich seine Arme um sie legten. Es hatte sich so echt und wahr angefühlt, dass der Verrat, den Ambrosius an ihr begangen hatte, umso schwerer wog.

Der enttarnte Katholik hatte vor ihrer Abreise noch unbedingt mit ihr reden wollen. Er hatte regelrecht Carolines Zimmer belagert, in dem ihre Freundin sie untergebracht hatte. In ihr Gästezimmer, das an das von Ambrosius grenzte, hatte sie schließlich nicht zurückkehren können. Doch ihre Freundin hatte ihn auf ihren Wunsch hin in aller Deutlichkeit abgewiesen – und dann war zum Glück nur zwei Tage, nachdem Caroline ihr die Augen geöffnet hatte, eine Reisegesellschaft gefunden worden, der sie sich hatte anschießen können, und obwohl sie vor Kummer unter Fieber litt, hatte sie die Reise nach Hause angetreten. An die Fahrt mit dem Schiff den Rhein hinunter hatte sie kaum noch Erinnerungen. Und nun war sie wieder in Frankfurt, und alles war scheinbar beim Alten – und doch vollkommen anders als vor ihrer Abreise.

»Käthe?«

Käthchen, die zu ihrem Sitzplatz zurückgekehrt war, um auf Friederike zu warten, erstarrte, als sie die Stimme hinter sich hörte.

War das ein Traum?

»Ich bin's, Ambrosius«, sprach die Stimme weiter. »Sie brauchen sich nicht umzudrehen, wenn Sie nicht wollen. Es muss niemand wissen, dass wir uns kennen.«

Nein, das war kein Traum, so verwirrt sie auch sein mochte. Das war real. Natürlich war es ihr erster Impuls, sich umzudrehen, der zweite, davonzulaufen. Da sie sich nicht entscheiden konnte, blieb sie sitzen und hob vorsichtig den Blick. Die meisten Konzertbesucher hatten es nicht eilig, nach Hause zu kommen. Sie standen in Grüppchen plaudernd beisammen oder schlenderten an ihr vorüber. Käthchen hatte ihre Schute extra tief ins Gesicht gezogen, um nicht erkannt und in ein Gespräch verwickelt zu werden – mit Erfolg, denn niemand schenkte ihr Beachtung.

Wieder hörte sie die eindringliche Stimme in ihrem Rücken:

»Käthe, ich bin so froh, dass ich Sie gefunden habe. Ich will Sie nicht bedrängen, ich möchte mich nur entschuldigen. Es tut mir ja so leid, so unendlich leid, dass ich Ihnen Kummer bereitet habe.«

Käthchens Sinne waren nun ganz wach. Sie saß auf einem belebten Platz, zwar am Rand, aber doch inmitten von Menschen, und hatte das Gefühl, jeder müsse ihr anmerken, wie es um sie stand. Konnte nicht jeder, der vorbeikam, sehen, wie ihr der Schweiß aus den Poren brach und wie rasch sich ihr Brustkorb hob und senkte? An ihren Händen, die ein Taschentuch in ihrem Schoß umklammert hielten, traten die Knöchel weiß hervor.

Warum war er hergekommen?

»Alle meine Gedanken drehen sich nur noch um Sie, um uns, Käthe. Stellen Sie sich den Schock vor, als ich erfuhr, dass Sie abgereist sind. Die Vorstellung, dass Sie vor mir geflohen sind ... Was müssen Sie nur von mir denken? Für welches Ungeheuer müssen Sie mich halten?«

Hielt sie ihn wirklich für ein Ungeheuer? Nein. Sie war einfach nur so unendlich enttäuscht von ihm, weil er mit ihr gespielt hatte. Doch nun, wo er hier war und sie seine Stimme hörte, die ihr einige Wochen lang *alles* bedeutet hatte, da geriet alles wieder in Bewegung. Hoffnung keimte in Käthe auf, sie konnte es gar nicht verhindern. Aber als sie nun den Mund aufmachte, um zu sprechen, klangen ihre Worte abweisender, als ihr zumute war.

»Was wollen Sie?«

»Sie um Verzeihung bitten«, hörte sie ihn in ihrem Rücken sagen. Er machte eine Pause, die seinen schlichten Worten umso mehr Nachdruck verlieh.

»Ich habe Ihnen vertraut«, sagte Käthe, die langsam ihre Sprache wiederfand.

»Ich weiß. Und es tut mir leid.«

Nun hielt Käthchen es nicht mehr aus. Langsam drehte sie sich zu ihm herum. Da saß er, vorgebeugt, die Ellenbogen hatte er auf seine Knie gestützt, die Hände ineinandergelegt. Er sah sie an. Seine Augen hatten dieselbe Farbe wie der abendblaue Sommerhimmel.

»Wie schön es ist, Sie wiederzusehen«, sagte er mit einem traurigen Lächeln. »Danke, dass Sie mir zuhören. Ich weiß, dass ich es nicht verdient habe.«

Sie blickte ihn abwartend an. Der Widerstand in ihrem Inneren, begann bereits zu bröckeln.

»Darf ich mich zu Ihnen setzen?«, fragte er. Sie nickte, und er stand auf, ging um das Ende der langen Bank herum und setzte sich in gebührlichem Abstand neben sie. Jemand, der zufällig zu ihnen herübersah, würde kaum merken, dass sie sich kannten.

»Zu meiner Verteidigung kann ich nur vorbringen, dass alles, was geschehen ist, aus Liebe geschah. Was das betrifft, habe ich Sie niemals angelogen. Käthe, ich liebe Sie.«

In Käthchen arbeitete es. Meinte er es aufrichtig? Er hatte sie angelogen. Aber er war auch hier, war ihr sogar hinterhergereist. War das nicht ein Beleg dafür, dass seine Gefühle zu ihr nicht vollkommen geheuchelt sein konnten?

»Frau Meyer hat Ihnen sicher erzählt, wie es sich verhält: Mein Vater billigt nicht, dass ich mich vom katholischen Glauben abwenden will. Er knüpft mein Erbe an die Bedingung, dass ich nicht konvertiere. Doch Ihnen zuliebe, Käthe, würde ich es tun.«

»Aber Sie würden alles verlieren«, wandte Käthchen nun ein. Sie hatte es gesagt, ohne nachzudenken – und durch ihre Einlassung bewiesen, dass sie ihm zuhörte und seinen Argumenten zumindest nicht vollkommen ablehnend gegenüberstand.

»Dies wäre kein zu hoher Preis, wenn ich nur Sie dafür gewinnen könnte.«

Käthe antwortete nicht sofort. Er wollte ihretwegen auf viel Geld verzichten? Und mit seinem Vater brechen? Das wiederum war etwas, dass sie nicht mit ihrem Gewissen würde vereinbaren können. Doch das sagte sie nicht.

»Sie haben mich sehr verletzt. Ich bin mir nicht sicher, ob ich darüber hinwegkommen kann.«

»Ich weiß, ich weiß, o mein Gott«, Ambrosius schlug die Hände vors Gesicht, seine letzten Worte klangen wie erstickt. Es hätte melodramatisch wirken können, doch das tat es nicht. Ihr Freund war wirklich verzweifelt. Die Intensität seiner Gefühle blieb nicht ohne Wirkung auf Käthchen. Sie merkte, wie eine Welle des Mitleids sie mitriss.

Dann hatte er sich wieder gefangen. Er zog ein Taschentuch hervor und wischte sich damit über die Augen. »Ich weiß, dass ich nicht das Recht habe, irgendetwas von Ihnen zu fordern«, fuhr Ambrosius fort. »Das Einzige, was ich mir wirklich wünschen würde, ist die Chance auf so etwas wie einen Neuanfang.« Die letzten Worte brachte er sehr zaghaft hervor.

Käthchen wusste gar nicht, was sie sagen sollte. Sie spürte, dass er ihr einen Weg eröffnete, den sie nicht würde ausschlagen können, wollte sie sich nicht selbst und ihre Gefühle für Ambrosius vollkommen verleugnen. Die Tage mit ihm waren die schönsten ihres Lebens gewesen. Und nun war er hier und wollte wegen ihr seine komplette Zukunft aufs Spiel setzen? Sie besäße ein Herz aus Stein, wenn sie ihm nicht wenigstens eine Chance gab. Aber sie war viel zu überwältigt, um zu sprechen.

Er schien es zu merken. »Bitte, lassen Sie sich Zeit. So viel Zeit, wie Sie brauchen. Ich werde vorerst nicht nach Bonn zurückkehren. Ich bleibe eine Weile hier, um Ihre Antwort abzuwarten. Ich verspreche Ihnen, ich werde Sie nicht bedrängen, ich werde überhaupt nichts tun, was Sie nicht wünschen. Sie allein entscheiden, ob Sie mir noch einmal eine Chance geben möchten.«

Sie schwieg mit gesenktem Blick und ließ seine Worte in sich nachklingen.

»Darf ich Ihnen schreiben?«, fragte er.

Käthchen nickte.

»Wer war das?«

Friederike stand plötzlich vor ihr. Käthchen sah zu ihr hoch, dann wandte sie sich erschrocken um und sah Ambrosius gerade noch zwischen den Bäumen verschwinden. Er musste Friederike vor ihr bemerkt haben. Hatte er ihr Nicken gesehen? Würde er ihr schreiben? Wo wohnte er? Plötzlich hatte sie Angst, ihn nicht wiederzusehen, und hoffte, nicht zu abweisend zu ihm gewesen zu sein.

»Kennst du ihn?«, fragte Friederike weiter, die ihren Blick natürlich bemerkt hatte. Sie ließ sich neben ihr nieder und sah sie besorgt an.

»Nein, nicht, dass ich wüsste«, entgegnete Käthchen wenig überzeugend.

»Du siehst jedenfalls aus, als hättest du ein Gespenst gesehen.«

»Aber nein, alles ist gut«, entgegnete Käthchen. »Es geht mir gut«, behauptete sie noch einmal und merkte, wie sich ein Knoten in ihrem Inneren langsam zu lösen begann.

Sie haben etwas, das mir gehört

Frankfurt, 30. Juli 1838, am Abend

Friederike saß zu Hause in ihrem dunkler werdenden Wohnzimmer. Draußen auf der Neuen Kräme spazierten Heimkehrer und Nachtwanderer durch den lauen Sommerabend, und durchs geöffnete Fenster drang nach Jasmin duftende Nachtluft ins Zimmer und bewegte sachte die Vorhänge. Wenn man die Ohren spitzte, konnte man die feiernden Menschen in der *Mainlust* hören, dabei lag das Lokal bestimmt zwanzig oder fünfundzwanzig Minuten Fußmarsch entfernt. Um elf Uhr begann das Pfeifen und Böllern des Feuerwerks, und Friederike stand auf und ging eine Etage höher, um nach den Kindern zu sehen. Carlchen und Wilhelm sowie Elise und Minchen teilten sich je eine Schlafstube, und alle vier schliefen selig und fest und rührten sich nicht. Minchen lag mit angewinkelten Ärmchen auf dem Rücken. Das Däumchen war ihr aus dem halbgeöffneten Mund gefallen, und ihre Lippen bewegten sich sacht im Traum. Schon bald würde sie nicht mehr die Kleinste sein.

Friederike schloss die Türen hinter sich. Es war auch für sie Zeit, sich schlafen zu legen, doch das Gespräch mit Nicolaus wollte ihr nicht aus dem Sinn gehen. Aber was hatte sie eigentlich Neues erfahren? Dass Mertens das Zeug zum Verräter hatte? Das hatte sie auch schon gewusst, bevor sie diese alte Geschichte gehört hatte. Nicht zuletzt waren ja Nicolaus und seine Kameraden offenbar diejenigen gewesen, die hatten betrügen wollen. Nicolaus war selbst schuld an seinem Untergang. Wog hier nicht ein Verbrechen das andere auf?

Doch Friederike musste daran denken, mit welcher Befriedigung Mertens den Rausschmiss seiner Schulkameraden beobachtet haben mochte. Er war ein Mensch, der sich skrupellos auf Kosten anderer Vorteile verschaffte. Auch mit ihr hatte er nicht das geringste Mitleid gehabt. Nicht eine einzige Zeile war sie ihm trotz all seiner Liebesbeteuerungen wert gewesen, und auch heute noch schien er keinerlei Schuld zu empfinden. Vermutlich war er dazu gar nicht fähig. Und nun hatte sie auch noch erfahren, dass er neben ihr eine zweite Affäre gehabt haben musste. Aber im Grunde überraschte sie das gar nicht. Er war ein elender Schuft. Und als Friederike mit ihren Überlegungen bei diesem Punkt angekommen war, spürte sie eine gewisse Erleichterung, weil sie wütend auf ihn war. Die Wut hatte ihre Scham verdrängt – das war das einzig Positive an Julius Mertens' Rückkehr. Und ihr Gespräch neulich beim Mittagessen hatte ihr gezeigt, dass sie sich nicht alles von ihm gefallen lassen musste. Und das tat sie auch nicht. Sie schaltete und waltete, wie es ihr gefiel, und das wiederum gefiel ihm ganz und gar nicht. Das spürte sie genau. Und was hatte er eigentlich im Lager zu tun gehabt?

Friederike beschloss, dass der Zeitpunkt gekommen war, dies herauszufinden. Sie entzündete eine Öllampe, steckte ihren Schlüsselbund in die Rocktasche und ging hinunter in den Hof. Alles lag verlassen und still da, die nächtlichen Geräusche der Stadt waren hier nur gedämpft zu hören, und wenn sie nach oben sah, konnte sie einen Ausschnitt des Sternenhimmels sehen. Es war ein tröstlicher Anblick, und für einen Moment war sie versucht, ihr Vorhaben einfach sein zu lassen und zu Bett zu gehen. Sie sehnte sich nach einem tiefen und traumlosen Schlaf. Doch sie wusste, er würde wahrscheinlich ohnehin nicht kommen, weil Mertens durch ihren Kopf und ihre Gedanken geisterte.

Sie seufzte und wandte sich der Tür zum Lager zu, die mit einem großen Vorhängeschloss gesichert war. Sie öffnete es, trat in den etwa dreißig mal dreißig Schritt großen Raum, hielt für einen Moment inne, hob die Lampe und sah sich um. Anders als das Kontor hatte sie diesen Raum bisher noch keiner gründlichen Untersuchung unterzogen. Das war natürlich dumm gewesen, denn schließlich hatte sie Mertens erst vor einigen Tagen dabei erwischt, wie er ohne ersichtlichen Grund hier herumschlich. Sie zog die Tür hinter sich zu und hängte die Lampe an den Haken, der von der Decke herab an einer Kette hing. Dieser Raum war deutlich älter als der Rest des Hauses und mochte einst als Vorratskammer gedient haben. Er hatte einen Steinfußboden und keine Fenster, sondern nur ein paar weit oben angebrachte Öffnungen. Licht drang selbst bei Tag so gut wie keines hier hinein. In einem hohen Regal an der Stirnseite standen Stapel von englischen Tellern, Tassen, Schalen, Kannen und Krügen. Links und rechts waren quaderförmige Holzkisten aufgestapelt, neun insgesamt, die Tee enthielten oder enthalten hatten. Um herauszufinden, ob Mertens in einer dieser Kisten etwas versteckt hatte, gab es nur einen Weg: Sie musste sie öffnen und nachsehen. Friederike nahm das Stemmeisen, das zu diesem Zweck im Regal lag und hebelte den Deckel der ersten Kiste ab. Teegeruch schlug ihr entgegen, doch die Kiste war bis auf ein paar Krümel leer. Sie schob sie beiseite und öffnete die nächste, die ebenfalls leer war. Zwanzig Minuten später hatte sie alle Kisten geöffnet und durchsucht, solche mit und solche ohne Tee, und nichts Auffälliges entdeckt. Friederike rieb sich den schmerzenden Rücken, dann nahm sie die Lampe vom Haken und leuchtete der Vollständigkeit halber ins Regal, das jedoch recht übersichtlich war und keinerlei Geheimnisse zu enthalten schien. Sie betrachtete die englische Keramik, sah in die blau auf Weiß gemalten Gesichtchen von Chinesen unter stilisierten Bäumen. Diese Mode war im Niedergang begriffen, Tobias hatte einen Fehlkauf getätigt, denn inzwischen zog man deutsche oder europäische Stadtszenen und Landschaften als Dekore vor. Friederike ließ die Lampe enttäuscht sinken. Abgesehen von der Erkenntnis, dass ihre Waren Staub ansetzten, gab es hier nichts weiter zu entdecken.

Sie stellte das Licht auf dem Boden ab und begann, die Kisten wieder in ihre ursprüngliche Position zurechtzurücken, als ihr etwas auffiel. Auf dem Fußboden lugte zwischen den Steinen ein Stück Holz hervor. Sie schob die Kiste beiseite. Tatsächlich, mittig unter der Längswand gab es eine verwitterte Klappe, die sie zuvor nie bemerkt hatte. Es sah aus wie eine Tür, die nach unten führte. Sie hatte nicht gewusst, dass es hier überhaupt einen Keller gab. Friederikes Herz klopfte schneller. Sie kniete sich hin, zog die Lampe näher zu sich heran und begutachtete ihren Fund. Die Klappe war etwa vierzig mal vierzig Zoll groß. Es gab keinen Griff und außer einem Scharnier auch keine Metallbeschläge, dafür aber ein Loch, in dem ursprünglich vielleicht einmal ein Schloss gesessen hatte. Sie steckte zwei Finger hindurch, hob die Klappe an. Ein Schwall modriger Luft schlug ihr entgegen, und sie sah auf eine Leiter, die hinunter in ein undurchdringliches Dunkel führte. Friederike ruckelte an der obersten Sprosse. Das Ding war uralt und morsch, würde sie aber hoffentlich noch tragen. Sie hielt die Lampe in das Loch, sah jedoch keinen Boden. Sie zögerte und ruckelte auch an der zweiten Sprosse, bevor sie sich über den Rand schwang und begann, hinunterzusteigen. Als sie gerade noch über den Rand sehen konnte, griff sie nach ihrer Lampe, weshalb sie sich jetzt nur noch mit einer Hand am Holm der Leiter festhalten konnte. Vorsichtig und tastend setzte sie die Füße auf die Sprossen, konnte aber dank der Lampe immerhin den Boden sehen, der leider noch ein ganzes Stück entfernt war. Dieser unterirdische Raum war nicht sehr groß, aber erstaunlich hoch, bestimmt neun Fuß, und Friederike war froh, als sie endlich festen Boden spürte. Er war feucht und einen

Schritt weiter sogar nass. Irgendwo drang Wasser ein und bildete ein kleines Bächlein. Friederike sah sich um. Der Ort, an dem sie stand, erinnerte eher an einen Schacht als an einen Keller. Vielleicht hatte irgendwann einmal jemand versucht, hier einen Brunnen zu graben, das Vorhaben jedoch wieder aufgegeben. In der Erwartung, eine Ratte oder eine Maus aufzuschrecken, leuchtete sie den Boden und die lehmigen Wände ab. Nichts raschelte zu ihren Füßen, aber dort drüben gab es einen matten Widerschein. Sie trat näher. Auf einem Wandvorsprung stand eine, mit metallenen Kanten versehene, ziemlich neu wirkende Holzkiste, die an die Teekisten oben im Lager erinnerte, jedoch viel kleiner war. Sie maß etwa zwanzig mal zehn Zoll, war vielleicht zehn Zoll hoch und wie bei den Teekisten saß der Deckel passgenau in der Öffnung und ließ sich nicht so ohne weiteres entfernen.

Friederike fröstelte. Es war viel kühler hier unten als oben, aber auch die Erkenntnis, dass sie sehr wahrscheinlich kurz davor war, Mertens Geheimnis auf die Spur zu kommen, ließ sie erschaudern. Abgesehen davon, wollte sie so schnell wie möglich wieder heraus aus diesem Loch; hier unten zu sein machte ihr Angst. Doch wie sollte sie es schaffen, mit der Lampe und der Kiste wieder hinaufzusteigen? Das war unmöglich. Sie musste die Lampe unten lassen.

Mit dem sperrigen Gewicht unter dem Arm war das Klettern noch viel schwieriger, doch endlich war es geschafft, und Friederike war oben angekommen. Mit einem großen Gefühl der Erleichterung schob sie ihren Fund über die Kante in den Lagerraum und zog sich dann selbst hinauf. Aus dem Schacht drang der schwache Schein der Lampe, doch abgesehen davon, saß sie jetzt in vollkommener Finsternis. Sie ließ die Klappe herabfallen, rappelte sich auf, tastete sich zur Tür und ging mit der Kiste ins Haus.

Sie lauschte, alles war still. Sophie und die Kinder schliefen. Es war auch erst kurz nach Mitternacht; sie war nur eine knappe

Stunde dort unten gewesen. Nun ging sie in die Küche, stellte ihren Fund auf dem Tisch ab, zündete ein Talglicht an und hebelte mit einem Messer den Deckel auf. Mit klopfendem Herzen hielt sie inne, bevor sie ihn beiseiteschob. Die Kiste war – so wie auch bei den Teekisten üblich – mit Blei ausgeschlagen, was ihr Gewicht erklärte. Im Inneren befanden sich nur Papier und Stroh. Genauer gesagt, waren es mindestens ein Dutzend oder auch mehr Papierrollen, die in Stroh gebettet waren. Das müssen Urkunden oder Bilder sein, dachte Friederike überrascht und strich über das Papier. Sie kannte dieses weiche elfenbeinfarbene Material. Tobias hatte schon das eine oder andere Mal farbige asiatische Holzschnitte und gelegentlich mit Tusche gezeichnete Originale von seinen Handelsreisen mitgebracht, für die es einen gewissen Sammlerkreis gab. Es waren Andachtsbilder. Buddhistische Mönche saßen davor und meditierten stundenlang über ein paar Schriftzeichen, wie Tobias ihr erklärt hatte. Eine merkwürdige Sitte, aber auch nicht merkwürdiger, als vor einem Mann zu beten, der tot am Kreuz hing, hatte Friederike gedacht.

War es das also, was Mertens vor ihr verbarg? Hatte er solche wertvollen Bilder womöglich gestohlen und verkaufte sie nun? Die Rollen wurden von seidenen Bändern und Kordeln zusammengehalten. Sie nahm eine davon heraus, zog an dem Schleifenband und rollte das Papier vorsichtig auf. Es war geschmeidig genug, um ausgebreitet vor ihr liegen zu bleiben. Tatsächlich war es ein farbiger Holzschnitt mit Rot-, Blau- und Grüntönen, doch ein solches Motiv hatte sie zuvor noch nie gesehen. Es war kein Hochformat, wie erwartet, sondern ein Querformat, und es zeigte auch keine Blumen oder Landschaften, sondern einen Mann und eine Frau in inniger Umarmung. Friederikes Augen wanderten über das Bild – und was sie dann sah, ließ ihr den Atem stocken. Ihr wurde heiß, dann kalt und wieder heiß, und ein Schwindel erfasste sie, und sie schloss die Augen, nur, um sie gleich darauf wieder aufzureißen. Womöglich hatte sie sich getäuscht. Im flackernden Schein des Talglichts wagte sie einen zweiten Blick auf das Bild vor sich. Sie sah eine Frau und einen Mann, deren Gesichter mit wenigen Strichen angedeutet waren. Die Frau lag auf dem Rücken, der Mann war über sie gebeugt, sie hatten beide schwarzes dichtes Haar, die Augen geschlossen und ihre Gewänder, das grüne des Mannes und das rote der Frau, hüllten sie beide ein, jedoch nur, um wie zufällig an den Stellen auseinanderzuklaffen, wo sich ihre Leiber berührten. Aber nein, sie berührten sich nicht nur. Vielmehr sah man jedes Detail ihrer Geschlechter. Die Frau hatte ihre Beine weit gespreizt und in die Höhe gestreckt, so dass ihre gerötete Scham mehr als deutlich zu sehen war, und darin steckte das erigierte Glied des Mannes, der über ihr kniete.

Friederike rollte das Bild wieder zusammen. Sie fühlte sich fiebrig, und ihr war, als habe sie schon viel zu lange darauf gestarrt, als habe das Unaussprechliche des Motivs sich ihrer bereits bemächtigt. Ihr Atem ging schneller. Sie fühlte nicht nur ihr Herz pochen, sondern spürte auch ein Ziehen in ihren Brüsten, Sie spürte überhaupt all das, was sonst ihrem Schlafzimmer und dem Beisammensein mit Tobias vorbehalten war. Doch etwas war anders, und es ließ ihre Augen brennen: Tobias und sie hatten noch nie bei Licht beieinandergelegen. Immer nur im Dunkeln und meistens auch unter der Bettdecke verborgen. Sie hatte ihren Mann durchaus schon nackt gesehen, aber niemals in diesem – *Zustand*. Und dann das Gesicht der Frau: Sie hatte den Kopf zurückgeworfen und den kleinen Mund leicht geöffnet ...

Mit Schrecken stellte Friederike fest, wie genau sie sich an die Details des Bildes erinnerte. Sie würde es nie wieder aus ihrem Gedächtnis löschen können. Was sie gesehen hatte, war abstoßend. Sie ekelte sich davor, und gleichzeitig gab es etwas daran, das sie anzog und über das sie mehr wissen wollte, und diese beiden einander entgegengesetzten Pole und die widersprüchlichen Gefühle, die sie in ihr weckten, schienen sie förmlich zu zerreißen.

Sie wagte kaum zu atmen. Mit bebender Brust starrte sie auf die geöffnete Kiste. Nur langsam begann ihr Verstand, wieder zu arbeiten. Sie konnte sich vorstellen, was manche Männer bereit waren, dafür zu bezahlen. Vorsichtig, als könnte sie sich die Finger verbrennen, begann sie, die Rollen zu zählen. Es waren vierzehn Stück, sie mussten ein Vermögen wert sein – und dann entdeckte sie ganz unten in der Kiste noch etwas anderes. Es war eine schwarze, unbeschriftete Kladde. Sie zog sie hervor und schlug sie auf. Es handelte sich um eine Art Buchhaltungsjournal. Mertens hatte in seiner ordentlichen, schwungvollen Schrift jeden einzelnen Verkauf aufgelistet, die Preise und sogar die Namen der Käufer. Anderthalb Seiten hatte Mertens bereits gefüllt. Friederike zählte fünfzehn Posten, und die Preise ließen ihr den Atem stocken. Zwischen fünfzig und achtzig Gulden pro Stück hatte Mertens für diese Bilder offenbar bekommen, das war ein Vermögen. Ihr Blick flog über die Namen der Käufer und blieb an einem hängen, den sie kannte: Gottfried Jost. Der Apotheker.

Du Schwein, dachte Friederike, und ihr wurde ganz schlecht bei dem Gedanken, dass der dicke Jost womöglich in diesem Augenblick irgendwo saß und eines dieser Bilder betrachtete. Es war eine Sache, ein solches Bild zu sehen und an Tobias zu denken. Doch dabei an den dicken Jost zu denken, war einfach nur vollkommen widerwärtig.

Sie war sich unschlüssig, was als Nächstes zu tun war. Diese Sache musste enden, das stand für sie außer Frage. Mertens musste seinen abscheulichen Schund mit sich nehmen und verschwinden. Doch wie sollte sie das bewerkstelligen? Wie um alles in der Welt sollte sie für dieses Gespräch die passenden Worte finden? Sie brauchte mehr

Zeit zum Nachdenken. Plötzlich fiel ihr ein, dass sie das Lager nicht abgeschlossen hatte und abgesehen davon, stand ihre Laterne immer noch im Schacht. Mertens würde sofort Verdacht schöpfen, wenn er das sah. Mit fahrigen Händen legte Friederike die Kladde wieder zuunterst in die Kiste und drapierte die Papierrollen und das Stroh darüber, damit alles so aussah, wie sie es vorgefunden hatte. Doch dann zögerte sie, nahm die Papierrollen und die Kladde wieder heraus und stopfte nur das Stroh zurück in die Kiste. So gerne sie ihren Fund sofort wieder losgeworden wäre, war es sicherlich unklug, ihre Beweismittel so leicht aus der Hand zu geben. Aber wohin dann damit? Auf den Dachboden! Nachher, sobald die Sonne aufgeht, dachte Friederike. Sie schob die Rollen mitsamt der schwarzen Kladde in einen leeren Kartoffelsack, den sie in der Vorratskammer fand, wickelte den Sack in einen alten Schal und versteckte alles vorläufig in ihrem Kleiderschrank.

*

Julius stand fassungslos am Fuße der Leiter und starrte auf die leere Stelle an der Wand. Irgendjemand hatte ihn ausgetrickst. Der brennenden Laterne nach, war er nur wenige Minuten zu spät gekommen. *Verflucht.* Wütend verpasste er der Leiter einen Fußtritt. Erst als er sich ein wenig beruhigt hatte und wieder klar denken konnte, fiel ihm ein, dass eigentlich nur ein Mensch für diesen Diebstahl in Frage kam. Es war das Frauenzimmer. Friederike Ronnefeldt. Nur sie hatte einen Schlüssel zum Lager. Sie musste ihm auf die Schliche gekommen sein. Er stieg wieder hinauf, und noch bevor er sich einen Plan zurechtlegen konnte, hörte er von draußen das Geräusch von Schritten. Rasch presste er sich neben der Tür an die Wand. Sie war es. Friederike kam herein und blieb stehen, als sie die geöffnete Klappe sah. Er machte einen vorsichtigen Schritt zur

Seite, um die Tür zu schließen, die sie hinter sich offen gelassen hatte, und sie so an der Flucht zu hindern. Die schwere Holztür drehte sich leise in den von ihm persönlich gut geölten Angeln und fiel dann mit einem vernehmlichen Klacken ins Schloss.

Sie stieß einen Laut des Erschreckens aus. »Wer ist da?«, rief sie.

»Hab ich's mir doch gedacht«, sagte er leise und drohend. Die einzige Lichtquelle stand immer noch unten im Schacht, sie konnte ihn gewiss nicht sehen. Er erkannte von ihr allerdings auch nur die Silhouette, die sich nun seitwärts und von der offenen Klappe fortbewegte.

»Julius Mertens«, hörte er sie sagen. Es klang heiser und kein bisschen überrascht – und nicht so ängstlich, wie er gehofft hatte.

»Sie haben etwas, das mir gehört.« Julius starrte in die Richtung, in der sie verschwunden war. Sie gab keine Antwort, und er ärgerte sich, dass er kein Licht mitgenommen hatte. Er zog eines der Phosphorhölzchen hervor, die er immer mit sich trug, und fuhr damit über das Holz der Tür. Es loderte kurz hell auf und blendete ihn, doch der Lichtschein reichte nur wenige Fuß weit. Da er nichts anderes hatte, entzündete er kurzerhand die Zigarre, die in seiner Westentasche steckte. Er entspannte sich ein wenig, während er den würzigen Rauch in die Wangen sog. Wenn er es sich recht überlegte, hatte er von Friederike Ronnefeldt nichts zu befürchten. Wenn es darauf ankam, konnte er sie mühelos überwältigen. »Sie sagen ja gar nichts.«

»Sie ekeln mich an«, hörte er ihre Stimme aus der Dunkelheit. Das Frauenzimmer stand viel weiter links, als er geglaubt hatte.

»Sie haben also hineingesehen in meine Schatzkiste. Hat es Ihnen gefallen? Haben die Bilder Sie erregt, Friederike?«

»Sie sind widerwärtig. Nichts als Abschaum.«

»Abschaum. Soso«, sagte Julius, aber die unverhohlene Verachtung in ihrer Stimme ärgerte ihn. »Und was werden Sie jetzt tun?«

»Was schlagen Sie vor?«

Was war das für eine Frage? Wollte sie etwa mit ihm verhandeln? »Ich schlage vor, dass Sie mir mein Eigentum zurückgeben.«

»Eigentum? Nie im Leben. Ich bin sicher, Sie haben diese, wie auch immer Sie die nennen, gestohlen.«

»Shunga. Man nennt sie Shunga. Sie sind sehr beliebt in Japan. Es handelt sich gewissermaßen um Lehrmaterial. Sie verstehen?« Er machte eine kunstvolle Pause und wartete auf eine Antwort, aber sie sagte nichts. »Aber Sie wissen ja längst, wie es geht, nicht wahr, Friederike? Vier Kinder und das fünfte ist unterwegs. Nein, Sie sind keine Jungfrau mehr, nicht so wie damals, als wir uns zum ersten Mal trafen.« Das musste sie doch provozieren, dachte er, lauschte ins Dunkle und wartete darauf, ihre ängstliche empörte Stimme zu hören, doch sie schwieg immer noch. Das machte ihn ärgerlich. »Und nein, ich habe sie nicht gestohlen, sondern dafür bezahlt. Darum verlange ich, dass Sie sie mir zurückgeben.«

»Wenn ich es tue, werden Sie dann aus der Stadt verschwinden?« Die Stimme kam von ganz hinten. Was machte das Weib nur, warum schlich es die ganze Zeit umher? Plötzlich erlosch das Licht, das bis eben noch aus dem Schacht nach oben gedrungen war. Die Laterne musste ausgegangen sein. Jetzt war es vollkommen finster.

»Hm«, machte Julius und sog an seiner Zigarre. »Wenn ich es mir recht überlege, gefällt es mir hier recht gut.«

»Sie glauben doch nicht im Ernst, dass Sie noch einen Fuß auf den Boden kriegen, sobald die Frankfurter erfahren, mit welchem Schmutz Sie Ihr Geld verdienen.«

»Aber nicht doch. Sie stecken da mit drin, Frau Ronnefeldt. Ich würde jedermann erzählen, dass Ihr Mann diese hübschen anschaulichen Shunga beschafft hat. Direkt aus Asien. Das wäre durchaus naheliegend, finden Sie nicht auch?« Damit jagte er ihr gewiss Angst ein, frohlockte er. In dem Moment, wo der Ruf und die Reputation ihres Mannes auf dem Spiel standen, hörte für sie der Spaß auf.

»Dafür müssten Sie Ihre Shunga erst einmal haben, Herr Mertens. Doch die haben Sie nicht.«

Julius spürte, wie er wütend wurde. Was bildete dieses Weib sich ein? »Sie haben mich falsch verstanden, Frau Ronnefeldt. Nicht Sie stellen hier die Bedingungen, sondern ich. Wo ist meine Ware? Haben Sie sie mitgebracht?«

»Sie ist an einem geheimen Ort, wohl verwahrt, ebenso übrigens die Liste Ihrer Kunden. Dieses schwarze Heft, Sie wissen schon. Da ging wohl der Buchhalter mit Ihnen durch. Das sollte als Beweis für Ihre Täterschaft ausreichen.«

Julius schluckte. Natürlich. Es war ausgesprochen ärgerlich, dass sie die Namensliste nun besaß. Sie war eigentlich als seine Absicherung gedacht, damit niemand ihn verriet. Die Notizen konnten ihn jedoch gleichfalls überführen. Andererseits war das nur ein Detail in diesem ganzen Schlamassel.

»Geheimer Ort, ha, das glaube ich Ihnen nicht. Wahrscheinlich steht die Kiste oben unter Ihrem Bett«, knurrte er. Keine Antwort, doch da, ein scharrendes Geräusch und es kam schon wieder aus einer anderen Richtung.

»Ich verlange, dass Sie die Stadt verlassen, Herr Mertens.«

»Nicht ohne mein rechtmäßiges Eigentum. Die Shunga gehören mir, ich habe dafür bezahlt!« Er überlegte kurz. Das Weib machte ihn rasend, und er hatte große Lust, ihr einfach an die Gurgel zu gehen. Aber wenn sie zu Schaden kam, würde ihm das auch jede Menge Ärger einhandeln. »Ich habe einen Vorschlag«, sagte er und versuchte, seiner Stimme einen freundlicheren Klang zu verleihen. »Wir könnten uns doch einfach einigen. Um unserer früheren Freundschaft willen, mache ich Ihnen ein Angebot: Ich gebe Ihnen zehn Prozent vom Gewinn. Was halten Sie davon?« Angestrengt starrte Julius in die Dunkelheit. Ein Geräusch, diesmal wieder von ganz hinten. Am Ende fällt sie in das Loch, dachte er. Ein tragischer Unfall, und er wäre aus dem Schneider. »Ich finde, das ist ausgesprochen großzügig«, setzte er hinzu.

»Mit dieser Ansicht stehen Sie allein da, Herr Mertens.«

»Also gut. Zwanzig Prozent. Mein letztes Wort«, sagte Julius und sog an seiner Zigarre.

»Und das ist mein letztes Wort«, hörte er sie sagen. Im nächsten Moment krachte ihm etwas gegen den Kopf, und dann klirrten Scherben auf dem Boden. Er duckte sich und hielt sich die schmerzende Stirn, als ein zweiter Gegenstand heranschoss und ihn an der Schläfe traf. Er bekam einen Splitter ins Auge. Verdammt, das waren Teller, erkannte er. Das Weib bewarf ihn mit Tellern.

»Sie glauben doch nicht im Ernst, dass ich mich auf solch einen Handel einlasse«, hörte er sie schreien, und noch immer prasselten Teller auf ihn herab, und dann folgte ein weiteres Wurfgeschoss, diesmal aus Holz. Das war seine Kiste. Sie hatte mit den Shunga nach ihm geworfen. Julius rappelte sich auf. Er hatte einige Beulen und Prellungen davongetragen, doch vor allem schmerzte sein rechtes Auge höllisch. »Du elendes Miststück«, ächzte er wütend und tastete gleichzeitig auf dem Boden herum. Die Kiste war aufgegangen, doch er fühlte nur Stroh. Das Behältnis war leer. »Wo hast du meine Shunga versteckt?«, bellte er, nun vollkommen außer sich. »Wirklich unter deinem Bett? Oder vielleicht im Kinderzimmer? Ich weiß, was ich tun werde. Ich gehe einfach hinauf in deine hübsche Puppenstube und suche danach. Und es ist mir vollkommen egal, ob du mich begleitest.« Eine Hand vor dem schmerzenden Auge tastete er nach der Türklinke. Doch bevor er sie gefunden hatte, wurde die Tür von außen aufgestoßen und eine Gestalt erschien im Türrahmen.

»Kommen Sie heraus, Mertens«, rief eine Männerstimme.

»Herr Birkholz!«

Julius fuhr herum, als er ihren überraschten Ausruf hörte. Das Weib stand direkt hinter ihm. Blitzschnell hatte er sie am Handgelenk gepackt. Er schleuderte sie herum, und hielt sie von hinten an beiden Armen fest, so dass sie sich nicht wehren konnte. Natürlich versuchte sie es trotzdem. Sie zappelte wie verrückt.

»Lassen Sie sie sofort los«, sagte der Mann, den sie Birkholz genannt hatte, und baute sich drohend vor ihm auf.

»Warum sollte ich? Verflucht, wer sind Sie überhaupt?«, presste Julius zwischen den Zähnen hervor, während er versuchte, die sich heftig wehrende Friederike festzuhalten. Obwohl der Hof vergleichsweise hell war, konnte er wegen seines verletzten Auges fast nichts sehen.

»Lassen Sie sie sofort los. Runter mit dem Kopf, Frau Ronnefeldt«, rief der Mann, und im nächsten Moment spürte Julius einen heftigen Schlag gegen seine rechte, ohnehin schon verletzte, Schläfe. Vor Schreck und Schmerz lockerte er seinen Griff. Seine Gefangene nutzte die Gelegenheit, riss sich los und sprang zur Seite. Jetzt stürzte der Fremde sich auf ihn und traktierte ihn in rascher Folge mit Schlägen. Aber er war kein geübter Kämpfer, merkte Julius, der schützend die Arme hochgenommen hatte. Nachdem er seinen anfänglichen Schreck überwunden hatte, gelang es ihm, nach links auszuweichen. Er bekam den Kragen des anderen zu fassen und rammte ihm ein Knie in den Leib. Sein Gegner stöhnte und krümmte sich vornüber, doch bevor Julius seinen Angriff fortsetzen konnte, spürte er, wie etwas Schweres und Hartes von hinten auf seinen Schädel niedersauste. Sein Kopf schien zu explodieren wie ein Feuerball. Wieder stoben Scherben um ihn herum. Und das war das Letzte, was Julius wahrnahm, bevor ihm schwarz vor Augen wurde.

*

Paul hielt sich den Magen an der Stelle, wo Mertens' Knie ihn gerammt hatte. Die Linke auf den Bauch gepresst, beugte er sich vor und tastete mit der Rechten am Hals des Bewusstlosen nach dem Puls.

»Mein Gott.« Friederike ließ die Hand sinken, die immer noch den Griff der Kanne hielt, die sie soeben auf Mertens' Schädel zertrümmert hatte. Ihr Gesicht leuchtete bleich in dem vom Mondlicht beschienenen Hof. »Ist er tot?«

»Nein. Er lebt. Er dürfte gleich wieder aufwachen.«

»Mein Gott«, wiederholte Friederike tonlos.

Paul hockte sich neben den leblosen Körper und untersuchte Mertens' Verletzungen. Der Prokurist blutete aus mehreren Schnittwunden an Stirn und Schläfe, und sein rechtes Auge war verklebt. Der letzte Schlag hatte ihm den Rest gegeben, aber Friederike hatte ihn auch zuvor schon ordentlich erwischt. Die Verletzungen rührten nicht von den paar unbeholfenen Treffern her, die er gelandet hatte. Paul richtete sich stöhnend auf, zwischen den Fingern hielt er eine der Scherben. »War das eine Kaffeekanne?«

»Tee«, sagte Friederike. »Und davor habe ich ihn mit Tellern beworfen.«

»Sie sind unglaublich.«

»Und Sie sind genau im richtigen Moment hier aufgekreuzt. Woher wussten Sie ...?«

»Eine lange Geschichte. Ich erzähle sie Ihnen gleich. Aber er kommt sicher bald wieder zu sich. Wir sollten ihn besser fesseln oder einsperren. Oder beides«, sagte Paul. Ihm war übel. Seine Eingeweide waren in Unordnung geraten, doch seine größte Sorge galt Friederike. Nicht auszudenken, wenn dem Kind etwas geschehen war. »Hat er Sie verletzt?«

Friederike schüttelte den Kopf. »Nein, mir geht es gut«, versicherte sie. »Aber Sie haben Schmerzen, Paul. Sollten wir uns nicht erst einmal um Sie kümmern?«

»Nein, das ist nichts«, widersprach Paul und versuchte, seine Miene unter Kontrolle zu behalten. »Sperren wir ihn im Lager ein?«

»Oder wir sperren ihn in den Schacht«, sagte Friederike.

Es war nicht einfach, doch zehn Minuten später hatten sie es geschafft. Paul musste die meiste Arbeit machen, für Friederike sei es viel zu gefährlich, so schwer zu heben, beschied er. Er zog Mertens an den Füßen bis zum Loch und ließ ihn so langsam wie möglich über die Kante hinab. Friederike hatte eine Decke geholt, die den Sturz abmildern sollte, doch es war nicht zu vermeiden, dass es ordentlich polterte, als der Körper des Prokuristen unten aufkam. Mertens war immer noch bewusstlos, hatte jedoch offenbar keinen zusätzlichen Schaden genommen. Sie legten ihn auf die Seite und stellten ihm einen Krug mit Wasser in eine Ecke. Dann zogen sie die Leiter heraus, ließen die Klappe zufallen und schoben zwei Teekisten darüber. Ohne Hilfe konnte er sich ganz sicher nicht mehr befreien.

»Ich koche uns Tee«, sagte Friederike, als es geschafft war.

Als sei es das Natürlichste der Welt, setzten sie sich wie beim letzten Mal in die Küche. Friederike schürte das Feuer im Ofen, und dann warteten sie darauf, dass das Wasser zu kochen anfing. »Erzählen Sie«, sagten beide gleichzeitig. Paul sah in Friederikes Gesicht unter ihrem zerzausten Haarschopf. Ihr fehle nichts, hatte sie ihm auf seine mehrmaligen Nachfragen hin versichert, und wenn er sie so ansah, mit ihren erhitzten Wangen und den wachen Augen, mochte er ihr das gerne glauben. Auch ihm ging es mittlerweile wieder etwas besser. »Sie zuerst«, sagte Friederike.

»Also gut«, sagte Paul und berichtete, wie er Mertens am frühen Nachmittag auf der Fahrt über den Main getroffen und ab diesem Zeitpunkt jeden seiner Schritte verfolgt hatte. »Ich wusste doch, dass er Ihnen aus irgendeinem Grunde Ärger macht. Darum dachte ich, es könne nicht schaden.« Während des Konzerts habe sich Mertens dann in die Büsche geschlagen. »Beinahe wäre er mir entwischt. Er ging einen schmalen Pfad entlang, vielleicht zwanzig Minuten, bis zu einer Quelle im Wald.«

Friederike nickte und erhob sich, um den Tee aufzugießen. »Die Stelle kenne ich.«

»Dort hat ein Mann auf ihn gewartet. Ein langer Mensch mit Perücke und Kniebundhosen. Ein Holländer.«

»Woher wissen Sie das denn so genau?«

»Die beiden verhandelten miteinander, sie gerieten in Streit. Um was es ging, konnte ich zwar nicht hören, aber was ich verstand, war, dass Mertens den Preis nicht bezahlen wollte, den der andere verlangte. Schließlich zog Mertens davon. Ich hatte den Eindruck, er hätte dem anderen irgendetwas abgekauft, aber eben nicht alles, und wegen der ganzen Heimlichtuerei war mir klar, dass dabei nicht alles mit rechten Dingen zugegangen war. Um aber zu verhindern, dass ein Verdacht auf Sie fällt, Friederike, ich meine, weil Ihr Prokurist mich womöglich mit Ihnen in Verbindung bringen könnte, dachte ich, ich frage besser den anderen.« Er lächelte über ihr erstauntes Gesicht. »Das haben Sie mir wohl nicht zugetraut.« Er zuckte die Achseln. »Ich mir auch nicht. Das können Sie mir glauben.«

Friederike war ungeduldig. Sie wollte nun die ganze Geschichte hören. »Was weiter? Sie haben also diesen Menschen verfolgt. Und dann?«, fragte sie, während sie ihm eine Tasse starken schwarzen Tee eingoss. Und Paul erzählte ihr alles. Wie er dem Holländer zurück zum Sängerfest gefolgt war. Wie sich dieser zusammen mit ein paar anderen betrunken hatte und Paul sich wie zufällig unter die Feiernden gemischt hatte. Und wie es ihm schließlich gelungen war, unbemerkt den Beutel des Mannes, der sich Hebbo van der Heijden nannte, zu durchsuchen.

»Haben Sie etwas gefunden? Wissen Sie, womit er seine Geschäfte macht?«, fragte Friederike mit rauer Stimme.

Paul sah ihr in die Augen, und ihr Blick war für einen Moment starr auf ihn gerichtet. Dann schluckte sie trocken und sah in ihre Tasse, die sie mit beiden Händen umklammert hielt.

Er nickte. »Ja«, sagte er. »Ich weiß es.«

»Es ist …«, sie zögerte, bevor sie weitersprach. »Es ist ekelhaft. Einfach furchtbar.« Sie schüttelte nachdenklich den Kopf. »Aber vorhin hatte er nichts bei sich.«

Paul überlegte. »Eine braune Ledertasche?«

»Nein, im Lager war nichts.«

»Und auch nicht im Schacht, das hätten wir gesehen. Mertens muss sie woanders hingebracht haben, bevor er herkam. Ich habe keine Ahnung, denn ich habe ihn ja nicht weiter verfolgt, was ich nun sehr bereue.«

»Aber nein, Paul. Das dürfen Sie nicht sagen. Sie hätten doch nicht ahnen können, dass so etwas geschieht. Ich habe ganz zufällig heute Nacht das Lager durchsucht und bin auf diese Klappe und den Schacht gestoßen. Dort war sein Versteck. Wahrscheinlich war ihm das Ganze zu heikel, und er ist gekommen, um die Sachen zu holen.«

»Er hat geahnt, dass Sie ihm auf den Fersen waren, Friederike.«

»Meinen Sie?« Friederike biss sich auf die Lippen.

»Ich habe es jedenfalls befürchtet, darum kam ich sofort her, als ich van der Heijdens Geheimnis herausgefunden hatte. Sie hätten sich nicht in solche Gefahr begeben dürfen.«

»Aber ich hatte doch keine Wahl«, rief sie aus.

»Nein, natürlich nicht. Verzeihen Sie, ich wollte Sie nicht verärgern.«

»Aber das weiß ich doch. Ach, Paul. Ich will nicht mit Ihnen streiten. Wo sind wir da nur hineingeraten? Und was machen wir mit ihm? Wir können ihn ja nicht einfach da unten lassen.«

»Und wenn wir ihn der Polizei übergeben?«

Sie dachte nach, den Blick auf ihre Teetasse gerichtet, die Brauen zu einem finsteren Strich zusammengezogen. »Auf die Polizei ist keinerlei Verlass. Was, wenn etwas ans Licht kommt? Wenn auch nur eines dieser unerträglichen Bilder die Runde macht?«

Paul wurde heiß unter ihrem prüfenden Blick. Er erinnerte sich, was er im schummrigen Gaslicht einer Laterne gesehen hatte. Er hätte nicht überraschter sein können über seine Entdeckung. Die Zeichnungen waren anatomisch genau und hatten doch mit der Anatomie, wie er sie im Medizinstudium kennengelernt hatte, nichts zu tun. Sie waren Anschauungsmaterial der anderen Art. Erregend anders. Abstoßend und anziehend zugleich. Weil er dagestanden hatte wie erstarrt, hätte der Holländer ihn beinahe erwischt. Erst im allerletzten Moment hatte er die Papierrolle in den Beutel zurückgeschoben.

»Nicht nur, dass die Leute sich die Mäuler über uns zerreißen würden«, fuhr Friederike fort. »Das könnte Tobias sogar seine Lizenz als Kaufmann kosten. Dann wäre es mit dem Geschäft vorbei. Die gesamte Existenz unserer Familie steht auf dem Spiel.«

Es war Friederike anzumerken, wie ihr bei ihren eigenen Worten nach und nach die ganze Tragweite dieser fatalen Situation bewusst wurde.

»Nein, dieses Risiko kann ich unmöglich eingehen«, sagte sie nach einer kleinen Pause und schüttelte den Kopf. »Und auch Ihr Ruf wäre in Gefahr, Paul. Julius Mertens ist zu allem fähig. Er wird Lügen über Lügen erfinden und versuchen, sich herauszureden. Selbst wenn es ihm nicht vollständig gelingt, irgendetwas bleibt gewiss hängen. Das könnte Sie am Ende die Zulassung kosten.«

Paul dachte an die biederen Herren Stadtphysici, von denen seine Zukunft abhing, an ihre Monokelblicke und missgünstig gekräuselten Mundwinkel, und musste zugeben, dass Friederike vermutlich recht hatte. In Wahrheit hatte auch er kein großes Vertrauen zur Polizei. Im Gegenteil. Er war schon zweimal von Gendarmen nachts auf Frankfurts Straßen angehalten worden, und sie schienen regelrecht enttäuscht gewesen zu sein, dass er Papiere dabeigehabt hatte und nichts zu verbergen. Jedenfalls mochten sie keine Juden, so viel stand fest. Schwarze Haare und schwarze Augen stimmten sie per se misstrauisch. Er zuckte ratlos die Achseln. »Aber was dann, Friederike? Sie können ihn doch nicht wieder in Lohn und Brot nehmen.«

»Nein, niemals! Ich bin heilfroh, wenn ich ihn weit weg weiß und ihn nie wieder sehen muss. Am liebsten würde ich ihn einfach fortschicken und ihm klarmachen, dass er sich niemals wieder hier blickenlassen soll.«

»Dann bleibt nur eine Möglichkeit«, sagte Paul.

»Und welche?«

»Wir müssen ihm Angst machen.«

»Sie und ich?«, sagte Friederike und schenkte Paul ein komisch verzweifeltes Lächeln.

Friederike bat den einzigen Menschen um Rat, der ihr in dieser Lage beistehen konnte, und so hielten sie am folgenden Tag Kriegsrat mit Nicolaus. Paul hatte die Wunden des verletzten Mertens versorgt und ihm einen Splitter aus dem Auge gezogen. Der Prokurist war wieder bei Bewusstsein, stöhnte erbärmlich und gab sich kleinlaut, aber Friederike traute seinen Beteuerungen, geläutert zu sein, nicht im mindesten. Vorsichtshalber verabreichte Paul ihm ein Schlafmittel, das ihm die Schmerzen nehmen und ihn ruhigstellen sollte.

Ihr Schwager erfasste die Lage glücklicherweise sofort, und als sie ihm zuletzt auch noch die schändlichen Beweisstücke brachte, die sie immer noch im Kleiderschrank verwahrte, war sie froh, dass

Mertens nicht in der Nähe war, denn Nicolaus wäre ihm gewiss sofort an die Gurgel gegangen.

»Dieser elende Kerl. Wenn der mir unter die Finger kommt«, sagte er im tiefsten, grollenden Bass.

»Wir wollen ihn nicht umbringen«, sagte Friederike beschwörend, während Paul sich stumm im Hintergrund hielt. Sie wunderte sich selbst darüber, wie sie es schaffte, die Rolle zu spielen, die sie nun bis auf weiteres würde spielen müssen: Stellvertreterin ihres Mannes. Der Prokurist habe unerwartet verreisen müssen, erklärte sie dem Lehrling und jedem, der danach fragte. Eine Familienangelegenheit. Rückkehr ungewiss. Friederike hatte ihre ganzen Hoffnungen in Nicolaus gesetzt – und er brauchte nicht lange, um zu einem Entschluss zu kommen:

»Hauptmann Jungmichel«, sagte er, ohne die Augen von der Tischplatte zu heben, die er mit seinen Blicken zu durchbohren schien. »Zwei oder drei seiner Männer sollten reichen. Zusammen schmeißen wir den Drecksack aus der Stadt.« Seine Faust donnerte auf den Tisch.

»Vertraust du ihm?«, fragte Friederike besorgt. Sie erinnerte sich nur zu gut an den Zwischenfall vom Sängerfest.

»Was seine Verschwiegenheit betrifft, zu einhundert Prozent.«

Paul verabschiedete sich und versprach Friederike, in der folgenden Woche wiederzukommen. Nicolaus legte ihm zuvor noch die linke Hand auf die Schulter, reichte ihm seine Rechte und schüttelte sie lange und ausdrücklich.

»Sie haben etwas gut bei mir, mein Freund«, sagte er.

In der Nacht holte Nicolaus zusammen mit dem Hauptmann und noch zwei weiteren Männern Mertens ab. Das schöne Wetter war schon wieder vorbei, und Nieselregen lag in der Luft, als Friederike sie, vom Fenster ihres Wohnzimmers aus, kommen sah. Um möglichst wenig Aufsehen zu erregen, hatten sie nur einen Pritschenwagen dabei, vor den ein genügsamer Gaul gespannt war. Hinten drauf lagen ein paar Säcke mit Getreide. Ein weiterer Sack würde nicht weiter auffallen.

Sie sprachen nicht viel. Friederike schloss die Tür zum Lager auf, die Männer schoben die Teekisten beiseite und öffneten die Klappe. *Wird Gott es gutheißen, dass ich Genugtuung empfinde,* fragte sich Friederike und wünschte sich einen winzigen Moment lang, katholisch zu sein und zur Beichte gehen zu können. Wie angenehm es sein musste, wenn einem die Sünden vergeben wurden. *Ich kann mir nur selbst vergeben,* dachte sie, während sie beobachtete, wie die Männer den wimmernden Mertens über die Leiter nach oben schafften. Und dann straffte sie die Schultern und legte eine Hand auf ihren Bauch – in dem das Ungeborene gerade zum ersten Mal einen kleinen Purzelbaum schlug.

TEIL III
Herbst und Winter 1838

Not good, not good

Kanton, 15. Oktober 1838

Tobias stand am Rand des großen Platzes unter dem hallenartigen Vordach der englischen Faktorei in Kanton und sah in den Regen hinaus. Er konnte sich nicht erinnern, dass Gützlaff, der Missionar, der sich ihm als Fremdenführer und Dolmetscher angeboten hatte, jemals in einem seine Briefe eine solche Menge an Regen erwähnt hätte. Das Wasser tropfte nicht, es fiel im Schwall aus dem großen, grauen Himmel, als würde es jemand eimerweise über der Stadt ausleeren. Im Winter und Frühjahr war es in Kanton eher trocken, hatte er inzwischen gelernt. Doch im Sommer herrschte der sogenannte Monsun, was bedeutete, dass es tage-, wochen- und monatelang regnen konnte, unterbrochen von einigen wenigen Trockenpausen, in denen Dampf vom Boden aufstieg. In diesem Jahr dauerte die Regenperiode jedoch länger als gewöhnlich. Obwohl schon Oktober war, regnete es immer noch täglich zwei bis drei Stunden. Womöglich waren ja die Opfergaben, die gegen Ende der vorherigen langen Trockenzeit gebracht worden waren, ein bisschen zu üppig gewesen. Der Reverend hatte ihm von einem bizarren Ritual erzählt, bei dem einer lebenden Sau der Schwanz angezündet wurde. Das Geschrei des armen Tieres mochte Tobias sich gar nicht vorstellen. Ob es wohl auch Rituale gab, die Trockenheit herbeiführen konnten? Er musste seinen Gastgeber unbedingt bei Gelegenheit danach fragen.

Tobias seufzte. Es war nicht nur der Regen, der auf seine Stimmung drückte, gestand er sich ein. Ein weiterer Grund lag darin, dass er zur Untätigkeit verdammt war, denn anders als erwartet und erhofft, war Gützlaff immer noch nicht in Kanton eingetroffen. Seit beinahe vier Wochen wartete Tobias nun auf ihn, ging täglich in die englische Faktorei und hoffte, dort, wie es eigentlich vereinbart gewesen war, zumindest eine Nachricht vorzufinden oder etwas über seinen Verbleib zu erfahren – jedoch vergeblich. Der freundliche, wenn auch etwas hölzern wirkende Reverend Mathew Brown und dessen Ehefrau Elisabeth, in deren Haus er zu Gast war, taten zwar ihr Bestes, ihm seinen Aufenthalt so angenehm wie möglich zu machen, konnten jedoch auch nicht verhindern, dass er langsam immer verzweifelter wurde. Was, wenn alles umsonst gewesen war? Wenn er die weite Reise übers Meer gemacht hatte, ohne an sein Ziel zu gelangen und auch nur eine einzige lebende Teepflanze zu Gesicht zu bekommen?

Er dachte an die letzten drei Briefe, die er an Friederike geschrieben hatte. Nahe dem nördlichen Wendekreis waren sie auf eine niederländische Fregatte gestoßen, die in Richtung Europa unterwegs gewesen war und der er den ersten dieser Briefe mitgegeben hatte. An sein alles in allem sehr optimistisches Selbst, das aus seinen damals verfassten Zeilen sprach, erinnerte er sich wie an einen anderen Menschen. Das Wetter war ausgezeichnet gewesen, und es hatte Momente gegeben, in denen hatte er das Meer geliebt. Er hatte seine Tage, wann immer möglich, an Deck verbracht, entweder mit seinem Schreibzeug oder mit einem guten Buch in der Hand, oder er vertrieb sich gemeinsam mit John Witten die Zeit, indem sie über Botanik disputierten oder die Angelschnur auswarfen – was ihnen, mit wachsendem Fangerfolg, sogar die Anerkennung der Mannschaft einbrachte. Das Schiff wurde häufig von kleinen schwarzen Vögeln begleitet, von den Matrosen *Alma de Mestre* – Seelenvögel – genannt, deren Flugkünste er bewunderte und die er sehr gerne beobachtete, bis man ihm sagte, dass die flinken Kerle das Heraufziehen eines Sturms anzeigten. Die Fahrt war jedoch trotz der Vögel ruhig geblieben. In Äquatornähe hatte schließlich die Hitze noch einmal deutlich zugenommen, ebenso – wie bereits von den Offizieren angekündigt – die Stürme und Regenschauer, die über das Deck peitschten und in Minutenschnelle alles durchnässten. Etwa zu der Zeit begann Tobias, sich auf das Ende der Überfahrt zu freuen, dabei hatten sie erst ein Drittel geschafft.

Seinen nächsten Brief nach Frankfurt schickte er los, als sie vor Brasiliens Küste darauf warteten, neuen Proviant an Bord zu nehmen. Doch bevor es so weit war, hatten sie einiges auszustehen gehabt. Die *Janus* konnte nicht wie geplant ankern, denn erneut waren sie in einen Sturm geraten. Der Anblick der schäumenden, aufgewühlten See in diesen stürmischen Regennächten war furchtbar einschüchternd, doch auch die Tage brachten keine Erleichterung. Mit dem anbrechenden trüben Tageslicht zogen die Matrosen mit finsteren Mienen die Stricke wieder an, die sich gelockert hatten, setzten Pumpen in Gang, überprüften die Dichtigkeit des Rumpfes – und dann wendete der Kapitän das Schiff, um weiter hinaus aufs offene Meer zu segeln, denn man war zu nah an der Küste, was hätte gefährlich werden können. So ging es viele Tage und Nächte, und erst nach rund zwei Wochen war es ihnen möglich gewesen, in den Hafen von Recife einzulaufen.

So schrecklich waren diese ungewissen Tage gewesen, dass Tobias sogar mit dem Gedanken gespielt hatte, einfach aufzugeben, an Land zu gehen und nach dem nächsten Schiff zurück in Richtung Heimat Ausschau zu halten. Doch das hatte er natürlich nicht getan. Stattdessen hatte er einen langen Brief an Friederike geschrieben, in dem er die überstandenen Gefahren allenfalls vorsichtig andeutete.

Vier weitere Wochen hatten sie bis zum Kap der guten Hoffnung an der Südspitze Afrikas gebraucht, wo jedoch aus Gründen, die

Tobias und sein Gefährte John Witten nicht recht durchschauten, niemand von der Besatzung oder den Passagieren an Land gehen durfte, und Ende August waren sie in Batavia auf Java angekommen, ein wenig einladender Ort voller Mücken; er war froh gewesen, dass sich ihr Aufenthalt dort auf drei Tage beschränkt hatte. Dann war es endlich ohne weitere Zwischenfälle weiter nach Kanton gegangen, wo Tobias, in seinem dritten Brief, Friederike seine sichere Ankunft mitteilte.

Er sorgte sich um sie. Hochschwanger musste sie mittlerweile sein. Wie es ihr wohl ging? Ob sie mit Mertens mittlerweile ihren Frieden gemacht hatte? Seinen Brief aus Kanton konnte sie noch nicht erhalten haben; wahrscheinlich wartete sie schon sehnsüchtig darauf, von seiner glücklichen Ankunft zu hören.

Und er wartete auf Gützlaff.

Tobias seufzte schon wieder – er merkte es und schalt sich für sein Selbstmitleid – und sah auf den nassglänzenden Platz hinaus. Der Regen hatte endlich aufgehört. Große Pfützen lagen dampfend unter den Strahlen der Sonne, die jetzt wie dicke tastende Finger durch die Wolken brachen. Vor seinen Augen füllte sich der Platz mit Menschen. Die *Esplanade*, wie er von den Europäern auch genannt wurde, war riesig groß. Sie maß nach Tobias' Schätzung bestimmt eine Viertelmeile in der Länge, wo sich die Fronten der dreizehn Faktoreien aneinanderreihten, und etwa siebenhundert Fuß in der Breite. Die den Gebäuden gegenüberliegende Seite wurde vom Creek begrenzt, dessen Wasserstand sich mit Ebbe und Flut stark senkte und wieder hob und auf dem sich Hunderte Dschunken versammelten. Die Flaggen der Niederlande, Großbritanniens, Dänemarks sowie von Spanien, Schweden, Portugal und den Vereinigten Staaten wehten an hohen Masten weithin sichtbar über dem Platz, es war der einzige Ort in ganz China, wo sie überhaupt geduldet wurden. Die Chinesen weigerten sich, europäische Waren und Produkte in ihr Land zu lassen – sie behaupteten, nicht das geringste Interesse an ihnen zu haben – was nicht nur den Handel mit Tee, sondern auch mit anderen begehrten Waren wie Seide oder Porzellan seit jeher schwierig machte. Nur das Opium liebten sie; doch, weil der Import illegal war und der Konsum mittlerweile streng bestraft wurde, musste es über chinesische Zwischenhändler ins Land geschmuggelt werden, die sich inzwischen so sehr vor den Repressalien der Regierung fürchteten, dass auch dieses Geschäft zu versiegen drohte. Auch wenn es nicht einfach war, sämtliche politischen Zusammenhänge und die sich ständig ändernden Vorschriften und Verbote vollkommen zu durchdringen und zu verstehen, lag eines vollkommen auf der Hand – nämlich, dass eine Teeproduktion in Europa ungeheuer attraktiv sein würde, um endlich Unabhängigkeit von China zu erlangen. Tobias hatte diesen Aspekt seiner Reise seinen Geldgebern gegenüber recht stark betont, dabei entsprach dies gar nicht seiner ursprünglichen Absicht. Er hatte ursprünglich nie vorgehabt, selbst den Versuch zu wagen, Tee anzubauen. Doch einfach nur seine wissenschaftlichen Neigungen und Interessen in den Vordergrund zu stellen, hatte eben nicht ausgereicht, um genügend Mittel für diese Reise zusammenzubekommen – weswegen er sich nun mit gewissen hohen Erwartungen konfrontiert sah, die er freilich selbst geweckt hatte.

Tobias sah zum Himmel empor. Wind war aufgekommen und schob die Wolken beiseite. Das Blau dahinter wurde nach und nach freigelegt und blank geputzt, und in Windeseile bauten die Händler, die aus den Gassen und Seitenstraßen strömten, nun überall auf dem Platz ihre Stände auf. Die Utensilien und Waren schafften sie in leicht gebückter Haltung und mit ihren typischen kurzen, schnellen Schritten mit Hilfe geschulterter Bambusstäbe herbei. Nach Tobias' Beobachtungen gab es so gut wie kein Gewerbe, das sich nicht auf diese Weise mobilisieren ließe, und die Händler machten wegen der ständigen Regengüsse rege davon Gebrauch. Kurz nach seiner Ankunft hatte er beispielsweise die Dienste eines Barbiers in Anspruch genommen, der auf der einen Seite seines Bambusstocks eine Waschschüssel mit Standfuß festgebunden hatte, und auf der anderen seine Utensilien in einer Holzbox, die gleichzeitig als Sitzgelegenheit für den jeweiligen Kunden diente. Mit wenigen Handgriffen hatte er seinen Barbiersalon aufgebaut. Unter den Inhabern solch mobiler Gewerbe waren aber auch Kesselflicker, Glasflicker – ein Handwerk, das in Europa seines Wissens nach nicht einmal existierte – Imbissköche, Fleischer und Gemüsehändler, Schneider, Apotheker und Ärzte, Geldwechsler und Buchverkäufer und überhaupt Krämer aller Art anzutreffen. Auch Käfige mit lebenden Ziegen und kleinen Schweinen, Hunden und Katzen oder mit Geflügel wurden an Stöcken herbeigeschafft. Tote Hühner und kleinere lebende Singvögel band man einfach direkt an den Stecken fest. Das Gemisch an Gerüchen, das daraus entstand, war jedenfalls intensiv und sehr fremdartig, vor allem, wenn sich von irgendwoher auch noch der geächtete und dennoch allgegenwärtige süßliche Opiumgeruch dazwischenschob.

Wer es sich leisten konnte, schleppte natürlich seine Waren, oder was immer es zu transportieren galt, nicht selbst. Ab den frühen Morgenstunden warteten immer zwei, drei Dutzend barhäuptige Kulis an einer bestimmten Stelle der Esplanade auf Arbeit. Nur wenige trugen Sandalen, der Rest war barfuß, und sie saßen in der Hocke, eine Haltung, die hier oft zu beobachten war und in der alle Chinesen offenbar stundenlang ohne Mühe verweilen konnten. Die mit Seilen versehenen Bambusstäbe, mit denen sie ihr Tagwerk zu verrichten gedachten, hatten sie vor sich hingelegt. Tobias versuchte täglich aufs Neue, sich diese ärmlich gekleideten Arbeiter – viele von ihnen mit nacktem Oberkörper – in ähnlicher Manier auf dem Frankfurter Römer oder der Zeil vorzustellen, doch bisher war es ihm noch nie wirklich gelungen. Es war eine andersartige, exotische Welt, fremder sogar, als er sie sich erträumt hatte, und wenn ihn das Ausbleiben von Gützlaff nicht so nervös gemacht hätte, hätte er seinen Zuschauerposten sicherlich wesentlich mehr genießen können. Doch wegen der rasch und nutzlos verstreichenden Zeit und den ungewissen Aussichten, fiel ihm selbst das Tagebuchschreiben schwer – was einem Forscher wie ihm nun wirklich nicht gut zu Gesicht stand.

Auf dem Platz herrschte nun wieder reges Treiben. Die Hände in den Taschen spazierte Tobias in Richtung der Gewürz- und Teehändler, denen er täglich einen Besuch abstattete – sofern das möglich war. Ausländern war nämlich das Betreten dieser Zone, in der er sich hier befand, nur unter strengen Auflagen gestattet, und er musste jeden Morgen ein erniedrigendes Ritual über sich ergehen lassen, in dem für ihn unlesbare Formulare und eine Leibesvisitation die Hauptrolle spielten. Nach Ablauf einer gewissen Frist, die zehn Minuten, aber auch zwei bis drei Stunden dauern konnte, erhielt er dann den Bescheid, ob er die Siedlung der *Fan-kwei*, wie Westler von den Chinesen genannt wurden, verlassen und den Handelsdistrikt betreten durfte. Meistens wurde es ihm zwar irgendwann gestattet, doch das ständige Warten war zermürbend und schlug Tobias beträchtlich auf die Laune – und es gab ihm reichlich Gelegenheit, über Sinn und Unsinn der Bürokratie nachzudenken.

Tobias blieb bei einem der Teehändler stehen und betrachtete interessiert dessen Ware, die dieser in offenen Papiersäcken vor sich stehen hatte. Es waren zwei Sorten Tee, der eine bräunlich verfärbt, mit relativ großen, gerollten Blättern, der andere wesentlich feiner und grüner – und zu gerne hätte Tobias gefragt, was der Händler da verkaufte. Schon allein die Information, welcher dieser beiden Tees als hochwertiger galt, hätte ihm geholfen, und Tobias startete einen

Versuch und zeigte auf einen der Tees. »Monu-tscha? Phi-tscha? Sanout-tscha?«, fragte er, einige bekannte Sorten aufzählend, doch der Händler schien davon noch nie gehört zu haben, musterte ihn eine Weile stumm mit undurchdringlichem Ausdruck und wandte sich dann ab, wie um zu demonstrieren, dass er mit dem *Fan-kwei* nichts zu schaffen haben wollte. Tobias gab auf und wandte sich dem nächsten Stand zu, an dem Gewürze feilgeboten wurden, auch hier nur wenige Sorten, wie überhaupt jeder Händler sich auf ein winziges Sortiment beschränkte, auf das er sich spezialisiert zu haben schien. Tobias glaubte, Safran, Ingwer und Galgant zu erkennen, wenn auch von dem Stand ein anderer, stechender und fremdartiger Geruch ausging, den er mit keinem dieser drei Gewürze in Verbindung brachte. Er rümpfte unwillkürlich die Nase, hob fragend die Augenbrauen – und das reichte, damit der Händler ein weiteres Behältnis aus dem Bauch seiner improvisierten Ladentheke hervorholte, es öffnete und ihm hinhielt. Jetzt war der Gestank ungeheuerlich – es roch nach Exkrementen und brannte in der Nase, einfach nur unbeschreiblich widerlich. Doch der Händler schien sich des Wertes seiner Ware gewiss zu sein. »Good, good«, wiederholte er immer wieder, zeigte dabei ein schadhaftes Grinsen und machte mit seiner Hüfte kopulierende Bewegungen, die Tobias beinahe die Schamesröte ins Gesicht getrieben hätten.

Er wich zurück. »No, not good. Not good.«, sagte er und schüttelte entsetzt den Kopf. Rasch wandte er sich ab – und erblickte in diesem Moment eine kleine Prozession, die vom westlichen Ende her auf die Mitte der Esplanade zusteuerte. Die Gruppe von Menschen setzte sich zusammen aus drei Mandarinen mit ihren typischen gerade geschnittenen Roben und den schwarzen Kopfbedeckungen und ein paar Wachleuten oder Soldaten, die einen Gefangenen in ihrer Mitte mit sich führten. Tobias wurde das Herz schwer. Er wusste schon, was nun geschehen würde, er hatte es schon einmal beobachtet: eine öffentliche Prügelstrafe. Der ausgemergelte Mann, der zwischen den Männern vorwärtsstolperte, würde gleich fünfzig oder auch einhundert oder sogar mehr Schläge mit einem Bambusstock erhalten. Womöglich war er beim Opiumrauchen erwischt worden. Neuerdings, so hatte der Reverend ihm erklärt, griffen die Behörden bei diesem Vergehen immer härter durch. Neugierige strömten schon von allen Seiten herbei, die sich das Schauspiel nicht entgehen lassen wollten.

Angewidert wandte Tobias sich ab. Seine Taschenuhr war ihm während eines Sturms an Bord der *Janus* verloren gegangen, aber, dem Stand der Sonne nach, hatte er noch etwas Zeit, bevor er im Haus der Reverends zum Nachmittagstee erwartet wurde. Er beschloss, nicht den kürzesten Weg zurück zum Haus der Browns einzuschlagen, das hinter dem Platz in einem Viertel lag, in dem hauptsächlich Europäer wohnten, sondern stattdessen einen anderen Teil der Stadt zu erkunden, der wohlhabenden chinesischen Händlern und Beamten vorbehalten war. Mit ein bisschen Glück würde niemand ihn aufhalten – und tatsächlich, an einem großen Maulbeerbaum, unter dem ein alter blinder Mann saß, bog er unbemerkt in das Gewirr der Gassen ein. Schon nach hundert Schritten lag die Esplanade mit ihrem Treiben weit hinter ihm, und es fühlte sich an, als befände er sich in einer vollkommen anderen Welt.

In diesem Viertel gab es, wie ihm der Reverend erzählt hatte, besonders prächtige Häuser mit großen Gärten. Sie lagen hinter hohen Mauern verborgen, die von schmalen Ziegeldächern gekrönt wurden. Die niedrigen hölzernen Türchen und Tore gewährten nicht den geringsten Einblick. Hier und da ragten hölzerne Balkone von den Häusern in die Gassen hinein, oder die Äste von Banyanbäumen strebten über die Mauern hinweg. Der Reverend hatte ihm am Ufer des Creeks ein riesiges Prachtexemplar dieser in Kanton weitverbreiteten Feigenart gezeigt, deren kraftvolle Wurzeln sich an

Felsen festkrallen konnten oder wie hier unter Mauern hindurchwuchsen.

Immer tiefer drang er in das Labyrinth dämmriger Gassen vor. Er war nicht allein. Vor ihm gingen zwei Männer mit einer Sänfte, und auch in seinem Rücken hörte er Schritte, wagte jedoch nicht, sich umzublicken, da er sich nicht als der unerfahrene, neugierige Ausländer offenbaren wollte, der er war. Ein Lastenträger kam ihm entgegen, den schwerbeladenen Bambusstock nur über der rechten Schulter balancierend, weil der Durchgang zu schmal war, um ihn quer zu tragen. Die Männer mit der Sänfte bogen ab, so dass er nun wenigstens ein bisschen mehr vom Weg überblicken konnte. Wie schon so oft, staunte Tobias wieder einmal darüber, wie sauber die Gassen waren. Ein Chinese vor ihm machte einen großen Schritt über einen Haufen Unrat hinweg, den die Bewohner des angrenzenden Hauses dort deponiert hatten, damit er von einem der Kulis, die für die Müllbeseitigung zuständig waren, weggeschafft wurde. Als Tobias kurz darauf selbst an die Stelle kam und gerade den Fuß heben wollte, um über den Haufen hinwegzusteigen, fiel sein Blick auf den vermeintlichen Abfall unter ihm. Es handelte sich um einen abgenutzten, schäbigen Korb. Und dort hinein hatte jemand ein totes Kind gelegt, die Beinchen eng an die Brust gedrückt. Es mochte etwa ein Jahr alt sein. Der Körper war zu groß, um gänzlich in den Korb zu passen, weswegen der Kopf darüber hinausragte. Die Haut des Kindes war grau, der Flaum auf dem Köpfchen schwarz, und es wandte das Gesichtchen mit den geschlossenen Augen gen Himmel. Es war ein grausiger Anblick.

Vollkommen geschockt blieb Tobias stehen. Gerade hatte er noch beobachtet, wie andere vor ihm diese Stelle passiert hatten, ohne auch nur im Geringsten irritiert oder betroffen zu sein. Das tote Kind war ihnen nicht einmal ein Zögern, geschweige denn ein Innehalten wert gewesen. Und wer hatte das arme Wesen überhaupt hier abgelegt? Was waren das für Menschen, die ihr verstorbenes Kind auf diese Art und Weise entsorgten? Während Tobias diese Gedanken durch den Kopf schossen, merkte er, dass er von mehreren Augenpaaren beobachtet wurde. Der geschockte und wahrscheinlich inzwischen käsig bleiche *Fan-kwei* erweckte bei den Chinesen ein größeres Interesse als dieser erbarmungswürdige Leichnam. Doch dann wurde ihm bewusst, dass sie darauf warteten, dass er endlich weiterging und sie passieren konnten. Noch einmal glitt Tobias' Blick zu dem toten Gesichtchen unter ihm, und er zog sein Taschentuch hervor und breitete es darüber, bevor er seinen Weg hastig fortsetzte.

Die nächsten fünf Minuten stolperte Tobias wie blind über Steine und Wurzeln, bis er plötzlich in einer Sackgasse stand. Verflixt. Er hatte nicht auf den Weg geachtet, dabei war er vom Reverend vor diesem Viertel gewarnt worden, weil man sich so leicht darin verirren konnte. Ruhig bleiben, sagte er sich, zwang sich, das Bild des toten Kindes aus seinem Kopf zu verbannen, und versuchte nun, zurück zur Esplanade zu finden. Eine halbe Stunde später hatte er es endlich geschafft.

Elisabeth Brown nahm offenbar keinen Anstoß an seiner desolaten Erscheinung, als er endlich im Haus des Reverends ankam, einem schlichten, quadratischen Bau aus hellen Steinen, von dessen oberer Etage man bis zum Creek schauen konnte. Sie begrüßte ihn in dem kleinen Empfangszimmer und sah erfreulich gesund aus. Die junge, hübsche Ehefrau des Reverends litt nämlich unter wiederkehrenden Fieberschüben und erschreckte ihn häufig mit ihrer ein wenig geisterhaften Erscheinung, die durch ihre großen, glänzenden Augen und die roten Flecken in einem ansonsten bleichen Gesicht hervorgerufen wurde.

Nach dem Erlebnis mit dem toten Kind fand er es plötzlich ungeheuer tröstlich, sie zu sehen, dabei schätzte er es sonst gar nicht, mit ihr allein zu sein. Sie suchte seine Gesellschaft ein wenig zu oft – und obwohl er sie gern mochte, hatte er inzwischen das Gefühl, ihr aus dem Weg gehen zu müssen. Sicher würde der Hausherr es unschicklich finden, wenn er wüsste, dass seine Ehefrau ihm, dem Logiergast aus Deutschland, gelegentlich wie zufällig im Nachthemd über den Weg lief.

»Da sind Sie ja, Herr Ronnefeldt. Wir haben schon auf Sie gewartet.«

»Oh, das tut mir leid. Mir ist ... Verzeihen Sie, ich habe heute ...« Tobias brach ab, weil er merkte, dass es ihm unmöglich war, Mrs. Brown zu schildern, was ihm passiert war. Er würde dem Reverend bei Gelegenheit davon erzählen. Der erfahrene Geistliche konnte ihm die Zusammenhänge vielleicht erklären.

»Alles gut, Herr Ronnefeldt, keine Sorge. Sie kommen noch rechtzeitig. Unser Tee hat sich heute ohnehin um eine Stunde verschoben. Wir haben nämlich Besuch. Sie werden erfreut sein.« Mrs. Brown lächelte geheimnisvoll.

»Besuch?« Tobias dachte an seinen Reisegefährten John Witten, der seit ihrer Ankunft so krank gewesen war, dass er das Bett hatte hüten müssen, und der sich erst seit kurzem auf dem Wege der Besserung befand.

»Er ist mit meinem Mann im Arbeitszimmer. Ich soll Sie zu ihm bringen, sobald Sie eintreffen.«

Mrs. Brown sah ihn aus ihren großen grauen Augen an. Im ersten Moment hatte sie heute frischer auf ihn gewirkt als sonst, aber ihr Blick hatte doch wieder diesen unnatürlichen Glanz. Sie tat ihm leid. Beinahe täglich erzählte sie ihm, wie sehr sie ihre südenglische Heimat vermisse, die sie zwei Jahre zuvor verlassen hatte, um den Reverend nach China zu begleiten. Das Ehepaar hatte sich in Cornwall kennengelernt, wo der Reverend, während eines Heimaturlaubs seinen Bruder besucht hatte. Liebe auf den ersten Blick sei es gewesen, hatte Brown Tobias erzählt, was er, den Geistlichen betreffend, gerne glauben mochte. Wie sich die hübsche, zarte Elisabeth jedoch in den knochigen Alten hatte verlieben und ihn so rasch und überstürzt heiraten können, war ihm allerdings ein Rätsel. Sie war mindestens fünfundzwanzig Jahre jünger als ihr Mann. Mit Leichtigkeit wären die beiden als Vater und Tochter durchgegangen.

Mrs. Brown war schon ihm voraus zur Tür gegangen. Nur zu gerne hätte Tobias sich ein wenig frisch gemacht. Er fühlte sich nach dem heutigen Vormittag besudelt und beschmutzt, doch die Frau des Reverends war so voller Eifer, den Auftrag ihres Mannes auszuführen, dass sie offenbar gar nicht auf die Idee kam, ihm diese zwei Minuten zu gewähren.

Im Arbeitszimmer saß dem Reverend gegenüber im Besucherstuhl ein Mann. Ein Chinese, dachte Tobias verwundert. Jedenfalls handelte es sich nicht um John Witten. Der Mann trug eine der hier typischen, weiten Jacken mit passendem Beinkleid. Doch die Haare waren nach westlicher Art kurz geschnitten, jedenfalls hatte er keinen Zopf. Und dann wandte der Mann sich um und lächelte ihm freundlich entgegen. Er mochte vielleicht Mitte dreißig sein, besaß feine, beinahe feminine Gesichtszüge mit rundlichen Wangen und hatte einen langen Schnauzbart über der Oberlippe, was wiederum den Eindruck verstärkte, einen Chinesen vor sich zu haben. Die dunklen Augen waren jedoch eindeutig europäisch geschnitten.

Ein Europäer, der wie ein Chinese gekleidet war?

Und dann ging Tobias endlich auf, wen er vor sich hatte.

Hast du denn gar keine Angst?

Wiesbaden, ebenfalls am 15. Oktober 1838

Käthchen und Friederike waren auf dem Weg nach Wiesbaden. Es war ein angenehm warmer Tag im Oktober, der sich eher nach Spätsommer als nach Herbst anfühlte, weswegen sie den Kutscher gebeten hatten, das Verdeck der Droschke nach hinten zu klappen. In der Luft lag der Duft von feuchtem Waldboden, Pilzen und Moos.

Käthchen sah zu ihrer Schwester, die in Gedanken versunken zu sein schien. Friederike hatte in Wiesbaden einen »Geschäftstermin«, wie sie es nannte – wahrscheinlich dachte sie darüber nach. Käthchen wiederum verfolgte eigene Absichten mit ihrem Besuch in der Kurstadt und hatte darum kein bisschen überredet werden müssen, sie zu begleiten. Eigentlich wäre jetzt eine Gelegenheit gewesen, Friederike davon zu erzählen – doch das tat sie nicht.

»Bist du eigentlich zufrieden mit deinem Kindermädchen?«, fragte sie stattdessen. »Wie heißt sie noch gleich?«

»Helene«, erwiderte Friederike. »Ja, sie macht ihre Sache ganz ordentlich. Obwohl Carlchen etwas schwierig ist in letzter Zeit. Er hat seinen eigenen Kopf. Vielleicht liegt es auch daran, dass Tobias nicht da ist, um ihn in die Schranken zu weisen.«

Käthchen nickte. Sie wusste, wie sehr ihre Schwester ihren Mann vermisste. Andererseits hätte Tobias es kaum gutgeheißen, was Friederike hier tat. Ihm lag viel an seinem guten Ruf, und eine Ehefrau, die zu Geschäftsterminen fuhr, war diesbezüglich eher abträglich. Außerdem fand Käthchen, dass dieser Paul Birkholz, zumindest zeitweise ein wenig zu häufig im Hause Ronnefeldt zu Gast gewesen war. Ausgestattet mit einer neuen Sensibilität für solche Zusammenhänge, hatte sie sogar die Vermutung, dass er sich in ihre Schwester verliebt hatte – und vor allem, dass auch Friederike dem attraktiven Arzt nicht völlig gleichgültig gegenüberstand. Doch wenn man bedachte, dass sie sich selbst auf eine heimliche Affäre eingelassen hatte, so war sie wohl kaum in der Position, ein moralisches Urteil zu fällen. Aber war es denn überhaupt schon eine Affäre, was sie mit Ambrosius hatte?

Als Käthchen an ihn dachte, spürte sie sofort jenes warme, flatternde Gefühl in sich aufwallen, das ihr inzwischen so vertraut war. Sie und Ambrosius hatten sich nach dem Sängerfest noch genau zweimal gesehen. Es waren wunderbare Treffen gewesen, für die die Augusthitze wie gerufen kam, tränenreich, voller Entschuldigungen, aber auch voller Liebesschwüre. Dann hatte er überstürzt abreisen müssen, weil sein Vater schwer erkrankt war. Der Schlag habe ihn getroffen, hatte seine Mutter ihm geschrieben. Wenn er seinen Vater noch einmal lebend sehen wolle, müsse er sofort nach Hause kommen.

Natürlich hatte Ambrosius dieser Aufforderung umgehend Folge leisten müssen, um sich mit seinem Vater vor dessen Tod zu versöhnen. Sie hatten sich nicht einmal mehr richtig voneinander verabschieden können. Im Posthof hatten sie gestanden und einander in die Augen gesehen – und Käthchen hatte sich unendlich dafür geschämt, dass sie wegen der schweren Erkrankung von Ambrosius' Vater Hoffnung verspürte. Gewiss würde es leichter für sie beide werden, wenn der alte Herr Körner starb und seinem Sohn keine Vorhaltungen mehr machen konnte. Natürlich hatte sie es nicht ausgesprochen, doch sie meinte, in seinem Blick zu lesen, dass er dasselbe dachte wie sie.

»Du hast doch Mutter und Vater nichts gesagt?«, unterbrach Friederike ihre Gedanken.

»Was denn gesagt?«

»Das mit Mertens und Weinschenk und – na ja, du weißt schon.«

»Du willst wissen, ob ich Ihnen geschrieben habe, dass du nun euren Teehandel führst?«, fasste Käthchen zusammen. Sie warf ihrer Schwester einen amüsierten Blick zu.

»Das tue ich doch gar nicht, das macht Weinschenk«, widersprach Friederike, musste dann aber selbst lachen. »Also, hast du?«

»Nein. Selbstverständlich nicht. Warum sollte ich? Da mische ich mich lieber nicht ein.« Ihre Eltern hielten sich seit dem Unfall des Vaters mehr oder weniger ununterbrochen im Taunus in verschiedenen Kurbädern auf. Zuletzt waren sie nach Schlangenbad umgezogen. Morgen wollten die Schwestern sie besuchen gehen.

»Puh, sie werden nicht begeistert sein«, schob Käthchen nach einer kleinen Pause hinterher und überlegte gleichzeitig – wie so oft –, was ihre Eltern wohl sagen würden, wenn sie von ihren Verfehlungen wüssten. Ihrem Vater war die Kirche im wahrsten Sinne des Wortes heilig. Gottesfürchtigkeit und Fleiß bildeten die Grundlage seines Handelns. Käthchen hatte schon öfter nur für sich mit dem Gedanken gespielt, sich auf eine Mischehe mit Ambrosius einzulassen. Doch dann hätte sie sich dazu verpflichten müssen, die gemeinsamen Kinder katholisch zu erziehen. Niemals würde ihr Vater dem zustimmen – ganz abgesehen davon, dass auch Ambrosius eine katholische Ehe als Heuchelei und Verrat an seinen Grundsätzen empfinden würde.

Es war wirklich vertrackt.

»Und du bist sicher, dass du zurechtkommen wirst? Was wirst du tun, so ganz allein und ohne Gesellschaft?«, fragte Friederike.

»Der Kurpark ist bei dem schönen Wetter sicher sehr belebt. Es wird kaum auffallen, dass ich allein unterwegs bin«, widersprach Käthchen – und ihr Herz klopfte ein bisschen schneller. Sollte sie jetzt etwas sagen? Friederike war nicht die Einzige, die sie im Unklaren gelassen hatte; bisher hatte sie noch niemandem von ihrer »Bonner Bekanntschaft« erzählt und viel Mühe darauf verwandt, ihre Treffen mit Ambrosius Körner geheim zu halten. Nicht einmal so sehr wegen Friederike, der sie jedes Maß an Verschwiegenheit zutraute, sondern vor allem wegen Mina, die nur zu rasch alles ausplauderte. Doch was sollte sie ihrer Schwester erzählen? Dass sie in einen Mann verliebt war, den sie nicht heiraten konnte? Denn wider Erwarten hatte sich der alte Herr Körner, dessen Leben vor wenigen Wochen noch an einem seidenen Faden gehangen hatte, einigermaßen von seinem Schlaganfall erholt, auch wenn er immer noch unter Lähmungserscheinungen litt. Käthchen hätte lügen müssen, wenn sie behauptet hätte, sie wäre von dieser Wendung erfreut. Erfreulich war nur, dass sich der alte Herr Körner für Wiesbaden als Kurort entschieden hatte, und dass er nicht nur von seiner Frau, sondern auch von seinem Sohn begleitet wurde. Zum ersten Mal seit zwei Monaten hatte sie deshalb die Aussicht, ihren Freund wiederzusehen.

»Ganz abgesehen davon, bist du ja auch allein«, fuhr Käthchen fort, um von sich selbst abzulenken. »Soll ich nicht doch lieber mitkommen?« Das wagte sie auch nur zu fragen, weil sie wusste, dass Friederike ablehnen würde – und das tat sie auch prompt:

»Ich möchte keine Anstandsdame zu einem Geschäftstermin mitnehmen. Auch nicht, wenn diese Dame meine Schwester ist.«

In dem Moment fuhr die Kutsche mit einem Rad in ein Schlagloch, und sie wurden unsanft durchgeschüttelt. Friederike stöhnte leise und hielt sich den Bauch.

»Ist was? Geht es dir nicht gut?«, fragte Käthchen besorgt.

»Es ist nichts, ich glaube, mein Magen knurrt. Ich hätte wohl doch beim Frühstück etwas mehr essen sollen.«

»Natürlich hättest du. Auch wenn das Brot ein wenig zu frisch war, wie ich gerne zugebe. Ich habe nämlich auch Magenschmerzen.« Käthchen lehnte sich zur Seite, um am Rücken des Kutschers vorbei einen Blick auf den Weg zu werfen. Er wurde breiter, das war ein gutes Zeichen, und links und rechts tauchten die ersten Stadthäuser auf.

Friederike und sie waren in einem Gasthaus ein wenig außerhalb von Wiesbaden untergekommen, da es dort billiger war, doch da sie nun eine Droschke hatten nehmen müssen, war die damit verbundene Ersparnis schon so gut wie aufgebraucht, wie Friederike ihr vorgerechnet hatte. Friederike ärgerte sich sehr über sich selbst und ihre Unerfahrenheit, die ihr letztlich nur mehr Aufwand und weniger Komfort eingebracht hatte. Doch Käthchen war froh darüber gewesen, weil sie Ambrosius und seinen Eltern auf diese Weise nicht zufällig über den Weg laufen konnten.

»Woher weiß Frau Koch denn überhaupt von dieser Sache mit dem Hotel?«, fragte Käthchen. Friederike wurde nämlich im Hotel *Vier Jahreszeiten* erwartet, einem der traditionsreichsten und größten Häuser der Kurstadt, und war dort mit dem Hoteldirektor und mit einem gewissen Herrn Manzini verabredet.

»Sie hat es von ihren Deidesheimer Freunden erfahren«, erklärte Friederike. »Sie besitzen ein Weingut und verkaufen Wein an das Hotel. Daher wusste sie, dass die Gästezimmer neu ausgestattet werden sollen.« Aus Friederikes Stimme klang Begeisterung. »Frau Koch hat mich extra deswegen im Laden aufgesucht.«

»Mich wundert es schon ein bisschen, dass sie überhaupt auf dich gekommen ist.«

»Ich hatte ihr kurz zuvor die schwere chinesische Seide gezeigt. Du weißt schon, die, von der wir immer noch zwanzig Ballen haben.«

»Ach ja.« Käthchen erinnerte sich dunkel, aber im Grunde interessierte sie sich nicht sehr für solche Dinge.

»Ich könnte mir sogar vorstellen, dass sie die gesamte Menge kaufen.«

»Zwanzig Ballen? Das ist doch gewiss sehr teuer«, wandte Käthchen skeptisch ein.

»Aber sie wollen ja auch alle Zimmer machen, Etage für Etage, bestimmt achtzig Zimmer insgesamt. Dafür werden neue Vorhänge gebraucht, Bezüge für Sofas und Sessel und Wanddekorationen«, zählte Friederike auf. »Tobias hat die Seide damals günstig eingekauft. Da bliebe ein hübscher Gewinn übrig.«

Käthchen zuckte die Achseln. Ihr war angesichts des Geschäftssinns ihrer Schwester unbehaglich zumute, doch diese war jetzt mit Eifer bei der Sache.

»Wenn – also, *wenn* ich die Herren vom *Vier Jahreszeiten* überzeugen kann und den Preis durchsetze, den ich mir vorstelle, würden wir einen Gewinn machen, der dem doppelten dessen entspricht, was wir üblicherweise mit Seide und Stoffen in einem Vierteljahr verdienen«, fuhr sie fort zu erklären. »Das *Vier Jahreszeiten* ist immerhin das größte Hotel in ganz Nassau. Die Gäste, die dort absteigen, sind höchst anspruchsvoll. Die Ausstattung der Zimmer muss dementsprechend luxuriös sein. Ich bin beinahe sicher, dass ich dem Hoteldirektor ein Angebot machen kann, dem er kaum widerstehen wird.«

Käthchen schüttelte den Kopf. »Wie du redest! Mir ist das unheimlich. Hast du denn gar keine Angst?«

»Ein bisschen vielleicht. Aber man gewöhnt sich daran«, erwiderte Friederike. »Am Anfang habe ich auch noch gezögert. Doch Frau Koch hat mir gut zugeredet, und dann habe ich mich mit Weinschenk besprochen. Die Seide bereitet uns schon seit längerem Kopfzerbrechen. Tobias hatte sie zwar ausgesprochen wohlfeil in Rotterdam direkt von einem Schiff herunter gekauft – der Reeder war in eine finanzielle Notlage geraten und wollte seine Ware möglichst rasch zu Geld machen – doch wir konnten sie bisher nur ellenweise verkaufen. Von den ursprünglichen fünfundzwanzig

Ballen sind immer noch zweiundzwanzig übrig. Jemanden zu finden, der alles auf einen Schlag abnimmt, das klingt doch unter diesen Umständen sehr verlockend, findest du nicht auch? Die Herbstmesse hat jedenfalls nichts gebracht.«

Käthchen zuckte die Achseln. Sie verstand nichts davon und wusste nicht recht, ob sie Friederike bewundern sollte – oder nicht viel mehr davor warnen, es nicht zu weit zu treiben.

Sie wusste, dass ihre Schwester stolz darauf war, wie die Herbstmesse verlaufen war. Es waren mehr Besucher nach Frankfurt gekommen als im Jahr zuvor, und nachdem Mertens so plötzlich verschwunden war – eine überaus dubiose Geschichte, über die Friederike sich jedoch nicht weiter auslassen wollte – hatte sie Herrn Weinschenk, der von Tobias nie offiziell entlassen worden war, davon überzeugen können, wieder als Prokurist für sie tätig zu werden. Ihre Schwester brauchte nämlich einen Mann, der seinen Namen unter Bestellungen, Angebote und größere Verkaufsabschlüsse setzte. Nicht jeder war bereit, mit der Ehefrau des Inhabers Geschäfte zu machen, selbst wenn die Vereinbarungen sogar rechtsgültig gewesen wären. Nicolaus hatte für Weinschenk einen Rollstuhl gebaut und eine Rampe im Hof, damit er ins Kontor fahren konnte. Statt am Stehpult arbeitete er nun im Sitzen. Reisen wären für ihn jedoch viel zu beschwerlich gewesen.

»Trotzdem. Es ist zu dumm, dass Mertens fort ist und Herr Weinschenk wegen seiner Behinderung das Gespräch nicht an deiner statt führen kann«, sagte Käthchen, merkte aber sofort, dass sie mit ihrer Kritik nun doch zu weit gegangen war. »Obwohl ich zugeben muss, dass dir das Kleid gut steht«, fügte sie hinzu, um wenigstens noch etwas Freundliches zu sagen.

»Danke«, sagte Friederike und strich sich mit den Händen den Rock glatt.

Käthchen betrachtete ihre Schwester, die tatsächlich verändert aussah. Frau Koch hatte ihr das Kleid geliehen, da sie wegen ihrer Schwangerschaft kaum noch in ihre normale Garderobe passte. Auf die Schnelle hatte sie nichts nähen lassen können. Das Kleid, das ihre Schwester nun trug, war elegant und nicht so dunkel, wie Friederikes übrige Garderobe, sondern in einem hellen Grünton gehalten. »Sogar einen passenden Hut und passende Handschuhe hat sie dir gegeben«, fügte Käthchen hinzu, doch weil sie merkte, dass sie sich schon wieder missbilligend anhörte, griff sie begütigend nach Friederike Hand und drückte sie.

»Du machst das schon. Da bin ich ganz sicher.«

*

Eine Stunde später saß Friederike in der Eingangshalle des Hotels und sah zum wiederholten Male auf die Uhr über dem Portal. So fühlte sich das also an, dachte sie. Die Herren ließen auf sich warten. Tobias hatte ihr mehr als einmal von solchen Situationen erzählt. Immerhin hatte sie schon erfahren, dass Herr Manzini auch Impresario genannt wurde, offenbar, weil er früher einmal beim Theater gearbeitet hatte. Seit einigen Monaten sei er im Auftrag des Direktors für die Inneneinrichtung des Hotels zuständig, hatte ihr der freundliche Oberkellner erzählt, als er ihr, auf ihren Wunsch hin, eine Tasse Tee brachte.

Sie musste an ihre Eltern denken und daran, was sie wohl dazu sagen würden, sie hier so sitzen zu sehen. Als eine Handelsfrau. Ihre Mutter wäre vermutlich entsetzt. Ihr Vater würde zumindest die Stirn runzeln. Doch letztlich war es müßig, darüber zu spekulieren. Wenn sie und Käthchen morgen nach Schlangenbad fuhren, würde sie erfahren, was sie davon hielten.

Die Gesundheit ihres Vaters machte Friederike Sorgen. Ein gewisser Doktor Stenger hatte ihrem Vater Fußbäder verordnet, die ihrer Mutter zufolge, die für das Briefeschreiben zuständig war, regelrechte Wunder vollbringen sollten – doch Friederike glaubte nicht recht daran. Ihr Vater womöglich auch nicht. Mina hatte im Sommer viel Zeit mit den Eltern verbracht und berichtet, dass ihr Vater den Lebensmut verloren habe. Er sei alt geworden, so hatte sie es ausgedrückt. Doch so schlimm das einerseits auch war, für Friederike bedeutete es andererseits eine Erleichterung, nicht die ganze Zeit unter der Beobachtung ihrer Eltern zu stehen.

Friederike zupfte die Ärmel ihres Kleids zurecht und strich mit den Händen über den weichen Stoff ihres Rocks. Wenn man nicht sah, dass eine große Mappe mit Stoffmustern an ihren Sessel gelehnt auf dem Boden stand, konnte man sie leicht für einen Gast des *Vier Jahreszeiten* halten. Aber wo blieben die beiden Herren nur? Friederike war ohnehin angespannt, und diese Warterei ließ sie noch unsicherer werden und daran zweifeln, dass sie überhaupt das Richtige tat. War es nicht ungeheuer vermessen von ihr, in einem geborgten Kleid hier zu sitzen und zu glauben, dass man ihr zuhörte?

Aus dem Augenwinkel sah sie am Eingang einen Mann stehen und drehte den Kopf, weil sie sich beobachtet fühlte. Doch er hatte ihr schon den Rücken zugewandt und verließ das Hotel durch die Eingangstür. Mit klopfendem Herzen sah sie ihm hinterher. Seine Gestalt, die Größe, die Kleidung und die Art, sich zu bewegen, erinnerte sie an Julius Mertens. Konnte er das gewesen sein?

Ihr wurde immer noch ganz anders, wenn sie an die Ereignisse in jener Nacht zurückdachte. Die Kiste mit den Bildern – wie sie sie in ihrer Küche aufgebrochen hatte. Die widerwärtige Faszination, die sie bei dem Anblick des kopulierenden Paares empfunden hatte. Und dann der Moment, in dem Mertens ihr im Lager aufgelauert und sie ihn in der Dunkelheit mit Tellern beworfen hatte. Der leuchtende Punkt seiner Zigarrenspitze hatte ihr verraten, wo er sich befand. Sie hatte handeln müssen und gar keine Zeit gehabt, sich zu ängstigen.

Anders als in den Tagen und Wochen danach. Da fürchtete sie täglich, dass er plötzlich vor ihr stehen, sie bedrohen und irgendetwas Unmögliches fordern würde. Dass er womöglich sogar die *Shunga* von ihr zurückverlangte. Doch Wochen vergingen, und nichts dergleichen geschah – und da war es ein bisschen besser geworden. Sie hatte einfach zu viel zu tun gehabt, und Nicolaus hatte ihr geduldig immer wieder aufs Neue versichert, dass Mertens es ganz gewiss nicht wagen würde zurückzukehren. Die Vorstellung, er könnte sich in Wiesbaden aufhalten, nur wenige Stunden von Frankfurt entfernt, ließ ihr kalte Schauer den Rücken hinunterlaufen. »Hoffentlich hast du recht, Nicolaus«, sagte sie leise vor sich hin und ballte unwillkürlich ihre Fäuste im Schoß.

Dann dachte sie an ihren Retter in der Not, Doktor Paul Birkholz, und sofort wurde ihr ein wenig wärmer ums Herz. Wie mutig von ihm, sich dem Angreifer einfach in den Weg zu stellen. Ganz abgesehen davon, dass er ja nur zwei Tage zuvor Wilhelm aus dem Wasser gezogen hatte. Sie war ihm zu allergrößtem Dank verpflichtet. Aber leider ging es Jakob Willemer, Pauls Patienten auf der Gerbermühle, inzwischen deutlich schlechter. Paul hatte sich in letzter Zeit rar gemacht und häufig die Geigenstunden abgesagt.

Natürlich hatte sie Verständnis dafür – musste sich jedoch eingestehen, dass sie seine Gesellschaft und die Gespräche mit ihm vermisste. Sie hatte den Arzt wirklich lieb gewonnen, und die Blicke, die er ihr manchmal zugeworfen hatte, hatten ihr gezeigt, dass es ihm mit ihr ebenso erging. Vielleicht war es besser so, dass sie sich nun seltener sahen, dachte sie nicht zum ersten Mal – und dann schob sie all diese Gedanken rasch von sich und richtete ihre Aufmerksamkeit wieder auf den Ort, an dem sie sich gerade befand.

Immer mehr Gäste kamen nun die breite Treppe hinab, um sich, nachdem sie die Mittagspause in den Zimmern verbracht hatten, auf einen Spaziergang durch die Allee oder in den Park zu begeben – oder um die Spielsäle aufzusuchen, die im Kurhaus untergebracht waren. Viele Besucher mieteten sich hauptsächlich wegen des Roulettes in Wiesbaden ein. Das Hazard-Spiel übte insbesondere auf reiche Russen eine unwiderstehliche Anziehungskraft aus, aber im *Vier Jahreszeiten* stiegen auch Engländer, Italiener, Franzosen und überhaupt buchstäblich alle Welt ab.

Aus dem Gang, der zu den Restaurants führte, kam jetzt ein Mann herangeeilt, von dem sie annahm, dass es eben jener Herr Manzini sein könnte. Er sah sehr italienisch aus, hatte dunkles Haar, einen winzigen Schnauzbart über der Oberlippe und trug einen hellgrauen Anzug, jedoch keinen Hut. Friederike sah ihm aufmerksam entgegen, doch er steuerte nicht auf sie zu, sondern bog links ab und ging zu der Boutique, die neben dem Eingang lag. Friederike hatte sie sich zuvor schon genauer angesehen. In dem kleinen Laden wurden seidene Schals, Hals- und Schnupftücher verkauft. Doch obwohl die Boutique mit ihren stilvollen Regalen und Vitrinen eigentlich hübsch anzusehen gewesen wäre, wirkte sie im Vergleich zu den Läden, deren Auslagen sie heute in den Kolonnaden des Kurhauses bewundert hatte, gewöhnlich und dem Hotel kaum angemessen. Viel zu viel Ware stapelte sich in unordentlichen Haufen übereinander. Es sah aus wie in einem Lager. Kein Wunder, dass die Boutique kaum die Aufmerksamkeit der Gäste erregte. Wer stehen blieb, wandte sich sofort wieder ab. Ein mürrisch wirkender junger Mann, dessen Wangen mit roten Pusteln übersät waren, saß hinter der kleinen Theke – der ganze Laden mochte nicht größer sein als zehn mal zehn Schritte – und der Herr, der soeben herangeeilt war, fing nun mit ihm ein Gespräch an. Es sah wie eine Standpauke aus, dachte Friederike, die die Szene aufmerksam beobachtete. Der junge Mann richtete sich auf und zog gleichzeitig den Kopf zwischen die Schultern.

Dann sah sie, dass ein zweiter Herr durch eben jenen Gang bei den Restaurants kam, nicht ganz so eilig wie der erste, aber doch zielstrebig. Bestimmt der Hoteldirektor. Er mochte etwa so alt sein wie Tobias, hatte leicht gewelltes Haar und einen Seitenscheitel, ein kleines Kinn und einen ebenso kleinen spitzen Mund, der ihm einen hochmütigen Ausdruck verlieh. Nervös befeuchtete sich Friederike die Lippen, doch auch er würdigte sie keines Blickes, sondern ging direkt in den Laden, der mit drei Menschen schon beinahe überfüllt wirkte.

Ein paar Minuten später traten die beiden Männer in die Halle und sahen sich suchend um. Der Italiener – Friederike war sich jetzt sicher, dass es sich um den sogenannten Impresario Manzini handeln musste – deutete schließlich in ihre Richtung und sah den anderen Mann fragend an. Dieser schüttelte kaum merklich den Kopf und zog seine Taschenuhr hervor, um sie aufzuziehen.

»Frau Ronnefeldt?«, fragte der Italiener, während der zweite Mann immer noch etwas abseits stand.

»Eben diese«, sagte Friederike gezierter, als sie es vorgehabt hatte, und blieb sitzen.

»Bene«, sagte der geschäftige Herr, stellte sich ihr als Manzini vor und wandte sich dann dem anderen Herrn zu. »Herr Direktor Rudolph, Frau Ronnefeldt«, sagte er beflissen, was ein bisschen komisch wirkte, weil der Direktor nicht näher kam, sondern nur knapp nickte und sie kaum ansah. Dann winkte der Direktor Herrn Manzini zu sich. Friederike beobachtete voller Unbehagen, wie sie leise miteinander sprachen. Hinter ihrer Theke in der Neuen Kräme fühlte sie sich sicher, doch dies hier war etwas völlig anderes. Kurz darauf ließ der Hoteldirektor sie mit Herrn Manzini allein, und der Italiener setzte sich zu ihr an das Tischchen. Er hatte sein Haar mit

Pomade zurückgekämmt und trug ein Einstecktuch, das zu seiner Halsbinde passte – beides in einem leuchtenden Violett. Die Manschettenknöpfe, an denen er häufig herumspielte, waren aus Perlmutt. Der Bart auf der Oberlippe bildete einen dünnen Strich. Es musste ihn ungeheure Mühe kosten, ihn täglich in Form zu bringen. Und die Hände erst! Friederike hatte selten bei einem Mann solch gepflegte Hände gesehen. Weich und weiß. Links trug Herr Manzini einen goldenen Ring mit einem violetten Edelstein, womöglich ein Amethyst. Der Impresario legte ganz offensichtlich außerordentlich großen Wert auf seine Erscheinung, und Friederike dankte im Stillen noch einmal Clotilde Koch für das Kleid, das verhinderte, dass sie sich neben ihm wie ein Aschenputtel vorkam. Er saß da wie ein junges Mädchen, die Knie dicht aneinandergedrückt, und Friederike merkte, dass sie froh darüber war, dass der Direktor mit dem kleinen Kinn sich verabschiedet hatte. Dieser Italiener war ihr wesentlich lieber. Er sah sie offen und freundlich an.

»Ihr Schreiben haben wir bekommen. Allerdings hatten wir nicht mit einer Dame gerechnet, sondern mit einem Herrn …«, Manzini zog ihren Brief, den sie vor etwa zehn Tagen abgeschickt hatte, aus seiner Westentasche hervor, »… Tobias Ronnefeldt?«

»Herr Ronnefeldt ist mein Mann. Ich vertrete ihn«, sagte Friederike mit einem Lächeln. Herr Manzini musterte sie interessiert und steckte den Brief wieder ein. Er schien glücklicherweise nicht abgeneigt, mit ihr zu sprechen, und Friederike fuhr fort zu reden, bevor er es sich anders überlegen konnte: »Ein wunderschönes Hotel und so elegant. Ich bewundere schon die ganze Zeit diese Blumengebinde. Sie sind wunderhübsch.«

»Ja, nicht wahr?« Der Italiener freute sich sichtlich über das Kompliment. »Der Florist ist talentiert und sehr gefragt.« Er beugte sich ein wenig vor, um ein vertrocknetes Blatt aus dem Bouquet auf dem Tischchen vor ihm zu zupfen.

»Und die großen Gestecke erst, am Eingang. Ein jeder, der vorbeigeht, bleibt stehen, um sie zu bewundern. Ein Hotel dieses Rangs verlangt ungeheuer viel Aufmerksamkeit und Stilbewusstsein«, fuhr Friederike fort.

»Assolutamente!«, sagte Manzini, wurde jedoch im nächsten Augenblick abgelenkt. Eine alte Dame, über und über mit Perlen und Brillantschmuck behängt, ließ sich in einem Lehnstuhl die Treppe hinuntertragen und bildete mit ihrem ganzen Personal eine regelrechte Prozession. Als Herr Manzini ihr beflissen entgegeneilte, verwickelte sie ihn in eine Konversation. Das Gespräch, das auf Französisch geführt wurde, drehte sich um die Anzahl der Kerzenleuchter in ihrem Salon. Es waren ihrer Ansicht nach nicht genug.

»Verzeihen Sie. Das war Fürstin Tarakanowa«, sagte er, als die Dame nach draußen verschwunden war und er wieder neben Friederike Platz nahm.

»Sie haben hier viel russisches Publikum, nicht wahr?«

»Oh ja! Insbesondere die Appartements in der ersten Etage gehen fast nur an Russen. Sie reisen häufig mit großer Entourage.«

»Die Erfahrung habe ich auch schon gemacht. In Frankfurt haben wir auch viele Russen. Sie steigen besonders gerne im Hotel *Weidenbusch* ab. Kennen Sie das Weidenbusch?«, fragte Friederike. Sie und Herr Manzini gerieten ins Plaudern, eigentlich lief es nicht schlecht, doch nach einer Weile fragte sie sich, wann der richtige Zeitpunkt wäre, ihre Muster zu zeigen. Sie hatte nicht damit gerechnet, das Gespräch mitten in der Empfangshalle zu führen, und wünschte sich plötzlich, sie hätte doch Peter Krebs mitgenommen, wie Weinschenk es ihr vorgeschlagen hatte. Ein Gehilfe hätte ihr mehr die Aura des Geschäftsmäßigen gegeben. Da Herr Manzini keine Anstalten machte, sie in ein wie auch immer geartetes Büro zu bitten oder sie auf ihren Brief anzusprechen, musste sie selbst irgendwie das Gespräch auf ihr Angebot lenken.

»Wunderbar, diese Polstermöbel. Französischer Jacquard, nehme ich an?«, sagte Friederike und strich mit der Hand über die Armlehne des Sessels, in dem sie saß.

Herr Manzini nickte. »Allerdings. Direkt aus Paris. Madame de Cherveille – der Name sagt Ihnen etwas? – hat ihren Salon damit ausgestattet. In Goldgelb. Wir hier ziehen Smaragdgrün vor, wie Sie sehen. Es ist weniger empfindlich«, fügte er hinzu, als vertraue er ihr ein Geheimnis an.

Friederike nickte. Sie hatte noch nie von einer Madame de Cherveille gehört. »Selbstverständlich! Mein Mann handelt schon seit über zehn Jahren mit Seide und anderen edlen Materialien. Da entwickelt man einen Blick für so etwas.« Sie lachte ein wenig verlegen über ihr Selbstlob, aber Herr Manzini fragte sie immer noch nicht nach ihren Stoffen. »Verzeihen Sie bitte, Herr Manzini, wenn ich nun so direkt zur Sache komme. Aber ich bin ja aus einem bestimmten Grund hier. Ich habe ein paar Muster mitgebracht und glaube, dass ich Ihnen ein unwiderstehliches Angebot machen kann.«

»Bene, Signora Ronnefeldt. Lassen Sie hören!«

In den nächsten Minuten setzte Friederike Herrn Manzini auseinander, welch außerordentlich qualitätsvolle Seide ihr Mann über London und Holland aus China importierte. Zufrieden sah sie Interesse in seinen Augen aufleuchten, das, je mehr sie Tobias und seine vorzügliche Ware pries, in Neugierde und schließlich in Ungeduld umschlug. Nachdem sie geendet hatte, wollte Herr Manzini unbedingt ihre Muster sehen.

Die schwere Qualität der Seide beeindruckte den Impresario. »Die Russen rauchen ungeheuer viel. Die bisherigen Vorhänge haben darum alle einen unschönen Gelbstich bekommen. Dieses Dunkelblau jedoch …«, seine Finger wanderten geradezu zärtlich über die Seide.

»Es ist perfekt. Völlig unempfindlich«, ergänzte Friederike seinen Satz. »Stellen Sie sich passende Kissen dazu vor. Und Bettüberwürfe.« Herr Manzini wiegte nachdenklich den Kopf.

Auf einem Notizzettel überschlugen sie die Mengen, die gebraucht wurden, um die Vorhänge in der ersten Etage zu erneuern. Friederike nannte den Preis, und Herr Manzini glaubte, den Direktor ganz sicher dafür gewinnen zu können.

»Wir fangen mit der ersten Etage an«, beschloss Herr Manzini. »Könnten Sie denn dieselbe Menge von dieser Qualität noch einmal besorgen, um auch die zweite Etage auszustatten?«

»Gewiss. Es wird vielleicht nicht ganz einfach, aber für Sie machen wir das möglich«, sagte Friederike im sicheren Bewusstsein, dass sie genug am Lager hatten. Sie jubilierte innerlich. War das nicht zu einfach gewesen? Ihre Gewinnspanne betrug zwar zweihundert Prozent, doch womöglich hätte sie sogar mehr verlangen können. In ihren Hinterkopf arbeitete es, doch sie wollte sich von diesen Überlegungen jetzt nicht ablenken lassen. »Ich werde das gemeinsam mit unserem Prokuristen Herrn Weinschenk klären und Ihnen ein Angebot machen«, sagte Friederike und dachte, dass ihr das Verkaufen womöglich mehr Spaß machte, als sie geahnt hatte. »Und wie ist es mit Tee, Herr Manzini? Sind Sie dafür auch zuständig?«, fragte sie, durch ihren Erfolg mit einem Mal mutig geworden.

»Wie kommen Sie auf Tee, Signora Ronnefeldt?« Herr Manzini war noch immer in den Anblick der Seide vertieft gewesen. Er hob fragend die Augenbrauen, und der Strich auf seiner Oberlippe kräuselte sich.

»Wie sie vielleicht auf unserem Briefbogen gesehen haben, importiert mein Mann nicht nur Manufakturwaren, sondern auch Tee aus China«, sagte Friederike lächelnd. »Ich habe bemerkt, dass Sie auch viele englische Gäste hier haben. Engländer sind beim Tee sehr eigen. Genau genommen beherbergen Sie mit den Russen und den Engländern sogar gleich zwei große Teetrinkernationen unter Ihrem Dach, Herr Manzini, darum musste ich einfach darauf zu sprechen kommen.«

»Gibt es etwas auszusetzen an unserem Tee?« Herr Manzini beäugte misstrauisch die Tasse, die vor Friederike auf dem Tisch stand. Es war nicht selbstverständlich, dass Tee überhaupt angeboten wurde, denn er wurde nach wie vor meistens im privaten Umfeld getrunken. In Gaststätten, Hotels und Kaffeehäusern bekam man üblicherweise Kaffee – doch ein Hotel dieser Größe musste sich natürlich auf die Wünsche seiner Gäste einstellen.

Jetzt hatte sie sich in Schwierigkeiten gebracht, denn wenn sie ihre ehrliche Meinung sagte, konnte sie den freundlichen Herrn Manzini womöglich gegen sich aufbringen. Wobei sie davon ausging, dass Manzini, wie die meisten Italiener, Kaffee bevorzugte und nicht sehr viel Ahnung von Tee hatte.

»Ach nein, es steht mir nicht zu. Ich möchte keinesfalls vermessen erscheinen.«

»Ich bitte Sie darum. Sagen Sie mir, was Sie denken«, forderte Herr Manzini sie auf.

Friederike zögerte immer noch. »Dieser Tee genügt sicherlich gewissen Ansprüchen«, sagte sie ausweichend.

Doch der Italiener ließ nicht locker. Vollends misstrauisch geworden, griff er nach dem Kännchen auf dem Tisch, nahm den Deckel hoch und schnupperte an dem Inhalt. »Signora Ronnefeldt. Was ist mit dem Tee?«, fragte er mit einer komischen Strenge.

Friederike nahm noch einen Schluck aus ihrer Tasse und fand ihr vorheriges Urteil bestätigt. Trotzdem wagte sie kaum, es auszusprechen. »Er ist womöglich – nun ja, wenn ich ehrlich sein soll, er schmeckt ein wenig muffig. Möglicherweise hat er den Transport nicht gut überstanden. Doch man kann ihn trinken – mit Milch und Zucker oder mit Zitrone merkt man es kaum, aber ...« Sie unterbrach sich.

»Was aber?«

»Sie sollten sicherstellen, dass Sie auf keinen Fall viel Geld dafür bezahlen.«

»Muffig, sagen Sie?«, sagte Herr Manzini verärgert, goss sich etwas Tee in seine Untertasse, probierte und verzog das Gesicht. »Disgustoso«, sagte er und schüttelte angewidert den Kopf. »Schmeckt wie immer.«

»Ich würde mich freuen, Ihnen unser Sortiment vorzustellen. Viele Teetrinker wissen gar nicht, was ihnen alles entgeht. Und eine Auswahl exquisiter Tees würde einem Haus wie Ihrem gut zu Gesicht stehen und das internationale Publikum befriedigen.«

»Bene«, machte Herr Manzini mit gerunzelter Stirn. »Was Tee betrifft, bin ich kein Fachmann. Doch ich werde den Herrn Direktor darauf ansprechen.«

»Das ist sehr freundlich von Ihnen«, sagte Friederike und dachte an den hochmütigen Blick und das winzige Kinn des Herrn Rudolph. Hoffentlich würde sie mit ihm ebenso gut reden können wie mit dem Herrn Manzini.

Ihr Blick wanderte zu der Boutique, wo der Verkäufer gerade dabei war, ein paar Taschentücher neu zu ordnen und auf der Theke auszubreiten. Als er sich umdrehte, fegte er mit dem Ärmel alles auf den Boden.

Manzini bemerkte es ebenfalls, schüttelte den Kopf und seufzte. »Che disastro«, murmelte er und beugte sich zu Friederike hinüber. »Er ist der Sohn des Vorbesitzers. So geht das seit zwei Jahren. Herr Rudolph konnte ihn bisher nicht loswerden. Der Verkauf des Hotels erfolgte nur unter der Bedingung, dass der Bengel hierbleiben darf, solange er will«, sagte er mit seinem ausdrucksstarken italienischen Akzent, der seinen Worten eine besondere Intensität verlieh.

»Eine hübsche, kleine Boutique. Und was für eine originelle Idee. Die Gäste müssen nicht einmal das Hotel verlassen, um einzukaufen, und werden dank ihrer Mitbringsel noch lange an das *Vier Jahreszeiten* erinnert, selbst wenn sie schon wieder zu Hause sind. Ich finde das großartig!«

»Sie sagen es, Signora. Das trifft es auf den Punkt«, rief der Italiener begeistert aus. »Doch der Laden läuft nicht, und der Vater hat erst heute früh für weitere sechs Monate die Miete für seinen missratenen Sohn bezahlt. Hoffentlich ist es dann vorbei. Im April muss er hoffentlich gehen.« Plötzlich musterte er sie mit schräggelegtem Kopf und warf ihr einen nachdenklichen Blick zu. »Könnten Sie sich das vorstellen, Signora Ronnefeldt?«

»Wie bitte?«

»Diesen kleinen Laden. Könnten Sie sich vorstellen, ihn zu übernehmen?«

»Ich?« Friederike war mehr als überrascht.

»Nun ja, beziehungsweise Ihr Mann. Vielleicht hätte er ja Interesse an einer Niederlassung im Nassauischen? Ostindische Ware ist bisher kaum vertreten in Wiesbaden.«

Friederikes Blick wanderte nochmals zu der Boutique. Ob sie sich das vorstellen konnte? Und ob! Schon während sie hier gesessen und gewartet hatte, hatte sie ihn in Gedanken eingerichtet. Tee, Porzellan, einige Halstücher und Foulards … Sie wusste genau, wie sie es anstellen würde.

»Ja, wäre das denn überhaupt möglich, dass wir als Frankfurter Bürger hier einen Laden betreiben?«

»Sie müssten freilich einen Wiesbadener Kaufmann einsetzen, der Ihnen offiziell die Geschäfte führt. Man kann ganz gewiss talentiertere Kaufleute hier finden als diesen da«, erwiderte Herr Manzini.

»Gewiss. Aber, mein Mann ist – ich meine, das geht nicht. Ich kann ihn gar nicht fragen. Er ist in China. Ich erwarte ihn erst im kommenden Jahr zurück«, sagte sie.

»In China! Wie ungewöhnlich. Nun ja, es ist ja ohnehin noch zu früh, darüber zu reden«, sagte Herr Manzini und machte Anstalten, sich zu erheben.

»Ach, bitte«, sagte Friederike und legte ihm die Hand auf den Arm, um ihn zurückzuhalten. »Warten Sie. Ist das denn Ihr Ernst?«

»Selbstverständlich! Ich habe das Gefühl, Sie wären genau die Richtige dafür, Signora Ronnefeldt.«

*

Julius ging mit großen Schritten in Richtung Kurhaus und unterdrückte den Impuls, sich umzudrehen. Er hatte Friederike Ronnefeldt nicht sofort erkannt und zweimal hinschauen müssen, bevor er sich sicher gewesen war. Dieses Kleid und der extravagante Hut gaben ihr ein völlig verändertes Aussehen.

Unwillkürlich rieb er sich die Schläfe. Eine der Narben, die er von ihren Tellerwürfen zurückbehalten hatte, juckte ihn gelegentlich immer noch. Außerdem trug er nach wie vor eine Augenklappe. Auch wenn er seine Sehkraft auf dem rechten Auge längst wiedergewonnen hatte, mochte er das verwegene Aussehen, das sie ihm verlieh, und hatte das Gefühl, dass das bei den Damen gut ankam, weswegen er sie nicht wieder abgelegt hatte. Wenn er daran dachte, wie Friederike Ronnefeldt ihn ausgetrickst hatte, kribbelte es ihn jedoch nicht am Kopf, sondern in den Fingern. In der ersten Zeit nach jener Nacht hätte er ihr vor Wut den Hals umdrehen mögen – und wie er nun merkte, war er längst noch nicht darüber hinweg.

Dabei hatte es das Schicksal ausnahmsweise einmal gut mit ihm gemeint. Nicolaus Ronnefeldt und seine Männer hatten ihn bis nach Mannheim geschafft und ihm verboten, sich Frankfurt jemals wieder zu nähern. Und dort, in Mannheim, war er schon zwei Wochen später als Hauslehrer bei einer reichen russischen Familie untergekommen. Die älteste Tochter, Nadeschda oder Nadja, wie er sie nannte, fünfundzwanzig Jahre alt und eigentlich ganz hübsch, wenn auch ein wenig zu füllig für seinen Geschmack, hatte einen Narren an ihm gefressen und ihm seine Geschichte sofort abgekauft: Ein Überfall war darin vorgekommen – was nicht einmal gelogen war, und irgendwie musste er ja sein lädiertes Aussehen erklären – und ein trauriges Familienschicksal, welches besagte, dass er innerhalb kürzester Zeit Vater, Mutter und Schwester verloren hatte. Das Familienschloss an der Loire habe er aufgeben müssen. Zu teuer für einen alleinstehenden Herrn – und zu viele Erinnerungen.

Julius schmunzelte in sich hinein, als er an die mitfühlenden Blicke dachte, die ihm diese Geschichte einbrachte, die sich, je nach Bedarf, weiter ausschmücken ließ, etwa mit Großeltern, die während der Französischen Revolution geköpft worden waren. Er gab sich nun als Franzose aus, nannte sich Comte de Bourrée, und ärgerte sich nur, dass er nicht schon früher darauf gekommen war, sich einen Adelstitel zuzulegen. Es vereinfachte das Leben ungemein. Selbst die Tatsache, dass er über kaum einen Kreuzer verfügte, wurde ihm als Adliger eher verziehen denn als gewöhnlicher Mensch, und dass er bereit war, für seinen Lebensunterhalt zu arbeiten – in seiner Position! –, brachte ihm zusätzlich Punkte ein. Er rechnete sich darum ernsthafte Chancen bei der jungen Dame aus, die bis über beide Ohren verliebt in ihn war und der ihr phlegmatischer Vater offenbar nichts abschlagen konnte.

Der einzige Wermutstropfen war, dass es um die finanzielle Situation der Familie Petrowitsch trotz des äußeren Anscheins nicht zum Allerbesten stand. Wie er kürzlich herausgefunden hatte, konnten sie sich die Fünf-Zimmer-Suite im *Vier Jahreszeiten* nämlich eigentlich gar nicht leisten. Man lebte auf Kredit und hoffte auf den Tod einer alten Erbtante in Sankt Petersburg, rechnete beinahe stündlich mit der entsprechenden Nachricht, die nur immer noch nicht eingetroffen war.

Alles in allem stellte sich seine Lage trotzdem nicht schlecht dar. Er hatte ein bequemes Leben, gab am Vormittag Nadjas kleinen Halbgeschwistern Stunden – der Vater war ein zweifacher Witwer –, aß mit der Familie zu Mittag und zu Abend und hielt gelegentliche Schäferstündchen mit Nadja. Zu dieser Solidität trug außerdem bei, dass er eine eiserne Reserve von mittlerweile sechzig Gulden besaß, die er bisher nicht angerührt hatte. In Mannheim war ihm das sogar relativ leichtgefallen. Die Versuchungen hatten sich in Grenzen gehalten, und seine Affäre mit der kleinen Russin hatte den Reiz des Neuen besessen und ihn zu Genüge abgelenkt. Doch spätestens, seitdem er erfahren hatte, dass die Petrowitschs von einer Erbschaft abhängig waren, fand er Mademoiselle weit weniger reizvoll. Immerhin schien die alte Tante wirklich sehr krank zu sein, und es bestand nach wie vor eine gewisse Aussicht auf Reichtum und Erfolg, weswegen er noch ein paar weitere Wochen zuwarten wollte. Doch in der Zwischenzeit würde er – sozusagen als Vorsichtsmaßnahme – in der Spielbank sein Glück versuchen. Er hatte auch früher schon Glück im Spiel gehabt. Gewiss, er hatte auch schon Pech gehabt – aber hatte er daraus nicht wertvolle Erkenntnisse gewonnen? Das Wichtigste war, aufhören zu können, abgesehen natürlich von der genauen Beobachtung des Spielverlaufs. Nur ein Narr setzte auf Rot, wenn gerade zehn Mal Rot gefallen war. Oder auf Zéro, wenn der Croupier eben Zéro gerufen hatte.

Drei Tage lang hatte Julius von seinem Zimmer aus auf die Kolonnaden und das Kurhaus mit den dorischen Säulen geblickt, bevor er entschied, wie er es anstellen wollte: Er würde von seinem Vermögen einfach nur zehn Gulden mitnehmen. Zehn Gulden und nicht einen Kreuzer mehr. Und wenn diese verspielt waren – dann hatte er eben verloren. Ein Verlust, der leicht zu verschmerzen sein würde.

Der Plan war eigentlich nicht schlecht, und er hatte große Lust, wieder einmal zu spielen, eine Leidenschaft, der er nun schon viel zu lange entsagt hatte, doch der Anblick von Friederike Ronnefeldt, wie sie in ihrem eleganten Kleid im Foyer des *Vier Jahreszeiten* saß, hatte ihn auf einen weiteren Gedanken gebracht. Während Julius auf dem Weg zur Spielbank einen Umweg durch den Kurpark machte, um noch ein wenig die Sonne zu genießen, dachte er an das Paket, das er kürzlich aus Frankreich bekommen hatte. Es enthielt einige persönliche Dinge, die er Anfang des Jahres bei seiner Vermieterin deponiert hatte – wegen seiner überstürzten Abreise war es ihm unmöglich gewesen, alles mitzunehmen – und die er sich eher aus nostalgischen Gründen hatte nachschicken lassen. Beim Durchsehen seiner Habseligkeiten merkte er, dass zwischen den Seiten eines Buches fünf Briefe lagen, von denen er gar nicht mehr gewusst hatte, dass er sie noch besaß. Und als er sie genauer betrachtete, stellten sie sich als Liebesbriefe einer Frau heraus.

Verblüfft hatte er die eine oder andere Passage gelesen und sich über die unverblümte Leidenschaft gewundert und gefreut, die aus den Worten sprach. Immerhin galten die von hastiger Jungmädchenhand verfassten Zeilen ihm – und schmeichelten ihm auch noch nach über fünfzehn Jahren. Er hatte die Briefe ins Buch zurückgelegt und sich kurz mit dem Gedanken amüsiert, dass er Nadja damit eifersüchtig machen könnte. Doch das war im Grunde nichts als eine Kinderei. Wenn er es sich recht überlegte, ließe sich doch vielleicht sogar echtes Kapital aus seinen Fundstücken schlagen. Denn die Frau, die ihm in diesen Briefen ihre Liebe gestand, war niemand anderes als Friederike Ronnefeldt.

Julius hatte die Hände in die Hosentaschen gesteckt und schlenderte in Gedanken versunken den Kiesweg entlang. Doch dann hielt er plötzlich inne, tat einen raschen Schritt zur Seite, um sich im Schatten eines Baums zu verbergen, und spähte nach einer Parkbank hinüber. War sie das nicht? Aber nein, Friederike hatte ein grünes Ensemble getragen, und diese Frau dort war in Blassrosa gekleidet. Einige Momente lang war Julius vollkommen verwirrt ob der Ähnlichkeit, bis ihm endlich aufging, dass es sich um ihre ältere Schwester handeln musste. Käthe Kluge – und sie war ins Gespräch mit einem Mann vertieft. Dabei verhielten sich die beiden auffällig unauffällig. Falls sie sich bemühten, so zu tun, als ob sie einander nicht kannten, misslang es jedenfalls gründlich. Julius schmunzelte und beschloss, den Besuch in der Spielbank noch ein wenig aufzuschieben. Er schob sich den Zylinder ein wenig tiefer in die Stirn, setzte sich seinerseits auf eine Bank und begann mit Blick auf das turtelnde Pärchen eine Zigarre zu entzünden. Die Familie Ronnefeldt war tatsächlich immer für Überraschungen gut. Er würde einfach mal abwarten, was geschah.

Was haben Sie jetzt vor?

Gerbermühle, 22. Oktober 1838

Paul Birkholz saß auf seinem Bett in der kleinen Kammer in der Gerbermühle und packte seine wenigen Habseligkeiten zusammen. Jakob von Willemer war drei Tage zuvor gestorben, und somit gab es keinen Grund mehr für ihn hierzubleiben, selbst wenn seine Gastgeberin und Patronin, Marianne von Willemer, ihn nicht zum Aufbruch drängte. Seine Aufgabe war beendet. Es gab nichts mehr für ihn zu tun.

Pauls Blick fiel auf den Violinenkasten in der Ecke. Das Instrument gehörte ihm nicht. Er würde es hier zurücklassen müssen. Wehmut erfüllte ihn, als er daran dachte. Die Musik hatte ihm immer viel bedeutet – und gerade in den letzten Wochen und Monaten hatte das Geigenspiel eine wichtige Funktion gehabt. Während der alte Graf in seinem Sterbezimmer langsam und unaufhaltsam ins Jenseits hinüberglitt, spendete sie ihm und, so glaubte er, auch Marianne von Willemer, Trost und Abwechslung. Sein Verhältnis zur Gräfin war trotz ihrer Einladungen zu gelegentlichen, gemeinsamen Abendessen immer distanziert geblieben, doch dank der Musik hatten sie viele schöne und sogar heitere Stunden miteinander verbracht. In den letzten Tagen hatte Paul es allerdings nicht mehr gewagt, zur Violine zu greifen, weil er fürchtete, die Gräfin könnte es als unpassend empfinden. Und er war so gut wie gar nicht mehr von der Seite des Grafen gewichen.

Zu Pauls Überraschung hatte der alte Mann noch einmal hellere Momente gehabt, sogar die Augen geöffnet und ihn angesehen.

Und er hatte offenbar Trost darin gefunden, seine Hand zu halten, denn dann entspannte sich seine Miene, und bisweilen umspielte sogar ein Lächeln den alten faltigen Mund. Paul konnte sehen, hören und fühlen, wie der dünne pfeifende Atem noch dünner und pfeifender wurde – bis er irgendwann ganz aufhörte.

Sie hatten in diesem Moment beide an seinem Bett gesessen, Marianne von Willemer und er, und ihre Blicke waren sich einander über den soeben Verstorbenen hinweg begegnet. Die Gräfin hatte ihm kaum merklich zugenickt. Ihre Augen waren trocken geblieben. Überhaupt hatte er sie in all den Wochen kein einziges Mal weinen sehen – und doch wusste er, wie sehr sie litt. Die Liebe, die diese Frau für ihren Mann empfand, war stark und intensiv. Sie war förmlich mit Händen greifbar. Jeder, der etwas anderes behauptete, der sie entweder eitel und oberflächlich oder kühl und berechnend nannte, kannte sie nicht. Paul glaubte, dass sie auch den Geheimrat Goethe auf die gleiche Weise geliebt hatte. Und dass sie von beiden Männern geliebt worden war. Warum auch nicht? Warum musste überhaupt irgendjemand der Liebe Fesseln anlegen?

Er seufzte. Friederike Ronnefeldt kam ihm in den Sinn. Eigentlich dachte er ständig an sie. Nach den dramatischen Geschehnissen beim Sängerfest war er noch ein paar Mal bei ihr gewesen, um Elise Unterricht zu erteilen. Das Mädchen gab sich Mühe und hatte Talent, und an ihrem Bruder Wilhelm, dem kleinen Kerl, den er aus dem Wasser gezogen hatte, hatte er ohnehin einen Narren gefressen. Nach den Geigenstunden hatte er jeweils mit Friederike über den Büchern gesessen, um ihr die Grundlagen der Buchführung zu erklären – und war an ihrer Nähe fast verzweifelt. Von außen betrachtet ging es um Zinsrechnung und Warenkalkulation, um Geber und Gläubiger, Schuldner und Empfänger, doch während sie sich Spalte um Spalte, Zeile um Zeile durch die Kontorwissenschaften arbeiteten, fühlte sich sein Inneres an, als loderte dort ein heißes Feuer. Wie sehr es ihn drängte, Friederike nicht sein Wissen, sondern sein Herz zu Füßen zu legen! Die zarten Bande seiner Neigung zu ihr, waren längst starken Gefühlen gewichen. So stark, dass er es kaum noch wagte, ihr unter die Augen zu treten. Der sich verschlechternde Zustand des Grafen hatte ihm von daher eine willkommene Ausflucht geboten, seine Besuche zu reduzieren und schließlich ganz einzustellen. Es war ihr, so glaubte er, womöglich gar nicht einmal so sehr aufgefallen, denn die Herbstmesse mit ihrem Strom an Besuchern und Verpflichtungen hatte sie sehr gefordert. Sie hatte ohnehin nur noch wenig Zeit für ihn gehabt – und zudem nun wieder Wilhelm Weinschenk an ihrer Seite, der ihr half.

Er beugte sich vor, griff nach dem Geigenkasten, öffnete ihn – und nachdem er die Violine eine Weile betrachtet hatte, nahm er sie heraus und begann, sie zu stimmen. Ein letztes Mal noch, dachte er, und in seinem Kopf erklang sofort die Melodie des *Concertos* von Mozart, das er an jenem Tag gespielt hatte, an dem er Friederike zum ersten Mal gesehen hatte. Wie eine Erscheinung hatte sie im Garten unter dem Rosenbusch gesessen und sich schon in diesem Moment in sein Herz gestohlen. Ihr liebes Gesicht mit der strengen Frisur, die sich so bezaubernd veränderte, wenn sich auch nur eine einzige Locke daraus hervorstahl. Die dunklen ernsten Augen, in denen bisweilen unverhofft der Schalk aufblitzte. Er bewunderte sie. Ihre Tatkraft ebenso wie ihre Anmut und Sinnlichkeit. Sie konnte ganz in der Musik aufgehen, der schönste Beweis dafür, dass sie verwandte Seelen waren.

Paul stand auf, setzte die Geige ans Kinn und stimmte die ersten Töne des *Concertos* an, zart und beinahe hüpfend, bis hinauf zu einem ersten jubelnden Crescendo und dann wieder hinab in trillernden Läufen, und während er spielte, stellte er sich vor, dass Friederike vor ihm stünde, so wie damals an jenem Frühsommertag. Das Adagio wiederum versetzte ihn in ihre nächtliche Kammer zurück, als sie voller Sorge gewesen war um ihr ungeborenes Kind, und dann dachte er an den Moment, in dem sie ihm ihre Freundschaft angetragen hatte. Er spielte mit geschlossenen Augen – und nachdem er geendet hatte, fühlte er sich ihr auf eine Art näher, die ihn voll stiller Sehnsucht innehalten ließ.

»Bitte, nehmen Sie sie mit.«

Paul wandte sich um. Im Türrahmen stand Marianne von Willemer. Sie hatte sich die Haut weiß gepudert und die Lippen rot geschminkt, so dass ihr Gesicht einer reglosen Maske glich. Das hatte er noch nie bei einer Frau gesehen – seines Wissens nach taten dies nur Kurtisanen und Schauspielerinnen –, und er musste sich beherrschen, um sie nicht anzustarren.

»Verzeihung, ich habe Sie nicht kommen hören«, sagte er und ließ die Geige sinken.

»Die Violine hat seinem Sohn gehört.«

Paul nickte. »Ja, ich weiß.«

»Nehmen Sie sie mit. Sie würden dem Grafen – und mir – damit einen Gefallen tun.«

Paul schüttelte mit einem traurigen Lächeln den Kopf. »Danke, aber das kann ich unmöglich annehmen. Es ist ein viel zu wertvolles Instrument.« Der Geigenkasten lag noch geöffnet auf dem Bett. Er legte die Violine und den Bogen in das seidene Futteral, schloss den Kasten, griff nach dem fertiggepackten Beutel, in dem er seine Kleider und ein paar Bücher verstaut hatte, und hängte ihn sich über die Schulter.

»Aber natürlich können Sie das. Es ist kein Geschenk. Sie sollen sie nur spielen. Sie bleiben doch in Frankfurt, Herr Birkholz? Oder was haben Sie jetzt vor?«

Er hob ein wenig ratlos die Schultern und ließ sie wieder sinken. Hatte er eine Zukunft in Frankfurt? Er wusste es nicht, und die unsicheren Aussichten quälten ihn. Wann würde endlich Ruhe in sein Leben einkehren? Wann konnte er die Früchte seiner vielen Arbeit und seiner Entbehrungen ernten? Jedermann hielt ihn für bescheiden und großherzig. Aber war es denn verwerflich, dass auch ihm an einem gewissen Wohlstand gelegen war? Womit hatte er es verdient, dass man ihm ständig Steine in den Weg warf? Und nun liebte er auch noch eine Frau, die er nicht haben konnte.

Er atmete tief durch. Es zermürbte ihn, dass es ihm in seiner eigenen Vaterstadt so schwer gemacht wurde, Fuß zu fassen, doch wie er gehofft hatte, klang seine Stimme vollkommen ruhig, als er Frau von Willemer antwortete: »Ich werde bei den Stadtphysici einen zweiten Antrag auf Zulassung stellen. Der erste wurde abgelehnt. Ein Formfehler – angeblich.«

Sie nickte. »Und bis dahin?«

»Kann ich als Hauslehrer arbeiten. Ich finde schon was.« Pauls Stimme klang entschlossen. Kein Unterton, der andeutete, dass er nicht wusste, wie es weitergehen sollte. Er hatte keine Lust mehr, Almosen anzunehmen. Er wollte es aus eigener Kraft schaffen und nicht mehr von anderen abhängig sein.

»Nehmen Sie sie mit«, wiederholte Frau von Willemer noch einmal. Sie trat einen Schritt vor, hob den Geigenkasten vom Bett und hielt ihn ihm hin. Jetzt, wo sie so dicht vor ihm stand, sah er, dass sie geweint hatte. Dicke Tränenspuren zogen sich durch ihr geschminktes Gesicht. Die rote Farbe auf ihren Lippen faserte nach den Rändern hin aus und betonte die zarten Fältchen rund um ihren Mund. Sie tat ihm wirklich sehr leid.

»Bitte! Jakob würde es so wollen.«

»Also gut. Für den Grafen«, sagte Paul und nahm die Geige an sich.

Erzähle mir alles, was du weißt

Ankoy, 13. November 1838

Tobias sah Friederike aus der Ferne und rief nach ihr. Sie saß allein in einem Boot ohne Segel und ohne Ruder, und matt schimmerndes Wasser trennte sie voneinander. Er begann zu laufen, und die Wasserfläche verwandelte sich in ein Reisfeld. Er war nicht einmal verwundert deswegen, verzweifelte jedoch daran, dass er nicht vom Fleck kam. Bei jedem Schritt sanken seine Füße ein wenig tiefer in den schlammigen Boden. Er ruderte hilflos mit den Armen und verlor die Gestalt im Boot aus den Augen. »Friederike«, rief er, ohne seine eigene Stimme zu hören. Endlich tauchte sie wieder vor ihm auf. Die Ähren wogten grün um sie herum, und sie hielt mit beiden Händen einen Korb vor sich. Freundlich lächelte sie ihm entgegen, aber beim Näherkommen erkannte er, dass er sich getäuscht hatte. Das war gar nicht seine Frau. Ihr Gesicht verwandelte sich vor seinen Augen in eine hässliche Fratze. Entsetzt wandte er den Blick ab und sah in den Korb. Darin lag ein Kind. Sein Kind! Aber es war tot, die Haut, die sich über den knochigen Schädel spannte, war grau und porös – und dann öffneten sich plötzlich die Lider, und darunter waren nichts als leere Höhlen ...

Schweißgebadet erwachte Tobias aus seinem Traum und brauchte einen Moment, bis er sich wieder bewusst wurde, wo er eigentlich war, und dann vorsichtig die schmerzenden Glieder streckte. Am Himmel war bereits ein Schimmer der Morgenröte zu erkennen. Da Tobias die hiesigen Verhältnisse inzwischen recht genau kannte, wusste er, dass es in wenigen Minuten hell sein würde. Pünktlich hob um ihn herum das morgendliche, stetig lauter werdende Tierstimmenkonzert an. Vom Ufer her hörte man die schrillen Pfiffe der Vögel, die keckernden Rufe der Affen und das metallische Zirpen der Zikaden. Dazwischen meinte er, das Gequake von Fröschen oder Kröten wahrzunehmen – und mit den fremdartigen Geräuschen sickerten auch die Erinnerungen an die Geschehnisse des Vortags in sein Bewusstsein.

Tobias richtete sich auf. Er hatte auf einem Haufen schmutziger Seile im Heck des Ruderbootes gelegen und geschlafen. Es war Tag zwei ihres Versuchs, ans Festland zu gelangen, und sie waren irgendwo an der chinesischen Küste auf eine Sandbank aufgelaufen, weil sie bei ihrem Vorhaben, in den Fluss hineinzufahren, von der Ebbe überrascht worden waren. Wer hätte denn ahnen können, dass das Wasser sich beinahe komplett zurückziehen würde. Plötzlich waren überall Sandinseln zum Vorschein gekommen. Selbst Gützlaff und Ryder hatten damit nicht gerechnet.

Aber wo waren seine Begleiter überhaupt? Gützlaff und Ryder waren abgesehen von den fünf Lascars, den indischen Schiffsleuten, die sie als Träger und zur Bewachung mitgenommen hatten, im Moment seine einzigen Reisegefährten. John Witten hatte unglücklicherweise an Bord der *Water Witch*, so der Name des Schiffes, das sie von Kanton bis hierher an diesen Küstenabschnitt gebracht hatte, einen erneuten Fieberschub erlitten und war, zusammen mit Nicholson – ebenso wie Ryder ein ehemaliger englischer Offizier – zurückgeblieben. Witten war deswegen todunglücklich gewesen, musste jedoch zugeben, dass er dem Landausflug, der ihnen bevorstand, in diesem Zustand nicht gewachsen war. Tobias hatte versprochen, ihm etwas von seiner Beute abzugeben, sowohl Samen als auch Teepflanzen – falls er jemals welche zu Gesicht bekam.

Bis jetzt waren sie jedoch noch nicht weit gekommen. Sie hatten am Tag zuvor mit dem Schiff die Bucht von Xiamen passiert und dann die *Water Witch* nahe einer winzigen Insel in der Weitou Bay geankert und das Boot zu Wasser gelassen. Etwa zwei Stunden waren sie den Fluss, der in die Bucht mündete, hinaufgerudert, bevor sie in Sichtweite einer Brücke auf diese verfluchte Sandbank aufgelaufen waren.

Tobias erhob sich und blickte sich um. Auch wenn er sich soeben noch wie der einsamste Mensch der Welt vorgekommen war – er war nicht allein. Zwei der Lascars hielten mit ihren Lanzen Wache. Dann entdeckte er auch Gützlaff und Ryder. Sie standen ein paar Schritte entfernt vom Boot auf der Sandbank und beobachteten, wie sich die Priele und Furchen mit Wasser füllten.

Gützlaff wandte den Kopf und hob die Hand. »Guten Morgen, Herr Ronnefeldt«, rief er auf Deutsch zu ihm hinüber.

»Guten Morgen«, grüßte Tobias zurück. Es brachte ihn immer ein wenig aus der Fassung, wenn Gützlaff ihn in seinem sächsisch eingefärbten Deutsch ansprach. In Gegenwart der anderen sprachen sie meistens Englisch miteinander, was der Missionar fließend und für Tobias' Ohren akzentfrei beherrschte – ebenso wie Chinesisch, von dem Tobias aber selbstverständlich kein Wort verstand. Der Missionar trug seine übliche schwarze Kluft, eine eigentümliche Mischung aus chinesischer und europäischer Kleidung, auf dem Kopf eine schlichte, runde Kappe. Ryder hatte wie immer einen Uniformrock der britischen Royal Navy an. Einige der Messingknöpfe fehlten, doch er machte trotzdem einen beruhigenden, stattlichen Eindruck, zumal er sich regelmäßig mit Hilfe eines kleinen Taschenspiegels das Kinn rasierte. Tobias hatte das Rasieren längst aufgegeben und trug zum ersten Mal in seinem Leben einen Vollbart.

Drei Stunden später hatte das Boot endlich wieder genug Wasser unter dem Rumpf, und die Schiffsleute, die an den Rudern saßen, steuerten unter Ryders wachsamen Blicken auf eben jene Brücke zu, hinter der in einiger Entfernung Masten von Segelschiffen zu erkennen waren. Der Fluss musste demzufolge grundsätzlich schiffbar sein. Am Ufer war eine Ansammlung von Häusern zu sehen, offenbar ein Dorf. Mit Unbehagen nahm Tobias wahr, dass sich bei ihrem Näherkommen auf der Brücke ein regelrechter Menschenauflauf bildete und dass manche der Schaulustigen gefährlich aussehende Speere bei sich trugen. Dann wurden sie von oben angerufen. Gützlaff antwortete freundlich auf Chinesisch und winkte. Ein paar Worte und Sätze flogen hin und her, und einige Männer kletterten über eine Leiter zu ihnen herab und versammelten sich am Fuß des Pfeilers, der auf einer felsigen Erhebung im Fluss stand. Der Anführer, ein älterer drahtiger Mann, entblößte lächelnd seine schwarzen Zahnstummel, was jedoch nicht darüber hinwegtäuschen konnte, dass er wahrscheinlich in der Lage wäre, ihnen das Leben gehörig schwer zu machen. Er sprach mit Gützlaff, der ihm freundlich Rede und Antwort stand und sich dabei offenbar das Einverständnis einholte, einen Stapel christlicher Traktate unter den Männern zu verteilen, die er extra für diesen Zweck mitgenommen hatte. Tobias hatte sie sich zuvor schon einmal angesehen, jedoch natürlich nicht darin lesen können. Es handelte sich um Übersetzungen von Heiligengeschichten, Predigten und Bibelauszügen ins Chinesische, die sofort reißenden Absatz fanden. Der Anführer maß währenddessen aus unerfindlichen Gründen mit den Armen die Länge des Bootes aus und rief dann etwas in die Richtung seiner Begleiter. Ein junger Mann trat vor, oder eher noch ein Knabe, so schmal und bartlos, wie er aussah. Der Alte packte ihn recht grob an der Schulter und schob ihn in ihre Richtung.

»Das ist jetzt unser Führer«, sagte Gützlaff zu Tobias und wies die Lascars an, dem Chinesen an Bord zu helfen. Der ist ja noch ein Kind, dachte Tobias, doch er konnte die Asiaten ohnehin kaum auseinanderhalten, und auch beim Einschätzen ihres Alters tat er sich schwer. Seiner Erfahrung nach konnte ein augenscheinlich Vierzigjähriger genauso gut achtzig Jahre alt sein und umgekehrt.

»Haben Sie um einen Führer gebeten?«, fragte Tobias Gützlaff, denn davon war zuvor nie die Rede gewesen.

»Nein. Das war seine Idee.« Gützlaff wies mit dem Kinn in die Richtung, wo der Chinese gerade an Bord kletterte. »Aber wir haben großes Glück, er kommt nämlich aus dem Dorf Taou-i, kennt sich also bestens aus. Er sagt, dass er uns hinführen wird. Ganz abgesehen davon, wollte der Alte uns ohne Begleitung nicht weiterfahren lassen.«

Endlich wurde ihnen der Weg freigegeben und die Lascars legten sich kräftig in die Riemen. Als sie die Brücke passiert hatten und Tobias sich noch einmal umwandte, sah er, wie der Anführer oben auf der Brücke mindestens drei Boten in verschiedene Richtungen aussandte. Er machte Gützlaff darauf aufmerksam.

Der Missionar nickte, er hatte es auch bemerkt. »Man wird wissen, dass wir kommen.«

Mit der hereinströmenden Flut kamen sie für eine Weile gut voran. Rasch ließen sie die Brücke hinter sich, passierten, ohne ein weiteres Mal aufgehalten zu werden, den Hafen mit den Schiffen, die sie aus der Ferne gesehen hatten, und drangen etwa fünf Meilen ins Landesinnere vor. Immer wieder wurden sie von Dorfbewohnern, die sich am Ufer versammelten, neugierig beäugt. Ein paar Kinder schrien und lachten und warfen Steine nach ihrem Boot, die sie jedoch weit verfehlten.

»Sie sind harmlos. Wahrscheinlich haben sie noch nie einen Europäer gesehen«, erklärte Gützlaff.

Zum ersten Mal an diesem Tag entspannte sich Tobias ein wenig und hatte genug Muße, die Ufer zu betrachten. Sie waren durchaus fruchtbar, wie es schien, kamen ihm aber eintönig vor. Er sah nur

Felder mit Zuckerrohr und Reis sowie immer wieder Gruppen von Kiefern, die laut Gützlaff der Holzgewinnung dienten. Hoffentlich waren sie überhaupt auf dem richtigen Weg, und es gab wirklich Tee in diesen Bergen! Tobias hatte bereits eine herbe Enttäuschung hinter sich, weil die eigentlich geplante Expedition in die Bohea Hills nicht stattfinden konnte. Gützlaff hatte einige Wochen zuvor versucht, dorthin zu gelangen, war jedoch verjagt worden. Zum Beweis zeigte er Tobias eine leuchtend rote Narbe am Oberarm, die von einem Streifschuss herrührte, den er sich dabei eingehandelt hatte. Er sei zwar heil herausgekommen, doch es sei eindeutig zu riskant.

Auf den Hügeln rund um Taou-i wachse jedoch ebenfalls Tee, hatte ihm der Missionar erklärt. Er werde auf dem Markt in Shijing an der Küste verkauft – und schließlich behauptete auch der junge Mann, der an der Mündung des Flusses zu ihnen gestoßen war, sich mit dem Teeanbau auszukennen.

»Wie heißt er eigentlich?«, fragte Tobias und betrachtete ihren selbsternannten Führer, der vorne im Bug Platz genommen hatte, neugierig aus der Distanz. Er trug die typischen Kleider der Gegend: ein Paar Hosen, weit im Schritt, und dazu bequem aussehende weiche Schuhe, die an den Knöcheln geschnürt wurden. Darüber eine Jacke, die von einem Gürtel gehalten wurde, an dem ein Futteral mit einem kleinen Dolch hing. Unter der Kappe lugte ein langer Zopf hervor.

»Er sagt, sein Name sei Feng. Er versteht übrigens ein bisschen Englisch, Sie können also versuchen, sich mit ihm zu unterhalten. Ein kluger Bursche, wie mir scheint.«

»Feng«, wiederholte Tobias leise für sich und versuchte dabei, Gützlaffs Aussprache nachzuahmen. »Das hört sich beinahe französisch an.«

»Das haben Sie völlig richtig gehört«, erklärte der Missionar.

»Genau wie die Franzosen sprechen die Chinesen ein bisschen durch die Nase.«

Dann wurde mit einem Mal das Wasser wieder so seicht, dass sie stecken blieben. Der Chinese, der die ganze Zeit über auf ein und derselben Stelle gesessen und aufs Wasser geblickt hatte, erhob sich unvermittelt aus seiner kauernden Position.

»Let's go«, sagte er zu Gützlaff und fügte dann noch ein paar Worte auf Chinesisch hinzu.

»Das war's auf dem Fluss. Er sagt, ab hier müssen wir laufen«, übersetzte der Missionar für Tobias und Ryder, der schon dabei war, sein Felleisen zu schultern.

Am Ufer lag wieder ein Dorf, und als die Bewohner neugierig herbeiströmten, organisierten Gützlaff und Feng in kurzer Zeit einige zusätzliche Nahrungsmittel sowie vier weitere Träger für das Gepäck. Wie immer übernahm Ryder die Aufgabe, den indischen Schiffsleuten Anweisungen zu erteilen, und als sich die kleine Prozession schließlich in Bewegung setzte, gingen Gützlaff und der Chinese an der Spitze, gefolgt von einem mit einer Lanze bewaffneten Inder, dann kamen vier Träger, ebenfalls geschützt von einem Lascar, und dahinter ging Tobias, der sich mit den Pistolen am Gürtel, die Ryder ihm gegeben hatte, zwar ein wenig unbehaglich fühlte, jedoch einsehen musste, dass diese Vorsichtsmaßnahme wohl notwendig war. Die Nachhut bildeten Ryder sowie ein weiterer mit einem Säbel bewehrter Lascar.

So marschierten sie mehrere Stunden in nordöstlicher Richtung, doch Tobias' neugieriges Interesse an der Umgebung wurde mit der Zeit von immer stärker werdenden Schmerzen überdeckt, die von seinen Füßen ausgingen. Während einer Rast zog er schließlich seine Schuhe aus und erschrak: Er hatte sich blutige Blasen gelaufen. Gützlaff betrachtete die Verletzungen und schüttelte den Kopf.

»Das hat keinen Zweck. Morgen werden Sie gar nicht mehr laufen können. Wir brauchen Träger«, sagte er und besprach sich kurz mit Feng, der sie nach einer weiteren, für Tobias ausgesprochen schmerzhaften halben Stunde in ein Dorf führte, wo es glücklicherweise ein einfaches Gasthaus gab, in dem sie unterkommen konnten.

Früh am nächsten Morgen – sie hatten sowohl am Abend als auch zum Frühstück gebratenes Geflügel zu essen bekommen – setzten sie ihren Weg fort, und Tobias konnte seine Erleichterung kaum verhehlen, als er die beiden Tragsessel und die vier starken Träger sah, die vor dem Gasthof auf sie warteten. Ein bisschen unangenehm war es ihm zwar schon, wie ein Frauenzimmer auf den Sessel zu klettern, doch da auch Gützlaff sich tragen lassen wollte, war es besser auszuhalten. Ryders verächtliche Miene versuchte er zu ignorieren. Der Weg führte sie erneut tief hinein in den Dschungel, und nun hatte Tobias auch Gelegenheit, einige der Tiere zu beobachten, deren Stimmen er die ganze Zeit gehört hatte. Er sah eine Horde weißgesichtiger Affen mit kugelrunden Augen und langem flauschigen Fell, die sich durch die Wipfel hangelte, sowie Papageien, Sittiche und andere bunte Vögel, die im Geäst der Bäume saßen und spöttisch auf sie hinabzublicken schienen.

Eine Stunde später setzten die Träger plötzlich mitten im Wald die Sänften ab und verschränkten die Arme vor der Brust. Gützlaff verlangte, dass sie weitergehen sollten, doch sie behaupteten, so hungrig zu sein, dass sie keinen Schritt mehr tun könnten, wenn sie nicht mehr Geld bekämen. Den angebotenen Proviant schlugen sie hingegen aus, weshalb Gützlaff irgendwann nichts anderes übrigblieb, als auf die Forderung einzugehen. Doch als sie durch die nächste Siedlung kamen, setzten die Männer wiederum unvermittelt die Sessel ab, so dass sie den aufdringlichen Blicken der Dorfbewohner ausgeliefert waren.

»Was soll das?«, fragte Tobias verärgert, während er zwei Männer abwehrte, die ihn am Ärmel zogen und ungeniert in sein Haar und seinen Bart griffen.

»Die Träger sind gierige Kerle. Sie lassen sich auch das bezahlen«, erklärte Gützlaff.

»Die Leute bezahlen Geld dafür, uns anzuschauen?«, fragte Tobias verblüfft. Er hasste es mittlerweile, sich tragen zu lassen. Nicht nur, dass es ihm peinlich war, nein – das Schaukeln war schlimmer als alles, was er auf der Überfahrt auf dem Schiff erlebt hatte. Doch seine Füße brauchten noch etwas Zeit, sich von den Strapazen zu erholen, so dass er keine Wahl hatte.

Glücklicherweise kamen sie am späten Nachmittag wieder an einen Fluss, wo sie mit Hilfe von Feng, der ihnen stetig vorausgegangen war, erneut ein Boot mieten und ihre dreisten Gehilfen loswerden konnten. Den Abend und die Nacht verbrachten sie in einem improvisierten Lager am Ufer, und Feng versprach, dass sie Taou-i am nächsten Morgen erreichen würden.

Tobias hatte inzwischen Vertrauen zu dem stillen Chinesen gefasst und glaubte seinen Zusicherungen ohne weiteres. Nach dem Essen, das aus köstlichen gebratenen Fischen bestand, die die Lascars aus dem Fluss geholt hatten, bat Feng Tobias, ihm seine Füße zu zeigen.

»Warum? Why?«, fragte Tobias erstaunt und ein wenig irritiert, weil er sich in seinem Schamgefühl verletzt sah.

»Medicine«, sagte Feng, holte aus einem Beutel ein großes Blatt hervor, in das eine gestampfte gelbliche Paste eingewickelt war, die er offenbar selbst hergestellt hatte, und hielt sie ihm hin. Tobias schnupperte daran. Es war ein erdiger Geruch mit einer gewissen Schärfe darin, den er nicht einzuordnen wusste. Hilfe suchend wandte er sich an Gützlaff, der neben ihm saß und mit einem Stock das Feuer schürte.

»Was ist das?«

Gützlaff schnupperte ebenfalls, zuckte die Achseln und wandte sich an Feng, der jedoch offenbar die Rezeptur nicht verraten wollte.

»Tut mir leid, aber der Junge macht ein Geheimnis daraus. Vermutlich ist Kurkuma darin. Probieren Sie es einfach aus. Meine eigene Reiseapotheke gibt nichts mehr her, alles, was ich hatte, haben wir schon aufgebraucht. Die Chinesen verstehen viel von Medizin. Schaden kann es kaum – selbst wenn wie meistens ein heidnischer Glaube dahintersteckt.«

Also ließ Tobias es zu, dass Feng seine Füße behandelte. Es war das erste Mal, dass sie einander so nahekamen und er Gelegenheit hatte, das Gesicht des Chinesen in aller Ruhe zu betrachten. Es war fein geschnitten, oval, nicht rund wie bei den meisten Chinesen, und vollkommen bartlos. Die Nase war winzig, jedoch wohlgeformt, und die mandelförmigen Augen blickten scheu, gleichzeitig aufmerksam und klug. Feng war ein attraktiver junger Mann, dachte Tobias – oder, besser gesagt, Knabe, denn er schätzte ihn auf höchstens fünfzehn oder sechzehn Jahre.

Die Salbe kühlte und tat seinen Füßen wohl, und als Feng fertig war, blieb er schüchtern neben Tobias sitzen.

»Ist es gut?«, fragte er auf Englisch, und Tobias bedankte sich und versicherte dem Knaben, dass die Salbe seine Schmerzen lindere.

Dann wies Feng auf Tobias' geöffnetes Felleisen, aus dem ein Buch hervorlugte, das *Taschenbuch für Teetrinker* von Marquis und Westphal, ein Besitz, der ihm so wertvoll war, dass er es nicht an Bord der *Water Witch* hatte zurücklassen wollen.

»Tee?«, fragte Feng und zeigte auf das Buch.

»Ja, es geht um Tee«, sagte Tobias erfreut über das Interesse. Er zog das Buch hervor, schlug die Seite mit dem Frontispiz auf, das eine Teepflanze in der Blüte zeigte, und reichte es Feng. »Gibt es diese Pflanze in Taou-i?«

Feng betrachtete das Bild, fuhr lächelnd mit den Fingern darüber und nickte. »Taou-i!«, sagte er und reichte Tobias das Buch zurück. »Please, read it to me.«

Am folgenden Tag erreichten sie nach einer dreistündigen Bootsfahrt, die ohne weitere Überraschungen verlief, gegen neun Uhr am Morgen das Dorf. Feng schien sich jedoch nicht darüber zu freuen, nach Hause zurückzukehren. Tobias, der sich am Abend zuvor noch lange mit ihm unterhalten hatte, beobachtete erstaunt die kühle Begrüßung durch die Dorfbewohner. Sie warfen Feng entweder misstrauische Blicke zu oder ignorierten ihn einfach völlig, und er sah, wie sich ein Schatten auf das Gesicht des Jungen legte. Irgendetwas musste in der Vergangenheit vorgefallen sein, schloss er, doch es erschien ihm zu persönlich, als dass er es gewagt hätte, sich danach zu erkundigen. Ihr chinesischer Führer gab ihm immer mehr Rätsel auf. Seine Jugend, dazu seine Sprachkenntnisse und sein erstaunliches medizinisches Wissen und jetzt das distanzierte Verhalten der Dorfbewohner ließen viel Raum für Spekulationen.

Tobias schob seine Überlegungen erst einmal beiseite. Ihm war vor allem daran gelegen, sein eigentliches Ziel nicht aus den Augen zu verlieren – und er hatte noch keine einzige Teepflanze zu Gesicht bekommen. Er hatte gehofft, die Pflanzungen würden unweit des Dorfes beginnen, doch dem war offenbar nicht so.

»Two hours from here. Uphill«, erklärte Feng, als er ihn danach fragte, und wies in nördliche Richtung, wo sich in der Ferne grüne Hügel erhoben. »Do you want drink tea first?«, fragte er dann.

Sie bejahten, denn eine Pause konnten sie gut gebrauchen, und Feng führte sie zu einem Haus, das ein wenig abseits lag und wo ihnen eine alte Frau, sehr klein und so gebeugt, dass sie den Kopf kaum heben konnte, auf der schmalen hölzernen Veranda entgegenkam. Es war das erste Mal, seit sie in Taou-i angekommen waren, dass Tobias das Gefühl hatte, Feng freue sich über ein Wiedersehen. Nicht, dass sich die beiden in die Arme gefallen wären, aber der Umgang von Feng und dieser Einwohnerin von Taou-i war zumindest herzlich.

Die alte Frau bot ihnen Tee an, den sie ohne jegliches Zeremoniell in einer irdenen Kanne aufgoss. Das feine Porzellan, für das China in Europa so berühmt war, war in dieser Gegend offenbar unbekannt. Das Wasser hatte sie zuvor in einem Eisenkessel über einem Feuer erhitzt und mit einer Kelle über die Blätter geschöpft. Tobias fiel auf, dass das Wasser zwar heiß war, aber nicht mehr kochte, und als er den Tee entgegennahm, war er nur noch lau und schmeckte mild und frisch mit nur leichten Spuren von Bitterkeit darin. Er bat darum, sich die getrockneten Teeblätter anschauen zu dürfen. Sie waren grün. Es war jedoch nicht dieses gräuliche Grün, das er von den Teesorten kannte, die in Europa verkauft wurden, sondern ein richtig kräftiges Grün, das an frisch gemähtes Gras erinnerte.

Doch bevor er weiter darüber nachdenken konnte, wurde seine Aufmerksamkeit von etwas ganz anderem abgelenkt: Zuvor schon waren ihm die Trippelschritte der Frau aufgefallen, und jetzt sah er, dass sie extrem kleine Füße hatte. Sie trug winzige, vorne spitz zulaufende rote Schuhe, die nicht viel größer waren als die Hufe eines Ziegenbocks. Um die Knöchel waren Stoffbinden gewickelt, die die Enden ihrer Pluderhose umschlossen und die halben Schuhe bedeckten, so dass nur die Schuhspitzen hervorschauten. Natürlich hatte Tobias schon davon gehört, dass chinesischen Frauen die Füße gebunden wurden, doch in den Dörfern, die sie bisher passiert hatten, waren ihm immer nur Männer begegnet. Auch in Kanton waren die Männer deutlich in der Überzahl, und das wenige weibliche Dienstpersonal wiederum, das er gesehen hatte, lief auf ungebundenen Füßen. Doch hier, direkt vor ihm, saß der lebende Beweis für diese Sitte, und er musste sich zusammenreißen, um die Frau nicht unhöflich anzustarren.

Nach einer knappen Stunde drängte Feng zum Aufbruch. Sie gingen zu Fuß, was auch Tobias, dessen Wunden begonnen hatten abzuheilen, inzwischen wieder möglich war. Gützlaff und Ryder kamen ebenfalls mit; zwei der vier Lascars ließen sie im Dorf bei ihren Sachen zurück.

Tobias beobachtete die Natur um sich herum und hielt nach Insekten und Schmetterlingen Ausschau, doch nur drei oder vier verschiedene Exemplare gingen ihm ins Netz, das nun endlich einmal zum Einsatz kommen konnte. Vorsichtig steckte er sie in die Metalltrommel, die er für diesen Zweck mit sich führte, neugierig beäugt von Feng. Der Knabe hatte seine Scheu beinahe komplett abgelegt, war geradezu anhänglich geworden, und obwohl Gützlaff derjenige war, der sich mit den chinesischen Sitten und der Sprache auskannte, hielt er sich nun ganz und gar an Tobias und war stets in seiner Nähe zu finden. Tobias fiel auf, wie ihr chinesischer Führer sich mit jedem Schritt, den sie sich von der Siedlung entfernten, mehr entspannte. Keine Frage, auch wenn er sich selbst als Begleiter angeboten hatte, war dies offenbar nicht aus dem Wunsch heraus geschehen, sein Dorf wiederzusehen.

Sie gingen einen schmalen Pfad entlang, der sich zwischen Büschen und Sträuchern hindurchschlängelte, und tauchten dann in den Wald ein. Immer wieder überquerten sie von Farn und diversen Blühpflanzen gesäumte Bachläufe und gelegentlich auch sonnige Hänge, die von einer Art Ginster bewachsen waren. Tobias vermutete, dass diese Flächen früher einmal gerodet gewesen waren, denn die Waldstücke, die sie durchquerten, waren sehr dicht und wild, mit undurchdringlichem Unterholz, Schlingpflanzen und Lianen, die von Stamm zu Stamm und von Wipfel zu Wipfel wuchsen und den Affen, Vögeln und allem übrigen Getier, das man nicht zu Gesicht bekam, Nahrung und ein Zuhause boten. Die Lichtungen konnten daher eigentlich nur durch menschlichen Eingriff entstanden sein. Tobias nahm alles aufmerksam in sich auf und fragte Feng nach den klimatischen Bedingungen dieser Gegend und ob es im Winter kalt würde. Immerhin war nun schon November, und die Luft hatte in der Sonne gewiss zwanzig Grad Celsius, wenn nicht mehr. Wenn er den Tee in der Gegend um Frankfurt oder womöglich im Rheingau kultivieren wollte, würden die kalten Winter vermutlich das größte Problem sein.

»O yes, yes«, bestätigte dieser. Es werde sehr kalt.

»Gibt es auch Schnee?«, fragte Tobias, und Feng nickte und bestätigte auch das, doch da Tobias sich bei dieser Antwort nicht ganz sicher war, beschloss er, Gützlaff bei Gelegenheit noch einmal darauf anzusprechen. Der Missionar ging etwa zwanzig Schritt vor ihnen, in gleichbleibendem Tempo und ohne jedes Anzeichen von Schwäche. Er erwies sich nicht zum ersten Mal als ausgesprochen zäh, und Tobias, der längst ins Schwitzen gekommen war, dachte bei sich, dass er bei seiner Arbeit im Kontor allzu sehr verweichlichte. Rüppell kam ihm in den Sinn und die Frage, ob dieser sich wohl jemals Blasen gelaufen hatte so wie er – und kurz haderte er mit sich und damit, nicht besser für die körperlichen Strapazen gerüstet gewesen zu sein. Doch immerhin war er, abgesehen von einem hartnäckigen Husten, der ihn schon seit Brasilien begleitete, gesund – anders als sein Gefährte John Witten.

Der Pfad führte stetig bergauf. Tobias hätte sich zwar gewünscht, mehr Zeit für die diversen Pflanzen am Wegrand zu haben, er wollte gerne Proben für sein Herbarium sammeln, doch das Wichtigste war jetzt erst einmal der Tee, und so protestierte er nicht wegen des hohen Tempos. Sie kamen zu einem Lorbeerwald, der in einem felsigen Einschnitt lag, durch den ein größerer Bachlauf mit Wasserfall sich über Felsen und Steine hinweg den Weg bahnte. Tobias genoss das schattige Grün. Er bestaunte die dicken, verzweigten Stämme und wunderte sich über die Vielfalt der Pflanzen, denn vom Fluss aus hatte die Natur weit eintöniger ausgesehen – was sie womöglich auch gewesen war, da die Dorfbewohner nur wenige unterschiedliche Pflanzen anbauten. Doch hier oben schien es regelrechte Urwälder zu geben.

Als sie aus dem Gehölz wieder ins Freie traten, lagen unvermittelt die Teesträucher vor ihnen. Sie breiteten sich vom Rand des Waldes wie in Wellen auf zwei nach Süden weisenden Hängen aus. Schwarze Felsen ragten hier und da zwischen den sattgrünen Büschen empor, ein Zeichen dafür, dass auch hier der Grund eher steinig war und die fruchtbare Schicht Erde womöglich nur dünn. Andächtig blieb Tobias stehen. Der Pfad verzweigte sich und führte nun in drei Richtungen: weiter geradeaus, nach oben und nach unten. Ryder und Gützlaff erwarteten sie an der Gabelung. Der Missionar sah zufrieden aus. Er hatte seinen Auftrag erfüllt – für den er immerhin gut bezahlt wurde –, aber da er ja ohnehin keine Unsicherheiten zu kennen schien, war es nicht Erleichterung, was er ausstrahlte, sondern schlicht Genugtuung ob seiner Fähigkeiten als Führer und Vermittler.

»Was sagen Sie dazu, Herr Ronnefeldt? Diese Pflanzen hat vermutlich noch kein Europäer vor uns zu sehen bekommen«, sagte er voller Befriedigung und breitete die Arme aus.

Tobias nickte andächtig und sah sich dankbar um. Sein Blick wanderte über die Büsche und Sträucher, die in dem Bereich, in dem sie standen, alle etwa dieselbe Größe zu haben schienen. Sie maßen etwa zwei Fuß in der Höhe und drei Fuß im Durchmesser. »Diese Mission haben Sie erfolgreich vollbracht, Herr Gützlaff«, bestätigte er und strich mit den Händen über einen Teestrauch direkt neben sich. Die Höhe war perfekt, um die oberen Blätter bequem abzuernten. »Wie alt diese Sträucher wohl sind?«

Sie hatten Englisch gesprochen, und Feng beantwortete die Frage: »Acht bis neun Jahre«, sagte er.

Tobias fühlte, wie er innerlich jubilierte und sich ein breites Lächeln seines Gesichts bemächtigte. Er war endlich am Ziel seiner Reise angekommen.

»Bitte, erzähle mir alles, was du weißt.«

Ich glaube, er ist in dich verliebt

Frankfurt, 17. Dezember 1838

»So, ich denke, wir haben alles«, sagte Friederike zu ihrer Schwester Mina, als sie aus dem Laden wieder auf die Straße traten. Es war eine Woche vor Weihnachten, und beide Frauen waren mit Päckchen beladen. Zuletzt hatte Friederike ein Schachspiel für ihren Ältesten erstanden – eine Idee von Tobias –, obwohl sie eigentlich der Meinung war, dass Carlchen mit seinen fünf Jahren noch zu klein dafür war, zumal Tobias ja nicht einmal da war, um mit ihm zu spielen. Sie befürchtete sogar, dass das Geschenk aus diesem Grund eher Enttäuschung als Freude auslösen würde. Doch sie hatte sich Tobias' Wunsch nicht widersetzen mögen. Er hatte sie extra darum gebeten – noch bevor er nach China aufgebrochen war. Über ein halbes Jahr war das jetzt her.

Friederike seufzte, als sie daran dachte, aber sie wollte sich von ihrer Sehnsucht nach Tobias nicht den Tag verderben lassen. Sie hatte sich seit Wochen zum ersten Mal freigenommen, um gemeinsam mit Mina die Geschenke für Heiligabend einzukaufen, und war fest entschlossen, diese wenigen Stunden zu genießen. Es würde noch schwer genug werden, Weihnachten ohne ihren Mann zu feiern. Zwar taten Friederike mittlerweile die Beine weh, und sie hatte das Gefühl, ihr Babybauch habe an zusätzlichem Gewicht gewonnen, doch es tat gut, sich an Minas Seite von den weihnachtlich geschmückten Auslagen der Geschäfte ablenken zu lassen.

Die Zeil mit ihren hübschen Läden, die sich einer an den anderen reihten, lag bereits im Schatten. Die tiefstehende Sonne erreichte nur noch die Dächer und obersten Stockwerke der Häuser. Friederike fröstelte, obwohl der Mantel, den Clotilde Koch ihr gegeben hatte, innen mit Pelz gefüttert war. Er war fast neu und so geschnitten, dass sie ihn trotz ihrer Schwangerschaft problemlos schließen konnte und man ihr ihren Zustand kaum ansah. Kurz hatte sie überlegt, den angebotenen Mantel abzulehnen. Sie war nämlich nicht im Entferntesten in der Lage, all die Gefälligkeiten zu erwidern, die Clotilde Koch ihr entgegenbrachte, doch dann hatte sie ihrer Freundin in die Augen geblickt und nichts als unverhohlene Freude darin gelesen. Also hatte sie den Mantel als Leihgabe angenommen. Das war im Oktober gewesen, kurz nach ihrer Rückkehr aus Wiesbaden. Dies wiederum war allerdings eine erfreuliche Erinnerung. Die erfolgreichen Geschäftsabschlüsse mit dem Hotel *Vier Jahreszeiten* – und zwar nicht nur über die Seide für die Raumausstattung, sondern auch über regelmäßige Teelieferungen – hatten ihren Finanzen so gutgetan, dass die Weihnachtsgeschenke großzügiger ausfielen als ursprünglich gedacht. Herr Weinschenk hatte gehörig gestaunt, als sie ihm von ihrem Erfolg erzählt hatte, und hatte es kaum glauben können – weder die Menge, die sie verkauft, noch den Preis, den sie dafür erzielt hatte. Wie gerne Friederike auch Tobias davon erzählt hätte. Er wäre bestimmt stolz auf sie gewesen.

»Was ist los mit dir? Wo bist du nur mit deinen Gedanken?« Mina hängte sich bei ihr ein.

»Bei Tobias«, sagte Friederike lächelnd.

»Hast du inzwischen wieder von ihm gehört?«

»Nein. Seit dem Brief aus Brasilien nichts mehr. Doch inzwischen dürfte er längst in China sein, und die nächste Nachricht von ihm, in der er seine glückliche Ankunft mitteilt, ist bestimmt unterwegs.« Sie seufzte. »Ist doch klar, dass das dauert«, fügte sie hinzu.

Mina schüttelte den Kopf. »Trotzdem. Diese Warterei ist doch zermürbend. Du tust mir so leid!«

Aber Friederike wehrte ab. »Ach nein, sag das nicht. Ich bin sehr stolz auf meinen Mann. Ich bewundere seinen Mut und bin schon sehr gespannt auf seine Erzählungen. China muss so ganz anders sein. Anders als alles, was wir kennen. Und es ist dabei ein hochentwickeltes Land. Manchmal betrachte ich unser Porzellan – du weißt schon, die kleinen Teetassen und Kännchen, die Tobias immer mal wieder aus London mitbringt – und sage mir: Menschen, die so etwas herstellen, müssen doch einfach zivilisiert sein.«

Mina nickte. »Immerhin haben sie den Tee erfunden.«

Friederike lachte. »Ja, das stimmt. Ursprünglich soll er ein Mittel gegen Kopfweh gewesen sein.«

»Meinst du, Tobias wird den Chinesen beibringen, wie man Frankfurter grüne Soße macht?«

»Er weiß ja nicht einmal selbst, wie das geht«, sagte Friederike schmunzelnd. »Außerdem bezweifle ich, dass dort dieselben Kräuter wachsen wie hier.«

Die Schwestern waren neben der Einfahrt zum Roten Haus stehen geblieben, um die Postkutsche passieren zu lassen. Mit einer herrischen Geste ließ der Postillon die Peitsche auf dem Rücken des vordersten Braunen knallen, und als die Kutsche weggefahren war, warfen Friederike und Mina einen Blick in den Posthof, in dem trotz der einbrechenden Dunkelheit noch immer reges Treiben herrschte. Der Fürst von Thurn und Taxis hatte den Bau, der zuvor lange leer gestanden hatte, im vergangenen Jahr gekauft und zu einer Post- und Pferdewechselstation umbauen lassen. Die eleganten Postwagen und vergleichsweise höflichen Postillons mit ihren schicken gelben Uniformen und blankgeputzten Stiefeln genossen einen guten Ruf. Das Transportwesen war ein einträgliches Geschäft, welches sich die Fürsten von Thurn und Taxis dank ihrer Verträge mit neunzehn deutschen Kleinstaaten gesichert hatten.

»Was meinst du, sind das dort Amerikaner?« Mina zeigte auf eine Gruppe von Männern mit karierten Reisemänteln.

»Engländer würde ich sagen, den Hüten und Bärten nach zu urteilen. Und der lange Blonde dort drüben könnte Skandinavier sein.«

»Hach, was meinst du, Friederike, werde ich jemals mehr von der Welt zu sehen bekommen als den Taunus?«, fragte Mina, als sie ihren Weg fortsetzten und sie sich wieder bei ihr einhängte. »Nach diesem Sommer habe ich definitiv genug von warmen salzigen Quellen, die nach faulen Eiern riechen. Du warst wenigstens schon einmal in Paris.«

»Natürlich wirst du«, tröstete Friederike und tätschelte Minas Hand. »Du bist ja noch so jung, erst dreiundzwanzig.«

»Dann verreise ich mit der Eisenbahn«, sagte Mina träumerisch. »Onkel Nicolaus meinte gestern, die Eisenbahn würde die Kutschen schon bald überflüssig machen.«

»Ja, ich weiß, dass er das denkt. Und er bedauert es sehr, sich nicht an der Eisenbahngesellschaft beteiligt zu haben«, erwiderte Friederike. Während sie weiter in Richtung Roßmarkt schlenderten, musterte sie die Schaufenster, an denen sie vorüberkamen. Die Eisenbahn, über die neuerdings alle Welt sprach, war nur eine Veränderung unter vielen. Auch in den letzten fünf bis zehn Jahren hatte sich schon eine Menge in Frankfurt getan. Zum Beispiel waren immer mehr Ladengeschäfte eröffnet worden. Herr Büttner etwa, der zuvor nur ein Fabriklager mit sächsischem Leinen besessen hatte, nannte inzwischen einen repräsentativen Laden sein Eigen, auf den Friederike insgeheim wegen seiner guten Lage gegenüber der Katharinenkirche ein wenig neidisch war. Allein hier auf der Zeil gab es zwei Hutgeschäfte, zwei Läden mit englischen und französischen Kurzwaren, eine Musikalien- und Instrumentenhandlung, Geschäfte für Galanteriewaren, für Zigarren, Pfeifen und

Tabak, einen Laden für mathematische und physikalische Instrumente, eine Schreibwarenhandlung, in der auch Spielkarten verkauft wurden, eine Kunsthandlung – in der sie soeben das Schachspiel erworben hatten –, ein Antiquitätengeschäft und vieles andere mehr, und es sah aus, als wären die Besitzer zuvor alle miteinander in Paris gewesen, so hübsch waren alle Auslagen dekoriert, vor allem jetzt in der Vorweihnachtszeit. Aber einen Teeladen gab es hier nicht.

Friederike betrachtete ein elegant gekleidetes Ehepaar, das ihnen entgegenkam, und dachte daran, wie sehr die Zeil der Kräme in Sachen Vornehmheit den Rang ablief. Alles war neuer, großzügiger und irgendwie heller als dort. Wieder fiel ihr Herr Manzini ein. Er hatte versprochen, ihr Bescheid zu geben, sobald die kleine Boutique im Hotel *Vier Jahreszeiten* frei würde ...

Vor einem exklusiven Handschuhgeschäft blieben sie stehen. Während Mina ein Paar fein bestickte Kalbslederhandschuhe bewunderte, sah Friederike in den Laden hinein. Dort stand ein Pärchen, das vermutlich darauf wartete, bedient zu werden, und dabei die Köpfe zusammensteckte – und dann erhaschte Friederike einen Blick auf das Profil der Frau. Es war ihre Schwester Käthchen.

»Komm, lass uns weitergehen, mir wird kalt«, sagte Friederike rasch und zog Mina von dem Schaufenster fort.

Das war gerade noch einmal gut gegangen, dachte Friederike, als sie weitergingen. Sie musste Käthchen unbedingt warnen. Ihre Schwester wurde immer unvorsichtiger. Kurz nach Wiesbaden hatte sie ihr zum ersten Mal von Ambrosius Körner erzählt und ihr seitdem, als wären Dämme gebrochen, immer wieder von ihm vorgeschwärmt, sobald sie unter vier Augen waren. Ein Katholik! Wenn Vater das wüsste! Und wenn Mina es mitbekäme, würde es sicher nicht mehr lange dauern, bis es so weit war. Dabei meinte Mina es nicht böse. Sie plapperte einfach nur ein bisschen zu viel – und leider oftmals, ohne nachzudenken.

»Wo bist du denn schon wieder mit deinen Gedanken?« Mina stieß sie halb ungehalten, halb amüsiert an der Schulter an. »Ich rede und rede, und du hörst mir gar nicht zu.«

»Verzeihung. Was hast du gesagt?«

»Ich habe gefragt, ob wir nicht zum Abschluss dieses schönen Nachmittags im *Lutz* ein Stück Kuchen essen wollen.«

Mit *Lutz*, das wegen des Inhabers Friedrich Lutz so hieß, war die Kaffeestube im *Holländischen Hof* gemeint. Die meisten Hotels in Frankfurt waren nach der Herkunft der Händler benannt, die während der beiden jährlichen Messen bevorzugt dort abstiegen. Und wenn die Messen auch längst nicht mehr so wichtig waren wie früher, hatten die Hotels doch ihre Namen behalten.

»Einverstanden«, stimmte Friederike ihr zu. »Das ist eine ausgezeichnete Idee. Ich lade dich ein.«

Als sie eintraten, war die kleine Kaffeestube, in der, anders als im großen Gastraum nebenan, nur Kaffee, Kuchen und belegte Brote angeboten wurden, bereits von Menschen überfüllt. Kein Wunder, denn draußen war es empfindlich kalt geworden, und hier drin tauchte ein Kachelofen alles in wohlige Wärme.

Tee bekam man im *Lutz* nicht. Friederike hatte nie ganz verstanden, warum das Teetrinken nicht seinen Weg aus den privaten Gesellschaften hinausfand, wo es ja inzwischen recht beliebt war. Aber die Kaffeewirte, die durchaus die Lizenz besessen hätten, auch Tee auszuschenken, scheuten davor zurück. Die Nachfrage sei angeblich nicht groß genug, hatte man ihr auf ihre Nachfragen hin erklärt. Hotels, die häufiger ausländische Gäste beherbergten, wie das *Vier Jahreszeiten*, bildeten, was das betraf, eine Ausnahme.

Vielleicht sollte man eine spezielle Teestube aufmachen, die das Wort *Tee* im Namen trägt, dachte Friederike, während sie auf die dichtgedrängten Menschen blickte, die sich an den Tischen von den Anstrengungen ihrer Weihnachtseinkäufe erholten. Ein Café war und blieb nun einmal ein Café und eine Kaffeestube eine Kaffeestube.

»Siehst du einen freien Platz?«, unterbrach Mina ihre Grübeleien.

»Nein«, seufzte Friederike, die mittlerweile spürte, dass ihr nicht nur die Beine, sondern auch die Füße weh taten. »Lass uns lieber heimgehen.«

»Nein, warte, wir könnten uns doch zu dem Herrn dort setzen.«

Friederike folgte ihrem Blick und erschrak, denn an dem Tischchen, auf das sie deutete und an dem genau zwei Stühle frei waren, saß Paul Birkholz. Sie sah ihn nur schräg von hinten, war sich jedoch ziemlich sicher, dass er es war. Seit Wochen hatte sie von ihm weder etwas gehört noch gesehen, und sie war inzwischen davon überzeugt, dass er sich absichtlich von ihr fernhielt, wenn sie auch nicht verstehen konnte, warum. Doch heute war ihr so ganz und gar nicht danach, dies herauszufinden.

»Ach nein, lieber nicht«, sagte sie, doch es war zu spät. Mina war schon dabei, sich zwischen den Stühlen und Tischen hindurch einen Weg zu bahnen. Sie sprach kurz mit Paul – kein Zweifel mehr, er war es wirklich – und winkte dann Friederike herbei, die am Eingang stehen geblieben war.

Sie zögerte immer noch, doch am Ende blieb ihr nichts anderes übrig, als zu ihnen zu gehen. »Guten Tag«, sagte sie zu Paul Birkholz, der aufgestanden war und ihr entgegenblickte. Er trug den Anzug, den sie ihm geschenkt hatte, und das Wiedersehen schien ihm ebenso unangenehm zu sein wie ihr.

»Guten Tag, Frau Ronnefeldt. Fräulein Kluge«, sagte er betont förmlich und wies auf die beiden Stühle. »Bitte sehr. Machen Sie mir die Freude ihrer Gesellschaft.«

Friederike sah, dass auf seinem Tisch eine volle Tasse Kaffee und ein Stück Torte standen. Unter diesen Umständen hatte er wohl kaum so tun können, als hätte er gerade gehen wollen.

»Ist es nicht etwas Wunderbares, nach einem ereignisreichen Nachmittag in der Stadt einen alten Bekannten zu treffen?«, sagte Mina und setzte sich, unbeeindruckt von der steifen Begrüßung. »Ich habe Sie schon lange nicht mehr bei meiner Schwester gesehen. Geben Sie denn gar keinen Geigenunterricht mehr?« In diesem Moment blieb ihr Blick an dem Geigenkasten hängen, der neben Paul auf dem Boden stand. Sie verstummte, sah fragend zu Friederike, diese warf ihr einen warnenden Blick zu, und endlich schien Mina zu begreifen, dass sie ins Fettnäpfchen getreten war, was es jedoch kein bisschen besser machte.

»Oh!« Sie sah zwischen Paul und ihrer Schwester hin und her. »Habe ich etwa was Dummes gesagt?«

»Nein, nein«, erwiderte Friederike. »Herr Birkholz war nur sehr beschäftigt. Nicht wahr?«

Der Arzt räusperte sich. »Der alte Graf, den ich betreut habe, hat meine ganze Zeit in Anspruch genommen.«

»Jakob von Willemer, nicht wahr? Auf der Gerbermühle. Ist er nicht im Oktober gestorben? Habe ich in der Zeitung gelesen«, warf Mina ein.

»Vor etwa acht Wochen. So ist es doch, Herr Birkholz?«, ergänzte Friederike. Nachdem Mina so vorgeprescht war, schien es ihr unmöglich, so zu tun, als wäre es ihr gleichgültig. Jedenfalls war der Vorwurf in ihrer Stimme nicht zu überhören.

»Das stimmt«, sagte Paul Birkholz und räusperte sich. »Es tut mir leid, ich meine, der Unterricht für Elise …«, wieder unterbrach er sich.

»Es ist schon in Ordnung. Wir werden einen anderen Lehrer finden.« Friederike konzentrierte sich darauf, mit möglichst unbewegter Miene ihre Handschuhe auszuziehen. Mina war erschrocken verstummt.

»Ich weiß, es ist unverzeihlich, dass ich mich so gar nicht mehr gemeldet habe. Ich muss mich bei Ihnen entschuldigen«, sagte Paul Birkholz leise. Er klang zerknirscht.

»Ja, das müssen Sie wohl«, erwiderte Friederike leichthin und sah sich ohne Erfolg nach einer Bedienung um. Zur Untätigkeit verdammt, wippte sie ungeduldig mit dem Fuß. »Wohnen Sie noch dort? Auf der Gerbermühle?«, fragte sie dann wider Willen neugierig.

»Nein, ich … ich nahm an, Ihr Schwager hätte Ihnen davon erzählt …«, sagte Paul.

»Nicolaus? Wovon soll er erzählt haben?«, fragte Mina, die ihre Sprache wiedergefunden hatte.

»Dass er mir in seiner Nachbarschaft eine Wohnung vermittelt hat, genauer gesagt, im Nachbarhaus. Ich wohne jetzt über dem Schuhmacher Pfeiffer.«

Verblüfft sah Friederike ihn an. Mit Nicolaus musste sie also auch noch ein Wörtchen reden. Warum hatte er ihr das verschwiegen? »Nein, das hat er nie erwähnt. Praktizieren Sie denn inzwischen?«

»Leider nein. Man hat mir die Zulassung erst für das kommende Jahr in Aussicht gestellt. In der Zwischenzeit arbeite ich als G… als Hauslehrer.«

Als Geigenlehrer hatte er wohl sagen wollen, vermutete Friederike, ging jedoch nicht weiter darauf ein. Sie betrachtete sein gut geschnittenes Gesicht und dachte daran, wie er zuerst Wilhelm das Leben gerettet hatte und dann ihres. Mertens, dieser Schuft, er wäre in der Lage gewesen, ihr ernsthaft etwas anzutun. Paul hatte ihr in allem beigestanden.

Bei dieser Erinnerung wurde sie plötzlich von einem ganzen Schwall verdrängter Gefühle überwältigt. Wenn sie plötzlich rot geworden war, würden Paul und Mina das hoffentlich auf die warme Luft im Raum schieben. Doch in Wahrheit gab es natürlich einen eindeutigen Grund: Sie hatte Paul ziemlich vermisst.

»Wie geht es Ihnen, Frau Ronnefeldt? Und was machen Elise und der kleine Wilhelm?«, fragte Paul schüchtern und in einem wesentlich weicheren Tonfall als zu Beginn. Sie hatte ihn angelächelt, wurde ihr bewusst, und da es ihr schwerfiel, böse auf ihn zu sein, gab sie ihren Widerstand auf.

»Es geht mir sehr gut, danke.« Unwillkürlich legte sie die Hand auf ihren Bauch, denn sie wusste genau, worauf er anspielte – und als Arzt durfte er das auch. »Es ist sogar meine leichteste Schwangerschaft bisher. Womöglich weil ich so wenig Zeit habe, mir Gedanken zu machen. Und Elise und Wilhelm sind ebenfalls wohlauf. Sie fragen oft nach Ihnen.«

»Wollen Sie Elise nicht wieder unterrichten? Meine Nichte hat nicht aufgehört zu üben. Sehr zum Leidwesen ihrer Großeltern, übrigens. Ich bin sicher, die würden das auch sehr begrüßen«, mischte Mina sich nun wieder ein.

»Ich will keine Versprechungen machen, denn zurzeit hoffe ich auf eine Stelle als Arzt. Ich habe gehört, dass eine neue Armenklinik eröffnet werden soll, und da wollte ich mich bewerben. Es würde mir die Gelegenheit geben, medizinische Erfahrungen zu sammeln. Ich bin schon ganz eingerostet.«

»Aber natürlich!«, rief Mina aus. »Friederike, korrigiere mich, falls ich mich irre – aber ist Frau Koch nicht mit dem Aufbau dieser Armenklinik beschäftigt? Ich meine jedenfalls, so etwas in Erinnerung zu haben. Frau Koch und ihr Verein haben doch den Vorsitz inne.«

»Möglich«, sagte Friederike, die sich in Wahrheit ganz genau erinnerte. Das Projekt kam nämlich bei beinahe jedem ihrer Treffen zur Sprache.

Mina war nun Feuer und Flamme für ihre Idee. »Also, wenn du es nicht machst, werde ich Herrn Doktor Birkholz bei Frau Koch empfehlen. Doch ich muss Sie warnen, Herr Doktor. Übermäßig gut bezahlt wird die Tätigkeit vermutlich nicht, fürchte ich. Aber sie könnte Ihrem Fortkommen tatsächlich behilflich sein. Die Klinik wird von zahlreichen wohlhabenden und angesehenen Bürgern unterstützt.«

»Doch, das hört sich durchaus interessant an«, sagte Paul Birkholz. »Wenn Sie das wirklich für mich tun möchten?«

Er wirkte verlegen, dachte Friederike. Kein Wunder. Immer fanden sich Frauen, die es gut mit ihm meinen. Frau von Willemer, ich und nun Mina ... Sie sah das Blitzen in den Augen ihrer Schwester, die den Arzt mit schiefgelegtem Kopf musterte.

Eine Viertelstunde später war Paul gegangen, und Friederike und Mina hatten jede eine Tasse Kaffee und ein Stück Kuchen vor sich.

»Was für ein charmanter Bursche. Und dabei so bescheiden«, schwärmte Mina, während sie ausgiebig in ihrer Tasse rührte. Sie schien immer noch ganz verzückt.

Friederike ignorierte Mina einfach und tat so, als interessierte sie sich nur für die einzelnen Schichten ihres Kuchens. Aber ihre Schwester hörte nicht auf, sich zu begeistern und war immer noch mit ihren Eindrücken beschäftigt: »Er ist wirklich außerordentlich gut aussehend, findest du nicht?«

Friederike pikste einen Bissen von ihrem Kuchen auf ihre Gabel, schob ihn sich in den Mund und nahm einen Schluck Kaffee. »Ach ja? Ist mir noch gar nicht aufgefallen«, antwortete sie betont gleichgültig.

Mina musterte sie belustigt. »Bei aller Liebe, aber das kannst du mir nicht erzählen. Als ob du das nicht bemerkt hättest!« Sie beugte sich zu ihr vor und senkte die Stimme. »Doch noch viel entscheidender ist, wie gut du ihm gefällst!«

»Wie bitte?« Friederike stellte ihre Tasse ab. Sie glaubte, nicht recht zu hören.

»Wie er dich ansieht, so durch und durch ernst und doch mit einem Glimmen in den Augen, beinahe als hätte er Fieber. Ich glaube, er ist in dich verliebt«, diagnostizierte sie.

»In mich verliebt?« Friederike runzelte die Stirn und massierte eine Stelle seitlich an ihrem Bauch, wo sie einen Fuß ihres Babys vermutete. Gerade im Moment kam sie sich kein bisschen attraktiv vor. Noch im Sommer hätte sie womöglich ihrer Schwester eher recht gegeben, aber das war zu einer Zeit gewesen, in der Paul Birkholz ihre Nähe gesucht hatte, lang bevor er sich so rar gemacht hatte …

»Aber ich bin doch schwanger«, sagte sie ein wenig lahm.

»Verheiratet und schwanger«, bekräftigte Mina. Sie hing für einen Moment ihren Gedanken nach. »Meinst du denn, ich könnte ihm auch gefallen?«, sagte sie dann. »Ich meine, dich kann er ja nicht haben.«

»Mina, jetzt gehst du aber entschieden zu weit!«, sagte Friederike streng. Irgendetwas an den Überlegungen ihrer Schwester gefiel ihr ganz und gar nicht.

»Aber warum denn?« Minas Blick nahm wieder einen träumerischen Ausdruck an. »Ein gutaussehender Arzt, der eine vorzügliche Karriere vor sich hat …«

»Du vergisst, dass er …« Friederike unterbrach sich. Ja, was eigentlich? Dass er Jude war. Das allein konnte eine Verbindung unmöglich machen. Andererseits waren viele Juden konvertiert, gerade in den letzten Jahren. Und rein von seinen Fähigkeiten her wäre Paul gewiss in der Lage, eine Familie zu ernähren. Dann musste sie wieder an Käthchen und ihren katholischen Freund denken.

»Du hast recht.« Mina seufzte. »Er ist in dich verliebt und nicht in mich. Und du und ich – wir sind doch sehr verschieden.«

»Das war es gar nicht, was ich sagen wollte«, erwiderte Friederike mit einer Mischung aus Ärger und Belustigung. »Es ist nur so, dass ich nicht glaube, dass er überhaupt ans Heiraten denkt.«

»Ach nein? Und warum nicht?« Mina zog die Nase kraus und musterte ihre Schwester neugierig.

»Er ist noch lange nicht so weit. Dafür ist er viel zu ehrgeizig. Und ein unabhängiger Geist – was das betrifft, erinnert er mich an Tobias. Abgesehen davon wäre er auch gar nicht gut für dich.«

»Aber warum denn nicht?«, fragte Mina.

Friederike hatte jetzt die volle Aufmerksamkeit ihrer Schwester. Sie überlegte, wie sie es ausdrücken sollte. »Er hat etwas zutiefst Trauriges an sich. Es kommt mir vor, als trage er eine schwere Last mit sich herum.« In dem Moment, als Friederike diese Worte aussprach, wurde ihr bewusst, wie sehr sie stimmten. Dabei hatte es auch Augenblicke gegeben, in denen sie einen anderen Paul kennengelernt hatte. Einen unbeschwerten und fröhlichen Menschen. Beispielsweise, wenn er Elise unterrichtet und vergessen hatte, dass sie überhaupt da war …

»Die Last, dich zu lieben, vielleicht? Eine verheiratete Frau, die er nicht haben kann … Oh, wie romantisch!« Mina legte ihre Hand auf Friederikes und drückte sie. Ihre eigenen Heiratspläne schien sie schon wieder völlig vergessen zu haben.

»Du bist ja verrückt.« Unwillig zog Friederike ihre Hand zurück. »Darum geht es doch überhaupt nicht. Hör auf damit. Das ist unsinniges und gefährliches Gerede. Und lass dir nur nicht einfallen – ich meine, wenn er wirklich wieder als Geigenlehrer für Elise zu uns kommen sollte –, dann lass dir nur nicht einfallen, irgendwelche Schlüsse daraus zu ziehen.«

»Alles gut. Ist versprochen«, sagte Mina und lächelte sie unschuldig an.

Natürlich bin ich unschuldig

Offenbach, 21. Dezember 1838

Nicolaus sah nachdenklich auf die Hinterköpfe seiner Schüler, die in ihren Bänken saßen und mehr oder weniger geschickt mit Lineal und Feder hantierten, kaute an seinem Daumennagel und war nicht bei der Sache. Dabei liebte er es normalerweise, Stunden zu geben. Nur heute nicht. Denn heute dachte er an Amalie Stein. Und zwar mit einer höchst unglückseligen Mischung aus Groll und Enttäuschung, Traurigkeit und Wut – garniert mit einer großen Portion Verbitterung.

Das war es also gewesen, dachte er. So ging es zu Ende. Warum nur hatte er sich dazu hinreißen lassen, ihr einen Antrag zu machen? Und dazu noch in aller Frühe, noch vor dem Unterricht. In wenigen Tagen war Weihnachten, und er hatte sich plötzlich in die Idee verrannt, wie wunderbar es wäre, das Fest in diesem Jahr mit ihr als Verlobten an seiner Seite zu feiern und sie seiner Familie vorzustellen.

Wie hätte er nur ahnen können, dass sie ihn zurückweisen würde? Sie liebte ihn doch. Es gab keinen anderen Mann in ihrem Leben, das hatte sie ihm sogar heute Morgen noch unter Tränen versichert. Nur, dass sie nicht daran dachte, sich wieder zu verheiraten. Sie wollte Witwe bleiben. Sie wollte, dass alles genau so blieb, wie es war. »Bitte, du musst versuchen, mich zu verstehen. Dann kannst du mir vielleicht sogar verzeihen. Ich möchte, dass wir Freunde bleiben«, hatte sie zum Abschied gesagt.

Doch Nicolaus glaubte nicht, dass er dazu fähig sein würde.

Er dachte an ihr trauriges Gesicht. An ihren Blick, als er verwirrt und beschämt nach seinem Hut gegriffen und fluchtartig das Haus verlassen hatte.

In den Reihen seiner Schüler entstand Unruhe. Immer mehr legten Feder und Lineal beiseite und scharrten mit den Füßen, bis Nicolaus schließlich einen Blick auf die Uhr warf. Er war so sehr in Gedanken gewesen, dass er nicht gemerkt hatte, dass sie schon fünf Minuten über die Zeit waren.

Er räusperte sich und ging durch den Mittelgang nach vorne ans Pult, bis er vor seiner Klasse stand, die aus zwölf Schülern bestand. »Genug für heute, wir sehen uns im Januar«, sagte er.

Kurz darauf trat er als Letzter hinaus auf den dämmrigen eiskalten Gang, der sich rasch leerte, und schloss die Tür hinter sich. Das Isenburger Schloss war mehrere hundert Jahre alt und in keinem allzu guten Zustand. Die Fenster, die hinaus auf den überdachten Bogengang wiesen, waren nahezu blind. Das Mauerwerk bröckelte, und an der einen oder anderen Stelle war der Fußboden so marode, dass man aufpassen musste, nicht durchzubrechen. Die Baufälligkeit der ehemals ehrwürdigen Residenz war der Grund dafür, dass der Geometer Georg Fink es sich überhaupt leisten konnte, sich mit seiner Schule hier einzumieten. Nicolaus mochte die Atmosphäre zwischen den alten Mauern, doch am heutigen Tag hatte er für den brüchigen Charme keinen Blick übrig.

Auf dem Treppenabsatz begegnete ihm der Schulleiter.

»Ah, da sind Sie ja, werter Kollege«, sagte Herr Fink. »Ich habe Sie gesucht. Ich soll Ihnen von meiner Frau schöne Grüße ausrichten und für die erste Woche im neuen Jahr eine Einladung zum Mittagessen überbringen. Würden Sie uns die Freude machen?«

Der Geometer war klein und drahtig und trug eine Nickelbrille, und im ersten Moment sah Nicolaus regelrecht durch ihn hindurch, bis es ihm endlich gelang, dem Schulleiter in die Augen zu schauen. Normalerweise aß er bei Amalie zu Mittag und meistens auch zu Abend. Doch damit war es ja nun vorbei. Mit einem dumpfen Gefühl des Verlustes sagte er zu.

Der Schulleiter ignorierte dankenswerter seinen fehlenden Enthusiasmus und redete unermüdlich auf ihn ein, während sie gemeinsam die Treppe hinuntergingen: »Wunderbar. Das freut mich sehr. Es gibt da nämlich auch noch etwas, über das ich gerne mit Ihnen reden würde.« Fink hauchte sich in die Hände und rieb sie aneinander, um sie zu wärmen, bevor er weitersprach. »Wissen Sie, Herr Ronnefeldt, die Nachfrage nach unserem Unterricht ist inzwischen so groß, dass ich mir überlegt habe zu expandieren ...«

Nicolaus hörte nur mit einem Ohr hin – und unten in der Eingangshalle trafen sie ausgerechnet auf Clemens Heyer, seinen Kollegen, der sich schon so lange vergeblich um Amalies Aufmerksamkeit bemühte, und den letzten Menschen, den Nicolaus sich an diesem Unglückstag zu sehen gewünscht hätte.

Der Schulleiter verstummte. Die Feindschaft innerhalb seines Kollegiums war auch ihm nicht entgangen, wobei der Geometer sie schlicht darauf zurückführte, dass Heyer, der wie Nicolaus eine Schreinerwerkstatt besaß, ihm dessen Erfolg neidete.

Doch heute lag ein neuer, lauernder Ausdruck in den Augen des großgewachsenen, ein wenig dicklichen Lehrers. Er begrüßte zuerst Carl Fink und dann Nicolaus mit einer schleimigen Freundlichkeit, die völlig überraschend und anders war. Fink ließ Heyer jedoch nach einem kurzen Wortwechsel links liegen, sagte, er habe etwas Wichtiges mit Herrn Ronnefeldt zu besprechen, und zog ihn mit sich hinaus auf den Hof, wo er ihm erklärte, dass er Heyer noch nie zu sich nach Hause eingeladen habe. »Meine Frau verabscheut ihn. Darum wollte ich Sie bitten, ihm nichts davon zu sagen. Er könnte es, nun ja, in den falschen Hals bekommen.«

Nicolaus versprach es, und dann war er endlich entlassen und mit sich und seinem Unglück allein. Leer und grau lagen die kommenden Stunden vor ihm. Weil er niemandem begegnen wollte, den er kannte, machte er sich auf die Suche nach einem versteckten Lokal, in dem er sich betrinken konnte. Die Offenbacher Straßen und Sträßchen waren gepflegt und von vielen neuen Häuser gesäumt. Überhaupt war das Städtchen in den letzten zehn Jahren stark gewachsen. Die sieben Jahre, in denen man Frankfurt die Messe abgeluchst hatte, hatten dem zuvor eher verschlafenen Ort einen ziemlichen Aufschwung beschert. Die Messe fand zwar wieder in Frankfurt statt, war aber ohnehin inzwischen weniger bedeutend, und Offenbach mit seinem regen Gewerbe, den zahlreichen, gutgehenden Handwerksbetrieben und der dampfbetriebenen Baumwollspinnerei, hatte es zu einem gewissen Wohlstand gebracht. Auch viele Frankfurter waren nach Offenbach übergesiedelt, weil man dort gerne Einwanderer und Händler aufnahm, und die damit einhergehende Prosperität merkte man an jeder Ecke.

Trotzdem, irgendeine Spelunke, wo er sich unerkannt einen gepflegten Rausch würde antrinken können, musste es doch auch hier geben, dachte Nicolaus. Und tatsächlich, fünf Minuten später hatte er gefunden, was er suchte: Das Lokal *Zum Hecht* lag in einer dunklen Gasse nahe dem Schlossgraben, war winzig und verraucht und wurde hauptsächlich von Fischern frequentiert. Es war zwei Uhr am Nachmittag, als Nicolaus sich dort an einem klebrigen Holztisch niederließ, und neun Uhr am Abend, als er sich schwankend wieder erhob. Er hatte den ganzen Tag über fast nichts gegessen, und der Alkohol zeigte seine Wirkung überdeutlich.

Auch wenn er die Fakten später nur noch bruchstückhaft zusammensetzen konnte, wusste er noch, dass er beschlossen hatte, nach Hause zu laufen – und dass er unbedingt die Offenbacher Schiffsbrücke benutzen wollte, um auf die andere Mainseite zu gelangen. Die Brücke hinüber nach Fechenheim gab es seit knapp zwanzig Jahren. Sie verband die Fürstentümer Hessen-Darmstadt und Hessen-Kassel miteinander und war unter anderem für den zunehmenden Erfolg Offenbachs als Handelsstadt verantwortlich. Um von Offenbach nach Frankfurt zu kommen, war sie jedoch eigentlich weniger geeignet, denn der Weg war deutlich weiter. Das war vielleicht ein Grund dafür, warum er den Brückenposten sein Anliegen nicht hatte verständlich machen können. Der andere war womöglich, dass er keine Lust gehabt hatte, die paar Kreuzer Brückenzoll zu bezahlen. Er hatte sich auf eine Prügelei eingelassen, erinnerte er sich später. Und plötzlich war Clemens Heyer da gewesen und hatte sich eingemischt.

Am Morgen danach erwachte Nicolaus in einem winzigen Raum mit einem winzigen Fenster. Es stank nach Urin und Erbrochenem – und die Luke in der schweren Holztür war ebenso fest verschlossen wie die Tür selbst. In einer Ecke standen ein Eimer für die Notdurft, eine Schüssel Haferbrei und ein Krug Wasser einträchtig nebeneinander. Er klopfte und bollerte gegen die Tür seiner Gefängniszelle, jedoch ohne Erfolg. Also legte er sich wieder auf die Pritsche – das einzige Möbelstück im Raum – und dachte nach. Die Sache mit Clemens Heyer bereitete ihm das größte Kopfzerbrechen. Wieso war der plötzlich aufgetaucht, und was hatte er den Brückenposten über ihn erzählt? Dann dämmerte ihm so langsam, dass er sich womöglich in eine schwirige Lage manövriert hatte.

Die hochnotpeinliche Befragung fand erst am späten Nachmittag statt. Irgendjemand hatte wohl ein Vergnügen daran gefunden, ihn zappeln zu lassen. Seine Personalien waren merkwürdigerweise schon bekannt – obwohl er sich nicht daran erinnern konnte, sie preisgegeben zu haben.

»Hatte ich meine Papiere dabei?«, fragte Nicolaus, dem der Schädel immer noch heftig brummte.

»Nee. Papiere hatten Sie nich«, sagte der Wachtmeister oder was auch immer er vorstellen mochte, ein gleichgültig dreinblickender Mann mit einer Warze auf der Nase und trockenen, gesprungenen Lippen.

»Woher wissen Sie dann, wer ich bin?«

Knurrend erklärte der Wachmann, dass ein gewisser Clemens Heyer sie über seine Person aufgeklärt habe. Er sei es auch gewesen, der den Brückenwärtern empfohlen hatte, die Polizei zu holen. Zu seinem, Nicolaus', eigenen Schutz. Immerhin habe die Gefahr bestanden, dass er im Main landete oder irgendwo im Graben, und dass er in der Nacht erfrieren würde.

»Hm. Dann muss ich mich wohl bedanken«, sagte Nicolaus, während er zum wiederholten Male überlegte, was es für seine Lage bedeutete, dass ausgerechnet Heyer sich eingemischt hatte.

»Ist er ein Kollege von Ihnen?«, fragte der Wärter.

Nicolaus starrte auf die Warze seines Gegenübers, die beim Sprechen leise zitterte. »Genau«, sagte Nicolaus und richtete sich ein wenig auf. »Ich bin Lehrer an der Handwerkerschule im Isenburger Schloss«, fügte er in der Hoffnung hinzu, dass ihn das in der Achtung seines Gegenübers steigen lassen würde.

Doch dieser reagierte nicht wie erhofft, sondern musterte ihn nur ungerührt.

»Was ist? Kann ich jetzt gehen? Natürlich werde ich für den entstandenen Schaden aufkommen – ich meine, falls ein Schaden entstanden ist ...«

Der Wachmann schwieg immer noch. Nicolaus glaubte, Spott in seinen Augen zu lesen. »Nee, nee«, sagte er schließlich. »Sie bleiben erst mal hier. Der Richter wird sich mit Ihnen befassen.«

»Der Richter? Warum denn das, um Himmels willen? Und wann?«

Als Antwort erhielt er ein Schulterzucken. »Irgendwann im neuen Jahr.«

Nicolaus war entsetzt. »Im neuen Jahr? Sie meinen, ich soll über Weihnachten hierbleiben? Das können Sie doch nicht machen.«

»Hab ich nich zu entscheiden. Aber der Richter wird Sie bestimmt laufenlassen. Wenn Sie unschuldig sind, versteht sich.« Es klang beinahe freundlich.

»Natürlich bin ich unschuldig. Hören Sie, ich hatte einfach nur einen über den Durst getrunken. Das kann doch jedem passieren. Sie werden mich doch nicht wirklich über Weihnachten hierbehalten wollen? Sie haben doch auch Familie. Sie haben bestimmt keine Lust, die Feiertage im Gefängnis zu verbringen.«

Der Wachmann zuckte wieder die Schultern. »Schon gut. Hab nichts Besseres vor«, sagte er gedehnt. »Irgendjemand, dem Sie 'ne Nachricht schicken wollen?«

Nicolaus ging rasch im Kopf seine Optionen durch. Gab es einen Menschen, der ihm helfen konnte? Mit Amalie war es aus, ganz abgesehen davon, dass er ihr in dieser blamablen Lage um keinen Preis unter die Augen treten wollte. Der Schulleiter Carl Fink? Nein, das würde ihn seine Reputation kosten – wenn die zu zerstören nicht ohnehin Heyer übernahm. Er ballte die Fäuste. Am Ende hatte er es einfach nicht besser verdient. Aber er wollte wenigstens Friederike eine Nachricht zukommen lassen. Sie erwartete ihn an Heiligabend. Er musste für sie eine Ausrede erfinden, die seine Abwesenheit erklärte.

Er nickte. »Wenn ich ein Stück Papier haben dürfte und einen Stift?«

Er bekam das Gewünschte, und während er ein paar Zeilen schrieb rund um eine erdachte Geschichte – ein alter Freund, der einen schweren Verlust erlitten habe und dem er über die Feiertage beistehen müsse – und versicherte, dass er im Januar wieder in

Frankfurt sein würde, fiel ihm plötzlich die versteckte Mauernische in seiner Wohnung ein, in der er die verbotenen Bücher aufbewahrte, und er begann sich zu fragen, ob irgendjemand wohl auf die Idee kommen könnte, seine privaten Räume in Frankfurt zu durchsuchen. Denn falls ja, würde ihn das in echte Schwierigkeiten bringen.

Bitte nehmen Sie mich mit

Kanton, 25. Dezember 1838

An Weihnachten war Tobias wieder in Kanton, saß in seinem Zimmer im Haus der Browns und war mit seinen Aufzeichnungen beschäftigt. Wieder hier einzutreffen, hatte sich schon beinahe wie nach Hause kommen angefühlt. Von seinem Fenster aus konnte er auf den Creek blicken und auf die Dächer der Stadt dahinter, doch er hatte den Gassen und dem großen Platz vor den Faktoreien seit seiner Rückkehr noch keinen Besuch abgestattet. Vielmehr genoss er es, sich in Ruhe seinem Tagebuch widmen zu können und sich von den Strapazen zu erholen.

Vier Wochen hatte die Expedition gedauert, zwei davon waren sie auf See gewesen. Und nun war Tobias um zahlreiche Erkenntnisse und um einen Reisegefährten reicher, denn Feng war mit ihm gekommen. Nicht nur das – der junge Chinese hatte Tobias gebeten, ihn mit nach Deutschland zu nehmen.

Tobias war nicht sonderlich glücklich darüber. Er war unschlüssig und fragte sich, was er tun sollte, denn Feng hatte sich als wirklich sehr hilfreich und loyal erwiesen.

Wieder einmal wanderten seine Gedanken zurück zu den dramatischen Ereignissen, die sich auf dem Weg vom Landesinneren zurück zur Küste abgespielt hatten. Natürlich hatte Tobias gewusst, dass es Nicht-Chinesen streng untersagt war, Teesamen und Pflanzen einzusammeln – doch nicht zuletzt Gützlaffs nonchalanter Umgang mit diesem behördlichen Erlass hatte ihn das Verbot zwischenzeitlich beinahe vergessen lassen. Bis es ihm, sie hatten etwa die halbe Wegstrecke von Taou-i zur *Water Witch* hinter sich gebracht, unsanft ins Bewusstsein gerufen worden war. Wie aus dem Boden gestampft, hatten plötzlich drei Mandarine vor ihnen gestanden, die offenbar, in aller Ruhe Tee trinkend, auf sie gewartet hatten. Tobias hatte sich davon überzeugen können, während er zusammen mit seinen Reisegefährten mit auf dem Rücken gefesselten Händen gezwungen war zuzuschauen, wie sie sein Gepäck durchsuchten. Unter anderen Umständen hätte ihm der Anblick des Rastplatzes der chinesischen Beamten sogar Freude bereitet. Er sah eine sorgfältig hergerichtete Feuerstelle, darüber an einem Dreibein einen eisernen Wasserkessel, und auf einem niedrigen Klapptisch aus Bambus standen zierliche Teeschalen und zwei winzige Kännchen.

Während also eine Kohorte von rund einem Dutzend raubeiniger Soldaten die Reisegruppe in Schach hielt, fanden die Beamten, was sie suchten: Behältnisse mit Samen, Teepflanzen mitsamt Wurzelballen und Erde und daneben einige Insekten, gepresste Orchideen und andere Fundstücke, die Tobias' naturkundliche Sammlung bereichern sollten.

Tobias schwitzte Blut und Wasser. Was, wenn sie ihn mitnahmen und einsperrten? Stand auf seine Vergehen nicht sogar die Todesstrafe? Im Geiste verfasste er bereits einen reuevollen Abschiedsbrief an Friederike – doch die Beamten musterten ihn nur einmal kurz von oben herab und ließen ihn dann links liegen. Stattdessen wandten sie sich Gützlaff und Feng zu. Die Verhandlungen dauerten stundenlang, unterbrochen von einigen Pausen, in denen die Mandarine sich ein Tässchen Tee gönnten. Als man sie schließlich gehen ließ, und zwar mitsamt nahezu der gesamten »Beute«, war klar, dass dies vor allem Fengs Verdienst gewesen war, der nicht nur stundenlang mit den Männern diskutiert, sondern vor allem das vereiterte Auge des Anführers behandelt und ihm weitere Medizin versprochen hatte, sollten sie es unbehelligt bis nach Kanton schaffen. Alles in allem ein glimpflicher Ausgang, obwohl es natürlich trotzdem kein billiges Vergnügen gewesen war. Der Zwischenfall hatte Tobias sein restliches mitgeführtes Silber gekostet. Und nun stand er tief in Fengs Schuld.

Wie so oft grübelte Tobias auch an diesem Weihnachtsmorgen wieder über den Knaben nach. Dessen Englisch wurde von Tag zu Tag besser, er sprach sogar schon ein paar Brocken Deutsch. Aber wäre es nicht trotzdem leichtsinnig, ihn, wie er es so dringend wünschte, nach Deutschland mitzunehmen? Feng war zwar älter, als Tobias gedacht hatte, aber trotzdem erst achtzehn, falls seine Angaben stimmten. Was, wenn Feng in Deutschland nicht zurechtkam? Er konnte ihn ja schlecht wieder fortschicken. Und wie würde Friederike ihn aufnehmen?

Tobias sehnte sich danach, mit Friederike zu sprechen, sah ihr liebes, kluges Gesicht vor sich, doch was sie im Hinblick auf diesen Knaben zu sagen gehabt hätte, blieb ihm verschlossen, so intensiv er auch darüber nachdachte.

Seine Gedanken wanderten weiter zu Gützlaff. Er war sich mittlerweile sicher, dass der Missionar sich nicht nur von Reisenden bezahlen ließ, die ins Landesinnere Chinas wollten, sondern auch oder vor allem mit dem Schmuggel von Opium Geld verdiente. Das gesamte Geschäftsmodell des Geistlichen war fragwürdig. Gützlaff hatte als landeskundiger Dolmetscher nahezu eine Monopolstellung inne, die er mit dem Ansehen des Menschenfreundes verband. Nur aus diesem Grunde schleppte er stets seine christlichen Traktate mit. Sie waren nichts weiter als eine Tarnung. Es hatte eine Weile gebraucht, bis Tobias zu diesem Schluss gelangt war, doch nach mehreren Wochen in Gützlaffs Gesellschaft bestand für ihn kein Zweifel mehr.

So gesehen war ihm Feng mit seinem großen Ernst und dem

völligen Mangel an Eitelkeit als Führer deutlich lieber. Das Interesse des Knaben an der christlichen Religion schien echt zu sein, und das Erlernen von Fremdsprachen war ihm ein wirkliches Bedürfnis. Dabei war Feng ebenso geduldig wie hartnäckig. Früher oder später würde der junge Mann sein Ziel bestimmt erreichen. Wenn nicht mit Tobias, dann eben mit einem anderen. Nur, warum der junge Chinese unbedingt fortwollte aus seinem Land, und warum die Bewohner des Dorfes, in dem er aufgewachsen war, ihm mit solch großer Abneigung begegnet waren, blieb Tobias nach wie vor ein Rätsel. Mehrfach schon hatte er zaghafte Vorstöße unternommen, mehr darüber zu erfahren, doch Feng hatte nichts Persönliches preisgegeben.

Tobias seufzte erneut, schalt sich für diese Grübeleien, die ihn doch nur im Kreis herumführten, und wandte sich stattdessen dem kleinen, in schwarzes Leder gebundenen Buch zu, in das er in ordentlicher Schrift seine wichtigsten Erkenntnisse notiert hatte:

Camellia sinensis. Sehr überraschend ist die Mannigfaltigkeit im Aussehen der Pflanzen; viele haben kaum die Höhe einer halben Armeslänge und sind so buschig, dass man kaum mit der Hand zwischen die Zweige eindringen kann. Andere Sträucher haben Stämme von vier Fuß Höhe und weniger Zweige und Blätter. Die Blätter der großen und kleinen Sträucher sollen von gleicher Güte sein. An manchen Stellen ist der Boden in Beete regelmäßiger Größe eingeteilt, manche davon wurden geebnet, andere bilden offenbar eine Art Baumschule. Jedes Beet ist von einer niedrigen Einzäunung aus Steinen umgeben. Die Hänge, an denen der Tee gedeiht, sind gen Süden oder Südwesten geneigt, niemals gen Osten. Dabei sollen die Pflanzen fast jeden Grad trockener Kälte ertragen können. Die Samen zur Fortpflanzung werden jeweils an Ort und Stelle gewonnen, kommen im neunten oder zehnten Monat zur Reife und werden dann gleich in den geeigneten Boden ge-

legt, mehrere Körner in ein drei bis vier Zoll tiefes Loch, da nie alle aufgehen.

In Taou-i wird vor allem grüner Tee hergestellt. Er wird direkt nach dem Pflücken und noch vor Ort mehrfach kurz erhitzt, wodurch die grüne Farbe der Blätter erhalten bleibt, und dann gründlich getrocknet. Die Familien übernehmen alle Arbeiten selbst, ohne fremde Helfer anzuheuern …

So ging es seitenweise fort. Zufrieden blätterte Tobias durch die Notizen, ergänzte hier und da etwas und betrachtete die Zeichnungen. Es war richtig gewesen, herzukommen. Jetzt musste er seine kostbare Fracht nur noch sicher nach Hause transportieren. Nach den Erfahrungen, die er gemacht hatte, fürchtete er sich zwar ein wenig davor, seine Schätze zu verschiffen, doch andererseits glaubte er, dieses Risiko nun erst recht eingehen zu müssen. Der grüne Tee, den er in China gekostet hatte, war so viel besser als alles, was er bisher gekannt hatte. Aus Unkenntnis über die wahren Verhältnisse, oder auch, weil nichts anderes angeboten wurde, gaben sich viele der westlichen Händler mit minderwertiger Ware zufrieden. Hinzu kam das Problem der fehlenden Frische. Beides führte dazu, dass man in der europäischen Heimat oder auch in Amerika fast nur zweitklassige grüne Tees oder lang getrocknete und mehrfach gebrochene schwarze Tees kannte, denen man die ursprüngliche Blattform überhaupt nicht mehr ansah. Den barbarischen *Fan-kwei* konnte man eben alles andrehen. Erst wenn sich die Chinesen zu einem ehrlichen Handel bereit erklärten und sich die Transportzeiten dank schnellerer Schiffe deutlich verkürzten, würde man solche Tees auch in Deutschland zu schmecken bekommen.

Oder wenn es eben doch gelang, Tee in der Heimat anzubauen.

Tobias fühlte das gewohnte Kribbeln in sich, das er immer empfand, wenn er an seine hochfliegenden Pläne dachte. Eine

Mischung aus Unsicherheit und wilder Hoffnung. Die Samen, die er gesammelt hatte, ruhten geschützt in Behältnissen mit Sand, der regelmäßig befeuchtet wurde, gerade nur so viel, dass ein Austrocknen verhindert, aber ein Keimen erschwert wurde. Dieses Verfahren hatte sich auch schon bei anderen Pflanzen bewährt, die es vom asiatischen Kontinent bis nach Europa geschafft hatten – warum also nicht beim Tee.

Tobias blätterte vor bis zur ersten noch unbeschriebenen Seite, griff nach der Feder und hielt dann nachdenklich inne. Ein Erlebnis fehlte in seinen Aufzeichnungen. Eine höchst eindrückliche Begegnung in den Bergen von Ankoy, die er gleichfalls Feng zu verdanken hatte. Es war am zweiten Tag ihres Aufenthalts gewesen. Tobias hatte noch einmal die Teegärten sehen wollen, und weil Gützlaff und Ryder wegen eigener undurchsichtiger Geschäfte verhindert waren, waren sie nur zu zweit losgezogen, nur er und Feng. Auch auf die Bewachung durch die Lascars hatten sie, auf Fengs ausdrücklich Bitte hin, verzichtet. Feng hatte ihm chinesische Kleidung besorgt, mit der Tobias weniger auffiel, und im Schutz der Morgendämmerung waren sie aufgebrochen.

In der Nacht hatte es sich stark abgekühlt. Tobias schätzte die Temperatur auf deutlich unter zehn Grad Celsius und nahm dies frierend und dankbar als Beweis dafür, dass in dieser Gegend Fröste auftreten konnten. Sie schlugen einen neuen, unbekannten Weg ein, und wegen des zügigen Tempos begann Tobias, bald schon wieder zu schwitzen. Doch das machte ihm nichts. Das chinesische Schuhwerk tat seinen Füßen gut. Es war weicher als seine üblichen Lederschuhe, und auch die restliche Kleidung fand er angenehm zu tragen. Endlich war es wieder so wie er es von seinen früheren Wanderungen durch Deutschland, die Schweiz und Italien her kannte, und er fühlte sich regelrecht verjüngt.

Nachdem sie die ersten zweihundert oder dreihundert Schritt bergauf überwunden hatten, begann Feng langsamer zu werden und ihn auf alle möglichen Pflanzen hinzuweisen, Orchideen zumeist, die im lichten Unterholz wuchsen, und Tobias sammelte ein paar Exemplare ein und fertigte Skizzen von den Fundorten an. Gegen zehn Uhr am Vormittag kamen sie an ihrem Ziel an, über dessen genaue Natur Feng sich bisher ausgeschwiegen hatte. Erfreut entdeckte Tobias die ersten Teebüsche, als Nächstes fielen ihm ein paar behauene Felsstufen auf, die mitten hindurchführten – und als er aufblickte, sah er weiter oben, im Schatten eines größeren Felsen, ein halb verfallenes Gebäude.

Feng zeigte darauf. »Priest«, sagte er, und ein Lächeln glitt über sein Gesicht.

»Priest?«, fragte Tobias verwundert. »Reverend?«

»No, no.« Feng schüttelte energisch den Kopf. »Dao priest.«

Dao. Das Wort hatte Tobias noch nie gehört. Er machte noch einen Versuch: »Buddhism priest?«

»Dao. Dao priest«, wiederholte Feng. »Buddhism. Dao«, fügte er noch hinzu, streckte die rechte und die linke Hand vor und verschränkte die Finger ineinander, als ob das irgendetwas erklärte.

Zehn Minuten Fußmarsch waren es noch bis zu dem Haus, falls die Ruine diese Bezeichnung überhaupt verdiente, und als sie ankamen, läutete Feng eine helltönende Glocke, die ein wenig versteckt hinter einen Mauervorsprung hing.

Dann warteten sie, und zwar, wie es Tobias erschien, endlos – ein weiterer Beleg für Fengs Geduld –, bis schließlich ein Mann durch die niedrige hölzerne Pforte in der Mauer trat und sie mit aneinandergelegten Handflächen und einer Verbeugung begrüßte. Feng erwiderte den Gruß, verbeugte sich jedoch weit tiefer, und Tobias tat es ihm unbeholfen nach. Falls der Mann überrascht über den Besuch war, ließ er es sich nicht anmerken. Er war groß, für einen

Chinesen sogar sehr groß, und mager, und als er seine Gäste durch die Pforte in den kleinen Garten bat, der sich dahinter verbarg, hatte Tobias Gelegenheit, ihn genauer zu betrachten.

Der *Priest*, wie Feng ihn bezeichnet hatte, trug keine Kopfbedeckung. Stattdessen hatte er einen Teil seiner langen Haare auf dem Oberkopf zu einer Art Dutt gebunden, der von einem Stück Stoff zusammengehalten wurde. Sein Gewand war schwarz und an vielen Stellen so zerschlissen, dass es eher grau wirkte. Das Gesicht machte einen sehr chinesischen Eindruck auf Tobias, mit schmalen, mandelförmigen Augen, einer flachen Nase und einem langen, dünnen Kinnbart. Der Ausdruck, der darin lag, war freundlich und gelassen. Es war ihm in keiner Weise anzumerken, ob er sich über seine Gäste freute oder wegen der Unterbrechung seines Alltags verärgert war – worin auch immer dieser bestehen mochte. Verstohlen blickte Tobias sich um und versuchte, aus der Umgebung ein paar Informationen über den Eremiten zu gewinnen. Vergeblich. Was er sah, ließ keinerlei Rückschlüsse zu. In dem ummauerten Gartenstück gab es einen kleinen Brunnen, dessen Wasser sich in einen steinernen Trog ergoss, eine Feuerstelle, über der ein eiserner Kessel hing, und ein Kräuterbeet. Zwei Teebüsche standen an der Mauer sowie im Zentrum des Gartens ein dichter Strauch oder eher Baum von etwa zwanzig Fuß Höhe, in dessen Schatten sie sich niederließen und dem Tobias zunächst keine große Beachtung schenkte.

Dann begann die Zeremonie, für die Feng ihn offenbar hergeführt hatte. Der *Priest*, seinen Namen erfuhr Tobias bis zum Schluss nicht, gab frisches Brunnenwasser in den Kessel, schürte das Feuer und ordnete auf einem Holztablett, das er auf einen quaderförmig behauenen Stein legte, sorgfältig eine kleine Kanne aus jadegrünem Porzellan, ein weiteres Ausgussgefäß ohne Deckel sowie zwei winzige Schalen an. Seine Handgriffe waren sicher und ruhig. Nicht eine Bewegung schien überflüssig zu sein, und während er darauf wartete, dass das Wasser die richtige Temperatur hatte, begann er, leise mit Feng zu plaudern.

Schweigend und mit angehaltenem Atem, um nur ja nicht durch eine unbedachte Äußerung zu stören, saß Tobias daneben, lauschte den Klängen der fremden, doch mittlerweile vertrauten Sprache und schaute zu. Der *Priest* holte ein weiteres Gefäß hervor, dem er mit einem langen Holzlöffel ein paar Teeblätter entnahm, die er in die kleine Kanne gab. Dabei zeigte er mit dem Zeigefinger nach oben und sagte wieder etwas zu Feng.

»Die Blätter kommen von diesem Baum«, übersetzte Feng für Tobias, der überrascht den Kopf nach oben wandte.

»Baum?«, fragte er verblüfft.»Ich dachte, Tee wird nicht höher als so.« Er zeigte mit den Händen etwa vier Fuß an.

Feng lachte, und zum ersten Mal, seitdem Tobias ihn kannte, hatte er das Gefühl, dass der kleine Chinese sich auf seine Kosten amüsierte. Der *Priest* stimmte in sein Lachen mit ein. Verstand er etwa auch Englisch?

»Wenn man nicht schneidet, wachsen Bäume«, erklärte Feng schließlich, als sie sich wieder beruhigt hatten. »So wie dieser. Aber einfacher zu ernten, wenn nur so.« Er hielt die Hand in Hüfthöhe. »Alte Bäume: wertvoller Tee. Wurzeln tief in die Erde. Doch schwieriger zu sammeln Blätter.«

Ach, so war das! Tobias erhob sich und betrachtete ehrfurchtsvoll die Zweige, die sich über ihm ausbreiteten. Die Blätter waren dunkelgrün und lang. Aber verwendet wurden ohnehin jeweils nur die obersten frischen Triebe, und er konnte sich gut vorstellen, dass sie selbst bei dieser, für einen Baum relativ niedrigen Wuchshöhe schwierig zu ernten waren.

Kurze Zeit später war der Tee fertig aufgebrüht, und der *Priest* reichte ihm ein kleines Becherchen mit einer gelbgrünen Flüssigkeit darin, die blumig und frisch duftete. Tobias hielt seine Nase dicht darüber und sog tief den Duft ein. Herrlich. So etwas Gutes hatte er noch nie gerochen. In Frankfurt trank man fast ausschließlich schwarzen Tee, und normalerweise bevorzugte er diesen persönlich auch – und zwar nach englischer Art mit Milch und Zucker. Doch dieser Tee hier war etwas ganz anderes. Kein Vergleich mit den Grüntees, die er in England, Holland, Frankreich oder Deutschland probiert hatte, auch nicht mit denen, die er selbst verkaufte. Sein Duft erinnerte an frisch geschnittenes Gras, und seine grüne Farbe wurde durch die jadefarbene Teeschale noch verstärkt. Der Geschmack war dezent süßlich, weich, mild und fruchtig. Während er trank, dachte er an Friederike. Sie wäre begeistert. Wie gerne würde er sie mit einem solchen Tee überraschen! Doch nach sechs oder acht Monaten auf einem Schiff wäre von diesem Wohlgeschmack vermutlich nicht viel übrig. Und genau das war ja das Problem. Und seine Motivation! Was ließe sich nicht alles erreichen mit Tee, der quasi vor der Haustür wuchs.

Tobias legte die Feder beiseite, griff nach der kleinen Keramikdose, die auf seinem Schreibtisch stand, öffnete den Deckel und roch an dem Inhalt. Es waren Teeblätter von eben jenem Baum darin, die er zum Abschied von dem *Priest* geschenkt bekommen hatte, und der frische grüne Duft stieg ihm in die Nase. Er betrachtete die zarten, leicht gekräuselten Blätter, die mit einem Hauch weißen Flaums bedeckt waren. Er hatte es sich genau erklären lassen. Für diesen Tee wurden nur die ganz jungen Triebe geerntet und direkt nach der Ernte sehr kurz in einer eisernen Pfanne erhitzt. Danach wurden sie von Hand gerollt, getrocknet und gesiebt. Ein solcher Tee schaffte es vermutlich nie bis nach Europa. Aber auch das Wasser spielte eine große Rolle. Das Quellwasser aus den Bergen von Ankoy sei durch nichts zu ersetzen, hatte der *Priest* ihm erklärt. Tobias war es vorgekommen, als hätte sich ihm eine komplett neue Welt eröffnet.

Am folgenden Tag war ihr Aufenthalt in dem Dorf Taou-i viel zu plötzlich und überraschend vorbei gewesen. Während ihrer Abwesenheit – Tobias erfuhr nicht, wo Gützlaff und Ryder eigentlich gewesen waren – hatten Mandarine nach ihnen gefragt und die Dorfbewohner verschreckt. Nur gegen eine fürstliche Bezahlung waren sie bereit gewesen, sie überhaupt noch eine weitere Nacht aufzunehmen, und ihr mitgeführtes Gold hatten sie zu einem unverschämten Kurs von nahezu eins zu eins gegen Silber tauschen müssen. Der gesamte Rückweg erinnerte an eine Flucht, bis sie schließlich doch noch in die Fänge der Beamten geraten waren.

Feng wohnte jetzt irgendwo am Hafen, doch Tobias wusste, dass er nie weit weg war und sobald er aus dem Haus trat, schon auf ihn wartete. Er hatte angeboten, ihn im Januar auf eine weitere Reise ins Landesinnere zu begleiten. Tobias würde aller Voraussicht nach frühestens im September zurück in Frankfurt sein und Friederike wiedersehen.

»Herr Ronnefeldt?«

Eine Stimme riss Tobias aus seinen Gedanken. Er wandte sich um. In der offenen Tür stand die Frau des Reverends.

»Leisten Sie uns beim Tee Gesellschaft? Wir wollen gemeinsam ein paar Weihnachtslieder singen.«

Mrs. Brown war nach wie vor leidend. Vor ein paar Tagen war sie plötzlich nachts wie ein Geist bei ihm im Zimmer aufgetaucht und hatte ihn zu Tode erschreckt. Der Reverend war außer Haus gewesen, und nur mit Mühe hatte er die Schlafwandlerin zurück in ihr Bett bringen können, wo sie schließlich erwachte, mit beiden Händen nach seinem Arm griff und sich regelrecht an ihm festklammerte. »Nehmen Sie mich mit, Herr Ronnefeldt. Lassen Sie mich nicht in diesem schrecklichen Land zurück«, hatte sie ihn angefleht. Am nächsten Tag konnte sie sich nicht mehr daran erinnern. Aber ihre Sehnsucht nach England blieb. Sie vermisste die kühlen, grünen Hügel ihrer Heimat.

Alle wollten fort. Nur er wollte bleiben. Noch so viele Geheimnisse, die es zu entdecken galt.

»Ich komme«, sagte er lächelnd und legte die Feder beiseite. »Bin schon unterwegs.«

Was ist mit Nicolaus?

Frankfurt, 31. Dezember 1838

Am Silvestertag war Friederike mit den Kindern bei ihren Eltern zum Abendessen eingeladen. Bis mittags um zwölf Uhr hatte sie im Laden gestanden, dabei rechnete sie nun beinahe täglich mit der Geburt. Doch bis es so weit war, wollte sie ihre Pflichten erfüllen. Sie war nicht bereit, eine Schwäche zuzugeben – gerade ihren Eltern gegenüber, die nur darauf warteten, ihr Vorhaltungen zu machen, weil sie ihren Mann in seiner Abwesenheit vertrat.

Käthchen war gekommen und hatte ihr und Sophie geholfen, die Kinder in ihre Sonntagskleider zu stecken – und nun waren sie in der einbrechenden frühen Dunkelheit auf dem Weg in die Schnurgasse. Fröhlich sprangen Wilhelm und Carlchen voraus. Elise und Käthchen hatten Minchen zwischen sich genommen, die mit ihren zwei Jahren endgültig aus dem Wagen herausgewachsen war.

Auf der Höhe der Ziegelstraße, sie waren höchstens zwei Minuten gegangen, hörte Friederike plötzlich, wie jemand leise ihren Namen rief. Es war die Stimme einer Frau.

»Frau Ronnefeldt?«

Überrascht blieb Friederike stehen und drehte sich um. »Ja?«

Schneefall hatte eingesetzt. Die Flocken tanzten im Licht der einzelnen Gaslaterne, die an der Ecke der Neuen Kräme und der Schnurgasse stand. Die Frau, die ihren Namen gerufen hatte, blieb jedoch im Schatten, so dass Friederike nur ihre Umrisse erkennen konnte.

»Darf ich Sie einen Moment sprechen?«

»Worum geht es?«, fragte Friederike. Käthchen hatte nichts gemerkt. Sie war mit Elise und Minchen weitergegangen, den Buben hinterher, die schon beinahe beim Haus ihrer Eltern angekommen waren.

Endlich trat die Frau ein klein wenig aus dem Schatten hervor. Sie war nicht sehr groß, trug einen nachlässig aufgesetzten Hut, unter dem dunkles Haar hervorquoll, und einen aus groben Maschen gestrickten langen Schal.

»Sie wünschen?«, fragte Friederike.

»Sind Sie Frau Friederike Ronnefeldt?«

»Das bin ich.«

»Gott sei Dank«, sagte die Unbekannte.

»Aber wer sind Sie? Und was wollen Sie?«

»Ich bin Frau Stein«, sagte die andere mit gedämpfter Stimme.

»Frau Amalie Stein?«

»Dann haben Sie meinen Namen schon einmal gehört?« Es klang erleichtert.

»Ja, aber …«

»Ich erkläre Ihnen alles. Aber nicht hier.« Die Frau flüsterte jetzt und deutete nach oben auf die erleuchteten Fenster. Die Gassen hatten Ohren, das wusste auch Friederike.

»Ist etwas mit meinem Schwager?«, fragte sie trotzdem.

»Friederike, wo bleibst du denn?«, hörte sie Käthchen rufen. Die Kinder waren bereits im Haus der Eltern verschwunden.

Amalie Stein legte Friederike die Hand auf den Arm. »Nicht hier. Bitte, es ist wirklich wichtig.«

»Ich komme gleich nach. Ich muss noch mal zurück, hab was vergessen«, rief Friederike ihrer Schwester zu. Käthchen gab sich damit zufrieden. Ihre Silhouette verschwand.

»Danke«, sagte Amalie Stein leise.

Sie gingen ins Kontor in der Neuen Kräme. Friederike merkte, dass Frau Stein fror. Sie hatte zwar einen dicken Schal um, war jedoch abgesehen davon zu dünn gekleidet für den nasskalten Wintertag.

»Kommen Sie hierher zum Ofen. Der ist noch warm«, sagte Friederike und zündete ein Talglicht an. »Also, was ist los? Was ist mit Nicolaus?«

Der Brief, den sie kurz vor Weihnachten von Nicolaus bekommen hatte, war wirklich merkwürdig gewesen. Irgendwie beunruhigend. Andererseits war ihr Schwager niemand, um den man sich große Sorgen hätte machen müssen – das hatte sie bis jetzt zumindest gedacht.

»Vielen Dank, dass Sie mitgekommen sind. Es dauert hoffentlich nicht lange. Wir haben nämlich nicht viel Zeit«, sagte Frau Stein und rieb über dem Ofen ihre Hände warm.

»Sie sind aus Offenbach, nicht wahr?«

»Richtig. Nicolaus und ich, wir sind …«, sie suchte kurz nach dem passenden Wort, »… wir sind Freunde. Ich habe eine Buchdruckerei von meinem verstorbenen Mann übernommen. Und immer, wenn Ihr Schwager in Offenbach ist, besucht er mich.«

Friederike nickte. Nicolaus hatte zwar mehr von der Offenbacher Schule als von seinen Besuchen bei der Buchdruckerwitwe erzählt, aber immerhin wusste sie von Frau Steins Existenz. »Verstehe. Aber jetzt sagen Sie doch bitte endlich, was mit Nicolaus los ist. Ist ihm etwas geschehen?«

»Er sitzt im Gefängnis.«

»Wie bitte?« Sprachlos starrte Friederike die Buchdruckerwitwe an. »Im Gefängnis?«, wiederholte sie ungläubig. »Aber warum?«

»Er hat wohl … Also, nach allem, was ich herausfinden konnte, hat er randaliert. Er war betrunken. Und dann hat er sich mit den Offenbacher Brückenposten geprügelt.«

»Er hat sich betrunken?« Friederike lachte auf. »Nein, Frau Stein, Sie müssen sich irren. Das hört sich ganz und gar nicht nach meinem Schwager an.«

»Es ist aber so. Das war kurz vor Weihnachten. Sie sollten wissen, also, er hat mir an diesem Tag einen Heiratsantrag gemacht. Und ich habe abgelehnt.« Sie schlug verlegen die Augen nieder.

Für einen Moment fehlten Friederike die Worte. Nicolaus hatte nie erwähnt, dass er sich verheiraten wollte. Er hatte Amalie Stein überhaupt selten erwähnt. Sie betrachtete die Frau, die ihr gegenüberstand, ein wenig genauer. Sie war vielleicht zehn Jahre älter als sie selbst, etwa Anfang vierzig, und hatte eine sympathische, offene Ausstrahlung. Friederike konnte sie sich gut an Nicolaus' Seite vorstellen.

»Ach, wenn das so ist ...«, sagte sie langsam.

»Glauben Sie mir jetzt? Ich weiß nämlich ganz sicher, dass er im Gefängnis sitzt. Im Januar soll er vor den Richter.«

»Und der wird ihn ja wohl freilassen.«

»Wenn es nur wegen der Randale wäre, gewiss«, bestätigte Amalie Stein. »Aber ich habe erfahren, dass sie seine Wohnung durchsuchen wollen. Und ich befürchte, sie könnten dort Dinge finden, die ihn in Schwierigkeiten bringen.«

»Was denn für Dinge?«

»Bücher. Schriftstücke. Verbotene Texte. Ich weiß, dass Nicolaus sie in seiner Wohnung aufbewahrt, zumindest in der Vergangenheit war das so. Und wenn er sie immer noch nicht an einen anderen Ort gebracht hat, so wie ich es ihm viele Male geraten habe ...«

»Mein Gott!« So langsam dämmerte Friederike, warum Amalie Stein zu ihr gekommen war. Und weshalb sie auf offener Straße nicht mit ihr hatte reden wollen.

»Aber trotzdem, warum sollten die Offenbacher das tun? Hier in Frankfurt haben sie doch gar keine Handhabe gegen ihn. Und überhaupt, die Wohnung durchsuchen, das erscheint mir nach allem, was Sie erzählt haben, dennoch übertrieben.«

»Ich weiß. Aber es gibt da jemanden, der ihn angeschwärzt hat. Ein Kollege von ihm, der nicht gut auf ihn zu sprechen ist, ein Schreiner wie er. Dieser Kollege ist gleichzeitig ein Bekannter von mir, ein Cousin meines verstorbenen Mannes, und wie ich nun erfahren habe, hat er Beziehungen ausgerechnet zur Frankfurter Polizei.«

»Und dieser Kollege hätte Interesse daran, ihm etwas anzuhängen?«

»Ich traue es ihm jedenfalls zu.«

Für Friederike war das alles so neu und kam so überraschend, dass sie immer noch zögerte. »Meinen Sie denn ... Also Sie schlagen vor, dass wir in seine Wohnung gehen ...«

»... und die verbotenen Bücher herausholen. Genau«, beendete Amalie Stein ihren Satz. »Es ist wirklich wichtig«, fuhr sie fort, als Friederike nicht sofort reagierte. »Er könnte jahrelang einsitzen deswegen. Oder sogar Schlimmeres. Darum bin ich hergekommen, so schnell ich konnte. Sobald ich davon erfahren habe.«

»Schlimmeres?« Entsetzt sah Friederike die Buchdruckerin an.

Diese nickte nachdrücklich. »Wenn wir die Sachen zuerst finden, können wir ihm großen Ärger ersparen.«

Friederike brauchte nicht mehr lange, um sich zu entscheiden. Sie wusste, dass Tobias in seinem Schreibtisch einen Schlüssel zu Nicolaus' Wohnung aufbewahrte, und nach kurzem Suchen hatte sie ihn gefunden und hob ihn triumphierend in die Höhe.

»Also los, Frau Stein. Worauf warten wir noch!«

Der Weg war nicht weit. Kaum zehn Minuten später standen sie vor dem Haus, in dem Nicolaus die erste Etage bewohnte. Friederike atmete schwer und rieb sich die Seite, als sie im ersten Stock ankamen und die dunkle Wohnung betraten. »Und jetzt?«, fragte sie ächzend und schob energisch den Gedanken beiseite, dass die Geburt ihr dazwischenkommen könnte. Amalie Stein war schon dabei, Lampen anzuzünden.

»Jetzt suchen wir.«

»Und wonach genau?«, fragte Friederike.

»Wenn es stimmt, was Ihr Schwager mir erzählt hat, dann nach einem Loch in der Wand.«

Das Mauerwerk war insbesondere im Flur und in der angrenzenden Schlafkammer nur unzureichend verputzt, und es gab einige Stellen, die in Frage kamen. Trotzdem dauerte es nicht lange, und Friederike hielt einen losen Ziegelstein in der Hand.

»Frau Stein, ich glaube, ich hab's«, rief sie erleichtert.

Gemeinsam zogen sie einen Stapel Papier hervor, den die Buchdruckerin sofort sichtete. »Eine Publikation von Georg Büchner, Schriften von Karl Gutzkow, Heinrich Heine und noch ein paar anderen«, zählte sie auf.

»Mein Gott, so viel!« Verblüfft starrte Friederike auf die Schriftstücke, die nun auf Nicolaus' Bett lagen. »Ich hatte ja keine Ahnung! Haben Sie das alles gedruckt?«

»Nicht alles. Nur das hier.« Amalie Stein wies auf ein Theaterstück von Gutzkow. Sie schüttelte den Kopf. »Wie leichtsinnig von ihm. Ich habe ihn so oft gewarnt.« Dann hob sie ungeniert den Rock und steckte sich so viele der Druckschriften wie möglich unter den Bund. Friederike tat es ihr nach. In ihrem weiten Umstandsmantel ließen sich problemlos mehrere Bücher verstauen.

Plötzlich waren von draußen auf der Straße Männerstimmen zu hören. Sofort löschte Amalie das Licht, und die Frauen blickten vorsichtig auf die Straße hinunter. Zwei Männer in Polizeiuniform sprachen an der Tür mit den Mietern der Erdgeschosswohnung.

»Mein Gott, die sind ja schon da. Sie hatten recht.«

»Wir müssen schnell hier raus«, sagte Frau Stein.

Hastig traten die beiden Frauen ins Treppenhaus und schlossen leise die Tür hinter sich ab. Von unten hörte man ein lautstarkes Wortgefecht. Die Nachbarn unten protestierten gegen das Eindringen der Polizisten. Die Auseinandersetzung verschaffte ihnen Zeit. Trotzdem war der Fluchtweg versperrt – und es war abzusehen, dass die Polizisten sich durchsetzen würden.

»Wir gehen auf den Dachboden«, flüsterte Friederike. »Und sobald die beiden in der Wohnung sind, verschwinden wir.«

Das war ein gewagter Plan, zumal ein plötzlicher Schmerz Friederike durchfuhr. Nur mit Mühe unterdrückte sie einen Aufschrei. War das etwa eine Wehe gewesen?

»Frau Ronnefeldt?« Amalie Stein packte sie am Arm.

»Es geht schon. Helfen Sie mir die Stufen hinauf.«

Friederike biss die Zähne zusammen. Sie stießen auf eine Kammer, in der ein einfaches Bett stand. Ein ungenutztes Dienstbotenzimmer wahrscheinlich. Schwaches Dämmerlicht sickerte durch das schmutzige Dachfensterchen.

»Ich muss einen Moment Pause machen«, keuchte Friederike. Von unten drang Lärm herauf. Die Männer brachen offensichtlich die Wohnungstür auf – und nun trampelten sie durch Nicolaus' Wohnung. Sie waren so laut, dass sie vermutlich gar nicht gemerkt hatten, dass noch jemand im Haus war. Friederike krümmte sich erneut, als ein heftiger Schmerz sie durchfuhr.

»Das Kind«, ächzte sie mit gepresster Stimme. »Ich kann hier im Moment nicht weg.«

»Auch gut. Dann bleiben wir eben«, sagte Amalie Stein und half ihr, sich auf das Bett zu legen.

»Was, wenn sie uns erwischen?«

Die Buchdruckerin schüttelte den Kopf. »Keine Sorge. Die werden uns schon in Ruhe lassen.«

Amalie Stein sollte recht behalten. Nachdem die beiden Polizisten in der Wohnung nicht fündig geworden waren, kamen sie die Stiege heraufgetrampelt, blieben jedoch beim Anblick der hochschwangeren Frau wie erstarrt stehen. Friederike schrie auf, als hätte sie eine Wehe, woraufhin die Männer zurückwichen.

Der eine der beiden hatte eine Lampe dabei.

»Danke, sehr freundlich«, sagte Amalie Stein und nahm sie ihm beherzt aus der Hand. »Wir brauchen die Lampe dringender als Sie, das sehen Sie doch gewiss ein.«

Nachdem die beiden auf der Stelle umgedreht waren und regelrecht die Flucht ergriffen hatten, musste Friederike ein hysterisches Lachen unterdrücken.

»Sie sind wirklich ganz famos«, sagte sie.

»Sie aber auch«, erwiderte Frau Stein und betrachtete sie besorgt. »Ich gehe und hole Ihre Hebamme. Sagen Sie mir nur, wo ich sie finden kann.«

»Nein, warten Sie. Ich kann das Kind doch nicht hier in dieser schmutzigen Kammer bekommen.« Friederike dachte an Tobias. Sie wusste, welch große Sorgen er sich um sie machte, und sie hatte nicht vor, bei ihrem fünften Kind zu versagen. »Ich will zurück nach Hause. So viel Zeit habe ich gewiss noch. Gleich im Nachbarhaus über dem Schuster wohnt ein Arzt. Doktor Birkholz. Vielleicht helfen Sie mir die Treppe hinunter und sehen dann nach, ob er zu Hause ist?«

Sie erinnerte sich an das, was Sophie ihr erzählt hatte. Paul Birkholz hatte ihrer Mutter in Oberrad bei der Geburt beigestanden. Er hatte geschafft, woran die Hebamme gescheitert war. Plötzlich schien es ihr ungeheuer wichtig, ihn dabeizuhaben. Die Geburt von Minchen war schwer gewesen, aber mit Paul Birkholz an ihrer Seite würde sie sich weniger fürchten. Dann würde gewiss alles gutgehen.

Auf dem Absatz vor Nicolaus' Wohnung mit der aufgebrochenen Tür blieb Frau Stein plötzlich stehen.

»Warten Sie kurz, Frau Ronnefeldt, und bitte geben Sie mir die Bücher, die Sie unter Ihren Mantel gesteckt haben. Ich werde die Sachen zurückbringen. Ich möchte nicht, dass Nicolaus erfährt, dass ich hier war.«

Obwohl Friederike im Geiste schon mit der Geburt befasst war, begriff sie, worauf Frau Stein hinauswollte. Die Buchdruckerwitwe hatte Nicolaus' Heiratsantrag abgelehnt. Ganz gewiss wollte sie nicht, dass er von ihrem selbstlosen Einsatz erfuhr. Wieder ein Geheimnis mehr, dachte sie, während sie die Bücher aus ihrem Mantel zog.

Eine Minute später war Frau Stein wieder bei ihr, und sie schafften es ohne Probleme bis auf die Straße. Zumindest für den Moment ließen die Wehen Friederike Luft zum Atmen.

»Viel besser. Ich gehe schon langsam voraus. Bitte sehen Sie nach, ob Doktor Birkholz da ist«, sagte sie.

»Sind Sie sicher?«, sagte Frau Stein skeptisch und wollte kaum ihren Arm loslassen.

»Ganz sicher. Aber beeilen Sie sich. Ich glaube, mein Kind will dieses Jahr noch auf die Welt kommen.«

TEIL IV
Frühjahr und Sommer 1840

Wie geht es Ihrer armen Frau?

Frankfurt, 3. März 1840

Tobias stand an seinem Pult im Kontor, vor sich das Buchhaltungsjournal, und versuchte vergeblich, sich auf seine Arbeit zu konzentrieren. Er dachte an die Überfahrt von China zurück nach Hause. Wie sehr er sich auf die Heimat gefreut hatte und darauf, seine Familie und vor allem seine Frau wiederzusehen. Endlich in London angekommen, ein halbes Jahr war das jetzt her, hatte er sich nur mit Mühe davon abhalten können, sofort weiterzureisen. Stattdessen war er, wie er es geplant hatte, drei weitere Wochen geblieben, um seine Einkäufe zu tätigen. Mit seinem frisch in China erworbenen Wissen hatte er sich ausgiebig mit seinen Handelspartnern ausgetauscht und darüber hinaus die Bekanntschaft eines Reeders gemacht, der sich dafür interessierte, in den Bau schnellerer Schiffe zu investieren, die sich Klipper nannten. Die neuartige Bauform würde zwar einen kleineren Frachtraum mit sich bringen, die Transportzeiten jedoch erheblich verkürzen. Noch war es nicht so weit, doch eines Tages wollte Tobias einer der Ersten sein, der davon profitierte und möglichst frische chinesische Ware nach Frankfurt und in den Süden Deutschlands holte. Denn er war sich alles andere als sicher, ob seine Pläne für einen heimischen Teegarten wirklich aufgehen konnten, zumindest wollte er sich nicht darauf verlassen, wo die Aussichten dafür zu ungewiss waren.

Allerdings hatte er bei seiner Ankunft in London an vereinbarter Stelle, im Kontor des Handelshauses Sibelius, nur Post von Friederike vorgefunden, jedoch keinen Brief von Mertens, so wie er es ganz sicher erwartet hatte. Warum das so gewesen war, hatte seine Frau ihm erst bei seinem Eintreffen in Frankfurt offenbart – mit gutem Grund. War doch die Geschichte, die sie ihm zu erzählen gehabt hatte, so ungeheuerlich gewesen, dass er sie, wenn er sie unvorbereitet in einem Brief gelesen hätte, kaum hätte glauben können.

Niemals hätte er damit gerechnet, dass sein Prokurist, in den er sein ganzes Vertrauen gesetzt hatte, um ein Haar einen kolossalen Skandal verursacht hätte. Erst nachdem auch Nicolaus ihm bestätigt hatte, dass Mertens handgreiflich geworden war und dass Friederike den Missetäter gemeinsam mit diesem Doktor Birkholz überwältigt hatte, war ihm nichts anderes übrig geblieben, als sich mit dieser ungeheuerlichen Tatsache abzufinden. Wenn es ihm auch sehr schwerfiel. Vor allem wegen dieser Angelegenheit, die dazu geführt hatte.

Den Shunga.

Er hatte noch nie mit eigenen Augen eine dieser obszönen Zeichnungen gesehen, hatte aber schon darüber reden hören. In gewissen Herrenzimmern wurden sie herumgezeigt – und wie immer, so trieb ihm auch heute die bloße Vorstellung, dass Friederike so etwas Anzügliches und Widerliches zu Gesicht bekommen hatte, die Hitze ins Gesicht. Rasch schob er den Gedanken wieder fort und dachte stattdessen daran, was er diesem Lumpenhund von Mertens antun würde, sollte er ihn zwischen die Finger bekommen. Er empfand seine bloße Existenz als Beleidigung – und wenn Nicolaus es auch gut gemeint hatte, bedauerte er doch zutiefst, dass Mertens alles in allem so glimpflich davongekommen war.

Tobias seufzte. Seine Gedanken blieben bei Friederike und bei seiner Ehe hängen. Seit seiner Rückkehr hatte sich ihre Beziehung nicht zum Besten entwickelt. Vorbei war es mit dem Einvernehmen und der Harmonie, die zuvor ihr Zusammenleben gekennzeichnet hatte. Lag es an ihm? Oder lag es nicht vor allem an ihr? Die Differenzen hatten nicht sofort offengelegen, sie waren zunächst nur unterschwellig zu spüren gewesen. Doch inzwischen bestand kein Zweifel mehr daran, dass es in ihrer Ehe kriselte.

Verdrossen stieß Tobias die Schreibfeder ins Tintenfass zurück, was prompt einen Klecks auf dem Papier verursachte. Es war zum Verrücktwerden, dachte er, während er mit dem Löschpapier hantierte. Diese Unstimmigkeiten zwischen ihm und Friederike sollte es eigentlich gar nicht geben. Immer wieder ging es ums Geschäft. Aber das war nun einmal *sein* Metier. Warum mischte sich Friederike überhaupt in seine Angelegenheiten ein?

Natürlich war ihm auch klar, dass sie eine harte Zeit hinter sich hatte. Während seiner Abwesenheit hatte sie vieles schultern müssen und das auch mit Bravour getan. Trotzdem war es seiner Meinung nach nicht einzusehen, dass sie nicht zu ihren eigentlichen Pflichten zurückkehrte und alles andere ihm überließ. Sie hatte doch nicht einmal gewollt, dass er überhaupt wegfuhr. Und nun hatte er manchmal das Gefühl, sie wolle die Geschäfte am liebsten ohne ihn leiten …

Tobias starrte auf die Zahlen vor sich und runzelte die Stirn. Wo steckte nur dieser verdammte Fehler? Er vermisste Willi Weinschenk, denn der war mittlerweile auch fort. Er war nach Italien zur Kur gefahren und nicht mehr zurückgekommen. Per Brief hatte er ihnen mitgeteilt, dass er sich im Süden niederlassen wollte, weil das Klima seinen Knochen besser bekam. Auch gut. So konnte er sich nach einem neuen Prokuristen mit zwei gesunden Beinen umsehen.

Jetzt konzentriere dich endlich, ermahnte Tobias sich selbst, weil seine Gedanken schon wieder dabei waren, abzuschweifen, doch bevor er seine Kontrollrechnung fortsetzen konnte, wurde er vom Geräusch der Ladenglocke unterbrochen. Er lauschte und wartete darauf, dass er Stimmen hörte, bis ihm einfiel, dass er Peter ja in die

Papierwarenhandlung geschickt hatte. Also schlug er das Buch zu und ging selbst nach vorn.

»Guten Tag, Frau Storch«, begrüßte er die Gattin des Sachsenhäuser Pfarrers, die mitten im Laden stand, und setzte ein Lächeln auf, das hoffentlich freundlich aussah.

»Ach, Herr Ronnefeldt. Da bin ich aber froh.«

»Sie wünschen?«, fragte Tobias, ohne zu fragen, was die Freude verursachte.

»Wie geht es Ihrer armen Frau?«

»Ausgezeichnet. Heute Morgen beim Frühstück sah sie aus wie das blühende Leben«, log Tobias. In Wahrheit hatte er Friederike seit drei Tagen nicht gesehen, da sie zu Besuch bei ihrer Tante war, aber das brauchte Frau Storch ja nicht zu wissen.

»Ach ja? Wissen Sie, ich habe nur gedacht, das ist doch alles ein bisschen viel für die Arme«, fuhr Frau Storch fort.

Tobias begann bereits innerlich zu erstarren. Jetzt nur nichts Falsches sagen, dachte er, lächelte noch ein bisschen breiter und konzentrierte sich auf Frau Storchs spitze Nase, um ihr nicht in die Augen blicken zu müssen.

»Was darf ich Ihnen geben, Frau Storch. Zuletzt hatten Sie unseren portugiesischen Tee, richtig? Darf es der wieder sein?«

»Letzte Woche erst habe ich sie wieder hier im Laden stehen sehen. Ich guck immer mal, wissen Sie. Ich habe doch auch meine Schäfchen.« Sie lächelte ein wenig vor sich hin. »Also, wenn ich offen mit Ihnen sein darf…«

Nein, das dürfen Sie nicht, dachte Tobias, doch weder der unausgesprochene Satz noch seine mittlerweile eingefrorenen Mundwinkel hinderten Frau Storch daran fortzufahren. Ohne eine Antwort abzuwarten, beugte sie sich vertraulich zu ihm vor:

»… Sie sollten Ihrer armen Frau nicht so viel zumuten, Herr Ronnefeldt.«

Wenn sie noch einmal von seiner *armen* Frau sprach, würde er sich vergessen, dachte Tobias, dabei war die für ihre Klatschbereitschaft bekannte Pfarrersfrau die letzte Person, vor der er die Beherrschung verlieren wollte.

Von der Baustelle gegenüber drang unaufhörlich das Geräusch von Hammer und Meißel in den Laden und verursachte ihm einen stechenden Kopfschmerz. Er versuchte, ihn wegzublinzeln. »Wie gesagt, es geht ihr gut. Sie hilft nur ab und zu aus, nicht der Rede wert. Sie liebt es, mit den Kunden zu plaudern. So wie mit Ihnen, liebe Frau Storch.«

»Sicher, sicher. Es ist nur bedauerlich, dass sie inzwischen für den Wohltätigkeitsverein gar keine Zeit mehr aufbringen kann. Und den Handarbeitskreis hat sie auch vernachlässigt. Na ja, mit fünf Kindern *und* dem Geschäft? Da ist das ja vielleicht auch kein Wunder. Die Ärmste.«

»Wir hätten auch einen schönen vollmundigen Bohea oder einen Hansan, nicht zu bitter, falls Sie den bevorzugen. Ich könnte Ihnen auch etwas zum Probieren mitgeben.« Tobias drehte ihr den Rücken zu und machte sich an den Behältern zu schaffen, damit sie nicht sah, wie er die Kiefer aufeinanderpresste.

»Ihr Jüngster ist jetzt wie alt? Ein Jahr?«

»Ein Jahr und drei Monate.«

»Was hat mir Ihre Frau so leidgetan. Sie konnte die Schwangerschaft ja am Ende nicht mehr verstecken, nicht wahr. Bei aller Liebe, das war unmöglich.«

Tobias fuhr herum, nun doch eine erboste Entgegnung auf den Lippen, als er über die Schulter der Pfarrersfrau hinweg durchs Schaufenster hindurch seinen Bruder vor dem Geschäft auftauchen sah. Das war sein Glück. Im nächsten Moment öffnete Nicolaus auch schon die Ladentür. Der Baulärm schwoll noch ein wenig mehr an.

»Guten Tag, Frau Storch. Tobias«, grüßte Nicolaus mit einem Kopfnicken.

Er trat näher und legte einen Brief vor Tobias auf die Ladentheke. Leider auch in Sichtweite von Frau Storch. Ungeniert hob sie sich die Lorgnette, die vor ihrer Brust baumelte, an die Augen.

»Ach, sehen Sie nur, Herr Ronnefeldt, der Brief ist ja gar nicht für Sie. Der ist für Ihre Frau!«, rief sie überrascht aus und schob den Umschlag mit dem Zeigefinger ein wenig hin und her, offenbar sehr versucht, ihn einfach umzudrehen, um zu lesen, wer der Absender war.

»Danke. Bist du unter die Briefträger gegangen?«, fragte Tobias seinen Bruder und nahm das Schriftstück rasch an sich, bevor Frau Storch es weiter untersuchen konnte.

»Zufall. Der Postbeamte hat ihn mir mitgegeben, weil ich ohnehin gerade auf dem Weg zu dir war.«

Tobias holte tief Luft und bekam prompt einen Hustenanfall. Dann wandte er sich wieder seiner Kundin zu und zwang sich noch einmal zu einem Lächeln. »Verzeihung. Also, was darf's denn nun für Sie sein, Frau Storch?«

Wieder ging die Tür auf, und diesmal war es zu seiner großen Erleichterung sein Lehrling mit der Rolle Packpapier unterm Arm, die er hatte besorgen sollen.

Tobias hustete erneut, diesmal allerdings mit Absicht. »Würden Sie mich bitte entschuldigen? Herr Krebs wird sich sofort um Sie kümmern«, sagte er, sich räuspernd.

»Schönen Gruß an die Frau Gemahlin«, rief ihm die Pfarrersfrau noch hinterher.

»Was für eine unmögliche Person«, sagte Tobias mit einem Seufzer und klopfte sich mit der linken Hand auf die Brust, während er nachdenklich den Brief betrachtete und in der rechten hin und her wendete. Er war tatsächlich an Friederike adressiert. Absender war das Hotel *Vier Jahreszeiten* in Wiesbaden.

»Wer? Frau Storch oder dieser Herr Manzini?«, fragte Nicolaus, der ihm gefolgt war. Er zeigte auf den Brief. Unter dem Hotelstempel prangte der Name des Italieners.

Tobias zuckte die Achseln. Er hatte die Pfarrersfrau gemeint, aber dass dieser sogenannte Impresario aus Wiesbaden seine Briefe an Friederike adressierte, gefiel ihm auch nicht.

»Beide.«

»Willst du denn gar nicht wissen, was drinsteht?«

»Der Brief ist für Friederike, also soll sie ihn heute Abend öffnen. Sie ist mit Käthchen und den Mädchen bei ihrer Tante in Hattersheim«, sagte Tobias. Es juckte ihn natürlich in den Fingern, das Schreiben zu lesen. Trotzdem legte er es ungeöffnet auf den Schreibtisch und musterte seinen Bruder kopfschüttelnd. »Du bist ja genauso neugierig wie Frau Storch. Was treibt dich überhaupt her?«

»Ich wollte dich fragen, ob du Lust auf eine Baustellenbesichtigung hast«, sagte sein Bruder, der plötzlich ein breites Grinsen im Gesicht hatte.

»O nein. Warum willst mich denn ausgerechnet auf die Baustelle schleppen? Ich habe schon genug Dreck und Staub den ganzen Tag.«

Schon vor Monaten hatte man zwischen Neuer Kräme und Paulskirche, also ihrem Haus genau gegenüber, mit Abrissarbeiten begonnen und war nun endlich so weit, das neue Gebäude zu errichten. Die Entwürfe hatte ein gewisser Architekt Stüler angefertigt, ein Preuße, was in Frankfurt zu heftigen Diskussionen geführt hatte. Die Gemüter hatten sich inzwischen wieder einigermaßen beruhigt, womöglich weil der Entwurf auf allgemeines Wohlgefallen gestoßen war. Die architektonischen Skizzen zeigten einen repräsentativen klassizistischen Bau mit hohen Bogenfenstern, doch davon war auf dem Platz gegenüber noch nichts zu sehen.

»Du solltest dich freuen! Wenn das Börsengebäude erst einmal fertig ist, wertet diese Nachbarschaft deinen Laden erheblich auf«, sagte Nicolaus.

»Du sagst es: *wenn* es fertig ist. Bis dahin steht uns eine harte Zeit bevor.«

»Jetzt komm schon mit, ich will dir etwas zeigen.«

»Also gut. Wenn ich es mir recht überlege, kann ich eine Pause gebrauchen.« Tobias griff nach Hut und Mantel, die neben der Tür am Garderobenständer hingen. Den Schal schlang er sich zweimal um den Hals. Er fror in letzter Zeit leicht, und seine Brust schmerzte, sobald er tief einatmete. Schon seit Monaten – eigentlich seit seiner Zeit in China – plagte ihn zudem dieser hartnäckige Husten, den er einfach nicht loswurde.

»Und was soll ich mir jetzt angucken?«, fragte Tobias ein wenig ratlos, als er kurze Zeit später neben Nicolaus am Rand der Baugrube stand. Die Maurer hatten gerade erst damit begonnen, die Grundmauern zu errichten, auf denen die Außenwände einmal stehen sollten. Es war ein sonniger, wenn auch kühler Tag Anfang März, doch die ganze Woche zuvor hatte es heftig geregnet, weswegen die Wege schlammig waren. Unten in der Grube sah man große Wasserpfützen stehen.

»Die Proportionen lassen sich doch schon gut erkennen. Sechs Fensterachsen zur Kräme hin, fünf auf der Seite. Siehst du? Alles ganz symmetrisch. Und jetzt kommt's: Seit gestern steht fest, dass Nicolaus Ronnefeldt den Lesesaal ausstatten wird. Und zwar genau hier.«

Ohne Rücksicht auf seine Beinkleider und sein Schuhwerk zu nehmen, umrundete Nicolaus einen Steinmetz, der gerade dabei war, einen Sockel zurechtzuhauen, balancierte vorsichtig am Rand der Grube entlang und blieb dann mit ausgebreiteten Armen am nördlichen Ende stehen. »Lesesaal und Archiv in einem. Zehn Fuß hohe Bücherschränke«, rief er feierlich.

»Gratuliere!« Tobias war ihm nicht gefolgt, sondern trat lieber ein paar Schritte zurück, um nicht zu riskieren, in die Grube abzurutschen. »Komm, das feiern wir. Ich lade dich zu einem Glas Wein ein. Hast du Zeit?«

»Was für eine Frage, Brüderchen, darauf habe ich doch gehofft«, sagte Nicolaus lachend.

Fünf Minuten später saßen sie sich in der schummrigen Trinkstube am Römer an einem wackligen Holztisch gegenüber, beide ein Glas Ruländer vor sich.

»Auf dein Wohl! Du bist wirklich gut im Geschäft. Das muss ich neidlos anerkennen«, sagte Tobias und prostete seinem Bruder zu.

»Na, du doch auch. Oder etwa nicht?«

»Wie man's nimmt.« Tobias zuckte die Achseln.

»Jetzt tu doch nicht so bescheiden. Stand nicht erst letzte Woche schon wieder etwas über dich in der *Ober-Post-Amts-Zeitung*? Über deine Reise – und vor allem über diesen Teegarten im Rheingau.«

»Stimmt schon«, sagte Tobias und sah düster in sein Glas. »Trotzdem – oder gerade deshalb – bereitet mir die ganze Sache ein wenig Sorgen. Man will ja niemanden enttäuschen, und die Pflanzen sind so empfindlich.«

»Was sagt denn dein kleiner Chinese dazu? Wie heißt er noch gleich?«

»Feng«, sagte Tobias.

»Ein putziger, kleiner Kerl.«

Tobias seufzte. »Der putzige, kleine Kerl sitzt an der Eschersheimer Landstraße im Glashaus und heizt den Ofen, damit unsere Pflanzen nicht erfrieren.«

»Natürlich! Du hast doch dafür extra dem Sensemeyer, dem alten

Griesgram, sein Gartengrundstück abgekauft. Günstig dürfte das nicht gewesen sein.«

»Das war es auch nicht, und Friederike war nicht sehr erbaut deswegen. Doch es war notwendig. Ich wollte nicht auf die Gnade der Senckenbergischen Gesellschaft angewiesen sein. Es ist mein Projekt. Allerdings habe ich den Verdacht, dass Feng nicht ganz aufrichtig zu mir ist.«

»Inwiefern?«

»Er lächelt immerzu, aber ich bin beinahe sicher, dass er in Wahrheit nicht damit gerechnet hat, dass die Winter bei uns so kalt sind.«

»Kalt? Dieser Winter war doch eher mild.«

»Du sagst es. Aber was soll's. Im Moment gedeihen die Pflanzen jedenfalls, also zumindest die paar, die die Überfahrt überlebt haben. Sobald die Eisheiligen vorüber sind, wollen wir oberhalb von Eltville mit der Anlage des eigentlichen Teegartens beginnen.«

»Das klingt doch alles gar nicht so schlecht.«

»Ich habe übrigens vor, ein Buch darüber zu schreiben. Nur fehlt mir im Moment leider die Zeit. Erst brauche ich wieder einen Prokuristen.«

»Noch niemanden in Aussicht?«

»Mein Schwiegervater hat ein oder zwei Kandidaten für mich, sagt er. Mal schauen.« Nachdenklich legte Tobias den Kopf schief und blickte seinem Bruder in die Augen. »Übrigens, was ich dich schon die ganze Zeit fragen wollte: Was hältst du eigentlich von diesem Herrn Birkholz?«

Nicolaus lachte. »Willst du etwa den engagieren?«

»Jetzt weich mir nicht aus. Mir ist zu Ohren gekommen, dass du ihm damals sogar seine Wohnung besorgt hast.«

»Schon«, erwiderte Nicolaus und zuckte mit den Schultern. »Bei mir im Nachbarhaus, du weißt doch, über der Schusterwerkstatt, wurde was frei. Ich habe ein bisschen den Vermittler gespielt. Ist doch nichts dabei.«

»Hm«, machte Tobias und runzelte die Stirn. »Birkholz hat Friederike Buchhaltung beigebracht. Wusstest du davon?«

Nicolaus sah ehrlich überrascht aus. »Nein. Tatsächlich? Das war mir nicht bekannt.«

»Friederike hat es mir auch kürzlich erst erzählt. Ich hatte angenommen, sie hätte alles von Weinschenk gelernt, aber dem war gar nicht so.«

»Hast du ein Problem damit?«

»Du fragst, ob ich ein Problem damit habe, dass meine Frau und dieser Schönling ihre Köpfe über den Büchern zusammenstecken?«, sagte Tobias missmutig.

Nicolaus schüttelte nachdenklich den Kopf. »Also ich hatte keine Ahnung davon, dass er überhaupt kaufmännisches Wissen besitzt.«

»Wie auch. Der Herr Doktor geht seiner heilkundlichen Berufung nach und macht das offenbar sehr gut. Er kommt einem ja vor wie ein Heiliger.«

»Aber Friederike und der Doktor treten doch miteinander auf. Müssen sie da nicht ständig zusammen üben?«

»Erinnere mich nicht daran.«

Tobias konnte seinen Groll nicht mehr unterdrücken. Birkholz hatte es den Damen angetan, das merkte man. Seine Schwägerin Mina schien sogar regelrecht in ihn verliebt zu sein. Viel schlimmer war jedoch, dass er den Doktor verdächtigte, in Friederike verliebt zu sein. Die beiden verbrachten tatsächlich viel Zeit miteinander, weil sie gemeinsam musizierten. Kurz vor Weihnachten – es war gar nicht lange nach seiner Rückkehr aus China gewesen – waren sie bei einer Soirée von Clotilde Koch aufgetreten: Friederike am Klavier und Birkholz mit der Geige. Ein Triumph, wie man so schön sagt, sogar die Zeitung hatte darüber berichtet. Seiner Frau konnte er das kaum zum Vorwurf machen, er selbst hatte sie ja zu öffentlichen Auftritten gedrängt. Etwa damals bei den von Senftlebens. Hatte da das Unglück seinen Anfang genommen?

Jedenfalls war es Tobias nicht geheuer, wie Birkholz seine Frau ansah. Längst hätte er solche Auftritte und die damit verbundenen Übungsstunden – überhaupt die ganze Beziehung zwischen Friederike und Birkholz – unterbunden, wenn er dem Mann nicht aus offensichtlichen Gründen zu Dank verpflichtet gewesen wäre. Doch weil Birkholz Friederike damals beigestanden und sogar Wilhelm das Leben gerettet hatte, wie sie nicht müde wurde zu betonen, hatte er kaum eine Handhabe gegen ihn. Zumal der Arzt sogar in gehobeneren Kreisen ein wachsendes Ansehen genoss – und zwar nicht zuletzt dank der unermüdlichen Fürsprache von Clotilde Koch. Er praktizierte mittlerweile und arbeitete nur noch nebenher in der Armenklinik. Selbst Christen ließen sich von ihm behandeln. Der Senat ließ ihn gewähren. Obwohl Tobias Friederike vertraute, gefiel ihm das alles ganz und gar nicht.

Missmutig studierte Tobias den Inhalt seines Glases. »Friederike hat sich so sehr verändert«, sagte er mehr zu sich selbst als zu seinem Bruder.

»Diese ganze Sache mit Mertens …«, setzte Nicolaus an, doch statt weiterzureden, stockte er und nahm einen großen Schluck Wein.

Eine Pause entstand, in der Tobias den Bruder interessiert musterte. »Was ist mit Mertens?«

Nicolaus zog ein Taschentuch hervor und wischte sich umständlich den Mund ab. »Was ich sagen will – du darfst ruhig etwas Milde walten lassen, denn deine Frau hatte ganz schön zu kämpfen. Vorher, also mit dem Kerl, aber auch, als er dann endlich weg war. Und was Birkholz betrifft …«

»Ja? Jetzt komm schon. Lass dir doch nicht alles aus der Nase ziehen.«

»Der schwimmt halt gerade auf einer Erfolgswelle. Aber ich glaube, er ist alles in allem schon ganz in Ordnung.«

»Birkholz weigert sich zu konvertieren, und Friederike scheint das auch noch gut zu finden. Sie spricht sogar davon, die Knaben später auf die jüdische Schule zu schicken«, wandte Tobias ein.

»Da wäre sie nicht die Einzige. Der Unterricht im Philanthropin soll recht gut sein.«

»Was soll das? Warum fällst du mir in den Rücken? Auf welche Schule meine Söhne gehen, entscheidet doch nicht meine Frau«, sagte Tobias mit Nachdruck.

»Nein, natürlich nicht«, stimmte Nicolaus ihm zu und winkte der Bedienung, damit sie ihnen die Gläser noch einmal auffüllte.

Eine halbe Stunde später war Tobias zurück im Kontor. Seine Kopfschmerzen hatten nachgelassen, und er war ein wenig besser gelaunt – bis sein Blick auf den Umschlag fiel, der noch immer auf dem Pult lag. Schlagartig war auch sein Ärger wieder da.

Was wollte dieser Manzini bloß von Friederike? Er wusste, dass zwischen den beiden so etwas wie eine Freundschaft entstanden war. Ein Vertrauensverhältnis zumindest. Und da das *Vier Jahreszeiten* mittlerweile zu ihren größten Abnehmern gehörte, konnte er auch schlecht etwas dagegen sagen. Trotzdem musste er unbedingt mit Friederike darüber reden. Diese Frau Storch war zwar eine unmögliche Person, aber sie war gewiss nicht die Einzige, die so dachte. Die Seitenblicke, mit denen man sie sonntags in der Kirche bedachte, waren schließlich nicht zu übersehen, und er hatte keine Lust, dass man sich, in welchen Kreisen auch immer, das Maul über sie zerriss.

Er nahm die Feder zur Hand und wandte sich wieder dem Journal mit dem Rechenfehler zu, froh darüber, dass zumindest hier hinten im Kontor beinahe so etwas wie Ruhe herrschte. Einige Minuten lang arbeitete er ungestört, bis von draußen heftiger Radau durch die Fenster drang. Es schepperte und lärmte.

»Diese Lausebengel«, zischte Tobias und riss die Tür zum Hof auf. *Klong, klong, klong,* ertönte wieder das durchdringende blecherne Geräusch, das ihn aufgeschreckt hatte.

Dann hatte er den Übeltäter entdeckt, der fröhlich krähte, als er seinen Vater bemerkte: Es war Friedrich, sein Jüngster, der auf seinen stämmigen, krummen Beinchen vor einem umgedrehten Eimer stand und mit einem Stock darauf eindrosch, sichtlich entzückt von dem Effekt, den er erzielte.

In diesem Moment kam Sophie die Außentreppe heruntergerannt: »Tschuldigung, Herr Ronnefeldt, ich glaub der Fritz war 'n bisschen laut. Kommt nich wieder vor. Ich wollt ihn mit runter zum Markt nehmen, musste nur oben noch geschwind was holen …«

»Ein bisschen laut?«, blaffte Tobias zurück. »Kinder machen nichts als Unsinn, wenn man sie allein lässt.«

»Der Fritz ist eben schlau. Das mit dem Stecken und dem Eimer hat er ganz allein herausgefunden«, gab Sophie ungerührt zurück.

»Schlau«, brummte Tobias, spürte jedoch, wie sein Ärger verflog. Friedrich sah aus kugelrunden Augen zu ihm auf und strahlte, so dass man seine winzigen weißen Schneidezähnchen sah. Ein niedlicher Kerl, doch aus irgendeinem Grund hatte es ihm noch nicht so recht gelingen wollen, eine Beziehung zu seinem Jüngsten aufzubauen. Er beugte sich vor, um das Kind auf den Arm zu nehmen, doch Friedrich wehrte sich und strampelte, sobald sein Vater ihn hochhob.

»Neiiin«, quengelte er und streckte die Ärmchen nach Sophie aus. Das Mädchen nahm ihn, setzte ihn sich auf die Hüfte, und

Tobias bemerkte frustriert, wie das Kind sich sofort beruhigte. Er sah den beiden hinterher, wie sie aus dem Hof auf die Straße traten.

Sein Jüngster sah in ihm immer noch einen nahezu Fremden – und das belastete ihn mehr, als er zugeben wollte. Er hatte immer großen Wert darauf gelegt, ein liebevoll zugewandter Vater zu sein. Die Schläge, mit denen er selbst großgezogen worden war, gab es bei ihm nicht. Dabei war selbst in den modernsten Erziehungsratgebern, die Friederike allesamt aus der Bibliothek nach Hause gebracht hatte, zu lesen, dass es ganz ohne Gewalt eben nicht ging. Doch wie immer er es auch anstellte, im Moment schien ihm seine gesamte Familie zu entgleiten …

Tobias ging zurück ins Kontor und sah auf die Uhr. Vier vorbei. In einer Dreiviertelstunde würde der Zug eintreffen. Obwohl die Schienen vorerst nur bis Hattersheim reichten, wurde die neue Taunuseisenbahn, die im Jahr zuvor eröffnet worden war, bereits rege genutzt. In Zukunft würde es überhaupt kein Problem mehr sein, am selben Tag nach Wiesbaden und wieder zurückzufahren, hatte Friederike ihm erst kürzlich erklärt. Ab Mai sollte die Fahrtzeit nur noch eineinhalb Stunden betragen.

Schon wieder Wiesbaden. Warum fiel ihm das jetzt erst auf? Warum war Friederike plötzlich so sehr an solchen Dingen interessiert?

Damit war es jetzt genug. Eine Hausfrau gehörte nun einmal ins Haus und zu den Kindern, das würde ja wohl niemand ernsthaft bestreiten. Alles sollte endlich wieder seinen ganz normalen Gang gehen. Er musste wirklich dringend mit ihr reden und einige Dinge klarstellen.

Aber er würde es behutsam angehen, nahm er sich vor. Erst würden sie ganz entspannt zusammen zu Abend essen. Danach redete es sich gewiss leichter. Sophie hatte eine Rindfleischbrühe vorbereitet, die Düfte, die durchs Haus zogen, hatte er schon beim Frühstück riechen können.

Tobias warf noch einen letzten Blick in das geöffnete Kontorbuch, bevor er es entschlossen zuschlug. Dann sagte er Peter im Laden Bescheid und machte sich auf den Weg zum Bahnhof.

Wenn ich geahnt hätte, wo das hinführt

Unterwegs nach Frankfurt, ebenfalls 3. März 1840

Käthchen und Friederike hatten ihre Tante Henriette in Hattersheim besucht, die ältere, verwitwete Schwester ihrer Mutter, und saßen in dem Zug, der sie zurück nach Frankfurt brachte. Die Dampflok mit den sechs Waggons war erst seit wenigen Monaten in Betrieb und immer noch eine Attraktion, wenn sie vorüberfuhr. An manchen Stellen, immer dort, wo die Gleise in der Nähe eines Dorfs oder Gehöfts vorbeiführten, warteten Pulks von Kindern auf ihr Erscheinen und liefen lachend und schreiend ein Stückchen nebenher. Natürlich nur kurz, bei der unerhörten Geschwindigkeit von bis zu vier deutschen Meilen in der Stunde, die der Zug fuhr. Elise und Minchen, die sich auf der Sitzbank gegenüber an der Fensterscheibe die Nase platt drückten, winkten begeistert. Aber Käthchen sah, wie ärmlich die Dorfkinder gekleidet waren, und schluckte vor Mitleid, während sie sich mit schlechtem Gewissen tiefer in die Polster der Sitzbank drückte.

Überhaupt war sie melancholischer Stimmung und blickte nachdenklich auf die kahlen Felder hinaus, die vor dem Fenster vorbeizogen und in denen schwarze Krähen hockten, wie mit dem Pinsel hingetuscht. Die Dörfer wirkten noch ein bisschen nackt und grau unter dem zerrupften Himmel, doch der letzte Schnee war weggetaut, und die Eichen, Erlen und Linden, die ihre Äste über die Dächer der Höfe hinwegstreckten, zeigten ein zaghaftes erstes Grün. Bald würde der Frühling ins Land einkehren und neues Leben bringen.

Was er wohl für sie bereithielt? Viele weitere einsame Stunden, in denen sie sich nach Ambrosius sehnte? Bald waren es schon zwei Jahre, in denen sie ihre heimliche Beziehung pflegten. Ambrosius' Vater war, seitdem der Schlag ihn getroffen hatte, halbseitig gelähmt und auf die Unterstützung seines Sohnes bei der Verwaltung seines Gutes angewiesen. Aus einem Einspringen im Notfall war ein Dauerzustand geworden. Ambrosius hatte das nie gewollt, doch nun brachte er es nicht fertig, seinen Vater im Stich zu lassen. Und wer war sie, dass sie ihm das zum Vorwurf hätte machen können?

Mehrfach noch hatte ihr Geliebter sein Angebot wiederholt, zum Protestantismus zu konvertieren, damit sie heiraten konnten. Doch Käthchen hatte immer abgelehnt. Der Gedanke, seine Familie auseinanderzureißen, schien ihr zu grausam. Absolut undenkbar. Ganz zu schweigen davon, dass Ambrosius auf sein Eigentum hätte verzichten müssen. Doch ihrer Liebe voll und ganz zu entsagen, das hatte sie auch nicht geschafft. Also trafen sie sich ein paar Mal im Jahr heimlich. Immer wenn Ambrosius es einrichten konnte, kam er nach Frankfurt. Und sie besuchte regelmäßig ihre Freundin Caroline Meyer in Bonn, die in alles eingeweiht war und der sie zu einhundert Prozent vertraute. Ebenso wie Friederike, die längst auch über alles Bescheid wusste.

Käthchen warf einen Blick zu ihrer Schwester hinüber, die mit geschlossenen Augen dasaß und offenbar eingenickt war. Friederike war sehr still, gestern Abend schon und erst recht heute Morgen. Käthchen wusste, dass sie sich sorgte, weil ihr eine Aussprache mit Tobias bevorstand. Er sei so unleidlich in letzter Zeit, hatte sie ihr erzählt. Beispielsweise hasste er die Ladenschürzen, die sie sich extra genäht hatte. Also hatte sie die Schürzen weggelassen – was auch nicht geholfen hatte. Obwohl Tobias sich manchmal zwischen Kontor und Laden geradezu zerreißen musste, mochte er es partout nicht, wenn seine Frau im Geschäft aushalf.

Käthchen stand bei dieser Auseinandersetzung eher auf Tobias' Seite – wenn sie sich auch im Allgemeinen lieber aus den Angelegenheiten ihrer Schwester heraushielt. Aber sie fand, dass die Pflege des Haushalts, die Erziehung der Kinder und das Wohlergehen eines Ehemanns schließlich schon mehr als genug an Aufgaben waren. Statt sich Gedanken um Tee zu machen, könnte Friederike sich in ihrer Freizeit voll und ganz ihren Liebhabereien widmen. Sie konnte Klavier spielen. Käthchens Freundin Caroline Meyer war auch ein gutes Beispiel. Theodor Meyer hatte mittlerweile ein zusätzliches Einkommen als Bibliothekar und Caroline eine weitere Hilfe im Haushalt, weswegen sie sich nun verstärkt ihren schriftstellerischen Tätigkeiten zugewandt hatte. Sie schrieb sogar an einem Roman, das hatte sie ihr bei ihrem letzten Besuch erzählt. Und Käthchen wusste auch genau, was sie selbst machen würde, wenn sie eines Tages mit Ambrosius verheiratet wäre: Sie würde malen. Sticken würde sie nur noch gelegentlich und nur für sich selbst, aber nicht für andere. Ambrosius liebte es, wenn sie malte.

Ach, Ambrosius. Käthchen seufzte, legte den Kopf an die vibrierende Fensterscheibe und dachte an das letzte Mal, dass sie sich von ihm verabschiedet hatte. Eine herzzerreißende Trennung war das gewesen, vor allem, weil die Stunden zuvor so wundervoll gewesen waren. Und es war erst drei Tage her. Was in Frankfurt unmöglich gewesen wäre, ging nämlich im Haus ihrer schwerhörigen Tante ohne weiteres: Sie konnte sich nachts davonschleichen und morgens zum Frühstück erscheinen, als sei nichts gewesen.

Als sei *nichts* gewesen ... Käthchen wurde im Nachhinein noch heiß beim Gedanken daran, wie dieses Nichts zwischen ihr und Ambrosius ausgesehen hatte. Nach und nach lernte sie alle Facetten der Liebe kennen – und das, was sie dabei erlebte, hatte wenig mit dem zu tun, was man in Romanen las. Sie musste zugeben, dass es sie verwirrte. Sie war mehr als überrascht von den Reaktionen, zu denen ihr Körper fähig war. Käthchen hatte sogar schon überlegt, ob sie Friederike darauf ansprechen sollte, den Gedanken jedoch wieder verworfen, weil sie nicht gewusst hätte, wie sie es anstellen sollte. Es gab schlicht keine Worte dafür. Und zudem war sie nicht verheiratet. Als ledige Frau durfte sie von diesen Dingen im Grunde gar nicht wissen.

Käthchen wurde wie immer unwohl beim Gedanken daran. Die Vorstellung, dass ihre Eltern von ihrem geheimen Liebesleben erfahren könnten, machte sie krank. Manchmal war ihr schlechtes Gewissen so groß, dass sie einen Brief an Ambrosius schrieb, in dem sie einen Schlussstrich zog und die ganze Sache beendete. Doch bis jetzt hatte sie noch keinen dieser Briefe abgeschickt.

Friederike neben ihr war aufgewacht und blickte stumm vor sich hin.

»Du bist so schweigsam. Woran denkst du?«, fragte Käthchen leise und stieß sie von der Seite an. »An deinen Mann?«

»Hm«, machte Friederike. Sie drückte Käthchens Hand, die auf ihrem Arm lag. »Kann schon sein.«

»Guck mal«, sagte Elise in diesem Moment und zeigte aufgeregt auf ein großes schlossähnliches Haus in der Ferne. »Da wohnt bestimmt ein Prinz.« Die Mädchen redeten schon seit Tagen nur von Königen, Kaisern und Prinzen. Die Gesellschafterin von Tante Henriette musste ihnen irgendwelche neuen Märchen erzählt haben.

Friederike lächelte. »Oder eine Prinzessin«, sagte sie.

Die Mädchen sahen weiter zum Fenster hinaus.

»Ich habe dich ja gewarnt«, setzte Käthchen leise das begonnene Gespräch fort. »Du wusstest, dass es deinem Mann nicht gefallen wird, wenn du immer im Laden stehst.«

»Ach, Tobias ist gar nicht so«, widersprach Friederike. Käthchen betrachtete sie skeptisch. Ihre Schwester versuchte wieder einmal, sich selbst etwas vorzumachen.

»Alle Männer sind so, wenn es um ihr Ansehen und um ihren Ruf geht«, widersprach Käthchen. »Überleg doch mal, was Papa gesagt hätte, wenn Mama ...«

»Mama?«, unterbrach Friederike ihre Schwester und kicherte freudlos. »Nie im Leben.«

»Eben. Darum geht es ja. Weiß Tobias denn von deinen Plänen mit dieser Boutique in Wiesbaden?«, fragte Käthchen.

»Im *Vier Jahreszeiten*? Natürlich habe ich den Laden schon einmal erwähnt«, sagte Friederike leichthin und strich sich mit beiden Händen die Falten aus dem Rock. »Aber noch steht ja ohnehin nicht fest, ob etwas daraus werden kann. Wozu also die Pferde scheu machen. Aber im Falle eines Falles, sage ich es offen heraus. Das *Vier Jahreszeiten* war immerhin meine Idee, und es hat uns gerade beim Tee im letzten halben Jahr schöne Umsätze beschert. Ganz zu schweigen von den chinesischen Seidenstoffen, die sie bei uns eingekauft haben.«

»Schöne Umsätze?«, wiederholte Käthchen kopfschüttelnd. »Ich werde mich nie daran gewöhnen, wie du redest.«

»Das sagt man nun mal so. Ich kann doch auch nichts dafür«, verteidigte sich Friederike.

»Also, wenn ich geahnt hätte, wo das alles hinführt ...«, sagte Käthchen und hörte gar nicht auf, mit dem Kopf zu schütteln.

»Was dann?«

»Dann hätte ich dir die Kinder nicht so oft abgenommen.«

Jetzt war es heraus. Käthchen war selbst erschrocken, dass sie das gesagt hatte, und auch Friederike wirkte schockiert.

»Ich dachte, du bist auf meiner Seite«, sagte Friederike nach einer kleinen Pause.

»Natürlich bin ich das. Zumindest war ich es, solange Tobias in China war. Aber ich habe ja nicht geahnt, dass du vorhast, deine Ehe aufs Spiel zu setzen«, versuchte Käthchen zu erklären.

»Aber das stimmt doch gar nicht«, sagte Friederike. »Tobias ist letzten Endes doch ein Geschäftsmann. Er wird sich schon noch an den Gedanken gewöhnen, dass ich inzwischen auch ein bisschen was vom Handel verstehe.«

»Glaubst du eigentlich selber, was du da redest?« Nachdem Käthchen die Katze aus dem Sack gelassen hatte, konnte oder wollte sie nun nicht mehr an sich halten. Vielleicht war ja auch ihre eigene vertrackte Lage schuld daran, dass sie ihren Unmut nun an Friederike ausließ.

»Du hast ja recht, Käthchen, aber gut Ding braucht eben Weile. Die Zeiten ändern sich. Er kann mir ja nicht ewig grollen«, sagte Friederike.

Käthchen warf ihr einen weiteren skeptischen Blick zu und brachte ihre Schwester damit nun doch ernsthaft gegen sich auf.

»Du glaubst anscheinend, dass du inzwischen mehr von Männern verstehst als ich«, sagte Friederike.

Das war allerdings eine ziemlich bissige Bemerkung, aber Käthchen musste nach kurzem Überlegen einsehen, dass sie die verdient hatte. Sie versuchte, einen Scherz daraus zu machen:

»Immerhin habe ich seit fünfunddreißig Jahren ein Prachtexemplar vor meiner Nase«, sagte sie.

»Papa«, sagten die Schwestern im Chor – und damit waren die Wogen fürs Erste geglättet.

Das ist es also, was Männer wollen

Frankfurt, 3. März 1840, am Abend

»Was hast du vor? Du willst ein eigenes Geschäft? In Wiesbaden?« Tobias sah Friederike mit finsterer Miene an, die Augenbrauen ein einziger dunkler Strich.

So schnell war es mit dem Frieden in ihrer Ehe wieder vorbei, dachte Friederike. Dabei hatte sich ihr Wiedersehen gut angelassen. Tobias hatte sie vom Bahnhof abgeholt. Sie hatten zusammen gegessen, und die gemeinsame Mahlzeit war so harmonisch verlaufen wie lange nicht. Es war, als steckten sie beide voller guter Vorsätze. Doch jetzt waren die Kinder im Bett – und die Aussprache ließ sich nicht länger aufschieben.

Friederike hatte soeben den Brief aus dem *Vier Jahreszeiten* geöffnet und gelesen und reichte ihn nun an Tobias weiter.

»Aber nein, es geht doch in Wirklichkeit gar nicht um mich. Mein Name steht nur aus alter Gewohnheit da«, sagte sie, um ihren Mann milde zu stimmen.

»Gewohnheit«, zischte Tobias zwischen zusammengepressten Lippen hervor. Aber er nahm den Brief und überflog die Zeilen, in denen stand, dass die Boutique ab Juni frei werden würde. Einer Ronnefeldt'schen Teehandlung stünde somit nichts mehr in Wege. Herr Manzini hatte den Brief unterschrieben – und er war tatsächlich explizit an *Frau* Ronnefeldt gerichtet. Friederike war sich sicher, dass der Hoteldirektor Herr Rudolph nicht auf diese Idee gekommen wäre, aber Manzini war eben in jeder Hinsicht ein bisschen anders, das hatte sie schon bei ihrer allerersten Begegnung gemerkt.

Mit sinkendem Mut sah Friederike zu, wie Tobias fortwährend mit dem Kopf schüttelte, während er las. Seine Mundwinkel wanderten dabei immer weiter nach unten.

»Warum bist du so überrascht? Ich hatte dir doch von dem Geschäft erzählt«, sagte sie leise.

Tobias, der stehen geblieben war, während sie sich mit einer Tasse Tee in den Sessel neben dem Ofen gesetzt hatte, faltete den Briefbogen nachdrücklich zusammen, warf ihn auf den Tisch und holte eine Zigarre aus seiner Westentasche hervor. Er hatte vor einigen Wochen auf Empfehlung von Doktor Gravius mit dem Rauchen begonnen und ignorierte Friederikes vorsichtigen Einwand, dass sich sein Husten dadurch eher verschlimmert habe. Sie machte sich große Sorgen deswegen, auch wenn Tobias davon nichts hören wollte. Seit seiner Rückkehr aus China plagte er sich nun schon mit diesen Hustenanfällen herum, ohne dass eine Besserung in Sicht war. Und nun rauchte er jeden Abend seine Zigarren und immer häufiger auch bei Tag. Er nahm einen dürren Zweig aus dem Korb mit dem Anzündholz, öffnete die Ofenklappe und holte sich Feuer – und statt sich dann endlich zu ihr zu setzen, ging er zum Fenster, lehnte sich ans Fensterbrett und rauchte stumm.

Friederike griff nach ihrer Näharbeit. Tobias' Schweigen war leichter zu ertragen, wenn ihre Hände etwas zu tun hatten.

»Diese Boutique ist doch kaum größer als unsere Vorratskammer«, durchbrach Tobias nach einer Weile die Stille.

Friederike sah auf. »Du übertreibst. Ein bisschen größer ist sie schon. Und die Lage ist hervorragend, direkt in der Eingangshalle des Hotels. Außerdem hat sie sehr hübsche Regale und eine Theke mit einem Vitrineneinsatz.«

»Ich weiß. Ich habe mir den Laden angesehen, als ich das letzte Mal dort war, und bleibe dabei. Er ist winzig.«

»Er ist nicht sehr groß, das stimmt schon, aber in dem Brief steht, dass ein Lagerraum mit dazugehört, und wir bekommen die Boutique bestimmt zu einem guten Preis. Ich würde auch nicht versuchen, dort Stoffe zu verkaufen. Nur Kleinigkeiten, Tee und vielleicht ein bisschen Porzellan. Und Fächer würden dort sicher gut gehen, besser als hier in Frankfurt.«

»Du sagst das gerade so, als wäre es schon beschlossene Sache.«

»Nein, das ist es natürlich nicht. Herrn Manzini ist auch klar, dass wir das zuerst besprechen müssen.«

»Sehr freundlich von dir. Dass du es mit mir besprechen willst.« Der beißende Unterton in Tobias' Stimme war nicht zu überhören, doch Friederike war nun nicht mehr zu bremsen. Sie hatte so viele Ideen und brannte darauf, sie in Worte zu fassen. Sie legte die Näharbeit beiseite, stand auf und trat zu ihrem Mann ans Fenster.

»Bitte verzeih, Tobias. Das mit dem Brief war wirklich ein bisschen ungeschickt. Aber das ändert nichts an der Sache. Es ist wirklich eine ganz hervorragende Gelegenheit. Ich habe viel darüber nachgedacht. Ein Laden in Wiesbaden würde den Namen Ronnefeldt weithin bekannt machen. Dort verkehrt ein ganz spezielles Publikum, Adlige aus Russland, reiche Kaufleute aus England, sogar echte Prinzen und Prinzessinnen – Wiesbaden ist so mondän mittlerweile, es ist wirklich ein großes Glück für uns, dass es, dank der Eisenbahn, von Frankfurt aus gesehen nahezu um die Ecke liegt.«

»Und was willst du den Prinzen und Prinzessinnen verkaufen? Und wie stellst du dir das vor? In der Boutique kann man sich kaum herumdrehen, auf die Theke passt nicht einmal eine Waage. Das kann doch gar nicht funktionieren.«

»Doch, das kann es, ich habe mir das schon ganz genau überlegt. Engländer und Russen geben sich im *Vier Jahreszeiten* die Klinke in die Hand – und wir wissen schließlich genau, was sie gerne mögen, nicht wahr? Der Trick ist, dass wir den Tee einfach hier in Frankfurt schon in den passenden Mengen abpacken. Das könnte ich übernehmen, oder Peter. Sogar die Kinder könnten helfen, Elise hätte gewiss Spaß daran, sie ist geschickt im Basteln. Wir kleben hübsche Etiketten mit deinem Namen auf die Päckchen. Das wird sich in den Regalen bestimmt ganz wunderbar ausnehmen. Für den Verkauf stellen wir jemanden ein – und ab und zu kann einer von uns hinfahren und nach dem Rechten sehen.«

Für einen kleinen Moment hellte sich Tobias' Gesicht auf. Ihm gefiel die Idee gar nicht mal so schlecht, vermutete sie. Doch gleich darauf legte sich wieder ein Schatten auf seine Miene.

»Einer von uns? Damit meinst du wohl dich selbst?«

»Aber nein. Nur wenn es dir recht ist. Ich dachte nur, du sollst nicht zu viel Mühe damit haben. Schließlich weiß ich doch, wie viel du zu tun hast, mit deinen Vorträgen – und schon bald auch noch mit einem politischen Amt.«

Zu Friederikes großer Freude sollte Tobias nämlich nun doch noch sehr bald Mitglied der Bürgerrepräsentation werden. Ein ehrenvolles Amt, ein Amt auf Lebenszeit, sofern man nicht in den Senat aufstieg. Die Bürgerrepräsentation wachte über die Einnahmen und Ausgaben der Stadt, weswegen ihr auch ein gewisser politischer Einfluss nicht abzusprechen war. Friederike war deswegen sehr stolz auf ihren Mann – war sich jedoch nicht so sicher, ob er sich in gleicher Weise darüber freute oder ob er das Amt nur angenommen hatte, weil er gar nicht ablehnen konnte.

Tobias musterte sie mit schräggelegtem Kopf, dann wandte er sich von ihr ab und sah auf die Straße hinunter.

»Tobias?«, fragte sie, als er nach zwei oder drei Minuten immer noch kein Wort gesagt hatte.

»So geht das nicht«, hörte sie ihn sagen. Sie blickte immer noch auf seinen Rücken.

»Was ist los? Was hast du?«, fragte Friederike und spürte, wie auf einen Schlag ihr ganzer Mut und Schwung verloren ging.

Endlich drehte er sich wieder zu ihr um. »Das ist kompromittierend. Du machst uns zum Gespött der Leute«, sagte er.

»Aber wieso …?«

»Ich habe dir ja viel nachgesehen. Es mag ja noch angehen, dass du dich in den Laden gestellt hast, während ich nicht da war …«

»Was blieb mir den anderes übrig?«, unterbrach ihn Friederike und spürte verhaltenen Ärger in sich aufsteigen. »Außerdem bin ich nicht die Einzige. Viele Frauen …«

»Du bist nicht *viele Frauen*. Du bist keine Metzgersfrau und verkaufst auch kein Obst. Wir haben keinen Marktstand, sondern einen Handel mit Tee und ostindischen Manufakturwaren. Unsere Kunden verkehren in den besten Kreisen, und darum müssen wir auf unseren Ruf achten. Wenn du mich einfach übergehst …«

»Aber das tue ich doch gar nicht. Wir reden doch miteinander«, widersprach Friederike.

»Ach ja? Aber ein bisschen spät. Meinst du nicht auch?« Tobias griff nach dem Brief und hielt ihn ihr vors Gesicht. »Eines will ich dir sagen, wie dieser Herr Manzini an die Sache herangeht, gefällt mir ganz und gar nicht.«

Sie senkte den Kopf, nun doch ein wenig schuldbewusst.

»Es tut mir leid. Ich wollte dich nicht übergehen, wirklich nicht. Aber Wiesbaden … Versteh doch, Tobias. Ich bin eben ein bisschen stolz auf das *Vier Jahreszeiten*. Es ist mittlerweile einer unserer größten Kunden.«

»Hm«, Tobias räusperte sich und wandte sich schon wieder von ihr ab. Diesmal allerdings, um einen Hustenanfall zu unterdrücken. Sie sah seinem Rücken an, wie er kämpfte.

»Selbstverständlich hast du das letzte Wort«, fügte sie mit sanfter Stimme hinzu.

»Allerdings. Ohne mein Einverständnis passiert hier gar nichts.«

Tobias begann im Zimmer auf und ab zu gehen. Friederike sah ihm eine Weile dabei zu.

»Vielleicht schaust du dir den Laden einfach noch einmal an?«, sagte sie dann vorsichtig. »Und sprichst mit dem Hoteldirektor, Herrn Rudolph. Das Angebot kommt ja letztlich von ihm. Herr Manzini ist nur der Vermittler. Unser Tee hat ihn überzeugt.«

»Ich weiß«, entgegnete Tobias wesentlich heftiger und lauter als nötig und blieb abrupt stehen. »Du musst es nicht ständig wiederholen, Friederike. Ich werde darüber nachdenken.«

Mit diesen Worten riss er die Tür auf und ging auf den Flur hinaus. Er rupfte seinen Mantel so heftig von der Garderobe, dass er sich am Haken verfing und er für einen Moment einen stummen Kampf ausfocht, bis der Stoff sich endlich befreien ließ.

»Was ist? Wo willst du denn jetzt hin?«, fragte Friederike, die ihm nachgegangen war und im Türrahmen stand.

»Ich muss im Garten nach dem Rechten sehen.«

»Aber es ist Nacht. Es ist dunkel.«

»Das weiß ich auch. Aber vorher hatte ich eben keine Zeit. Es könnte spät werden. Warte nicht auf mich.«

Er schlang sich den Schal um den Hals und setzte den Hut auf. Im nächsten Moment fiel die Tür hinter ihm ins Schloss.

Friederike ging bedrückt ins Wohnzimmer zurück, nahm ihre angefangene Näharbeit aus dem Korb und ließ sich wieder in den Sessel sinken. Während die Nadel durch den Stoff fuhr, dachte sie nach. War sie zu stolz? Früher hatte Tobias doch auch alle Entscheidungen mit ihr abgesprochen. Ganz oft sogar, hatte er sie um Rat gefragt. Doch seitdem er aus China zurückgekommen war, hatte sich etwas zwischen ihnen verändert. Es stimmte, sie *war* selbstbewusster geworden. Und offenbar kam er damit nicht besonders gut zurecht.

Plötzlich hörte sie ein Geräusch. Die Haustür wurde geöffnet, dann Schritte im Flur, die Dielen knarrten. *Er ist zurückgekommen*, dachte Friederike, und ihr Herz weitete sich vor Freude, doch sie legte die Näharbeit nicht fort, sondern senkte den Kopf ein wenig tiefer darüber.

Die Tür ging auf.

»Friederike«, ertönte die dröhnende Stimme von Nicolaus. »Ist das etwa dein Mann, der da Richtung Liebfrauenberg stürmt? Ich habe nach ihm gerufen, aber er hat nicht reagiert.«

»Nicolaus. Du bist es«, sagte Friederike mutlos und ließ nun doch die Hände sinken.

»Nicht gerade eine freudige Begrüßung«, sagte Nicolaus. »Also war er es. Habt ihr euch gestritten?«

Friederike nickte. »Er ist böse mit mir.«

»Was hast du wieder ausgefressen?« Nicolaus zog den Mantel aus, warf ihn über einen Stuhl und ließ sich ihr gegenüber nieder.

»Nichts«, sagte Friederike, doch dann erzählte sie ihrem Schwager alles, was vorgefallen war. Von Manzinis Brief und seinem Vorschlag, im Hotel eine Tee-Boutique zu eröffnen. Während sie sprach, spürte sie wieder, wie viel ihr an der ganzen Sache gelegen war. Seit Monaten dachte sie an diesen Laden. Und nun wurde vielleicht nichts daraus.

»Verstehe«, sagte Nicolaus.

»Wen? Ihn oder mich?«, fragte Friederike.

»Tobias natürlich«, sagte ihr Schwager.

»Wieso?« Friederike sah ihn mit erhobenem Kinn an, die Augen schmal. Sie war enttäuscht und wütend. Auf sich, auf Tobias – und nun auch auf Nicolaus. Die Fäuste ballten sich um den Stoff in ihrem Schoß.

»Na, na. Wer wird denn gleich explodieren«, sagte Nicolaus.

»Ich explodiere nicht. Aber sag mir, was so falsch daran ist, wenn eine Frau sich ihre eigenen Gedanken macht? Ich verlange ja gar nicht viel von ihm. Nur, dass er mir zuhört.«

»Tobias hat ganz gewiss kein Problem damit, dir zuzuhören, jedenfalls solange du über Haushalt und Kinder sprichst.«

»Papperlapapp«, entfuhr es Friederike. »Meine Idee ist gut. Sie wird funktionieren.«

Nicolaus hatte die Beine übereinandergeschlagen und wippte mit dem Fuß. Er wirkte beinahe amüsiert, was sie nur noch mehr aufbrachte. »Ich hätte dich für klüger gehalten«, sagte er.

»Was soll das denn schon wieder heißen?«

»Du bist undiplomatisch. Du musst Tobias das Gefühl geben, dass er selbst darauf gekommen ist. Dann wird ein Schuh daraus.«

»Das ist es also, was Männer wollen? Hinters Licht geführt werden?«, fragte Friederike spöttisch, dabei wusste sie ganz genau, dass ihr Schwager recht hatte. Sie hatte sich ausgesprochen ungeschickt angestellt.

»Nenne es, wie du willst. Für mich heißt das Diplomatie, und ich dachte nicht, dass ausgerechnet ich dir das erklären muss«, entgegnete Nicolaus. Sein oberlehrerhafter Tonfall trug nicht dazu bei, Friederike zu besänftigen. »Wer das Geld heimbringt, hat nun einmal das Sagen. Sei lieber froh, dass du es so gut hast. Du hast doch alles, was man sich wünschen kann. Dein Mann ist heil aus China zurückgekehrt. Er ist hochgeachtet. Alle Welt will seine Vorträge hören. Das bringt Ansehen und Geld. Eure Kinder sind gesund, dein Heim ist warm und trocken, und im Winter kannst du neue Mäntel und Stiefel kaufen, falls ein Paar kaputtgeht. Was fehlt dir denn noch?«

»Du bist genau wie dein Bruder. Ihr macht es euch zu einfach.« Friederike runzelte verärgert die Stirn.

»Einfach? Das nennst du einfach? Die Sorgen um das Geschäft, die Frau, die Kinder … Alle wollen versorgt sein. Das ist eine Belastung für einen Mann!«

»Aber das weiß ich doch. Darum will ich ihm ja so viel wie möglich abnehmen.«

»Und ich bin sicher, das weiß Tobias auch zu schätzen. Aber du musst darauf warten, dass er dich um deine Unterstützung bittet. Wenn du auf eigene Initiative handelst, fühlt er sich übergangen. Dann kann er gar nicht anders, als dir gegenüber streng zu sein.«

»Hm«, machte Friederike und verschränkte die Arme vor der Brust. »Kein Wunder, dass Frau Stein dich nicht wollte.«

Sie wusste selbst nicht, warum sie das gesagt hatte. War ihr Wunsch nach einer Auseinandersetzung wirklich so groß? Sie musste verrückt sein. Doch nun war es heraus.

»Was hat denn Frau Stein damit zu tun? Woher kennst du sie überhaupt?«, sagte Nicolaus prompt. Er gab seine entspannte Haltung auf und starrte sie misstrauisch an.

Friederike biss sich auf die Lippen. Amalies Geheimnis war bei ihr bis heute sicher gewesen. Niemand wusste, dass die Buchdruckerwitwe sie dazu angestiftet hatte, die verbotenen Bücher aus Nicolaus' Wohnung verschwinden zu lassen, und sie hatte mit ihrem Schwager nie darüber gesprochen. Offiziell wusste sie nicht einmal, dass er im Gefängnis gesessen hatte.

Nicolaus sah sie immer noch unverwandt an. »Nun sag schon. Woher kennst du Frau Stein?«, wiederholte er.

»Amalie Stein ist eine gute Freundin von mir. Sie hat mich schon ein paar Mal hier in Frankfurt besucht. Es grenzt schon an ein Wunder, dass du ihr bei mir noch nie begegnet bist.«

»Und woher kennst du sie?«, wiederholte ihr Schwager.

»Ich habe sie kennengelernt, als du vorletztes Silvester eingesessen hast«, sagte sie und erlaubte sich ein winziges Gefühl der Genugtuung, als sie die entsetzte Miene ihres Schwagers sah. Er war tatsächlich sprachlos – und dann erzählte Friederike Nicolaus die ganze Geschichte. Wie Amalie sie abends heimlich aufgesucht hatte. Dass die Polizei da gewesen war und dass er es nur dem Eingreifen seiner Freundin zu verdanken hatte, dass er nicht für Jahre hinter Gittern gelandet war. Und je länger sie sprach, desto mehr gelangte sie zu der Überzeugung, dass es richtig so war. Er musste das alles hören.

»Und wenn du es genau wissen willst – Wir haben uns sehr gut angefreundet. So, jetzt weißt du Bescheid.«

Nicolaus war fassungslos. »Aber warum hat sie nie etwas davon gesagt? Ich hätte doch, ich wollte sie doch ...«

»Du hast ihr einen Heiratsantrag gemacht.«

»Du weißt davon?«

»Natürlich.«

»Aber warum ... Warum hat sie nein gesagt?«

Friederike war nun doch sehr verblüfft über diese Frage. »Das weißt du nicht?«

»Nein. Dabei habe ich mir wirklich lange den Kopf darüber zerbrochen.«

Er schien ehrlich ahnungslos zu sein.

»Das ist doch ganz einfach: Wenn sie dich geheiratet hätte, dann hätte sie ihr Geschäft aufgeben müssen. Ihre Druckerei. Damit wäre es dann vorbei gewesen.«

Nicolas schüttelte verständnislos den Kopf, zog die Schultern hoch, rang die Hände und bot alles in allem ein nahezu rührendes Bild der Hilflosigkeit.

»Na und? Ich hätte ihr doch alles gegeben. Alles! Ein behagliches Heim, finanzielle Sicherheit. Keine Sorgen mehr wegen unbezahlter Rechnungen. Sie hätte nicht mehr in der zugigen Druckerei stehen müssen.«

»Ist dir nie der Gedanke gekommen, dass Amalie es *liebt*, in der zugigen Druckerei zu stehen? Dass es das Schönste für sie ist, ein fertiges Druckwerk in den Händen zu halten, für das sie verantwörtlich ist? Und dass sie dafür sogar bereit ist, gewisse Unsicherheiten und Unbequemlichkeiten in Kauf zu nehmen?«

»Nein. Das ist alles so –« Nicolaus unterbrach sich und griff sich ans Kinn. Er dachte angestrengt nach. »Da komme ich nicht mehr mit.« Wieder schüttelte er den Kopf. »Das stellt doch die göttliche Ordnung auf den Kopf. Frauen sind nicht für das Auftreten in der Öffentlichkeit gemacht, schon allein ihre Biologie spricht dagegen.«

»Manche Frauen sind eben anders.«

»Du etwa auch?«

Friederike fühlte sich von ihrem Schwager angegriffen. Trotzdem setzte sich die Frage in ihrem Kopf sofort fest. War sie anders?

»Ich weiß es nicht. Aber mal ganz ehrlich, Nicolaus, ich habe nicht gewusst, dass du so über uns Frauen denkst.«

Ihr Schwager betrachtete sie nachdenklich und stieß dann mit einem Seufzer die Luft aus. »Liebe Seele, Friederike. Was du für Sachen machst! Und dann noch die Frau Stein ... Da schwirrt einem ja der Kopf.« Er kratzte sich an der Schläfe. »Ich muss schon sagen, diese Sache mit Frau Stein finde ich interessant.«

»Interessant? Ist das alles?«

»Was denn noch? Erklär du es mir.« Er stützte die Ellenbogen auf den Oberschenkeln ab und beugte sich zu ihr vor. »Warum hat sie denn überhaupt ein Geheimnis daraus gemacht, dass sie mich vor der Verfolgung durch die Behörden bewahrt hat? Warum durftest du mir das nicht erzählen?«

Aus seiner Stimme klang aufrichtige Neugierde, und Friederike hätte beinahe aufgelacht, weil er so unbedarft und ahnungslos wirkte – dabei ging es doch um *sein* Leben und *seine* Freundin. Aber sie beherrschte sich. Hier war offenbar ein wenig Aufklärungsarbeit dringend nötig.

»Weil sie nicht wollte, dass du ihre Hilfe missverstehst. Sie hat befürchtet, dass du deinen Heiratsantrag aus Dankbarkeit wiederholst – und sie dir ein zweites Mal eine Absage erteilen müsste. Mit anderen Worten: Sie wollte dir nicht das Gefühl geben, in ihrer Schuld zu stehen.«

»Hat sie dir das so gesagt?«

»Nein, hat sie nicht, aber das war auch nicht notwendig. Ich bin sicher, dass ich recht habe. Sie mag dich wirklich sehr, Nicolaus. Ganz bestimmt nicht weniger als du sie.«

»O mein Gott«, sagte Nicolaus langsam und wurde blass. Es schien, als würde er wirklich erst jetzt begreifen, wie selbstlos die Buchdruckerwitwe gehandelt hatte. Plötzlich tat er Friederike leid.

»Du hast ein völlig falsches Bild von Amalie gehabt. Ist es nicht so?«

»Frauen sind ein noch größeres Rätsel, als ich geglaubt habe. Und das schließt dich mit ein, Schwägerin. Ich bin wirklich froh, dass dein Mann wieder da ist, um selbst auf dich aufzupassen.«

»Ja, das bin ich auch«, sagte Friederike und dachte an den Moment, in dem sie so etwas wie Anerkennung in Tobias' Gesicht hatte aufblitzen sehen.

Die Idee mit der Tee-Boutique würde bei Tobias vielleicht doch noch Anklang finden. Er verstand sie jedenfalls wesentlich besser als Nicolaus seine Amalie, da war sie sich sicher.

Für unsere Gäste nur das Beste

Wiesbaden, 17. Juni 1840

Gut drei Monate nach den Ereignissen dieses Abends saß Tobias in der Eingangshalle des *Vier Jahreszeiten*, vor sich eine Tasse von seinem eigenen starken Bohea, und ging noch ein letztes Mal den Vortrag durch, den er am Abend vor dem Nassauischen Verein für Naturkunde halten würde: *Teeanbau in China. Eine Betrachtung aus naturhistorischer, kultureller, merkantilistischer und botanischer Sicht.* Er hatte in Frankfurt so viel Aufsehen damit erregt, dass man nicht nur in Nassau, sondern auch in Baden und Bayern, Hessen und Hannover auf ihn aufmerksam geworden war. Seine Reise nach Kanton und seine Erkenntnisse, die Camellia sinensis betreffend, stießen auf großes Interesse, und die abenteuerliche Expedition in den Teedistrikt von Ankoy lockte erst recht Zuhörer in die Säle. Die Experimente mit seinem eigenen Teegarten streifte er hingegen nur am Rande.

Sein Taunus-Teegarten. Er würde für immer ein Traum bleiben.

Tobias legte seine Notizen beiseite, nahm einen Schluck Tee und bemühte sich, die beginnende Nervosität abzustreifen, die ihn immer vor öffentlichen Auftritten überkam. Er war sich mittlerweile vollkommen sicher, dass niemals Tee im großen Stil in Deutschland angebaut werden würde. Vielleicht weiter im Süden Europas, aber nicht in Deutschland. Ein knappes Dutzend Teepflanzen hatte überlebt, aber mit welchem Aufwand! Sie hatten die kümmerlichen Pflänzchen inzwischen aus Frankfurt in eine wärmere Ecke in der Nähe von Eltville übergesiedelt, wo sie etwas bessere Überlebenschancen hatten, doch trotzdem ließ es sich nicht mehr leugnen: Das deutsche Klima war zu kalt und unbeständig für Tee. Tage- oder sogar wochenlanger Frost, wie er hierzulande regelmäßig vorkam, war in den chinesischen Anbaugebieten völlig unbekannt, so viel hatte er aus Feng dann schließlich doch noch herausbekommen.

So manch schlaflose Nacht hatte Tobias verbracht, bis er sich endlich dazu durchgerungen hatte, den Bankier von Senftleben von seinem gescheiterten Pflanzexperiment in Kenntnis zu setzen. Schließlich hatte er einen Spaziergang durch den botanischen Garten für ein Gespräch unter vier Augen genutzt. Zu seiner Überraschung hatte sein Geldgeber sehr gelassen reagiert.

»Mein lieber Herr Ronnefeldt, glauben Sie, ich hätte auch nur einen Groschen in Ihre Unternehmung gesteckt, wenn ich das Geld nicht hätte entbehren können?«, hatte von Senftleben in seinem schnodderigen Frankfurterisch geantwortet und dabei gelacht und seinen Spazierstock geschwungen. Und dann hatte er väterlich seinen Arm um Tobias' Schultern gelegt und einen vertraulichen Ton angestimmt.

»Ich verrate Ihnen etwas, Herr Ronnefeldt. Meine Anteile an der Eisenbahngesellschaft haben sich überaus gut entwickelt. Die Eisenbahn wird mich reich machen, dafür brauche ich Ihren Tee gewiss nicht. Aber was Ihr eigenes Fortkommen betrifft, so gebe ich Ihnen einen Rat: Diesen kleinen Chinesen, den dürfen Sie nicht weiter versteckt halten! Denken Sie an Rüppell. Der käme ja auch nicht auf die Idee, seine Kamelparder bei sich im Wohnzimmer aufzustellen. Also nehmen Sie den Chinesen mit. Zeigen Sie ihn vor! Und sorgen Sie dafür, dass über Ihre Reise jede Woche etwas in den Zeitungen steht. So stellen Sie sicher, dass Sie auch in Zukunft Ihre naturwissenschaftlichen Neigungen ausleben können.«

Die Rede hatte zwiespältige Gefühle bei Tobias ausgelöst – und das nicht nur wegen der Erwähnung Rüppells, dessen riesenhafter Schatten allgegenwärtig war. Es schmerzte ihn, dass von Senftleben den Teeanbau, in den Tobias zeitweilig doch einige Hoffnung und vor allem sehr viel Arbeit gesteckt hatte, einfach so abtat. Andererseits war er natürlich auch erleichtert, sich nicht verteidigen zu müssen. Was Feng betraf, so konnte er dem Bankier nur zustimmen. Tobias selbst hatte es auch schon beobachtet – das asiatische Äußere, sein Benehmen und sogar der ungewohnte Akzent des Chinesen weckten bei den Geographie- und Naturkundebegeisterten großes Interesse. Sie konnten sich gar nicht satt an ihm sehen und liebten es, ihm Fragen zu stellen und seine einsilbigen und oftmals ein wenig kryptischen Antworten zu hören. Dank Feng bekam das ferne fremde China ein Gesicht und eine Stimme. Er konnte nur hoffen, dass der Chinese die öffentliche Rolle, die er nun spielen sollte, freiwillig akzeptierte, denn er wollte ihn nur ungern zu etwas zwingen.

Tobias musste daran denken, wie er sehr er sich in Kanton den Kopf darüber zerbrochen hatte, wie er Feng aufs Schiff bringen konnte. Am Ende war es gar kein Problem gewesen. Dank einer Übereinkunft mit dem Kapitän, der den Chinesen als Mannschaftskoch für die einfachen Matrosen engagierte, hatte er außer einem überschaubaren Schmiergeld kaum etwas bezahlen müssen. Zu Recht, fand Tobias. Feng war flink und fleißig und dazu klein und zierlich. Er hatte nicht einmal einen eigenen Schlafplatz gebraucht, sondern sich nachts wie eine Schiffskatze in irgendeiner Nische zusammengerollt.

Damit war es natürlich vorbei. Seit ihrer Ankunft hatte Tobias stets dafür gesorgt, dass es Feng an nichts mangelte. Er bekam von ihm eine bequeme Schlafstatt, warme Kleidung und warme Mahlzeiten. Feng war offenbar sehr zufrieden mit seinem friedlichen Dasein als Gärtner und wäre vermutlich am liebsten dort geblieben, wo er war. Doch darauf konnte Tobias keine Rücksicht nehmen. Er hatte Feng aus Eltville zu sich geholt und vorerst in einem Zimmerchen in einer Pension ein paar Straßen weiter untergebracht. Um die Pflanzen würde sich ab sofort jemand anderes kümmern. Noch zwei Tage brauchten sie hier in Wiesbaden und zwei oder drei in Darmstadt, anschließend würden sie zusammen nach Frankfurt zurückreisen. Auf jeden Fall sollte der Chinese Tobias auch auf dessen nächste Vorträge begleiten und sich anderweitig nützlich machen.

»Buon giorno. Ist alles zu Ihrer Zufriedenheit, Herr Ronnefeldt?«
Herr Manzini stand plötzlich vor ihm und riss Tobias aus seinen Gedanken.
»Danke. Alles bestens«, zwang sich Tobias zu einer einigermaßen höflichen Entgegnung.
Er mochte den Impresario immer noch nicht sonderlich und bezweifelte, dass sich das irgendwann einmal ändern würde. Zum Glück hatte er die Verhandlungen rund um die Boutique mit dem Hoteldirektor führen können.
»Soll ich Ihnen noch ein Kännchen Tee bringen lassen?«
»Nein, danke, Herr Manzini. Ich habe alles, was ich brauche.«
Tobias griff nach den Unterlagen für seinen Vortrag, die vor ihm auf dem Tisch lagen, um klarzumachen, dass er nicht zum Plaudern aufgelegt war.
»Für zwölf Uhr dreißig habe ich für Sie einen Tisch in unserem Restaurant reservieren lassen.«
»Sehr freundlich, danke«, sagte Tobias und unterdrückte nur mit Mühe seine Ungeduld.
Kurz darauf war er wieder allein, nahm jedoch wegen dieser Unterbrechung nun wieder mehr von seiner Umgebung wahr. Die Eingangshalle des *Vier Jahreszeiten* war ein belebter Ort. Immer wieder stiegen Gäste die große Treppe hinauf oder hinab. Sie stan-

den in kleinen Gruppen beisammen, saßen an den Tischchen und in den Sesseln der Lobby, gingen den Gang hinunter zu den Restaurants oder durch die große Eingangstür hinaus, die von einem Portier aufgehalten wurde und vor der mehrere Droschken auf die Gäste warteten.

Zufrieden ließ Tobias seinen Blick wandern und betrachtete die Ronnefeldt'sche Tee-Boutique. Es war Mitte Juni, die Eröffnung lag nun zwei Wochen zurück, und der junge Mann mit dem etwas großspurigen Namen Heribert Herold, den er als Geschäftsführer und Verkäufer eingestellt hatte, war gerade dabei, die Theke mit Orangenöl, das bis zu Tobias herüber duftete, auf Hochglanz zu polieren. Herr Herold war eine geschniegelte Erscheinung mit seinem seidenen Einstecktuch und dem gezwirbelten Schnauzbart, doch was in Frankfurt für Stirnrunzeln gesorgt hätte, kam hier in Wiesbaden gut an. Er hatte Herrn Herold jedoch hauptsächlich wegen seiner Sprachkenntnisse ausgewählt, denn er sprach neben Englisch und Französisch auch ein wenig Russisch.

Das Geschäft war gut angelaufen, und der Laden bot einen erfreulichen Anblick. Die Teepäckchen standen ordentlich aufgereiht in den Regalen. Sie waren mit einer Lithographie des Hotels versehen und darüber stand in schwungvollen Buchstaben: *Für unsere Gäste nur das Beste! Ronnefeldt-Tee.* Friederike hatte sich den Spruch ausgedacht und das Etikett zusammen mit Manzini entworfen.

Tobias seufzte, unterdrückte einen Hustenanfall und trank einen Schluck Tee, um die Kehle zu befeuchten und das Kratzen im Hals einzudämmen. Seine Gedanken blieben bei Friederike hängen. Seine Frau besaß wirklich einen Dickkopf. Mit sanfter Hartnäckigkeit hatte sie so lange auf ihn eingeredet, bis er schließlich doch nach Wiesbaden gefahren war, um sich den Laden anzusehen. Er war zwar genauso klein, wie er ihn in Erinnerung hatte, aber dank Friederikes Idee mit dem abgepackten Tee, reichte der Platz aus, um ein ansprechendes Sortiment zu präsentieren, und tatsächlich fanden einige Objekte, die in Frankfurt wie Blei in den Regalen gelegen hatten, hier in Wiesbaden reißenden Absatz. Ein ganzes Dutzend handbemalte chinesische Fächer hatte Herr Herold in der ersten Woche verkauft, das waren so viele wie in Frankfurt in einem ganzen Jahr nicht. Er musste zugeben, dass Friederike ihre Sache gut gemacht hatte, und er war stolz auf sie. Vermutlich gäbe sie sogar einen guten Kaufmann ab – wenn sie ein Mann wäre.

Tobias musste bei dem Gedanken lachen. Er sah sich um, ob jemand gesehen hatte, wie er hier alleine saß und vor sich hin kicherte, aber abgesehen von Herrn Herold, der hin und wieder zu ihm herüberschaute, schenkte ihm niemand Beachtung. Immer noch schmunzelnd trank er einen Schluck Tee.

Sein Vögelchen ein Kerl? Das war zu absurd.

Sicher, vor zwanzig oder dreißig Jahren wäre es sogar noch eher möglich gewesen, dass die Gattin eines Kaufmanns im Geschäft mitarbeitete. Doch seine Schwiegereltern hatten es nie so gehalten – und er hatte auch nicht vor zuzulassen, dass seine Frau zu einem Kuriosum wurde. Heutzutage durfte die Gattin eines angesehenen Kaufmanns allenfalls noch repräsentative Aufgaben erfüllen. Selbst ein Haushalt sollte glanzvoll erscheinen, ohne dass man spüren durfte, wie viel Arbeit die Hausfrau hineinsteckte. Der Fleiß der Frauen diente, so war es Gesetz, einzig und allein dem Glück des Ehemanns und der Familie – und da er einsah, dass es zwischenzeitlich für Friederike ein bisschen viel gewesen war, vor allem während seiner Reisen, hatte er inzwischen für Frankfurt wieder einen neuen Prokuristen eingestellt: Johann Friedrich Besthorn, den sein Schwiegervater ihm empfohlen hatte, war zwar schon in seinen Fünfzigern und somit eigentlich ein alter Mann, aber wenn er auch ein bisschen träge zu sein schien, so brachte er doch eine Menge Erfahrung mit – und war abgesehen davon ohnehin der einzige Kandidat gewesen.

Zwei russische Damen, gut zu erkennen an ihren überdekorierten Hüten und den auffällig funkelnden Hutnadeln, blieben vor der Boutique stehen, kicherten und tuschelten miteinander. Heribert Herold verschloss die Flasche mit dem Öl, lächelte den Damen zu und machte eine einladende Geste. Während die Damen den kleinen Laden betraten, lehnte sich Tobias zufrieden in seinem Sessel zurück.

*

Mit hochgeschlagenem Kragen, den Hut tief in die Stirn gezogen, stand Julius auf dem Bürgersteig und spähte angestrengt durch eines der hohen Fenster in die Lobby des *Vier Jahreszeiten*. Dort saß er, Tobias Ronnefeldt, vis-à-vis seiner schicken Boutique in einem gemütlichen Sessel und trank Tee.

Unwillkürlich tasteten Julius' Finger in der Jackentasche nach dem Artikel, den er sich vorhin aus der Zeitung ausgerissen und eingesteckt hatte. Er kannte den Inhalt auswendig: Tobias Ronnefeldt würde heute Abend einen Vortrag über seine Chinareise halten, und morgen gab man für ihn einen Empfang in der Nassauischen Gesellschaft in der Wilhelmstraße. Anschließend wurde er in Darmstadt erwartet. Es konnte also mehrere Tage dauern, bis sein ehemaliger Chef wieder nach Frankfurt zurückkehrte. Friederike Ronnefeldt war somit ganz allein zu Hause ...

»He, Sie! Was machen Sie da? Gehen Sie weiter, hier gibt's nichts zu sehen.«

Einer der Portiers näherte sich ihm und machte eine wedelnde Geste mit der Hand.

Wie ein Hund werde ich weggejagt, dachte Julius gekränkt, während er sich trollte, die Hände in den Taschen, den Blick auf die abgestoßenen, Schuhspitzen gesenkt. Er hatte Hunger, aber die paar Groschen, die er noch hatte, brauchte er für die Fahrt nach

Frankfurt. Wie in der guten alten Zeit würde er wohl oder übel das Marktschiff nehmen müssen, auch wenn er es sehr bedauerte, sich nicht die Eisenbahn leisten zu können.

Er ließ das Kurhaus links liegen und ging weiter in Richtung Parkpromenade, doch die gewohnten Wege spendeten ihm keinerlei Trost. Im Gegenteil. Neben Frankfurt war nun auch Wiesbaden ein Ort der Niederlage.

Die Beziehung zu Nadja, der kleinen Russin, hatte sich schon vor Monaten zerschlagen. Manchmal fragte er sich immer noch, wie es so weit hatte kommen können. Eigentlich hatte es nämlich ganz gut für ihn ausgesehen. Doch dann hatte er sich dummerweise dabei erwischen lassen, wie er den Schmuck seiner damals noch Beinahe-Verlobten genauer unter die Lupe genommen hatte. Das hatte gereicht. Nur das Schlimmste hatte man ihm unterstellt, dabei hatte er gar nichts stehlen, sondern nur die Echtheit des Schmucks überprüfen wollen. Schließlich war es heutzutage möglich, Diamanten durch Glas zu ersetzen. Nach wie vor war er sich nicht sicher, ob der Schmuck echt gewesen war – doch das spielte ja nun auch keine Rolle mehr.

Auf einen Schlag hatte er seine Anstellung als Hauslehrer und die Geliebte verloren, und dann hatte sich leider sein sozialer Abstieg auf unangenehme Art und Weise beschleunigt, weil er seine eigene Regel missachtet hatte, die lautete, beim Roulette niemals die Reserven anzugreifen. Am Ende musste er sogar seinen besten Anzug und den Mantel versetzen. Obwohl er seinen Hut behalten hatte, den er neben seiner Augenklappe, die er gleichfalls noch trug, als eine Art Glücksbringer betrachtete, weil er ihn mit seinem zweiten Ich, dem *Comte de Bourrée* verband, war es ihm nicht gelungen, das Ruder noch einmal herumzureißen. Er hatte schon seit Wochen die Miete für sein Zimmer nicht mehr bezahlt – und die Wirtin hatte ihn am Morgen rausgeworfen.

Das allerdings war eine Geschichte für sich. Er hatte nämlich dieses Zimmer in eben jener Pension gehabt, in der Tobias Ronnefeldt seine chinesische Begleitung abgeliefert hatte. Was für ein Zufall! Er hatte die beiden gesehen, wie sie plötzlich vor der Tür standen. So war er überhaupt dahintergekommen, dass Tobias in der Stadt war.

Und dann hatte er noch in derselben Nacht das Geheimnis des kleinen Chinesen aufgedeckt.

Erheitert lächelte Julius vor sich hin, während er sich auf einer der Bänke am Rand des niedrig eingefassten Beckens niederließ, in dessen Wasserfläche sich das Kurhaus gewollt malerisch spiegelte. Der Gedanke an seine ungewöhnliche Entdeckung munterte ihn auf. Auch wenn er noch nicht so ganz genau wusste, was sie ihm nützte und wie er sie gewinnbringend einsetzen konnte. Er würde nach Frankfurt fahren – und dann improvisieren. An Tobias Ronnefeldt traute er sich in seinem momentanen Zustand nicht heran. Aber mit Friederike hatte er ja ohnehin noch eine Rechnung offen – und er besaß ja auch immer noch die Liebesbriefe, die sie ihm einst geschrieben hatte. Damit würde sich doch gewiss etwas anfangen lassen. Wie viel sie ihr wohl wert waren?

Und ob ihre Schwester Käthe mittlerweile verheiratet war? Nach einem unschuldigen Spaziergang hatte das, was er damals im Kurpark, eben von jener Bank aus, auf der er jetzt saß, beobachtet hatte, jedenfalls nicht ausgesehen. Geduldig hatte er das Pärchen bis an die Stelle verfolgt, wo der Park in den Wald überging, und selbst das dichteste Unterholz hatte nicht verhindern können, dass er sehr genau mitbekommen hatte, was die beiden dort trieben.

Er musste lachen, als er daran dachte, wie viele Frankfurter Geheimnisse er mittlerweile kannte – und hielt sogleich wieder inne, weil ihm ein stechender Schmerz in die Magengegend fuhr. Dies passierte ihm häufiger. Nicht nur der Magen schmerzte, sondern auch seine Gelenke an Armen und Beinen taten ihm weh. Außerdem hatte er Geschwüre an den unappetitlichsten Stellen, zurzeit sogar eines im Gesicht. Links von seiner Nase breitet sich ein großer roter nässender Fleck aus. In der Leistengegend und unter den Achseln hatte er zudem gummiartige Knötchen unter der Haut. Der Schmerz war tückisch. Er wanderte in seinem Körper umher und verschwand dann auch wieder. So wie heute. Heute war eigentlich ein guter Tag, ein Tag, an dem er wieder Hoffnung schöpfte.

Doch er war nicht naiv. Er wusste, was sein Zustand bedeutete: Irgendeine seiner Damenbekanntschaften hatte ihm die Franzosenkrankheit angehängt. Wahrscheinlich vor Jahren schon. Er hatte diese oder ähnliche Symptome nämlich auch schon früher hin und wieder an sich wahrgenommen, jedoch nie so lange und so schlimm, dass er sich viel dabei gedacht hatte. Und er hoffte sehr, dass die Krankheit auch diesmal wieder ebenso rasch verschwand, wie sie gekommen war.

Julius seufzte. Er ließ das Kinn auf die Brust sinken, streckte die Arme durch und die Beine lang von sich und betrachtete unter den halbgeschlossenen Augenlidern hindurch das gekräuselte Abbild des Kurhauses im Wasser, auf dem mittlerweile ein Schwanenpaar seine Kreise zog.

Wie viele Frauenzimmer er im Laufe der Zeit wohl selbst infiziert hatte? Manchmal wollte ihn beinahe ein schlechtes Gewissen deswegen überkommen. Die Damen schenkten einem spendablen Comte mit teurem Anzug und hübschem Gesicht nur zu gerne ihr Vertrauen – und manche ließen sich sogar zu mehr hinreißen, wie er nach seinem Rauswurf von Nadja und ihrer Familie hatte feststellen dürfen.

Wehmütig dachte er an seine Erfolge in der Spielbank zurück. Er hatte sich dort wohlgefühlt. Der große Saal mit den vergoldeten

Spiegeln war sein angestammtes Revier. Souverän bewegte er sich zwischen den Besuchern und verteilte Trinkgelder an die Saaldiener, damit sie ihm einen guten Platz an den Tischen verschafften. Mühelos beschwor Julius die Bilder vor seinem inneren Auge herauf, und er hatte wieder das Stimmengewirr, die knappen Ansagen der Croupiers, die gelegentlichen Ausrufe der Begeisterung oder auch des Entsetzens im Ohr. Jeder, der in der ersten Reihe stand, war gezwungen zu setzen, andernfalls wurde ihm der Platz sofort streitig gemacht. Manchmal schob sich auch ein Arm aus der zweiten oder sogar der dritten Reihe vor, um ein paar Gulden auf die mit grünem Filz bezogene Tischplatte zu werfen. Rot und Schwarz, Pair und Impair, Manque und Passe waren besonders beliebt, entlarvten aber auch die Anfänger. Wer etwas auf sich hielt, spielte zumindest Colonnes oder Douzaines, wo die Chancen höher waren. Der fiebrige Glanz in den Augen verriet die passionierten Spieler oder auch diejenigen, die viel zu verlieren hatten. Andere standen lässig da, eine Hand in der Hosentasche, und quittierten selbst erhebliche Verluste mit einem Lächeln und einem Achselzucken, eine Haltung, die Julius sich rasch zu eigen gemacht hatte.

Doch irgendwann war es mit seiner Glückssträhne – und dann leider auch mit seiner Disziplin – vorbei gewesen. Er hatte sich Geld leihen müssen, um die Verluste wettzumachen, und so war eines zum anderen gekommen. Inzwischen besaß er so gut wie nichts mehr. Julius seufzte wieder. Nichts ließ sich mehr ungeschehen machen, aber er hatte sich fest vorgenommen, mit seinem nächsten Einkommen – woher auch immer es ihm zufiel – einen Arzt und Medikamente zu bezahlen. Alles in allem hing er nämlich sehr an seinem erbärmlichen Leben.

Er hörte Schritte auf dem Kies und hob den Blick. Zwei aparte junge Damen von Anfang zwanzig näherten sich, gefolgt von einem ältlichen Fräulein, wahrscheinlich der Gouvernante. Aus alter

Gewohnheit gab Julius seine lässige Haltung auf, drückte den Rücken durch und lupfte den Hut zur Begrüßung.

Doch die einzige Reaktion, die er erntete, waren angewiderte, entsetzte Blicke. Mehr noch. Die drei Frauen gingen, nachdem sie ihn gesehen hatten, nicht mehr in der Mitte des Weges wie zuvor, sondern schlugen einen möglichst großen Bogen und rückten dabei bis auf wenige Zoll an die Wasserfläche heran, wo die eine der beiden jungen Frauen stolperte. Die andere packte sie gerade noch am Arm und hielt sie fest. Nicht viel hätte gefehlt, und sie wären zwischen die Schwäne gestürzt.

Sag, seit wann weißt du es?

Frankfurt, 22. Juni 1840

»Ihr Mann will nach Homburg? Da muss ich abraten. Sagen Sie ihm das, Frau Rehmann. Das Homburger Wasser ist nur für sehr wenige Menschen geeignet. Oder was meinst du, Friederike? Dein Mann bevorzugt doch auch immer Ems.«

Doch bevor Friederike die Frage, die Clotilde ihr gestellt hatte, beantworten konnte, wandte Frau Rehmann schon ein:

»Ems? Also, was man da hört! Frau Hoffmann, Sie wissen schon, wen ich meine, die Gattin von Bankier Hoffmann, hat sich auf der Promenade in Ems den Knöchel verstaucht, weil sie in ein Loch getreten ist. Das Pflaster hat überall Löcher und Risse.«

Friederike hatte sofort das Bild der Bankiersfrau im Kopf, die für ihre übergroßen Hüte bekannt war. Wahrscheinlich ist ihr der Kopfschmuck über die Augen gerutscht, dachte sie und musste sich ein Lachen verkneifen. »Mein Mann hat die Promenade gelobt und nie etwas von Schäden erwähnt«, sagte sie rasch, um den Moment zu überspielen, und gab etwas Zucker in die zierliche Teetasse, die sie auf dem Schoß hielt. »Er sagte nur, dass es am Morgen manchmal sehr turbulent zugeht, weil jeder schon vor dem Frühstück sein erstes Glas trinken will.«

Friederike saß mit ihrer Freundin Clotilde, deren Bekannten Frau Rehmann und ihrer Schwester Käthchen in der Gartenlaube des sogenannten Schweizer Hauses der Familie Gontard. Der großzügige Besitz lag am Main jenseits des Untermaintors, etwa zehn Minuten außerhalb der Stadt. Das Haus und der parkähnliche

Garten mit seinen verschlungenen Pfaden, Marmorstatuen und einem griechischen Tempelchen, war mindestens ebenso bekannt wie die Familien Koch und Gontard selbst. Vor allem im Sommer zog sich Clotilde gerne hierher vor dem *Frankfurter Gesellschaftsleben* zurück, wie sie es nannte. Mit mäßigem Erfolg, denn sie war trotzdem selten allein anzutreffen, sondern bekam täglich Besuch von Freunden, darunter viele Honoratioren der Stadt – und solche, die sich dafür hielten.

Jederzeit seien sie und ihre Schwestern bei ihr willkommen, hatte Clotilde Friederike wissenlassen. Doch obwohl mittlerweile Herr Besthorn auf Empfehlung ihres Vaters als Prokurist bei ihnen arbeitete und trotz der beiden Mädchen Sophie und Helene, war es für Friederike im Frühjahr unmöglich gewesen, sich zu Hause loszueisen. Jede Minute, die sie nicht mit Haushalt und Kindern beschäftigt gewesen war, hatte sie in die Vorbereitung und Planung der Wiesbadener Tee-Boutique gesteckt.

Während Frau Rehmann und Clotilde Koch sich weiter über Kurbäder unterhielten, blieben Friederikes Gedanken bei der Tee-Boutique hängen. Sie war glücklich, weil Tobias letztlich doch ihrem Rat gefolgt war. Die fertig abgepackten Päckchen kamen bei den Kurgästen gut an. Sie überlegte daher, ob sie in Frankfurt nicht etwas Ähnliches machen könnten – und wartete nur noch auf den passenden Zeitpunkt, um Tobias darauf anzusprechen.

Und der würde kommen, da war sie sich sicher. Sie hatte gelernt, diplomatischer zu sein, und Tobias war letztlich doch dankbar für ihre Hilfe. Dadurch konnte er sich mehr auf die Korrespondenz mit den Lieferanten im Norden und den großen Händlern und Wiederverkäufern im Süden konzentrieren. Bis hinunter nach Basel reichten seine Beziehungen, was auch daran lag, dass der Name Ronnefeldt immer bekannter wurde. Hinzu kam, dass Teeeinladungen in Frankfurt in den letzten Jahren immer populärer geworden waren, nicht nur in den vornehmen Häusern. Selbst in den ganz normalen bürgerlichen Haushalten lud man gerne zum Tee. Man konnte den Eindruck gewinnen, dass Frankfurt im Begriff war, sich in eine Teestadt zu verwandeln – und der Name Ronnefeldt war eng damit verknüpft.

»Also ich plädiere ja für Schlangenbad«, holte die durchdringende Stimme von Frau Rehmann Friederike in die Gegenwart zurück.

Sie war eine kleine rundliche Person mit einer großen Vorliebe für auffällige Broschen und Süßes, und die Frage, wo ihr Mann, der Herr Bauinspektor Rehmann, kuren sollte, ließ ihr keine Ruhe. Seit Wochen sei er damit beschäftigt, die Einweihungsfeierlichkeiten für das Gutenbergdenkmal auf dem Roßmarkt vorzubereiten – *das* gesellschaftliche Ereignis der Saison – und es sei vorauszusehen, dass er anschließend dringend Erholung nötig hätte.

»Dort findet man wenigstens echte Ruhe«, sagte Frau Rehmann, während sie sich noch ein Biskuit nahm.

»Der Gedanke ist nicht falsch. Meine Schwester und ich haben im vorletzten Jahr in Schlangenbad unsere Eltern besucht. Es war sehr ruhig.« Friederike warf Käthchen einen auffordernden Blick zu. Nur zu gerne wollte sie ihre Schwester in das Gespräch mit einbinden, aber Käthchen hatte offenbar gar nicht zugehört. Sie schien mit ihren Gedanken noch weiter weg zu sein als sie selbst.

Frau Rehmann war allerdings zum Glück viel zu sehr mit sich selbst beschäftigt, um es zu bemerken. »Aber auf mich hört mein Mann ja nicht!«, fuhr sie fort. »Auf Sie schon eher, Frau Koch. Wenn ich ihm sagen würde, dass die Empfehlung von Clotilde Koch kommt ...«

Das Gespräch plätscherte weiter dahin, und während Friederike noch ab und zu ein Wort einwarf, betrachtete sie Käthchen nachdenklich. Ihre Schwester wirkte irgendwie verändert. Sie machte zwar ein besorgtes Gesicht oder blickte sogar geradezu schwermütig drein, doch abgesehen davon, sah sie aus wie das blühende Leben. Außerdem hatte sie offenbar ein wenig zugenommen. Es stand ihr ausgezeichnet.

Plötzlich schoss Friederike ein Gedanke durch den Kopf, und sie musterte ihre Schwester noch einmal genauer. Sie kannte das Kleid, das Käthchen trug, sehr gut, es war eines ihrer liebsten – aber hatte es wirklich schon immer so eng über der Brust gesessen? Sie zählte die Anzeichen zusammen: ein frischer Teint, volle Wangen und ein Kleid, das zu eng geworden war. Und plötzlich verstand sie, was mit ihrer Schwester los war.

»Ich würde sonst noch zu Karlsbad raten«, sagte Clotilde gerade. »Der Weg ist zwar weit, doch es lohnt sich. Man kommt durch Bamberg und Bayreuth, und der Bamberger Dom ist entzückend. Das schönste romanische Bauwerk, das ich seit langem gesehen habe, herrlich restauriert. König Ludwig hat ...«

»Also das kann ich mir kaum denken, dass sich das lohnt«, unterband Frau Rehmann brüsk Clotildes Versuch, das Gespräch auf einen anderen Gesprächsgegenstand zu lenken. »Die Wege in Bayern sind ja so fürchterlich schlecht, das ist alles viel zu anstrengend. Und zurück erst – da ist man ja gleich wieder krank, wenn man nach Hause kommt.« Sie schüttelte den Kopf. »Zu dumm, dass Sie mir von Homburg abraten. Dann vielleicht doch lieber Wiesbaden? Was meinen Sie dazu, Frau Ronnefeldt?«

»Also wenn Sie Ruhe suchen, ist Wiesbaden sicher nichts für Sie oder Ihren Mann«, sagte Friederike geistesgegenwärtig. Obwohl ihr ganz und gar nicht an einer Fortsetzung des Gesprächs gelegen war, musste sie diese Runde noch einigermaßen anständig zu Ende bringen, das war sie schon alleine Clotilde schuldig, und da Käthchen weiterhin schwieg, redete sie nun für zwei.

Eine halbe Stunde später hatten sie es glücklicherweise geschafft. Frau Rehmann bot ihnen an, sie in ihrer Kutsche mitzunehmen, plapperte in einem fort und erwartete zum Glück nicht, dass sie auch etwas sagten. Sie ließen sich am Fahrtor absetzen. Schon aus der Ferne hörte man den Lärm der Baustelle, wo die neue Börse entstand. Eine Spur aus Schlamm und Dreck zog sich vom Mainufer über den Römer die Neue Kräme entlang. Man wunderte sich, dass überhaupt genug Baumaterial auf der Baustelle ankam, so viel wie unterwegs verloren ging. Mehrfach mussten sie um schlammige Pfützen herumlaufen. »Vielleicht hätten wir Frau Rehmann darauf ansprechen sollen«, sagte Friederike zu Käthchen. »Bestimmt ist ihr Mann für solche Zustände mit verantwortlich, oder es läge zumindest in seiner Macht, etwas zu verbessern.«

Während Friederike das sagte, überlegte sie fieberhaft, wie sie das Gespräch auf ihre heikle Mutmaßung bringen konnte, doch ihr wollte partout keine schonende Eröffnung einfallen.

»Du denkst doch noch an meine Einladung morgen?«, fragte sie stattdessen.

Endlich machte ihre Schwester den Mund auf.

»Welche Einladung?«

»Die Einladung zum Tee, die ich für meine Freundin aus Offenbach geplant habe. Sie kommt extra wegen der Gutenbergfeier nach Frankfurt. Clotilde Koch wird auch da sein, sie hat es mir eben nochmals bestätigt, und außer ihr noch Mina und du. Eine nette kleine Teestunde, die erste seit langem. Und wir werden ganz gewiss nicht über Kurorte reden.«

Das Letzte sagte sie in der Hoffnung, ihrer Schwester ein Lächeln zu entlocken, aber der Versuch blieb ohne Erfolg.

»Mal sehen, ich weiß noch nicht.«

Friederike blieb abrupt stehen. »Also gut. Genug jetzt. Sag, seit wann weißt du es?«

Sie konnte förmlich zusehen, wie Käthchen die Farbe aus dem Gesicht wich. Sie hatte also richtig geraten. Allerdings war es nicht gerade klug gewesen, mitten auf der Straße davon anzufangen, wie Friederike nun einsehen musste. So blass, wie ihre Schwester auf einmal war, würde sie ihr womöglich noch umkippen. Vor ihnen lag der belebte Römerberg und hinter ihnen der Eingang zu Nikolaikirche. Friederike drückte die Klinke der schweren Tür hinunter. Glücklicherweise war sie nicht abgeschlossen. Kurzerhand packte sie Käthchen am Arm und zog sie hinein in den stillen kühlen Kirchenraum, dirigierte sie auf eine der Bänke und setzte sich daneben. Die Kirche war erst kürzlich renoviert worden und roch nach frischem Lehmputz. Zum Glück waren keine anderen Besucher da.

»Woher wusstest du …?«, fragte Käthchen, nachdem sie beide eine Weile geschwiegen hatten.

»Ich habe es dir angesehen. Glaube mir, nach fünf Kindern kenne ich die Anzeichen.« Friederike seufzte, bemühte sich jedoch, ruhig zu bleiben. »Kann es denn …« Sie unterbrach sich und holte noch einmal tief Luft, bevor sie weitersprach: »Was ich fragen will: Weißt du, *wann* es passiert ist? In Hattersheim womöglich?«

»Woher weißt du denn davon?« Käthchen sah sie erschrocken an, schien jedoch im nächsten Moment zu merken, dass Leugnen ohnehin zwecklos war. Sie senkte den Blick. Tränen quollen unter ihren Augenlidern hervor.

»Natürlich habe ich gemerkt, dass du nachts fort warst«, sagte Friederike leise und griff nach ihrer Hand. »Aber außer mir weiß es niemand, keine Sorge. Ganz gewiss nicht Tante Henriette.«

Erst in ein paar Monaten würde es jeder erfahren, fügte sie in Gedanken hinzu und überschlug rasch im Kopf, dass Käthchen im vierten Monat sein müsste.

»Es war doch so …«, Käthchen unterbrach sich und legte kurz

den Kopf in den Nacken, während die Tränen von ihren Wangen in ihren Schoß tropften. Es sah aus, als wollte sie den Himmel um Vergebung anflehen. Dann sprach sie stockend weiter. »Es fühlte sich so gut an. So schön. Ich wusste ja gar nicht ...« Wieder schwieg sie und biss sich auf die Lippen.

»Jedenfalls nicht so genau.« Friederike drückte begütigend ihre Hand. »Dann lass uns überlegen, was zu tun ist. Weiß Ambrosius schon davon? Hast du es ihm gesagt?«

Käthchen schüttelte vehement den Kopf. »Nein. Ich war mir ja nicht sicher. Ich wollte doch zuerst abwarten, ob nicht doch noch ... ob es nicht doch ein Irrtum war«, brachte sie den Satz zu Ende.

Wieder schwiegen die Schwestern. Käthchens Schluchzen war das einzige Geräusch, nur gelegentlich drangen von draußen Stimmen oder das Geklapper von Pferdehufen herein.

Was Ambrosius Körner wohl für ein Mensch war, überlegte Friederike nicht zum ersten Mal. Sie wusste, dass er Katholik und sehr reich war. Wenn es nach Käthchen ging, war er der wunderbarste, liebevollste, klügste, großherzigste und noch dazu schönste Mensch, den man sich vorstellen konnte. Doch Käthchen war ja auch blind vor Liebe. Blind und leichtsinnig noch dazu. Wenn Friederike es sich recht überlegte, hatte sie ihrer älteren Schwester ein solches Missgeschick gar nicht zugetraut. Immer hatte sie Mina für die Unvernünftige von ihnen dreien gehalten. Aber Käthchen?

Doch es half ja nichts. Da mussten sie jetzt irgendwie durch.

»Du wirst es ihm sagen müssen«, sagte Friederike. »Schreib ihm einen Brief. Erzähl ihm davon. Er ist genauso verantwortlich dafür wie du.«

Käthchen schwieg schluchzend. Friederike legte ihr den Arm um die Schultern, zog sie an sich, und so blieben sie für eine Weile dicht aneinandergeschmiegt sitzen. Die schmucklosen Wände der Kirche wirkten abweisend und kalt. Friederike musste an die Fresken im aufgelassenen Karmeliterkloster denken – und dann daran, wie sehr dieses ganze Unglück mit der geteilten Kirche zusammenhing.

Paul fiel ihr ein. Auch er weigerte sich zu konvertieren.

Hätte sie einen Juden lieben können? Auch wenn sie es nicht zuließ und sie alle Gefühle so gut wie möglich unterdrückte, musste Friederike zugeben, dass es immer wieder Momente gab, in denen ihr Pauls Gegenwart Herzklopfen verursachte. Doch sie war mit Tobias verheiratet, und sie liebte ihren Mann. Genauso impulsiv, leidenschaftlich und ungerecht, wie er manchmal war. Niemals könnte sie ihn hintergehen.

Doch das Glück einer solchen Ehe war Käthchen nun einmal nicht beschieden. Oder würde Herr Körner Käthchen nun doch heiraten? Nach katholischem Ritus womöglich? Das konnte sich Friederike für ihre Schwester so gar nicht vorstellen. Ihr Vater brachte es fertig und sagte sich von Käthchen los. Das würde ihre Schwester nicht überleben.

Je länger Friederike darüber nachdachte, desto größer erschien ihr das Unglück ihrer Schwester. Aber auf jeden Fall musste der Kindsvater davon erfahren.

»Den Eltern sagst du nichts. Vorerst jedenfalls. Wir brauchen erst einen Plan. Aber du musst gleich diesen Brief schreiben«, sagte sie.

Nach einer weiteren halben Stunde hatte Käthchen ihre Fassung einigermaßen wiedergewonnen. Friederike begleitete sie nach Hause und nahm ihr das Versprechen ab, sich sofort an ihren Schreibtisch zu setzen. Dann ging sie weiter in die Neue Kräme. Im Hof spielte Carlchen mit seinem neuen Reifen, den Nicolaus ihm gebaut hatte. Ihr Ältester wurde bald sieben, und Elise war schon acht. Alle beide waren sie begabte und wissbegierige Kinder. Manchmal vielleicht ein bisschen zu altklug.

»Der Max und ich, wir haben vorhin einen Landstreicher gesehen, der sah aus wie unser alter Pokturist«, sagte Carlchen zur Begrüßung. Das schwierige Wort bekam er nie richtig heraus.

»Prokurist«, korrigierte Friederike gewohnheitsmäßig. Sich nach dem Gespräch mit ihrer Schwester auf das kindliche Geplapper ihres Sohnes einzulassen, war gar nicht so einfach.

»Prokturist«, wiederholte Carlchen.

»Das kann nicht sein«, erklärte Friederike. »Herr Weinschenk ist in Italien. Und ich könnte mir auch nicht vorstellen, dass er wie ein Vagabund durch Frankfurt strolcht.« Sie stand unten an der Treppe, den Fuß schon auf der ersten Stufe.

»Nein, den mein ich doch gar nich. Ich mein den anderen. Den, der nich so lang bei uns war.«

Friederike horchte auf. »Meinst du etwa Herrn Mertens? Kannst du dich an den überhaupt erinnern?«

Das erschien ihr unmöglich zu sein, weil Carl in jenem furchtbaren Sommer noch so klein gewesen war. Trotzdem verursachte ihr schon allein die Erwähnung dieses Namens Bauchgrimmen.

»Natürlich«, sagte Carl. »Den Namen wusste ich nich mehr, aber ich vergess doch kein Gesicht. Obwohl er eine Augenklappe anhatte. Er stand drüben bei der Baustelle und hat zu unserem Haus herübergeschaut. Er war ganz dünn und hatte kaputte Kleider an. Aber er hatte einen richtigen Hut auf und keine Mütze, das fand ich komisch. Und da hab ich geguckt und gesehen, dass er's ist. Der Pokturist, meine ich.«

»Du hast von der anderen Straßenseite einen verwahrlosten Mann mit einer Augenklappe gesehen?«, vergewisserte sich Friederike, nun doch ein wenig erleichtert. Die Beschreibung passte so gar nicht zu Mertens. »Das könnte sonst jemand gewesen sein.«

»Er war's aber wirklich«, maulte Carlchen. Er war sichtlich eingeschnappt, wirkte aber nun doch leicht verunsichert.

Friederike ging vor ihrem Sohn in die Knie, um ihm direkt in die

Augen sehen zu können und ihren Worten Nachdruck zu verleihen: »Wer auch immer das war, Carlchen, du weißt ganz genau, dass du dich von Landstreichern fernhalten sollst. Übermorgen kommt dein Vater nach Hause, und wenn der hört, dass du nicht brav gewesen bist …« Sie ließ offen, was dann geschehen würde, und obwohl die Kinder von Tobias eigentlich selten etwas zu befürchten hatten, reichte die Andeutung einer Drohung trotzdem aus, damit Carlchen den Blick senkte. »Hast du verstanden?«

»Ja, Mama«, sagte Carlchen folgsam und schob nur ein klein wenig schmollend die Unterlippe vor.

Was für ein Tag! Friederike erhob sich seufzend, strich Carlchen über den Kopf, ging die Treppe hinauf in die Wohnung und dann ins Wohnzimmer. Hinterm Vorhang verborgen spähte sie aus dem Fenster hinüber zur Baustelle. Das einzig Auffällige waren zwei fein gekleidete Herren, die abwechselnd gestikulierten und sich dann gemeinsam über einen Plan beugten.

Einen Landstreicher sah sie nicht.

Sie sind ja verrückt

Frankfurt, 23. Juni 1840

Auch am nächsten Tag mussten Carlchen und Elise erst spät in die Schule. Friederike unterrichtete Carlchen am Klavier, während Elise oben in ihrem Zimmer Geige übte. Doch sie war ganz und gar nicht bei der Sache. Die Grübeleien über Käthchens Unglück hatten sie die halbe Nacht wach gehalten.

Nachdem die Kinder fort waren, beschloss Friederike, dass sie vor ihrer Einladung eine Stunde erübrigen konnte, um nach Käthchen zu sehen, doch als sie ihr Umschlagtuch holen wollte, bemerkte sie Rauch, der unter der Küchentür hervordrang. Friederike riss die Tür auf und fing augenblicklich an zu husten. Sophie hatte die Ofenklappe geöffnet und versuchte gerade, einen Kuchen zu bergen, der Feuer gefangen hatte. Entsetzt und mit tränenden Augen starrte Friederike auf die Szene, den Besuch bei Käthchen konnte sie vergessen. Mit Tüchern vor Mund und Nase bemühten sie sich zu zweit, Feuer und Rauch in den Griff zu bekommen. Eine halbe Stunde dauerte es, bis man in der Küche wieder einigermaßen normal gucken konnte – danach stank es, zu Friederikes Entsetzen, im ganzen Haus nach Qualm – und nachdem Sophie die verdiente Standpauke ungewohnt kleinmütig über sich hatte ergehen lassen, schickte Friederike sie los, um Zutaten für einen neuen Kuchen zu besorgen. Jetzt lief ihr die Zeit davon. Sie musste ihr Kleid wechseln und alle Räume stoßlüften. Sie war so beschäftigt, dass sie auf das erste Klopfen an der Wohnungstür gar nicht reagierte. Kurzzeitig hatte Friederike die unsinnige Hoffnung, der ungebetene Besucher würde wieder verschwinden. Doch dann wurde der Klopfer zum zweiten Mal betätigt. Unwillig öffnete sie die Tür.

Draußen stand ein Mann. Lässig lehnte er neben der Tür an der Wand, kaute an einem kalten Zigarrenstummel und grinste sie an. »Guten Tag«, sagte er.

Es dauert einen Moment, bis Friederike realisierte, dass sie Julius Mertens vor sich hatte. Er war abgemagert und unrasiert, trug eine Augenklappe und zerrissene schmutzige Kleidung. Seine Zähne waren gelb vom Tabak, sein einstmals hübsches Gesicht wurde durch ein Ekzem entstellt. Und er hatte einen Hut auf, genau wie Carlchen gesagt hatte. Einen ehemals wahrscheinlich wertvollen, doch jetzt reichlich ramponierten Biberfellhut.

Mertens. Er war zurückgekommen. Erkenntnis und Angst sickerten Friederike unnatürlich langsam in die Glieder. Ihr erster Impuls war es, die Tür wieder zu schließen, aber Mertens war schneller. Schon stand er in der Diele.

»Was wollen Sie?«, fragte Friederike und war überrascht, wie ruhig und fest ihre Stimme klang.

»Ooch, so dies und das.« Mertens schob die Tür zum Wohnzimmer auf, warf einen Blick hinein und sah dann ins Esszimmer.

»Tobias ist unten im Kontor. Er wird jeden Augenblick hier sein. Wir erwarten Gäste zum Tee«, sagte Friederike, als sie merkte, dass Mertens den gedeckten Teetisch musterte.

»Nein, wird er nicht.« Mertens schnüffelte immer noch durch die Räume. »Das Kontor ist leer. Euer Prokurist hat sich vorhin zur Bank aufgemacht. Er sah nicht so aus, als hätte er es eilig. Und dein Mann kommt sowieso frühestens morgen nach Hause.«

Das war ein Schock. Woher wusste er so genau Bescheid?

Friederike versuchte, sich unauffällig in Richtung Wohnungstür zu schieben, doch mit zwei Schritten war Mertens wieder bei ihr und stellte sich ihr in den Weg. »Gib dir keine Mühe. Alle sind ausgegangen. Du bist ganz allein. Aber warum bittest du mich nicht hinein? Ich finde das ein wenig unhöflich.«

Friederike blieb nichts anderes übrig, als sich zu fügen. »Was wollen Sie?«, fragte sie noch einmal, als sie im Wohnzimmer standen.

»Wo sind meine Shunga?«

Friederike erbebte innerlich, doch dann nickte sie in Richtung des Kachelofens. »Verbrannt«, sagte sie mit steinerner Miene.

Mertens schüttelte den Kopf und machte eine Geste des Bedauerns. »Dachte ich mir schon.«

»Hier ist absolut nichts von Wert für Sie, Herr Mertens«, bekräftigte Friederike noch einmal. Sie trat die Flucht nach vorne an. »Mein Schwager wird gleich hier sein, den erwarte ich nämlich auch zum Tee«, log sie. »Also gehen Sie lieber, bevor er sie hier findet.«

Mertens legte den Kopf schief und betrachtete sie lauernd. Das Ekzem in seinem Gesicht leuchtete unnatürlich rot, es sah grotesk aus.

»Schöner Versuch, aber ich glaube dir nicht. Was soll's, wir brauchen das hier nicht unnötig lange auszudehnen. Du hast nichts von Wert für mich, sagst du? Aber ich habe etwas von Wert für dich.«

Mit diesen Worten zog er aus seiner Jacke ein zusammengefaltetes Stück Papier und hielt es ihr hin. Zögernd griff sie danach, faltete es auf – und erkannte ihre eigene Handschrift. Es war ein Brief. Ein Liebesbrief, den sie geschrieben hatte.

Nun konnte sie ihr Entsetzen nicht mehr verbergen. Sie schlug sich unwillkürlich die Hand vor den Mund, bevor sie sich besann und das Papier in Fetzen riss.

Mertens klatschte langsam Beifall. »Bravo, bravo«, sagte er spöttisch. »Aber das ist natürlich nicht der einzige Brief, den ich von dir habe. Ich denke, ich werde die übrigen morgen deinem Mann bringen.«

»Das dürfen Sie gerne tun. Es stört mich nicht, Tobias weiß längst über alles Bescheid.« Friederike hob das Kinn, um ihrer Aussage Nachdruck zu verleihen. Sie pokerte hoch, indem sie das behauptete – und sie war verwundert, wie schnell ihr diese Lüge über die Lippen gekommen war. Sie hatte bis heute keiner Menschenseele erzählt, dass Mertens sie einst verführt hatte. Wenn Tobias diese Briefe in die Finger bekam, würde das ein völlig falsches Licht auf sie werfen. Sie würde dastehen wie ein leichtes Mädchen. Wie eine Dirne. Es war eine grauenhafte Vorstellung.

Immerhin schien sie Mertens mit ihrer Behauptung verunsichert zu haben, denn er antwortete nicht sofort. Sie betrachtete ihn ein wenig genauer. Julius Mertens hatte ganz offensichtlich schlimme Zeiten hinter sich. Plötzlich war ihr, als höre sie wieder das dumpfe Geräusch, das sein Körper gemacht hatte, als sie und Paul ihn in den Schacht geworfen hatten. Hatte sie sich an Mertens versündigt? Hatte sie sich schuldig gemacht? Es beschämte sie, dass sich das Schicksal dieses Menschen auf so hartnäckige und widerwärtige Weise mit dem ihren verflochten hatte.

Und dann überlegte sie, was geschehen würde, wenn Tobias ihm begegnete. Ihr Mann hasste Mertens womöglich noch mehr, als sie selbst es tat. Es konnte passieren, dass er sich wegen seiner Wut auf Mertens ins Unglück stürzte. Am Ende musste sie schon alleine aus diesem Grund tun, was Mertens verlangte.

»Also, ich glaube ja schon, dass du deine Briefe gerne wiederhättest«, sagte er jetzt. »Ich verlange fünfhundert Gulden.«

Fünfhundert Gulden? Das war ein Vermögen. Er konnte doch unmöglich annehmen, dass sie ihm dermaßen viel Geld gab.

»Sie sind ja verrückt.«

»Eine Entschädigung für mein gestohlenes Eigentum ist im Preis natürlich einkalkuliert. Und dafür.« Er tippte auf seine Augenklappe.

Sie schluckte, ging jedoch nicht darauf ein. Eine solche Summe konnte sie unmöglich beschaffen. »Haben Sie denn die Briefe überhaupt dabei?«

»Nein. Selbstverständlich nicht.« Er breitete die Arme aus und zeigte wie ein Zauberkünstler seine leeren Hände. »Aber sagtest du nicht gerade, es sei dir gleich?« Er kicherte, als hätte er den Scherz seines Lebens gemacht. Dann wurde er wieder ernst. »Fünfhundert Gulden«, wiederholte er scharf.

»Behalten Sie die Briefe oder verbrennen Sie sie. Es ist mir gleich.«

Mertens hatte begonnen, im Zimmer umherzuwandern. Er nahm alle möglichen Gegenstände in die Hand, betrachtete sie und stellte sie wieder hin. Vor einer Reihe kleiner gerahmter Familienporträts blieb er stehen. Es waren Rötelzeichnungen, die Käthchen gemacht hatte. Ein Selbstporträt von ihr war auch darunter. Er nahm es in die Hand.

»Wie geht es eigentlich deiner hübschen Schwester? Wie war noch gleich ihr Name, Käthe?«

»Ich wüsste nicht, dass Sie das etwas anginge«, sagte Friederike eisig.

»War nur so eine Frage.« Er leckte sich anzüglich über die Lippen. »Ihr beide habt schließlich etwas gemeinsam. Ihr seid beide nicht so brave Mädchen, wie ihr alle Welt glauben machen wollt.«

Als Friederike das hörte, biss sie sich auf die Zunge, um nicht aufzuschreien. Was, um Himmels willen, wusste dieser Kerl denn noch alles? Wie war es nur möglich, dass er etwas von Käthchens Umständen erfahren hatte? Sie atmete tief durch und konnte nur hoffen, dass man ihr nicht ansah, wie sehr sie mit sich kämpfte.

Er grinste wieder. »Also, was ist nun mit meinem Geld? Wenn es dir wirklich nicht um die Briefe geht, hätte ich da noch eine andere Information für dich. Könnte für deinen Mann nämlich wirklich unangenehm werden, wenn das herauskommt.«

Friederike sah ihm möglichst fest in die Augen, versuchte, die aufsteigende Panik zu unterdrücken. Dann ging sie ohne ein weiteres Wort zu ihrem Sekretär, nahm eine kleine Box aus dem Geheimfach, in der sie ihr Bargeld aufbewahrte – und um Mertens nicht zu nahe kommen zu müssen, leerte sie es einfach vor ihm auf dem Wohnzimmertisch aus. Es mussten um die zehn Gulden sein. Die Münzen schepperten auf das Holz. Mertens raffte das Geld zusammen. Er schien Schmerzen in den Händen zu haben, denn er bekam das Geld nur mit Mühe zu fassen. Dann steckte er es sich in die Hosentaschen und wollte sich zum Gehen wenden.

»Halt. Welche Information?«, sagte Friederike.

»Was denn? Für die paar Kröten?«, sagte Mertens kopfschüttelnd.

»Welche Information?«, wiederholte Friederike.

»Also gut. Weil du es bist.« Mertens drehte sich noch einmal zu ihr herum. »Und weil es so spaßig ist. Es geht um diesen kleinen Chinesen.«

*

Carlchen sah den Mann aus dem Hof kommen. Es war genau derselbe, den er schon einmal gesehen hatte. *Genau* derselbe. Der mit dem Hut. Er hatte sich nicht getäuscht. Wie hieß er noch gleich? Mertens. Der war's, genau der. Der, der so plötzlich weg gewesen ist.

Warum hörten die Erwachsenen bloß nie richtig hin, wenn Kinder etwas sagten? Obwohl – Mama hatte schon ein bisschen komisch geguckt. Eigentlich, dachte Carl, hatte sie einfach nicht gewollt, dass es stimmte. Sie wollte nicht, dass er recht behielt.

Aber was hat der in unserem Hof gemacht?

Da, jetzt bog er in die Schnurgasse ein. Gebeugt, die Arme auf den Leib gepresst, als täte ihm der Bauch weh, und schwankend, wie der Weber Karl, wenn er mal wieder einen übern Durst getrunken hatte, wie sein Onkel Nicolaus es nannte, worunter sich Carlchen aber nicht recht etwas vorstellen konnte. Warum sollte einer trinken, wenn er keinen Durst hatte? Manchmal bekam er beim Abendessen verdünntes Bier oder verdünnten Wein, weil das ein guter Durstlöscher sei, wie die Erwachsenen sagten. Und er konnte nicht behaupten, dass ihm das sonderlich gut schmeckte. Carlchen trank lieber gesüßten Tee.

Was, wenn ich ihm einfach ein bisschen hinterhergehe? Nur ein Stück weit – nur mal gucken.

Der Mann ging in die Richtung, wo die Großeltern wohnten. Wenn ihn einer fragte, konnte er immer noch sagen, er wollte dorthin. Und die Kirchturmuhr hatte ja noch nicht einmal fünf geschlagen. Ein bisschen zu spät zu kommen, war nicht so schlimm. Das gab höchstens ein bisschen Schelte, aber keine Ohrfeige – zumal Papa nicht da war.

Zumal das so oder so ungerecht gewesen wäre, wie Carl fand. Einer musste sich doch kümmern, eben *weil* Papa nicht da war. »Du bist mein Nachfolger«, hatte der ihm erst vor kurzem wieder gesagt. »Eines Tages übernimmst du das Geschäft. Also lerne gut, gebrauche stets deinen Verstand und halte Augen und Ohren offen.«

Der Kerl sieht aus wie ein Strolch. Und er war in unserem Hof. Vielleicht hat er etwas gestohlen.

Carlchen tat nur, wie ihm gesagt worden war. Er hielt Augen und Ohren offen.

Zum Glück war Elise nicht da. Die würde ihm bestimmt sagen, er solle nicht so dumm sein und nach Hause gehen. Mädchen waren immer so ängstlich – obwohl seine Schwester sogar zu den mutigen gehörte. Sie hatte zum Beispiel weder vor dicken Spinnen noch vor Ratten Angst. Er selbst hingegen hasste beides, dicke

Spinnen – und Ratten noch viel mehr. Er traute sich nicht auf den Dachboden deswegen.

Carlchen hatte ein bisschen zu lange gezögert und musste nun rennen, weil er den Pokturisten plötzlich nicht mehr sehen konnte, doch dann hatte er ihn auch schon wieder eingeholt. Schwirig war er eigentlich nicht zu verfolgen. Das Schwierigste war, genauso langsam zu gehen wie er und nicht so auffällig zu gucken. Leute, die ihnen entgegenkamen, machten einen Bogen um Mertens, selbst wenn sie deswegen durch Pferdedreck laufen mussten.

Carlchen zog sich die Mütze tiefer ins Gesicht, steckte beide Hände in die Taschen – und so schlenderte er hinter Mertens her in Richtung Judengasse.

Nun rede doch endlich

Auf dem Weg nach Frankfurt, ebenfalls am 23. Juni 1840

Die Postkutsche war kein guter Ort zum Nachdenken.

Tobias verlagerte sein Gewicht von der einen Gesäßhälfte auf die andere und versuchte, das rechte Bein auszustrecken, was schwierig war, weil er zwischen einem dicken, pomadisierten Amerikaner und einem Kerl aus Bayern saß, der sich offenbar seit Tagen nicht gewaschen hatte. Es war kaum zu entscheiden, welcher Geruch widerwärtiger war, die süßliche Pomade oder der Körperschweiß.

»Warum mietest du dir auch keine eigene Kutsche?«, hatte er Friederikes Stimme im Ohr. »Schlimmstenfalls suchst du dir eben noch ein oder zwei Mitreisende, die gibt es doch immer. Gerne verzichte ich auf ein neues Paar Handschuhe, wenn du nur an deine Gesundheit denkst. Die schlechte Luft in diesen vollgestopften Postwagen bekommt dir einfach nicht.«

Sie hatte ja recht, dachte Tobias und leistete seiner Frau stumme Abbitte, während ein besonders heftiger Stoß des Gefährts ihm schmerzhaft in den Rücken fuhr. Aber dass er einen ganzen Tag früher nach Hause kam als ursprünglich geplant, würde Friederike sicherlich freuen. Sie hatte sich so sehr gewünscht, dass er sie auf die Gutenbergfeier begleitete, und er hatte genau aus diesem Grund die Einladung zu einem Empfang, der heute hätte stattfinden sollen, abgesagt. Tobias lächelte, als er sich das freudig überraschte Gesicht ausmalte, mit dem sie ihn begrüßen würde.

Der Ellbogen des Bayern bohrte sich in seine Seite – und weil sich links von ihm der Amerikaner breitmachte, konnte er sich nur vorbeugen, um ihm auszuweichen. Dabei fiel sein Blick auf Feng, der ihm gegenübersaß und still und stumm auf seine Hände hinabsah. Er hatte dem Chinesen erst kürzlich mitgeteilt, dass er von nun an immer mit ihm reisen sollte, etwa drei- bis viermal im Jahr und das jeweils zwei bis drei Wochen lang, und dass er von ihm erwartete, während und nach den Vorträgen Fragen zu beantworten.

Dem Knaben gefiel das nicht. Er war ja immer schweigsam – doch so bleich und bewegungslos wie jetzt hatte er den Chinesen noch nie gesehen. Es schien, als wollte er sich am liebsten unsichtbar machen. Ein Ding der Unmöglichkeit bei dem Gesicht, diesen Augen und den tiefschwarzen Haaren. Selbst in westlicher Kleidung fiel Feng überall auf.

Armer Kerl, dachte Tobias. Vielleicht hätte er doch abwarten sollen, bis der junge Mann noch ein bisschen besser Deutsch sprach. Er hatte unterschätzt, wie ruhig und abgeschieden Feng bisher gelebt hatte – und wie herausfordernd die neue Situation für ihn war.

Während er Feng noch nachdenklich betrachtete, hob dieser plötzlich den Blick und sah ihm direkt in die Augen. Ein wenig peinlich berührt, so ertappt worden zu sein, nickte Tobias ihm zu. Was für lange Wimpern er hatte, dachte Tobias, während er absichtlich in eine andere Richtung sah. Ein Bart wäre gut. Ein Bart würde ihn älter aussehen lassen. Viele Chinesen tragen Bart, warum nicht Feng? Er nahm sich vor, ihn bei Gelegenheit darauf anzusprechen. Und Friederike wollte er demnächst ein besonders schönes Paar Handschuhe schenken.

Gegen halb fünf waren sie in Frankfurt. Tobias gab sein Gepäck einem Träger, doch als Feng dem Mann seine Tasche überlassen sollte, weigerte er sich vehement. Dann eben nicht, dachte Tobias ungehalten. Der Chinese schritt stumm neben ihm her, einen Kopf kleiner als er. Tobias sah auf den Hut hinab, unter dem der lange schwarze Zopf hervorlugte.

Auf der Kräme wuselte es von Menschen, die ihre Nachmittagseinkäufe erledigten. Durchs Fenster hindurch sah er Peter im Laden stehen, aber er wollte erst Friederike und die Kinder begrüßen.

Im Hof war alles ruhig.

»Ich bin zurück«, rief er, während sie die Treppe hinaufgingen, aber keines der Kinder kam auf ihn zugelaufen und hängte sich an ihn. Schade, gerade heute hatte er sich danach gesehnt, vielleicht weil Feng die ganze Zeit schon so schrecklich still war und so bedrückt neben ihm herschlich.

Er trat in die Wohnung. Der Geruch von Ruß lag in der Luft. Die Tür zum Esszimmer stand offen, und der Tisch war mit Teegeschirr eingedeckt – aber niemand war da. Aus der Küche hörte er Topfgeklapper und Sophie, die ein Soldatenlied schmetterte, als wolle sie sich zu schnellerer Arbeit antreiben.

Ihn überfiel ein ungutes Gefühl.

Er drehte sich nach dem Chinesen um. Feng stand noch draußen vor der Tür.

»Go my Room?« Er deutete nach oben.

Tobias nickte. »Go, go«, sagte er.

Im Wohnzimmer fand er Friederike. Sie saß in einem Sessel, hatte die Hände in den Schoß gelegt und war ganz bleich.

Genau genommen sah sie aus wie ein Gespenst.

Tobias wurde bei ihrem Anblick flau im Magen. Friederike saß sonst niemals einfach nur so da. Er hatte sie kaum je einmal ohne eine Handarbeit gesehen.

»Was ist denn los, Friederike?«

Sie blickte auf. Offenbar hatte sie ihn nicht kommen hören.

»Tobias, du bist ja schon da«, sagte sie und ihre Augen weiteten sich – jedoch nicht vor Freude, sondern vor Schreck, wie ihm schien. Sie stand auf, kam ihm entgegen, gab ihm einen Kuss – und wollte sich gleich wieder von ihm abwenden. Doch Tobias nahm sie bei den Schultern und betrachtete ihr blasses Gesicht.

»Was ist hier los?«, fragte er noch einmal.

»Sophie hat den Kuchen im Ofen verbrennen lassen.«

»Ist das alles?«

»Außerdem erwarte ich Gäste zum Tee. Entschuldige, ich wusste ja nicht, dass du kommst. Es ist leider unmöglich, die Damen wieder auszuladen. Selbst wenn ich wollte, ich weiß gar nicht, wo ...«

Tobias ließ sie nicht ausreden. Er war schon wegen der anstrengenden Fahrt und wegen Fengs Verstocktheit gereizter Stimmung – und irgendetwas hier war ganz und gar nicht in Ordnung.

»Ist ja gut, Liebes. Ein verbrannter Kuchen und Gäste zum Tee. Du willst mir doch nicht weismachen, dass das alles ist? Wo sind überhaupt die Kinder?«

Er spürte das vertraute Kratzen im Hals und einen Druck auf seiner Brust, ließ ihre Schultern los und goss sich aus dem Krug, der auf der Kommode stand, Wasser in ein Glas. Während er trank, warf er einen nachdenklichen Blick auf seine Frau, die sich wieder in den Sessel gesetzt hatte. Er füllte das Glas erneut und reichte es ihr. Sie nahm einen Schluck.

»Was ist los, Friederike? Nun rede doch endlich«, bat Tobias, nahm ihr das Glas aus der Hand und stellte es für sie ab. »Du wirkst ganz verstört.«

»Hast du Feng mitgebracht?«

Friederikes Frage brachte Tobias endgültig aus dem Konzept.

»Ob ich Feng mitgebracht habe? Er ist oben – aber das ist doch jetzt nicht wichtig. Warum willst du das überhaupt wissen? Sagst du mir jetzt bitte, wo die Kinder sind?«

Seine Unruhe wuchs.

Friederike blickte auf, und zum ersten Mal an diesem Tag schien sie ihn wirklich anzusehen. »Entschuldige, bitte. Wie dumm von mir. Den Kindern geht es gut. Die Kleinen sind mit Helene bei meinen Eltern im Gartenhaus. Carlchen und Elise sind noch in der Schule. Sie kommen sicher gleich«, sagte sie leise.

Tobias war erleichtert. Der Gedanke, einem der Kinder könne etwas geschehen sein, hatte ihn zutiefst geängstigt.

Er stand auf, rückte sich einen Stuhl heran, nahm ihre kalten Hände in seine und betrachtete aufmerksam ihr Gesicht.

»Du bist so bleich, Vögelchen. Was ist los? Sag es mir.«

Sie schluckte, schüttelte den Kopf, wand sich – und rückte nicht mit der Sprache heraus. Doch er ließ nicht locker, und endlich gab sie zu, dass tatsächlich etwas geschehen war. Sie wollte jedoch immer noch nicht sagen, was.

»Ich kann nicht«, wiederholte sie immerzu.

»Was soll das denn heißen? Du kannst nicht. Natürlich kannst du, du musst sogar.« Tobias wurde langsam ernsthaft ungehalten. Es fehlte nicht viel, und er würde richtig laut werden.

»Nur, wenn du mir versprichst, nichts Unüberlegtes zu tun.«

Natürlich versprach er es ihr. Er hätte ihr jedes Versprechen gegeben, nur um zu erfahren, was sie ihm verschwieg.

»Bestimmt?«, fragte sie noch einmal, und er nickte.

Endlich begann sie zu erzählen, und während sie sprach, zogen Wolken um Tobias Gemüt auf und verdunkelten sich mit jedem Wort ein wenig mehr.

Mertens war zurückgekommen.

Kalte Wut schnürte seine Kehle zu, wenn er daran dachte, wie schamlos er von ihm hintergangen worden war. Ganz zu schweigen davon, was er Friederike angetan hatte. Dass sie diese grauenhaften Bilder zu Gesicht bekommen hatte, kam schon beinahe einer Vergewaltigung gleich.

Der Gedanke daran war das Schrecklichste überhaupt.

Und dann wagte dieser Bastard es auch noch, hier aufzutauchen.

In seinem Haus. Bei seiner Frau. Bei seiner Familie.

Empörung und Wut ergriffen von Tobias Besitz, und er verstand kaum noch, was Friederike sagte. Sie redete immer weiter, flehte ihn an, alles auf sich beruhen zu lassen. Doch als er begriffen hatte, dass Mertens erst vor einer halben Stunde hier gewesen war, gab es für ihn kein Halten mehr.

Was ist denn nur in dich gefahren?

Frankfurt, ebenfalls am 23. Juni 1840, am Abend

Es war schon nach sieben Uhr, als Nicolaus in den milden Juniabend hinaustrat und die Tür zur Werkstatt hinter sich zuzog. Er hatte heute wichtigen Besuch gehabt. Herr Architekt Stüler persönlich hatte ihn aufgesucht, um die Ausführung des Lesesaalmobiliars für das neue Börsengebäude zu besprechen. Die Sonderwünsche hinsichtlich der Schnitzereien waren dabei noch das kleinste Problem, mit dem Nicolaus sich nun herumschlagen musste. Herr Stüler wünschte sich nämlich Pilaster aus echtem Ebenholz – und das würde ganz gewiss noch für Diskussionen sorgen, und zwar spätestens dann, wenn Nicolaus die Mehrkosten ausgerechnet hatte.

Doch die überzogenen Ansprüche seines Kunden waren nicht der einzige Grund dafür, dass Nicolaus mit dem Verlauf des Gesprächs unzufrieden war. Der andere war Tobias. Sein Bruder war nämlich während der Unterredung einfach in die Werkstatt gestürmt, hatte Herrn Stüler nicht einmal ordentlich begrüßt und ihn so dringend zu sprechen gewünscht, dass er gezwungen gewesen war, den Architekten stehen zu lassen.

Und dann hatte er ihn mit der Mitteilung erschreckt, dass Julius Mertens nach Frankfurt zurückgekommen war.

Dieser Hund, dieser Nichtsnutz! Nicolaus nahm es persönlich, dass der Strolch von Mertens es wagte, noch einmal in Frankfurt aufzutauchen, und dass er seine Lektion offenbar nicht so gelernt hatte, wie er es sollte. Aber was hätte er denn damals anders machen können? Ihn nach Afrika verschiffen vielleicht?

Und was sollte er *jetzt* tun? So aufgewühlt wie heute hatte er seinen Bruder noch nie erlebt. Nicolaus mochte sich gar nicht ausmalen, was passierte, wenn er Mertens wirklich fand. Oder schon gefunden hatte, denn sein unmöglicher Auftritt war schon eine ganze Weile her.

Nicolaus zog den Kragen seines Rocks zurecht und blickte in den Himmel hinauf, der in einem sanften Hellblau leuchtete, während die Dämmerung schon langsam in die Gassen kroch. Ein wenig unschlüssig, wohin er sich wenden sollte, bog er in die Schnurgasse ein. Er würde erst einmal in der Kräme nach dem Rechten sehen. Vielleicht war Tobias ja inzwischen wieder zu Hause.

Seine Schwägerin war nicht allein. Drei Frauen saßen bei ihr im Wohnzimmer, ihre Schwester Mina, Frau Koch, mit der sie in letzter Zeit häufiger musizierte – und noch eine weitere Dame, die er nicht sofort erkannte, weil sie ihm den Rücken zuwandte. Sie waren in ein lebhaftes Gespräch vertieft, hatten sein Klopfen nicht gehört und bemerkten ihn erst, als er bereits im Zimmer stand.

»Guten Abend, Nicolaus«, sagte Friederike überrascht. Seine Schwägerin sah erschöpft aus, fand Nicolaus, und ihm kam der Verdacht, dass sie geweint hatte. Frau Koch und Mina grüßten ihn ebenfalls – und dann drehte sich auch die vierte Frau zu ihm herum.

Es war keine Unbekannte. Es war Amalie Stein.

»Guten Abend, Herr Ronnefeldt«, sagte sie, lächelte ungewohnt scheu – und sah bezaubernd dabei aus. Nicolaus hatte das Gefühl, die Zeit sei plötzlich stehengeblieben. Während er sie wortlos anstarrte, erhob sie sich, ging auf ihn zu und reichte ihm die Hand.

Nicolaus nahm sie. Es fühlte sich an, als wäre er vom Blitz getroffen worden. Ein Schock, der seinen Herzschlag zunächst verlangsamte und dann beschleunigte. Schon wummerte sein Herz von innen gegen sein Brustbein.

»Guten Abend, Frau Stein«, sagte er, doch im Grunde war gleich, was er sagte, denn Worte erschienen ihm belanglos. Er hielt ihre Hand in seiner, das war das Einzige, was zählte.

»Es ist schön, Sie wiederzusehen«, sagte Amalie.

Er sagte nichts mehr. Er wollte sie einfach nur betrachten. Seit anderthalb Jahren, seit jenem Tag, an dem er ihr den verunglückten Heiratsantrag gemacht hatte, hatte er Amalie Stein nicht mehr gesehen – dafür jedoch umso häufiger an sie gedacht. Lange Zeit hatte er sich ernsthaft bemüht, die Buchdruckerwitwe aus seinen Gedanken zu verbannen. Jede Erinnerung an sie hatte er auslöschen wollen. Hatte sich eingeredet, dass er sie nicht liebte, *dass sie es nicht wert war.*

Doch dann hatte er diesen Selbstbetrug aufgegeben. Spätestens seit jenem Gespräch mit Friederike.

Wie schön sie war. Amalie trug ein hellbraunes Kleid mit hellen Knöpfen und einer silbernen Nadel am Kragen. An ihren Schläfen kringelten sich graue Strähnen. Plötzlich rührte es ihn ungemein, in ihrem dunklen Haar die Zeichen des Alterns zu sehen.

»Herr Ronnefeldt?« Amalie lachte leise.

»Ach, natürlich. Verzeihung.« Zögernd ließ Nicolaus ihre Hand wieder los. »Was bringt Sie hierher nach Frankfurt?« Ohne sein Zutun purzelten die Worte aus seinem Mund.

»Morgen ist die Einweihung des Gutenbergdenkmals, darum bin ich hier – und um alte Bekannte zu treffen.« Sie lächelte über die Schulter hinweg zu Friederike.

»Oh«, sagte Nicolaus, weil ihm nun endgültig nichts mehr einfiel. Er starrte Amalie immer noch unverwandt an und benahm sich wie ein verliebter Schulbub.

»Vielleicht sehen wir uns ja morgen? Bei dem Fest auf dem Roßmarkt, meine ich«, sagte sie nun.

»Ja, aber ja. Selbstverständlich, natürlich. Ich werde da sein.«

»War Tobias bei dir? Hast du ihn gesehen?«

Friederikes Frage weckte ihn aus seinem entrückten Zustand. Er musste dem Impuls widerstehen, sich zu schütteln wie ein nasser Hund. »Ja, er war bei mir in der Werkstatt. Du hast noch nichts von ihm gehört?«

»Nein.« Friederike sah ausgesprochen besorgt aus.

So schwer es ihm auch fiel, musste sich Nicolaus sofort wieder von Amalie verabschieden. Friederike begleitete ihn hinaus vor die Wohnungstür auf die Balustrade – und dann berichtete ihr Nicolaus von Tobias' Auftritt in seiner Werkstatt. In ihrem Gesicht zeichnete sich bei seiner Schilderung wachsende Panik ab.

»Was meinst du, was wird er tun, wenn er ihn findet?«, sagte sie.

»Dasselbe wollte ich dich fragen«, erwiderte Nicolaus.

»Du musst ihn suchen. Bitte, Nicolaus, lass nicht zu, dass er irgendetwas Schreckliches anstellt.«

»Guten Abend, Onkel Nicolaus!«

Carlchens Stimmchen unterbrachen ihre geheime Konversation – die nun gar nicht mehr so geheim war, denn unten im Hof stand der Junge mit seinem Reifen und sah zu ihnen hinauf.

»Carlchen! Leider habe ich heute gar keine Zeit für dich«, rief Nicolaus zu ihm hinunter.

»Ach Mensch.« Carlchen verschränkte die Arme vor der Brust, machte ein extragrimmiges Gesicht und sagte gedehnt: »Willst *du* vielleicht wissen, wo der Pokturist ist?«

*

Tobias erkundigte sich nach Mertens bei den Schirnen, auf dem Hühnermarkt und unten am Mainufer, wo selbst am Abend immer noch ein paar Hockinnen mit ihren Waren saßen. Alles vergeblich.

Manch einer und manch eine meinten zwar, sich an eine Gestalt zu erinnern, auf die seine Beschreibung passte, doch wohin sie gegangen war, wusste niemand zu sagen. Im Bürgerhospital war Mertens auch nicht und auch nicht in der Armenklinik. Ob er es schon in der Praxis von Doktor Birkholz versucht habe? Der sei schließlich bekannt dafür, dass er hin und wieder Patienten kostenlos behandle.

Zwei Stunden waren vergangen, seitdem Tobias von zu Hause aufgebrochen war – und da er keine Idee hatte, wo er seine Suche fortsetzen sollte, beschloss er, dem Rat zu folgen. Immerhin kannten Mertens und Birkholz sich, wenn sie sich auch nicht gerade im Guten begegnet waren.

Zum Glück war wenigstens der Arzt leicht zu finden. Seine Praxis lag zwischen Dom und Judengasse, und Tobias kam gerade rechtzeitig, um ihn, die Arzttasche in der Hand, aus der Tür kommen zu sehen.

»Herr Doktor! Herr Doktor Birkholz, warten Sie!«, rief er, weil der andere gerade im Begriff war, hinter einer Hausecke zu verschwinden.

Der Doktor hielt an, und Tobias rannte, um ihn einzuholen.

»Herr Ronnefeldt, ist etwas mit Ihrer Frau?« Birkholz kam ihm ein Stück entgegen. Es klang freundlich, beziehungsweise mitfühlend besorgt – und es brachte Tobias so zuverlässig gegen ihn auf wie jedes Mal, wenn er an die freundschaftliche Verbindung zwischen dem jüdischen Arzt und Friederike dachte.

»Was geht Sie meine Frau an?«, entgegnete Tobias und rang nach Luft. Das Laufen hatte ihm nicht gutgetan.

»Ich dachte nur, sie sei vielleicht krank geworden.«

»Sie meinen also, sobald sie krank wird, schickt sie nach Ihnen? Das hätten Sie wohl gerne.«

»Aber nein. Ich wollte Ihnen nicht zu nahe treten«, wehrte Birkholz ab.

»Ich sage es Ihnen noch einmal: Lassen Sie meine Frau in Ruhe«, sagte Tobias. Er hustete, spuckte in sein Taschentuch und bekam nun wieder besser Luft.

Die ergebnislose Suche nach Mertens hatte Tobias zermürbt – und es schien ihm plötzlich, als hätte er mit dem Arzt noch eine Rechnung offen. Mit diesem Schönling, der um seine Frau herumscharwenzelte, diesem Musikus mit seiner albernen Geige. Dass Birkholz ein solcher Virtuose auf dem Instrument war, fuchste Tobias, denn dadurch war dem Arzt, mehr als durch alles andere, Friederikes Aufmerksamkeit und Achtung sicher. Sie bewunderte ihn deswegen – und Tobias konnte nicht einmal etwas dagegen einwenden, weil schließlich halb Frankfurt Birkholz zu Füßen lag.

Sie standen einander gegenüber, Tobias außer Atem und Birkholz vornehm wie eh und je. Der Arzt trug Zylinder und einen langen Schal. Der Anblick machte Tobias noch wütender.

»Friederike und ich sind doch nur rein freundschaftlich miteinander…«

Tobias ließ ihn nicht ausreden. »Es gibt kein *Friederike und ich*«, sagte er barsch.

Birkholz sagte noch etwas, aber Tobias hörte nicht mehr richtig zu. Er ballte die Fäuste. Monatelang hatte sich etwas in ihm angestaut, was sich nun Bahn brach. Ohne dass er es bewusst gesteuert hätte, schnellte seine Faust vor und traf den Arzt am Kinn.

»Meine Frau geht Sie gar nichts an«, brüllte Tobias und ging in Deckung. Doch Birkholz wich nur ein paar Schritte zurück, rieb sich das Kinn – und ließ Tobias dabei nicht aus den Augen.

»Wollen Sie sich denn gar nicht verteidigen?«, fuhr Tobias ihn an.

»Nein. Keinesfalls werde ich mich mit Ihnen schlagen.« Birkholz wagte einen Blick in Richtung Boden, wo sein Zylinder lag, der ihm vom Kopf gefallen war. Das war sein Fehler. Tobias' Faust schnellte erneut vor und erwischte ihn ein zweites Mal.

»Verdammt, sind Sie vollkommen verrückt geworden?«, entfuhr es Birkholz. Er wich erneut zurück und verharrte nun doch in halbgebückter Haltung, die Arme zur Abwehr erhoben – oder um zu einem Gegenschlag auszuholen. »Lassen Sie das, Ronnefeldt. Ich will mich nicht mit Ihnen prügeln«, presste er zwischen zusammengebissenen Zähnen hervor.

Tobias fixierte Birkholz mit seinem Blick. Wie zwei Ringer standen sie einander gegenüber und bewegten sich um einen unsichtbaren Mittelpunkt herum. Über ihnen wurden Fenster geöffnet, ein Pfeifen und Johlen erklang und Rufe wie »Gib's ihm!« oder »Lass dir nichts gefallen!«.

Dann hörte Tobias hinter sich Schritte, jemand rief seinen Namen. Tobias drehte sich nicht nach dem Neuankömmling um, er wusste auch so, dass es die Stimme seines Bruders war. Im nächsten Augenblick wurde er von starken Händen zurückgerissen und festgehalten.

»Idiot«, hörte er Nicolaus dicht an seinem Ohr sagen. »Was ist denn nur in dich gefahren?«

»Danke, Herr Ronnefeldt«, sagte Birkholz und richtete sich erleichtert auf. Er sprach sehr undeutlich. Einen komischen Augenblick lang hörte es sich an, als wollte er sich bei Tobias für die beiden Kinnhaken bedanken.

»Gern geschehen«, sagte Nicolaus.

»Lass mich los«, sagte Tobias. Mit einem Ruck entwand er sich dem Griff seines Bruders. Dann machte er eine Bewegung auf Birkholz zu, der schon wieder in Deckung gehen wollte, aber Tobias hob nur den Hut auf, wischte mit dem Ärmel darüber und reichte ihn dem Arzt. Dieser nahm ihn zögernd an sich.

»Es tut mir trotzdem nicht leid«, sagte Tobias barsch.

Birkholz antwortete nicht, sondern nickte nur und setzte sich den Hut wieder auf den Kopf.

Nicolaus betrachtete die beiden kopfschüttelnd. »Ich muss ja nicht alles verstehen. Aber wenn das nun erledigt wäre, könnten wir uns dann jetzt bitte um Mertens kümmern? Sehr wahrscheinlich weiß unser guter Doktor nämlich, wo er ist.« Nicolaus nickte zu Birkholz hinüber.

»Er weiß, wo ...«, wiederholte Tobias verblüfft. Seine Wut auf den Arzt hatte ihn so mitgerissen, dass er den Grund, warum er ihn aufgesucht hatte, für den Moment völlig vergessen hatte.

»Allerdings. Carlchen hat die beiden zusammen gesehen.«

»Warum haben Sie das denn nicht gleich gesagt?«, herrschte Tobias Birkholz an. Der fuhr erschrocken zurück, und Nicolaus hielt Tobias von hinten an der Schulter fest.

»Sie haben nicht danach gefragt. Sie haben direkt zugeschlagen.«

Darauf ließ sich allerdings nichts erwidern. Unwirsch befreite sich Tobias erneut aus dem Griff seines Bruders, und der Arzt berichtete, wie er Mertens am Nachmittag am Rande der Judengasse aufgegabelt hatte. Der Kerl litt sehr, wahrscheinlich unter der Franzosenkrankheit und kämpfte gerade mit einem Schub. Daraufhin hatte er ihm bei einer Wirtin, die ihm einen Gefallen schuldig war, ein Bett besorgt. Er sei gerade auf dem Weg zu ihm gewesen, um nach ihm zu sehen, als Herr Ronnefeldt aufgetaucht war, um ihn zu verprügeln.

»Ein wahrer Menschenfreund«, sagte Tobias. Es sollte zynisch klingen, hörte sich aber eher zerknirscht an. Nur zu einer Entschuldigung konnte er sich noch nicht durchringen – und zwar hauptsächlich deshalb nicht, weil Birkholz vorhin so schuldbewusst ausgesehen hatte.

»Also, was ist, gehen wir zu ihm?«

»Ich weiß nicht recht.« Birkholz betrachtete Tobias misstrauisch und sah dann hilfesuchend zu Nicolaus hinüber.

»Keine Sorge, ich gehe ihm schon nicht an die Gurgel«, sagte

Tobias rasch. »Ehrenwort«, fügte er hinzu, als ihn nun beide Männer argwöhnisch betrachteten, und rieb sich die schmerzende rechte Hand. »Mein Bedarf für heute ist gedeckt.«

*

Julius grollte. Hätte er sich ja denken können, dass dieser Mistkerl die Ronnefeldt-Brüder informierte. Doch als er Birkholz vorhin begegnet war – treffender ausgedrückt, war er ihm vor die Füße gefallen –, da war es ihm so dermaßen dreckig gegangen, dass er zu allem Ja und Amen gesagt hätte. Er war einfach nur noch froh darüber gewesen, sich hinlegen zu können. Der Schlaf hatte ihm gutgetan, und die Hühnersuppe, die die Wirtin ihm gebracht hatte, hatte ihr Übriges getan. Er war nun wieder auf den Beinen – und zwar gerade rechtzeitig, um mitzubekommen, dass die drei ihn aufsuchen wollten.

Er sah sich in seinem Versteck um. Es war ein Bretterverschlag direkt neben der Dachkammer, in der er zuvor gelegen hatte. Hier drin konnte er sich kaum bewegen, und er konnte nur hoffen, dass seine Verfolger schnell wieder verschwanden. Durch einen Spalt im Holz sah er, wie die Ronnefeldt-Brüder ratlos beieinanderstanden und sich am Kopf kratzten. Das geschah ihnen recht. Aber warum war Tobias überhaupt hier? Hätte er nicht in Darmstadt sein sollen? Dann trat Birkholz wieder in den Raum.

»Die Wirtin meinte, vor einer Stunde sei er noch hier gewesen«, klärte der Arzt die beiden anderen auf. »Es sei ihm ein bisschen besser gegangen. Sie hat jedenfalls nichts davon mitbekommen, dass er fort ist, aber sie war auch nicht die ganze Zeit zu Hause. Er kann also ohne weiteres einfach zur Tür hinausspaziert sein.«

Nicolaus Ronnefeldt ging im Raum umher und kam seinem Versteck plötzlich gefährlich nah. Unwillkürlich hielt Mertens die

Luft an und wich zurück. Dabei wusste er, dass er nicht leicht zu entdecken wäre, die Wand wirkte massiv. Er hatte auch nur durch Zufall gesehen, wie eine fette Ratte dahinter verschwand. Als er aufgewacht war, hatte sie auf seiner Bettdecke gesessen, und er hatte ihr direkt in die schwarzen Augen geblickt. Es schüttelte ihn immer noch bei dem Gedanken daran, und er versuchte, sich noch ein bisschen kleiner zu machen. Wenn das Vieh plötzlich in seinem Versteck auftauchte, würde er vielleicht nicht an sich halten können und laut losschreien. Er hasste Ratten.

»Was nun?«, fragte Nicolaus Ronnefeldt. Er war immer noch ganz nah, wandte ihm aber zum Glück den Rücken zu. Julius konnte nichts mehr sehen, weil der Schreiner direkt vor dem Spalt stand. Plötzlich verspürte er ein Kratzen im Hals. Verflixt, wenn er jetzt husten musste, würde er sich verraten. Aber zum Glück bekam in dem Moment Tobias einen Hustenanfall, der gar nicht mehr aufhören wollte. Der andere Ronnefeldt bewegte sich wieder von seinem Versteck weg und ging zu ihm hin, um ihm auf den Rücken zu klopfen. Das Husten machte so viel Lärm, dass Julius' eigenes vorsichtiges Räuspern völlig unterging.

»Das hört sich nicht gut an, Herr Ronnefeldt«, sagte der Arzt. »Sie sollten das untersuchen lassen.«

»Von Ihnen vielleicht?« Tobias keuchte in sein Taschentuch und stierte Birkholz an. Dann steckte er das Tuch wieder weg. Die beiden waren keine Freunde, so viel stand fest, dachte Julius.

»Wohin er wohl gegangen ist? Was, wenn er wieder bei Friederike auftaucht?«, sagte Tobias, als er wieder Luft bekam.

»Das glaube ich kaum. Der hat viel zu viel Angst, dass wir ihn in die Finger bekommen«, erwiderte der Schreiner.

Julius erschauderte. Wie Ronnefeldt das sagte, hörte es sich, zugegeben, tatsächlich zum Fürchten an. Wahrscheinlich war es wirklich besser, wenn er Frankfurt wieder verließe. Immerhin hatte er von Friederike zehn Gulden bekommen, die würden ihn vorerst über Wasser halten. Aber erst einmal mussten die drei verschwinden. Verflixt, ihm tat alles weh. Wenn er nicht bald aus diesem Verschlag herauskam, würde noch ein Unglück geschehen.

»Wir müssen ihn suchen gehen«, sagte Tobias.

»Das sehe ich auch so«, bestätigte sein Bruder. »Aber du gehst trotzdem besser heim.«

»Wieso? Du sagtest doch selbst gerade, dass er sich dorthin nicht mehr trauen würde.«

»Aber deine Frau macht sich Sorgen. Sie war vorhin schon ganz außer sich. Du kannst unmöglich die ganze Nacht wegbleiben. Ich übernehme das.«

Endlich kam Bewegung in die Sache. Nicolaus Ronnefeldt schien sich zum Gehen bereitzumachen. Allerdings müsste Julius bei seiner Flucht extrem vorsichtig sein. Er ging in Gedanken seine Optionen durch. Ob er besser erst einmal hierblieb? Dann konnte er vielleicht ein Boot stehlen. Hauptsache, er brach nicht noch einmal zusammen, so wie vorhin.

»Ich helfe Ihnen bei der Suche«, sagte der Arzt.

»Also gut.« Tobias gab nach. »Aber ich gehe nur kurz heim, sehe dort nach dem Rechten und stoße gleich wieder dazu.«

»Mach dir nicht zu viel Hoffnung«, warnte Nicolaus Ronnefeldt seinen Bruder.

»Wir sollten uns in der Stadt verteilen. Wohin könnte der Bastard denn gegangen sein?«, sagte Tobias im Hinausgehen. Doch als die drei Männer die Holzstiege hinunterpolterten, konnte Julius nichts mehr verstehen.

Feng hat dir etwas zu sagen

Frankfurt, Nacht auf den 24. Juni 1840

Friederike stand am Fenster ihres Wohnzimmers, spähte hinaus auf die Neue Kräme, die mittlerweile in nächtlicher Dunkelheit lag, unterbrochen nur vom trüben Licht einer Gaslaterne, und wartete auf Tobias. Wieder und wieder ging sie die Ereignisse dieses Tages in ihrem Kopf durch. Käthchens Unglück, an das sie den ganzen Vormittag hatte denken müssen, der verbrannte Kuchen, Tobias' unerwartete Rückkehr, ihre Teegesellschaft – und dann Nicolaus, der so plötzlich hereingeschneit war und die Augen nicht mehr von Amalie lassen konnte. Carlchen, der den *Pokturisten* verfolgt hatte. Und, allem anderen voran, natürlich Mertens' Rückkehr. Dieser schreckliche Mensch und seine unverschämten Forderungen! Es war wirklich ein Unglück, dass er ihre Briefe aufgehoben hatte. Und dann auch noch seine Enthüllung über Feng!

So sehr sie sich auch bemüht hatte, sie hatte Tobias nicht davon abhalten können, Mertens suchen zu gehen. So eilig hatte er es gehabt, dass sie ihm von der Sache mit Feng noch gar nichts hatte erzählen können.

Ihre Schwester und ihre Freundinnen hatten ihr an der Nasenspitze angesehen, dass etwas ganz und gar nicht in Ordnung war. Dabei durften nicht einmal sie wissen, dass Nicolaus Mertens damals aus der Stadt geworfen, und schon gar nicht, weshalb er das getan hatte. Die Shunga mussten für immer ein Geheimnis bleiben. Die Geschichte mit den Liebesbriefen wiederum war ihr so peinlich, dass es ihr gar nicht in den Sinn kam, sich zu offenbaren. Und als sie schließlich dem Drängen nachgab zu sagen, was sie auf dem Herzen hatte, erzählte sie nur von Feng. Es erschien ihr vertretbarer, dieses Geheimnis mit ihnen zu teilen. Es musste und würde ohnehin ans Licht kommen.

Danach war es ihr auch wirklich ein wenig besser gegangen. Die anderen Frauen hatten ihr gut zugeredet. Sie wären auch bei ihr geblieben, um ihr bei der schwierigen Unterredung, die auf sie wartete, beizustehen. Doch nachdem sie sich ein wenig erholt hatte, war ihr klargeworden, dass sie die allein mit Tobias durchstehen musste.

Und nun wartete sie.

Friederike warf einen Blick auf Fengs bewegungslose Gestalt. Sie hatte nicht gewusst, dass ein Mensch so lange still sitzen konnte. Dabei hatten sie kaum miteinander gesprochen. Ihre Kommunikation hatte ohne Worte stattfinden müssen, ihr Englisch war nicht gut genug – und Feng konnte noch nicht ausreichend Deutsch für solch eine schwierige Unterredung. Was für eine Geschichte Feng wohl zu erzählen hatte? Das Einzige, was sie bisher wusste, war, dass Mertens sie nicht angelogen hatte, als er ihr, kurz bevor er ging, Fengs Geheimnis anvertraute. Noch immer hatte sie seine Stimme im Ohr und sah seinen Gesichtsausdruck vor sich: lauernd, aufmerksam, berechnend.

Feng hatte sich nicht gerührt. Die bewegungslose Gestalt erinnerte an eine Statue oder an eine Puppe, die man auf einen Stuhl gesetzt hatte. Es ist so dunkel hier drin, dachte Friederike plötzlich. Sie zündete noch eine weitere Lampe an, bevor sie sich erneut zum Fenster wandte – und einen Mann mit großen Schritten die Straße entlangkommen sah. Als er in den Lichtkegel der Laterne trat, erkannte sie ihn. Er war es. Tobias war endlich zurück!

Friederike ging hinaus vor die Tür, um Tobias auf der Außentreppe abzufangen, damit er nicht ohne Vorwarnung ins Wohnzimmer ging. Er sah ihr schon von unten entgegen, nahm immer zwei Stufen auf einmal und schloss sie wortlos in seine Arme. Sie schmiegte sich an ihn, und dieser Moment fühlte sich so gut an, dass sie ihn am liebsten nie mehr losgelassen hätte.

Zwei, drei Minuten lang standen sie so da. Sie spürte ihren eigenen schnellen Herzschlag und wie sich Tobias' Brustkorb hob und senkte. Sein Atem ging pfeifend, sein Gesicht hatte er in ihr Haar gedrückt. »Ich bin das letzte Stück gerannt«, hörte sie ihn sagen, »so schnell wie möglich wollte ich wieder bei dir sein. Bitte verzeih mir. Verzeih, verzeih, verzeih. Ich hätte dich nicht einfach so allein lassen sollen …« Seine Worte gingen in ein liebevolles Gemurmel über, und sie spürte, wie er sich langsam beruhigte. Nur widerstrebend löste sie sich ein wenig von ihm, um ihm ins Gesicht sehen zu können. Sie hatte so viele Fragen.

»Was ist passiert? Carlchen sagte, er habe Mertens zusammen mit dem Doktor gesehen. Nicolaus hat es gehört und ist sogleich los. Hast du ihn gesehen? Hast du Mertens gefunden?«

»Nein, leider nicht.« Mit knappen Worten berichtete Tobias ihr von der ergebnislosen Suche. »Er war fort. Hatte sich in Luft aufgelöst. Aber früher oder später spüren wir ihn auf.« Wieder umarmte er sie. »Ich könnte jetzt allerdings erst einmal was zu essen vertragen. Warum stehen wir hier draußen? Lass uns hineingehen.«

Friederike hielt ihn zurück. »Warte noch. Es gibt noch etwas, das du wissen musst.«

»Du tust ja so geheimnisvoll.« Tobias lachte und gab ihr noch einen Kuss, hielt jedoch inne, als er ihre ernste Miene sah. »Was ist passiert?«, fragte er.

»Du wirst nicht gerade erfreut sein. Wir haben auf dich gewartet, aber ich wollte dich vorwarnen.«

»Wir?«, fragte Tobias. »Wer ist *wir*?«
»Feng und ich. Feng hat dir etwas zu sagen.«

Feng hatte Friederikes Platz eingenommen und stand mit dem Rücken zu ihnen am Fenster, als sie eintraten. Eine zierliche Person in einem grünen, schmal geschnittenen Kleid. Als Friederike ihr das Kleid am Nachmittag gebracht hatte und es vor ihr auf dem Bett ausbreitet hatte, war ihr augenblicklich klar gewesen, dass Mertens die Wahrheit gesagt hatte. Denn Feng verstand sofort, dass ihr Geheimnis gelüftet worden war. Statt zu leugnen, hatte sie das Gesicht mit den Händen bedeckt und angefangen zu weinen.

Friederike betrachtete das schwarz glänzende Haar, das am Hinterkopf zu einem Knoten verschlungen war und von einem chinesischen Kamm gehalten wurde. Friederike hatte Feng nicht nur beim Ankleiden, sondern auch mit der Frisur geholfen und das dicke schwarze Haar bewundernd durch ihre Finger gleiten lassen. Sie warf einen Seitenblick auf Tobias. Er würde den Kamm gewiss erkennen; er kaufte diese Art von Haarschmuck bei einem Lieferanten in London. Doch in seinem Gesicht zeichnete sich nur vollkommene Verständnislosigkeit ab.

Feng stand ganz still da.

»Entschuldige, ich glaube, sie hat Angst«, erklärte Friederike und trat zu ihr ans Fenster.

»Angst? Wovor?«, fragte Tobias verblüfft.

»Vor dir.«

»Aber wer ist das? Ich kenne sie ja noch nicht einmal.«

»Doch. Natürlich kennst du sie.«

Friederike legte der jungen Frau die Hand auf die Schulter. Wie klein sie war, gewiss einen halben Kopf kleiner als sie selbst. Das Kleid hatte sie in aller Eile mit ein paar Stichen ein wenig kürzen müssen.

»Bitte, reden Sie mit meinem Mann. Alles wird gut«, sagte Friederike – und wenn Feng auch vermutlich nicht die einzelnen Worte verstand, so doch ganz gewiss deren Bedeutung.

Lange Sekunden verstrichen. Endlich, untermalt vom Ticken der Standuhr, drehte sich die Chinesin zu Tobias um.

*

Im Nachhinein hielt Tobias sich zugute, dass er ruhig geblieben war. Er könne weiter Feng zu ihr sagen, Feng sei ihr richtiger Name, erklärte Friederike ihm, während er, überrascht und fassungslos wie er war, die junge Frau anstarrte, als wäre sie eine Erscheinung. Erst die Sache mit Mertens und jetzt das! Es war einfach zu viel auf einmal. Um Zeit zu gewinnen, ging er zum Kamin, nahm sich eine Zigarre und klopfte sorgfältig den Tabak zurecht.

Feng war eine Frau!

Er zündete die Zigarre an und versuchte zu begreifen, welche Folgen das hatte. Dann setzte er sich in seinen Sessel. Sie bildeten ein ungleichmäßiges Dreieck: die beiden Frauen auf dem Sofa sitzend und er in einigem Abstand.

»Also? Was weißt du über sie?«, fragte Tobias und merkte, wie anklagend sich seine Stimme anhörte. Sein Kopf schmerzte, er rieb sich die Schläfen. Friederike konnte ja nichts dafür, ermahnte er sich, jedoch war es ihm nicht möglich, seinen Ärger beiseitezuschieben. Vielleicht kam sein Unwillen ja auch daher, dass sie sich neben Feng gesetzt hatte und es so aussah, als wolle sie ihr die Hand halten.

»Noch nichts. Außer, dass sie, so glaube ich, sogar ein bisschen froh darüber ist, dass das Versteckspiel ein Ende hat.«

»Dann hätte sie am besten gar nicht damit anfangen sollen«, sagte Tobias düster.

»Wollen wir uns nicht erst einmal anhören, was sie zu sagen hat?«, schlug Friederike vor.

»Ich bin mir nicht sicher, ob ich das möchte. Sie hat mich angelogen! Von Anfang an! Wie steh ich denn jetzt da, Friederike? Wie soll ich irgendjemandem klarmachen, dass ich auf eine Betrügerin hereingefallen bin?« Seine Stimme war laut geworden, und er musste einen Hustenanfall unterdrücken. »Wer weiß alles davon?«, fragte er, weil ihm plötzlich Friederikes Teegesellschaft in den Sinn kam. Und tatsächlich, es war so, wie er befürchtet hatte.

»Mina, Frau Koch und Frau Stein aus Offenbach«, gab Friederike zu. »Ach ja, und Elise.«

»Elise?«, fragte er ungläubig.

»Sie kam dazu, als ich, als wir ... Aber ist das denn jetzt wirklich so wichtig?«

»Das fragst du noch?« Tobias schüttelte den Kopf. »Morgen weiß es ganz Frankfurt.«

»Im Moment wissen ja noch nicht einmal wir wirklich Bescheid«, erinnerte Friederike ihn. »Wir haben keine Ahnung, welches ihre Beweggründe sind. Ohne Not würde doch niemand eine solche Scharade aufführen, meinst du nicht auch? Aber mein Englisch ist so schlecht. Darum musst du ja mit ihr reden.«

»Also gut«, sagte Tobias resigniert.

Die Chinesin saß mit gesenktem Kopf da und hatte sich während ihres Disputs nicht gerührt. Wahrscheinlich hatte sie auch kein Wort verstanden, konnte jedoch gewiss an Tobias' Stimme hören, wie verstimmt er war. Er betrachtete sie frustriert und schaffte es nicht, sich ihr gegenüber ebenso verständnisvoll zu zeigen wie Friederike es tat.

»Tell me«, sagte er im Befehlston, »tell me, what happend.«

Es dauerte lange, bis sie so weit war. Tobias betrachtete das wie Schellack glänzende Haar, qualmte stumm seine Zigarre, und sein nachdrückliches Warten machte der Chinesin offenbar klar, dass ihr diese Beichte nicht erspart bleiben würde. Endlich begann sie zu reden. Sie sah ihn dabei nicht an, sondern hielt ihren Blick unverwandt auf die Hände in ihrem Schoß gerichtet.

»My mother was fourteen, when she gave birth to me«, begann sie – und dann erzählte sie mit stockender Stimme und immer wieder nach Worten suchend ihre ganze Geschichte. Mit der Zeit fanden sie einen Rhythmus. Tobias übersetzte Fengs verhalten vorgebrachten Worte Satz für Satz für Friederike ins Deutsche.

»Mein Vater starb, bevor ich geboren wurde. Er war alt und krank. Viel zu alt für meine Mutter. Aber meine Großonkel und Onkel hatten sie an den alten Mann weggegeben, um sie los zu sein. Nun stand sie wieder vor der Tür. Meine Mutter hatte nicht gewusst, wo sie hingehen sollte – mit vierzehn Jahren und einem Kind im Bauch. Ihre Familie behandelte sie schlecht. Mädchen essen nur, sagten sie, Mädchen sind nichts wert. Erst muss man sie füttern, und dann muss man dafür bezahlen, dass sie jemand nimmt. Meine Mutter wusste, wie die Männer dachten. Sie wusste, wenn sie ein Mädchen bekommt, werden sie es töten. Dann bekam sie mich.«

Feng sprach in ihrer typischen chinesischen Intonation, ein leises Singen, das sich um eine einzige Tonhöhe herumbewegte, aber Tobias verstand sie gut. Sie fand die meisten Worte, die sie sagen wollte, nur gelegentlich musste er ihr helfen. Aber als sie an dieser Stelle angekommen war, stockte Feng, und man sah, wie sehr sie mit sich kämpfte – und nicht, weil ihr die Vokabeln fehlten.

Friederike griff nun doch nach Fengs Hand und drückte sie. Ihre Augen schimmerten verdächtig feucht – und auch Tobias war mittlerweile in ihrer Erzählung gefangen und musste schlucken, weil sie ihn mehr bewegte, als es ihm lieb war. Dann war Feng so weit weiterzuerzählen.

»Meine Mutter hatte große Angst. Zwei Frauen haben ihr geholfen. Sie sagten allen, ich sei ein Junge. Aber es war sehr gefährlich für meine Mutter, und es war gefährlich für mich. Als ich älter wurde, hat meine Mutter nicht mehr gewagt, mich zu behalten, und brachte mich fort. Ich musste in den Wald gehen zu einer anderen Familie. Sie waren Holzfäller und sehr arm, aber die Tochter war wie eine Schwester für mich. Liu. Ich war vier oder fünf und hatte zum ersten Mal eine Freundin. Das Leben war schwer. Es gab nur wenig zu essen, und ich musste viel arbeiten. Meine Mutter kam, aber sie hatte nie genug dabei, dass sie zufrieden waren. Ich musste Holz sammeln und Holz hacken, das Haus kehren, Feuer machen. Der Mann, der Vater von Liu, machte Schnaps, den er verkaufte und auch selber trank, und dann schlug er seine Frau, und er schlug Liu und mich. Nach ein paar Jahren bat ich Liu, mit mir zusammen fortzugehen, aber sie wollte nicht. Also ging ich alleine fort. Ich wollte mein Dorf wiederfinden – und dann verirrte ich mich im Wald. Ein Daoshi hat mich gefunden und mitgenommen. Das war mein Glück. Bei ihm blieb ich viele Jahre.«

Als Feng den Daoshi erwähnte, horchte Tobias auf. Ganz gewiss sprach Feng von dem Priester, den er kennengelernt hatte. Er hatte keine Ahnung gehabt, dass sie sich so nahegestanden hatten; das Verhältnis der beiden war ihm zwar vertraut erschienen, aber nicht so eng. Doch ganz offenbar war dies ihr Ziehvater gewesen.

»Er brachte mir Schreiben, Lesen und Rechnen bei und alles über Tee und über das Leben im Wald. Er lehrte mich die Sprache der *Fan-kwei*. Und er unterrichtete mich in Medizin. Ich lernte, Salben und Tinkturen herzustellen.«

Feng wagte einen scheuen Blick auf Tobias. Er nickte ihr zu. Natürlich erinnerte er sich gut an die Salbe für seine schmerzenden Füße. Selbst Gützlaff hatte nichts Vergleichbares besessen.

»Ich lernte gut. Und ich war immer noch ein Junge. Es machte mir nichts aus. Es gefiel mir. Ich war froh, bei dem Daoshi zu sein, ich wollte gerne arbeiten, lesen und lernen wie ein Junge. Eines Tages ging ich, um Liu wiederzusehen, aber als ich zu der Hütte kam, lebte sie nicht mehr. Die Frau sagte mir, der Vater habe sie erschlagen.«

Feng versagte wieder die Stimme.

»Manchmal kamen Leute aus dem Dorf zu dem Daoshi«, fuhr sie nach einer Weile fort. »Sie brachten Essen, baten um einen Segen oder um Medizin. So erfuhr ich, dass meine Mutter krank geworden war. Der Daoshi sagte, meine Lehrzeit sei beendet, und ich ging zurück in mein Dorf. Jetzt hatte ich keine Angst mehr. Jeder wollte meine Medizin, und meine Verwandten jagten mich nicht mehr fort. Ich machte viel Medizin für meine Mutter, aber sie war zu krank. Sie ist gestorben. Ich konnte nicht helfen. Die Menschen im Dorf wollten, dass ich blieb. Es gab keinen Arzt im Dorf, sie brauchten meine Medizin. Aber ich ging fort. Nur noch ein einziges Mal kehrte ich zurück.«

»Das war, als wir uns begegnet sind«, sagte Tobias, und Feng nickte.

Lange sagte niemand etwas. Friederike schniefte verhalten und tupfte sich mit ihrem Taschentuch die Nase und die Augen. Tobias drückte nachdenklich den glühenden Rest seiner Zigarre im Aschenbecher aus. Die Geschichte berührte und verwirrte ihn, und auch er brauchte ein wenig Zeit, um sich zu sammeln. Er fragte sich, wann Feng wohl den Plan geschmiedet hatte, sich ihm anzuschließen.

»Wie alt bist du?«, fragte er schließlich.

»Zweiundzwanzig«, antwortete Feng.

Wieder Schweigen. Tobias fühlte sich hilflos. Was sollte er nun tun? Immerhin war sie erwachsen, älter sogar, als er geglaubt hatte. Aber ihre Geschichte änderte nichts daran, dass er betrogen worden war. Feng konnte nicht bei ihm bleiben. Er konnte doch keine Frau beschäftigen oder gar mit zu seinen Vorträgen nehmen, das war unmöglich!

»Und nun? Was sagst du dazu?«, fragte Friederike. Sie sah sehr mitgenommen aus.

»Ich weiß es nicht«, sagte Tobias seufzend und schüttelte den Kopf. »Ich muss darüber nachdenken. Allzu viel Zeit wird ja vermutlich nicht bleiben. Morgen kennt ganz Frankfurt die Geschichte und zerreißt sich über uns die Mäuler. Und dieser Mertens läuft ja auch noch irgendwo da draußen herum. Ich muss zumindest versuchen, ihn zu finden.«

»Glaubst du ihr?«, fragte Friederike.

Tobias zuckte die Achseln und antwortete nicht sofort. Die Frage war ihm unangenehm. »Keine Ahnung. Alles, was ich sicher weiß, ist, dass sie mich angelogen hat.«

»Ja, das hat sie«, gab Friederike zu und warf einen Seitenblick auf Feng. Die Chinesin sagte nichts und verstand auch nicht, was sie gesprochen hatten. Ihre Augen wanderten zu Friederike und blieben dann an Tobias hängen. Zum ersten Mal an diesem Abend sah sie Tobias direkt an.

Mit einem Mal durchfuhr ihn eine halbvergessene und halbverdrängte Erinnerung: Er war wieder in den Straßen von Kanton, hörte die fremdartigen Geräusche, den Lärm der Zikaden und die Rufe von fremdartigen Vögeln. Und dann sah er wieder das tote Kind vor sich, das jemand in einen Korb gelegt und auf die Straße gestellt hatte. Den kleinen Leichnam, der mit dem Hausmüll entsorgt worden war, notdürftig in einen Korb gepackt.

»Papa!«

Verstört von den ungebetenen Bildern, die plötzlich in seinem Kopf aufgetaucht waren, sah Tobias auf. Elise stand im Nachthemd in der Tür. Im Arm hielt sie eine Puppe mit Lindenholzköpfchen. Nicolaus hatte das Köpfchen geschnitzt und Friederike aus Stoffresten einen weichen Körper genäht. Die Puppe trug dasselbe Nachthemd wie Elise. Sie war Elises ganzer Stolz.

Friederike reagierte als Erste: »Geh wieder ins Bett, Elise. Es ist Schlafenszeit für kleine Mädchen.«

Tobias winkte ab. »Schon gut«, sagte er und machte eine einladende Geste zu seiner Tochter. Er hatte so große Sehnsucht nach Frieden und Normalität. »Komm her, Lieschen. Ich habe dich noch nicht einmal richtig begrüßt.«

Elise schlang ihre Ärmchen um seinen Hals und gab ihm einen Kuss auf die Wange. »Au, du pikst«, sagte sie.

»Du hast recht, ich muss mich rasieren«, erwiderte Tobias. Er rieb sich das Kinn und zog Elise auf seinen Schoß. Vertrauensvoll lehnte sie sich an ihn und betrachtete Feng, die ihr zaghaft zulächelte. Dann drehte sie sich wieder zu ihrem Vater um. »Sie ist so hübsch«, flüsterte sie ihm ins Ohr, so nah, dass er ihren warmen Atem fühlte, und so laut, dass es jeder im Raum hören konnte.

»Verzeih, aber das ist alles sehr aufregend für sie«, sagte Friederike. »Ich glaube gar, Elise hat sich ein bisschen in Feng verliebt.«

»Hat sie das«, sagte Tobias und kitzelte Elise am Nacken.

»Iih«, machte Elise. Dann rutschte sie in einer fließenden Bewegung von seinem Schoß. Ihre nackten Füße tappten über den Boden.

»Für dich«, sagte sie, und reichte Feng ihre Puppe, die sie schüchtern an sich nahm.

Elise ging zurück zu ihrem Vater und kletterte wieder auf seinen Schoß. »Damit sie nicht so allein ist«, flüsterte sie ihm ins Ohr – wieder so laut, dass es jeder hörte, und so nah, dass es kitzelte.

Meinst du denn, ich könnte das?

Frankfurt, 24. Juni 1840

Als Friederike früh am nächsten Morgen erwachte, war Tobias nicht da und seine Hälfte des Bettes unberührt. Sie dachte daran, wie der Abend geendet hatte. Tobias hatte gesagt, dass er wieder losmüsse, um Nicolaus bei der Suche nach Mertens zu helfen. Ihr war es vorgekommen wie eine Flucht. Sie hatte allein sehen müssen, wie sie der Chinesin in unbeholfenem Englisch klarmachte, dass die Unterredung fürs Erste beendet war.

Friederike stand auf und warf sich ihren Morgenmantel über. Im Haus war alles ruhig. Tobias war nirgends zu finden, nur Sophie begegnete ihr, noch ganz zerzaust von der Nacht. Vorsichtig öffnete Friederike die Tür zum Schlafzimmer der Kinder. Elise und Carlchen lagen in ihren Betten und schliefen fest.

Und jetzt? Friederike spürte die mittlerweile vertraute Unruhe in sich aufsteigen. Sie hatte doch erst gestern stundenlang auf Tobias gewartet. Sie ging die Treppe hinunter und öffnete die Tür zum Kontor. Gott sei Dank, da war er. Tobias stand an seinem Pult, ein aufgeschlagenes Buch vor sich.

»Hier steckst du also«, sagte Friederike, erleichtert, ihn zu sehen.

»Ich bin schon seit einer Weile zurück. Entschuldige bitte, ich wollte dich nicht stören.« Tobias rieb sich mit der Hand übers Gesicht und fuhr sich anschließend durchs Haar – und konnte dabei nicht verbergen, wie übernächtigt er war.

»Habt ihr ihn gefunden?«

»Nein. Wie es aussieht, ist er über alle Berge.«

»Dann ist es eben so.«

Tobias runzelte die Stirn. »Hast du denn gar keine Angst, dass er wieder hier auftaucht?«

Friederike zog den Morgenmantel ein bisschen enger um sich und verschränkte die Arme vor der Brust. Sollte sie Tobias von den Briefen erzählen? Ihm alles gestehen, was damals geschehen war? Dann hätte sie es hinter sich. Doch als sie nach den passenden Worten suchte, merkte sie, dass sie nicht die Kraft dazu hatte.

»Ich weiß auch nicht. Irgendwie tut er mir beinahe leid.«

»Er tut dir leid?« Tobias betrachtete sie ungläubig.

Friederike dachte an Mertens' entstelltes Gesicht. Die Augenklappe. Den Splitter im Auge hatte sie ihm zugefügt – und sie konnte nicht verhindern, dass sie sich deswegen schuldig fühlte.

»Immerhin hat er uns das über Feng erzählt. Das ist eine gute Sache. Besser, du weißt es jetzt. Also bevor irgendjemand anderes es erfährt und dir einen Strick daraus dreht.«

Friederike wunderte sich über sich selbst. Mertens' Verhalten ließ sich nicht schönreden, aber merkwürdigerweise hatte sie tatsächlich weniger Angst vor ihm als zuvor. Er hatte so armselig gewirkt. Hoffentlich würde sie es nicht eines Tages bereuen.

»Was hast du da?«, fragte sie, um das Thema zu wechseln. Sie wies auf das Buch, das vor Tobias auf dem Pult lag.

»Das Teebuch von Westphal und Marquis. Es ist das Exemplar, das ich in China dabeihatte. Es lag vor der Tür, als ich herunterkam. Hier.« Er schlug die erste Seite auf und schob sie ihr hin.

»Für Feng, als Dank für seine Dienste. Kanton, Dezember 1838«, las Friederike. »Du hast ihr das Buch geschenkt?«, bemerkte sie überrascht. Sie hatte es bei Feng gesehen, aber geglaubt, es sei nur eine Leihgabe.

Tobias nickte. »Ja. Und jetzt hat er … hat sie es mir zurückgegeben.«

Friederike nickte nachdenklich und fragte sich, was das zu bedeuten hatte. Sie setzte sich auf die Kante des großen Schreibtischs, den Tobias nur selten benutzte, weil er lieber im Stehen arbeitete. »Was denkst du eigentlich über die Geschichte, die Feng uns erzählt hat? Hältst du es für möglich, dass es so gewesen sein könnte, wie sie erzählt hat? Können Menschen wirklich so grausam sein?«

»Ich fürchte, Menschen können noch viel grausamer sein.« Tobias schlug das Buch zu und sah sie an. »Auch hier bei uns. Aber in China habe ich Dinge gesehen und erlebt, die ich nicht für möglich gehalten hätte. Auf eine Art ist es ein hochentwickeltes Land, du weißt es ja selbst, du kennst all die wunderbaren Sachen, die sie herstellen, die Lackarbeiten, das Porzellan, die Seidenstoffe, das Papier, den Tee – aber auf eine andere Art ist es ...« Er brach ab, holte tief Luft, und Friederike merkte ihm an, wie sehr es in ihm arbeitete. »Mir fiel gestern etwas ein, das ich dir nie erzählt habe. Ich denke nicht gerne daran zurück, aber Fengs Geschichte ...«

»... hat dich wieder daran erinnert?«, sagte Friederike, als er nicht weitersprach. Er schien sie kaum noch zu hören. Offenbar war er mit seinen Gedanken weit weg. »Was ist es?« Sie griff nach seiner Hand. »Willst du es mir nicht erzählen? Wir haben noch ein bisschen Zeit, bevor die Kinder aufwachen.«

»Also gut«, sagte Tobias. Er drückte ihre Hand, machte sich aber dann von ihr los, trat ans Fenster und sah hinaus in den Hof. »Es war bei einem Spaziergang in Kanton. Du weißt doch, dass ich lange warten musste, bis Gützlaff endlich kam.«

»Du hast bei dem Pfarrerehepaar gewohnt«, ergänzte Friederike, um ihn zu ermutigen.

»Richtig. Jedenfalls machte ich eines Tages einen Umweg. Ich ging nicht direkt von der Faktorei zurück, sondern wählte den Weg durch ein Viertel, in dem nur Chinesen wohnen. Und dort sah ich – ich sah einen Haufen Abfall vor einem Haus liegen. Das ist durchaus üblich. Die Straßen sind in Kanton sehr viel sauberer als bei uns. Mehrmals täglich kommen Kulis und sammeln den Müll der Bewohner ein. Aber dort, in einem Korb, vor diesem Haus, da lag nicht einfach nur Müll. Da lag ein totes Kind. Der Größe nach war es vielleicht anderthalb oder zwei Jahre alt.«

Er drehte sich zu ihr herum, und Friederike starrte entsetzt in Tobias' ernste Miene.

»Ein totes Kind auf der Straße? Aber begraben sie denn nicht ihre Toten?«

»Schon. Normalerweise tun sie das, zumindest wenn sie dem Toten irgendeinen Wert beimessen. Doch dieses Kind wurde einfach so entsorgt. Ich war ziemlich verstört, als ich wieder zu Hause ankam, wollte jedoch die Pfarrersfrau nicht damit belasten. Erst später hatte ich Gelegenheit, Reverend Brown zu fragen, was ich da eigentlich gesehen hatte. Und was er sagte, hat mich ...« Er hielt inne und holte tief Luft, bevor er weitersprach. »Er erklärte mir, dass dieses Kind sehr wahrscheinlich ein Mädchen gewesen war. Vielleicht von einer der Dienerinnen, vielleicht sogar von den Hausbesitzern selbst. Mädchen muss man sich leisten können. Sie tragen nichts zum Haushaltseinkommen bei. Manche werden sogar von den eigenen Eltern direkt nach der Geburt getötet. Und wenn ein Mädchen stirbt, dann ist das ein bisschen so, als ob ein Hund stirbt oder eine Katze. Man ist vielleicht sogar froh darüber.«

Friederike dachte über Tobias' Worte nach. Sie erschienen ihr ungeheuerlich, passten aber genau zu dem, was Feng ihnen am Abend zuvor erzählt hatte. »Meinst du, dieses Kind, das du gesehen hast, ist an einer Krankheit gestorben?«

Tobias zuckte die Achseln. »Schwer zu sagen. Vielleicht ja. Vielleicht nein. Vielleicht wurde es getötet.«

»Getötet, weil es ein Mädchen war. Fengs Mutter hat das nicht fertiggebracht«, fasste Friederike mit leiser Stimme zusammen.

Tobias nickte. »Sie muss sich selbst in große Gefahr gebracht haben, als sie das wahre Geschlecht ihrs Kindes verschleierte.«

Friederike horchte auf. »Also glaubst du ihr? Du glaubst, dass Feng uns die Wahrheit erzählt hat?«

Tobias antwortete nicht sofort, sondern verschränkte die Arme vor der Brust und sah wieder aus dem Fenster. Friederike erhob sich und trat zu ihm. »Glaubst du ihr?«, wiederholte sie.

»Ja, ich glaube ihr«, sagte Tobias endlich. Dann wandte er sich ihr zu und zog sie an sich. »Was soll ich nur tun, Friederike?«, hörte sie ihn sagen, während sie ihr Gesicht an seiner Schulter barg. »Ich weiß es einfach nicht. Ich habe das Gefühl, mir ist mein moralischer Kompass abhandengekommen. Gestern diese Sache mit Mertens und jetzt das. Ich weiß einfach nicht mehr, was richtig ist und was falsch. Sag du es mir!«

Seine offen eingestandene Hilflosigkeit ließ Friederike ganz weich werden. Sie umarmte und küsste ihn, aber er erwiderte ihre Zärtlichkeiten nicht. Er wirkte abwesend.

»Da ist übrigens noch etwas«, sagte er. »Du kannst es genauso gut gleich erfahren.«

»Hört sich nicht so an, als wäre es eine gute Nachricht.«

»Nein.« Tobias löste sich von ihr, ging zum Schreibtisch und nahm einen Brief, der dort lag. Sie erkannte den Umschlag am Siegel und den fremdartigen Schriftzeichen. Natürlich, dieser Brief aus China war vor ein paar Tagen eingetroffen. Wegen allem, was geschehen war, hatte sie gar nicht mehr daran gedacht.

»Der ist doch von dem Pfarrer, bei dem du gewohnt hast?«

»Ja, Reverend Brown.«

»Was schreibt er?«, fragte Friederike, weil Tobias nicht weitersprach, sondern nur stumm den Brief betrachtete.

»Er schreibt, dass seine Frau gestorben ist.«

»Das tut mir leid. Du mochtest sie, nicht wahr?«

»Sie war sehr einsam. Sie wollte immer, dass ich ihr von Europa erzähle und von den Jahreszeiten. Wie sich im Herbst die Blätter verfärben …« Er lächelte traurig. »Doch das ist nicht alles. Reverend Brown muss diesen Brief einem der letzten Handelsschiffe mitgegeben haben, die Kanton im September verlassen haben. Er beschreibt recht genau, was geschehen ist, und er weiß gut Bescheid. Dies hier ist vermutlich um einiges weniger spekulativ als das, was bei uns in den Zeitungen steht. Die Engländer führen Krieg gegen China, und sie werden nicht so schnell aufgegeben. Reverend Brown ist der Meinung, der Konflikt könne sich über Jahre hinziehen.«

»Jahre? Aber das wäre ja furchtbar. Wieso denn so lange? In der Zeitung stand doch, die Engländer seien den Chinesen überlegen.«

»Militärisch sind sie das auch. Ich habe es mit eigenen Augen gesehen. Die Chinesen verwenden heute noch Schusswaffen wie die Portugiesen vor hundert Jahren. Aber es ist ein riesiges Land mit unfassbar vielen Menschen. Die Prosperität ist groß, die Bevölkerung gut genährt. Es wird dauern, China zu unterwerfen. Wir werden uns auf einen langandauernden Konflikt einstellen müssen.«

»Und dass alles nur wegen des Opiums?«

»In erster Linie geht es natürlich um Tee. Die Chinesen glauben, dass die Engländer ohne Tee nicht leben könnten und dass sie dadurch ein Druckmittel in der Hand haben. Daher haben sie sich auch nie auf einen fairen Handel eingelassen, sondern die Preise diktiert. An europäischen Handelsgütern haben sie wiederum nie Interesse gezeigt – und da kommt das Opium ins Spiel.«

»Opium ist ja nun nicht gerade ein europäisches Handelsgut.«

»Aber die britische Ostindienkompanie kann es problemlos in großen Mengen aus Bengalen beschaffen. Die Chinesen kannten Opium zwar zuvor auch schon, aber sie hatten nicht solche Mengen zur Verfügung und nicht eine solche Qualität. Doch nun, wo es immer mehr Süchtige im Land gibt, wollte die chinesische Regierung dem Ganzen ein Ende setzen. Der Handel mit Opium und schließlich auch der Schmuggel sind dadurch unmöglich geworden – und die Engländer haben kein Zahlungsmittel mehr.«

»Aber was bedeutet das alles nun für uns? Was meinst du, wie es weitergehen wird?«

»Es bedeutet, dass die Teepreise weiter steigen werden. Genau wie die Preise für alle anderen Produkte, die wir importieren. Ich habe es schon zu spüren bekommen, und das war erst der Anfang. Die Ostindienkompanie hat zwar riesige Vorräte an Tee in London eingelagert, doch die kommen natürlich zuallererst den Briten selbst zugute.«

Friederike nickte. Mit einer Sache hatten die Chinesen recht: Die Engländer waren wirklich süchtig nach Tee. Auf der Insel hatte Tee teilweise die Bedeutung bekommen, die Alkohol zuvor innegehabt hatte, weswegen die britische Regierung den Teehandel so sehr unterstützte. Tee sollte die Menschen zu einem gesünderen Leben erziehen. Davon waren sie in Deutschland weit entfernt. Wem hier das Bier ausging oder wem Wein zu teuer war, der trank Apfelwein. Oder eben Kaffee.

Friederike betrachtete nachdenklich ihren Mann, der wieder den Brief studierte, den er in der Hand hielt. Dieser Krieg war eine entsetzliche Bedrohung für ihr Geschäft. Und doch – bei allem Unglück – war sie froh und stolz, dass Tobias sie einbezog. Es war ihm vielleicht gar nicht einmal aufgefallen, aber er teilte seine Sorgen mit ihr. Er sprach mit ihr auf Augenhöhe.

Sie trat zu ihrem Mann und gab ihm noch einen Kuss auf die Wange. »Lass uns frühstücken. Nur du und ich. Und dann reden wir noch einmal mit Feng.«

»Wollte Nicolaus denn noch weiter nach Mertens suchen?«, fragte Friederike, als sie eine halbe Stunde später im Speisezimmer saßen.

Die Kinder lagen noch in ihren Betten. Es gab keinen Grund, sie zur Eile anzutreiben.

Tobias legte die Zeitung beiseite, hinter der er sich verschanzt hatte. »Nein, er hat auch aufgegeben.«

»Ich glaube, es ist besser so.«

»Das hast du vorhin schon einmal gesagt. Wieso eigentlich? Tut er dir wirklich leid? Das nehme ich dir nicht ab.«

Friederike dachte wieder an die Briefe. Aber es gab noch etwas anderes, was ihr an der Vorstellung missfiel, dass ihr Schwager und ihr Mann Mertens tatsächlich aufspürten. »Weil ich keine Idee habe, wie man ihn vor Gericht bringen soll, ohne die Sache mit den Shunga wieder auszugraben. Es würde garantiert nicht nur im Gerichtssaal bleiben. Andere würden davon erfahren, und diese Sache wäre auf ewig mit dem Namen Ronnefeldt verbunden. Es würde dem Geschäft mehr Schaden als Nutzen bringen.«

»Hm, womöglich hast du sogar recht«, sagte Tobias nachdenklich. »So habe ich es noch gar nicht gesehen.«

»Das war, von Anfang an, der Grund, weswegen ich Nicolaus gebeten hatte, Mertens einfach nur fortzujagen. Natürlich hat er eine Tracht Prügel verdient, aber wem wäre damit geholfen? Am Ende macht ihr euch noch strafbar, du und Nicolaus.«

Tobias schüttelte seufzend dem Kopf. »Wie konnten wir nur in eine solche Lage geraten?« Er griff nach dem Buttermesser. »Übrigens habe ich Nicolaus für heute zum Frühstück eingeladen. Er wollte dich etwas Dringendes fragen. Hast du eine Ahnung, worum es geht?«

Friederike fiel sofort Nicolaus' Begegnung mit Amalie wieder ein. »Eine Ahnung, ja.« Sie warf einen Blick auf die Uhr. »Dann wird er wohl bald hier sein.«

Tobias lehnte sich in seinem Stuhl zurück und trommelte mit den Fingern auf die Tischplatte. »Also, was soll ich mit Feng tun? Was rätst du mir?«

Friederike spülte den Bissen in ihrem Mund mit einem Schluck Tee hinunter. »Ich versuche, mir vorzustellen, wie es für sie sein muss, so allein in einem fremden Land.«

»Glaubst du wirklich, sie hat Angst vor mir?«

»Ob man es Angst nennen kann ... Aber gewiss schämt sie sich. Sie weiß, wie enttäuscht du von ihr sein musst. Bestimmt glaubt sie, dass du nichts mehr von ihr wissen willst.«

»Und damit liegt sie genau richtig«, brummte Tobias.

»Mir kam der Gedanke – und zwar gestern schon, als ich ihr das Kleid brachte – dass wir uns womöglich gar nicht so sehr voneinander unterscheiden.«

»Verwechselst du nicht etwas? Das denkst du doch nur, weil sie sich plötzlich als Frau herausgestellt hat.«

»Selbst wenn, dann sind eben wir Frauen uns einander ähnlich«, beharrte sie.

»Du täuschst dich, Liebes. Du kennst nur eine einzige Chinesin, aber ich bin dort gewesen. Bei aller Wertschätzung, sind sie für uns doch *Fremde,* im wahrsten Sinne des Wortes. Und wir sind das im Übrigen auch für sie.«

»Natürlich, du weißt das sicher besser als ich«, stimmte Friederike ihm zu, »aber was die Rolle der Männer und der Frauen betrifft, so gibt es durchaus Ähnlichkeiten, findest du nicht? Auch bei uns wünscht sich jeder Familienvater seinen Stammhalter, ist es nicht so? Stell dir vor, du und ich hätten nur Mädchen bekommen und es gäbe Carlchen, Wilhelm und Friedrich nicht. Wem würdest du dann deine Firma vererben?«

»Die Frage stellt sich glücklicherweise nicht. Sehr wahrscheinlich wird es Carl sein.«

Aber Friederike ließ sich nicht beirren. »Weißt du, ich denke oft darüber nach, wer das Talent, den Mut und den Fleiß für eine solche Aufgabe hat. Wenn Elise ein Knabe wäre ...«

»Jetzt hör aber auf. Das führt doch zu nichts.«

»Aber meinst du nicht auch, dass sie die passenden Eigenschaften mitbringt? Sie ist sehr klug. Zum Beispiel hat sie schneller lesen und rechnen gelernt als ihr Bruder.«

»Es gibt nun einmal Gesetzmäßigkeiten auf der Welt. Ob es uns gefällt oder nicht, sie sind gottgewollt. Die Unterschiede zwischen Männern und Frauen gehören dazu. Man kann auch keiner Katze beibringen, wie ein Vogel zu fliegen. Wenn wir nur Töchter hätten, müssten wir nach geeigneten Schwiegersöhnen Ausschau halten. Oder die Firma verkaufen.«

Nachdenklich betrachtete Friederike ihren Mann, der sich nun sorgfältig Butter auf sein Brot strich. Tobias' träumte von patenten Schwiegersöhnen, aber ihre eigenen Überlegungen gingen in eine ganz andere Richtung. Die Kinder waren noch so klein – und Tobias war krank, auch wenn er es nicht zugeben wollte. Ihr machte es so große Angst, dass sie manchmal nachts wach lag, um auf jede Veränderung in Tobias' Atemzügen zu lauschen. In manchen Augenblicken fürchtete sie sich davor, eines Tages alleine mit den Kindern dazustehen. Alleine die ganze Verantwortung tragen zu müssen ...

»Meinst du denn, *ich* könnte das?«, fragte sie in die Stille hinein.

»Was meinst du?«, fragte Tobias und griff nach der Marmelade.

»Ein Geschäft führen. Unser Geschäft führen.«

»Wie kommst du denn darauf, Liebes?« Tobias sah sie überrascht an. Doch dann legt er seine warme Hand über die ihre: »Keine Sorge, mein Vögelchen, ich gehe nicht wieder auf Weltreise. Jetzt, wo in China Krieg geführt wird.« Sein Blick verdüsterte sich bei diesen Worten. Er zog seine Hand wieder zurück.

»Und was, wenn die Lieferungen aus Asien wirklich eingestellt werden? Wie sieht es denn aus in unserem Lager? Haben wir genug Ware, um diese Krise – also, um eine gewisse Zeit zu überbrücken?«

Tobias ging nicht darauf ein. Er schüttelte nur den Kopf. »Lass das bitte meine Sorge sein«, sagte er in einem Ton, der keinen Widerspruch duldete, und widmete sich wieder seinem Brot.

Ein wenig konsterniert sah Friederike ihm dabei zu. Gerade vorhin unten im Kontor hatte sie sich noch über seine Offenheit gefreut, doch nun war es damit anscheinend schon wieder vorbei. Oder war die Lage etwa wirklich so schlimm? Sie nahm sich vor, bei Gelegenheit selbst in die Bücher zu sehen.

»Also, was machen wir mit Feng?«, kam Tobias nun wieder auf den Anfang ihres Gesprächs zurück.

»Vielleicht könntest du ihr ja eine Arbeit geben?« Friederike merkte selbst, dass es sich beinahe ein bisschen angriffslustig anhörte.

»Nein, natürlich nicht!«, sagte Tobias verärgert. »Was soll ich mit einer Frau in meinem Betrieb anfangen? Ich brauche keine Näherin oder Wäscherin. Oder willst du sie etwa als Kindermädchen engagieren? Wie würde das denn aussehen?«

»Wahrscheinlich hast du recht«, gab Friederike zu. »Aber ich habe keine Idee. Was soll aus ihr werden? Nach China kannst du sie ja nun erst recht nicht zurückschicken, jetzt, wo dort Krieg herrscht. Ganz abgesehen davon, dass sie als Frau ohnehin nicht allein reisen könnte – und dass sie keinen Kreuzer besitzt. Wir sind alles, was sie hat. Ist es da nicht unsere Pflicht, ihr zu helfen?«

Sie konnte Tobias ansehen, wie es in ihm arbeitete. Er presste die Lippen zusammen und schüttelte fortwährend den Kopf, bis er endlich mit der flachen Hand auf die Tischplatte schlug.

»Natürlich ist es unsere Pflicht. Nur, dass ich nicht so schnell eine Lösung herbeizaubern kann.«

In diesem Moment streckte Sophie den Kopf zur Tür herein. »Sollen die Kinder heute bei mir in der Küche frühstücken?«

Die Frage war nicht ungewöhnlich. Manchmal, wenn Tobias und Friederike viel zu tun hatten, hielten sie es so. Die Kinder saßen sogar gerne am Küchentisch, sie liebten Sophies Geschichten und fanden es dort gemütlich, zudem bekamen sie meistens von Sophie irgendeine besondere Leckerei zubereitet.

Friederike wollte schon zustimmen, aber Tobias winkte ab. »Nein, ich war lange fort. Sie sollen mit uns frühstücken.«

Für wenige Minuten kehrte scheinbar so etwas wie Normalität im Hause Ronnefeldt ein. Wie immer, wenn er von seinen Reisen zurückkehrte, erkundigte sich Tobias bei seinen Kindern nach den Fortschritten in der Schule, ließ sich von Carl das Einmaleins mit drei aufsagen und von Elise ihr Schulheft mit den Schreibübungen zeigen – doch Friederike spürte die wachsende Spannung im Raum – und dann erkundigte sich Elise, wo denn eigentlich Feng sei: »Darf ich sie holen gehen?«, fragte sie, während sie bereits von ihrem Stuhl rutschte.

»Ich auch«, stimmte Carlchen mit ein. Nachdem er keine Schelte, sondern Lob für sein Abenteuer mit dem *Pokturisten* geerntet hatte, sonnte er sich im Gefühl seiner neuen Bedeutsamkeit.

Im selben Moment klopfte es an die Tür. Es war Mina mit einem Paket unter dem Arm. »Entschuldigt bitte die frühe Störung«, sagte sie, sah dabei aber kein bisschen schuldbewusst aus, sondern schob sich ohne Aufforderung zu ihnen in den Raum.

»Was bringst du uns denn da?«, fragte Friederike überrascht.

»Das ist eines von meinen alten Kleidern. Es ist noch gut – aber es passt mir nicht mehr. Für – na ja, ihr wisst schon.«

»Ich weiß, das ist für Feng«, rief Elise und begann sofort am Packpapier herumzunesteln. »Darf ich es ihr bringen?«

»Nein! Elise. Carl. Jetzt setzt euch wieder hin«, sagte Friederike streng. »Wie geht es Käthchen?«, fragte sie Mina, während die Kinder sich schmollend wieder auf ihre Stühle setzten. Ihre ältere Schwester war am Tag zuvor nicht zu der Einladung gekommen, und Friederike wusste natürlich, warum. Aber Mina hatte offenbar keine Ahnung. »Sie fühlt sich immer noch nicht wohl, die Arme. Ein Katarrh«, sagte sie vollkommen arglos.

Käthchen war wahrscheinlich völlig verzweifelt. Friederike verstand, dass sie etwas bei ihrer Schwester ins Rollen gebracht hatte, indem sie ihr die Schwangerschaft so direkt auf den Kopf zugesagt hatte. Sie musste unbedingt heute noch nach ihr sehen. Doch zunächst einmal galt es, den Vormittag und das Problem mit der kleinen Chinesin zu meistern.

»Willst du mit uns frühstücken, Mina?«, fragte sie. Ihre Schwester sah nicht so aus, als wollte sie sich ohne weiteres fortschicken lassen. Die Vorgänge im Hause Ronnefeldt waren viel zu aufregend, als dass sie sich das hätte entgehen lassen.

»Also wenn dein Mann nichts dagegen hat, bleibe ich gerne.« Mina warf einen etwas scheuen Blick auf Tobias, der die ganze Zeit über geschwiegen hatte.

»Nein, hat er nicht. Schönen guten Morgen«, sagte er, legte die Zeitung endgültig beiseite und griff nach Messer und Gabel, um sich dem Rührei zu widmen, das er bis jetzt noch nicht angerührt hatte.

»Tobias, was sagst du eigentlich zu dieser ganzen Sache?« Mina, die schon dabei war, Mantel und Hut abzulegen, konnte ihre Neugier nicht mehr zügeln.

»Könnten wir das bitte verschieben? Zum einen lässt sich das nicht in einem Satz zusammenfassen, und zum anderen ...« Tobias sah bedeutsam in die Richtung der Kinder.

»Wir sind doch schon groß«, wehrte sich Elise sofort mit Empörung in der Stimme – und auch Carlchen schob die Unterlippe vor und verschränkte die Arme vor der Brust.

Dann klopfte es wieder an der Tür, und diesmal war es zu Friederikes großer Überraschung Clotilde Koch. Sie hatte ebenfalls

Gaben für Feng dabei: einen Hut, etwas Leinenwäsche, zwei Kleider und ein Paar Schuhe.

»Ich war ohnehin in der Stadt – meine Eltern haben für uns alle Plätze auf der Tribüne reserviert«, erklärte sie.

»Auf der Tribüne?«, fragte Friederike verwirrt.

»Die Gutenbergfeier!«, erinnerte Clotilde lächelnd.

»Ach, natürlich!«, sagte Friederike. Wie hatte sie das nur vergessen können, erst kürzlich war es ihr doch noch so wichtig erschienen. Die halbe Stadt würde heute auf den Beinen sein.

»Bleiben Sie doch und trinken Sie noch eine Tasse Tee mit uns, Clotilde. Sophie hat uns zum Frühstück einen Gugelhupf gebacken – sie hatte wohl ein schlechtes Gewissen wegen gestern. Mögen Sie ein Stück?«

Elise und Carlchen hatten die neuerliche Ablenkung genutzt und unbemerkt den Tisch und das Zimmer verlassen. Nun kamen sie zurück, und Elise meldete aufgeregt: »Feng ist gar nicht da.«

Friederike, die gerade damit beschäftigt war, Sophie Anweisungen zu erteilen – sie brauchten mehr Konfitüre, und die Butter war alle –, erfasste nicht sofort, was Elise eigentlich meinte, bis ihre Tochter sie am Ärmel zog und erklärte: »Mama, so hör doch. Fengs Kammer ist leer.«

»Was soll das heißen, die Kammer ist leer?«

Elise streckte ihr die Puppe mit dem Lindenholzköpfchen entgegen, die sie Feng am Abend zuvor gegeben hatte. »All ihre Sachen sind weg. Nur das Kleid und die Puppe sind noch da.«

»Alles weg«, echote Carlchen.

Friederike durchfuhr ein Schreck. Warum waren Tobias und sie nicht längst darauf gekommen, nach der jungen Frau zu sehen? Sie blickte sich zu Tobias um, der alles mit angehört hatte und sich nun im Stehen die letzte Gabel mit Rührei in den Mund schob.

»Ich werde nachsehen«, sagte er.

Friederike hatte kaum Zeit, sich um ihre Gäste zu kümmern, als vor der Tür schon wieder Stimmen zu hören waren.

»Das ist Onkel Nicolaus«, verkündete Carlchen, der mit Elise sofort hinausgerannt war, um nachzusehen, wer gekommen war.

»Und der Herr Doktor Birkholz«, ergänzte Elise.

Paul war auch hier? Hatte er etwa auch bei der Suche geholfen? Tobias hatte davon gar nichts erzählt, dachte Friederike. Sie begrüßte die Neuankömmlinge in der Diele. Beide Männer sahen übernächtigt aus.

»Ich habe dem Herrn Doktor gesagt, dass er hier etwas zu essen bekommt«, brummte Nicolaus. Friederike sah in Nicolaus' rot geränderte Augen. Er drehte verlegen seinen Hut in der Hand. Sie ahnte, welche Frage ihm auf den Lippen lag, doch er hielt sich zurück, und sie würde ihn gewiss nicht auf Amalie Stein ansprechen.

»Sie haben bereits Gäste, wie ich sehe. Das ist wirklich nicht nötig«, wandte nun Paul ein, aber Friederike bestand darauf, dass er bliebe.

»Heute gibt es Frühstück für alle«, sagte sie. Im Grunde war es ihr sehr lieb, dass sie keine Zeit zum Nachdenken hatte. Ob genug Brot da war? Auf jeden Fall musste sie zusätzliche Stühle organisieren.

»Wo steckt eigentlich dein Mann?«, fragte Nicolaus, als der Tisch gedeckt und auch sonst alles für zwei weitere Gäste bereit war.

Nicolaus hatte recht – Tobias war schon eine ganze Weile fort, fiel es nun auch Friederike auf. »Ich werde gleich mal nach ihm sehen«, sagte sie und bat Mina, die Gastgeberinnenrolle zu übernehmen.

*

Tobias stand in Fengs Kammer, durch deren Fensterchen die Strahlen der Morgensonne fielen, und betrachtete nachdenklich den chinesischen Kamm in seiner Hand. Auf dem Bett lagen die Kleidungsstücke, die Feng von Friederike bekommen hatte. Die Chinesin hatte sorgfältig darauf geachtet, keines von den Dingen mitzunehmen, die sie ihr geschenkt hatten. Er dachte an das Buch, das sie vors Kontor gelegt hatte, während ihn gleichzeitig das dumpfe Gefühl beschlich, zu nachlässig gewesen zu sein. Er hätte vorhersehen müssen, dass so etwas geschehen könnte.

Jemand kam die Treppe herauf – und dann stand Friederike in der Tür. Er brauchte ihr nichts zu erklären. Sie sah sich in dem kleinen Raum um und begriff sofort, dass Elise und Carlchen recht gehabt hatten.

»Sie ist fort«, sagte sie.

»Ja, sie ist fort«, sagte Tobias. Er legte den Kamm zurück zu den Kleidungsstücken auf dem Bett. »Sie hat sich wohl entschieden, ein Knabe zu bleiben.«

»Armes Ding«, sagte Friederike. »Wie unglücklich sie sein muss. Wirst du sie suchen gehen?«

Tobias seufzte. Es wäre das zweite Mal innerhalb von zwei Tagen, dass er versuchte, einen Menschen aufzuspüren, der nicht gefunden werden wollte. Aber hatte er eine Wahl?

»Natürlich«, sagte er. »Ich muss zumindest noch einmal mit ihr reden.«

Friederike griff nach seiner Hand. »Da bin ich froh. Ich bin sicher, gemeinsam finden wir eine Lösung für sie. Aber ich bin nicht nur deswegen gekommen. Nicolaus fragt nach dir. Und er hat Doktor Birkholz dabei.«

»Ich komme«, sagte Tobias und seufzte. Er ahnte, warum Nicolaus den Doktor mitgebracht hatte. Sicher wollte er, dass er ihn um Verzeihung bat.

Im Esszimmer herrschte eine lebhafte Stimmung, die in ihrer Vertraulichkeit an ein Familienfest erinnerte. Mina unterhielt sich mit Doktor Birkholz, Nicolaus mit Frau Koch – und der Tisch bog sich beinahe unter den vielfältigen Speisen. Sophie hatte offenbar entschieden, das Frühstück nahtlos ins Mittagessen übergehen zu lassen, denn auf dem Tisch standen unter anderem kalter Braten und Kartoffelsalat.

»Sieh mal einer an. Da ist ja endlich der Hausherr«, begrüßte ihn Nicolaus, der gerade dabei war, sich eine Portion Kartoffelsalat auf seinen Teller zu laden. Tobias legte ihm die Hand auf die Schulter und nickte zu Doktor Birkholz hinüber, der sich zur Begrüßung erhoben hatte. Verlegen bemerkte Tobias, dass der Arzt ein geschwollenes Kinn hatte. Er sah sich nach seiner Frau um, die aber beschäftigt war – und dann tat er, was er am Abend zuvor schon hätte tun sollen. Er ging zu Birkholz und nahm ihn ein Stück beiseite. »Ich muss mich bei Ihnen entschuldigen, Herr Doktor Birkholz«, sagte er so leise, dass hoffentlich niemand sonst es hörte. »Gestern habe ich mich unmöglich benommen. Ich hoffe, Sie verzeihen mir mein unbeherrschtes Verhalten. Ich hatte den Verdacht – also um ganz ehrlich zu sein, glaubte ich, Sie hätten ein Auge auf meine Frau geworfen?«

Tobias merkte selbst, wie sich seine Stimme, ohne dass er es beabsichtigt hatte, am Ende hob – und dass es sich wie eine Frage anhörte. Birkholz blickte kurz zu Boden. Als er wieder aufsah, waren sein Blick und seine Miene immer noch unergründlich.

»Entschuldigung akzeptiert«, erwiderte er und ergriff Tobias' Hand, die dieser ihm entgegenstreckte. »In diesem Fall muss ich mich bei Ihnen entschuldigen. Ich schätze und respektiere Ihre Frau außerordentlich. Falls zu irgendeinem Zeitpunkt dieser Eindruck entstanden ist, tut es mir sehr leid.«

Tobias musterte ihn scharf und hatte plötzlich dasselbe Gefühl wie schon am Abend zuvor: Er hatte recht, dachte er, Birkholz war in Friederike verliebt – und plötzlich bedauerte er seinen Ausrutscher gar nicht mehr so sehr. Er und dieser Herr Doktor würden wohl nie beste Freunde werden. Doch er wollte auch nicht, dass er zu einem Streitpunkt zwischen ihm und Friederike wurde.

»Und noch etwas. Es wäre mir wirklich sehr daran gelegen, wenn meine Frau …«, er sprach den Satz nicht zu Ende.

»Falls Sie das hier meinen«, Birkholz zeigte auf sein Kinn, »ich bin gestern Abend unglücklicherweise zwischen ein paar Betrunkene geraten, Herr Ronnefeldt.«

Tobias fiel ein Stein vom Herzen. Er warf einen prüfenden Blick zu Friederike hinüber, die inzwischen ans geöffnete Fenster getreten war und nichts von ihrer Aussprache mitbekommen hatte. Jetzt beugte sie sich halb hinaus, hing schon mit dem Oberkörper über dem Fensterbrett.

»Was machst du denn da, Liebes?« rief Tobias halb im Scherz und halb im Ernst. »Willst du dich zu Tode stürzen?«

»Natürlich nicht, komm mal her.« Sie drehte sich zu ihm um. »Komm und schau nur, wer da ist.«

Tobias trat zu ihr ans Fenster und staunte über die Menge an Menschen. »Was ist denn da draußen los? Wo wollen die denn alle hin?«

»Zur Gutenbergfeier. Aber das meine ich nicht. Sieh nur, wer da kommt!« Sie zeigte in Richtung Römer. »Da ist Frau Stein. Und siehst du auch, wer bei ihr ist?«

»Feng«, sagte Tobias verblüfft. Die Chinesin trug ihre chinesische Kleidung und den langen Zopf – und war nicht zu verwechseln. In der Menge der Leute fiel auch auf, wie klein sie war. Frau Stein hatte ihre Begleiterin fest am Arm gepackt und schien sie regelrecht hinter sich herzuziehen. Jetzt hob sie die Hand – sie hatte Friederike und Tobias am Fenster bemerkt und winkte ihnen zu.

»Frau Stein kommt auch?« Plötzlich stand Nicolaus hinter ihnen am Fenster und versuchte, Friederike über die Schulter zu sehen. Dann drängten sich auch Minchen und Carlchen dazwischen, um einen Blick auf die Szene zu erhaschen.

»Sie sind gleich da.« Friederike schloss resolut das Fenster.

Einmal mehr war Tobias von seiner Frau überrascht. Ohne zu zögern, nahm Friederike die Zügel in die Hand und dirigierte geschickt Frau Stein und Feng ins Wohnzimmer, um sich erst einmal in Ruhe erzählen zu lassen, was geschehen war. Die resolute Buchdruckerwitwe hatte die junge Frau unten am Main aufgegabelt, erzählte sie ihnen, wo sie versucht hatte, ein Boot zu finden, das sie mitnahm, egal in welche Richtung, Hauptsache fort von Frankfurt. Es war nicht einfach gewesen, sie davon abzuhalten, zumal sie sich kaum miteinander verständigen konnten. Doch am Ende hatte sie sich durchgesetzt, und Feng war mit ihr gekommen. Die größte Überraschung war jedoch, dass Frau Stein anbot, Feng zu sich zu nehmen.

»Sie kann bei mir wohnen. Mein Haus ist groß genug, ich würde mich über ein wenig Gesellschaft freuen. Außerdem brauche ich noch jemanden für den Garten.«

»Eine Chinesin als Hausgenossin, das würde sicherlich nicht unbemerkt bleiben«, wandte Friederike vorsichtig ein. »Die Leute werden reden.«

»Sollen sie reden, das bin ich gewohnt. Und irgendwann gewöhnen sich die Leute daran«, erklärte Frau Stein. »Trotzdem dürfte es in Offenbach einfacher für sie sein als hier in Frankfurt, wo sie jeder als junger Mann kennt. Denn darauf bestehe ich: Feng muss als Frau leben.«

»Natürlich«, sagte Friederike.

»Und sie muss noch besser Deutsch lernen. Ich brauche jemanden, der ihr Unterricht erteilt. Am besten jemand, der Englisch kann.«

»Wir könnten Frau Koch bitten«, schlug Friederike vor. »Sie spricht ausgezeichnet Englisch. Was meinst du dazu, Tobias?«

Mit wachsendem Erstaunen hatte Tobias dem Gespräch zugehört. Wie einfach sich plötzlich alles anhörte! Wenn Feng erst einmal aus dem Gesichtsfeld der Frankfurter verschwand, wäre das eine gute Sache. Sie würden zwar trotzdem tratschen – die ganze Angelegenheit aber auch sehr viel schneller vergessen.

»Sie und Ihre Frau müssten natürlich einverstanden sein, Herr Ronnefeldt«, sagte nun auch Frau Stein.

Sein Blick fiel auf Feng. »Was sagt sie denn eigentlich dazu?«

»Ich hatte zwar durchaus den Eindruck, dass sie mich verstanden hat, aber vielleicht erklären Sie es ihr noch einmal selbst.« Frau Stein legte Feng die Hand auf den Rücken, um sie zu ermutigen.

Feng hielt den Kopf gesenkt, sie wagte kaum, ihn anzusehen. Doch als Tobias ihr nun auf Englisch auseinandersetzte, dass sie bei Frau Stein ein neues Zuhause bekommen sollte, blickte sie auf.

»But you must live as a woman. Und keine Geheimnisse mehr. No secrets anymore«, fügte er hinzu.

»No secrets anymore«, wiederholte Feng, und ihrer Miene, die alles in allem so schwer zu lesen war, sah man an, wie bewegt sie war. Sie legte die Handflächen aneinander und verbeugte sich so tief vor Tobias, dass dieser schon den Impuls verspürte, ihr aufzuhelfen – und dann verbeugte sie sich vor Friederike und vor ihrer Wohltäterin Frau Stein.

»No secrets«, wiederholte sie, und Tobias fühlte, wie ihn selbst die Rührung übermannte. Ob Frau oder Mann – er würde Feng vermissen.

Ich lege mein Schicksal in Gottes Hand

Düren, 27. Juni 1840

Ambrosius erhielt Käthes Brief frühmorgens, als er mit seinem Vater im Frühstückszimmer saß. Seine Mutter war nicht dabei. Sie ließ sich die erste Mahlzeit des Tages wie stets im Bett servieren.

Anders als das Speisezimmer mit dem schweren dunklen Mobiliar, war das nach Osten ausgerichtete Frühstückszimmer in hellen Farben eingerichtet. Davor lag eine Terrasse mit Steinbalustrade. Die hohe Glastür, durch die man sie hätte erreichen können, war jedoch meistens fest verschlossen, da Ambrosius' Eltern nichts mehr fürchteten als Zugluft. Glücklicherweise hielt ein Balkon über der Terrasse die Sonnenstrahlen fern, die der Seidentapete, den Bildern und den Möbeln geschadet hätten, so dass die Vorhänge beiseitegeschoben waren. Man konnte ungehindert hinaus über die Wiesen und Felder schauen und bis zum Wald hinüber, der Ambrosius' liebster Zufluchtsort war. Dies war der Grund, warum er dieses Zimmer von allen im Haus am meisten mochte.

Ambrosius' Vater, Hieronymus Körner, war noch immer anzumerken, dass der Schlag ihn vor zwei Jahren getroffen hatte. Sein linkes Auge und sein linker Mundwinkel hingen ein wenig herunter, und er musste sich während des Essens häufig Speisereste vom Kinn wischen, mit rechts, denn auch seinen linken Arm und die Hand konnte er nur noch eingeschränkt benutzen. Jeden Abend quälte er sich die Treppe hinauf, um in sein Schlafzimmer zu gelangen, und am Morgen wieder hinunter. Dabei hätte es auch im Erdgeschoss des weitläufigen Herrenhauses Räume gegeben, die sich für private Zwecke hätten umfunktionieren lassen können. Aber er bestand darauf, dass alles so blieb, wie es war. Und dazu gehörte auch, sich mit seinem Sohn in den Haaren zu liegen.

An diesem Morgen drehte sich ihre Auseinandersetzung um den Stallmeister, den sein Vater über den grünen Klee lobte, während Ambrosius mit den Leistungen unzufrieden war. Der Mann war von einem großen ostpreußischen Gut zu ihnen gekommen – sicherlich vier- oder fünfmal größer als ihr eigener Besitz – und hatte dort für eine Adelsfamilie gearbeitet, was ihn in den Augen seines Vaters per se qualifizierte. Hieronymus Körner hielt viel auf den Zweiten Stand. Auch die Tatsache, dass er das Rittergut, auf dem sie lebten, vor dreißig Jahren einer mittellosen Patrizierfamilie abgekauft hatte, die es zuvor völlig heruntergewirtschaftet hatte, konnte daran nichts ändern. Wie auch immer. Was den Stallmeister betraf, war Ambrosius jedenfalls anderer Meinung als sein Vater. Er hielt den Mann schlicht für unfähig.

Der Diener trat ein und reichte Ambrosius Käthes Brief zusammen mit der Morgenzeitung auf einem Tablett. Ambrosius nahm beides entgegen. Er öffnete Käthes Briefe normalerweise nie bei Tisch. Warum er es ausgerechnet an diesem Tag tat, wusste er selbst nicht so genau. Vielleicht weil in diesem Moment eine ungemütliche Stille zwischen ihm und seinem Vater eingetreten war. Man hörte nur das malmende Geräusch, das der kauenden Kiefer seines Vaters verursachte. Ambrosius griff nach dem Umschlag, schlitzte ihn mit dem bereitliegenden silbernen Brieföffner auf und zog das eng beschriftete Blatt Papier hervor. Und nachdem er Käthes Zeilen gelesen hatte, war nichts mehr wie zuvor.

Er hatte an diesem Morgen ohnehin ausreiten wollen, doch nun hielt es ihn keinen Moment länger im Haus. Ohne ein Wort des Abschieds stürzte er aus dem Zimmer. Minuten später war er im Stall und entschied sich für einen ungestümen Hengst, der ein Neuzugang war. Er hatte die letzten Wochen damit zugebracht, dem Tier ein wenig Disziplin beizubringen, doch eigentlich war es noch nicht so weit. Ambrosius sattelte das Pferd wie immer selbst und ritt los.

Er brauchte nicht lange bis zur Marienkapelle, die zum Rittergut gehörte und hinter dem Wäldchen auf einem Hügel lag. Es war ein Backsteinbau wie das Herrenhaus selbst, mit schiefergedecktem Dach und einem kleinen Glockenturm. Er sprang vom Pferd, machte es neben dem Eingang fest und ging hinein. Im Inneren war es dämmrig und still. Er kniete sich in die vorderste Bank, legte die Stirn gegen die gefalteten Hände und wartete darauf, dass seine Gedanken sich klärten. Vergeblich. Er versuchte zu beten, doch die Worte wollten nicht kommen.

Dann zog er Käthes Brief noch einmal aus seiner Westentasche hervor.

Was bleibt mir? Doch nur das eine. Ich lege das Schicksal unseres Kindes und mein eigenes in Gottes Hand.

Er las den Brief wieder und wieder, bis ihm die Zeilen vor den Augen verschwammen. Käthe beschämte ihn mit ihrer Gottesfürchtigkeit. Und doch, war es nicht in Wirklichkeit ein Hilferuf? Vielleicht wusste sie es nicht, aber Gott konnte sie nicht beschützen. Dazu war niemand in der Lage, außer ihm selbst. Und er würde sie ganz gewiss nicht im Stich lassen.

Er faltete das Papier mit zittrigen Fingern und steckte es wieder ein. Im Aufstehen fiel sein Blick auf die barocke Marienstatue, die vor ihm in einer Nische stand. Er ging zu ihr hin und betrachtete das Gesichtchen aus der Nähe. Ernster Blick, rosige Wangen. Sie hatte eine Krone auf dem Haupt, und das Christuskind, das sie auf dem Arm trug, hatte einen Reichsapfel in der Hand. Die Farben wirkten frisch. Sein Vater hatte die Statue immer wieder überholen lassen. Er streckte die Hand vor und zeichnete mit den Fingern die

Falten ihres Gewands nach. Dann versuchte er, die Statue zu bewegen, doch sie war mit einer unsichtbaren Befestigung gesichert. Er zog stärker, ruckelte an der Figur, wandte seine gesamte Kraft auf – und dann hielt er sie endlich in den Händen. Sie fühlte sich erstaunlich leicht an. Er betrachtete sie noch einmal, das goldene Gewand mit dem verschwenderischen Faltenwurf, das Jesuskind mit den drallen Armen und Beinchen, und dann hob er die Figur hoch über den Kopf und zerschmetterte sie mit aller Kraft, die er aufbringen konnte, auf dem Boden. Sie zerbrach mit einem dumpfen Laut in vier Teile. Ein paar weiße Splitter stoben davon. Die Figur war aus Gips. Sein Vater musste das Original irgendwo im Herrenhaus aufbewahren. Verbittert wandte Ambrosius sich ab. Das Katholische – es klebte an ihm wie ein Fluch.

Der Hengst tänzelte nervös, als er seinen Reiter wiedersah. Der Lärm hatte ihn offensichtlich verstört. Ambrosius versuchte nur halbherzig, ihn zu beruhigen. Rasch schwang er sich wieder in den Sattel.

Vorhin waren sie nur getrabt, doch jetzt ließ er das Tier galoppieren. Links und rechts flogen Bäume an ihm vorbei. Ein querliegender Baumstamm auf dem Weg, ein bekanntes Hindernis. Ambrosius drückte die Fersen in die Flanken des Tieres, ohne Probleme setzten sie darüber hinweg. Zu immer größerer Eile trieb Ambrosius den Hengst an. Der Weg wurde schmaler, verzweigte sich und Ambrosius entschied sich für den rechten Pfad. Hier gab es keine besonderen Gefahrenstellen und überhaupt, bisher hatte das Tier noch jedes Hindernis ohne Probleme gemeistert. An einer Stelle querte ein kleiner Bachlauf den Weg, das Rinnsal hatte den Boden aufgeweicht. Auch diesmal wollte Ambrosius das Pferd springen lassen – doch plötzlich scheute es und bäumte sich wiehernd auf.

Ambrosius hatte keine Chance, jeder Versuch, sich im Sattel zu halten, war zwecklos, also versuchte er, zumindest den Sturz abzufangen. Er drehte sich in der Luft und nahm einen großen bemoosten Stein wahr, der am Wegrand lag. Es war das Letzte, was er sah, bevor er bewusstlos wurde.

Unser Tee reicht noch für ein halbes Jahr

Frankfurt, 23. August 1840

Liebes Käthchen,
Dein Brief hat mich tief betrübt. Es muss schrecklich für Dich sein,
dass du so im Ungewissen lebst, und dass Du nicht bei ihm sein darfst.
Könnte ich nur kommen, um Dich ein wenig aufzumuntern,
aber ich kann hier unmöglich weg. Ich bin nur froh, dass Du in den
Meyers solch treue Freunde hast. Sie sind Gold wert. In dem Paket mit
Deinen Sachen findest Du auch einen gestickten Schellenzug. Bitte gib
ihn weiter als ein Geschenk von mir, wenn es Dir passend erscheint.
Aber entscheide selbst. Vielleicht ist es ja auch nicht das Richtige.
Hier geht alles seinen Gang. Elise leidet sehr unter Langeweile,
sie hasst so ziemlich alles im Haus, was ich ihr vorschlage. Nur die
Violine gefällt ihr. Sie ist so begabt, ich wünschte nur, Tobias würde
sehen wie sehr. Sie vergöttert ihn – er sie ja auch, aber ich glaube
trotzdem nicht, dass es gut ausgehen wird mit den beiden,
sobald sie älter wird. Sie ist so eigensinnig.
Was Tobias' Husten betrifft – Du kannst es dir denken.
Wir reden über Ems, aber ich glaube nicht, dass er wirklich fahren
wird. Er ist ein solcher Sturkopf, wenn ich auch zugeben muss,
dass ich froh bin, ihn hierzuhaben. Er soll jetzt inhalieren
(ich habe heimlich Birkholz nach einem Mittel gefragt, es hilft sogar,
glaube ich, aber Tobias darf nicht wissen, dass es von ihm kommt).
Carlchen war recht vorlaut in letzter Zeit. Tobias lässt es ihm durch-
gehen. Ich sage nichts dazu – oder wenig. Nur wenn er es zu arg treibt.
Wilhelm ist süß und lieb. Kürzlich hat er mir ein paar Brombeeren

mitgebracht, ganz zerdrückt von seiner kleinen Faust. Das ganze Kind war schwarz und blau – und doch hätte ich ihn einfach nur knuddeln können. Alle sind gesund und lieben es, im Gartenhaus zu sein. Papa wird ganz milde auf seine alten Tage, wer hätte das gedacht. Aber gegen Abend ist er jetzt oft verwirrt, Du hattest es gesagt, und nun ist es mir auch aufgefallen.

Was das Geschäft betrifft, so hat Herr Meyer recht (ich wusste gar nicht, dass Theologen sich auch für solche Dinge interessieren), wir haben Grund zur Sorge, sind aber nicht ohne Hoffnung. Ich habe die Bücher durchgesehen und bin sogar selbst ins Lager gegangen. Unser Tee reicht noch für ein halbes Jahr. Die Nachrichten aus London, überhaupt aus allen Häfen, sind schlecht. Aus China kommen kaum noch Waren an – und die, die ankommen, sind so teuer, dass es ein Ding der Unmöglichkeit ist. Um 300 bis 400 Prozent ist der Wert gestiegen. Aber Tobias gibt sich zuversichtlich. Wir kaufen jetzt westindische Waren, und aus Amerika kommen Kakao und Kaffee, wenn auch aus keiner Ecke der Welt Tee. Ich habe schon angefangen zu sparen – mir soll er nicht ausgehen. Bei uns kommt jetzt bis auf weiteres ein Löffel weniger in die Kanne. Tobias lacht mich aus deswegen, aber mir ist es egal. Und stell Dir vor: Er hat mir inzwischen offiziell die Prokura erteilt. Es freut mich sehr, doch ein wenig beklommen macht es mich auch, aus den genannten Gründen.

Nicolaus plant übrigens – jetzt wirklich! –, ganz groß seinen fünfzigsten Geburtstag zu feiern. Im Weidenbusch! Er könnte aber auch nur DIE EINE einladen, das würde ihn genauso glücklich machen und wäre auf jeden Fall billiger. Das Fest wird uns allen guttun, darum freue ich mich darauf, nur Dich werde ich vermissen. Ich soll übrigens ein Duett spielen, Piano und Violine mit Paul Birkholz. Ja, ich weiß, was Du denkst, aber Tobias hat bis jetzt nichts dazu gesagt. Offiziell weiß ich ja nicht einmal, wie wenig er Paul leiden kann. Ach, Käthchen, ich schreibe so viel von Frankfurt und weiß doch, dass

Dein Herz ganz woanders ist. Und dass Du am liebsten ganz woanders wärest. Ich bete jeden Tag, dass Dein Ambrosius sich erholt, das muss doch etwas nützen! Gut, dass Meyer den Kontakt hält, so wirst Du es erfahren. Er wird Dich nicht im Unklaren lassen. Und ich weiß, Deine treue Caroline wird Dir zur Seite stehen, egal was kommt. Dass ich für Dich bete, muss ich nicht extra schreiben. Jede Stunde wünsche ich mir vom lieben Gott für Dich nur das Beste. Für Dich und … Ich bin in Gedanken immer bei Dir.
Gott beschütze Dich.
Deine Friederike

Bleibst du jetzt für immer bei uns?

Frankfurt, 17. September 1840

»Herzlichen Glückwunsch zum Geburtstag, Onkel Nicolaus!« Elise reckte sich auf die Zehenspitzen, drückte ihrem Onkel einen Kuss auf die Wange und reichte ihm das Wiesenblumensträußchen, das sie für ihn gepflückt hatte. Er nahm es und machte ihr ein Kompliment für ihre Haarschleife, dann hatte er schon keine Zeit mehr für sie und musste sich dem nächsten Gratulanten zuwenden.

Elise schlenderte davon. Ihr Onkel war gut gelaunt, so wie immer, wenn Frau Stein in der Nähe war – und an diesem fünfzigsten Geburtstag war sie selbstverständlich auch da. Ob ihr Onkel und die Frau Stein, zu der sie nun Tante Amalie sagen durfte, denn jetzt heiraten würden, hatte sie ihre Mutter gefragt. Doch die hatte den Kopf geschüttelt und gesagt: »Das ist kompliziert.« Genau das, was Erwachsene immer sagten, wenn sie keine Lust hatten, etwas zu erklären.

Vielleicht hatte es ja etwas mit der Chinesin zu tun, die jetzt bei Tante Amalie lebte. Elise fand es sehr schade, dass Feng nicht mehr bei ihnen wohnte, sondern in Offenbach. Sie fand sie so hübsch. Außerdem hätte sie zu gerne gewusst, wie es war, ein Junge zu sein. Sie hatte Carlchen schon einmal danach gefragt, doch der verstand die Frage gar nicht. Aber Feng musste es doch wissen. Doch Tante Amalie hatte Feng heute leider nicht mitgebracht. Sie sei zu schüchtern, hatte sie Elise erklärt und sie eingeladen, sie ganz bald einmal zusammen mit ihrer Mutter in Offenbach besuchen zu kommen.

Elise schlängelte sich zwischen den Geburtstagsgästen hindurch, die freundlich zu ihr hinunterlächelten, sie jedoch weiter nicht beachteten. Ihr Onkel hatte für das Fest den großen Saal im *Weidenbusch* gemietet, und sehr viele Leute waren gekommen – und bald würden alle an der langen geschmückten Tafel sitzen und essen und wahrscheinlich auch Reden halten. Das war der langweilige Teil. Elise würde wohl niemals verstehen, was Erwachsene daran spannend fanden.

Von ihren Geschwistern waren heute nur Carlchen und Wilhelm dabei, doch die waren irgendwo anders und machten bestimmt wieder einmal Blödsinn, für den sie sich schon zu alt fühlte. Helene, das Kindermädchen, war wahrscheinlich damit beschäftigt, die beiden wieder einzufangen, um sie zu maßregeln, weswegen es ja zum Glück auch niemanden gab, der auf sie aufpasste. Besser so. Sie war zu alt für eine Kinderfrau, fand sie.

Drüben stand ihre Tante Mina und unterhielt sich mit einer Dame in einem fliederfarbenen Kleid und einem Herrn mit hohem Kragen und ganz ohne Kinn. Tante Käthchen war gar nicht da. Sie war schon ganz furchtbar lang verreist. Elise fand das komisch, und ihre Mama guckte auch immer komisch, wenn sie von Tante Käthchen sprach. Gelangweilt schlenderte Elise weiter – und sah dann ihren Vater ganz allein am Fenster stehen. Sie ging rasch zu ihm. Er strich ihr zur Begrüßung übers Haar.

»Na, mein Lieschen.«

»Ist fünfzig eigentlich sehr alt?«, fragte sie und stemmte sich hoch, um sich auf das breite Fensterbrett zu setzen, so dass sie beinahe so groß war wie er. Jetzt hatte sie endlich einen Überblick über den ganzen Saal.

»Mit fünfzig ist man nicht mehr ganz jung, aber auch noch nicht sehr alt. Mittelalt, das trifft es am besten.«

»Bist du auch mittelalt?«

»Stell dir vor, ich bin sogar fünf Jahre jünger als dein Onkel.«

»Und warum hat Onkel Nicolaus keine Frau und keine Kinder?«

Ihr Vater zuckte die Achseln. »Es war eben nie die Richtige dabei.«

»Ist Tante Amalie die Richtige?«

»Mal schauen. Das ist kompliziert …«

»Ich weiß, das sagt Mama auch«, sagte Elise resigniert. Dann fiel ihr noch etwas ein: »Aber wer bekommt die Schreinerei, wenn Onkel Nicolaus keine Kinder hat?«

»Lass ihn das bloß nicht hören.« Ihr Vater lachte. »Er hat sicher nicht vor, so bald aufzuhören.«

»Aber du denkst doch auch ständig darüber nach. Du sagst immer, dass Carlchen oder Wilhelm irgendwann das Geschäft übernehmen sollen.«

»Na ja, *ständig* denke ich nicht darüber nach. Ab und zu eben. Und es ist nur gut, wenn deine Brüder sich frühzeitig darauf vorbereiten können, eines Tages der Firma Ronnefeldt vorzustehen. Bis dahin müssen sie freilich noch viel lernen.« Er seufzte – und dann musste er husten.

»Mama macht sich Sorgen. Sie sagt immer, dein Husten hört sich nicht gut an«, sagte Elise, als er wieder Luft bekam und sein Taschentuch wegsteckte.

»Sagt sie das«, sagte ihr Vater lachend und kniff ihr leicht in die Wange. »Aber zerbrich du dir nicht auch noch den Kopf deswegen. Es reicht, wenn deine Mutter das tut.«

Elise dachte einen Moment nach. »Ist Mama für dich *die Richtige*?«, fragte sie.

»Aber natürlich! Sie ist mehr als das. Sie ist nicht nur meine Frau – und eure Mama –, sondern auch für das Geschäft unentbehrlich.«

»Und sie hat sogar einen eigenen Laden in Wiesbaden.«

»Sagt sie das so? Dass sie einen eigenen Laden hat?«

Elise dachte nach. »Weiß nicht. Ich dachte halt.«

»Deine Mutter ist jedenfalls ganz schön patent, Lieschen. Und wenn du eines Tages einen Kaufmann heiratest, wirst du ihm genauso zur Seite stehen wie sie mir.«

»Ich fürchte, das kann ich nicht«, sagte Elise mit einem tiefen Seufzer.

»Nicht dein Ernst, Lieschen. Alle jungen Mädchen wollen heiraten.«

»Aber ich glaube nicht, dass Carlchen und Wilhelm ohne mich zurechtkommen werden.« Sie hatte ihre Brüder am anderen Ende des Saals erspäht, die sich einen Spaß daraus machten, die hilflose Kinderfrau an der Nase herumzuführen, die sie an einer ganz anderen Stelle suchte. Ihr Vater folgte ihren Blicken und lachte auf.

»Na ja, irgendwann werden die beiden hoffentlich erwachsen. Ich war auch ein rechter Kindskopf, weißt du. Und wenn du deine Mutter fragst, dann bin ich es manchmal heute noch.«

»Wilhelm hat gesagt, er bewundert die Metzger wegen ihrer großen Äxte, die sie am Gürtel tragen. Aber ich habe Angst vor denen. Einen Metzger könnte ich nie heiraten.«

»Das will ich hoffen!«

»Wolltest du immer Kaufmann werden?«

»Nein. Als ich so alt war wie du, dachte ich, dass ich einmal großer Naturforscher sein werde und immerzu in ferne Länder reise.«

»Und warum bist du es nicht geworden?«

Ihr Vater dachte einen Moment lang nach. »Eine Zeitlang war ich es sogar, ein bisschen jedenfalls«, sagte er schließlich. »Aber weißt du, ich hätte immerzu fort sein müssen – dabei habe ich doch eine so wunderbare Familie zu Hause.« Er legte ihr den Arm um die Schultern, und sie lehnte sich an ihn.

»Wirst du noch mal nach China fahren?« Sie hatte zwar nur eine dunkle Erinnerung an die Zeit, in der ihr Vater diese große Reise unternommen hatte, aber sie wusste, dass sie ihr endlos lang erschienen war.

»Nein, ganz gewiss nicht«, sagte ihr Vater und drückte sie an sich.

»Fährst du nicht wegen dem Krieg?« Elise zog ihre Nase kraus.

»Was weißt du denn vom Krieg, Lieschen?«

»Das steht in der Zeitung. Mama hat dem Doktor Birkholz aus der Zeitung vorgelesen«, belehrte Elise ihren Vater.

»Vorgelesen hat sie ihm?« Ihr Vater schüttelte den Kopf. Er schien nicht erfreut zu sein. Sein Blick glitt suchend über die Geburtstagsgäste, doch Elise war mit ihrem Wissen noch nicht am Ende: »Ist das denn ein großes Problem, wenn der Tee *unerschwinglich* ist?«, fragte sie. Sie war sehr stolz darauf, dass sie sich das Wort gemerkt hatte, wenn sie auch nicht so genau verstand, was es bedeutete.

»Jetzt hör aber auf, Lieschen«, ermahnte sie der Vater. »Der Krieg ist nichts für Kinder und so ein Zeitungsbericht nichts für deine Ohren. Da muss ich wohl mal mit deiner Mutter reden. Wo ist sie eigentlich? Ich kann sie nirgendwo sehen.«

»Sie und Herr Birkholz wollten noch mal das Stück durchgehen, das sie für Onkel Nicolaus einstudiert haben«, gab Elise gelangweilt Auskunft. Sie wusste, dass ihre Mutter deswegen aufgeregt war, dabei verstand sie überhaupt nicht, wieso. Sie hatte die Sonate für Violine und Klavier jetzt schon so oft gehört, dass sie das Gefühl hatte, sie selbst spielen zu können. Ihr Vater schien das ähnlich zu sehen.

»Was denn, schon wieder?«, fragte er und runzelte die Stirn.

Elise zuckte die Schultern. Sie wollte nicht über ihre Mutter reden, wo sie doch endlich mal wieder den Vater ganz für sich allein hatte. »Bleibst du jetzt für immer bei uns?«

»Außer, wenn ich zum Einkaufen noch London muss oder nach Amsterdam natürlich.«

»Natürlich«, wiederholte Elise zufrieden. Diese Städtenamen hatten einen fremd-vertrauten Klang für sie. So recht konnte sie sich zwar nichts darunter vorstellen, wusste jedoch immerhin, dass man in London Englisch sprach – und dass ihr Vater immer etwas Hübsches für sie von seinen Reisen mitbrachte.

»Darf ich irgendwann einmal mit dir fahren?«

»Du bist ja auf einmal so abenteuerlustig, junge Dame«, sagte ihr Vater und stupste mit dem Finger auf ihre Nasenspitze.

»Das Meer würde ich sehr gerne einmal sehen. Mama übrigens auch. Das hat sie mir gesagt.«

»Hat sie das?« Sie spürte seine warme Hand auf ihrer Schulter und sah zu ihm auf. »Und wer hält hier in Frankfurt die Stellung, wenn wir alle nicht da sind?« Er lächelte zu ihr hinunter.

Elise zuckte die Schultern. »Carlchen und Wilhelm vielleicht?«

»Ich dachte, du wolltest auf sie aufpassen«, neckte er sie.

»Stimmt«, sagte Elise und zog wieder die Nase kraus, während sie nachdachte. Feng fiel ihr ein. Sie freute sich darauf, sie wiederzusehen. Das war zwar keine Reise ans Meer, aber sie konnte wenigstens zu Tante Amalie nach Offenbach fahren.

»Ich glaube, ich heirate einmal einen Naturforscher und reise mit ihm um die Welt.«

»Das hört sich nach einem guten Plan an. Ich glaube beinahe, du kommst nach deiner Frau Mama.«

Sie sah wieder zu ihm auf und folgte seinem Blick. Ihre Mutter war hereingekommen und stand zusammen mit Doktor Birkholz neben dem Eingang zum Saal. Er hatte anscheinend einen Witz gemacht, denn plötzlich lachte sie ganz fröhlich. Dann hob Mama die Hand und winkte herüber.

Elise winkte zurück, schlang beide Arme um ihren Vater und drückte ihn ganz fest.

Nachwort

Friederike Ronnefeldt, *Die Teehändlerin*, fürchtet sich ein bisschen vor dem, was ihr die Zukunft bringen wird – und heute wissen wir, dass ihre Sorgen sehr berechtigt waren. Trotzdem ging die Geschichte der Firma weiter, weshalb auch der nächste Band der Ronnefeldt-Saga schon in Planung ist; und trotz aller Schwierigkeiten, mit denen Friederike und Tobias Ronnefeldt damals zu kämpfen hatten, existiert das Unternehmen heute, zweihundert Jahre später, immer noch.

Doch auch wenn die Geschichte sich an historischen Fakten und biographischen Daten orientiert, hat die Saga nicht zum Ziel, die Leben dieser Menschen präzise nachzuzeichnen. Vielmehr geht es darum, die damaligen Lebensverhältnisse und ein Stück Teehandelsgeschichte anschaulich und erlebbar zu machen. Denn in diesem Sinne ist dieser Roman tatsächlich wahr. Die Freie Stadt Frankfurt und ihre Bewohner, von denen viele im Roman einen kleinen oder auch größeren Auftritt haben, ist darum auch eine Hauptdarstellerin dieser Geschichte. In dem Zusammenhang sei darauf hingewiesen, dass das dreitägige Frankfurter Sängerfest von 1838 wirklich stattgefunden hat. Es war, ebenso wie die Gutenbergfeier von 1840, zu der immerhin 30 000 Menschen kamen, ein bedeutendes Ereignis für die liberaldemokratische Bewegung.

Man weiß genau, wo das Stammhaus der Ronnefeldts stand, denn obwohl Frankfurt im Zweiten Weltkrieg fast vollständig zerstört wurde, sind die Straßennamen heute noch größtenteils dieselben. Historische Fotos, Stadtpläne und das Altstadtmodell im Historischen Museum Frankfurt geben einen Eindruck davon, wie die Stadt damals ausgesehen hat. Wie es sich für die Bewohner angefühlt haben könnte, darin zu wohnen, vermitteln zeitgenössischen Berichte und Erzählungen. Nur dass die Menschen damals selten im Sinn hatten, ihren Alltag in allen Einzelheiten zu schildern, weswegen auch wieder vieles der Phantasie überlassen bleibt.

Fest steht, dass sich in dieser Zeit, die wir heute auch als Biedermeier kennen, in ganz Deutschland der Kern der bürgerlichen Gesellschaft herausbildete. Das Vereinswesen spielte dabei eine bedeutende Rolle, denn daraus entstanden später die Parteien. Zensur – und wie man sie unterläuft – war allgegenwärtig. Und Frauen mussten im 19. Jahrhundert womöglich noch stärker als zuvor um ihre Rechte fürchten. Der Zeitgeist wendete sich gegen die Selbstbestimmung der Frauen, denn das bürgerliche Ideal der Kleinfamilie bedeutete gleichzeitig das Aus für die großen Kaufmannsfamilien früherer Jahrhunderte, in denen Unternehmertum und Familie weniger stark getrennt gewesen waren und Frauen eher noch Aufgaben mitübernahmen, die eigentlich die Männer innehatten.

Zeitgeschichtlich gesehen, befanden sich Friederike und ihr Mann Johann Tobias Ronnefeldt also in einer Übergangszeit, die in der zweiten Hälfte des 19. Jahrhunderts zu einer nahezu völligen Berufslosigkeit der Frauen führte – wohlgemerkt in den gebildeten, bürgerlichen Familien. Denn es gab ja eine ausgeprägte Klassengesellschaft, die auch von fortschrittlichen Denkern nur in Ansätzen hinterfragt wurde, und es gab hartarbeitende Frauen in den unteren Schichten.

Was also ist von Friederike Ronnefeldts Erlebnissen tatsächlich wahr? Wir wissen nicht genug über ihre Jugend, um sagen zu können, ob sie als junges Mädchen verführt wurde. Was man aber in der Familie sehr wohl über sie weiß, ist, dass sie charakterstark war, klug, geradlinig, vernünftig – und, wie viele der Ronnefeldts, musikalisch. Die Geschichte mit Clara Wieck ist in ihrem Ansatz auch tatsächlich wahr. Sie kannten sich. In einem seiner Briefe, die er von seinen Reisen nach Hause schrieb, erkundigt sich Johann Tobias bei seiner Frau nach Clara Wieck. Ob sie wirklich miteinander musiziert haben, weiß ich nicht, doch das wäre immerhin sehr gut möglich.

Clotilde Koch-Gontard, die ich zu Friederikes Freundin bestimmt habe und die ihr Mut macht, sich zu behaupten, hat ebenfalls wirklich gelebt. Sie war eine wichtige Person des Frankfurter Gesellschaftslebens und wurde später, zur Zeit der Frankfurter Nationalversammlung, eine Salonière, wie man sie sonst eher aus Paris oder Berlin kennt. Clotilde Koch-Gontard hat Tagebücher und Briefe hinterlassen, wobei die Herausgeber leider alles Private, Nicht-Politische herausgekürzt haben. Auch ihre Verwandte, Cäcilie Gontard, die Clotilde ihrer Freundin Friederike als Beispiel für eine emanzipierte Frau nennt, wobei sie das Wort *emanzipiert* vermutlich nie in den Mund genommen hätte, hat wirklich gelebt. Man kann sich das Vergnügen machen und ihre Geschichte im Internet unter *frankfurterfrauenzimmer.de* nachlesen.

Den Wiesbadener Teeladen hätte ich Friederike wirklich gegönnt. Er hätte ihr sicher gut zu Gesicht gestanden. Allerdings ist er erfunden. Zum einen sollte die Kurstadt Wiesbaden einen Auftritt bekommen und zum anderen Friederike etwas Eigenes haben, mit dem sie Tobias beweisen kann, was in ihr steckt.

Johann Tobias Ronnefeldt hat aber natürlich wirklich in den 1820er Jahren in Frankfurt in der *Neukräme,* wie die Straße damals noch manchmal genannt wurde, damit begonnen, *Thee und ost- und westindische Manufacturwaaren* zu verkaufen, wobei ostindisch als Synonym für chinesisch zu verstehen ist. Er hat wirklich im Jahr 1831 die Kaufmannstochter Friederike Kluge geheiratet, und sie hatten fünf Kinder, die so alt waren wie im Roman beschrieben. Auch hatte er einen Bruder mit Namen Johann Nicolaus, der die

Schreinerei des Vaters übernommen hatte. Friederike hatte auch wirklich zwei unverheiratete Schwestern und außerdem einen Bruder, der jedoch in der Zeit, in der der Roman spielt, bereits nicht mehr in Frankfurt lebte.

Auch die echte Friederike nahm Anteil am Geschäft ihres Mannes, das wissen wir aus Briefen von Tobias, die aus den 1830er Jahren erhalten geblieben sind. Viele Details sind daraus in die Geschichte eingeflossen. Seien es der Garten und das Haus vor der Stadt, Nicolaus Ronnefeldts handwerkliches Können, die Freundschaft mit Clara Wieck oder auch Tobias' Abschlussformel, die oftmals lautete: »Dein treuer Freund Tobias«.

Diese Korrespondenz entstand jeweils in jenen Wochen, in denen Johann Tobias Ronnefeldt auf Einkaufstour in England oder Holland war, denn solche Reisen gehörten zum Alltag eines Kaufmanns. Und das führt zur nächsten Frage: Reiste Johann Tobias auf den Spuren des Tees nach China? Sehr wahrscheinlich nicht, das übernahm vier Jahrzehnte später sein Enkel Rudolf Ronnefeldt. Doch ganz bestimmt hätte auch dessen Großvater großes Interesse an einer solchen Reise gehabt. Belegt ist, dass Johann Tobias Ronnefeldt Ehrenmitglied der Senckenbergischen Naturforschenden Gesellschaft war, und dass er eine Schmetterlingssammlung besaß, die er dem Museum stiftete. Wahr ist auch, dass ich meiner Friederike im Roman ein wenig Freiraum geben wollte, um sich zu entwickeln – und dass ich ihren Mann darum auf eine so lange Reise geschickt habe.

Tobias' Erlebnisse in China gehen dennoch auf historische Quellen zurück. Es gab Menschen, die das Risiko eingingen, Teepflanzen und -samen aus China herauszuschmuggeln, was streng verboten war. Die Engländer waren gerade erst dabei herauszufinden, dass die *Camellia sinensis* auch in ihrem eigenen Kolonialreich natürlich vorkam, nämlich in Indien. Im Jahr 1839, als der erste Opiumkrieg begann, war der Teeanbau dort noch unbedeutend und Japan noch nicht in den Welthandel eingestiegen. Aus zeitgenössischen Berichten von Chinareisenden, etwa im *The Asiatic Journal and Monthly Register for British and Foreign India, China and Australasia* und dem *Chinese Repository*, einer Zeitung, die von evangelischen Missionaren herausgegeben wurde, ergab sich nach und nach ein Bild von dieser Reise. Etwa die traurige Geschichte mit dem toten Kind auf der Straße in Kanton, die damals jemand aufgeschrieben hat und die doch nur eine Randnotiz wert war. Die damals gebräuchlichen chinesischen Ortsnamen stammen ebenfalls aus diesen Quellen. Auch den Missionar Gützlaff hat es wirklich gegeben, und er hat eben solche Expeditionen geleitet, wie im Roman beschrieben. Er war eine schillernde Figur und ganz gewiss nicht nur in christlicher Mission unterwegs. Wahr ist leider auch, dass die Briten China angegriffen haben, weil China versucht hat, den Handel mit Opium zu unterbinden. Und es gab damals auch wirklich Versuche, Tee in Europa anzubauen, etwa in Südfrankreich.

Das Teewissen der damaligen Zeit ist dem *Taschenbuch für Theetrinker* von Marquis und Westphal aus dem Jahr 1836 entnommen. Einen kompakten Überblick über die Teegeschichte aus heutiger Sicht gibt zum Beispiel Martin Krieger in seinem Buch *Tee, Eine Kulturgeschichte*. Die Namen der Tees, auch die Handelsnamen, sind heute zum großen Teil nicht mehr gebräuchlich, und es ist gar nicht so einfach, nachzuvollziehen, wie der Tee schmeckte, der damals getrunken wurde; wahrscheinlich war er sehr stark und eher bitter. Heute noch gebräuchlich ist die Unterscheidung von schwarzem und grünem Tee, wobei man früher annahm, dass es sich um unterschiedliche Pflanzen handelt. Die Schiffspassage dauerte sehr lang und nicht fermentierter Tee, also Grüntee, war (und ist) empfindlich. Schwarztee, der mehrfach gebrochen und fermentiert ist, hielt sich hingegen sehr viel länger. Am weitesten verbreitet war ein

Tee mit dem Handelsnamen Bohea. Das war übrigens auch der Tee, der während der Boston Tea Party im Jahr 1773 aus Protest gegen zu hohe Zölle im Hafen versenkt wurde.

Was die Geschichte der Frankfurter Juden betrifft, so ist dies ein trauriges Kapitel. Frankfurt hatte als eine der letzten Städte in Europa an der Ghettoisierung seiner jüdischen Bevölkerung festgehalten, bis 1796 ein Brand, der durch französische Revolutionstruppen ausgelöst worden war, große Teile der Judengasse zerstörte. Die Familie Rothschild stammt aus diesem Ghetto, im Roman erwähnt wird das Stammhaus, in dem Gutle Rothschild damals noch immer wohnte. Auf die bürgerliche Gleichstellung, also gleiche Rechte wie die christlichen Mitbürger, musste die jüdische Bevölkerung noch bis 1864 warten.

Viele Nebenfiguren bevölkern den Roman oder werden erwähnt, die ebenfalls wirklich gelebt haben: Die bereits genannte Clotilde Koch-Gontard, ihre Schwester Marianne Lutteroth und ihre Tante Cäcilie Gontard beispielsweise, der Philosoph Arthur Schopenhauer mit seinem Königspudel, der Maler Theodor Reiffenstein, dem wir so viele Ansichten der Frankfurter Altstadt verdanken, der Naturforscher Eduard Rüppell, der der Senckenbergischen Gesellschaft tatsächlich ein Paar ausgestopfte Giraffen stiftete, der Präparator Michael Hey, der Augenarzt Detmar Sömmerring, der Stadtbibliothekar Johann Böhmer, der Bankier Amschel Mayer von Rothschild, der Arzt und *Struwwelpeter*-Autor Doktor Heinrich Hoffmann – und natürlich Marianne von Willemer in der Gerbermühle. Ihr Mann starb wirklich im Oktober 1838, sie galt tatsächlich als eine Muse von Goethe und war Co-Autorin von Goethes Gedichtsammlung *Der west-östliche Divan*. Und das Gedicht *Ginkgo biloba* hat Goethe ihr auch wirklich gewidmet.

Danksagung

Ein ganz großes Dankeschön gebührt den Nachfahren der Familie Ronnefeldt: Dr. Christian Ronnefeldt und andere, die dieses Projekt nicht nur unterstützt haben, sondern auch bereit waren, Material aus ihrem Familienarchiv zur Verfügung zu stellen. Selbst wenn viele der Ereignisse im Roman, wie im Nachwort geschildert, erfunden sind, so bilden doch die persönlichen Aufzeichnungen von Friederike und Johann Tobias Ronnefeldt das Fundament der Geschichte. Überhaupt kann man eine solche Geschichte nur erzählen, wenn einem die Protagonisten ans Herz wachsen, und da machen es einem Friederike und Johann Tobias wirklich leicht. Aus den Briefen der beiden spricht der liebevolle und partnerschaftliche Umgang, den sie miteinander und mit ihren Kindern pflegten.

Ganz besonders freue ich mich auch über die Kooperation mit der Firma J. T. Ronnefeldt KG, die 2023 ihr zweihundertjähriges Bestehen feiern wird. Mein herzlicher Dank geht an Jan-Berend Holzapfel und Jutta Tarlan. Es kommt schon einem kleinen Wunder gleich, dass auch heute noch, genau wie damals, unter dem Namen Ronnefeldt hochwertige Tees importiert und verkauft werden.

Gleichfalls danken möchte ich natürlich dem Verlag, der mir als Autorin großes Vertrauen entgegenbringt, und namentlich meiner Lektorin, Carla Grosch, die sich mit viel Herz für die Ronnefeldt-Saga eingesetzt hat. Vielen Dank auch an Silke Reutler, die dem Manuskript den letzten Schliff verliehen hat, und ein besonders großes Dankeschön geht an meine Agentin Dorothee Schmidt. Ihrem guten Gespür, nicht nur für Tee, sondern auch für Romanstoffe, ist es zu verdanken, dass die Ronnefeldt-Saga geboren wurde und beim Fischer Verlag ein Zuhause gefunden hat.

Einen gar nicht mal so geringen Anteil an der Geschichte hat im Übrigen auch mein lieber Ehemann Christian Popp, der leidenschaftlicher Teetrinker und ein Sammler von Teekeramik ist. Manchmal reichte schon ein Stichwort oder eine beiläufig gestellte Frage, und er hat aus lauter Begeisterung (und persönlichem Interesse) Fakten für mich recherchiert. Darüber hinaus hat er mich auch immer wieder bei der Romanentwicklung unterstützt. Herzlichen Dank dafür – und natürlich für den stets mit so viel Sachverstand aufgebrühten Tee!

Lesen Sie weiter:

SUSANNE POPP

Der Weg der Teehändlerin

Die Ronnefeldt-Saga 2

© 2022 S. Fischer Verlag GmbH,
Hedderichstr. 114, D-60596 Frankfurt am Main
ISBN 978-3-596-70604-4
Erscheint im März 2022

Frankfurt, 14. Februar 1853

»Das Eis bricht. Die Fischer sagen, heute Abend noch bricht das Eis«, rief Friedrich. Die Ladenglocke bimmelte laut, als er die Tür aufriss und sie so heftig hinter sich ins Schloss fallen ließ, dass die Schaufenster klirrten. Friederike, die im Laden hinter der Theke stand und gerade dabei war, die Tageseinnahmen ins Kassenbuch zu übertragen, ließ die Feder sinken.

»Bist du sicher?«, fragte sie ihren Sohn ungläubig. »Vor kurzem sind die Leute doch noch Schlittschuh gelaufen.«

»Ja, aber das sei leichtsinnig gewesen, sagen jetzt alle. Und dass es heute Nachmittag zwölf Grad warm waren.«

Das stimmte natürlich, heute war es wirklich außergewöhnlich warm gewesen für einen Tag Mitte Februar. Das regnerische und dabei sehr milde Wetter war auf eine wochenlang andauernde Kälteperiode gefolgt. Der Main war so dick zugefroren wie schon lange nicht mehr – und ein Aufbrechen des Eises konnte durchaus, das wussten die Frankfurter aus leidvoller Erfahrung, Hochwasser mit sich bringen.

Sollte es in diesem Jahr wirklich wieder so weit sein? Friederike hatte es nicht wahrhaben wollen. Sie hatte jeden Gedanken daran weit von sich geschoben, dass ihre Lager im Saalhof unten am Main und im Haus Limpurg am Römer in Gefahr sein könnten, doch nun konnte sie es nicht länger ignorieren. Sie verstaute das Kassenbuch unter der Theke. Es war erst halb fünf, eigentlich zu früh, um den Laden zu schließen. Ihr Prokurist Herr Besthorn, der Friedrich wohl auch gehört hatte, kam aus dem Kontor nach vorne in den Laden.

»Was ist los, Fritz?«, fragte er streng. »Was machst du so einen Radau?«

»Der Main, Herr Besthorn. Die Fischer sagen, heute geht er auf«, wiederholte Friedrich.

»Ach was, die Fischer reden viel, wenn der Tag lang ist. Die wollen sich nur wichtig machen.«

»Das glaub ich nicht. Die haben alle große Angst um ihre Boote.«

»Vielleicht sind ja die Boote in Gefahr. Aber uns macht das wenig. Wozu hat man wohl die Ufer höhergelegt? Der Stadtbaumeister hat mir erst vor ein paar Tagen versichert, dass ein Hochwasser sehr unwahrscheinlich ist. Mit dem Abreißen des Fahrtors und dem Aufbau der neuen Befestigungen hat man mindestens fünf Fuß an Höhe gewonnen. Das sollte doch wohl ausreichend sein.«

Aber Friedrich ließ sich davon nicht beeindrucken. »Komm mit Mama, und schau es dir selbst an«, wandte er sich nun wieder an seine Mutter. »Dieses Knacken und Knirschen und Gurgeln ist gruselig. Sowas hab ich noch nie gehört.«

Bestürzt betrachtete Friederike ihren vierzehnjährigen Sohn, der mit geröteten Wangen vor ihr stand. Er musste vom Main bis hier herauf gerannt sein, er war noch immer außer Atem. Dann zog sie sich die Schürze aus.

»Du hast recht, Friedrich, ich werde es mir selbst ansehen. Herr Besthorn, behalten Sie bitte den Laden im Blick? Und falls wir unser Lager im Saalhof wirklich ausräumen müssen, darf ich doch gewiss auf Sie zählen?«

»Selbstverständlich«, erwiderte Besthorn mit wichtiger Miene und streckte die Brust vor. »Aber ich glaube wirklich nicht, dass das nötig sein wird, Frau Ronnefeldt. Immerhin hat die Aufschüttung und Verbreiterung des Mainufers das Stadtsäckel um Tausende erleichtert. Tausende! Die werden ja wohl nicht umsonst gewesen sein.«

»Das Eis ist in diesem Jahr wirklich außergewöhnlich dick«, erinnerte Friederike ihn. Sie hatte ihren Mantel geholt, schlüpfte hinein und band in aller Eile ihre Schute fest. Friedrich stand in der geöffneten Ladentür. Er sah sich ungeduldig nach ihr um.

Draußen auf der Neuen Kräme war inzwischen eine regelrechte Völkerwanderung in Gange. Trotz des schon wieder einsetzenden Regens strebten zahlreiche Menschen zum Main hinunter, und mindestens ebenso viele eilten in die entgegengesetzte Richtung. Ans Einkaufen dachte offenbar ohnehin niemand mehr.

Friederike fand diese hektische Betriebsamkeit höchst beunruhigend. »Wollen Sie nicht doch lieber gleich mitkommen, Herr Besthorn? Ich mache mir nun doch große Sorgen um unser Teegewölbe«, wandte sie sich noch einmal an ihren Prokuristen.

»Also gut, Frau Ronnefeldt. Ich werde nur zuvor meinen angefangenen Brief noch zu Ende bringen. Aber Sie werden sowieso sehen, dass ich recht habe. So arg kommt es nicht.«

»Den Peter bringen Sie bitte auch mit. Er wird gewiss gleich von seinem Besorgungsgang zurück sein. Und du, Friedrich, geh gleich hinauf und gib deinen Geschwistern Bescheid. Elise und Minchen wollten Carlchen beim Packen helfen, und vielleicht ist Wilhelm ja sogar auch da. Sie sollen alle so rasch als möglich hinunter zum Main kommen. Wir treffen uns am Ufer vor dem Saalhof.«

Eine Viertelstunde später war die Familie am Mainufer versammelt. Friederike war erleichtert, auch Wilhelm zu sehen. Ihr zweitältester Sohn, der im Januar achtzehn Jahre alt geworden war, hatte die Angewohnheit, gelegentlich für Stunden zu verschwinden, ohne zu verraten, wohin. Schon oft hatte Friederike sich gefragt, ob sie ihm wohl zu viele Freiheiten zugestanden hatte. Oder ob sie womöglich

Carlchen hätte bremsen müssen, der mit seinem Bruder selten einer Meinung war und seinen Kopf durchzusetzen verstand, so dass der eher gutmütige und weit weniger ehrgeizige Wilhelm sich mehr und mehr von der Familie und aus dem Geschäft zurückgezogen hatte. Er ging aus, wie es ihm gefiel, und hatte Bekanntschaften und Freunde, die sie noch nie gesehen hatte.

Doch mit der vielen Freizeit war es nun ohnehin für Wilhelm vorbei. Sie würde auf den jüngeren der beiden Brüder angewiesen sein, jetzt wo Carlchen – oder besser Carl, da er sich neuerdings strengstens verbat, mit der verniedlichenden Form angesprochen zu werden – nach Hamburg ging. Wilhelm würde seinen Platz einnehmen müssen.

Die sechs Ronnefeldts standen nebeneinander auf dem belebten Quai und blickten auf den vereisten Main hinaus. Gleich dem Rücken eines schlafenden Drachen bedeckte das Eis schwer und grau den gesamten Fluss und zeigte an manchen Stellen in Ufernähe wulstige Verwerfungen.

Dutzende Schaulustige hatten sich inzwischen auf dem Quai vor dem Saalhof versammelt, und ganz wie Friedrich gesagt hatte, hörte man vom Fluss her ein Knarzen. Gelegentlich ertönten auch hellere Geräusche, deren Echo sich geisterhaft über die Eisfläche hinweg ausbreitete, als würde man ein Dutzend Sägen singen lassen. Friederike hatte den Impuls, fortzulaufen, nur weg vom Fluss. Doch sie war wie erstarrt und hatte keine Kraft mehr in den Beinen. Sie warf einen Blick auf Carlchens ernste Miene. In manchen Momenten sah ihr Ältester seinem Vater so unglaublich ähnlich. Sein Profil, seine Haltung, selbst die Art, wie ihm das Haar in die Stirn fiel, alles erinnerte sie an Tobias.

Elise, die zwischen ihren Brüdern stand, war sehr blass. Vielleicht dachte ja auch sie an jene unglückliche Nacht. Zwölf Jahre alt war ihre Älteste gewesen, und auch wenn sie noch nicht selbst mit angepackt, sondern die Stunden bei ihren Großeltern verbracht hatte, so hatte sie doch die ganze Aufregung mitbekommen. Vor allem hatte sie die schwere Krankheit ihres Vaters bewusst miterlebt, die auf dem Fuße der Ereignisse gefolgt war. Ihr tapferes kleines Mädchen. Elise war ihr in allem eine Stütze gewesen. Und nun war sie eine junge Frau und lebte längst nicht mehr bei ihr, sondern im Haus ihrer Großeltern in der Schnurgasse. Friederike überkam das traurige Gefühl, ihre Tochter gar nicht mehr richtig zu kennen.

Friederikes Blick wanderte weiter zu Friedrich. Er hatte immer noch erhitzte Wangen und schien das Geschehen eher zu genießen. Genau wie Minchen blickte er mit leuchtenden Augen aufs Eis. Friederike schluckte beklommen. Ihre beiden Jüngsten waren doch noch richtige Kinder. Nun sehnte sie sich so sehr nach Tobias, dass es schmerzte.

Wieder wandte sie ihre Aufmerksamkeit der bedrohlichen Szenerie zu, die vor ihr lag. Acht Jahre waren seit dem Hochwasser von 1845 vergangen, aber obwohl sie die Details zeitweise recht erfolgreich verdrängt hatte, erinnerte sie sich nun wieder lebhaft daran. Sie klammerte sich an die Unterschiede: Damals war es Ende März gewesen und nicht Mitte Februar, versuchte sie sich zu beruhigen. Der Winter hatte also wesentlich länger gedauert, über zwölf Wochen hinweg hatte es Minusgrade gegeben. Außerdem – und das war womöglich das Wichtigste – war das *vor* dem Umbau und der Erhöhung des Quais gewesen. Herr Besthorn vertrat immerhin die Auffassung, dass damit alle Gefahr gebannt war.

Männer, dachte Friederike. Männer gaben sich immer so selbstbewusst. Dabei wusste sie leider nur zu genau, wie oft sie sich irrten. Dieser Gedanke und die Regentropfen, die ihr nun heftiger ins Gesicht sprühten, holten sie in die Wirklichkeit zurück. Es regnete schon seit Tagen, genau wie 1845, und damals wie heute war es sehr plötzlich warm geworden.

Friederike hatte für einen Moment die Augen geschlossen und zwang sich nun, sie wieder zu öffnen. Der Anblick war unverändert – obwohl, war da nicht ein Riss im Eis? Und dort noch einer. Plötzlich glaubte sie, überall Spalte und Risse zu sehen, die vorher nicht dagewesen waren. Jetzt hörte sie auch das Gurgeln und Rauschen von Wasser und dann wieder diesen singenden Ton, sehr fremdartig und darum so bedrohlich. Und dann, mit einem Male, ertönte ein besonders lautes, lang gezogenes Knirschen.

Das war eindeutig. Es machte einfach keinen Sinn, die Gefahr zu leugnen. Die Menschen, die wie sie abwartend am Quai gestanden hatten, schienen das ebenso zu sehen. Bewegung kam in die Menge. Friederike sah zu Carlchen, und ihr Blick blieb am spärlichen Bartwuchs über seiner Oberlippe hängen. So ähnlich er seinem Vater auch sah – er war doch noch schrecklich jung.

»Was meinst du dazu, Carl? Was sollen wir machen?«, fragte sie und hoffte, dass er das Zaghafte in ihrer Stimme nicht hörte. Sie war sich bewusst, dass sie jetzt stark sein musste. Ihren Kindern zuliebe. Dem Geschäft zuliebe. Und Tobias zuliebe.

Ihr Sohn zuckte die Achseln. Sie sah Unsicherheit in seinem Blick, doch dann schien er sich zu besinnen und sagte mit fester Stimme: »Ich bin für Ausräumen. Aber wir brauchen mehr Leute. Vielleicht weiß ja Onkel Nicolaus Rat.«

Er hatte recht, dachte Friederike. Sie brauchten Hilfe. Sie musste etwas tun. Es war ihre Aufgabe. Friederike öffnete den Mund, um etwas zu sagen, brachte jedoch keinen Ton heraus.

Carl hatte gar nicht bemerkt, dass ihr die Worte fehlten. Er war schon mit der weiteren Planung beschäftigt. »Das Beste wird sein, wenn Minchen und Elise rasch zum Onkel in die Werkstatt laufen und ihn fragen, ob er uns beistehen und von seinen Leuten jemanden entbehren kann.«

»Onkel Nicolaus' Werkstatt ist bei einem Hochwasser auch gefährdet. Die Fahrgasse liegt kaum höher als der Saalhof«, wandte Elise ein. »Aber wir sollten auf jeden Fall zu ihm gehen.«

»Ich? Warum muss ich gehen? Ich will auch sehen, wie das Eis aufgeht«, protestierte Minchen.

»Keiner von uns wird sehen, wie das Eis aufgeht, weil wir damit beschäftigt sein werden, das Teegewölbe auszuräumen«, sagte Carl.

Mein Gott, dachte Friederike, die sich darauf konzentrierte, ruhig zu atmen, und doch nicht verhindern konnte, dass ihr Herz immer schneller schlug. Die Erinnerungen überwältigten sie. Sie hatte Angst. Nicht um ihr eigenes Wohl war ihr bang, aber was, wenn einem ihrer Kinder dasselbe Schicksal widerfuhr wie damals Tobias, und sie es nicht beschützen konnte?

»Gute Idee, Carlchen, aber Minchen soll allein zur Werkstatt laufen. Ich komme mit euch mit und helfe tragen«, hörte sie Elise wie aus weiter Ferne sagen.

»Was denn, willst du etwa Kisten schleppen wie ein Arbeiter?«, maulte Minchen.

»Nicht nur ich. Du auch, wenn du erst wieder zurück bist«, entgegnete Elise ungeduldig. »Nun mach schon, Minchen.«

Friederike hörte die Stimmen ihrer Kinder nur noch gedämpft. Sie hielt sich an dem metallenen Geländer fest, das an dieser Stelle den Quai säumte, und ihre Benommenheit hinderte sie daran, ihre jüngere Tochter aufzuhalten. Am liebsten wollte sie alle ihre Kinder einfach nur in Sicherheit wissen, irgendwo im Warmen und Trockenen, doch daran war natürlich nicht zu denken. Sie würden jede helfende Hand brauchen, da hatte Carlchen schon recht. Wieder knirschte das Eis. Ein Ächzen und Stöhnen wie von einem großen, sterbenden Tier. Friederike erholte sich ein wenig, das Schwindelgefühl verging. Sie sah über die Brüstung nach unten. Das Wasser musste gestiegen sein. An manchen Stellen wölbte sich das Eis sogar über die Mauer. War das eben auch schon so gewesen? Womöglich wurde der Fluss von der kalten Masse noch gerade so zurückgehalten.

»Kommst du, Mutter?«, fragte Carl ungeduldig. Friederike löste sich vom beklemmenden Anblick des vereisten Flusses und ging hinter ihren Kindern her, erleichtert darüber, dass ihre Beine ihr wieder gehorchten. Vorm Eingangsportal des Saalhofs standen zwei Fuhrwerke. Andere Kaufleute hatten offenbar bereits damit begonnen, ihre Waren aus den Gewölbekellern nach oben zu tragen. Wo ihr Prokurist und ihr Kommis nur blieben, dachte sie plötzlich. Besthorn hatte doch nachkommen wollen.

Sie eilten durch die Halle und die Treppen hinab. Das Lager der Firma J. T. Ronnefeldt befand sich am Ende eines etwa dreißig Fuß langen Ganges, aber die meisten der Laternen, die sonst an den Wänden zur Verwendung bereit hingen, fehlten. Ein einziges Licht konnten sie finden. Friedrich nahm es und beleuchtete die Tür. Friederikes Hände zitterten, und sie brauchte mehrere Anläufe, um den Schlüssel ins Schloss zu stecken und herumzudrehen. Sie bemerkte eine Bewegung hinter sich. Carl stand direkt hinter ihnen und atmete ungeduldig aus, doch da hatte sie es geschafft.

Ein warmer Duft nach Tee und Tabak schlug ihnen entgegen. Das Lager war etwa einhundertfünfzig auf einhundertfünfzig Fuß groß. Friedrich ging hinein und leuchtete umher, so dass man sehen konnte, dass es bis unter die Decke mit Ballen und Kisten gefüllt war. Hier wurde hauptsächlich Tee, Tabak und Kaffee aufbewahrt, aber auch Porzellan, Keramik und Lackarbeiten waren in den Kisten zu finden. »Und wohin bringen wir die ganzen Sachen? Wir haben doch nicht einmal einen Wagen«, sagte Friedrich.

Alle Blicke wandten sich Friederike zu. Ihr Jüngster hatte natürlich recht, wieso hatte sie daran nur nicht gedacht? Es war jetzt auf die Schnelle auch unmöglich, einen Wagen zu besorgen, abgesehen davon würde ein einzelner ohnehin nicht ausreichen. Dann kam ihr glücklicherweise ein Gedanke. »Wie wäre es, wenn wir die Sachen im großen Saal im ersten Stock unterstellen?«

»So machen wir es. So hoch wird das Wasser sicher nicht steigen«, sagte Carl, der dabei war, einige Talglichter zu entzünden. »Und wenn wir hier fertig sind, müssen wir ins Haus Limpurg. Das Lager dort ist auch nicht sicher.«

Friederike nickte, doch sie sagte nichts und versuchte, möglichst keine Regung zu zeigen, um ihre Kinder nicht noch mehr zu verunsichern. Sie fürchtete sich davor, auch noch in jenen Keller hinabsteigen zu müssen. So sehr sie sich bemühte, Haltung zu bewahren, spürte sie, dass die Lähmung von eben schon wieder drohte, von ihr Besitz zu ergreifen. Am liebsten wäre sie sofort geflohen.

»Waren, die den Umsatz für ein ganzes Jahr sichern sollen, könnten zerstört werden«, fuhr Carl fort. »Selbst wenn Minchen noch jemanden mitbringen kann, wird das kaum reichen. Der Weg bis hinauf in den Saal ist weit. Wilhelm, warum schaffst du uns nicht ein paar von deinen Freunden her, die sonst immer deine kostbare Zeit beanspruchen?«

Normalerweise waren Bemerkungen dieser Art ein sicherer Anlass für Streit zwischen den Brüdern, aber zum Glück ließ Wilhelm sich nicht provozieren. Er stemmte die Hände in die Seiten und schüttelte den Kopf, »Das habe ich auch schon überlegt, aber die wohnen ja alle in Bornheim oder in Sachsenhausen.« Dann erhellte sich sein Gesicht. Offenbar war ihm doch noch jemand eingefallen. Er schickte sich an, hinauszueilen.

»Was ist, wo willst du hin, Wilhelm?«, rief Friederike ihm hinterher. Er drehte sich noch einmal zu ihr um.

»Du hast Carlchen doch gehört«, sagte er, doch dann bemerkte er ihr entsetztes Gesicht, kam zurück, umfasste ihre Schultern und gab ihr einen Kuss auf die Wange: »Keine Sorge, Mama, gemeinsam schaffen wir das. Ich bin bald wieder da.«

Besorgt sah Friederike ihm nach. Jetzt waren ihr nur noch Carlchen, Friedrich und Elise geblieben, aber es half nichts, sie mussten sich an die Arbeit machen. Sie ging hinauf, den Portier zu suchen, und stellte fest, dass die Türen zum Saal bereits weit offenstanden. Andere Kaufleute hatten augenscheinlich denselben Einfall gehabt wie sie, aber der Platz sollte reichen, um alles unterzustellen. Zum Glück erschien kurz darauf Herr Besthorn mit ihrem Kommis Peter, und auch Wilhelm hielt sein Versprechen. Schon bald stieß er mit drei Helfern wieder zu ihnen. Zwei von ihnen waren junge Männer in Arbeitskluft, der dritte, auch er noch jung, kaum älter als Carl, hatte gelocktes dunkles Haar und steckte in einem schwarzen, für seine schmale Figur etwas zu weiten, Anzug. Er war eine auffällige Erscheinung, und Friederike kannte ihn vom Sehen, denn er war der Sohn eines Kaufmanns. Doch sie hatte keine Ahnung gehabt, dass Wilhelm mit ihm befreundet war.

»Das ist Herr Sonnemann, Mama. Er wird uns helfen«, rief Wilhelm ihr entgegen, als sie sich auf der Treppe begegneten.

»Frau Ronnefeldt«, sagte der junge Mann mit einer kleinen Verbeugung.

»Sehr erfreut, Herr Sonnemann. Es ist sehr großzügig, dass sie uns Ihre Arbeitskraft zur Verfügung stellen wollen«, brachte Friederike heraus.

»Es ist mir eine Ehre. Endlich bekomme ich die Gelegenheit, Ihrem Sohn zu danken und meine Schuld abzutragen.«

Seine Schuld? Friederike hatte keine Ahnung, welche Schuld das sein sollte. Wilhelm hatte Sonnemann nie erwähnt. »Das sind Konrad und Max«, stellte Sonnemann nun auch seine Begleiter vor. Der größere der beiden, ein intelligent aussehender Mann mit offenem Gesicht, grüßte höflich, während er schon dabei war, seine Jacke auszuziehen, um sich besser bewegen zu können. Der andere drehte seine Mütze verlegen in den Händen und nickte knapp.

Wilhelm schob sichtlich zufrieden die Ärmel hoch und griff sich eine Kiste, die auf dem Boden stand – und zehn Minuten später stieß auch Minchen wieder zu ihnen. Allerdings hatte sie nur einen einzigen Mann mitgebracht. Wie von Elise befürchtet, musste Nicolaus sein eigenes Inventar in Sicherheit bringen.

Draußen wurde es mittlerweile dunkel. Friedrich, der noch einmal hinunter zum Mainufer gelaufen war, überbrachte die Nachricht, dass die Kälte trotz der einbrechenden Nacht nicht anzog – und dass man inzwischen allgemein mit einem Eisbruch noch vor Mitternacht rechnete.

In den nächsten zwei Stunden kam die Helferschar kaum zum Verschnaufen. Selbst Minchen ließ sich vom allgemeinen Eifer anstecken. Friederikes Töchter steckten die oberen Röcke an der Taille fest und liefen mit den Männern die Treppenstufen hinauf und hinunter. Es ging zu wie in einem Ameisenbau. Friederike übernahm die etwas leichtere Aufgabe, im großen Saal für Ordnung zu sorgen. Alle arbeiteten hochkonzentriert. Vor allem jedoch erwies sich der Mann, der ihnen als Konrad vorgestellt worden war, als große Hilfe. Er machte nach einer Weile den Vorschlag, eine Kette zu bilden und die Kisten vom einen zum anderen weiterzureichen, wobei Elise und Minchen zu zweit arbeiten sollten, da sie weniger schwer heben konnten. Dies erwies sich als sehr effektiv. Selbst Carlchen und Herr Besthorn, der mehrmals seinerseits erfolglos versucht hatte, sich wichtig zu machen, hatten nichts dagegen einzuwenden.

Friederike, die aus den Fenstern im ersten Stock immer wieder einen Blick hinaus in die Dunkelheit warf, wo sich in einiger Entfernung die unheimliche Eisfläche abzeichnete, hätte erleichtert sein müssen, dass alles so gut und zügig lief, doch dafür war sie viel zu verstört. Sie hatte gehofft, dass die Arbeit sie ablenken würde, aber statt an Mut zu gewinnen, wurde sie immer verzagter. Die Erinnerungen strömten nun ungehindert auf sie ein. Friederike hatte Angst. Einzig die Erkenntnis, dass sie sich in diesem Augenblick keine Schwäche erlauben durfte, hielt sie aufrecht.

Endlich war es geschafft. Das Teegewölbe war ausgeräumt. Carlchen trieb zur Eile an. Als sie am Mainufer vorüberkamen, sahen sie, dass Teile des Quais bereits überflutet waren. An immer mehr Stellen quoll dunkles Wasser an die Oberfläche.

Im Haus Limpurg am Römer war die Lage wesentlich schwieriger als im Saalhof. Nicht nur die schmaleren Treppen waren ein Problem, sie hatten auch Mühe, in den oberen Stockwerken überhaupt Platz für ihre Waren zu finden, da andere Kaufleute schon alles belegt hatten. Trotzdem begannen die jüngeren Leute sofort damit, Ballen und Kisten hinaufzuschaffen. Carl, Wilhelm und Friedrich und sogar ihre Töchter, die die schwere Arbeit doch so wenig gewöhnt waren, wirkten energiegeladen, als treibe die Gefahr sie zur Höchstform an. Friederike selbst hingegen hatte das Gefühl, sich kaum mehr auf den Beinen halten zu können.

Doch als sie mit dem Räumen kaum begonnen hatten, waren von draußen Rufe und Geschrei zu hören:

»Das Eis bricht! Das Eiiiis briiiicht!«

Ein paar Sekunden verharrten sie alle wie gebannt, als habe eine übergeordnete Macht ihnen befohlen, still zu stehen. Friederike blickte vom Treppenabsatz im ersten Stock in die matt von einer einzelnen Laterne beleuchtete Eingangshalle hinunter. Draußen vor der geöffneten Tür rannten in beiden Richtungen Menschen vorbei, und die Hektik unterstrich die gespenstische Ruhe, die in dem Gebäude eingekehrt war. Etwa zweihundert Schritt waren sie hier vom Main entfernt, und trotzdem höre man das Bersten des Eises. Sobald das Eis an den ersten Stellen gebrochen war und die Schollen in Bewegung gerieten, setzte sich eine Kettenreaktion in Gang, und nichts hielt mehr die Wucht des fließenden

Wassers zurück. Die treibenden Eisschollen würden auf die Uferanlagen prallen, Brücken und Schiffen rammen und verheerende Schäden reißen. Für die Stadt und ihre Bewohner bedeutete jedoch das flutende Wasser die größte Gefahr. So wie damals. So wie 1845.

Friederikes schlimmste Albträume waren wahr geworden. Immerhin gelang es ihr, sich im Angesicht der Gefahr endlich aus ihrer Erstarrung lösen. Sie wusste, es würde höchstens fünf oder zehn Minuten dauern, bis das Wasser sie erreicht hatte. Alles war wieder wie in jener Nacht. Wie sehr hatte sie Tobias angefleht, sich in Sicherheit zu bringen. »Lass es bleiben, das ist es nicht wert. Komm mit mir, Tobias«, hatte sie gebettelt.

Aber er hatte sich geweigert und sie fortgeschickt. »Geh zu deinen Eltern, und warte dort mit den Kindern auf mich. Ich komme zu euch, sobald ich hier fertig bin. Mach dir keine Sorgen um mich. Alles wird gut.«

Widerstrebend hatte Friederike sich gefügt, und als er zwei Stunden später bei ihnen aufgetaucht war, völlig durchnässt und durchfroren, war er immer noch der Überzeugung gewesen, richtig gehandelt zu haben. Die Bewegung habe ihn warmgehalten, hatte er behauptet, und sich mit klappernden Zähnen aus den eiskalten Kleidungsstücken helfen lassen. Dann hatte er ihr erzählt, wie er immer wieder in die schmutzigen Fluten gestiegen war, um weitere Kisten zu retten. Zwei Drittel des Lagers, berichtete er stolz, sei nun im Trockenen.

Entschlossen schob Friederike ihre Erinnerungen beiseite und lief so schnell sie konnte die Treppe hinunter. »Halt! Hört auf. Lasst alles stehen und liegen. Wir müssen von hier fort«, rief sie ins Halbdunkle des Kellers hinein.

»Kommt gar nicht infrage, Mama«, gab Carl zur Antwort. »Wir machen weiter, solange es geht.«

»Nein. Es ist zu gefährlich«, beharrte Friederike. »Das Wasser kommt. Und ich lasse nicht zu, dass irgendwem etwas passiert.«

»Dann nimm die Mädchen mit und geh. Wilhelm, Fritz und ich bleiben und machen weiter.«

»Nein, Carl. Ich verbiete es. Es ist zu gefährlich.«

»Nur keine Sorge, Mama. Das Wasser ist noch gar nicht hier.«

»Aber sobald es da ist, wird es zu spät sein.«

»Mama hat recht, Carlchen«, mischte sich nun auch Elise ein. »Hast du denn ganz vergessen, wie es mit Papa gewesen ist?«

Friederike warf Elise einen dankbaren Blick zu. Carl schüttelte jedoch immer noch unwillig den Kopf.

»Ich verbiete dir, hierzubleiben, Carl«, sagte Friederike, der Verzweiflung nahe.

Carl griff stur nach der nächsten Kiste – aber da hörten sie von oben eine Männerstimme rufen: »Noch jemand unten? Wir schließen die Tür. Wir dichten jetzt alles ab.«

»Da hörst du es.« Friederike atmete erleichtert auf. Das musste ihren Sohn doch zur Vernunft bringen. In dem Moment kamen auch ihre übrigen Helfer herbei.

»Es hat keinen Sinn mehr, wir müssen abbrechen«, sagte Herr Besthorn. Er atmete schwer. Der Abend hatte ihm das Äußerste abverlangt.

»Also gut.« Carlchen gab nach, war aber sichtlich verärgert. Unsanft setzte er die Kiste wieder ab, die er in den Händen hielt.

Als sie nach oben kamen und vor die Tür traten, wären sie beinahe von den Menschen umgerissen worden, die an ihnen vorbei in Richtung Liebfrauenberg rannten. »Das Wasser kooommmt«, rief jemand. »Das Wasser koooommmt«, echoten andere.

Und sämtliche Kirchenglocken der Stadt begannen zu läuten.

Leseprobe aus:

CLARA LANGENBACH

ZEIT FÜR TRÄUME

Die Senfblütensaga

© 2021 S. Fischer Verlag GmbH,
Hedderichstr. 114, D-60596 Frankfurt am Main
ISBN 978-3-596-70083-7

Straßburg/Metz, 1905
EMMA

Der Zentralbahnhof empfing sie mit noch mehr Hektik als bei ihrer Ankunft in Straßburg vor wenigen Stunden. Alles pfiff, brummte, unzählige Menschen eilten an ihr vorbei, die Gepäckträger huschten hin und her, und ein heiserer Zeitungsverkäufer krächzte die Schlagzeilen des Tages in die Menge.

Sie hasste Bahnhöfe seit ihrer Kindheit. Seit sie damals von ihrer abgehetzten Mutter durch einen geschleift worden war, unwissend, wohin es ging. In den Gesprächsfetzen ihrer Eltern, die sie immer wieder mal aufgeschnappt hatte, klang es so, als würden sie ins Hinterland umsiedeln, wo niemand der deutschen Sprache mächtig war. Sie hatte Rotz und Wasser geheult, übergab sich direkt auf das Gleis, doch ihre Mutter zerrte sie hinter sich her in den stickigen und überfüllten Waggon.

Emma schluckte und kämpfte die Erinnerungen hinunter. Hinter ihrem Schädel pochte ein dumpfer Schmerz. Bei der ganzen Aufregung war sie gar nicht dazu gekommen, etwas zu essen oder zu trinken. Sie fühlte sich ausgelaugt und schrecklich verloren in diesem ganzen Tumult. Denn Straßburg hatte sie verhöhnt. Vielleicht nicht Straßburg selbst, sondern nur die Universität. Allen voran Paul Laband, der Mann, der jedermann eindrucksvoll vor Augen geführt hatte, wo eine Frau wie sie hingehörte. Hatte sie wirklich etwas anderes gehofft? Rechtswissenschaften, wahrhaftig? Vielleicht war es besser so, und sie sollte sich mit ihrer Ausbildung in der Klosterschule endlich zufriedengeben. Um ihren künftigen Gatten mit Gesprächen zu unterhalten, würde es ausreichen.

Jetzt reiß dich mal zusammen, befahl Emma sich, als sie merkte, dass sie sich selbst zu bemitleiden begann. Selbstmitleid brachte sie nicht weiter. Sie durfte nicht resignieren, sondern musste überlegen, wohin die Reise gehen sollte.

Erst einmal natürlich zu ihren Verwandten. Sie würde ihren Stolz herunterschlucken und im Auftrag ihrer Mutter um Geld bitten. Und die Universität? Im Zug hatte sie genug Zeit, darüber nachzudenken. Sie musste ja nicht in Straßburg studieren, sie könnte nach Heidelberg oder Freiburg gehen. Dort durften Frauen bereits seit fünf Jahren legitim die Vorlesungen besuchen. Seit fünf Jahren! Unvorstellbar. Im Herzen des Reichslandes hatte sie sich schon immer wie eine Hinterwäldlerin gefühlt.

Plötzlich riss etwas an ihrer Ellenbeuge. Instinktiv zog Emma den Arm an sich, während sie die Schlaufen ihres Retiküls umklammerte. Neben ihr – ein Junge. Kaum sechs Jahre alt. Der verbissen am anderen Ende ihres Täschchens zerrte.

»Hey!« Sie keuchte und griff die Schlaufen noch fester.

Er biss die Zähne zusammen, knurrte fast wie ein in die Enge getriebenes Tierchen und stieß sie, ohne die Tasche loszulassen. Emma taumelte gegen einen Mann hinter ihr. »Hilfe! Bitte helfen Sie mir!«, rief sie verzweifelt.

»Du Bengel!«, donnerte seine Stimme, und Emma schnappte erleichtert nach Luft, als er den Jungen von ihr wegzerrte. Im Retikül war ihr ganzes Geld. Was würde sie tun, sollte sie es verlieren?

»Du kleiner dreckiger Dieb!« Der Mann drehte dem Jungen einen Arm auf den Rücken, und das Kind wimmerte vor Schmerz auf. »Jetzt winselst du, was? Abhacken sollte man euch die Hände, damit ihr nicht mehr nach dem Besitz anderer langen könnt.«

Der Junge schaute mit weitaufgerissenen Augen zu Emma. Sein eingefallenes Gesicht erschreckte sie – wie ein Totenschädel sah es aus, der mit dünner Haut überzogen war. Der Blick fast leer vor Angst.

»Halt!«, stieß Emma aus und presste sich das Retikül an die Brust. Noch ein bisschen, und das dünne Ärmchen würde brechen. Beinahe hörte sie schon das trockene Knacken, mit dem der Knochen nachgab. »Es ist ja nichts passiert. Lassen Sie ihn los!« Ihre Stimme schrillte unwillkürlich, als sie sah, wie der Mann den Arm noch weiter hochbog. Einige Passanten blieben stehen, um sich das Schauspiel anzuschauen. Verzweifelt zog Emma am Ärmel des Mannes. »Hören Sie auf!«

»Wie Sie meinen«, zischte er zwischen den Zähnen hervor. Endlich ließ er den Jungen los, zupfte seine Kleidung zurecht und ging weg, nicht ohne ein »dummes Weib« in ihre Richtung zu werfen.

Emma atmete auf. Erst jetzt bemerkte sie, wie sehr ihre Finger zitterten. Sie schob sich ihr Täschchen wieder in die Armbeuge, nahm den Jungen an die Hand und blickte umher. »Es ist alles in Ordnung«, versicherte sie den umstehenden Passanten.

Die Schaulustigen zogen nach und nach davon, und als jeder wieder seinen Geschäften nachging, kniete sich Emma vor den Jungen. Alles an ihm wirkte so schrecklich dünn. Seine Statur, sein blondes Haar, seine rissigen, blutleeren Lippen.

»Hallo. Ich bin Emma. Und wie heißt du?«

Er blickte beiseite und wischte sich mit dem freien Arm die Nase ab. »Geht Sie nichts an.«

»Gut, geht mich nichts an. Hast du Hunger?« Noch immer versuchte sie, ihm in die Augen zu schauen, doch sein Blick huschte hin und her.

»Nein.«

»Du schwindelst. Ich höre deinen Magen knurren.«

»Vielleicht ist das Ihrer.«

Sie schmunzelte. Da könnte er nicht ganz unrecht haben. »Was hältst du davon, wenn wir uns beide etwas zu essen holen? Vor dem Bahnhof habe ich vorhin eine Brezelverkäuferin gesehen.« Allein der Gedanke an den herrlichen Duft des Gebäcks ließ ihr das Wasser im Mund zusammenlaufen. Dem Jungen ging es wohl ähnlich, sein Gesicht hellte sich auf, aber nur kurz, als würden andere Gedanken wie eine Gewitterfront über sein Gemüt ziehen. Er nickte abwesend. Sie stand auf, da riss er seine Hand aus der ihren.

»Lassen Sie mich doch einfach in Ruhe! Was wollen Sie von mir?«

Für seine schmächtige Statur hatte er unglaublich viel Kraft.

»Gut.« Sie seufzte. »Du musst nicht mit mir kommen.« Sie nahm ihr Retikül, holte ein paar Münzen heraus und steckte den Arm wieder durch die Schlaufen. »Hier.« Sie legte das Geld in seine Handfläche und schloss seine Finger darum. »Mehr kann ich dir leider nicht geben. Ich brauche den Rest selbst, um mir eine Fahrkarte nach Speyer zu kaufen, verstehst du?«

Ungläubig starrte er auf seine Faust, die ihre Hände umschlossen hielten.

»Versprich mir, dass du dir etwas zu essen besorgst, in Ordnung?«

»Behalten Sie doch Ihr Geld«, schnaubte er, zerrte seine Faust aus ihrer Hand und warf ihr die Münzen vor die Füße. Schon lief er davon. Seine schmale Gestalt huschte zwischen den Menschen hin und her, bis er gänzlich in der Menge verschwunden war.

»Auch gut«, murmelte Emma, während sie in die Richtung starrte, in die er gelaufen war. Dieser leere Blick von ihm, ganz ohne Träume ... Egal wie schlecht es ihr manchmal ging, sie hatte immer noch Hoffnung auf ein anderes Leben. Und den Willen, ihren Weg zu gehen. Dieses Kind – es hatte nichts mehr von alldem.

Sie sammelte das Geld auf und ließ es in das Täschchen hineinfallen. Die Münzen klimperten auf den Boden. Erschrocken prüfte Emma ihr Retikül. Der Brokat war unten aufgeschlitzt worden, ein großes Loch klaffte an der Naht, durch das sie ihre ganze Hand durchstrecken konnte.

Alles weg.

Sie sah sich um. Nur ein Taschentuch, ihr Schlüssel zur Wohnung und ihr Gepäckschein lagen noch hinter ihr.

Mit einem Mal wurde ihr eisig kalt.

Sie ließ die Szenerie vor ihren Augen Revue passieren, dachte daran, wie sie den Jungen an der Hand gehalten, wie er genickt hatte – aber nicht ihr. Natürlich nicht ihr, sondern seinem Komplizen, der hinter ihrem Rücken gewartet hatte, dass sie abgelenkt genug war, damit er Beute machen konnte. Wie dumm sie war! Einfach nur dumm. Und sie wollte dem Jungen noch ein paar Münzen zustecken.

Ein paar Münzen, die nun zu ihren Füßen lagen.

Ihre Nase begann zu kribbeln.

Nein.

Nicht weinen.

Auf keinen Fall weinen! Dieser Bahnhof würde sie nicht wie ein kleines Kind zum Heulen bringen.

Sie wischte sich über die Augen und begann, ihre Habseligkeiten aufzusammeln. Auch wenn es sinnlos war, zählte sie die Pfennige nach. Das Geld reichte nicht einmal für eine Rückkehr nach Metz, geschweige denn für eine Reise ins Rheinland. Aber eine Brezel war nach wie vor drin, und mit einem vollen Bauch überlegte es sich deutlich leichter. Sie bahnte sich den Weg nach draußen, wo der Tag sie warm und sorglos empfing.

Die frische Luft tat ihr gut. Sie streckte ihr Gesicht der Sonne entgegen und versuchte zu lächeln. »Alles wird gut«, flüsterte sie sich kaum hörbar zu. »Ganz bestimmt.«

Sie schlenderte über den Platz. Das Mädchen, das die Brezeln verkaufte, saß noch immer vor dem Bahnhofsgebäude auf einer Holzkiste, etwas abseits, wo sie den ankommenden Droschken und eilenden Passanten nicht im Weg war und dennoch nah genug am Tumult, um dem einen oder anderen ihre Ware anzubieten. Neben ihr stapelten sich Flechtkörbe mit Brezeln. Der verführerische Duft lockte bereits von weitem, Emma glaubte schon zu schmecken, wie der erste herrliche Bissen ihren Gaumen kitzelte.

»Eine Brezel für das gnädige Fräulein?«, rief die kleine Verkäuferin ihr zu. Das Mädchen trug ein einfaches braunes Kleid und eine dunkle Schürze, die Ärmel hatte sie sich bis zu den Ellenbogen hochgeschoben. Ihre krausen Locken trotzten den Haarnadeln und Bändern und standen in alle Richtungen ab.

»Wie viel?«

»Drei Pfennig, gnädiges Fräulein.«

Emma nickte und reichte das Geld herüber.

Die Kleine steckte es rasch ein. Wie alt mochte sie sein? Elf? In dem unförmigen Kleid sah sie deutlich älter aus, trotz ihrer niedlichen Stupsnase und den Locken, aber sie wirkte schlaksig und noch nicht zu einer jungen Frau ausgereift.

»Läuft das Geschäft gut?«, fragte Emma.

Das Mädchen verzog das Gesicht. »Nicht so. Wenn ich schon wieder mit der Hälfte der Ware zurückkomme, gibt es Prügel.«

Emma senkte den Blick. In der einen Hand hielt sie ihre Habseligkeiten und noch ein paar Münzen. In der anderen lag die frisch gekaufte Brezel. Du hast genug eigene Sorgen, tadelte sie sich selbst. Was geht dich das an?

Sie stöhnte auf und reichte die restlichen Münzen.

»Gib mir doch noch eine.« Der Tag war lang und … ja, musste sie denn immer eine gute Samariterin spielen? Gerade das hatte sie doch erst in diese Lage gebracht! Aber da wechselten die letzten Pfennige schon die Besitzerin, und Emma grübelte, wie sie jetzt die zweite Brezel halten sollte.

»Gibst du … gibst du mir für den Rest einen der Flechtkörbe?«

Die Kleine zögerte, als fragte sie sich, ob das gnädige Fräulein sie auf den Arm nehmen wollte, nickte dann aber und reichte Emma einen Korb. Das Ding war klobig und unhandlich, viel zu groß für ihre Siebensachen. Trotzdem hatte Emma so die Hände etwas freier.

Und nun?

Sie hatte zwei Brezeln, einen Korb und überhaupt kein Geld mehr. Irgendetwas musste ihr einfallen, und zwar schleunigst.

»Aufpassen!«

Emma wich zurück, als eine altersschwache Droschke an ihr vorbeiholperte. Fast wäre sie unter die Hufe der Pferde geraten – heute schien sie es darauf anzulegen, ihr Glück herauszufordern. Sie ging zurück in den Bahnhof. Denk nach, spornte Emma sich an, denk nach! Von einer Reise ins Rheinland brauchte sie nicht einmal zu träumen. Das Einzige, was ihr blieb, war nach Hause zurückzukehren und ihren Eltern den Ausflug nach Straßburg zu beichten. Aber wie kam sie ohne Geld nach Metz? Sie könnte versuchen, einen leeren Güterwagen zu erwischen oder ...

»Kann ich Ihnen helfen, gnädiges Fräulein?«

Erschrocken fuhr Emma herum. Fast glaubte sie, neben sich den vorlauten Studenten aus der Universität zu entdecken, der endlich seine Gelegenheit bekam, einen strahlenden Ritter für eine Jungfer in Not zu spielen – aber das war nur ein kleiner, kräftiger Mann in Uniform, jemand vom Bahnhofspersonal.

»Ich würde gern wissen, wann der nächste Zug nach Metz geht.«

»Nach Metz?« Geschäftlich rückte der Mann seine Mütze zurecht. »Da haben Sie Glück. Wenn Sie sich beeilen, kriegen Sie ihn noch. Der Zug steht am Gleis eins, hat eine Verspätung.«

Ihr Herz klopfte wild, als forderte es sie auf, die Chance zu ergreifen. Was, wenn es ihr Glück war, das ihr da zuwinkte? Sie könnte sich im Zug verstecken, vielleicht gelang es ihr tatsächlich, so nach Metz zu gelangen?

Die Waggons warteten auf sie.

Wie eine Einladung.

Sie atmete tief durch und stieg ein. Ihre Handflächen fühlten sich feucht an. Was ist mit deinem Koffer, der in der Gepäckaufbewahrung auf dich wartet, durchfuhr der Gedanke sie. Sie knetete ihre Finger, den Korb um den Arm gehängt. Den Koffer konnte sie wirklich vergessen. Natürlich würden ihre Eltern umso mehr schimpfen, wenn sie auch noch ihre Habseligkeiten verlor, aber jetzt zählte nur eins: heil nach Hause zu kommen. Oder nicht? Beim Gedanken an das Gespräch mit ihren Eltern zog sich ihr Magen zusammen. Vielleicht sollte sie zuerst einen Bissen nehmen, um Kräfte zu schöpfen. Also holte sie ihre Brezel und trat entschlossen in den Gang.

Sie war wohl in der zweiten Klasse gelandet. Die Menschen saßen auf gepolsterten Sitzen – kein Vergleich zu den Holzbänken der dritten und vierten Klasse, die Emma kannte, wo sich die Passagiere wie Hühner auf einer Stange aneinanderdrängten. Die Luft war trotz geöffneter Fenster stickig, erfüllt vom Schweiß und dem schweren Blumenduft eines Damenparfüms. Ein Kind quengelte. Es rutschte auf dem Schoß seiner Mutter herum, darum bemüht, sich ihren Händen zu entwinden. »Nun sei doch endlich still! Wir fahren gleich weiter!«, fauchte die Mutter es an, woraufhin es zu plärren begann.

Emma sah sich um. Verstecken? Aber wo? Sie würde sich kaum unter einem der Sitzplätze zusammenrollen können.

»Fräulein?«

Sie verharrte. Schweißtropfen liefen ihren Rücken hinunter. Der Schaffner? Hatte er sie entdeckt? Wie konnte er nur wissen, dass sie keinen Fahrschein besaß?

Ihre Gedanken ratterten. Sie würde sagen, sie hätte sich verirrt. Oder so tun, als hätte sie ihn nicht bemerkt und einfach weitergehen, um schnell auszusteigen?

»Fräulein, verkaufen Sie die?«

Verwirrt drehte sich Emma um. Hinter ihr saß ein drahtiger Herr, der sich mit einem Tuch über die Stirn wischte. Was wollte er von ihr? Ungeduldig deutete er auf die Brezel in ihrer Hand. »Verkaufen Sie die jetzt oder nicht?«

Perplex sah Emma auf das Gebäck in ihrer Hand. Dann glitt ihr Blick auf das Flechtkörbchen. Er hielt sie für eine Verkäuferin!

»Sechs Pfennig«, murmelte sie, noch bevor sie wirklich realisierte, was sie da sagte.

»Aber hören Sie mal, Fräulein!«, empörte sich der Mann und tupfte sich abermals mit dem Tuch über das Gesicht. »Sechs Pfennig?«

»Nur noch zwei sind übrig. Aber wenn Sie aussteigen möchten – vor dem Eingang ist ... meine Schwester. Sie gibt Ihnen eine für drei ab.«

Die Mutter mit dem quengelnden Kind auf dem Schoß winkte sie herbei. »Ich nehme eine.«

Noch etwas zögernd trat Emma näher und gab ihr die Brezel, die sofort aufgebrochen und dem Kind in den Mund gesteckt wurde. Anscheinend hatte das Essen den Kleinen besänftigt, er lutschte vergnügt an seinem Stück.

Noch etwas verdattert schaute Emma auf die sechs Pfennig, die auf ihrer Handfläche lagen.

»Hier«, rief der Herr mit dem Taschentuch und streckte ihr sein Geld entgegen. »Geben Sie mir die Letzte.«

Zwölf Pfennig. Für zwei Brezeln.

Emma schloss die Münzen in der Faust ein, so fest sie konnte. Die Gedanken in ihrem Kopf purzelten ihre Bahnen wie in einem komplexen, aber perfekt abgestimmten Mechanismus: Zwölf Pfennig für zwei Brezeln. Bezahlt hast du nur sechs dafür. Bei einem Mädchen, das nicht weiß, wie es seine Ware loswerden soll.

»Fräulein, ich hätte gern auch eine«, hörte sie einen jungen Herrn schräg gegenüber rufen, worauf Emma nur entschuldigend die Schultern zuckte. »Bedauere. Das waren wirklich die Letzten.«

Schnell huschte sie den Gang entlang, verließ den Zug und eilte zum Ausgang. Atemlos wich sie einer weiteren ankommenden Droschke aus und hielt erst vor dem Brezelstand. Verwirrt schaute die kleine Verkäuferin zu ihr hoch. »Gnädiges Fräulein? War etwas nicht in Ordnung?«

»Alles bestens«, stieß Emma hervor. »Was sagst du, wenn ich dir helfe, die Ware zu verkaufen?«

Unsicher rutschte das Mädchen auf der Holzkiste hin und her. »Wie meinen Sie das?«

»Du kannst hier nicht weg.« Emma knetete ihre Finger. Ihre Stimme zitterte, dabei gab es überhaupt keinen Grund zur Aufregung – trotzdem schien in ihrem Innern alles zu prickeln. Sie hatte eine Idee. Eine Idee, die wirklich funktionieren könnte! Und das von einem dummen Weib, das kein Wort in hohen Wissenschaften verstand. »Du musst auf deine Ware aufpassen. Aber ich kann zu den Zügen gehen und dort die Brezeln den Reisenden mit einem Aufpreis anbieten.«

Das Mädchen kräuselte ihre Nase. »Sie wollen mich doch auf den Arm nehmen.«

Emma hob beschwichtigend die Hände. »Nein. Wirklich nicht. Hör zu. Ich hole meinen Koffer aus der Gepäckaufbewahrung und gebe ihn dir. Als Pfand. Er ist mehr wert als ein Korb voller Brezeln. Wenn ich verschwinde, gehört er dir.«

Das Mädchen legte den Kopf schräg und betrachtete Emma mit wachen, klugen Augen. Hoffentlich täuschte der Eindruck nicht, und die Kleine sah die Gelegenheit, die sich ihr bot.

»Überleg es dir!« Emma beugte sich zu ihr vor. »Wenn ich es schaffe, die Brezeln zu verkaufen, haben wir beide was davon. Du wirst deine Ware los und bekommst keinen Ärger. Und ich kriege genug Geld zusammen für einen Fahrschein nach Hause. Was übrig bleibt, gehört dir. Und ich gehe nicht weg, bis du alle Brezeln losgeworden bist.«

»Na gut.« Das Mädchen verschränkte die Arme vor der Brust. »Aber zuerst will ich den Koffer sehen.«

»In Ordnung.« Ohne Zeit zu verlieren, eilte Emma zur Gepäckaufgabe, wo sie ihren Koffer bekam. Das Ding war schwer, und sie war ganz außer Puste, als sie es endlich zum Brezelstand schaffte.

»Hier«, keuchte Emma. »Was meinst du?«

Das Mädchen beäugte den Koffer, nach wie vor mehr als skeptisch, doch in der Zeit schien sie keine weiteren Kunden gehabt zu haben – also ließ sie sich auf den Vorschlag ein und reichte Emma einen vollen Korb mit Brezeln. »Na, ob das funktionieren wird.«

»Wird es!«, versicherte Emma und eilte zurück zu den Gleisen.

Der Zug, in dem sie die zwei Stück verkauft hatte, war bereits abgefahren. Dafür wartete ein anderer auf einem Nebengleis. Sie hielt einen vorbeieilenden Mann des Bahnhofspersonals an. »Verzeihung, wissen Sie, wie lange dieser Zug hier stehen bleibt?«

»Fünf Minuten«, brummte dieser.

Sie bedankte sich. Als der Mann außer Sicht war, stieg sie ein. »Brezeln! Frische Brezeln! Wer möchte eine schnell vor der Abfahrt?«

*

Erst am frühen Morgen war Emma in Metz angekommen. Sie hatte den Koffer auf dem Bahnhof gelassen und bahnte sich den Weg nach Hause zu Fuß, den Flechtkorb mit ihren Kleinigkeiten darin um den Arm gehängt. Alles in ihr schien taub von der Reise und den Strapazen zu sein. Der Morgen war kalt – obwohl die Tage viel Sonne und Wärme brachten, kühlte sich die Luft in den Septembernächten empfindlich ab. Sie dachte nur ans Zuhause. An die kleine, doch so gemütliche Wohnung, an ihr Bett, in das sie gleich fallen würde.

Ihre Beine trugen sie kaum noch, als sie in den Hof stolperte und sich noch einmal fröstelnd über die Schultern und Arme rieb. Sie schielte hoch zu den Wohnungsfenstern – ihre Familie wohnte direkt unter dem Dach. Alles dunkel. Die Eltern schliefen bestimmt.

Wer definitiv wach zu sein schien, war Hilde Rosenberger. Eine ältere Frau, die ein Stockwerk unter ihnen wohnte und ständig die Nachbarschaft beobachtete. Mit Sicherheit entging ihr Emmas Ankunft nicht. Das lieferte bestimmt Gesprächsstoff für die nächsten Wochen! Und ihre Mutter würde sich wieder einmal für ihre Tochter schämen müssen. Erneut schaute Emma an der Fassade hoch und fröstelte. Sie sehnte sich so sehr nach einem guten Wort. Nach einer herzlichen Umarmung. Und kam sich umso mehr bloß klein und unzulänglich vor.

Rasch huschte sie ins Treppenhaus, bevor sie sich noch verkühlte und endgültig zu nichts zu gebrauchen war. Ihre Beine fühlten sich ganz schwer an, während sie sich die Stufen hochschleppte. Gleich würde sie zu Hause sein.

Mit bebenden Fingern holte sie den Schlüssel und drehte ihn vorsichtig im Schloss. Es klemmte, wie so häufig, also musste sie rütteln, bis die Tür aufging. Durch einen Spalt schlüpfte sie in den Flur. Kaum drin, wich auch noch das letzte Fünkchen Kraft aus ihrem Körper. Am liebsten hätte sie sich gleich hier niedergelegt. Neben den säuberlich aufgereihten Schuhen ihres Vaters. So müde war sie, so unendlich müde.

Doch es lärmte, und aus der Schlafkammer kamen ihre Eltern gestürzt. Beide verharrten mit entsetzten Gesichtern auf der Schwelle.

»Ich bin es«, flüsterte Emma. »Es tut mir leid, euch geweckt zu haben.« Besonders wenn sie das blasse, eingefallene Gesicht ihres Vaters anschaute. In einer Stunde müsste er aufstehen, um in die Kanzlei zu eilen und sich von seinen Vorgesetzten kommandieren zu lassen. Diese eine Stunde bedeutete sechzig kostbare Minuten, in denen er die Augen schließen und etwas Ruhe finden konnte. Statt sich furchtbare Sorgen um das unerwartete Auftauchen seiner Tochter zu machen.

»Emma!« Ihre Mutter hob die Petroleumlampe höher. Der Mund blieb offen. Gleich würde das Schimpfen losgehen.

Doch Sekunden vergingen, und in der Wohnung war es so still, dass Emma den pfeifenden Atem ihres Vaters hören konnte.

»Es tut mir schrecklich leid«, murmelte sie noch einmal. »Ich bin so froh, endlich hier zu sein. Ihr werdet nicht glauben, was passiert ist, wie ...«

... wie dumm ich war. Ja. Sie knetete ihre Finger, dass es weh tat, vergeblich darum bemüht, die richtigen Worte zu finden. Dann sprudelte alles aus ihr heraus. Atemlos erzählte sie davon, wie sie sich heimlich zur Universität aufgemacht hatte, um dort nichts als Erniedrigung zu erfahren. Wie sie fest entschlossen war, die Reise ins Rheinland fortzusetzen, doch ausgeraubt wurde und mit dem Verkauf der Brezeln das Geld für einen Fahrschein nach Hause verdient hatte.

Als sie endlich verstummte, fühlte sie sich vollkommen leer. Wie ausgewrungen. Bange wartete sie darauf, was kommen würde.

Doch sie hörte nichts außer das Atemrasseln ihres Vaters und das Trommeln ihres eigenen Herzens.

»Bitte, sagt doch etwas!«, flehte sie. Irgendetwas! Bloß nicht diese furchtbare Stille.

Sagenhafter Tee seit 1823.

Frankfurt a. M.   Saalhof.

Sonderedition zum Buch:
Friederike Feinste Teeselection

White Downy - ein Fest für die Sinne und eine Hommage an die eindrucksvolle Leistung einer starken, mutigen Frau.

Der Weiße Tee aus der Ronnefeldt-Sonderedition ist so außergewöhnlich wie Friederike Ronnefeldt es war. In dem kleinen, aber feinen und seit 15 Jahren bio-zertifizierten Teegarten Longkou, beheimatet in der für ihre Spitzentees berühmten chinesischen Provinz Guangxi, ist eine betörend duftende, blumig zarte Kreation entstanden. Die sorgfältig getrockneten, silbrig-grünen Teeblätter werden in aufwendiger Handarbeit mit frischen Jasminblüten parfümiert. Mit seinen exklusiven Jasminnoten, seiner spritzigen Süße und seiner zartgelben Farbe in der Tasse ist White Downy ein wahres Fest für die Sinne.

Erhältlich im Ronnefeldt Teeshop unter: **www.ronnefeldt.com/teeshop**